U0614120

(宋)曾鞏 撰

元本元豐類稿

第八册

國家圖書館出版社

第八册目録

卷四十六　誌銘

卷四十七　碑銘行狀

卷四十八　傳

卷四十九　本朝政要策

卷五十　金石録跋尾

二十二

誌銘

亡兄墓誌銘

君姓曾氏諱曅字茂叔有智策能辯説其貫穿反復人莫有能屈之者身窮爲生事或毛密應之無留而讀書理筆墨交賓客又思事未至當如何亦不廢也歡愉憂悲疾病行役寢食之間書未嘗去目故自上古以來至今聖賢百氏騷人材士之作訓教警戒辯議識述下至浮夸詭異之文章莫不皆熟而於治亂興亡得失是非之際莫不能議焉其文章尤宏贍環

麗可喜三代遠矣漢以來世有成事就功名之時則
賢臣謀士材技之人同世並出常若有餘至時或無
所用之則士雖往往有紀而亦不俱見於世蓋壓窮
頓委於巖墻閭巷之中者豈少哉如君之材知辯博
又其學如此使得用其意於事其施設必有異焉然
卒不克見於世蓋亦豈非其命也夫君年四十有五
皇祐五年以進士試於廷不中得疾歸卒江州祖諱
某尚書戶部郎中贈右諫議大夫考諱某故太常博
士娶李氏子曰覺曰嚳女二人卒之歲十二月某日
葬建昌軍南豐縣之某鄉某原某里也弟鞏爲其銘

曰

世或須人中士爲材有非其應聖不能諧故君之學於己爲足而材與世爲乖刻銘幽石維以告哀

故高郵主簿朱君墓誌銘

君諱某字齊卿姓朱氏其先家于彭城五代之亂從于淮南今爲淮南人曾祖某不仕祖某贈刑部尚書父某贈殿中丞君嘗試爲秘書省校書郎蘇州之長洲尉高郵軍之高郵主簿以卒卒時乾興元年六月十九日也後卒之若干年其子象之東之升之延之奉君之喪葬天長縣之秦蘭里於是時象之某官東

之某官以材名餘皆爲士某官以書命鞏曰子其爲
我銘之而以狀言公之爲人有智計喜施與少從師
學問已而捨學業其家家之食口數百仰於君君能
資之皆出乎衣食嫁娶皆有餘法殿中之第工部侍
郎巽初舉進士數困欲不復往君勸之曰第行無以
廢爲念故侍郎得曲就其志至爲達官大其家後卒
官君既居官以材稱其爲身務於廉臨獄訟務爲恕
母某氏旌德縣太君娶耿氏又娶賈氏女歸太常博
士吳祥柳州馬平知縣陳許池州推官李樞其季歸
于曾氏某之先君博士也舅氏實命鞏銘其敢辭銘

曰
推心於家其愛已孚用力於官蓋以其餘得官於晚
壽五十四故不大顯以極其志

江都縣主簿王君夫人曾氏墓誌

試校書郎楊州江都縣主簿王無咎妻曾氏建昌南
豐人先君博士第二女也孝愛聰明能讀書言古今
知婦人法度之事巧鍼縷刀尺經手皆絕倫先君選
其婿於里中以歸王氏王氏家故貧曾氏爲冢婦而
其姑蚤世獨任家政能精力躬勞苦理細微隨先後
緩急爲樽節各有條序有事於時節朝夕共賓祭奉

養撫其門內皆不失所時將以恭嚴誠順能得其屬
人其舅喜曰吾不以家爲卹矣其夫歎曰我能一意
自肆於官學不以私累其志曾氏助我也生二女年
三十有三嘉祐四年五月三日以疾卒十二月葬建
昌南城曾大考尚書水部員外郎諱仁旺大考右諫
議大夫諱致堯先君太常博士諱易占將葬江都告
其兄鞏使誌其墓夭乎吾哭伯姊始踰朞又哭吾妹
而誌之其可哀也已其可哀也已

鄆州平陰縣主簿關君妻曾氏墓表

鄆州平陰縣主簿關景暉娶姓曾氏建昌南豐人尚

書水部員外郎諱某之曾孫尚書戶部郎中直史館
贈右諫議大夫諱某之孫太常博士諱某之女而肇
之長妹也始吾妹爲兒時育於祖夫人已不好戲弄
及長喜讀書於女工之事不教而自能爲人進退容
止皆有法度人罕見其喜慍之色內外屬皆嚴重之
性儉素於紛華盛麗之際無所好其在父母及夫之
家或蔬食不給處之晏然其推之於人雖資身之物
不爲秋毫顧惜計也其治女事尤勤雖勞不厭治家
人之業雖煩細皆有條理養父母姑舅皆至孝姑父
疾晝夜候省未嘗須臾去其側藥食非親調不以進

其於内外屬親踈皆盡恩意人皆以謂宜富貴壽考
而卒不得至其所宜有嗚呼其豈非命也歟嘉祐二
年鞏與二弟得進士第南歸而吾妹從景暉視余於
淮南至真州得疾七月某日卒於余之舟中年三十
有二矣有女一人曰某始五歲景暉以其喪歸六年
十月丁酉葬於杭之錢塘縣履泰鄉龍井原景暉之
王考諱某考諱某皆尚書職方員外郎而越之山陰
人也吾妹既殁之六年景暉得進士第於是時被命
余校史館書籍皆會京師而余於其閒再哭妹又哭
女與哭妻憂患之接於余者可謂多矣景暉之始葬

吾妹也來請銘不及余與之皆悵焉而其會京師以
歸也乃爲之書吾妹之事以遺之而使表之於其墓
上

故太常博士吴君墓碣

君諱祥字某姓吴氏事宋爲太常博士年六十二某
年某月某日以官卒于家卒之若干日葬眞州楊子
縣之某鄉某原初君從進士試屢不中年四十餘始
中第爲吉州軍事推官歸以選爲開封府開封縣丞
大臣稱其材遂爲祕書省著作佐郎知考城縣又知
河中府之龍門縣再遷爲博士知蘄州之蘄水縣以

喪除朝京師疾作遂求歸眞州眞州君家也初君之
屢斥於進士也旣自力學問充其業又帥其弟務刻
苦養其親入其門内尊安其卑卑慕其尊一時皆稱
之及從事於吉州弟已死君夫婦痛自節衣食遂能
嫁其孤女若干人皆不失所時其在開封衣食常不
自足而親戚舊故之至京師者多以君爲歸其喪父
也以家之有無葬故葬不緩親戚或憂其貧欲出錢
爲基址謂君一強出可以取其贏君嘆曰吾不敢旣
位於朝貧吾素也喪乃欲爲利乎平居恂恂不與犯
者校及其自守人亦不能移也官歸常僦屋以居旣

卒幾不能葬曾大父某大父某父某以君之恩爲大
理評事妣某氏某縣太君太君之喪君致其哀有過
人者妻朱氏某縣君余姨也有助於君子曰某女嫁
亳州觀察推官張天經既葬某爲碣於墓而與天經
來乞銘於鞏天經以村名人皆曰其尚能存君之家
者銘曰

維吴先君太王之嫡禪聖圖民於東竄鼠跡其後孔蕃
以國爲氏君紹厥宗其德則類儉著于家勤著于身
不苟其羸卒死於貧維時之人命士大夫縞冠素蓋
爭利於塗曾不君慕顧或笑之非彼可議維世足歎

較于銘章君有則多以遺其孥非厚如何

知處州青田縣朱君夫人戴氏墓誌銘

知處州青田縣事天長朱君諱某之夫人曰高郵戴氏年七十有七治平元年九月庚午以疾卒于楚州監倉君之官舍其年某月某甲子葬于天長之某鄉某原夫人之考諱奎娶徐氏女夫婦皆有善行聞於其鄉夫人受教於始笄從事於旣嫁少之而行修於身老而教行於家故父母曰不遺吾憂舅姑曰能順吾志夫受其助子賴以成其平居深靜有儀法不妄笑言就之色莊而氣仁居貧自薄衣食而厚於施與屬人

之孤女爲收嫁者蓋二人云既老矣女事不廢而婦容益恭雖少者有不及也有子四人曰某曰某曰某早卒某某州録事參軍監楚州裝卸米倉某衢州西安縣令皆及進士第好古而有文夫人於某外叔祖母也故舅氏屬以銘銘曰

淑哉戴氏青田之助允直且仁藴德于身爲下肅祇爲上惠慈安意處貧薄已裕人其孫有子以文起仕秀髮垂領享有多慶卜壤之良乃兆新堂刻此幽文美實長存

亡姪韶州軍事判官墓誌銘 用石本校

覺姓曾氏吾兄之子也吾先人六子吾兄諱曅爲最長有材而不試以死覺自少則勵志力學問知道理善於屬文及長慨然慕有爲於世不肯碌碌爲人恭謹循循寡言治平二年及進士第爲吉州司法參軍有能吏名用薦者爲韶州軍事判官行至虔州得疾卒於驛舍熙寧三年十一月己丑日也年三十有七覺字道濟建昌軍南豐人王考諱致堯太常博士曾王考諱易占尚書戶部郎中直史館贈右諫議大夫覺毋李氏妻鄧氏夏氏范氏有子修偃熙寧四年八月壬申葬于南豐龍池鄉之源頭吾哀其若將有成

也而止於斯故爲銘其墓曰

德累則厚方濟而隕材引則遠　未試而泯志棄不獲

誰云非閔墓石有文尚永來信

光禄少卿晁公墓誌銘

公姓晁氏其家先濟州之鉅野　今爲開封祥符人皇

考諱遘尚書駕部員外郎贈開府儀同三司吏部尚

書皇祖佺贈太傅皇曾祖諱憲贈其官公諱宗愨字

世恭少以世父太子少保贈其官謚文元諱迥恩補

將作監簿十四遷至光禄少卿歷監單州應天府酒

稅知蘇州之常熟婺州之蘭溪縣事通判安州杭州

事知通州虔州提點廣南東路刑獄公事文知信州泉州享年六十有三熙寧二年其月其甲子卒于官四年其月其甲子與其夫人某縣君閭丘氏合葬于揚州江都縣之廣陵鄉公爲人樂易慈恕寡言笑人不見其喜怒遇事果於有爲人亦罕能及者其爲常熟修學校理溝防人賴其利爲蘭溪繩姦字窮境內和洽通判安州州政待公而決通判杭州州將矜己自肆上下莫能變公徐與之論可否語平而氣和將畏且從也繇是上下倚公以治至今杭人稱之其爲虔州州近鹽多盜與訟公至修弛廢督姦彊威信盛

行盜不敢發而獄無繫囚及在廣南其用法常寬而
欲人自避曰治有先後緩急者謂此也其視部吏孜
孜恐失一善而惡人亦莫敢犯公法其爲通判如廣
南爲信州泉州如虔州所至人皆安公之政而去常
思之蓋公之行己居官其見於事者如此而其大抵
則於仁厚最隆也母張氏壽安縣太君子男二人曰
仲景海州司理參軍曰仲孺試將作監主簿孫男三
人曰端復曰端儼皆太廟齋郎曰其未仕也女六人
長適太常博士集賢校理曾鞏銘公墓者也次適其
官劉某某官高元振某官燕若濟今存惟燕氏婦餘

早世閭丘夫人爲身治家皆應儀度卒於公歿之明年其月其甲子公歿家無餘財而仲景仲孺皆謹厚自刻勵能世其先人於是又知公之教行於其家也

銘曰

晁世來西大自文元有鄉有公　繼屬綿綿曰卿謂誰
時維光祿作其德音光于外服　其光伊何有善自身
匪飾匪雕璞玉之純治有恩威　時其張弛彼畏此懷
吾寧一理于虔于泉于領之南　里安户擾罔有不咸
宜壽而昌胡不百齡尚茲介祉　維後之成

夫人曾氏墓誌銘

夫人吾從女兄也姓曾氏沈靜謹約不妄笑言遇人一以恕於其內外屬之間孝友慈順無不當於理故與之處者皆愛哭其死者皆哀嗚呼爲女如是足以知其賢又足以知吾之祖考以來教行於其家也夫人考諱某王考諱某尚書戶部郎中直史館贈右諫議大夫曾王考諱某尚書水部員外郎建昌軍南豐人夫人嫁爲同縣朱君某之妻有子曰某曰軾以文行稱於鄉有孫曰京曰彦京爲眞州司法參軍亳州教授夫人享年若干某年某月某甲子卒于寢某年某月某甲子葬于南豐之某鄉某原將葬軾以書來

請銘余曰銘莫如余宜爲廼爲其辭曰
女德在幽而始人倫詩有顯揚以立生民尚類于古
淑爲夫人壼有彝則仔肩以身曾不蕃寵畀其子孫
曾不遐年善則長存維仲薦美列辭墓門

天長朱君墓誌銘

君姓朱氏諱延之字某某先彭城人今家於揚州之
天長縣曾祖某贈尚書右僕射祖某贈尚書工部侍
郎考某贈太子中舍母賈氏某縣太君君年若干卒
於熙寧六年六月之丙申葬於某年某月之某甲子
其墓在天長之同人鄉秦蘭里君聰明敏悟少力學

閉爲文章數就進士試不合乃嘆曰與其屈於人孰若肆吾志哉因不復言仕方是時宋氏世以仕宦顯於淮南君居其家尤孝謹慈良然與人非其意不肯苟合旣果於自爲而其治見於家者規畫纖悉備具推之知其可任以事然卒於無所遇君亦未嘗不自得也君少孤養母母之父死歲久其喪寓於遠貧不能歸也君居窮經營卒能使之返葬及晚而饒財又能樂賑施人以此多君也君娶沈氏諫議大夫立之女早卒再娶王氏殿中丞鼎臣之女子男四人寅萬廣寓皆有學行女五人許嫁進士蒲希逺太廟齋郎

馬其餘尚幼君余舅也故爲之銘其墓其辭曰
勢不二云泰志則非屯彼轂之用豈易吾仁廪有餘粟
及里與隣藏有圖書遺其子孫已則無憾尚畀後人
識美幽堂日遠彌新

祕書省著作佐郎致仕曾君墓誌銘

君姓曾氏諱庠字明叔建昌軍南豐縣人曾祖諱其
尚書水部員外郎祖諱其尚書戶部郎中直史館贈
右諫議大夫考諱其舒州軍事推官君進士及第歷
邵州司理參軍用薦者爲衡州常寧縣令福州福清
縣丞以疾自陳遷祕書省著作佐郎致仕卒於熙寧

九年十月某甲子年五十有九以某年十一月某甲子葬南豐龍池鄉之源頭母吳氏妻黃氏朱氏有子曰攜曰某曰某女四人君少孤自感勵好學能文章爲人聰明敏達喜事有大志不肯少屈爲吏以材稱治獄能盡其情爲令丞易敝興壞綱紀具修吏不敢犯而民安之也有聲顯聞薦者自許得人不幸不壽不克盡其用將葬攜來告曰願有紀也迺爲其銘曰

發其華見於文收其實見於事于其小綽有聞于其卓屈不試尚不沒慰後昆矣以辭列幽隧

亡妻宜興縣君文柔晁氏墓誌銘

文柔姓晁氏諱德儀字文柔年十有八嫁余余時苦
貧食口衆文柔食菲衣敝自若也事姑遇内外屬人
無長少遠近各盡其意仁孝慈恕人有所不能及於
櫛珥衣服親屬人所無輙推與之不待已足於燕私
未嘗見其惰容於與人居未嘗見其喜愠折意降色
約已以法度學士大夫有所不能也爲人聰明於事
迎見立解無不盡其理其槩可見者如此蓋天畀之
德而夭其年遺以相余而奪之蚤余不知其所以而
又不自知其哭之之慟也文柔以嘉祐七年三月甲
子卒于京師年二十有六余時校史館書熙寧四年

追封宜興縣君十年二月庚申葬于建昌軍南豐縣龍池鄉之源頭余時爲洪州文參有子男曰綰太廟齋郎曰綜未仕也女曰慶老三歲而死晁氏世家澶州清豐縣今爲開封府祥符縣人文柔曾祖佺贈太師中書令祖邁尚書駕部員外郎贈開府儀同三司吏部尚書考宗恪光祿少卿余南豐曾鞏子固也銘曰

人孰不貴子逢其窮世誰不壽子罹其凶維德曰躋生不見其止維聲曰遠歿不見其終子能自得爵者在人遺以輔余曾不逡巡歲云其逝余悲孔新其孰

昭之瘞此幽珉

亡弟湘潭縣主簿子翊墓誌銘

熙寧十年春予蒙恩予告葬其弟子翊於南豐維子翊姓曾氏諱宰字子翊世魯人今家建昌軍之南豐子翊少力學六藝百子史氏記鍾律地理傳注箋疏史篇文字目覽口誦手抄日常數千言手抄書連榻累篋不能容於其是非治亂之意既已通至於法制度數造物立器解名釋象聲音訓詁纖悉委曲貫穿旁羅無不極其說且老未嘗一日易意其爲文馳騁反復能傳其學爲人質直孝悌抑畏小心少年飲酒

歌呼鐃樂放縱之事未嘗一椄焉其學行如此於世
用宜如何也然位不過主簿壽止於四十七其非可
哀也夫子翊嘉祐六年進士及第歷舒州司戶參軍
潭州湘潭縣主簿所居官理其去人思之其學於古
者蓋未嘗試也有子經綬純約女適饒州軍事判官
曹唐弼次尚幼也曾祖諱某尚書水部員外郎祖諱
某尚書戶部郎中直史館贈右諫議大夫考諱某太
常博士贈尚書都官員外郎先太夫人吳氏吳興郡
太君今太夫人朱氏南昌郡太君妻張氏子翊熙寧
元年四月乙巳卒於湘潭十年三月庚申葬於南豐

龍池鄉之源頭銘曰

好學不倦以及其詳力行不已亦蹈其常見於遺文華衮之章含其淳德璞玉之良于舒于潭非試其有方彊而盡又奪其壽畜而不施則既巳矣潛而益明尚監于此

曾氏女墓誌銘

先君太常博士贈尚書都官員外郎曾公之第八女諱德耀字淑明生而慧淑於女工不學而能於孝愛天成也生二十歲許嫁大理寺丞王幾行有日矣嘉祐六年九月戊寅以疾卒于京師熙寧十年三月壬

申葬南豐之源頭其兄鞏爲銘曰
孰訛爾質而伐其成尚千萬年爾室之寧

二女墓誌銘

南豐曾氏葬其二女其父鞏爲誌曰余校書史館凡九年喪女弟喪妻晁氏及二女余窮居京師無上下之交而悲哀之數如此二女曰慶老吾妻晁氏出也生三歲而夭實嘉祐六年十一月壬申方是時吾妻晁氏病已革慶老疾未作之夕省其母勉慰如成人中夕而疾作遂不救蓋若與其母訣也曰興老吾繼室李氏出也卒時始二歲實治平三年九月甲寅是

時余方鎖宿景德寺試國子監進士不得視其疾臨其死也二女生而值余之窮多故其不幸又夭以死所謂命非邪熙寧十年余爲洪州始以三月庚申瘗二女於南豐之源頭同穴慶老在右興老在左是爲誌

仙源縣君曾氏墓誌銘

吾妹十人其一蚤夭吾既孤而貧有妹九人皆未嫁大懼失其時又懼不得其所歸頼先人遺休嫁之皆以時所嫁之者皆良士謂宜皆壽而昌以延光榮于父母家也而十餘年閒死者四人先人之盛德世吾

妹之懿也曾不章顯於世而夫吾故不知夫哭之之
慟也諱德操字淑文者吾之第九妹也嫁江都王氏
爲殿中丞贈尚書屯田員外郎諱某之子婦殿中丞
幾之妻封仙源縣君爲人柔婉靜顓動止以儀度平
居溫溫一言笑不妄也與人群居自處者常取其後
與人共衣食自與者常取其薄王氏故貧垢衣菲食
未嘗以爲歉恭大慈小輔其夫以義無不得其宜者
不幸年三十有一以死有子男二人曰某曰某女二
人皆幼也曾氏其先魯人今家建昌軍之南豐吾妹
爲尚書戶部郎中直史館贈右諫議大夫諱某之孫

女太常博士贈尚書都官郎中諱其之女卒於熙寧七年三月庚子葬於楊州江都縣東興鄉元豐四年某月某甲子也銘曰

既艱其生又不介之壽維篤于仁尚克藏厥後

元豐類藁卷第四十六

元豐類藁卷第四十七

碑

太子賓客致仕陳公神道碑銘

太子賓客致仕陳公既葬其孤畊與其宗親屬人謀曰公歿所以原大追功既有太史之狀幽宅之銘維墓道有碑可以明著公之休德遺澤章聽萬世以假寵陳氏之子孫於無窮而其辭未立於誼謂何迺相與來請於余余辭不能既不獲迺論具公胄出位序行治之實以為碑辭而屬之以銘其辭曰維陳氏其先虞舜之後封於陳春秋時陳滅入楚其子孫以國

為氏世為顯姓見於記録至公之先始家南康軍之星子至公又家江州之德化曰知（下一字同濮王諱）公曾祖考也曰彥璩公祖考也曰累贈禮部尚書係公考也公諱巽字公順祥符八年進士及第歷常州團練推官盜有棄財走者公以謂不應死通判不肯用公言是時公起家少年及遇事堅爭不可奪其守老吏皆驚盜卒得不死以尚書憂去位服除補武安軍節度推官侍御史李偕守武安事倚公決州賴以治轉運使陳從易以公為材獄有久不決者皆屬公治之凡治二十四獄人皆服其平以皇妣嘉興郡太君馮氏

憂去位服除補岳州軍事判官舉監潭州茶米倉天
聖初潭州茶課視景德虧十之六公謹於繩吏而果
於去民之所素不便者茶視舊課歲增九百萬斤用
薦者改祕書省著作佐郎知吉州盧陵縣盧陵人喜
鬭訟械繫常充縣庭公除其害政者人心大變月餘
囹圄空虛而人自得田里之間樞密副使姜遵嘗爲
廬陵民便之至是有前姜後陳之謠移知資州資陽
縣遷祕書丞用薦者通判戎州州將武人以州任屬
公民夷悅附政以大和遷太常博士尚書屯田員外
郎通判潭州溪洞諸蠻犯約知州事劉夔劉沆繼出

行邊、公實總州任內修民事外奉師費凡輸粟帛金錢四十有八萬兵械稱之用足於軍而賦役不加於民流及荆南王居白岳州滕宗諒與湖南北部使凡十有二人請即用、公爲轉運判官會轉運判官廢故不行遷都官員外郎知撫州恩信行部中奸彊擾服貧細得其職遷職方員外郎明堂恩遷屯田郎中賜服金紫去知安州以寬靜順其俗教民通溝洫趨農桑遷都官郎中知蜀州大興學校遷職方郎中太常少卿知蘄州居半歲以目疾請老遷光祿卿致仕始家江州英宗即位遷祕書監今上即位遷太子賓客公少長閭巷不能自感發彊志力學爲進士一出遂收其科爲吏明信敏捷見義敢爲不少屈以求合蓋從事於州郡久之不進而其志彌厲其治於惡人無所貸至其過失則無所不容而於善人惟恐失其所也遇人豁然不以爲畦畛於其所長未嘗不薦藉成就之於其急難與貧不能自存者未嘗不賙而助之公既好學至於聲音日星曆之伎無所不知及退而自休日使家人誦書畢而數千言危坐聽之未嘗有倦色江於東南爲水陸之衝賓客日湊公廣於招納與之釃酒高會彈琴賦詩曰是足以佚吾老也及閒而言天下

之事於其是非得失之際慨然奮勵少者有所不能
及聞其言者莫不壯其意少客京師有欲教公以化
黃金者公辭不受教公以寡欲廼受而行之蓋出事
天子四十有八年退老于家又十有五年年八十餘
飲食倍人儀狀甚偉聲音滿堂進拜公於前者不知
其巳老也前終十餘年自為冢於南康軍星子縣白
鹿源距尚書之兆千有八百步棺槨衣衾皆豫自製
屬疾至終容止如常遺言里中親疏各盡其意享年
八十有五歿於熙寧九年五月壬申葬以是年八月
壬寅累階至朝散大夫勲至上柱國封至潁川郡開

國侯食邑至一千二百戶娶張氏尚書屯田員外郎詡之女封清河縣君再娶王氏尚書都官員外郎告之女封同安郡君子男二人曰耆太廟室長有易疾次即聃也守江州瑞昌縣主簿女五人嫁太常博士文勸進士吳隱光祿寺丞曾彰進士陶舜儀吉州廬陵縣主簿薛絳孫男一人曰瓌女三人聃承德襲教能世其家者也銘曰

允穆陳公學繇自力收科于少其髦維特于陪于貳懿其壯畫于附于顯焯其偉蹟驅之礫之于其蟊賊膏之嫗之于甘荼稷彼疾而馳我徐不亟寧無爾詒

不渝我則于部郎于卿進皆以序疾集于微迺謝而去
迺長書省迺賓宮朝寵則日躋身焉逍遥世很而爭
公裕有之世儒而持公恬處之公有賓事鼓瑟吹竽
公退燕私左詩右書年則大耋氣蓋坐人笑談待終
曾不嚬呻有歸墓隧豐碑螭首勒辭告休尚慰爾後

祕書少監贈吏部尚書陳公神道碑銘

祥符九年九月甲辰祕書少監知廣州陳公卒于位以聞天子官其二子以慰寵其家天聖中今天子修先帝功臣記之于史而太史考公之謀議勞烈於朝訪公之世族州里官次行治之本末於家以書于冊

已又有詔次其功著之令典布之天下曰維所以寵
嘉陳氏之子孫者其世世無絶嘉祐三年公子三人
謀曰吾先人之所既立記德之史藏于有司襃功之
詔傳于天下維墓有碑後嗣所以載吾先人之休聲
美實而久廢不立懼無以飭其子孫於千萬世以爲
已羞則相與來乞銘文以刻於石其叙曰維陳氏其
先遠出於舜至周武王之時陳爲舜後嬀汭之封國
至春秋之際楚滅陳而子孫之散亡者因爲氏姓其
後居長葛者出於漢太丘令寔之後唐之晚長葛之
陳氏徙南劒州之沙縣公諱世卿字光遠南劒州沙

縣人也曾大父祀大父昂父文餘公貴贈其父尚書
駕部員外郎公爲兒時書木葉爲詩其父見之大驚
遂使書學以篤志聞於人中雍熙二年進士爲衡州
軍事推官改靜安軍節度推官王小波李順盜蜀州
縣多不能保東圍靜安公應變爲備籍兵械城守之
具百餘萬約其屬分城守之圍既久不解分城者疑
懼意懈出語動公公以義譙數勉之而間謂州長張
雍曰此屬留之則潰人心縱之使求外兵則兩全雍
聽其言盜數萬人圍靜安八十日公奮勵距敵射其
裨將一人應手死又射至數百人無不輙死盜以故

不敢迫而外兵來救乃卒解靜安之圍事聞即其軍以公爲掌書記父喪不許去官自宋興小吏勢益起往往轉掠數百千里吏輒棄城走及公之保靜安則告吏力皆可以有爲者然公之於此時蓋亦易無爲有以少勝衆此材智烈丈夫之所爲小拘常見之人亦安能責其出此哉公在靜安七年還爲祕書郎眞宗即位召公欲以補御史而張鑑守廣州乞公自助乃以公與鑑罷還尚書度支員外郎賜緋衣銀魚歷知河南府新安縣通判廣州知建州改福建路轉運使又改兩浙入判三司勾院復爲荆湖北路轉運使

澧州諸蠻奪澧旁地耕守數縱兵入盜積十餘歲莫能却公至諸蠻畏悅皆還就溪洞而歸故所掠地與人公因築武口、澧川三寨以備蠻詔書嘉奬公去久之而後吏不能善蠻蠻亦輒復入盜天子問公前所以服蠻者何爲而今將治之者何出公具對而刋其槀世故莫知其何術也公在荆湖歲餘擢爲祕書少監知廣州賜金紫服至則罷計口糴鹽人以休息海外國來獻多人、徒以食縣官而往往皆射利於中國也天子問公所以綱理之者公以謂以國之小大裁其使負授官之多少通其公獻而征其私貨可以息

弊止須從之居南海四年不及召而得疾享年六十
有四某年某月某日甲子葬于沙縣之龍山鄉崇仁里
母夫人某氏某縣君繼母夫人蕭氏某縣君夫人羅
氏某縣君子五人曰儼尚書比部員外郎曰侃福州
古田縣尉曰佩衛尉寺丞曰偉同學究出身曰偁殿
中丞侃偉皆早世而儼偁之進于朝累贈公吏部尚
書公事繼母行純篤其進膳飲藥物必經手其執喪
人恐其不勝哀也遺戒諸子皆人之大節好振人之
窮樂獎人之善所薦士後多至大官宰相張士遜公
所薦也公常以謂我之所以自著者在行事故不必

見於文章所以事上者不求人知故其於謀議尤多
而人罕得而知也噫其可謂自信特立也已其銘曰
允淑陳公生知書學人就其華我居以樸盜驚西土
公在圜城鄰有破亡公守不傾徃眎蠻荊其得孰窺
蠻來受職若與約期翼翼蜀州士全純白茫茫楚野
人復耕織原念累功進位南伯內治何爲與人休息
外治何爲賓豪荒國允淑陳公文武之特聲載于人
實告于册又慰爾後刻銘墓石

刑部郎中張府君神道碑

府君諱保雍字粹之景德二年舉進士中甲科授山

陰主簿有能名提點刑獄皇甫選上其狀拜大理評事監尉氏酒踰年知三泉用故事得假五品服專達既至嘆曰吾常所欲爲此幾可試也縣以治聞就改寺丞久之通判齊州李丞相迪鎮永興拔府君自贊遂通判其軍府李公去寇萊公代之詔易府君鳳翔萊公雅知其賢因奏留之事有利害未嘗不爭聽乃止璽書獎之遷殿中丞錢思公惟演李三司士衡薦任佐益州避親嫌不拜授鄜州遷太常博士尋換晉州今上即位以屯田員外郎緋衣銀魚知漢州夜中四卒叩府告禁兵兩營變佐吏駭輩入府府君徐出

獨械四卒掠之趨作誣狀徇兩營以安之至明鞫得
乃實四卒與伍中謀幸受巳甲捕兩營因自以爲叛
遂棄之市及謀者九人因奏言蜀戍兵乆合往往叛
可因使臣去來番代之行之至今擢拜都官還朝莊
獻太后尙嘉之聯拜職方度支判官契丹國信使判
湖北路轉運章服金紫有馮異以化黃金干太后得
奉職監鄂州稅知州歐陽穎事之曲恭武昌置場中
市民炭常時吏先署入抄丈爲足而實尚留民家不
入比漕發乃直取載之以爲故穎暴又欲資異謀使
按之坐盜死者十八人當論府君自荆南乘單舫六

日夜入鄂直之營守吏數人而已同時漢陽俚民販
茶得知軍騶與京誣民忤巡檢應首死者二十人隨
者百餘人與京暴甚頡人莫敢相曲直府君遂亂江
往慮之二十人者得不死隨者皆貫漢陽距江爲城
潦至隄輒毀歲調薪石發民完之工四千人兩縣以
病府君身省護作省工費半隄完至今遷祠部郎中
滿歲吏兩浙轉運使加刑部行部至婺劾得其守罪
留治之未既疾作遂不起明道二年九月五日也享
年五十九以景祐二年八月壬申葬汝南宣猷鄉之
先塋張氏世爲顯姓府君先居齊之禹城及考諱制

官至庫部員外郎贈吏部侍郎過蔡州樂之家焉府君娶彭城劉氏樞密直學士師道之姪封本縣君子定察彥博仕有治聲最少彥輔未仕府君之喪朝廷以察爲鄂州推官府君甚愛考城劉待制劉亦厚結之子娶府君女慶曆三年彥博爲撫州司法爲子言府君平生端重不忮燕閒未嘗見其懈容爲治威嚴不擿細事爲漢州民趙昌以畫名府君迄代不問至劒門昌追獻畫二幅曰前太守舉從昌取又應朝貴人求汲汲昌以技嘗自苦德公不擾敢獻府君彊受之而歸之直其値吳越吳越匠巧天下未嘗致一器

一物歷閱其治已雖小者如此立稱其官次施設狀
如前而曰今史館修撰王質銘其德於壙中校書郎
王安石又序其詩惟所以顯章於墓道之左者其辭
不立懼無以畀四方人視聽請予文張之於碑予不
讓銘曰
爲天下之道本諸得人公卿内庸諸侯部使者外治
其體兩重也易知矣今常患材難不足布此位者以不
能推其功惠及民豈世所謂賢天固嗇邪抑其材之弗
切耶蓋宜放而登當取而遺其施爲繆然也如吾州君
鍾材甚美而進也得其時自守及使緒行既卓然大使

極其設修可勝言耶而止於斯其可嗟也已方今敝
郡彫部相望如府君其又可思也已則凡蔡里之塋
齓惡得不嚴其墓耶

故朝散大夫尚書刑部郎中充天章閣待制
兼侍讀上輕車都尉賜紫金魚袋孫公行狀

曾祖恕皇任博州堂邑縣主簿贈太子中
舍
祖賁皇任尚書庫部郎中
父從革皇贈尚書職方員外郎
公諱甫字之翰天聖五年同學究出身爲蔡州汝陽

縣主簿八年進士及第爲華州觀察推官華州吝稟
惡吏當貧錢數百萬轉運使李紘以吏屬公公取
斗粟舂之可棄者十纔居一二又試之亦然吏遂得
弛負錢數十萬而已紘以此多公薦之遷大理寺丞
知絳州翼城縣樞密直學士杜公衍奏知永興軍司
錄遷殿中丞樞密直學士張公逸奏監益州交子務
遷太常博士慶曆二年杜公爲樞密副使又薦之得
試爲祕閣校理三年改右正言知諫院因災異言應
天所以譴告之意者在誠其行有其誠矣所以應天
者在愛其民於是遂請斥浮費出宮女除別庫之私

以寬賦斂初李元昊反河西契丹亦以兵近邊盟棄約任事者於西方益禁兵二十萬北方益土兵亦二十萬又益禁兵四十指揮及羣盜張海郭邈山等刼京西江淮之間皆警是時已更用大臣矣又令天下益禁兵公言曰天下所以大困者在浮費而浮費之廣者兵為甚今不能損又可益之邪且兵已百萬矣不能止盜而但欲多兵豈可謂知所先後哉不報於是極論古今養兵多少之利害以聞語詆大臣尤切既而保州有兵變朝廷賞先言者公以謂有先言者而樞密院不以時下不可以無責天子曰某吾方倚

以治也不可使去位公猶固請議其罰邊將劉滬謀
立水洛城與部署狄青尹洙議不合滬違其節度遂
立之青等械繫滬以聞公言曰城之所以蔽秦而通
秦渭之援宜不廢其功而赦滬之輒遂從公議燕王
薨大臣謂用不足欲緩葬公言曰燕王上之叔父葬
不可以不如禮又言後宮事又言宰相衆當罷皆行
其言上既罷宰相而用其爲參知政事又言其不可
任以政天子難之因求爲外官而是時朋黨之議亦
已起大臣相次去位公上書論爭語尤切已而奉使
契丹還遷右司諫知鄧州徙安州又徙江南東路轉

運使又徙兩浙遷起居舍人尚書兵部員外郎改直史館知陝府簡厨傳之費陜人安之鄭州歲時以酒相慶問公命儲別藏備官用一不歸於已至今遂爲法徙晉州近臣過晉夜半叩城欲入公曰城有法吾不得獨私終不爲開門徙河東轉運使賜金紫服入爲三司度支副使輸物非土有者公爲變其法使之代輸至和三年遷刑部郎中入天章閣爲待制遂爲河北都轉運使疾不行又兼侍讀嘉祐二年正月二十一日卒於位公博學強記其氣溫其貌如不能自持及與人言及覆經史上下千有餘年毋穿通洽不

可窺其際而退睎其家初未嘗蓄書蓋既讀與之終身
多不志也其居官於其大者既可知已於其小者亦
皆盡其意云雖貴而衣食薄無妾媵不飾玩好不與
酣樂泊如也時從當世處士講評以爲遂其好而[illegible]
或造其席者與之言終日不能以勢利及也其於人
少合亦不求其詳所與之合亦不阿其意蓋[illegible]
南尹洙相友善而尤爲杜丞相所知慶曆之間二三
大臣又與公同心任事然至於論保州之變則所指
者蓋杜公非益兵之議則所詆者蓋二三大臣至於
城水洛也又絀尹洙而申劉滬其不偏於所好如此

然已而朋黨之議起大臣多被逐公之爭論尤切亦不自以爲疑也噫可謂自信獨立矣可以觀公之行世所著唐史記七十五篇以謂已之學治亂得失之說具於此可以觀公之志也公殁有詔求其書公享年六十其先開封扶溝人至公之祖徙許之陽翟今爲陽翟人母李氏長安縣太君妻某氏某縣君子宜滑州觀察推官寔賓皆將作監主簿宜等以狀來屬鞏謹序次其實可傳於後世者如右謹狀

元豐類藁第四十七

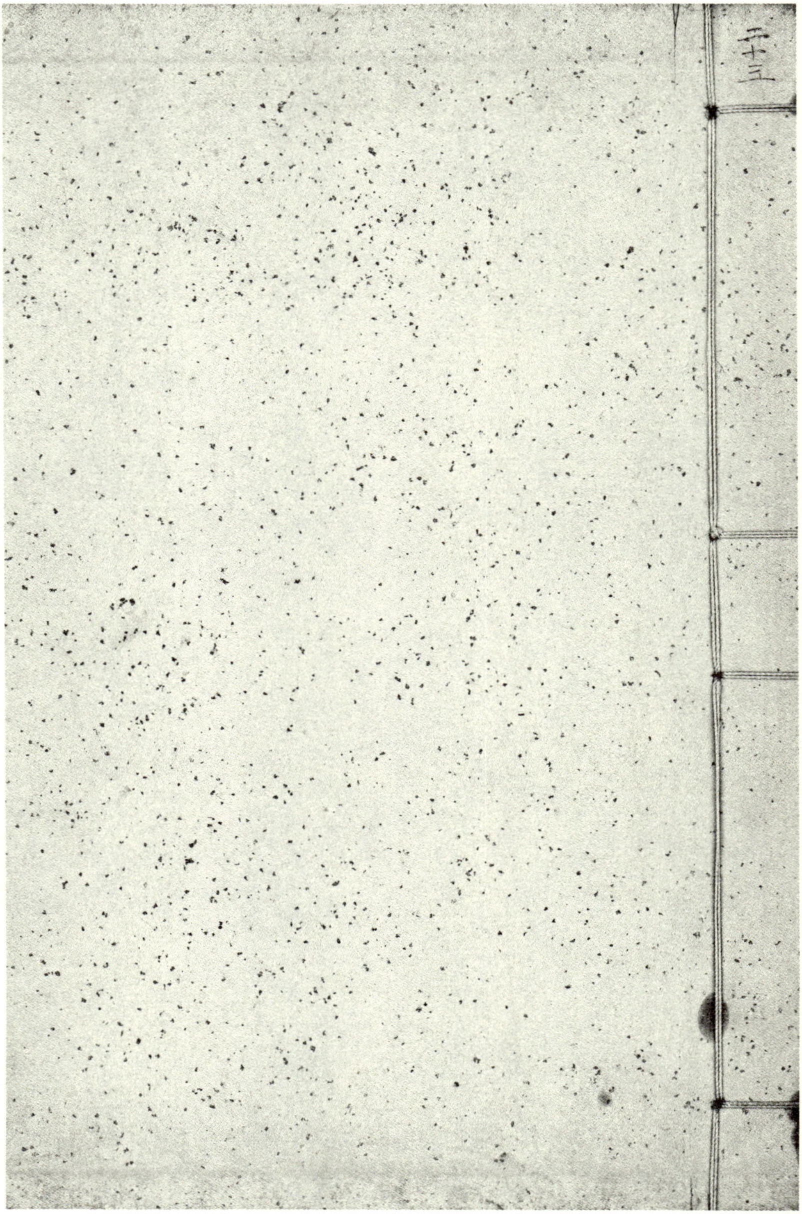
二十三

元豐類藁卷第四十八

傳

徐復傳

徐復字希顏興化軍莆田人嘗舉進士不中去不復就博學於書無所不讀尤通星曆五行數術之說世罕有能及者爲人倜儻有大志內自飭勵不求當世之譽樂其所自得謂富貴不足慕也貧賤不足憂也故窮閻陋屋敝衣糲食或至於不能自給未嘗動其意也遇人無少長貴賤皆盡恭謹其言前世因革興壞是非之理人少能及然其家未嘗蓄書蓋其強記

如此也康定中李元昊叛詔求有文武材可用者參知政事宋綬天章閣侍讀林瑀皆薦復詔賜裝錢州郡迫趣上道既至仁宗見復於崇政殿訪以世務復所爲上言者世莫得聞也仁宗因命講易乾坤既濟未濟又問以今歲直何卦西兵欲出如何復對歲直小過而太一守中宮兵宜内不宜外仁宗嘉其言復又獻所爲邊防策太一主客立成曆洪範論上曰卿所獻書爲卿留中必欲官之復固辭廼官其子晞留復登聞鼓院與林瑀同修周易會元紀歲餘固求東歸仁宗高其行禮以束帛賜號沖晦處士復久遊吳因

家杭州州將每至必先加禮然復未嘗肯至公門范
仲淹知杭州數就復訪問甚禮重之仲淹嘗言西兵
旣起復頗言罷兵歲月又斗牛間嘗有星變復言吳
當大疫死者數十萬人後皆如其言復平居以周易
太玄授學者人或勸復著書復曰古聖賢書已具顧
學者不能求吾復何爲以徼名後世哉晚取其所爲
文章盡焚之令其家有書十餘篇皆出於門人故舊
之家復卒時年七十餘旣病故人王稷居睦州欲往
省之復報曰求以五六月之交尚及見子稷未及往
至期復果已死其終事皆預自處子晞年五十餘亦

致仕官至國子博士復贈尚書虞部員外郎復死十餘年而沈遘知杭州榜其居曰高士坊云贊曰復之文章存者有愼習賛困蒙養等篇歸於退求諸已不矜世取寵然論次復事頗采其意云若復自拔汙濁之中隱約於閭巷久而不改其操可謂樂之者矣

洪渥傳

洪渥撫州臨川人爲人和平與人游初不甚歡久而有味家貧以進士從鄉舉有能賦名連進於有司輙連黜久之乃得官官不自馳騁又久不進卒監黃州麻城之茶場以死死不能歸葬亦不能返其孥渥里

中人聞渥死無醫藥皆恨失之予少與渥相識而不深知其爲人渥死迺聞有兄年七十餘渥得官時兄已老不可與俱行渥至官量口用俸掇其餘以歸買田百畝居其兄俾無去而之官則心安焉渥既死兄無子數使人至麻城撫其孥欲返之而居以其田其孥蓋弱力不能自致其兄益已老矣無可柰何則念輒悲之其經營之猶不已忘其老也渥兄弟如此無愧矣渥平居若不可任以事及至赴人之急早夜不少懈其與人眞有因者也予觀古今豪傑士傳論人行義不列於史者往往務摭奇以動俗亦或事高而不

可爲繼或伸一人之善而誣天下以不及雖歸之輔
教譽毋然考之中庸或過矣如渥之所存蓋人之所
易到故載之云

元豐類藁卷第四十八

元豐類藁卷第四十九

本朝政要策

考課

建隆初始以戶口增耗爲州縣吏歲課之升降興國初又定三等之法以覈能否其後遂詔郭贄滕中正雷德驤典其事雍熙間上嘗閱班簿欲擇用人而患不能徧知羣下之材始詔德驤以羣臣功過之迹引與俱對淳化中又分京朝官考課使王沔主之幕職州縣官考課使張宏主之三班考課使魏廷式主之沔既條奏其法於是御史弋子元郎吏張紳皆以負

黜焉然沔之法亦以煩碎無待士君子之體物議非之久之復廢京朝官考課而置審官院以錢若水主之廢州縣官考課歸之流內銓以蘇易簡主之惟三班無所改易其後天子又嘗欲自宰相修唐制書考之事既而但欲責其稱職遂不行焉然親書考課最之意二十餘幅以賜若水等蓋其丁寧之意如此焉

訓兵

古者四時田獵以習武事孔子譏不教民戰若周禮司馬軍旅之政詳矣戰國至於漢唐兵法尤具焉自府衛廢而執兵者皆市人故有天寶之敗以至晉漢

兵雖數十萬而皆不素習士居閒暇則自爲生業將乘勢重則取其課直至周世宗高平之退遂收驍勇之士命太祖習焉取其尤者爲殿前軍而禁衞之精自此始也宋興益修其法壯銳者外其軍籍老懦者黜而去之以至太宗真宗屢嘗自臨試而蒐擇故興國有揚村之閱咸平有東武之蒐軍旅之盛近世無比焉然自此兵益以廣議者以動衆爲疑而簡練之綱遂踈黜廢之法益恕矣雖天子丁寧欲捄其敝而羣臣莫能奉其意焉

添兵

西師天子憂之謂呂蒙正曰方事之警急衛兵亦可抽減其如衛兵數亦不足蒙正復請取河南丁壯以益兵天子難其言然不得已而卒聽焉其後又請濟師不已遂令劉承珪取環慶諸州役兵升爲禁兵號振武軍以益焉自此募兵之法益廣矣天子延見近臣屢歎兵數之倍而思太祖之法有减兵之意嘗曰雖議者恐其動衆亦當斷在必行然羣臣莫能承上意焉

兵器

百工之事皆聖人爲而其於兵械尤重弓矢之取諸

瞭始見於經至於周官考工所陳五兵之法可謂詳矣漢興言兵者十三家其要皆以便手足利器械立攻守之勝語曰器不堅利與徒手同是兵械之不可不修也宋興太祖將平定四方命魏丕主作責以稱職每造兵器十日一進謂之旬課上親閱之作治之巧盡矣國工署有南北作坊歲造甲鎧具裝鎗劒刀鋸器械箭箶麗皮笠弩樘床子弩凡三萬二千又有弓弩院歲造弓弩箭弦鏃等凡千六百五十餘萬諸州歲造弓弩箭劒甲兜鍪甲葉箭鏃等凡六百二十餘萬又別造諸兵幕甲袋征鼓炮炒鍋鍘行槽鍬钁

鍊斧等謂之什器凡諸兵械置五庫以貯之戎具精勁近古未有焉景德中以歲造之器可支三二十年而創作未已天子念勞費之宜省也因遣內都知秦翰閱武庫所聚令給用有餘諸作治以權宜罷焉

城壘

周世宗時韓通築城于李晏口凡立十二縣又築東鹿增鼓城葺祁州數年又自浮陽至乾寧補壞防闕游口三十六遂通瀛莫宋興王全斌葺鎮州西山堡障劉過築保州威虜靜戎平塞長城等五城太宗既平太原以潘美守之隳舊州遷於榆次又命美鎮三

交三交在西北三百里地號故軍溪谷險絶爲戎人之咽喉多由此入寇美帥師襲之僞軍使安廖以城降因積粟屯兵以守之久之遷并州於三交以美爲帥焉

宗廟

堯舜禹皆立二昭二穆與始祖之廟而五商人祀湯與契及昭穆之廟而六周人祀后稷文武及親廟而七漢初立廟不合古制至晉擬周官定七廟之數而虚太祖之室隋興但立高曾祖禰四廟而已唐初因其制正觀立七廟天寶祠九室梁氏以來皆立四廟

宋興采張昭任徹之議追尊僖順翼宣四祖而立其
廟用近制也蓋自禰至于高祖親親之恩盡矣故有
四廟之制前世祖有功宗有德不可預為其數故有
五廟六廟七廟之禮先儒以謂有其人則七無其人
則五此古今之文損益之數昭昭可考者也

邊糴

建隆元年以河北仍歲豐稔穀賤命高其價以糴之

常平倉

淳化二年詔置常平倉命常參官領之歲熟增價以
糴歲歉減價以糶用振貧民復舊制也

偵探

淳化中柴禹錫趙鎔掌機務潛遣吏卒變服偵事卒王遂與賣書人韓玉有不平誣玉有惡言禹錫等以狀聞上怒誅玉京師人皆冤之自是廉得他事上不復聽至道中又有趙贊性險詖捷給專伺中書樞密及三司事乘間言於上上以爲忠無他賜中外畏其口既而天子覺悟卒誅贊焉

貢舉

貢舉之制建隆初始禁謝恩於私室開寶五年召進士安守亮等三十八人對於講武殿下詔賜其第六

年又召宋準等覆試於講武殿殿試自此始也自隋
大業中始設進士科至唐以來尤盛歲取不過三十
人咸亨上元中增至七八十尋亦復故開成中連歲
取四十人又復舊制進士外以經中科者亦不過百
人至太宗即位興國二年以郡縣闕官旬浹之間拔
士幾五百以補闕員而賑滯淹又未命官而賜之緑
袍靴笏使解褐焉八年進士萬二百六十人淳化二
年萬七千三百人始命知貢舉蘇易簡等受詔即赴
貢院不更至私第以防請託至殿試又爲糊名之制

軍賞罰

天寶之後將之廢置出於軍則軍之驕可知也五代之際國之興亡出於軍則軍之驕又可知也及周世宗奮然獨見誅敗撓之將而軍之約束始修太祖之爲將也每有臨陣逗撓不用命者必斫其皮笠以誌之明日悉斬以徇自是人皆死戰及太祖受天命謂征蜀諸將曰所破郡縣當傾帑藏爲朕賞戰士國家所取惟土疆爾故人皆用命所至成功如席卷之易蜀既平擇其親兵得百二十人隸殿前司謂之川班殿直廩賜優給與御馬直等其後郊祀優賞太祖特詔賞御馬直更增五千而川班殿直以不在此例擊

登聞鼓訴之太祖怒立命中使執歸本營各杖二十明日盡戮於營中餘八十人配諸州遂廢其班初太祖嘗問唐莊宗享國不久何也飛龍使李重進對曰莊宗好畋而將士驕縱姑息每出近郊衛士必控馬首曰兒郎輩寒必望敕賜莊宗即隨所欲給之如此者非一末年之禍蓋令不行而賞賚無節也太祖撫手歎曰二十年夾河戰爭取天下而不能以軍法約束此輩縱其無厭之求誠爲兒戲我今養士卒固不悋爵賞但犯法者惟有劍耳及聞川班殿直之訴使中使謂之曰朕之所與便爲恩澤又焉有例故盡誅

之世宗太祖之馭軍賞罰如此故世宗取淮南關南之地太祖平五強國如拾地芥由是觀之軍無驕否惟所馭之術何如若太祖之智可謂神矣

雅樂

周世宗患雅樂陵替得王朴竇儼考正之宋興儼定文舞爲文德之舞武舞爲武功之舞大朝會用之又定十二曲名以爲祭祀會朝出入之節焉朴儼所考正有未備者和峴繼成之然裁減舊樂乃太祖之聖意章聖用隨月之律主上新皇祐之制雅樂備焉

佛教

建隆初詔佛寺已廢於顯德中不得復興開寶中令僧尼百人許歲度一人至道初又令三百人歲度一人以誦經五百紙爲合格先是泉州奏僧尼未度者四千人已度者萬數天子驚駭遂下詔曰古者一夫耕三人食尚有受餒者今一夫耕十人食天下安得不重困水旱安得無轉死之民東南之俗游惰不職者跨村連邑去而爲僧朕甚嫉焉故立此制

史官

天子動則左史書之春秋是也言則右史書之尚書是也漢武帝有禁中起居注魏晉歸之著作其後亦

命近臣典其事後魏始置起居令史行幸宴會則在
御座前記君臣酬荅之語又別置起居注二人北齊
有起居省隋置起居舍人二人以掌内史唐起居之
俱隸於門下顯慶中即與舍人分隸兩省每天子御
殿則左右夾香案分立殿下螭頭之側和墨濡翰皆
就螭頭之坳處有命則臨陛俯聽對而書之典禮文
物冊命啓奏羣臣薨免懲勸之事悉載於起居注季
冬終則送於史官長壽中姚璹以爲帝王謨訓不可
使無紀述若不宣自宰相史官無由而書請仗下所
言軍國政要命宰相一人專知撰録季終付於史官

即令之時政記也元和十二年又委承旨宰相宣示
左右起居注令其綴録大和九年詔郎舍人准故事
入閤日賫紙筆立於螭頭以記言動故文宗實録為
備焉至後唐明宗亦命端明殿學士樞密直學士修
日曆世宗用陶穀之言修明宗之制開寶中扈蒙為
修撰以謂内庭日曆樞密院抄録送史官所記者不
過對見辭謝而已蓋宰相慮漏洩而史官限踈遠故
莫得而具也請言動可書者委宰相參政月録以送
史官使修日曆遂以參知政事盧多遜專其事興國
中詔書病史氏之漏落又以參知政事李昉專其任

而樞密院亦令副使一人專知纂述昉請每月先以奏御乃送史官時政記之奏御自昉始也淳化之間從張佖之請始置起居院修左右史之職以梁周翰掌起居郎事李宗諤掌舍人事爲周翰宗諤言崇德殿長春殿宣諭論列之事時政記記之樞密院事關機密本院記之餘百司封拜除改沿革制撰之事請悉使條送以備論撰月終皆送史官從之又令郎舍人分直崇政殿記言動别爲起居注每月先以奏御起居注奏御自周翰宗諤始也

正量衡

建隆初頒量衡於天下淳化中以太府之式不足以合信取平守藏吏緣爲姦天下歲輸者至於破産以萬數守者更代動必數歲計爭於是天子詔有司使爲新法劉承珪劉蒙言權衡之法起於黍十黍爲絫十絫爲銖四十銖爲兩度之法起於忽一忽爲絲十絲爲毫十毫爲氂十氂爲分爲一絫四黍以開元通寶錢肉好周均者校之十分爲錢十錢爲兩自分氂毫絲忽轉轉十倍增之凡一錢爲十萬忽因取毫髮計之皆有準自一錢至半錢爲衡以較之得錢二千四百輕重等者爲十五斤可施用并以絲忽毫氂銖

累之進奏御詔三司較之以御書淳化三體錢二千四百磨令與開元通寶錢輕重等定其法爲新式頒之天下權衡之法得焉

户口版圖

太祖元年有州一百一十一縣六百三十户九十六萬七千三百五十三末年州二百九十七縣一千八百六户二百五十萬八千九百六十五興國初有上言事以閏爲限三歲一令天下貢地圖與版籍上尚書省所以周知地理之險易户口之衆寡至道初又令更造天下州縣户口之版籍焉

任將

太祖之置將也隆之以恩厚之以誠富之以財小其名而崇其勢略其細而求其大久其官而責其成每朝必命坐賜與優厚撫而遣之嘗令爲郭進治第悉用㼧瓦有司言非親王公主不得用之上曰郭進控扼西山十餘年使我無北顧憂我視進豈減兒女耶趣作無復言此可謂隆之以恩矣取董遵誨於仇讎取姚内斌於俘虜皆用之不惑郭進在西山嘗有軍校訟其不法上曰進馭下嚴是必罪人懼進法欲誣進以自免也使中人執以賜進令詰而殺之此可謂

厚之以誠矣西北邊軍市之租多賜諸將不問出入往往賞賚又輒以千萬李漢超守關南屬州錢七八萬貫悉以給與又加賜賚漢超猶私販搉場規免商筭有以事聞者上即詔漢超私物所在悉免關征故邊將皆養士足以得死力用間足以得敵情以居則安以動則勝此可謂富之以財矣李漢超郭進皆終於觀察使所居不過巡檢使之名終不以大將處之然皆得以便宜從事郭進在西山上每遣戍卒必諭之曰汝等謹奉法我猶赦汝郭進殺汝矣其假借如此故郭進所至兵未嘗小衄此可謂小其名而崇其

勢矣王彥昇之好勇馮繼業之自伐然用彥昇守原州繼業守靈州皆邊境以安此可謂略其小而求其大矣何繼筠屯棣州二十餘年董遵誨屯通遠軍四十年其餘皆不減十餘年邊境賴之此可謂久其官而責其成矣夫寵之以非常之恩則其感深待之以赤心則其志固養之以關市之租則其力足小其名而不撓其權則在位者有赴功之心而勇智者得以騁略其過則材能進久其任而功利悉自古用將之術不易於是太祖兼用之故以李漢超屯關南馬仁瑀守瀛州韓令坤鎮常山賀惟忠守易州何繼筠領

棣州以防北虜郭進控西山武守琪戍晉州李謙溥
守隰州李繼勳鎮昭義以禦太原趙贊屯延州姚内
斌守慶州董遵誨屯環州王彦昇守原州馮繼業守
靈武以備西戎如姚内斌董遵誨之徒所領不過五
六千人而威名皆行乎戎狄當此之時建隆元年六
月誅李重進收潞州十一月誅李筠收楊州四年收
湖南北六年收蜀十三年收南越十七年定江表之
地内則吳越閩海歲奉貢職外則交州丁璉高麗王
伷請吏嚮化而契丹修好之使數至於闕庭拱挹指
麾而天下一定不知封疆之憂蓋太祖用將之術如

此故養士少而蓄力多操術簡而收功博也

水災

周世宗嘗使竇儼論水沴所興儼以謂陰陽者水火之本陰之主始於淵獻水之行紀於九六凡千七百二十有八歲爲浩浩之會當此之時雖有周唐之君不能弭其患者數也若至於后辟狂妄以自率權臣昧冒以下專政不明賢不章則苦雨數至潦水厚積德宗壬申之水者政也漢以來言災異者亦然然則誠古今之通論宋興常雨之沴閒輒有之然未嘗有百川沸騰黎民昏墊之患也而太祖開寶之閒常以

霖雨之憂出後宮以銷幽閉之感太宗淳化之歲嘗自七月至九月雨不止崇明門外皆浮髦栰以濟壁壘廬舍多壞人多壓死物價踴貴秋斂用微於是流移者衆而陳潁宋亳之間盜亦稍稍而起太宗加給復之恩賜糜淖之餉以救其變此祖宗所以懼天災圖政務之遺事也

汴水

昔禹於滎澤下分大河爲陰溝出之淮泗至浚儀西北復分二渠其後或曰鴻溝始皇疏之以灌魏郡者是也或曰浪宕渠自滎陽五池口來注鴻溝者是也

或曰浚儀渠漢明帝時循河流故瀆作渠渠成流注浚儀者是也或曰石門渠靈帝時於敖城西北累石爲門以遏渠口者是也石門渠東合濟水與河渠東注至敖山之北而兼汴水又東至滎陽之北而旃然之水東流入汴滎陽之西有廣武二城汴水自二城間小澗中東流而出濟水至此乃絶桓溫將通之而不果者晉大和之中也劉裕浚之始有湍流奔注而岸善潰塞裕更疏鑿以漕運者義熙之間也皇甫誼發河南丁夫百萬開之起滎澤入淮千有餘里更名之曰通濟渠者隋大業之初也裴耀卿言江南租船

自淮西北泝鴻溝轉相輸納於河陰含嘉太原等倉凡三年運米七百萬石者唐開元之際也後世因其利焉太宗嘗命張洎論著其興鑿漕運之本末如此宋至道之間也

刑法

太祖始用士人治州郡之獄太祖即位尤重用典刑哀矜之詔歲輙有之刑部設詳覆之員諸路命糾察之使至於淳化又置審刑院於禁中防大理刑部之失凡具獄先上三司然後關報審刑事從中覆然後下丞相府又以聞始命論蓋其重慎之備如此焉

管榷

太祖知百姓疾苦五代之政欲與之休息故詔書屢下弛鹽禁於河北寬鹽價於海瀕有司嘗欲重新茶之估以出於民上曰是不重困吾人耶遂罷其議既平五強國收天下之地未嘗不去其煩苛與百姓更始焉故民始得更生於水火之中當是之時糜敝少而用約也自時以來兵籍既衆他費稍稍亦滋錮利之法始急於是言礬課則劉熙古深茶禁則樊若水峻酒榷則程能變鹽令則楊允恭各騁其意從而助之者寖廣自此山海之入征榷之筭古禁之尚疏者

皆密焉猶不能以爲足也

曆

察天時以授民事則曆象不可不謹也唐虞以来尚矣唐髙祖有戊寅之曆髙宗有麟德之曆中宗有景龍之曆明皇有大衍之曆肅宗有至德之曆代宗有五紀之曆德宗有正元之曆憲宗有觀象之曆穆宗有宣明之曆昭懿有崇元之曆自時以後至於梁唐日官之任缺焉晉髙祖始用趙仁錡有調元之曆周世宗用王朴有欽天之曆當朴之成曆也王處訥謂之曰此曆可且行久則差矣既而果然宋興命處訥

正之於是有應天之曆久之又差而苗守信等承詔論定於是有乾元之曆至道淳化之間王睿鄭昭晏之徒屢校其踈密而日官韓顯符始定渾儀之器楊文溢增用甲子之數皆施行焉

錢幣

興國初紐江南鐵錢鑄農器以給流民而於江東之地始鑄銅錢民便之自樊若水始其後以鉛錫雜鑄雖歲增數倍而錢始麤惡自張齊賢始淳化之間趙安易請鑄大錢行於蜀自大臣皆以為不可而安易之辯不可屈既鑄非便天子卒斷而罷之焉

宦者

淳化中改黄門院爲内侍省而置昭宣使以王延德王繼恩杜彦鈞處之繼恩收蜀有功宰相欲以爲宣徽使天子以爲宦官不可令預政事切責宰相而置宣政使以命繼恩其後張洎居翰林請以藍敏正爲學士裴愈副之上曰此亂政朕方復古道安得踵此覆轍邪相懟而退蓋祖宗之明理亂愼威福之漸如此焉

學校

宋興承五代之亂建隆初嘗命崔頌教國子始聚生

徒講學天子使使者臨賜酒果以寵厲學者澄汚化中
上始睟學命孫奭講說命之篇天子嗟異久之

名教

唐氏五代之亂教化之事久缺雍熙初始勑羣臣用
通喪之制至道之間近臣有不能養者上爲賜錢使
迎其母而使者亦言蜀人有事於中州其父家居不
能自存者天子驚嘆於是詔書遂下稱人子之義以
風曉切責而使執法舉不能養者定著於令焉

銓選

建隆初定考判之制著循資之格

䄍祭

博士和峴言䄍始伊耆而三代有嘉平清祀䄍祭之名䄍臘之別名也漢乘火德以戌日爲臘臘接也言新故相接故田獵取禽以報百神享宗廟旁及五祀以致孝盡虔晉魏同之唐以土王正觀之際尚用前寅䄍百神卯日祭社宫辰日臘宗廟至開元始定禮制三祭皆於臘辰以應土德議者是之宋興推應火行以戌日爲臘而獨以前七日辛卯䄍不應於禮請如開元故事䄍百神祀社稷享宗廟同用戌臘如禮便制曰可

感生帝

乾德初用博士聶崇義之言以赤帝爲感生每歲正月祠用壇其後又以正月上辛祀昊天上帝五帝皆從祀與感生帝祭同日既瀆且從祀禮殺失所以致崇極意自此感生帝始别祭不從祀昊天

西京郊配

太祖開寶元年幸河南定圓丘之位以四月郊祀上帝將行躬告於太廟既行不載主焉

祠太一

興國中兆太一於城南用學士張齊賢春官正楚芝

蘭領祠畢齋賢等以爲太一者五帝之佐天之貴神祠宜半祀天之禮又小損之天子使加伶官百人旨昏祠至明如漢制焉

郊配

太祖已尊四祖之廟郊祀以宣祖配天宗祀以翼祖配帝及太宗繼大統禮官以爲王業所興自太祖始故興國之初天子再郊皆太祖配天及欲封泰山亳蒙建白以謂嚴父莫大於配天宜以宣祖配天太祖配帝其後封禪之禮輟而雍熙之郊遂用蒙議學者病之至淳化之春合祭天地於圜丘遂以宣祖太祖

同配如永徽故事自此孟春祈穀孟冬祀神州季秋大饗明堂用宣祖配冬至祀昊天夏至祀皇地祇孟夏雩祀用太祖配如永泰之禮皆禮儀使蘇易簡所定焉

賦稅

周世宗嘗患賦稅之不均詔長吏重定潁州刺史王祚躬行部縣均其輕重補流民逋賦以萬數增其舊籍百姓詣闕稱頌焉

三司

鹽鐵戶部度支凡二十四案吏千餘人乾德定考課

之法興國增判官之員淳化之間或專置一使或離爲二司已又復之爲三而副貳官屬之損益眎焉天子嘗召見其吏李浦等問利害之理浦等言七十餘事多見聽納於是三司使陳恕等皆以不勝任見讓而浦遂試用顯於世焉

俸禄

太祖哀怜元元之困而患吏之煩擾欲高吏之行以便民於是定俸戶之制修益俸之令太祖猶以爲煩民也於是出庫財以賦吏禄詔書屢出欲吏之有餘而無内顧之憂然後於義德備焉蓋其任人之知所

先後如此

南蠻

南蠻於四夷爲類最微然動輒一方受其患至覆軍殺將與夫轉餉煩擞之久也則他盜亦緣而有太中咸通之間安南之變是也故爲政者不得不戒焉宋興嘗設廣捷之兵習標牌之器其後又益澄海之師皆以備蠻之爲疆埸害也葢及其輒動而我之所以威附之術可得而談者有用兵深入伐而克之與國之初翟守素之平梅峒是也有兵已克破赦而受之咸平之間曹克明之收撫水是也有計能屈之納以

恩信章聖之世謝德權之靖宜州是也蓋兵不足以克則赦不能以來計不足以屈則信不能以收此古今之通理而智謀者之所易覩也今溪洞往往爲東南之憂而議者不謀威略一欲懷之以利是見其一未見其二也

契丹

契丹既勝晉歷漢周爲中國之患宋興太祖明經綸之體專擇用將帥以折衝一方之難自山西關南所屬任皆天下之材委付專而聽斷明豪傑之士得盡其智力以赴功故養士少而形勢強當此之時疆境

泰然無北顧之憂間有窺塞之謀虜騎六萬太祖命田欽祚以三千人破之當世以爲謗虜既屈服於是叩關請吏修書幣之使天子見羣臣謙讓不自以爲德也其後向之宿將稍死而天子伐晉晉虜連兵既破虜而平晉遂用事於燕不克而還自此虜復爲中國之患雍熙中曹彬以十萬之衆不能舉燕而退有祁溝之敗既而楊業敗於陳家谷劉廷讓於君子館又敗士多失亡乘塞瘡痍之兵至不滿萬趙魏大震虜遂深入陷郡縣殺官吏執士民將吏依壁自固虜輒掠坰野收子女之俘掊金帛之積而去自鄴而北

千里蕭然天子下哀痛之詔而邊吏屢請益兵始科河内之民以戍邊不足則又科河南之民猶不足則反役兵爲振武之軍以自助然猶不能以爲足也咸平之間命傅潛爲大將虜既入塞塞上皆飛檄請救潛按兵不出將卒人人欲戰不許天子屢使人督戰又爲益發兵使進而潛終不敢出虜乘其隙也連破州邑遂越魏犯澶百姓騷然天子爲戎衣濟河而虜之謀臣射死兵遂解去揚延以爲乘其敝痛殺幽冀可收天子抑其言而講和之策遂定焉自此邊境去矢石之憂天下無事百姓和樂至今餘四十年先帝

之功德博矣

折中倉

折中之法聽商人入粟而趨江淮受茶鹽之給公私便之或以爲敝濫既廢而歳失百萬之入端拱初復置以歳旱而止淳化中遂復之

権易

宋興既收南越之地而交阯奉貢職海外之國亦通關市犀象珠璣百貨之産皆入於中國府庫既充有司遂言宜出於民始置権易之場歳收其直數十萬貫自此有加焉

左藏

興國初左藏之財既充斥始分爲三錢與金帛皆別藏典守者亦各異焉

賊盜

宋興既歛兵於內盜賊輒發而州郡無武備急則吏走匿自存天子常薄吏罪而言事者以爲適然故盜起輒轉刼數百千里非天子自出兵往往不能格愚固異焉及覽近世之迹若宋璫守益州張雍守梓州秦傳序守閬州何郯守象州皆以區區一城抗賊之鋒不爲不義屈於是知天子待吏盡恕道矣而吏之

走匿自存者何其不自力也

漕運

宋興承周制置集津之運轉關中之粟以給大梁故用侯贇典其任而三十年閒縣官之用無不足及收東南之地興國初始漕江淮粟四五百萬石至汴至道閒楊允恭漕六百萬石自此歲增廣焉

文館

三館之設盛於開元之世而衰於唐室之壞五代高武力雖存西館之署而法度卑矣宋興太祖急於經營收天下之地其於文儒之事稍集然未能備也太

宗始度外龍之右設署於禁中收舊府圖籍與兵蜀之書分六庫以藏之又重三書之購而閭巷山林之藏稍稍益出天下圖書始復聚而縉紳之學彬彬矣悉擇當世聰明魁壘之材處之其中食於太官謂之學士其義非獨使之尋文字窺筆墨也蓋將以觀天下之材而備大臣之選此天子所以發德音留聖意也

屯田

自漢昭始田張掖趙充國耕金城曹操以區區之魏力農許下晉用鄧艾田壽春羊祜田襄陽杜預田荊

州荀羨田東陽隋耕朔方之地而唐起屯振武皆內益蓄積外有守禦之利故能服夷狄兼鄰國或定南面之業焉宋興當雍熙之間強胡屢爲邊害天子念守兵歲廣而趙魏失寧廢耕桑之務於是方田之法自此始是後開易水疏雞距修鮑河之利邊屯以次立矣然中國一統內輯百萬之師議者以爲豈晏然不知兵農兼務哉天子乃遣議臣東出宿亳至壽春西出許潁轉陳蔡之間至襄鄧得田可治者二十二萬頃欲修耕屯之業度其功用矣天子尤意嚮之而任事者破壞其計故功不立

水利

自史起溉鄴田鄭國鑿涇水李冰以區區之蜀修二江之利漢興文翁穿煎溲鄭當時引渭莊熊羆引洛兒寬奏鑿六輔渠而白公注涇渭邵信臣廣鉗盧之浸自是後王景理芍陂馬臻築鑑湖至晉杜預疏荊兖之水張闓理曲阿之塘宋人引淠魏人引河唐疏雷陂築句城除堰遏之害皆代天施長地力衣食元元而足公家之費故三代溝澮之法替而赴時務功此不可不重也聖宋當雍熙之間以下並同屯田篇但改欲修耕屯之業作[illegible]之浸灌者舊迹皆可理

黃河一作捺河

河自西出而南又東折然後北注於海當禹之行水功之所施者最多自大伾而北既釃爲二至大陸又播爲九然後爲逆河以與海屬非屢散裂而順導之莫能爲功蓋其難如此故歷三代千有餘年無河患者以禹故迹未嘗變也至周定王之時禹迹遂改故河之爲敗自此始自是之後言治河者尤衆有欲索故迹而穿之許商解光之說是也有欲出之胡中齊人延年之說是也有以爲天事可勿理者田蚡谷永之說是也有以爲宜空水衝以縱其決穿漕渠以通

其勢者闕並肯讓之說是也有以爲宜弛灌漑之防
使水得自行者張戒之說是也有以爲宜徙之寬平
者王横之說是也有以爲宜計爲隄防又以爲隄防
非古義者王延平當之說是也凡此數者各乖異總
之隄防之起自戰國西漢以來築作者輒復敗故務
壅塞居水者最闇於用而復二渠則水之害去絶屯
氏之河則害作故言河宜散裂倣於禹迹是當盛宋
之隆河數爲敗與國之間房村之決爲甚當此之時
勞十萬之衆然後復理天子爲賦詩比瓠子之歌屬
者雖有商胡之憂非曩時比也然天子大臣講求利

害之理勤矣愚既以爲隄防壅塞闇於用倣禹之迹爲可然水之爲迹難明久矣非深考博通心知其詳固難以臆見決策舉事也宜博求能疏川浚河者與之慮定然后施功則可以下安元元上追禹績矣

邊防

周世宗之時築李晏口立縣十二又築束鹿增鼓城葺祁州遂自浮陽至乾寧之塞補壞防開游口三十有六瀛莫以通作治之功自韓通宋興葺鎮州西山保障自王全斌而築保州威虜靜戎平塞長城寨自劉遇太宗既平晉隳舊州遷之榆次又遷三交奪故

軍之險而守之得胡人咽喉之地自涵美

平糴

使歲穰穀不賤歲凶民不病食故平糴之令自此始李悝修之魏以富彊漢興耿壽昌開常平之法以至晉齊不能廢後魏定和糴之制北齊築富人之倉隋人置監唐人置東西市之糴雖號名殊其爲法一也當盛宋建隆之間始因河内之稔修邊糴之事至淳化而天下之糴復大備

義倉

使歲穰輸其餘歲凶受而食之故義倉之法自此始

長孫平修之隋以富足唐用戴冑之言而復定著令高宗又開雜用之禁神龍之後綱理疏闊而義倉遂廢殆盡至開元自王公以下至于商人皆有入故義倉之實至六千萬以上自是後而衰宋興乾德之初天子哀歲不登而倉吏不以時出與民於是著發粟之制使不待詔令其後又病吏之煩擾而民罹輸轉之困又罷之至今上而舊制復行

茶

唐正元初趙贊興茶稅而張滂繼之什取其一以助軍費長慶初王播又增其數大中中裴休立十二條

之利宋興茶鹽之法屢有變易而茶法幾至大壞景德中嘗乘邊備之急而倉卒變法高塞下入粟之虛直易江淮茗荈之實其厚利悉歸於商人矣是時議臣請以見緡入中而天聖初又設三說之法入見緡金帛則官雖爲便而商者不通用三說則官有七倍之損而香象之貨居積停滯公私皆失其利焉景祐康定之間又增以鹽利爲四說雖公家虧於半而貫販者復壅至皇祐中又用見緡之法雖壅滯稍去然調視小失固未至[illegible]乖迂也

元豐類藁卷第四十九

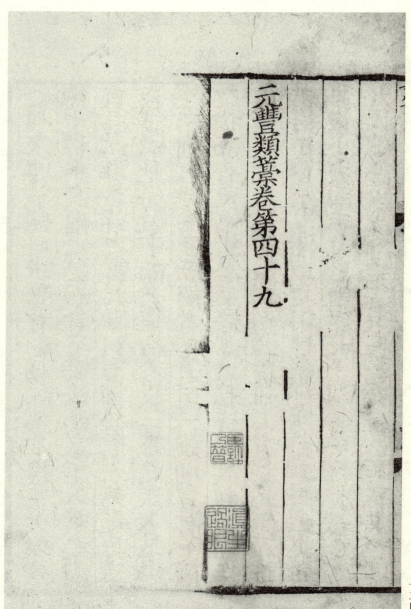

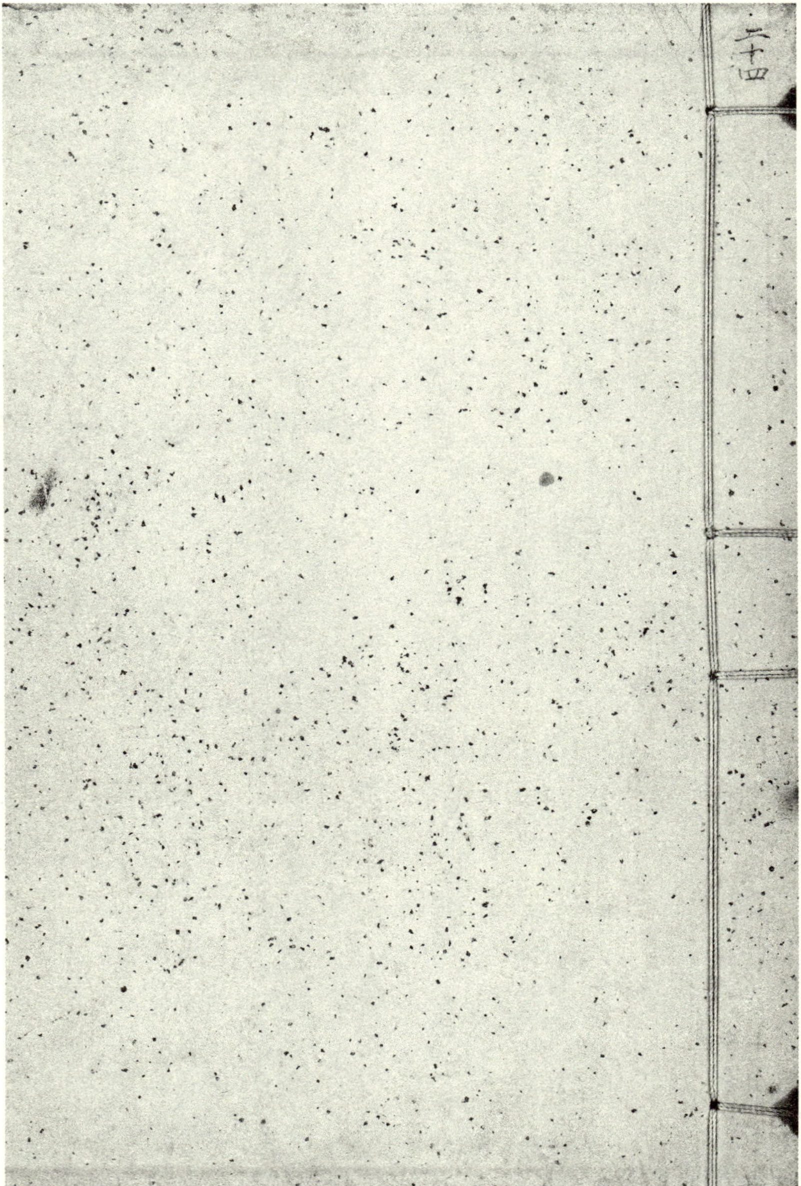
二十四

元豐類藁卷第五十

金石録䟦尾

茅君碑

茅君碑三茅者盈太元眞君固定録眞君衷保命仙君皆漢景帝中元間人盈天漢四年道成至元帝初元五年來江左句曲之山哀帝元壽二年乘雲而去至梁普通三年五百四十四年矣固至孝元時拜執金吾卿衷宣帝地節四年拜上郡太守五更大夫並解任還家修學成帝永始三年固爲定録眞君衷爲保命仙君梁普通三年道士張繹建此碑孫文韜書

常樂寺浮圖碑

常樂寺浮圖碑周保定四年立州人治記室曹胡逵撰其辭云襄州刺史王秉字孝直建常樂寺塼塔七層其碑文今仆在襄州開元寺塔院其文字書畫無過人者特以後周時碑文少見於世者故存之

九成宫醴泉銘

九成宫醴泉銘祕書省檢校侍中鉅鹿郡公魏徵撰兼太子率更令歐陽詢書九成宫乃隋之仁壽宫也魏爲此銘亦欲太宗以隋爲戒可以見魏之志也

魏侍中王粲石井欄記

魏侍中王粲石井欄記貞元十七年山南東道節度
使于頔撰掌書記胡証書記一參謀太子舍人甄濟
撰判官彭朝議書云上元二年山南東道節度使來
瑱移井欄置於襄州刺史官舍故爲記甄濟者韓愈
所謂陽瘖避職卒不汚祿山父子事者也其文得之
爲可喜而朝議書尤善皆可愛者也

襄州徧學寺禪院碑

襄州徧學寺禪院碑黃門侍郎修國史韋承慶撰太
子少詹事鍾紹京書開元二年立其文云襄州人將
仕郎阮弘靜與其屬人建徧學寺禪院故立此碑承

慶有辭學張易之敗時承慶以附託方待罪衆推令草赦書承慶援筆而成衆壯之紹京景龍中以苑總監從討韋氏有功惟嗜書家藏王羲之獻之褚遂良書至數十百卷以善書直鳳閣武后時榜諸宮殿明堂及銘九鼎皆紹京書也其字畫妍媚遒勁有法誠少與爲比然今所見特此碑尚完尤爲可愛也褊學寺於宇文周爲常樂寺於今爲開元寺

襄州興國寺碑

丁道護書啓法寺碑一興國寺碑一皆隋開皇中立啓法寺今爲龍興寺在襄陽城西興國寺今爲延慶

寺在望楚山歐陽永叔云興國寺碑不知所在特見其模本於太學官楊褒家而此碑陰又有並追護書襄州鎮副總管府長史柳止戈而下十八官並疏姓名其字猶可喜得之自余始世蓋未有傳之者也

韓公井記

韓公井記開元二十二年初置十道採訪使韓朝宗以襄州刺史兼山南東道襄州南楚故城有昭王井傳言汲者死行人雖暍困不敢視朝宗移書諭神自是飲者亡恙人更號韓公井楚故城今謂之故墻即鄀也此記今移在郡廨中故城改爲墻者由梁大祖

父烈祖名誠當時避之故至今猶然

晉陸禕碑

晉陸禕碑此碑云禕字元容吳郡吳人其先家于陸鄉因氏姓焉顯考吳故左丞相禕赤烏六年召宿衞郎中轉右郎中左郎中治書執法平中校尉　平義都尉五官郎中騎都尉遷黃門侍郎封海鹽縣侯加裨將軍行左丞相鎮西大將軍事又云委子　執務入賓皇儲而吳志云孫晧大鼎元年以陸凱爲左丞相又云凱子禕初爲黃門侍郎出領部曲拜偏將軍凱亡後入爲太子中庶子皆與此碑合而此碑晉泰寧三

年立也

尚書省郎官石記序

尚書省郎官石記序陳九言撰張顛書記自開元二十九年郎官石名氏爲此序張顛草書見於世者其縱放奇怪近世未有而此序獨楷字精勁嚴重出於自然如動容周旋中禮非強爲者書一藝耳至於極者廼能如此其楷字蓋罕見於世則此序尤爲可貴也

桂陽周府君碑并碑陰

桂陽周府君碑并碑陰歐陽永叔按韶州圖經云後

漢桂陽太子周府君廟在樂昌縣西一百二十八里武溪上武溪驚湍激石流數百里昔馬援南征其門人爰寄生善吹笛援爲作歌和之名曰武溪深曰滔滔武溪一何深鳥飛不渡獸不能臨嗟哉武溪何毒淫周府君開此溪合湞水桂陽人便之爲立廟刻石又云碑在廟中郭蒼文今碑文磨滅云府君字君光而名已訛缺不辨圖經但云周使君亦不著其名後漢書又無傳遂不知爲何人也按武水源出郴州臨武縣鸕鷀石南流三百里入桂陽而桂陽水湞水黎溪盧溪曹溪諸水皆武水合流其俗謂水湍〃浚爲瀧溪

退之詩云南下樂昌瀧即此水也碑首題云神漢者
如唐人云聖唐爾蓋當時已爲此語而史傳他書無
之獨見於此碑也熙寧八年余從知韶州王之材求
得此本之材又以書來曰按曲江縣圖經周府君名
昕字君光則永叔云圖經不著其名者蓋考之未詳
也又有碑陰列故吏及工師官號州里姓名之寸并
模以來永叔蓋未之得也其碑陰曲江字皆作曲紅
而蒼江字江夏字亦作紅蓋古字通用不可不知此
學者所以貴乎博覽也永叔又記劉原父所得商洛
之鼎銘云惟十有三月旁死魄君謨問十四月者何

謂原父不能言也以余考之古字如亦作灸人作亽之類皆重出如此者甚衆則此文作三者特二字耳永叔原父君謨皆博識而亦有所未達學者又不可不知故并見之於此也

唐安鄉開化寺卧禪師淨土堂碑銘

唐安鄉郡開元寺卧禪師淨土堂碑銘監察御史張鼎撰雍縣尉吳郁書天寶九載庚寅立稱卧禪俗姓辛氏名順忠隴西狄道人隴右按察使崔昇進奏住河州開元寺右脅而卧諸漏已無開元中詔隴右節度使張守珪爲就寺造淨土堂故爲銘自河隴没於

羌夷州縣城郭官寺民廬莫不毀廢唯佛寺與碑銘文字載佛寺者往往多在世皆以謂四方幽遠殊類異俗不知禮義出於天性故夷之然其於佛皆知信慕以其有罪福報應之説余以謂四夷雖恣睢甚者及曉之以曲直是非悅且從也固不可謂其天性無欲善之端是以虞夏之世東漸于海西被于流沙朔南暨聲教則能令其信慕者亦非特有佛而已也彼以罪福報應之説動之未若不動之以利害而使之心化此先王之德所以爲盛也

江西石幢記

江西石幢記觀察支使試左武衛兵曹參軍來擇撰
大和二年建自採訪使班景倩兼知黔中道爲始判
官巳下皆列次姓名後石幢記都團練判官試太常
寺協律郎李方玄撰大和七年建自使檢校右散騎
常侍兼侍御史中丞裴誼爲始副使巳下皆列次姓
名續石幢記節度掌書記陳象撰光化三年建自使
開府儀同三司檢校太保兼侍中潁川郡鍾某爲始
列副使巳下如後記續立石柱題名記知節度判官
胡順之撰天聖元年建自太平興國元年自殿中丞
通判軍州事李翰爲始至熙寧九年祠部郎中集賢

校理葉均

辱井銘

辱井銘辱井有篆文云辱井在斯可不戒乎井下文共十八字在井石檻上不知誰爲文又有景陽樓下井銘又有陳後主叔寶辱井記云江寧縣興嚴寺井石檻銘莫知誰作也歷序隋文帝命晉王廣伐陳後主自投井中令人取之驚其太重及出乃與張貴妃孔貴人三人同束而上其末云唐開元二十二年三月十七日前單父縣令左轉此縣丞太原王巳下闕

漢武都太守漢陽阿陽李翕西狹頌

漢武都太守漢陽阿楊李翕西狹頌武都太守漢陽阿楊李翕字伯都以郡之西狹閣道通梁益緣壁立之山臨不測之溪危難阻峻數有顛覆霣墜之害乃與功曹吏李旻定策勑衡官掾仇審治東坂有秩李瑾治西坂鑽燒大石改高即平正曲廣訖既成人得夷塗可以夜涉廼相與作頌刻石其頌有二其所識一也其一立於建寧四年六月十三日壬寅其一是年六月三十日立也又稱翕嘗令澠池治崤嶔之道有黃龍白鹿之瑞其後治武都又有嘉禾甘露木連理之祥皆圖畫其像刻石在側蓋嘉祐之閒晁仲約

貧夫爲興州還京師得郙閣頌以遺余稱析里橋郙
閣漢武都太守阿陽李翕字伯都之所建以去沉没
之患而翕字殘缺不可辨得歐陽永叔集古録目跋
尾以爲李會余亦意其然及熙寧十年馬珹中玉爲
轉運判官於江西出成州所得此頌以視余始知其
爲李翕也永叔於學博矣其於是正文字尤審然一
以其意貧之遂不能無失則古之人所以闕疑其可
忽歟近世士大夫喜藏畫自晉已來名能畫者其筆
迹有存於尺帛幅紙蓋莫知其眞僞往往皆傳而貴
之而漢畫則未有能得之者及得此圖所畫龍鹿承

露人嘉禾連理之木然後漢畫始見於今又皆出於石刻可知其非僞也漢武帝元鼎六年以汧隴西南接於巴蜀爲武都郡及其後始分而爲興州爲成州成州則武都之上禄也郙閣立於建寧五年翕治崤嶔西狹郙閣之道有益於人而史不傳則頌之作所以備史之闕是則傳之亦不可以不廣也

元豐類稿卷第五十

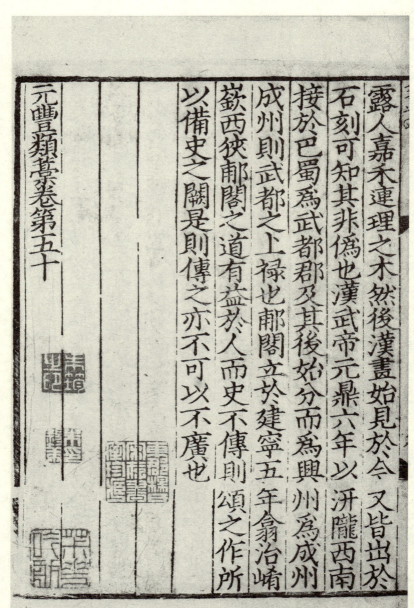

續附南豐先生行狀碑誌哀挽

行狀

公諱鞏字子固建昌軍南豐人曾祖諱仁旺贈尚書水部員外郎祖諱致堯尚書戶部郎中直史館贈右諫議大夫考諱易占太常博士贈光禄卿母吴氏文城郡太君母朱氏仁壽郡太君公嘉祐二年進士及第爲太平州司法參軍召編校史館書籍歷館閣校勘集賢校理兼判官告院嘗爲英宗實録檢討官不踰月罷出通判越州歷知齊襄洪州進直龍圖閣知福州兼福建路兵馬鈐轄賜緋衣銀魚召判太常寺

未至改知明州從亳州又從滄州不行留判三班院
遷史館修撰管句編修院兼判太常寺元豐五年四
月擢試中書舍人賜服金紫九月丁母憂明年四月
丙辰終于江寧府享年六十有五自大理寺丞五遷
尚書度支員外郎換朝散郎勳累加輕車都尉元配
晁氏光禄少卿宗恪之女繼室李氏司農少卿禹卿
之女子男三人綰太平州司理參軍綜太廟齋郎綱
承務郎二女蚤卒孫男六人悊怘愈悬怤憇悊假承
務郎餘未仕孫女五人元豐七年六月丁酉葬南豐
從周鄉之源頭曾氏姒姓其先魯人至其後世避地

遷于豫章子孫散處江南今家南豐者自高祖諱延
鐸始也初蒧及參父子俱事孔子蒧樂道忘仕孔子
與之參以孝德爲世稱首而參孫西耻自比於管仲
其世德淵源所從來遠矣至皇祖大夫以直道正言
爲宋名臣皇考光禄博學懿文惇行孝友明古誼達
時變位不配德著書垂後畜厚流長天以道德文章
鍾于公身以修大前烈開覺後嗣實命世之宏材不
待文王而興者歟公生而警敏不類童子讀書數百
千言一覽輒誦年十有二日試六論援筆而成辭甚
偉也未冠名聞四方是時宋興八十餘年海内無事

巽村閭出歐陽文忠公赫然特起爲學者宗師公稍後出遂與文忠公齊名自朝廷至閭巷海隅障塞婦人孺子皆能道公姓字其所爲文落紙輙爲人傳去不旬月而周天下學士大夫手抄口誦唯恐得之晚也蓋自揚雄以後士罕知經至施於政事亦皆卑近苟簡故道術寖微先王之迹不復見於世公生於末俗之中絕學之後其於剖析微言闡明疑義卓然自得足以發六藝之縕正百家之繆破數千載之惑其言古今治亂得失是非成敗人賢不肖以至彌綸當世之務斟酌損益必本於經不少貶以就俗非與前

世列於儒林及以功名自見者比也至其文章上下
馳騁愈出而愈新讀者不必能知知者不必能言蓋
天材獨至若非人力所能學者憊精思莫能到也世
謂其辭於漢唐可方司馬遷韓愈而要其歸必止於
仁義言近指遠雖詩書之作者未能遠過也其爲人
惇大直方取舍必度於禮義不爲矯僞姑息以阿世
媢俗弗在於義雖勢官大人不爲之詘非其好雖舉
世從之不輒與之比以其故世俗多忌嫉之然不爲
之變也其材雖不大施而所治常出人上爲司法論
決重輕能盡法意繇是明習律令世以法家自名者

有弗及也爲通判雖政不專出而州賴以治初嘉祐
中州取酒場錢給牙前之應募者錢不足迺俾鄉戶
輸錢助役期七年止後酒場錢有餘應募者利於多
入錢期盡而責鄉戶輸錢如故公閱文書得其姦立
罷輸錢者二百餘戶且請下詔約束毋擅增募人錢
歲饑度常平不足仰以賑給而田居野處之人不能
皆至城郭至者羣聚有疾癘之虞前期喻屬縣富
人使自實粟數總得十五萬石視常平賈稍增以予
民民得從便受粟不出田里而食有餘粟賈爲平又
出錢粟五萬貸貧民爲種糧使隨歲賦入官農事賴以

不乏爲州務去民疾苦急姦彊盜賊而寬貧弱曰爲
人害者不去則吾人不寧齊曲堤周氏衣冠族也以
貲雄里中周氏子高横縱淫亂至賊殺平民汙人婦
女服器擬乘輿高力能動權貴州縣勢反出其下故
前後吏莫敢詰公至首取高寘於法歷城章丘民聚
黨數十横行村落間號霸王社椎埋盜奪篡囚縱火
無敢正視者公悉擒致之特配徙者三十一人餘黨
皆潰是時州縣未屬民爲保伍公獨行之部中使幾
察居人行旅出入經宿皆籍記有盜則鳴鼓相援又
設方略明賞購急追捕且開人自言故盜發輙得有

葛友者屢剽民家以名捕不獲一日自出告其黨公于袍帶酒食假以騎從輩所購金帛隨之徇諸郡中盜聞多出自言友智力兼人公外示章顯實欲携貳其徒使之不能復合也齊俗悍彊喜攻刼至是豪宗大姓歛手莫敢動寇攘屏迹州部肅清無枹鼓之警民外戶不閉道不拾遺閩粵負山瀕海有銅鹽之利故大盜數起公至部時賊渠廖恩者旣赦其罪誘降之然餘衆觀望十百爲羣旣潰復合陰相推附至連數州其尤桀者隸將樂縣縣嘗呼之不出愈自疑且起踵恩所爲居人大恐公念欲緩之恐勢滋大急之

是趣其爲亂卒以計致之前後自歸若就執者幾二百人又擒海盜八人自殺者五人老姦宿偷相繼縛致者又數十人吏士以次受賞公復請並海增巡檢員以壯聲勢自是幅員數千里無敢竊發者民山行海宿如在郛郭亳亦號多盜治之如齊盜爲引去公爲人除大患者既如此至於澄清風俗振理頹壞闘訟衰熄綱紀具修所至皆然也其餘廢舉後先則視其時因其便爲之在齊會朝廷變法遣使四出公推行有方民用不擾使者或希望私欲有所爲公亦不聽也河北發民濬河調及它路齊當出夫二萬縣初

按籍二丁三丁出一夫公括其隱漏後有至九丁出
一夫者省費數倍又損役人以紓民力弛無名渡錢
爲橋以濟往來徙傳舍自長清抵博州以達于魏視
舊省六驛人皆以爲利其餘力比次案牘簿書藏之
以十五萬計它州亦然既罷州人絶橋閉門遮留夜
乘間迺得去襄州繼有大獄逮繫充滿有執以爲死
罪者公至閱囚牘法當勿論即日縱去并釋者百餘
人州人嗥呼曰吾州前坐死者衆矣孰知非冤乎在
洪會歲大疫自州至縣鎮亭傳皆儲藥以授病者民
若軍士不能自養者以官舍舍之資其食飲衣衾之

具以庫錢佐其費責醫候視記其全失多寡以爲殿
最人賴以生安南軍興道江西者詔爲萬人備州縣
暴賦急斂芻粟賈踴貴百姓不堪公獨不以煩民前
期而辦又爲之區處次舍井爨什器皆有條理兵既
過而市里不知也福州多佛寺爲僧者利其富饒爭
欲爲主守賕請公行公俾其徒自相推擇籍其名以
次補之授文據廷中却其私謝以絕左右徼求之敝
民出家者三歲一附籍殆萬人閫府徼賂至裒錢數
千萬公至不禁而自止廢寺二皆囊槖爲姦者禁婦
女毋入寺舍明州有詔完城既程工費而會公至初

度城周二千五百餘丈爲門樓十故甓可用者收十
之四公爲再計城減七十餘丈門當高麗使客出入
者爲樓二收故甓十之六募人簡棄甓可用者量酬
以錢又得十之二凡省工費甚衆而力出於役兵傭
夫不以及民城成總役者皆進官而公不自言也公
嘗以謂州縣困於文移煩數民病於追呼之擾也故
所至出教事應下縣責其屬度緩急與之期期未盡
不復移書督趣期盡不報按其罪期與事不相當聽
縣自言别與之期而案與期者即有所追逮州不遣
人至縣縣毋遣人至田里縣初未甚聽公小則罰典

吏大則并劾縣官於是莫敢慢事皆先期而集民不
知擾所省文移數十倍事在州者督察句稽皆有程
式分任僚屬因能而使公總覽綱條責成而已蓋公
所領州多號難治及公爲之令行禁止莫敢不自盡
政巨細畢舉庭無留事囹圄屢空人徒見公朝夕視
事數刻而罷若無所用心者不知其所操者約且要
而聰明威信足以濟之故不勞而治也吏民初或憚
公嚴已而皆安其政既去久而彌思之其於内所更
官告院三班太常遇事不爲苟簡革官告院宿敝尤
多凡所規畫至今守之不改蓋公自在閭巷已屬意

天下事如在朝廷而天下亦謂公有王佐之材起且大任庶幾能明斯道澤斯民以追先王已墜之迹然晚迺得仕仕不肯苟合施設止於一州州又有規矩繩墨爲吏者不敢毫髮出入則其所設施特因時趣宜固不足以發公之緼又況其大者乎公自爲小官至在朝廷挺立無所附遠迹權貴繇是愛公者少爲編校書籍積九年自求補外轉徙六州更十餘年人皆爲公慊然而公處之自若也公於是時旣與任事者不合而小人乘間又欲擠之一時知名士往往坐刺譏辭語廢逐公於慮患防微絶人遠甚政事施張

操縱雖出于己而未嘗廢法自用以其故莫能中傷公亦不為之動也賴天子明聖察公賢欲用公者數矣會從滄州召見勞問甚寵且諭之曰以卿才學宜為衆所忌也遂留公京師公亦感激奮厲欲有所自効數對便殿所言皆大體務開廣上意上未嘗不從容領納期以大任一日手詔中書門下曰曾鞏以史學見稱士類宜典五朝史事遂以為修撰既而復諭公曰此特用卿之漸爾近世修國史必衆選文學之士以大臣監總未有以五朝大典獨付一人如公者也故世不以用公為難而以天子知人明於屬任之

爲難也公夙夜討論亦及屬藁會正官名擢中書舍人不俟入謝使諭就職時自三省至百執事選授一新除吏日至數十人人人舉其職事以戒辭約義盡論者謂有三代之風上亦數稱其典雅皇子延安郡王牋奏故事命翰林學士典之至是上特以屬公在職百餘日不幸屬疾遭家不造以至不起始公之進天下相慶以爲得人謂且大用及聞公歿皆嘆息相弔以謂公之志卒不大施於世其命也夫公性嚴謹而待物坦然不爲疑阻於朋友喜盡言雖取怨怒不悔也於人有所長奬勵成就之如弗及與人接必盡

禮有懷不善之意來者竢之益恭至使其人心愧而去遇僚屬盡其情未嘗有所按謫有所過誤抵法者力爲辨理無事而後已在官有所市易取賈必以厚予賈必以薄於門生故吏以幣交者一無所受福州無職田歲鬻園蔬收其直自入常三四十萬公曰太守與民爭利可乎罷之後至者亦不復取也平生無所玩好顧喜藏書至二萬卷仕四方常與之俱手自讎對至老不倦又集古今篆刻爲金石録五百卷公未嘗著書其所論述皆因事而發既殁集其藁爲元豐類藁五十卷續元豐類藁四十卷外集十卷後之

學者因公之所嘗言於公之所不言可推而知也初光祿仕不遂而歸無田以食無屋以居公時尚少皇皇四方營飦粥之養光祿不幸蚤世太夫人在堂闔門待哺者數十口太夫人以勤儉經理其內而教養四弟相繼得祿仕嫁九妹皆以時且得所歸自委廢單弱之中振起而亢大之實公是賴平居未嘗遠去太夫人左右其仕於外數以便親求徙官太夫人愛之異甚嗚呼天奪吾母不數月又奪吾兄何降禍之酷至於斯極也豈其子弟積惡罰不於其身而及其母兄使之抱終天之痛爲世之所大僇耶不然吾母

之賢也吾兄之盛德也相繼而殞所謂天道常與善人果何如也爲子弟者不自滅身罪罔大矣又不能推原前人德善勞績托於當世之文章以明著之無窮是又罪之大者也矧公於肇蠲則曰此弟恩猶父師其於論次始終所不敢廢維公於葬宜有銘於墓隧宜有碑於國史宜有載輙不自知其淺謬忍痛輟泣謹述公歷官行事如左至於論議文章見於公集者後當自傳此弗著特著其大節弗敢略弗敢誣以告銘公葬若碑者且以待史官之訪焉

墓誌

公曾氏諱鞏字子固其先魯人後世遷豫章因家江南公之四世祖延鐸始爲建昌軍南豐人曾祖諱仁旺贈尚書水部員外郎祖諱致堯太宗真宗時上書言天下事嘗見選用仕至尚書户部郎中直史館贈右諫議大夫文忠歐陽公爲銘其墓考諱易占太常博士贈光禄卿公生而警敏讀書過目輒誦十二歲能文語已驚人日草數千言始冠遊太學歐陽公一見其文而奇之公於經微言奥旨多所自得一不蔽於俗學隨問講解以開學者之惑其議論古今治亂得失賢不肖必考諸道不少貶以合世其爲文章

句非一律雖開闔馳騁應用不窮然言近指遠要其歸必止於仁義自韓愈氏以來作者莫能過蘇慶曆至嘉祐初公之聲名在天下二十餘年雖窮閻絶徼之人得其文手抄口誦惟恐不及謂公在朝廷久矣而公方以鄉貢中進士第爲太平州司法參軍歲餘召編校史館書籍爲館閣校勘集賢校理兼判官告院爲英宗實録院檢討官出通判越州初嘉祐中州取酒場錢給牙前之應募者錢不足廼使鄉戶輸錢助役期七年止期盡而責鄉戶輸錢如故公閱文書得其姦立罷之且請下詔約束毋得擅增募人錢歲

饉廢常平不足以賑前期諭屬縣使富人自實粟得十五萬石視常平價稍增以予民又出錢粟五萬貸民爲種糧使隨歲賦以入民頼以全活徙知齊州齊俗悍喜攻刼豪宗大姓多撓法曲隄周氏世衣冠以貲雄里中其子僭橫至賊殺平人州縣莫敢詰公至首寘之法歷城章丘民聚黨數十百人椎埋盜敓橫行無敢正視者公禽致悉黥徙之强無名渡錢爲橋以濟往來是時州縣未屬民爲保伍公獨行之設方略明賞購急追捕且開人自言盜發輒得由是姦寇屏迹民外戶不閉道至不拾遺獄以晝空會朝廷初

變法公推法意施行之有次第民便安之後使者至
或希望私欲有所爲公不聽也徙襄州州繼有大獄
久不決有當論死者公閱其狀曰是當勿論何得留
此吏不能對即出之緣而釋者百餘人州人叩頭曰
吾州前坐死者衆矣寧知非寃乎又徙洪州歲大疫
自州至縣鎮亭傳皆儲藥以授病者其不能具飲食
衣衾者佐以庫錢師出安南道江西者詔爲萬人備
公獨不以煩民爲之區處次舍井爨什器皆前期而
辦兵旣過市里有不知者已而它州以不蚤計擾民
者皆得罪進直龍圖閣知福州兼福建路兵馬鈐轄

賜緋章服時部中大盜數起南劒州賊渠廖恩者旣赦其罪誘降之餘衆猶觀望陰相推附至連數州其尤桀者隸將樂縣縣呼之不肯出居人大恐公遣使者以謀致之前後自歸若就執者幾二百人海盜自殺與縛致者又數十人吏士以次受賞復請並海增巡檢負以壯聲勢自是無敢竊發者民行山浮海如在郛郭召判太常寺未至改知明州有詔完城役有期公親巡行裁其十一費甚衆其力出於籍兵傭夫而不以及民城緜是亟就數月徙亳州亳亦多盜公治之如在齊時公素慨然有志於天下事仕既晚其大

者未及試而外更六州皆劇處然公爲之無難始至
必先去民所甚患者然後理頹弊正風俗凡所措畫
皆曲折就繩墨其餘力比次案牘簿書與屬縣爲期
會以省追呼皆有法終其去州未嘗有一人至田里
者故所至有惠愛旣去民思之不已所爲法後終不
可改寮屬聞公名始皆嚴憚之久而察公廉平無私
又未嘗有所按擿卒皆愧服福州無職田州宅歲收
菜錢常三四十萬公獨不取以佐公錢後至者亦不
敢取平居推誠待物坦然無疑於朋友喜盡言雖取
怨怒亦不悔自求補外凡十二年而不悦公者妻欲

有以擠之然公奉法循理終莫能中傷賴天子聖明察公賢欲召用者數矣元豐三年徙知滄州過都召見勞問久之留勾當三班院公亦感激奮勵思有所自效數對便殿其所言上每嘉納之四年手詔中書門下曰曾鞏史學見稱士類宜典五朝史事遂以爲史館修撰管句編修院判太常寺兼禮儀事近世修國史必衆選文學之士以大臣監總未有以五朝大典獨付一人如公者公入謝曰此大事非臣所敢當上曰此用卿之漸爾因諭公使自擇其屬公薦邢恕以爲史館檢討五年四月正官名擢拜中書舍人賜

紫章服始受命促使就職時自三省至百執事選授一新除吏日至數十人人舉其職事以戒上數稱其典雅天下翕然傳之皇子延安郡王牋奏故事命翰林學士典之上特以屬公九月遭母喪罷六年四月丙辰卒于江寧府享年六十有五公自大理寺丞五遷尚書度支員外郎換朝散郎母曰文城郡太君吳氏仁壽郡太君朱氏娶晁氏宜興縣君又娶李氏嘉興縣君三男子綰太平州司理參軍綜太廟齋郎綱未仕孫六人悊怘愈恳忒愖公既卒上以綱爲承務郎悊爲假承務郎敕所在量給其喪事以七年六月

丁酉葬公南豐從周鄉之源頭公於取舍去就必應
禮義未始有所阿附治平中大臣嘗議典禮而言事
者多異論歐陽公方執政患之公著議一篇據經以
斷衆惑雖親戚莫知也後十餘年歐陽公退老于家
始出而示之歐陽公謝曰此吾昔者願見而不可得
者也所著元豐類藁五十卷續元豐類藁四十卷外
集十卷性嗜書家藏至二萬卷集古今篆刻爲金石
録又五百卷出處必與之俱平生論事甚多與夫所
下條教可以爲世法者不可悉著公少事光禄家甚
貧羇走四方以致養既孤奉太夫人茅鞠其四弟九

妹友愛甚篤宦學婚嫁一出公力公旣以文章名天
下其弟牟宰布肇又繼中進士科布嘗任翰林學士
肇以選爲尚書吏部郎中與公同時在舘閣世言名
家者推曾氏公方遭時得君未及有爲而不幸以殁
士大夫爲之相弔公之盛德抑復有以遺于後乎嗚
呼曾氏其顯矣銘曰
曾氏在南三世有聞維祖維考始亨復屯畜厚潛深
儒學之門迨公之興益顯於文奮躬力行道義之存
公自布衣譽望四出旣位於朝其剛不詘公久於外
或留或徙誰其知之惟聖天子天子曰咨予惟汝賢

典予史事五聖之傳公拜稽首臣敢不勉肇新官
左右慎選於時中書命令所在帝曰往哉予言汝代
凡百執事分屬列職肅然盈庭俛聽訓敕靖共夙夜
以出謀猷四方鼓舞天子之休昔箴父子見稱仲尼
淵源有來公則承之矧公親逢聖人之時帝察其忠
從容睠睞赫然榮名受祉未艾奄以艱去訃聞詔亟
搢紳咨嗟相顧失色有存者言有遺者直惟茲之銘
是謂不没

神道碑

公姓曾氏諱鞏字子固其先魯人後世遷豫章因家

江南其四世祖延鐸始爲建昌軍南豐人曾祖諱仁旺贈尚書水部員外郎祖諱致堯尚書戶部郎中直史館贈右諫議大夫考諱易占太常博士贈右銀青光禄大夫其履閲行實則有國史若墓銘在公生而警敏自幼讀書爲文卓然有大過人者嘉祐二年登進士第調太平州司法參軍歳餘召編校史館書籍歷館閣校勘集賢校理兼判官告院又爲英宗實録院檢討官出通判越州屬歳饑公興積藏通有無老稚怡怡不出里閭果腹而嬉擢知齊州齊俗悍强豪宗大姓抵冒僭濫其尤無良者羣行剽刼光火發塚

吏不敢正視公蜀民爲伍謹幾察急追胥且捕且誘
盜發輒得市無攫金室無穴坏貨委于塗犬不夜吠
徙知襄州州有大獄久不決公一閱知其冤盡釋去
一郡稱其神明又徙洪州歲大疫公儲藥物飲食在
所授病者民以不夭死師出南道江西者且萬人公
陰計逆具師至如歸既去而市里有不知者進直龍
圖閣知福州兼福建路兵馬鈐轄賜五品服時閩有
大盜數千人朝廷赦其罪降之餘黨疑不順往往屯
聚居人惴恐瀕海山林阻深推埋剽盜依以爲淵藪
公以方略禽獲募誘亡慮數百人增置巡邏水行陸

宿坦如在郛郭召判太常寺未至改知明州有詔完
州城公程工賦裁省費十六民不知役而城具數月
徙亳州元豐三年知滄州道由京師召對神宗察公
賢留勾當三班院數對便殿其所言皆安危大計天
子嘉納之四年手詔中書門下曰曾鞏史學見稱士
類宜典五朝史事遂以爲史館修撰管勾編修院判
太常寺兼禮儀事公入謝曰此大事非臣所敢獨當
上諭以此特用卿之漸耳毋重辭五年大正官名擢
拜中書舍人賜三品服時除授日數十百人公各舉
其職以訓丁寧深厚學者以爲復見三代遺風今天

子爲延安郡王其歲奏故事命翰林學士典之先帝
特以屬公九月以母喪罷六年四月丙辰卒于江寧
府年六十有五七年六月丁酉葬于南豐從周鄉之
源頭勑在所給其喪事公剛毅直方外謹嚴而内和
裕與人交不苟合朋友有不善必盡言其過有善必
推揚其所長獎誘後進汲汲惟恐不逮其爲政嚴而
不擾必去民疾苦而與所欲者未嘗接劾官吏所涖
至于今思之天子且欲大用而公不幸死矣自大理
寺丞五遷尚書度支員外郎換朝散郎勲累加輕車
都尉母周氏豫章郡太夫人吳氏會稽郡太夫人朱

氏遂寧郡太夫人元配晁氏光禄少卿宗恪之女繼室李氏司農少卿禹卿之女子男三人綰瀛州防禦推官知揚州天長縣事綜瀛州防禦推官知宿州蘄縣事綱右承務郎監常州稅務二女蚤卒孫男六人悊恴愈悬[illegible]愖悊假承務郎餘未仕孫女五人公平生無所好惟藏書至二萬卷皆手自讎定又集古今篆刻為金石録五百卷出處必與之俱既没集其遺藳為元豐類藳五十卷續元豐類藳四十卷外集十卷自唐衰天下之文變而不善者數百年歐陽文忠公始大正其體一復於雅其後公與王荊公介父相

繼而出爲學者所宗於是大宋之文章炳然與漢唐
侔盛矣初光禄公歸家甚貧公竭力以養溫凊旨甘
無一不如志者旣孤奉太夫人如事光禄教養弟妹
曲有恩意四弟夅宰布肇繼登進士第布肇以文學
論議有聲當世九妹皆得其所歸嗟乎子固而位止
於斯而壽止於斯然其所以自立者可以爲不亡矣
亦可以無憾矣銘曰
猗嗟子固文與貧生不勤其師幼則大成學富行茂
其蓄弸弸發爲文章一世大驚哲人旣萎邪說嗥吠
公不聽瑩徑前無闋砭癈藥瘍抉昏剔聵波濤沄沄

東入于海姬淪劉亡文弊辭靡引商召羽偶六駢四
組繡芬葩不見粉米公於其間鷹揚虎視發揮奥雅
揀斥浮累巍然高山爲衆仰止栖遲掾曹翺翔書府
如鷙之鶚如薪之楚出貳于越究問疾苦蠲歲大歉
稼荒于畝興積于民發藏于庾既助既補裹糧含哺
式歌或呼謂公父母一麾出守六上郡計振張領目
補葺剔弊庭不留訟獄無濫繫勞之來之鰥寡以遂
公殿海服有命來覲帝曰汝賢毋遠王室其代予言
汝且輔弼五聖大典唯公紬繹百官正名唯公訓勑
忠言嘉謨入則造膝公用不既公志不卒偉望廣譽

如星如日石可磷兮公名不沒

哀詞

皇受命而熙洽兮實千祀而一時協氣鬱而四塞兮與盛德其俱升麟鳳出而旁午兮猶氤氳而扶輿篤生我公兮以文章爲世師公神禹之苗裔兮肇子爵而鄫封逮去邑而爲氏兮季葉汩其南征祖騫翔而續著兮考踡跼而文鳴公旣生而多艱兮踵祖武而好修旣輕車又良御兮遂大放乎厥詞發天人之奥祕兮約六藝而成章元氣倉而未泄兮洞芒芴而窅冥撓天河而一瀉兮物應手而華昌揖揚馬使先路

兮咸告公曰不敢彼崔蔡之紛紛兮孰云窺其藩翰
哀來遲兮而去速兮固前脩以跂壹方盤礴而上征
兮遽捐羊而補外皇揆公之忠誠兮即商墟而賜環
紬史諜乎東觀兮裁誥命乎西垣典貢絶而復作兮
世爭覩而快先正經緯乎終古兮配維斗而昭然變
化詭而難常兮雖司命其或昧忽遭艱而去國兮遂
銜哀而即世世述作紛其具存兮悵爽靈之焉詣信百
年纔斯須兮遭電滅而欻逝天不憗遺一老兮固搢
紳之所傷矧不肖以薄技兮早獲進於門墻路貫江
而脩阻兮曾莫奠乎酒漿悲塡膺而莽鬱兮聊自託

於斯文

挽詞

早棄人間世眞從地下游丘原無起日江漢有東流身世從違裏功名取次休不應須禮樂始作後程仇

又

精爽回長夜衣冠出廣庭勳庸留琬琰形像付丹青道喪餘篇翰人亡更典刑侯芭才一足白首太玄經

續附南豐先生行狀碑誌哀挽終

（宋）曾鞏 撰

元本元豐類稿

第七册

國家圖書館出版社

第七册目録

卷三十九　祭文

卷四十　祭文

卷四十一　祭文 哀詞

卷四十二　誌銘

卷四十三　誌銘

元豐類藁卷第三十九

祭文

先君焚告文

鞏蒙昏不肖不能稱先君教誨養育之意賴遺德所及嗣有官祿以世其家今天子始見郊廟加恩朝臣以及其先而先君先夫人咸有官封追榮之賜鞏繫官京師謹遣弟布肇奉告第至墓次以告

皇妣仙源縣太君周氏焚黄文

鞏薄陋獲守緒業常懼失墜賴先君先夫人餘澤有列位于朝今天子始郊加恩羣臣皆得追榮其先故

先君先夫人咸被命書贈官封邑肇伏念厥繇不任
感慕隷職京師謹遣弟布肇奉告第焚黄詣墓次以
告

皇妣福昌縣太君吴氏焚告文

維先君先夫人積德累善肇獲蒙餘澤備位于朝今
天子始郊加恩羣臣皆許追榮其先故先君先夫人
咸被賚書命官封邑而肇方羈於職事不得躬至墓
下謹遣弟布肇奉告第以告

戊午十月展墓文二首

肇去春在江西蒙恩予告得省視松楸今自福州被

召還朝又得便道展拜墓下敢陳薄薦用申感慕仰
惟降鑒俾蒙福於無疆

肇自福州被召還朝得便道展墓敢陳薄薦以下同上

代太平州知州謁廟文

天子不以其不敏使有茲土凡境之内鬼神能福于
人敢不恭事今得日之吉始茲薦見惟神之賜使民
宜其家及其歲事則其敢不繼自今具酒醴牲牷以
報于神神其鑒之

太平州祈晴文

去歲之水其爲害大矣民之免於死亡而不爲盜賊亦幸而已矣水之既去民於完隄防修疆隴以從事於田其艱且勞亦甚矣使今歲大穰恐未足以復其力今苗始蒔而雨不止若將又病之民有轉死之憂吏之不能享神治民以降玆沴不敢逃其責然沴之既降非吏之所能扞而止也惟神舊依吾民而食于此土扞患除菑固神之職敢不以告使雨速止而歲有成亦惟神於此土永有依歸惟神其圖之

泰山祈雨文

維泰山歷古至今有天下者巡狩封禪勒成告代莫

不之焉或企足動容卒莫能至寶貞卓瑋殊尤神明之
地故天下宗焉二典所記其光靈威烈煒亦萬世夫
豈他山可得而視維齊與魯獲仰而事粒食縷衣莫
匪陰施今二邦不雨自四月以訖于茲積水之澤塵
起冥冥粟將槁死蝗亦滋生雖政或不良足以致此
而百姓何罪宜蒙哀矜彼撮土之山勺水之川尚能
與民爲福錫之有年豈如泰山朝出一雲暮澤天下
其勢之易易於轉圜而比近訖麗顧不能憐殆莫之
或告告或不虔天民之生蓋亦艱矣無儲與藏重斂
煩使歲一不登多瀕於死姦強無知或起乘時聚爲

盜攘以取誅夷循理安業田間之民亦與俱亡奚可
不傷肇愛命天子守藩于東敢齋以嚴告于靈宮惟
神閔人之病助歲之功霈然下雨變沴為豐尚俾斯
民以生羊黍稷得承事于無窮

泰山謝雨文

臣愚行為時之所背言為時之所輕寡儔少和眇眇
煢煢奇於人而如此敢望信於冥冥屬東藩而進謁
託斯文而薦誠眷齊魯之舊邦依大鎮之崢嶸苦旱
魃之方驕憂歲事之不登民且瘠於溝壑或椎埋而
死兵冀聰明之嚮荅霈膏雨之宵零言丁寧而上訴

心惝怳而潛驚覬不能以諧世將何動夫威靈逌不知夫神與道而爲徒雖窅默而難明其虛心也物有來而必應其公聽也無憎愛之常情彼大雖自大小雖謂小吾與善而已矣常一視而持平故微衷得以上徹利澤爲之旁行或噫爲風或霙爲霆隱然雷出靄然雲蒸灑甘霔以兼久滅害氣於無形蓋西極于甸服東屬乎滄溟人盈其望物遂其生黍芃芃而擢秀粟薿薿而敷榮使時沴遂熄年功可成人食豐乎鍾鬴神祀衍乎粢盛民相安於田里吏無用於威刑信大恩之莫報而至德之難名愚所以意激而感深

者方涉世之零丁荷降鑒之不昧知忠信之可憑敢因辭以進謝愧抽思之非精

齊州到任謁舜廟文（嶽廟云維神以豐功盛德作鎮此方宜有以稱民望）

維帝側微之初躬耕此土歷數千載盛德彌新傳于無窮享有廟食肇受命出守敢陳薄薦維帝常垂陰施惠此困窮庶使遺民永有依賴

齊州謁夫子廟文

惟夫子言行之所以（一作及）蓋不可得而學者師仰各以其（一無其字）材之所及而已肇潛心久矣茲者受命撫

封進謁廟下敢陳薄薦式遵典禮

齊州謁諸廟文

維神以功德之美列于祀典受命守土敢陳薄薦惟神常垂陰施以惠此邦

泰山祈雨文

惟神含德體仁鎮兹東夏興雲致雨澤施八紘今此齊邦近在山趾方夏久旱麥苗將萎吏思其繇奔走羣望而人微言賤不能上動頻陰復散忽已兼旬念此疲民弊於征斂方歲之畜食常不足一遇烖害必捐溝壑惟神威烈覆被羣生顧此比州宜先蒙賜豈

伊靈眷獨忍遺之今是用飭遣士民布誠祠下情窮辭急冀獲哀矜使一雨霈然則倒懸可解尚其降鑒無作神羞

嶽廟祈雨文

去歲之旱有請于神蒙畀嘉澤田則大稔今春河役發民二萬更迭齎送衆又倍之蓋此齊人出者幾半迨其返室維夏之初勞費既深又違穡事夫民數歲乃遇一稔敝之如此其幾尚完今二麥方包而亢陽爲虐吏任其咎所不敢逃惟民何辜賴神終惠能致雲雨則實在神尚其念之故敢以告

襄州謁文宣王廟文

鞏獲承餘教列職書林來守此邦敢遵常禮躬謁祠下尚其臨之

襄州謁諸廟文

惟靈功德在人廟食兹土鞏到官之始敢修禮謁尚期降惠以佑吾民

襄州諸廟祈雨文

今麥苗方茁而時澤尚愆冬令以行而寒氣未應嗟吏治之不善以奸陰陽惟神理之無方能興雲雨是用兢惕以任祭禱敢以乞靈尚期降休以荅人望

大悲祈雨文

維歲孟冬盛陽猶亢旱暵滋久陰寒未興吏非循良敢不任咎佛有慈惠則宜降祥是敢躬瀝懇誠虔祈覺蔭俾風雲之奮作致雨雪之漸涵田畝順成里閭安輯仰期眞理俯徇輿情

襄州嶽廟祈雨文

自秋不雨方冬尚渴麥田苦於旱乾民室憂於疾癘永惟責任内集兢懃惟神作鎮岱宗著靈南夏敢瀝由衷之懇冀回降鑒之仁遂俾膏澤以時祁寒式序甽畮克諧於豐富里閭皆保於靖康尚其垂休副此

羣望

又諸廟祈雨文

去歲經冬時雪不厚今茲春晚膏澤尚微農於稻田待水而種苦茲旱涸人用焦然吏不能有惠於民而惟歲之善則刑清事簡尚有望焉是用瀝懇有禱于神惟神依人尚其陟降鑒達霈然下雨以大濟于此邦則人於事神亦曷不盡

雞山祈雨文

自去秋之始至于今春之暮雨不霶霈今麥苗將病稻種未布農事急矣而禱請未効惟神靈應在人是

用奔告尚其降鑒大施澤于此邦使民獲善歲而不罹于艱阨則人於報神之賜亦曷敢不虔

邪溪祈雨文

自去秋至今雨嘗不足今麥苗將槁稻種未布而春既盡矣若又不雨至於十日則麥必盡死稻不可種民將安所寄命乎吏知其急而不知其所以爲神知其急而力能爲雨者也其亦何惜數尺之澤救民於無所寄命之急乎故敢以請神其鑒之

諸寺觀謝雨文

向者以大田之稼雖多而西郊之雲方密輙伸虔禱

蓋以爲民甫及夏初霈然蒙潤茲展至誠之謝式遵舊典之傳欽惟明神鑒此精意

邪溪謝雨文

吏能奉法令治獄訟督賦斂而已導和氣致豐年則力不能德不及也故一有水旱則犇禱於鬼神幸蒙降荅則自恕以竊食此輩之所不敢不自訟也今茲請雨不能異此獲神之賜敢不虔報惟神之靈德既足以驚動澤施于此民尚終畀之有年則神之依人亦有永賴

雜山謝雨文

迺故秋至今雨不霑足麥苗將槁稻不可種民將無以爲命吏不知其所爲維神能出雲致雨記於古經信於百姓之耳目是用犇告果蒙降荅迺戊辰雲起西北至夕大雨達於甲戌四境告足麥則滋榮稻可播種民得以託命吏得以竊食維神之威靈大顯于此土澤施大及於斯民敢不嚴報尚其終惠俾歲大穰則人於事神永永其不敢怠

諸廟謝雨文

吏治不能順陰陽時風雨而以歲之旱犇告于神賴神之靈時賜甘雨敢不嚴報尚其鑒之

卷三十九終

元豐類藁卷第四十

祭文

五龍堂祈雨文

廼四月以旱禱于邪溪蕐山應時得雨麥以豐成稻可播種獨異於他境寡維其賜令稻田又乾矣此邦之人皆謂龍虎之河五龍之神禱雨輙應余敢不告神其降鑒大施澤于斯民使獲有年則人於報神亦維無斁無俾蕐山邪溪專美于此邦以作神羞

靈溪洞祈雨文

吏不勝任荐致旱菑禱于山川爲黷已甚然稻田日

瘁民命所託夙夜憂懼不知所爲維爾有神卅載鑒
德是用覥顔有請忘其慙羞尚其降祥時賜甘雨俾
歲無害維神之休

又大悲祈雨文

盛夏在辰常暘爲沴稻將萎瘁人用嗟憂縣吏治之
不明致奸和氣維佛乘之無礙善濟羣生是敢同祓
精誠虔祈覺蔭覬滂沱於膏澤俾浹洽於原田用救
焦枯實依慈惠

大悲謝雨文

民無常心惟安於足食佛有慧力善救於含生比緣

盛夏之辰久苦驕陽之沴懼傷稼穡將致凶饑故仗節之儁良暨守藩之孤陋俱陳精懇虔對睟容果蒙感荅之慈立致滂沱之澤滌除害氣勃起良苗變瘁爲榮物遂更生之理易憂以喜人諧望歲之心維是鴻私敢忘昭報尚期降鑒常畀有秋

諸廟謝雨文

吏之罪大矣一切從事於謹繩墨督賦役而已民之所欲不能與所惡不能去自恕以竊食不知其可愧安能使陰陽和風雨時予故若羣者任職於外六年于茲而無歲不勤於請雨賴天之仁鬼神之靈閔人

之窮輙賜甘澤以救大旱吏知其幸而已其爲酒醴
牲饔以報神之賜曷敢不虔維神尚終惠之使永有
年則神亦無窮有依于人

諸廟謝雨文

積是驕陽莫救稻苗之悴獲茲嘉霪尚茲秋物之榮
是荷靈休敢忘祗報

諸寺院謝雨文

比以常暘仰祈眞蔭果獲滂沱之澤大蘇焦旱之田
敢擇佳辰特申嚴謝尚期降祐常畀有秋

諸葛武侯廟祈雨文

天子以歲久旱所被者廣令以命守臣禱其境内鬼神之有靈德在于人者維靈若有志于民舊矣故敢以告尚其降鑒大施澤于四方以稱天子憂人閔雨之意

諸廟祈晴文

曰涉歲以來自春徂夏久陰不解積雨已多今麥待燥而成粟待暘而種而雲未已尚窘土潤方升民皆竊憂吏用深懼百姓之困甚矣惟神得無念乎尚其開除山川相導出日俾歲無害爲民之休

謝晴文

比苦雨淫懼爲歲害蒙神之德賜以時暘今蠶麥甫

成里閭相慶敢不嚴報尚祈終惠

諸廟祈雨文 諸寺亦作敢干眞覺仰布虔誠惟佛至慈與人爲歸

今歲之初未愆雨澤然而麥纔薄稔蠶不甚宜則民之窮蓋可知矣今茲農望惟在秋成而溫風方騰旱氣彌盛是用側身以懼有禱于神尚其降衷時賜甘霔俾歲無害亦神有休

雉山祈雨文

誌言衆山雲起此山無雲然不降雨衆山無雲此山雲起必降大雨是能爲雨亦能爲不雨在神而已今歲數不登而旱氣又作吏之不良無所逃罪民貧可憫

神能爲雨而不爲是何情哉以神其爲民出膚寸之雲致數尺之雨使凶爲穰以救民之急則此邦之人所以報事神者子子孫孫其孰敢怠尚其念之無作神羞

諸廟謝雨文

比苦亢陽具陳致禱寔蒙甘澤敢不昭報

洪州謁諸廟文

惟神播澤在人廟食茲土[illegible][illegible]守藩之始敢修禮謁尚其靈德常庇斯民神於無窮亦永有賴

洪州謁夫子廟文

惟神播澤在人廟食茲土經寺藩之始敢修禮謁永

惟靈德覆被無窮尚其降[illegible]啓寤學者

洪州諸寺觀祈晴文六

佛有大慈速於善應人無常產理則難安惟穡事之將成而雨淫之不止胐然常懼豈敢皇靈蓋茲疲瘵之民已出旱菑之後室家凋弊閭里愁嗟如復荐饑將焉託命今蚕稼甫畢晚苗方興窪下之田已傷流潦亢爽之地實懼浸淫是敢[illegible]虔對睟容仰陳淨懇伏望垂廓山川之曀滯回日月之光華諧此順成湛然澄霽寔學慧應俯慰輿情 諸觀云道實無方救來斯應民惟[illegible]難保食足爲先虔對上

靈寔繄眞蔭謹詞諸廟云神實無方物來斯應
民惟難保食足爲先虔對至靈實繄妙蔭謹告

諸寺觀廟謝晴文

比眞水溢將敗歲功不自皇寧敢陳懇迫果蒙陰施即界時暘田里歡呼粢盛有望惟神靈所以賜于人者豈愚足以當之尚冀餘休終成多稼民能自保神則有依

祭西山玉隆觀許眞君文

陰功及物靈德在天綂惟眞馭之升實以中秋之序人思餘烈歲即遺祠故茲守土之微敢體愛民之素俾牲羞於薄具尚永庇於羣生

仲秋告祭諸廟文

歲在仲秋祀有常典維神邁德實庇此邦敢率舊章用陳明薦

諸寺觀祈雪文

窮臘未雪方冬尚溫人有疾癘之憂地無膏澤之潤職在綏撫心焉震懍敢祈膚寸之雲擂爲盈尺之瑞盪除沴氣順致時寒使閭巷消薦瘥之菑田疇成多稼之利實依乎佑俯徇微誠

諸寺觀謝雪文

比緣窮臘之期久苦亢陽之沴敢徼靈施仰布愚誠

蒙膏澤之應時致祁寒之協序人無疵癘之患物有豐成之祥實頼洪休敢忘昭報更祈瑞雪尚及餘冬

祭順濟王文

維爾有神克相王師章示見象皇帝襃神之德俾錫號位秩尊禮盛非以序升今州遣從事即神之祠致皇帝命尚其欽哉以對休寵

福州謁夫子廟文

惟夫子之德仰之彌高夫子之言窮之益遠學者潛心庶幾髣髴其守邦之始躬即學宮敢修禮謁尚其降鑒

福州謁諸廟文

維神作德自幽信于茲土人用報事秩祭有常肇甫此守邦敢修禮謁尚其降福終賚斯民

福州鱔溪禱雨文

曰嗟乎旱也誰則爲之芃芃之稼將槁而萎嗷嗷之衆曷望而依維閩屬者寇賊之羅逮其旣附我士已疲餘醜成羣百十睢睢跳踉出没負力乘巇亦有爲渠諸偷所推相望綦布未受畢覊室家莫寧遠近並疑我畜以柔亦震以威從有法賞不從係縶或擾而存或就纆徽逮歲朔易盪定無遺山林夜行笑語追

隨吾人即安含糗而嬉士馬亦奮栢栢騤騤天子聖
德海邦是綏維此海邦初亦難艱一作饑今寧宇矣師
征始歸今食足矣廩實尚微若歲大熟如梁如茨如
京如坻自公及私獄無訟繫里無盜鬮式于永世方
始在茲今此大田既碩而齊俾不卒成孰忍爲斯神
有靈蹟國人所祗神有顯號天子所蠲萎能起之槁
能澤之胡寧有餘斂而不施我用卜日蚤駕以馳即
告潭側尚其聽之攘除驕陽騰雲濊霓播爲甘液霈
灑淋漓俾農有秋百物具宜熄偷與爭長置刑答人
於報事豈有斁思

諸廟禱雨文

常暘爲沴將害農功夙夜懷憂不皇啓處敢儌靈貺時賜膏澤俾人獲濟惟神亦永有依

謝雨文

維閩之人前歲苦饑去歲苦盜足食而安期自今始而方夏旱暵懼害穡事玆余用禱于衆蓋可以儌福於民者罔不馳告不敢愛力不敢寧居賴神之仁畀以膏澤自未至酉遠近周浹維歲大熟可立而需敢飭豆籩報用典禮吏無明德而但知告其困急於神神旣賜之其尚終惠

題禱雨文後

福州元豐元年戊午自四月甲子至五月辛巳凡十有八日不雨田已憂旱太守率屬吏士分禱諸佛祠迎像能致雨者陳之通路用浮圖法爲道場率屬吏士羅拜以請丁亥夜五鼓出禱鱔溪屬吏士分禱羣望己丑率屬吏士蔬食夜四鼓就城南近水祭告后土將爲壇祭龍庚寅蔬食如己丑夜三鼓就壇壝封鵝祭龍辛卯夜五鼓就視牲血以法推之當得雨壬辰就紫極宮壇用青童二十有八人更呪蜥蜴如古法癸巳分禱諸祠未徧者取黄蘗山龍潭水置道場

率屬吏士往請甲午又往乙未夜二更得雨連三日夜遠近皆有餘蓋自辛巳至丙申凡十有六日無日不致禱自丙戌至甲午四境多得雨至丁酉乃皆有餘是日罷道場還所迎佛及水送蟴蝪南澗之濱庚子徧祭謝欲知閩粵之間兼旬不雨則已憂旱而請禱之爲不誣也故刻其祝辭於石而幷識之

明州修城祭土神文

州有帝命繕治城墉得日之良嘯工始事斯人允賴維爾土神尚其降休敢不以告

亳州謁諸廟文

維此譙都年歲順而風俗厚者雖人之力實神之助
肇獲守此土敢薦鐏爵與人爲福實待神休

亳州謁夫子廟文

維人之生尊卑長幼知有其序悖于理者知有所畏
何以致然實自夫子肇長人於此敢不嚴事是用寅
薦鐏爵式遵典禮

元豐類藁卷第四十

元豐類稾卷第四十一

祭文

秋賽文

歲既順成時方揫斂神能施澤以及物人能備物以事神茲惟舊章夫豈敢怠庶其爲福無斁於人

諸廟祈雨文

今者盛秋已晚庶物將成矧茲麥苗實待雨澤而驕陽尚熾畏暑未消野有焦枯之憂人懷膏澤之望敢祈靈德甫徇輿情蕩蘊隆之菑以升嚴氣霈滲漉之施以遂嘉生實賴神休允諧衆志

道觀道雖至寂感無不

通人雖甚愚誠無不獲祭詞同前改靈德作冲蘐改
神休作眞工　佛寺　佛莫大於慈悲在於利物人
莫艱於稼穡必也趨時是仰神休用康歲事祭詞同
改靈德作覺蔭改神休作慧心

諸廟謝雨文

比籲衆情仰祈靈施果蒙溥雨小潤焦原已袪畏暑之煩遂適戒寒之漸敢忘祇報更俟餘休克終播澤之祥俾獲有年之望

諸廟祈雨文

時寒未若雨雪尚愆麥有立苗之艱人違墐戶之適敢依靈德瀝致勤誠惟順導於大和俾霈施於膏澤克諧衆望實賴陰休

諸廟謝雨文

比苦愆陽再徼靈施蒙報如響得雨應時澤潤焦枯蕩除煩鬱物有豐成之望人無災癘之憂敢忘大恩尚覬終惠

祭勾芒神文

宿官於木用事在春敢奉歲祠庶爲民福

慈聖光獻皇后百日轉經疏

至恩難稱欲報者惟盡於精誠大覺可依有禱者必蒙於善應敢緣慧力輒罄愚衷伏以大行太皇太后淑聖在躬聰明先物儀刑宮壼德大而不矜鎮撫國

家功崇而不宰未窮遐算奄背盛辰皇帝陛下務極
孝思永懷慈蔭内遵喪紀不緣易月而斷恩外異寢
園特以因山而建號矧惟臣庶實自生成雖銜有慟
之情未識論酬之所是資佛果少卽人心伏願克配
坤元寧至神於不測寖昌天極介景德於無疆實賴
梵因允諧衆望

諸廟祈雨文

民之艱於稼穡賴歲屢豐得以足衣食而償其力吏
亦得以無所事於勤而偷祿今玆春仲麥苗滿野得
雨而成則民得以繼其豐年之樂而吏亦得預其幸

神之食於此土爲能澤於斯民也故敢以告尚其賜
之以稱人望

諸寺觀祈雨文

春氣已中農功方急而膏澤未洽土脉尚乾敢恭致
於精誠用仰祈於覺（道改作真覺）蔭尚其降雨俾獲有年

諸廟春祈文

神之於人能康歲時而阜庶物故人[illegible]得以歲時備物
以事神今茲春仲敢遵常典神可不[illegible]懲以無廢其康
阜之功則人敢不盡以無斁於事神之禮

祭土祈雨文

農勤甚矣歲旣暮春麥待雨而成菽粟待雨而種而
旱暵爲虐人用憂嗟今將爲壇象龍以禱是用先事
告爾土神尚其降休無咈人望

祭五方龍祈雨文

龍之變化無方而其有功於人者則在於能興雲雨
嗚呼今旱甚矣是用稽古爲爾其龍之象位于其方
薰祓以禱爾尚圖厥職其亟以時肆爲膏澤以大施
于此土無愆厥應俾有後羞惟爾有神亦尚永有依
歸

太清明道宫祈雨文

旱踰時矣麥既萎死而菽粟未種皇帝憂勞遣吏分禱尚其致雨無俾歲害允茲東睠實在靈德

諸廟謝雨文

維歲大旱蒙賜甘雨霔邪之麥冀可以蘇菽粟之田有望自此實神之德敢忘昭報尚其終惠俾獲有秋

諸寺觀謝雨文

氣之不若旱實爲菑蒙在正陽畀之甘澤維靈休之所自豈昭報之敢忘俾獲有秋尚賴終惠

太清明道宮謝雨文

旱久未解詒上之憂得雨應祈曾不旋日焦萎可起

種藝可施實惟靈休副此東睠尚其終賜俾獲有秋

亳州明堂後祭廟文

維季秋辛巳天子宗祀英宗皇帝於明堂以配上帝既成禮乃詔天下徧祭于羣神故州得以衆羞醪酒祗薦祠下神其誕降嘉福無有不暨以稱天子所以事神愛民之意

哀詞

蘇明允哀詞

明允姓蘇氏諱洵眉州眉山人也始舉進士又舉茂才異等皆不中歸焚其所爲文閉戶讀書居五六年

所有既富矣乃始復爲文蓋少或百字多或千言其
指事析理引物託諭侈能盡之約遠能見之近大能
使之微小能使之著煩能不亂肆能不流其雄壯俊
偉若决江河而下也其輝光明白若引星辰而上也
其略如是以余之所言於余之所不言可推而知也
明允每於其窮達得喪憂歎哀樂念有所屬必發之
於此於古今治亂興壞是非可否之際意有所擇亦
必發之於此於應接酬酢萬事之變者雖錯出於外
而用心於内者未嘗不在此也嘉祐初始與其二子
軾轍復去蜀遊京師今參知政事歐陽公脩爲翰林

學士得其文而異之以獻於上既而歐陽公爲禮部又得其二子之文擢之高等於是三人之文章盛傳於世得而讀之者皆爲之驚或歎不可及或慕而效之自京師至于海隅障徼學士大夫莫不人知其名家有其書既而明允召試舍人院不至特用爲祕書省校書郎頃之以爲霸州文安縣主簿編纂太常禮書而軾轍又以賢良方正策入等於是三人者尤見於時而其名益重於天下治平三年春明允上其禮書未報四月戊申以疾卒享年五十有八自天子輔臣至閭巷之士皆聞而哀之明允所爲文有集二十

卷行於世所集太常因革禮一百卷更定謚法二卷
藏於有司又有易傳未成讀其書者則其人之所有
（一作存）可知也明允爲人聰明辨智遇人氣和而色温
而好爲策謀務一出已見不肯躡故迹頗喜言兵慨
然有志於功名者也二子軾爲殿中丞直史館轍爲
大名府推官其（一作某）年以明允之喪歸葬於蜀也既
請歐陽公爲其銘又請余爲辭以哀之曰銘將納之
於壙中而辭將刻之冢上也余辭不得已乃爲其文
曰
嗟明允兮邦之良氣甚夷兮志則彊閱今古兮辨與

亡驚一世兮擅文章御六馬兮馳無疆決大河兮嚙浮桑鑿星斗兮射精光衆伏玩兮彫肺腸自京師兮洎幽荒矧二子兮與翺翔唱律呂兮和宮商羽峨峨兮勢方飈孰云命兮變不常奄忽逝兮汴之陽維自著兮暐煌煌在後人兮慶彌長嗟明允兮庸何傷

吳太初哀詞

吳太初象先令爲單州單父人父祐之從事廣州勤宦死州外瘴沴地象先以喪至州下亦死年三十一歲三試於禮部不中余與之善後七年其弟景初來視余於臨川慶曆六年也余思象先如初失之爲之

追考其爲人爲辭以哀之曰

越山如鱗兮逹海而窮勢阻以偏兮毒潛其中子之自重兮卒與此逢我知子初兮其父之從子孤兮吾未之信孰神之苛兮又速子終嗟嗟乎然兮維戚吾哀維子之生兮順祥于宫父母之歡兮兄弟以雍出與人游兮有守有容其材甚良兮剖劂又工一日而弃兮卒偶蒿逢云誰不死兮萬古一空吾辭傳子兮無有春冬子夭且亟兮猶壽而隆

王君俞哀詞

京師多尊官要人能引重後輩公卿家子有賓客親

黨之助略識文書章句輒出與寒士較重輕縣此名
稱多歸之而至陛綴者因得與大位君俞在京師居
北門外不交人事讀書慕知聖人微言大法之歸趣
孜孜忘晝夜寒暑之變其爲辭章可道耻出較重輕
漠然自如縣此名與位未充也慶曆元年予入太學
始相識館予於家居數月相與講學會予歸遂別常
愛君俞氣皃端然雖燕休未嘗慢在衆中恂恂或不
知其朝士也至相與言天下士白黑無所隱其方且
勇亦少及也太夫人素嚴君俞怡怡奉子職退事寡
嫂無閒言畜妻子不驕爲家不問田宅平居無褻私

流後之好以某年某月疾遂不起始丞相龔文穆公無主祀扳君俞以託其後君俞亦盡誠奉之茲可以不墜矣今太夫人年高而天奪君俞之命是於君俞之心不爲大恨歟夫爲人如前之云而不卒於貴且壽曾未少施其所學又育其所承之心是於衆人之情不能泯哀也况重以相知其悲塞可勝乎作辭以泄其哀且系曰君俞姓王氏諱寅亮官至殿中丞年二十六云

維相其初兮擇嗣于宗君提而秀兮乃立于宫廟門有戟兮祭祀以時相不失託兮君無隧恭庭闈樂康

兮妻子不驕又事寡嫂兮端其服容衆人剪剪兮趨
慕要津我躬處方兮不夸以從詩書百家兮甚博而
穀我講其疑兮徃趨于中雖裕於實兮不耀其華維
文則信兮其位未充方期顯行兮羽儀于世孰尸變
化兮亟畀之凶汹穆無端兮莫致責辭維舊及知兮
哀攬于胷老毋無撫兮少婦失依賴有息子兮可望
其隆嗚呼哀哉兮予悲曷勝託辭于牘兮恨與天終

元豐類藳卷第四十一

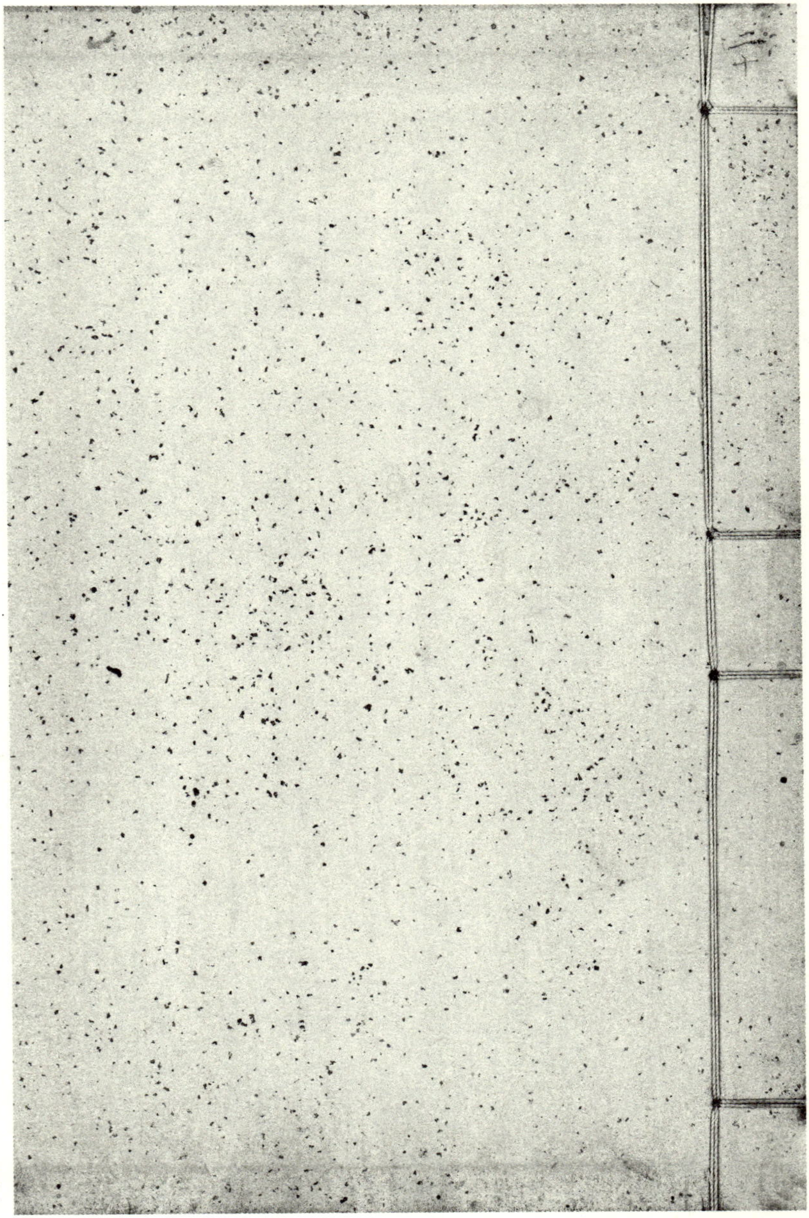

元豐類藁卷第四十二

誌銘

虞部郎中戚公墓誌銘

余觀三王所以教天下之士而至於節文之者知士之出於其時者皆世其道德蓋有以然也去三王千數百年之間教法旣已壞士之學行世其家若漢之袁氏楊氏陳氏唐之柳氏其操義風槩有以厲天下矯異世否邪以余所聞若宋之戚氏其事可以次敘焉公其家子也敘曰公宋之楚丘人大父諱同文唐天祐元年生歷五代入宋皆不仕以文學義行爲學

者師歿其徒相與號爲正素先生後以子貴贈兵部
侍郎考諱綸事太宗眞宗以賢能爲樞密直學士與
其兄職方郎中維以友愛聞祥符天禧之間學士以
論天書絀而郎中蓋亦舉賢良不就以爲曹國公翊
善不合去蓋其父子兄弟之出處如此學士後以子
貴贈司徒公諱舜臣字世佐司徒之少子也恭謹恂
恂舉措必以禮擇然後出言與其兄某官舜賓某官
舜舉復以友愛能帥其家有先人之法度聞自天祐
至今百有五十餘年天下六易士之名一能守一善
或身不終或至子孫而失者多矣而戚氏之世德獨

久如此何其盛也然世之談者方多人之嚚子儉孫
隆名極位世世苟得者以為能守其業是本何理哉
公少以蔭補將作監主簿然三十猶在司徒之側司
徒終而貧乃出監雍丘稅又監衢州酒遷知舒州太
湖縣兼提舉茶場治有惠愛民乞留詔從之復三年
乃得代獻詩言賦茶之害歲用萬數願弃勿採以感
動當世歸監在京鹽院言鹽之利宜通商聽之出通
判泗州能使轉運使不能以暴斂侵其民而民之養
其父者得以其義貫死又通判濮州當王則反於貝
濮民相驚幾亂公斬一人搖濮中者驚乃止已而提

黜刑獄以爲功得改官公不自言轉知撫州其治大方務除苛去煩州之詭祠有大帝號者祠至百餘所公悉除之民大化服從知南安軍至未及有所施爲而公蓋已病矣以皇祐四年六月七日卒於官年五十有五自主簿凡十一遷其官至尚書虞部郎中公濮州之歸也以其屬與公之配陳氏凡十三喪葬宋之北原皇祐六年正月八日公之子師道遂以公從陳氏葬戚氏者衛之大夫孫文子食於河上之邑曰戚爲姬姓之後至後世失其所食邑而更自别曰戚氏漢有以郎從高祖封臨轅侯著曰戚鰓鰓侯四世

而失梁有以三禮爲博士入陳卒者曰戚衮衮稱吳郡鹽官人侍郎之曾祖曰遠祖曰琮父曰圭其譜曰琮自長豐之戚村徙居楚丘故今爲楚丘人此戚氏之先後可見者也觀公之守其業者可以知其恭觀公之施於事者可以知其厚矣然人亦少有能愛之者蓋世之爲聰明立聲威者雖荒謾悖冒無不遇於世至恭讓質直不能馳騁而遇困躓者獨不可稱數余甚異焉夫赴時趣務則材者固亦重矣而立人成俗則絜身積行是豈可輕也哉然時之取捨若此亦其不幸不遇勢之各適其理也銘曰

隆隆戚宗自姬出臨轅鹽官輝名實侍郎家梁自祖
琮達世恬幽樹儒術司徒郎中藝且賢誠符繩公事
兕崛恂恂南安得家規莊容毖辭若遵律盛哉世徽
後宜闡刻銘方珉告幽室

戚元魯墓誌銘

戚氏宋人爲宋之世家當五代之際有抗志不仕以德行化其鄉里遠近學者皆歸之者曰同文號正素先生贈尚書兵部侍郎有子當太宗眞宗時爲名臣以論事激切至今傳之者曰綸爲樞密直學士贈太尉有子恭謹恂恂不妄言動能守其家法葬宋之北

原余爲之誌其墓者曰舜臣爲尚書虞部郎中元魯
其子也名師道字元魯爲人孝友忠信質厚而氣和
好學不倦能似其先人者也葢自五代至今百有六
十餘年戚氏傳序寖遠雖其位不大而行應禮義世
世不絶如此故余以謂宋之世家也元魯自少有大
志聰明敏達好論當世事能通其得失其好惡有異
於流俗故一時與之游者多天下聞人皆以謂元魯
之於學行進而未止意其且壽必能成其材不有見
於當世必有見於後孰謂不幸而今死矣故其死也
無遠近親疎凡知其爲人者皆爲之悲而至今言者

尚爲之慨然也元魯初以父任爲建州崇安縣尉不至以進士中其科爲臺州永城縣主簿以親嫌爲楚州山陽縣主簿嘉祐六年三月二十九日以疾死于官年二十有五娶陳氏内殿承制習之女再娶王氏叅知政事文憲公堯臣之女有子一人皆先元魯死而元魯蓋無兄弟嗚呼天之報施於斯人如此何也元魯且死時屬其僚趙師陟乞銘於余師陟以書來告余悲元魯不得就其志而欲因余文以見於後故不得辭也以熙寧元年某月某甲子葬元魯於其父之墓側以其配陳氏王氏祔將葬其從兄遵道以狀

求速銘銘曰

行足以象其先人材足以施於世用而於元豐末見所止也生既不得就其志死又無以傳其緒曷以告哀納銘于墓

尚書都官員外郎陳君墓誌銘

尚書都官員外郎權知泉州事陳君諱樞卒于位其孤斆以君之喪歸葬於湖州長興縣尚吳鄉雉山原前葬其弟杞以書走亳州乞銘於南豐曾鞏蓋元豐元年鞏爲福州充福建路兵馬鈐轄奏疏曰臣所領内知泉州事尚書屯田員外郎陳樞質性純篤治民

爲循吏積十有五年不上其課故爲郎久不遷方朝
廷抑浮競尚廉素之時宜蒙特詔有司奏樞課優進
其官以奬恬退於是天子特遷君尚書都官員外郎
誥曰吾寵樞也所以戒奔競明年六月甲子君以疾
卒享年若干又明年八月甲寅遡葬君事親以孝閨
爲人恂恂蹈規矩有善不自（一無自字）伐於勢與利無秋
毫顧計心於義所在侃然自任人莫能及也爲吏去
觚角繼雕琢（一作瑑）以平易敦樸爲務於刑寧失有罪
惟恐傷人於賦役度所不可蠲除者然後調發與民
爲期會未嘗取羨爭先其爲民去害興利若疾痛嗜

慈在己所至必興學校以教化爲先初尉鄱陽令得盜五人屬尉使爲功君辭不受及令宜黄宜黄在窮絶山谷之間舊令無顯者至君爲之名常出衆上令旌德亦然旌德之民歲輸米於太平州蕪湖縣倉路回遠費甚君請輸錢以便民譙縣民輸麥於酇陽倉以供漕輸豆於會亭倉以給驛行者君復請輸錢以糴供漕以直給驛行者各得其所便罷縣民絶橋閉門留君以閤乃得去泉州歲凶君築室止窮民饑者給食病者給醫人忘其窮使者蒐兵於閩以益戍廣西君建言兵當蒐者父母老或疾至無他子皆可聽

免詔定著於令余嘗聞繁昌有大姓殺人州縣不能正其罪君時令旌德或徙其獄屬君君驗治僮客盡得其隱伏殺人者論死人以爲盡其情又聞君之令旌德也州有所賦調他縣皆奉行至旌德令獨計曰非吾土之所有也非吾人之所堪也不敢以賦民爭或至十反守恚出語詆君君益爭州聽然後止最後聞泉州旱君圖所以賑民者欲預爲具或譏君近名君不爲動此君之事余得之於耳目者也昔司馬遷記前世循吏上下數千載所列叙者五人詳者人數事略者一二事而已今余所論次君事與遷所記五

人者相似否必有能識之者君之事多矣然猶為所
試者小也令所試者大則其事可勝傳邪君字慎之
湖州長興人曾祖彥夔祖文倚考迪贈尚書屯田員
外郎君進士及第初尉饒之鄱陽用薦者令撫之宜
黃避親嫌令宣之旌德用薦者遷祕書省著作佐郎
知亳之譙縣英宗即位恩遷祕書丞從僉書資州判
官廳公事遷太常博士今上即位恩遷尚書屯田員
外郎用薦者知越州司録未至丁父憂服除授三司
鹽鐵判官未至丁母憂服除驛召對崇政殿以為提
點淮西刑獄公事願得治一州徙權發遣明州事未

至又徙泉州留再任以疾請致仕未報母其氏其縣太君娶趙氏其縣君又娶劉氏吏部員外郎述之女其縣君又娶石氏其縣君一子斆也君既行治高世皆以謂宜不次用而任事者亦意嚮君爲尤甚然卒不得至中壽而用止於此其非命也夫余與君好爲最久故不辭而銘君墓辭曰

人孰宜之以夷易也物孰誠之以樸質也所處而安絀外累也所守而固篤自強也古有循吏其尚[illegible]也詩以名之其常存也

故翰林侍讀學士錢公墓誌銘

公錢氏也故爲王家有吳越之地五世祖鏐號武肅
王高祖元瓘文穆王曾祖俶昭化軍節度使祖昭慈
贈左衛將軍考順之左侍禁閤門祗候贈尚書刑部
侍郎公應訖書進士賢良方正能直言極諫皆中其
科歷宣州旌德縣尉大理寺丞殿中丞太常博士尚
書祠部度支司封員外郎工部郎中換朝奉大夫充
國子監直講編校集賢院書籍遷祕閣校理選爲修
英宗實錄院檢討官直舍人院同修起居注遂知制
誥直學士院遷樞密直學士翰林侍讀學士嘗通判
秀州知婺州入判尚書考功改開封府判官出知鄧

州入判尚書吏部流內銓兼判集賢院又兼判禮部
權知開封府數請去得知審官東院兼判軍器監兼
提舉司天監公事公幼孤家貧母嫁既長還依其族
之大人刻勵就學并日夜忘寢食於書無所不治已
通其大旨至於分章別句類數辨名叢細委曲無不
究盡具見於文辭閎放雋偉故出而與天下之士接
其所有較於有司常出衆上以其故名動一時其為
尉及為秀婺鄧州皆有治行秀州擊姦仆強果於力
行婺鄧更革弛壞理具設張為直講以能教誘學者
歸之為校理屬英宗之初慈聖光獻皇后聽政公三

上書請還政天子爲吏部謹繩墨選者稱其平爲開
封以慈恕簡靜爲體不求習名以投世取顯爲公屬
者有不與公合然公遇之未嘗有厚薄意士以此多
公而爲公屬者後卒亦心服也公於衆不矯矯爲異
亦不翕翕爲同以其故人莫能親疎至於勢利之際
人所競逐公方隤然跡與衆遠故雖有夸者亦不以
公爲可忌也公之爲判官也府嘗有獄或探大臣意
謂欲有所附致公不爲動徐論其意而已公平居樂
易無崖岸及至有所特立人固有所不能及者類如
此也公爲人謹畏清約與人交淡然久而後知其篤

也公之先既籍疆土歸天子其後至昭化守和州十有八年以卒詔葬和州子孫因家焉至公始葬其母於蘇州吳縣龍岡村之天平山故今又爲蘇州人公諱藻字純老封仁和縣開國伯賜服金紫年六十有一元豐五年正月庚寅卒于位某年某月某甲子葬天平山從其母永嘉郡太君丁氏之兆公妻孫氏泰興縣君男曰某曰某蚤世曰嶧某官孫曰某某官公卒上馳使臨視其家知其貧特賜錢五十萬而官其弟若子孫凡三人公與余嘗爲僚相善其且歿以遺事屬余而其家因來乞銘銘曰

錢姓武王五世□之孫開迹東南以學以文學則知經
文則能賦矧曰□万聞揚聲天路廼校中書廼掌帝制
廼列禁林從容□諷議治已伊何維直而清治人伊何
維簡而平人以□怒遷公能自克人以利回公能不惑
士夫所望天子□所器胡不百年胡不三事龍岡之宅
考卜維新公安□此尚利後人

刑部郎□中致仕王公墓誌銘

君諱逵字仲達□家晉陽其譜云隋文中子通之後□
季辟亂家濮陽□故今為濮陽人曾祖考溫祖考名犯
濮王諱考翰贈□尚書工部侍郎君幼學于母史氏聰

譬絶人及長學于侍御史高弁天禧三年及進士第
爲廣濟軍司理參軍母喪去姜遵知永興軍府事取
君主萬年簿萬年令免官君行令事大去舊弊王文
康公代遵與安撫使王沿轉運使李紘皆薦君宜令
萬年詔特以爲試祕書省校書郎知縣事後不得爲
例晏殊爲三司使奏君爲三司檢法官李諮代殊會
天聖十年掖庭火諮任公具材用治宫室五日而用
足仁宗聞而嘉之遷祕書省著作佐郎王鬷知益州
取君僉書節度判官廳公事遷祕書丞通判益州事
遷太常博士新鄭里胥捕罪人殺之獄具當死君求

得其情爲奏讞里胥得不死蜀人以爲德入爲開封
府推官賜緋衣銀魚府史馮士元家富善陰謀廣市
邸舍女妓以諂諸貴人一時多與之親會士元有罪
繫獄君治之竟其事及諸貴人以其故多得罪去者
或謂君禍始此矣君笑曰吾知去惡人耳出爲湖南
路轉運使蠻人歸附遷尚書祠部員外郎坐小法知
處州池州福州揚州江南西路轉運按察使遷尚書
刑部員外郎按知洪州卞咸抵其罪改荆湖北路轉
運使初諫官李京嘗奏君其事及是京以言事斥監
鄂州稅聞君至移病不出君要諭之曰前事君職也

於吾何負哉卒與之歡甚京死又力賙京家而奏官
其子攺河東轉運使賜紫衣金魚坐小法知光州逾
月遷尚書兵部員外郎知徐州是時山東大飢君所
活數萬人取遺骸爲十二冢葬之亦數萬是時富丞
相弼爲京東東路安撫使自爲文祭其冢明年遷尚
書工部郎中淮南轉運使歲飢又多所全活就加直
昭文館知越州浙東兵馬鈐轄遷尚書刑部郎中判
刑部加直龍圖閣知荆南府荆湖北路兵馬鈐轄濬
渠爲水利又開新河通漕公私便之請知兖州坐法
免起知金州提舉兖州景靈宮知萊州遷尚書兵部

郎中知西京留司御史臺提舉崇福宮皆不赴遂乞致仕居鄆州熙寧五年四月癸亥終于鄆州昭慶坊之私第享年八十有二有文集五十卷君娶朱氏賈氏高氏高氏封長安縣君其父弁君所從學者也皆先卒有子五人子駿衛尉寺丞子淵鄆州壽張主簿子建河南伊闕尉子皐子英未仕也女七人適蘄州黄梅令李綱尚書職方員外郎馬淵右（一作左）班殿直侍其珪進士程行大理寺丞劉士劭鄧州穰縣主簿李毅進士張伉君爲人志意廣博好智謀奇計欲以功名自顯不肯碌碌所至威令大行遠近皆震然當

是時天下乂平世方謹繩墨蹈規矩故其材不得盡見於事而以其故亦多齟齬至老益窮然君在擯頓顛躓之中志氣彌厲未嘗有憂戚不堪之色蓋人有所不能及也君尤篤於好善一時與之遊者皆當世豪傑知名之士君子者亦君之所厚故君之葬其子來屬以銘而予不得辭也君葬於其卒之歲某月某甲子而墓在鄆之某鄉某原銘曰

維特材志橫出世拘牽困羈馬帀見事爲萬之一形則潛名不沒

司封郎中孔君墓誌銘

君姓孔氏諱延之字長源幼孤自感厲晝耕讀書壟上夜然松明繼之學藝大成鄉舉進士第一遂中其科授欽州軍事推官杜杞之使南方誅歐希範蒙趕君策畫居多其書奏謀議皆君爲屬草藁監杭州龍山稅知洪州新建縣又知筠州新昌縣還朝會開封界中治孟陽河中作而開封奏可罷御史與開封爭不決詔君按視君言費已鉅成之猶有小利遂從君言知封州即用爲廣南西路相度寬恤民力所更置五十五事弛役二千人使者欲城封州君爭以謂無益乃不果城遷爲廣南西路轉運判官辭母老不許

廣西人稀耕者少而賦糴於民歲有至六百萬石程
督與租稅等然不過能致數十萬石而止君計歲糴
二十萬石而足高其估以募商販不賦糴於民初儂
智高平推恩南方補虚名之官者八百人多中戶以
上皆弛役役歸下窮君使復其故欽廉雷三州蜑戶
以採珠爲富人所役屬君奪使自爲業者六百家皆
定著令交阯使來桂州陰齎貨爲市須負重者三千
人君止不與使由此不數至雷州並海守方俔爲不
善官屬共告之俔要奪其書悉收官屬并其孥繫獄
晝夜榜笞軍事推官呂潛以瘐死君馳至取俔屬吏

縱繫逮者七百餘人倪坐法當斬亦以瘐死人讙叫
感泣聲動海上改荆湖北路提點刑獄即本路爲轉
運使罷鼎州六寨歲戍土丁千餘人提點刑獄言溪
洞南江宜麻稻有黄金丹砂之產遣人諭禍福以兵
勢隨之可坐而取也君奏以爲不可乃止召爲開封
府判官以母老辭知越州移知泉州以母老辭改知
宣州未至言者奏越州鹽法不行故課負坐罷宣州
而課法以滿歲爲率歲終越之鹽課應法乃以君爲
權管勾三司都理欠憑由司出知潤州未行暴得疾
卒京師熙寧七年二月癸未也年六十有一自欽州

九遷至尚書司封郎中賜服緋魚君之得見於用擯
其大者如此君氣仁色温寡笑言若不能出口及
見義慷慨辯且強也方微時已數劘切上官無顧避
及老益自強守所聞於古不肯苟隨以故齟齬一不
以易意君事母孝待已約與人交盡其義其於恩尤
至也治人居官一以忠厚不矜智飾名噫可謂篤行
君子矣其家食不足而俸錢嘗以聚書至老讀書未
嘗一日廢也工於爲文諸子皆自教以學子多而賢
天下以爲盛云君臨江軍新淦縣人孔子之後四十
六世孫曾大父令倩大父文贇考中正母劉氏君登

朝考贈光禄卿母封仁壽縣太君娶楊氏封仁和縣
君有子七人文仲台州軍事推官武仲江州軍事推
官平仲衢州軍事判官和仲進士義仲太廟齋郎官
早卒女三人嫁集慶軍節度推官曾準吉州吉水縣
主簿應昭式進士蔡公彦孫男女八人初君樂江州
之佳山水買宅將居之故其子以八年九月乙酉葬
君於江州之德化縣仁貴鄉龍泉原以楊氏祔君有
文集二十卷其子以余與君爲最舊來乞銘銘曰
有綽厥政流播在民有蔚斯文薦美於身孰委于外
不源于内于内曷以以其豈弟其立栢栢不回不倚

施不盡有子則多賢曷以厥問闕辭幽阡

都官員外郎曾君墓誌銘

君曾氏諱諠字子常建昌軍南城人曾祖暹祖士宗考充贈殿中丞君進士及第補洪州新建縣主簿循州龍川令知筠州之上高臨江軍之新淦舒州之桐城三縣提舉江南東路常平倉兼農田水利差役事權知楚州歷秘書省著作佐郎至尚書都官員外郎君生而好學其家學者自君始博聞強志明於大體善屬文一時名出衆右其家故貧然君爲人節廉自重罷吏歸常闔門居不與人事或日昃不得食晏如

也爲吏平恕質慤務在愛人不爲刻察所歷縣稱治
江東同職欲增賦役錢於民君爭不能得則自請罷
去遂知楚州楚饑四方之船粟至者市易吏定取價
賤予價貴計其贏取於民而粟未嘗出納也販者爲
不行人以乏食又取民之食其技者錮於官禁不得
私粥市里騷然君初止之不變則按致之法朝廷遣
他吏覆視不能易君言市易吏得罪免君益不合卒
以他法罷既去而楚人思之既死而楚人迎哭其喪
甚慟至今言治楚者以君爲不可及也君平居恂恂
持卑及遇事不可奪其守如此君熙寧九年四月癸

巳卒於開封府咸平之驛舍年五十有一明年某月
某甲子葬于南城之某鄉某原子景初景倩景融景
裔景獻景初蚤世女嫁袁州萬載令董沂進士夏時
中陳卞毋鄭氏崇德縣太君妻傅氏仁壽縣君銘曰
江東之議不俛而隨山陽之治違世所馳有挾之強
以弱犯之有醜之正以獨守之彼不我與我不爾欺
尚告厥忘作此銘詩

王容季墓誌銘

容季王氏諱冋其先太原人中徙河南其後自光州
之固始徙福州之候官徙候官者五世矣曾大父諱

廷銘仕閩王爲安遠軍使大父諱仁政贈祕書丞考
諱平爲侍御史葬潁州之汝陰故今爲汝陰人容季
嘉祐六年進士及第主蔡州之新蔡簿治平某年某
月甲子卒于家年三十有一熙寧六年某月某甲子
葬汝陰旌義鄉衆父管侍御府君兆母曾氏金華
縣君尚書刑部郎中集賢殿修撰贈太師中書令兼
尚書令某國公某之女妻賈氏尚書司門郎中昌期
之女男女二人男曰某始若干歲容季孝悌純篤尤
刻意學問自少已能爲文章尤長於序事其所爲文
出輙驚人爲人自重不馳騁衒鬻亦不孑孑爲名曰

與其兄講唐虞孔子之道以求其内言行出處常擇
義而動其磨礱灌養而不止者吾未能量其所至也
不幸其志未就其材未試而短命死矣初容季之伯
兄回深甫以道義文學退而家居學者所宗而仲兄
向子直亦以文學器識名聞當世容季又所立如此
學士大夫以謂此三人者皆世不常有藉令有之或
出於燕或出於越又不可以得之一鄉一國也未有
同時並出出於一家如此之盛其將使之有爲也而
不壽輒死皆不得至於壽考以盡其材是有命矣而
命之至於如此何也初子直之沒文深甫屬予序之

數年又厚深甫之文復數年耳而容季葬有日其仲
兄固子堅又屬予銘其墓而且將厚其文嗚呼非其
可哀也夫銘曰
學足以求其内辭足以達其外守之用剛養之用晦
如泉之進如木之升奄焉以止不究其成維友作詩
以永厥聲

元豐類藁卷第四十二

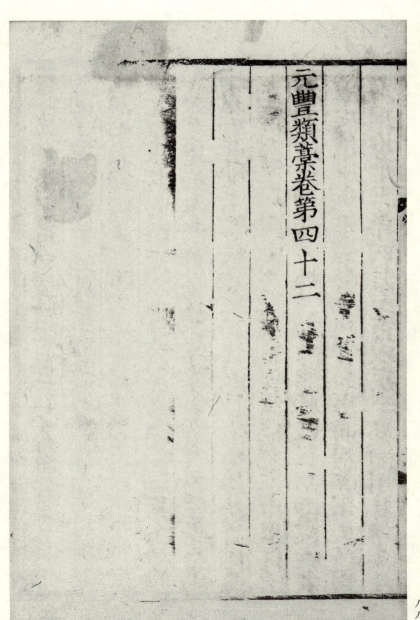

元豐類藁卷第四十三

誌銘

都官員外郎胥君墓誌銘

君姓胥氏諱元衡字平叔長沙人皇考諱某王考諱某考諱某王考贈尚書工部郎中考爲翰林學士尚書工部郎中贈尚書吏部侍郎君少以蔭爲將作監主簿六遷爲殿中丞賜緋魚袋鎖廳應進士舉得出身又三遷爲尚書都官員外郎歷監在京染院内衣庫皮角庫僉書河南府判官公事通判湖州又通判海州治平三年四月壬寅以疾卒於泗州其年八月

庚寅葬於許州陽翟縣三封原翰林君之塋君初娶李氏太子少傅若谷之女再娶韓氏封成安縣君尚書刑部員外郎知制誥綜之女子男二人曰茂諶大廟室長次尚㓜女二人長早夭君少孤能自奮厲力學問工爲文章又謹畏潔廉慕善而不自放居官雖小法未嘗不慎而不爲察察於人有所能容其大意如此故所至士大夫愛其修而百姓歸其恕其在染院二庫雖尚少已有能名及爲判官通判而能益顯蓋所試者六將豈可勝數哉始大臣薦其文章宜在館閣又薦其修潔宜任御史朝廷方嚮用之以爲江

西轉運判官命始下而君蓋已死矣死時年三十有
九聞其喪者識與不識皆哀之蓋天聖之間翰林君
方處顯好收奬天下之士而名能知人士之出於其
時有盛名於天下者多翰林君發之及其後君既壯
大所與遊士大夫亦皆一時之雋然自天聖至于今
纔四十年翰林君之門下士多至大官富貴尊寵君
所與遊士大夫亦多重於時而翰林君棄賓客已久
君又蚤世獨翰林君之夫人建康郡太君刁氏年七
十與君之孥覊旅於閭巷君之喪合衆人之賻乃克
葬其盛衰之際如此固所謂命者非耶君之葬祕閣

校理裴煜以茂諶之疏來請銘予與君皆嘉祐二年進士故不得辭銘曰

維艱而勤以敏其繼維平而長以篤其父考已無違在人有賜我志之良孰曰非遂我材之尤孰曰非試不申其期不擴其施有命則然其又何悲尚告後世知者之辭

劉伯聲墓誌銘

慶曆之間余家撫州州掾張文叔與其內弟劉伯聲從予游余與伯聲皆罕與人接得顓意以學問磨礲浸灌爲事居三年迺別後數年余以貧而仕見伯聲

於京師年益壯學日以益又數年余校書史館伯聲
數過余飲酒談笑道舊故相樂也伯聲未老然以疾
故亦衰矣既而余去京師而東更七州至于亳伯聲
子之美來告曰伯聲死八年矣將死時命之美屬余
銘其言曰葬而不得余銘如不葬也余惟伯聲始從
余游至今三十年見其少壯至於有疾而衰與之故
最久於其死而託銘於余固不得而辭也伯聲諱震
爲人質厚沉深寡言笑恂恂蹈規矩與人游見其一
善若恐不能及見其一失若恐不能拔其篤於誼如
此讀書有大志慨然欲有爲者也少孤能自立尤貧

然營疏屬之葬孤姪之嫁娶忘其力之不足也數以
進士薦於鄉卒不合晚乃得試將作監主簿曾大父
澤左補闕贈吏部尚書大父居仁單州單父縣主簿
考紘濟州司理參軍其先清河人自吏部葬開封府
之東明令爲東明人伯聲卒於熙寧五年三月戊戌
年五十有三葬於東明之陽山鄉白駒里以元豐三
年十一月其甲子妻費氏尚書比部員外郎式之女
子四人曰之美之純之奇之邵二女嫁倪良器李日
新張文叔名彦博余爲之序其文者也銘曰
敏於求已尚行寡言篤於求古廣見多聞有孰畀之

而施則乇維舊則信以諗後人

尚書比部員外郎李君墓誌銘

康定初先人寓南康與李君居並舍是時君年未四十游余父子間相好也後十餘歲君爲臨安遇余於浙西道舊故喜甚又十餘歲君已退而家居復見之山陽又九歲而君年七十有一以卒明年其孤仲熊自山陽抵京師拜且泣曰願得銘也余惟君游余父子間四十年矣銘其可辭君姓李氏諱丕字子京初名眞卿曾大父諱某大父諱某考諱某贈光禄卿母丁氏仙源縣太君繼母王氏仁壽縣太君君海州朐

山人家故寒也學爲士自君始出舉進士中其科得主楚之淮陰簿歲凶轉運使調軍食用君主宿州糴他州皆強賦民猶不足君隨便開誘糴者悅趨糴最他州去爲歙州司法參軍能隨用見聲出衆上薦者十四人不用遷寧國軍節度掌書記轉運使屬君市翎毛君擾致如主糴所市以赤數之至十萬復最他州又屬君主作院君考校度程所作兵器總一萬一千三百二十有四皆精且利他軍州事有不能决者多屬君君所决者三十有八事蓋覆太平州囚詹壽活之明通判歙州林璠無罪釋之類如此於是能益

白薦者十三人遷祕書省著作佐郎用薦者監興元
府稅急吏寬商課嬴十有七萬歲中以歲次遷祕書
丞以課遷太常博士以覃恩遷尚書屯田員外郎知
杭州臨安縣召爲審刑院詳議官賜緋衣銀魚遷尚
書都官員外郎通判蜀州蜀少事然他州訟有積歲
不能決者轉運使以屬君君所決八、事民信服之遷
尚書職方員外郎監在京內衣庫樞密使田況奏用
君刪定馬軍司條貫既成請加賞賚濱州有獄久不
決辭連大臣家子遣吏治之輒辭詔遣君乃決累遷
尚書職方郎中以母老出通判杭州坐法免復爲尚

書比部郎中監沂州承縣鹽酒稅未逾月自罷歸又監陜州集津墺鹽務不行以本官致仕元豐三年九月己卯以疾卒山陽之私第十一月甲寅葬安樂郡之楊興里君娶葛氏仙居縣君再娶喬氏壽安縣君子男七人曰仲熊衛州軍事推官曰仲謨以進士再試禮部曰仲將曰仲傑曰仲倩曰仲昌皆未仕也女六人嫁吳好禮于銳皆奉議郎馬察于鐙皆進士餘幼也君既自奮拔立其家蓋仕四方惟蜀去其親其事兄撫孤弟姪皆盡恩意其爲吏不獨能自任其官蓋他吏之不能任其事者或屬君兼任之辦其裕也

不幸一跌世無力振達之者故以坎壈終銘曰
海區氏李有啓厥世富辭與能自約而後曰父與子
郎官卿士曰妻及母翟衣象揥謂勢方利孰輻以毀
施不盡有故也則嗣尚祐爾裔以追厥始

司封員外郎蔡公墓誌銘

公諱充字公度天聖二年進士及第爲邵武軍之邵
武尉又爲應天府之下邑尉丁母夫人河間縣太君
周氏憂服除爲越州司理參軍天平軍節度掌書記
遷祕書省著作佐郎知洪州奉新縣祕書丞知遂州
小溪縣改通判戎州累遷太常博士尚書屯田度支

司封員外郎歷監在京都進奏院羣牧判官知絳州
又爲提點荆湖北路刑獄公事至和三年七月二十
三日以疾卒於澧州之官舍享年七十有一嘉祐二
年十一月十三日葬于建昌軍南城縣太平鄉之西
原公爲人好自潔清平居衣冠容貌肅然及其臨事
以沉默愼靜爲主故自起家至於其終凡三十餘年
歷内外官無纖介之失其與人遊始若淡然無足動
其意者及其久人人皆退自喜謂公眞長者也其爲
尉參軍掌書記人始以廉節知公及爲奉新小溪絳
州其政又以平恕不擾聞至其在羣牧荆湖數更置

諸事人皆服其能其於越州蜀將佐交惡府中多向
背公獨挺立無所與後將又以貪坐法官屬多不能
自全事亦卒無汙公者於戎州蜀瀘州叛蠻攻淯井
監轉運使用公調兵食禦之兵遂以濟於絳州州歲
市羊數萬供京師公奏減之至今賴其法於荊湖既
周知官屬善惡於善人多薦藉成就之而於惡人無
所貸其法公既能自將顯其材故薦公者尤多蓋王
沂公曾王鄧公詒永與今富丞相弼之居鄆也皆薦
之而鄧公之爲樞密使兼羣牧制置使也又奏公爲
其判官其爲當世之大臣所知如此初公年十三喪

父家貧尤自克苦養其母及仕未嘗廣田宅喪歸借屋以居曾祖諱恭祖諱道隆父諱旦以公恩贈尚書屯田員外郎世家南城故爲南城人娶鄭氏累封宋城縣君子八人曰冠卿秘書省著作佐郎曰端卿鄭州原武尉曰文卿曰徽卿曰宋卿曰喬卿曰子卿曰孺卿公歿詔官其一子蓋公不獨能以其有施於身又能力以其餘教於家故公之歿也冠卿以材尤知名端卿而下皆謹嚴能世其家者也女二人嫁邵武尉陳陟進士陳之邵冠卿等將葬公以銘屬公故人子曾鞏銘曰

司封抱能蠶初齡秉旄懷紱晚始亨沙墟奔崖肆經營馬羊蕃肥獄訟平凜然氣志潔以清自徽訖隆用競競流風餘嬓被家庭子多以材後方興

贈職方員外郎蘇君墓誌銘

熙寧元年春余之同年友趙郡蘇軾自蜀以書至京師謂余曰軾之大父行甚高而不爲世用故不能自見於天下然古之人亦不必皆能自見而卒有傳於後者以世有發明之者耳故軾之先人嘗疏其事蓋將屬銘於子而不幸不得就其志軾何敢廢焉子其爲我銘之余爲之記其說曰君諱序字仲先眉州眉

山人其先蓋趙郡欒城人也曾大父釿大父祐父杲
三世皆不仕而行義聞於鄉里祐生於唐季而卒於
周顯德之閒嘗以事至成都遇道士異之屏人謂曰
吾術能變化百物將以授子祐辭不願道士笑曰是
果有以過人矣而杲始以好施顯名君讀書務知大
義爲詩務達其志而已詩多至千餘篇爲人踈達自
信持之以謙輕財好施急人之病孜孜若不及歲凶
賣田以賑其鄰里鄉黨至熟人將償之君辭不受以
是至數破其業危於飢寒然未嘗以爲悔而好施益
甚遇人無踈密一與之傾盡無疑礙或欺而侮之君

亦不變人莫測其意也李順叛攻眉州君居圍中守禦會其父病没君治喪執禮盡哀退慰安其母皆不失所宜慶曆初詔州縣立學取士士爭欲執事學中君獨戒其子孫退避人皆服其行蜀自五代之亂學者衰少又安其鄉里皆不願出仕君獨教其子渙受學所以成就之者甚備至渙以進士起家蜀人榮之意始大變皆喜受學及其後眉之學者至千餘人蓋自蘇氏始而君之季子洵壯猶不知書君亦不強之謂人曰是非憂其不學者也既而洵果奮發力學與其子軾轍皆以文學名天下爲學者所宗蓋雖不用

於世而見於家稱於鄉里者如此是不可以無傳也已君始以子恩爲大理評事後累贈尚書職方員外郎享年七十有五慶曆五年五月十一日終於家八年二月某日葬於眉山縣修文鄉安道里先塋之側夫人史氏蓬萊縣太君二子曰渙尚書都官郎中提點利州路刑獄公事有能名曰洵覇州文安縣主簿編纂太常禮書贈光祿寺丞孫七人位佾不欺不疑不危軾轍軾殿中丞直史館轍商州軍事推官銘曰蘇氏初西值蜀崩分三世高遊以篤吾仁君始不羈勞躬以畢孝于父母施及鄉黨維見之卓教其子孫

終化鄉邦學者詵詵維子若孫同時三人擅名文章
震動四方迺本厥初考祖之自刻詩墓石以畀厥裔

庫部員外郎知臨江軍范君墓誌銘

嘉祐五年六月辛巳尚書庫部員外郎知臨江軍事
范君卒于位年五十有三其年十月辛酉葬于江州
德化縣之仁貴鄉萬家山前葬其孤屬君之故人李
中考次君之官氏邑里與其功行之實爲狀授使者
告於肇曰先君葬既得月日宜有銘孤安期也敢請
肇曰君之行宜有述乃爲之誌其墓而銘之其叙曰
惟范氏傳序受姓自劉累以來其後居江州者出於

晉豫章太守甯之後君諱端字思道江州德化人也
祖裕書省著作佐郎贈太常少卿諱成象父尚書都
官員外郎贈光禄卿諱應辰君始以父任爲太廟齋
郎累轉至尚書庫部員外郎歷德化尉江寧主簿江
都令知南昌飛烏彭山三縣通判通州徙泰州又爲
勾當開治畿内溝洫提舉陝西河北路便糴糧草至
知臨江軍事而飛烏以乞養太夫人得監江寧府鹽
稅彭山用薦者得監雲安軍鹽井二縣皆不至君聚
書萬餘卷強力篤學爲人恭遜質儉能自修飭門内
之治肅如也及施於爲政以謹法能持廉名於世而

世之能觀其內者亦少也始爲江都會歲旱張若谷爲揚州遣吏數人與君皆出視民田他吏還者白歲善君還獨白田實旱若谷初不是之也君持旱苗力爭乃卒是君所白吳遵路蔣堂爲淮南轉運使使君護河役君往視之還言河不可爲遂罷君用他吏護役而河果不可爲三人者其初皆怒已乃感寤共薦之而當是之時天下之主財利者方務於急聚斂治民者以立聲威爲賢交四方之賓客者又往往屬意於卑辭貌煩饗燕贈送之禮以其故能傾士大夫以干天下之譽君乃獨推息民教化之意以簡易自守

故爲雲安主鹽利而議蠲鹽課以數萬爲臨江以興
學教人爲先而厨傳賓客之奉十去其七八四方之
往來者或出語訕君君不爲之動也其正行直道如
此太夫人李氏贊皇縣太君父尚書工部侍郎虛巳
元配鄭氏父龍圖閣直學士向次配周氏清河縣君
父尚書司封員外郎陵子男六人安期安仁安之安
世安壽安禮女五人長適和州司戶參軍鄭夷中次
適都昌主簿周詠次適郊社齋郎周佺期餘尚幼孫
男六人莘叟巖叟渭叟商叟蒙叟員叟太夫人之喪
君哀慼疾四年乃能起凡君之所旣立可謂有士君

子之行非耶自不遵先王養士用人之法而士在閭巷之間者用力於空文居朝廷者馳騁於虛名以譁世取寵士之能修其内潔身累行者非自好之莫能至而世亦罕能知之也故君之事予喜爲之見於文使後之君子得覽焉君於文章尤長於詩有集三卷藏於家其銘曰

君性温温好退持卑及其臨事擇義而爲一世之棄君獨從之一世之慕君獨違之行已有常在官無疵曷以知之視此銘詩

張久中墓誌銘

君姓張氏名持字父中初名伯虎慶曆三年來自曲江入太學當是時天子方詔學官歲獻士二人學者以數百千人獨獻君會學散不報於是時予蓋未嘗識君也後二年過予之所居臨川始識之君爲人深沉有大度喜氣節重交遊一時與之游者甚衆而君所尤稱者廣漢張貢以爲年少可進以學者莆陽陳惇蓋君之學多賁發之而於惇以師友自處也凡君之與人交喜窮盡其得失其義足以正之而其直未嘗苟止也至其與衆人接尤溫以莊不妄與之言與之言必隨其材智所到不病以其所不爲故君之交

皆懼其嚴而喜其相與之盡衆人之得君遊者亦皆
喜愛而未嘗有失其意者其語曰士生於今勢不足
以持世而遊於其間當如此也於臨川出其文章因
學予言古今治亂是非之理至於爲心持身得失之
際於其義予不能損益也後二年死於興國軍某月
某日也明年其弟來江南以力之不能將獨負君之
骨以歸是時陳愽方以進士得出身約君之弟曰吾
忍不全歸吾友耶明年吾得補爲吏力能以君之
歸其弟乃止君年若干祖某考某君幼孤養於兄嫂
嘗曰嫂之於吾猶母也婦能以姑之禮事吾嫂者可

以爲吾婦矣然卒亦無也君固難交然不易其好而陳惇者與君交尤深也予嘗睎惇與君之相從憂窮齟齬無不共之其中心豈有利然也世之交友道廢久矣其有之或非此也然則君之事其有取於世教非邪惇以某年某月某日歸君之喪葬地而屬予銘其辭曰

嗚呼久中不如其志孔孟以然何獨於子生而不大天固爲之其長在人於此觀之

祕書丞知成都府雙流縣事周君墓誌銘

君姓周氏諱旻字夢臣衢州江山人也曾祖漢規祖

德厚父幹君以進士及第歷南劒州之將樂建昌軍之南城主簿監虔州雩都銀場又爲泰州司户參軍用薦者爲祕書省著作佐郎知宣州南陵縣事遷祕書丞知成都府雙流縣事嘉祐六年正月某甲子至江陵卒於舟中年五十有一母某氏先娶毛氏又娶祝氏子男三人曰某曰某曰某女四人君之卒某始七歲清江李中爲之具喪事所須某年某月某甲子君之弟嵩葬君於某州某縣某里之原君少孤力學不問生業事母以孝稱其在仕也嫁娣之貧者君嘗分月俸三之一以奉之餘以與諸弟君與妻子或止

食館券而已爲人和平質簡其施於爲政亦然及至有所必行人亦多所不能及也其爲南城雩都取豪猾尤難治者三人皆繩以法君既見惡果於繩而去之故其餘皆斂跡不敢犯君法此君之行已居官已試者也所試者大將豈止於是歟銘曰

婉婉爲人嶷嶷爲吏此有愛慕彼無怨議孰厚其有孰艱厥施維銘昭之以諗來裔

元豐類藁卷第四十三

誌銘

殿中丞致仕王　君墓誌銘

君諱某字某某先琅邪人嘗從家于蜀至君之考又徙家于揚故今爲揚之江都人曾祖諱錫祖諱得中爲眞定府獲鹿縣令贈尚書刑部侍郎考諱汝能爲尚書都官郎中贈尚書工部侍郎君少以父任爲太廟齋郎養其父不忍一日去左右至卒喪年已四十餘始出爲南劒州司戶參軍歷監劒州銀銅場和州司戶參軍用薦者監潁州稅去爲越州山陰縣尉滑

州録事參軍隨州唐城縣令其爲銀銅場冶者復業而歲課大溢爲尉能發姦偷爲録事能治獄不撓爲令能有恵愛於人其試於事者如此其爲人居家孝友遇人和易質厚不爲聰明機巧以譁世動俗故知之者少而君亦自若也至年七十遂上書還政遷太子中舍今上即位恩遷殿中丞賜緋衣銀魚卒於熙寧五年之五月甲辰年七十有七以其年十月乙酉葬于江都之東興寧鄉馬坊里以其配永嘉縣君周氏祔有子二人曰幾大理寺丞曰深潤州丹徒縣主簿皆有文行能世其家 有女一人嫁陸氏有孫男二

人孫女二人尚幼也寺丞娶余之仲妹以書來乞君之墓銘余不能辭也銘曰

養心以和動己以直不爲世巧安於自得顯不在躬寔詒爾子欲鴻厥聲勒銘于此

贈大理寺丞致仕杜君墓誌銘

君姓杜氏澶州濮陽人卒於皇祐元年十月庚申葬於熙寧八年十月丁酉其墓在濮陽縣桂枝里之欒村以夫人仙居縣太君潘氏祔君曾王考佑王考延嗣考珣子男三人曰言曰宗諒皆蚤世曰宗誨殿中丞女二人嫁馬氏欒氏孫男二人曰良輔餘未名也

君諱瑩字德温贈大理評事又贈大理寺丞爲人孝友温良以清靜爲學而以淡泊自足行修於家而譽聞於鄉其自得者壽考見於身其有餘者流澤見於後故其年至於八十而有子能大其門言理之士以此多君也宗誨爲人質厚恬夷世俗之所爲有不爲者余爲襄陽宗誨實僉書節度判官公事愛其所守而知其有所受也其以君之銘乞於余故不辭銘曰

有以養其内克遐者壽有以行於遠克昌者後帝原厥初追錫命書余與此銘賁于幽墟

君名敏生於天禧之戊午卒時皇祐之辛卯也既卒之明年葬於其所家撫州金谿縣之東某里某原字某姓胡氏父名晏教君學已爲之求師又爲之求四方善人君子與之接致其力不敢懈至於老以死不敢變君亦能奉其意故君之爲進士其強學其廣記其博問其能文辭於其業可以謂之修其事親其居家其與人游不見其缺虧其約其質其不苟其寡言於其行可以謂之修夫積其勤以至於業之修而止薦於鄉積其謹以至於行之修而不克顯於世此世之所以哀君也然君有可以慰其親而不疚於其內

比於得其欲富貴於一時而有愧於其心者其得失何如固易知也母某氏妻某氏子某弟某某君者嘗學於余也故銘之銘曰

慰其親學也勤短而屯蹇不伸震無垠琢斯珉

光禄寺丞通判太平州吴君墓誌銘

龍圖閣直學士給事中吕仲庶具書載其子業官世行治屬余曰吾子某不幸壽不得見其志幸得銘信後世則某其不泯泯尚足以慰吾思也余爲之述曰維吴氏以文學直道繼有顯人其家子晚出並茂亦多以材能見於世君居其閒孝友篤學有大志未見

其止其不幸蚤死故君既自東無所試而其家蓋識君之事亦略也君以父任守將作監主簿今上即位恩遷太常寺奉禮郎是歲進士及第僉書廣濟軍判官公事上書言時事有人之所難言者部多盜君請取酒場羨錢益賞購轉運使難其言君以聞詔用君議盜以衰息君以母濟陽郡君蔡氏憂去官服除遷光祿寺丞通判太平州州賴以治行部中視河還不入其家將行廣濟圩度姑熟溪橋壞以水死年三十有三熙寧八年四月某甲子也朝廷聞而官其一子君娶陳氏尚書職方員外郎亢之女前君二年死子

曰埴郊社齋郎曰圻未仕女一人始五歲君初名秉
禮字子鈞其先興國軍其人曾祖考某祖考某贈戶
部尚書仲庶名中復以君卒之二年正月某甲子葬
君南康軍都昌縣沐浴原之龍回山以陳氏祔銘曰
家紀其行官紀其能收科于少是紹是承維曰未試
方勃而起云胡不遐一跌而逝命則誰爲昧不可稽
畀爾萬年式諗以辭

殿中丞監楊州稅徐君墓誌銘

唐之亡彊者分其地爲國以十數楊行密有淮南稱
吳海州人徐溫爲吳將有功行密死三子相次立溫

用事貴顯温死其養子知誥遂代楊氏盡有江淮之地稱唐去温所與爲姓名者姓李氏名昪温已子知諫事昪爲將死昪追以爲中書令臨淄王知諫子遜事昪子璟爲中書侍郎上饒郡公遜子徐君事璟子煜爲其祕書郎賜緋魚袋宋既受命平天下俘李氏以歸徐君亦隨之京師得爲太常寺太祝不樂棄官歸江南父之爲殿中丞監揚州稅以死子天錫爲祕書丞亦死女四人其第二女與季皆嫁吕氏徐君死祥符閒後四十餘年嫁吕氏女有子倚始葬徐君與徐君之母李氏妻陸氏於楊州之某原方徐氏之先

與楊氏俱起東南收其土地而有之遭行密子弱徐氏實任其國至昪遂代吳而徐氏子孫亦皆據士民之上有王公之勢於其一時富貴之際豈非盛哉百年之後其世凌遲至於徐君遂死而無以葬葬於異姓之孫盛衰之變何其速也然自前世無不皆若此富貴之不可以久恃亦何必異也而世之不安其命者方枉義挈挈以覬幸其偶得之者又惴惴恐失之是眞可以常處也哉初東南之地既入於有司天子憐士民許皆復田其故所有地徐君之地爲尤多多不取有買徐君之地以賣之者亦不問是以其貧甚

而徐君獨自得徐君諱元揄字仙村好學善屬文吏
部賈黃中嘗試其書判曰元白不足多也尤能詩詩
數百篇號南歸集大抵多慨其不得志徐君之所以
自見也嫁呂氏女之夫名某憐徐君之死無以葬死
以屬其子倚倚貧甚能自力卒葬徐君之而就其父志
銘曰
富吾不爭可謂既好之貧吾不懟可謂明又安之諧歸
此丘女子之爲永昭厥聲維此銘詩
　永州軍事推官孫君墓誌銘
黟縣之孫氏有起進士爲尚書工部郎中廣南西路

轉運使以卒者諱抗以文學見於世其葬在黟之上
林有子亦起進士爲永州推官以卒卒時年二十有
八者諱適亦以文學見稱葬在其父之左將葬其弟
邈以告而乞銘於南豐曾鞏其叙曰孫氏世家富春
唐有從歙之黟縣者諱師睦始自別爲黟縣之孫氏
師睦生延緒延緒生旦旦生遂良以子恩爲尚書職
方員外郎職方生工部工部實生君君年十有四辭
親學問江東已有聞於人往從臨川王安石受學安
石稱之後主越州上虞簿去以父恩得永州父卒萬
里致喪疾不忍廢事既葬携扶幼老將就食淮南疾

益華遂卒於池州大安鎮實至和二年始工部爲御
史不合而出及使南方仆且起遽卒君尤自力學行
謂蘊必發其在君又止此君於學問好其治亂得失
之說不狃近卑於爲文以古爲歸不夸以浮雖素羸
不廢書雖進不怠以止既肆而通矣而不得極其至
其銘曰孫世來黟拔身艱故爲世閥家始自工部
工部孰有有書百篇永州之學自其父傳其果以力
其敏以明內有其質外以華英再以不就其後當修
君不有子君多兄弟

尚書都官員外郎王公墓誌銘

王氏其先太原人世久遷徙而今家撫州之臨川公諱益字舜良曾祖諱某不仕祖諱某以子故贈尚書職方員外郎考諱某以公故即其家拜衛尉寺丞公祥符八年舉進士及第初爲建安主簿時尚少縣人頗易之及觀公所爲乃皆大畏服其督賦稅未嘗急貧民或有所笞罰唯豪劇吏而以故建安人尤愛之嘗病闔縣爲祠禱改臨江軍判官軍多諸豪大姓之家以財力自肆而二千石亦有所挾爲不法吏乘其然乾没無所忌公至以義折正二千石使不能有所縱以明憚吏使不敢動揺居頃之部中肅然諸豪大

吏見公皆側目而視至以鄙言白公曰是不可欺也
卒不得已以他計出公領新淦縣縣以治聞去改大
理寺丞知盧陵縣又改殿中丞知新繁縣縣有宿姦
數人公既繩以法其餘一以恩信遇之嘗踰月不笞
一人還知韶州改太常博士尚書屯田員外郎嶺以
南素習於夷無男女之別日浸月滋爲吏者師耳目
謂俗止如此凡姦事雖得有可已者皆不究公曰夫
所謂因其俗者豈謂是耶居郡求姦事最急苟有萌
孽一切擿發窮治之屬縣翁源多虎公教捕之令欲
媚公言虎自死者五輿之致州爲頌以獻公使歸之

曰政在德不在異州有屯兵五百人代者久不至欲謀爲變事覺一郡皆駭公不爲動獨取其首五人即日斷流之或請以付獄公不聽旣而聞其徒曰若五人者繫獄當夜刼之然後衆乃服韶居南方雖小州然獄訟最多號難治公旣以才能治之有餘遂以無事又因民之暇時爲之理營驛表坊市道巷使皆可以久遠爲後利歸丁衛尉府君憂服除通判江寧府改都官員外郎二千石常以事倚公公亦爲之盡寶元元年二月二十三日以疾卒於官享年四十六母謝氏封永安縣君娶徐氏又娶吳氏封長壽縣君子

男七人曰安仁曰安道曰安石曰安國曰安世曰安禮曰安上女一人嫁張氏處者三人安石今爲大理評事知鄞縣慶曆七年十一月上書乞告葬公明年某月詔曰可遂以某月某日與其昆弟奉公之喪葬江寧府之某縣某處吾嘗聞鄉里長老言公爲人倜儻有大志在外當事輒可否矯矯不可撓及退歸其家斂色下氣致孝於父母致愛於族人之閒委曲順承一以恩自克位不滿其意故在外之所施用者見於小而已今吾所書是也其大可知則家行最篤已先人嘗從公遊其言亦然而吾又與安石友故得知

公事最詳其將葬也使者以安石之述與書來請銘
遂爲之銘其尤可哀者曰
公堂有母老不覺衰公庭有子仁孝而才世所可喜
公兩棄之莫不皆死公有餘悲

衞尉寺丞致仕金君墓誌銘

今上皇祐二年祀明堂推恩羣臣祕書丞金君得以
其父爲大理評事致仕五年郊金君爲太常博士又
得以其父爲衞尉寺丞惟衞尉府君諱某字温叟浮
梁人初君之考贈大理評事諱某有三子伯曰鼎臣
爲某軍節度掌書記仲曰汝臣爲太常博士季即君

兄弟俱舉進士書記與仲旣起家君因不復肯就舉曰吾兄弟不可俱去吾親也後三十餘年卒以有子爲丞云君有四子曰君著曰君佐曰君卿博士也曰君佑兄弟又皆舉進士博士旣有名秩于朝三子皆復養於家蓋其父子兄弟之出處如此何其相似也當是時宋興已百年博士方以材自起於賤貧欲以其所爲爲天下慨然有志者也君獨自得於大山長谷之閒日從子孫來四方之客與夫鄉人之老詩書樽席之側嘯歌息偃以忘其年隤然遂其志者也遺天子旣宗祀明堂顧朝士大夫皆褒崇其親欲以風

示天下命書寵章降于其家顯榮一時壽考康寧有孫有曾以承以翼何其祥也君爲人簡易無町畦能事父兄衣食奉養自與者嘗取其薄嘗有盜其牛羊已又盜其所乘馬者君知之皆不校盜卒自悔以伏蓋君之質與其恕又有足多者如是也生於淳化之庚寅卒於嘉祐之丁酉遺命三月而葬從薄遂以其年十二月四日葬于饒州浮梁縣萬户山之前夫人徐氏累贈壽安縣君君之殁也有子四人女六人孫男九人女十二人曾孫男三人女二人金氏或曰出少昊金天氏或曰出漢侍中秺侯秺侯傳至孫則亡

至曾孫復侯而秺侯有第倫倫子若孫四世六人皆侍中以忠孝名尊顯於世世稱金氏云至君之先皆家京兆唐僖宗時有令浮梁者遭黄巢亂從人築險自保所活人以數萬因留治之凡十有七年遂家浮梁以功至檢校尚書右僕射昭信軍節度使諱其君曾祖也子諱某君祖也博士以君之外孫尚書屯田員外郎臧論道之狀來屬曰子爲我銘吾親吾死足矣鞏不敢辭銘曰

卑少恭老惟物之常即强棄父迺理之亡帝用慨然尊祀明堂顧褱耋壽風示九有君勢之卑與卑其榮

擁笏巍巿於家以息有子有孫巖巖我側志無不得
君子之祥銘以發之君子之光

撫州金谿縣主簿徐洪墓誌銘

嘉祐元年虔州安遠闕縣令建安徐洪以撫州金谿
主簿攝安遠事明年八日八十一日死安遠十二月其
父尚書屯田郎中舉以書告君之故人南豐曾鞏曰
子爲我銘洪之墓遂考次君世序行已歷官卒葬之
終始銘於其墓曰君曾大父某某官大父某某官君
字穉興爲人有大志讀書好其治亂得失之大旨爲
文長於辨説其奔放馳騁上下反復之際有足壯也

未冠聲號聞四方初中進士除洪州司户參軍不就
退居大江之南好倜儻非常之奇節不肯少屈於人
居八年以父命始強出爲主簿非其好也君居家遇
人無親踈豁如也樂赴人之急爲主簿不以非其好
故怠其意其治能有愛於人金谿富人錮山林之利
數十年君始奪之而縣之貧人賴其利蓋君之所試
者小其爲日又近而其所既立如是也享年三十有
二死之若干日葬饒州鄱陽東門外母某氏某縣君
妻凌氏黄氏男一人曰還孫始二歲女四人尚幼也
銘曰

嗚呼孺興志果而大不勝于柔以窒其外不隕其剛以亨于内胡短其施而多其與父老失子兒嬰失父維銘告哀以納于墓

太子右司禦率府副率致仕沈君墓誌銘

君諱某字某姓沈氏沈氏自齊太子家令約家於吳興故世爲吳興人至君之大父諱某考諱某始自吳興之東林徙家於錢塘故今爲錢塘人君以宗室密州觀察使宗旦恩即其家得爲太子右清道率府副率致仕又以祀明堂恩遷太子右司禦率府副率兼官檢校國子祭酒兼監察御史階銀青光祿大夫勳

武騎尉蓋密州觀察使宗旦者今天子之姪濮王之孫而其母夫人蓋君之姪也君爲人質朴無外飾其居鄉閭寛然長者也其事父兄能力以嚴睦族人能愛以均雖饒財爲大家而衣服飲食自與尤寡約至人有急歸我則推財赴之無錙銖顧惜意隣里歳饑輙發倉以救人有欺其財者皆不校既老治其家事不肯懈曰吾先人之所以付我也處其子孫不以逸曰所以使汝守吾先人之法也嘉祐二年三月一日以疾卒于家享年七十有六其年十一月十五日葬錢塘之西城初娶吳氏再娶車氏某縣君其葬也吳

氏實從子三人曰曅曰曉曰時孫八人曰沔曰溙曰
沂曰淑曰灌曰湜曰漸曰渥曾孫三人曰師楊曰師
苟曰師軻時沔沂皆舉進士餘亦皆有學行蓋君之
教也銘曰
赫赫宗子保藩于密天子曰嘻汝惟沇出寻假汝寵
錫其外親東宮之屬有長衛軍命君于家俾休其老
以偃以側服章華好天子命我匪我有求隤然順退
嬉于林丘不蘊爲機不阻爲畦曰遠無仇曰近無疵
里巷之依惟此令人流聞餘澤化其子孫惟身之祥
既壽而康惟後之祥宜熾而昌惟墓有域其藏有石

刻此銘詩昭示無極

寶月大師塔銘

君名修廣字叔微杭州錢塘人姓王氏九歲出家學佛居州之明慶院十一歲落髮爲僧景祐二年詔賜紫衣五年又賜號寶月大師治平某年州選爲管内僧正熙寧元年十月感疾癸丑會門人與常所往來學佛之人告以將終其夕沐浴易衣正坐而卒享年六十有一門人曰慈化大師了性曰崇照大師了然曰賜紫衣了蘊以明年某月某甲子爲塔葬君於某縣某鄉某原君爲人樂易慈祥有智識度量人不見

其喜怒讀五經略知大義頗喜爲詩少羸多病始學
爲醫既成而有疾者多歸之無貴賤貧富皆爲之盡
其術未嘗有所厚薄尤貧者或資之衣食以其故自
京師至于四方自公卿至于學士大夫多知其名既
見皆樂從之游而鄉邑之人至于覊旅游客其歸之
者無不厭其意君於接之雖勞未嘗有懈倦不欲之
色於資之藥物衣食雖窮無未嘗有所計惜其應外
者如此及退而處其貧富死生之際又有所不累其
心故至於不能自給而未嘗動意至於且死而未嘗
改容變色噫是非可銘也歟銘曰

不以貧故累其心此學士大夫所難至於遭死生之變而不驚又難也君之學不岡而自得者則然固不可以無傳況於名聞於世行信於人故爲之書尚使長存

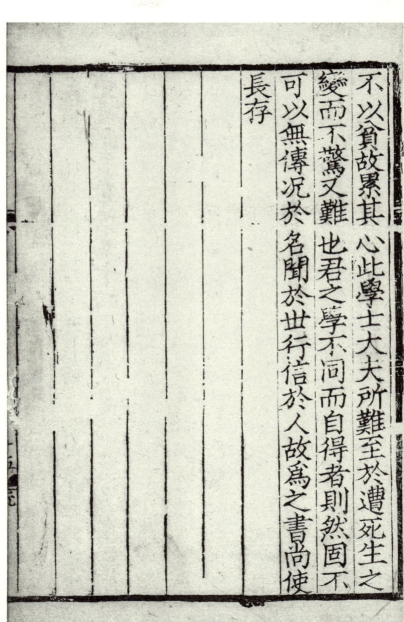

元豐類藁卷第四十四

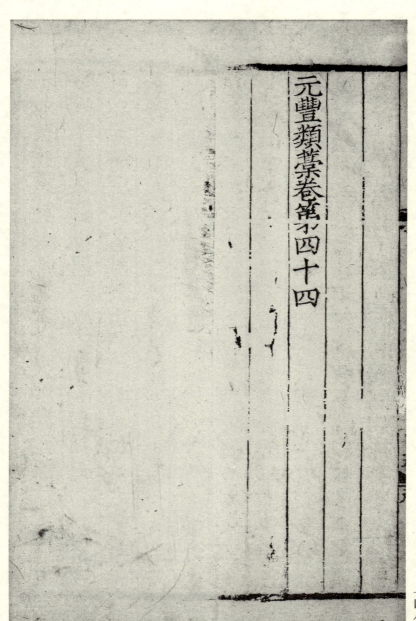

誌銘

金華縣君曾氏墓誌銘

夫人嫁王氏爲侍御史諱平妻姓曾氏泉州晉江人祖諱穆殿中丞追封魏國公考諱會尚書刑部郎中集賢殿修撰追封楚國公皆累贈太師中書令兼尚書令妣黄氏楚國太夫人未嫁承順父母盡子道既嫁夫家貧養姑盡婦道輔其夫盡妻道夫死寓食於潁以勤儉積日大其家以誘教不倦成其子又可謂盡母道也蓋其子五人回向固同冏皆有學行回有

道為儒宗向罔尤有文三人皆身在隱約而聲震天下於是時夫人兄魯公公亮實為宰相當國然夫人處里舍彌約未嘗以為泰及其後回向同罔皆蚤世人以為難處夫人能自廣以理未嘗亂其志教養其孫至男有立女有歸熙寧之間魯公告老以太傅侍中就第夫人少魯公一歲食其子祿皆居京師二人白首相顧怡然元豐元年春魯公薨四月丁卯夫人亦以疾終春秋七十有九夫人以夫恩封金華縣君以魯公恩賜冠帔子回忠武軍節度推官知陳州南頓縣事向峽州硤石縣主簿固大名府軍巡判官國

子監主簿同陳州宛丘縣令冏蔡州新蔡縣主簿女嫁太子右贊善大夫陳臻古孫五人泌汾汶沂澺汾郊社齋郎汶試將作監主簿夫人既卒之明年某月某甲子葬潁之汝陰縣懷音鄉南高村附御史之兆其將葬也固以狀來乞銘惟夫人爲子若婦若爲妻母皆盡其道於囏阨流寓之中能立其家成就其子所以自處於通塞之際者無不當於理是其智術德性過人遠甚宜得銘且余實與其子遊最舊乃不辭而爲銘曰

曾禹之苗氏自鄫子或言厥志有稱闕里或以孝顯

於經實紀或守所闡羞踐覇軌遥遥千載歷世有聞自荆徂粤篤生夫人楚公之子魏公之孫魯公維伯御史是嬪廼立厥家自墜而興廼教厥子自幼而成卷服貂冠伯也在廷子也在幽碩實洪聲莫親巳宗奠重夫氏兩有其盛世誰與媲維能旣試維德寔孚尚寵爾後列銘陰墟

壽安縣君錢氏墓誌銘

劉凝之仕旣齟齬退處廬山之陽初無一畝之宅一壥之田而凝之囂囂然樂若有餘者豈獨凝之能以義自勝哉亦其妻能安於理不戚戚於貧賤有以相

之也凝之晚有宅於彭蠡之上有田於西澗之濱子
進於朝廷薦於鄉閭凝之夫婦康寧壽考自肆於山
川之間白髪皤然體不知駕乘之勞心不知機擭之
畏世人之所慕者無慊焉世人之有所不能及者獨
得也其夫婦如此可不謂賢哉熙寧九年凝之年七
十有七哭其妻之喪自爲狀次其妻之世出行事來
乞銘余爲之因其言而識之曰夫人姓錢氏考内殿
崇班穆祖考内園使昭晟曾祖考宣德軍節度使同
中書門下平章事湛高祖吳越文穆王元瓘夫人色
莊氣仁言動不失繩墨居族人長幼親踈間盡其宜

事夫能成其忠教子能成其孝是皆可傳者也夫人年七十有三卒於四月之庚子而葬於其歲某月某甲子墓在南康軍西城之某原初以凝之恩封壽光縣君再以子恕恩封壽安縣君有子曰恕祕書丞曰格鄉貢進士皆以文學顯於世女嫁進士徐彥伯太子中允黄庶孫某某凝之名渙筠州某人今爲尚書屯田員外郎致仕銘曰

士不苟合安於賤貧甘艱其豫繇嫓有人維不終宴又壽以康有續孔辰既庶而藏世迫而求獨優以取世儒以處獨肆而有士也則然女實作輔考則錢媛

尚配于古

天長縣君黃氏墓誌銘

夫人姓黃氏福州福清縣人祖諱某考諱倫皆仕閩越夫人嫁同縣林氏爲殿中丞諱某之冢婦尚書屯田員外郎諱某之妻有子曰槩爲太常博士集賢校理有孫八人曰希宣州涇縣主簿編校集賢院書籍曰亘明州象山縣令曰邵杭州南新縣令曰顏許州臨川縣令曰稽曰雄未仕也其二人早卒有曾孫十有二人曰睿慮虛虞虔膚據處其三人亦早卒夫人年七十有七治平四年正月癸丑卒於京師之昭化

坊累封嘉興天長二縣君始殿中府君與其配福清
縣太君鄭氏皆春秋高安其鄉里不肯出屯田府君
乃從事漳州泉州興化軍踰二十年終養而後去夫
人能盡其力治飲食衣服以進及喪能盡其哀皆如
其夫之志其子既就學夫人常夜治絲枲居其旁以
勉之至其後其子遂以文學名天下既而其子不克
壽屯田府君亦卒于官諸孫皆幼夫人已老矣乃棲
吳郡斥賣簪珥以經理其家絲蓄粒聚至有田以食
有宅以居平居日夜課諸孫以學有不中程輒扑之
及長遂多知名連以進士中其科涇縣復校書集賢

世其父職夫人乃顧諸孫謂曰吾始得事祖姑今得弄曾孫遂保有汝家起于旣墜吾老且死不恨矣涇縣旣服夫人之喪以其柩歸吳郡寶華山某年某月某日祔屯田府君之兆而屬余銘銘曰

女職在宫行止于家扶微捄阨則匪我謀勢有孔棘義不得寧任重于己振壞爲興我儲我積乃續烝嘗我字我飭乃襲印章蒼顛秀眉燕其作止其燕伊何維終受祉莫仁且智疇濟登茲播告無極視此銘辭

仁壽縣太君吳氏墓誌銘

仁壽縣太君撫州金谿吳氏尚書都官員外郎贈尚

書刑部侍郎撫州臨川王公諱益之夫人衞尉寺丞諱用之之婦年六十有六嘉祐八年八月辛巳卒于京師十月乙酉葬于江寧府之蔣山夫人好學強記老而不倦其取舍是非有人所不能及者然好問自下於事未嘗有所專也其平生養舅姑甚孝蓋侍郎七子而少子五人吳氏出也然夫人之愛其長子甚於少子曰吾愛之甚於吾子然後家人愛之能不異於吾子也故其子孫已壯大有不知爲異母者居父之二長子前死夫人已老矣每遇其嫠婦異甚而身爲字其孤兒忘其力之憊也其處內外親疎之際一

主於恩有讒訕踞罵己者數困苦常置之不以動聲
色亦未嘗有所含怒於後也有以窮歸己者急或分
衣食不爲秋毫計惜以其故至不能自給然亦未嘗
不自若也其嫁三從之孤女如己女而待長子之母
族如己族蓋篤行如此而天性之所有也其自奉養
未嘗擇衣食其視世俗之好無足累心者方其隱約
窮匱之時朝廷嘗選用其子堅讓至於數十或謂可
強起之夫人曰此非吾所以教子也卒不強之及處
顯矣其子嘗有歸志而以不足於養爲憂夫人曰吾
豈不安於命哉安於命者非有待於外也其子爲知

制誥故事其母得封郡太君夫人不許言故卒不及
封此夫人之德見於行事之迹而余以通家故熟於
耳目者也夫人之考諱畋畋之配黄氏兩人者皆有
善行鄉里稱之而黄氏兼喜陰陽數術學故夫人亦
通於其説七子者曰安仁安道安石安國安世安禮
安上安仁宣州司戶參軍安石尚書工部郎中知制
誥安世太平州當塗縣主簿安禮大名府莘縣主簿
餘未仕也女三人長適尚書虞部員外郎沙縣張奎
次適前衢州西安縣令天長朱明之次適揚州沈季
長孫男九人曰雱旉旁旄斻防斿旂放孫女九人長

適解州安邑縣主簿徐公翊次女嫁太廟齋郎吳安持餘尚幼銘曰

嗟若人兮洵好善兮始終一德仁七子兮遺棄細故篤九族兮詵珥推食光惠施兮以義易利能無累兮縱心委命志彌邵兮謂宜百歲奄忽逝兮風有采蘋經所首兮原念美實轄此辭兮庶幾德音與古對兮

壽昌縣太君許氏墓誌銘

夫人許氏蘇州吳人考仲容太子洗馬兄洞名能文見國史夫人讀書知大意其兄所為文輒能成誦父母衣食服御侍之而後安既嫁愽行孝謹宜于其家

其夫爲吏有名稱夫人實相之及春秋高於内外屬
爲高曾行而慈幼字微愈久彌篤故親疏懷附無有
惡斁昔先王之治必本之家達於天下而女子言動
有史以昭勸戒後世以古爲迂爲政者治吏事而已
女子之善既非世教所獎成其事實亦罕發聞於後
其苟如此其衰微所以益甚則夫人之事其可使無
傳也哉夫人嫁沈氏其夫諱周太常少卿贈尚書刑
部侍郎其舅諱某贈兵部尚書杭州錢塘人夫人封
六安縣君壽昌縣太君年八十有三熙寧元年八月
丁巳卒於京師三年八月某甲子合葬杭州錢塘縣

龍車原子曰披國子博士有吏材曰括揚州司理參
軍館閣校勘有文學其幼皆夫人所自教也女二人
蚤卒銘曰
生民之治必本于身教行于家餘以爲人世弊俗偷
恕于在己内替常度外彊于理淑惟壽昌學與心成
篤于孝慈匪勸而能有翼于夫有迪于子尚類古人
其傳以此

德清縣君周氏墓誌銘

夫人姓周氏湖州長興人曾大父諱其大父諱其父
諱其嫁同縣陳氏爲秘書省著作佐郎諱其之妻爲

人柔嫕靜莊在父母家至歸于夫氏本於自修而卒
於能孚于蜀人陳氏有娣婦寡居當家事夫人常曲
意下之於事常退避不敢與娣婦以其故顧夫人甚
歡而親踈觀者莫不悅著作有田數千畝而愛士好
施夫人常悉力助之以其故至不能自給而夫人處
之自若遇子之非己出者與己子無毫髮厚薄意人
以爲過人而夫人若有所不及也享年三十有五封
德清縣君子曰樞爲尚書屯田員外郎曰楷曰權未
仕也卒於慶曆五年之三月辛丑葬於熙寧三年之
三月庚申其墓在長興縣永昌鄉卞山之陽銘曰

嗟淑人體明德外惟均內自克不永年隕嬪則兆親

宮藏石刻

夫人周氏墓誌銘

夫人諱琬字東玉姓周氏父兄皆舉明經夫人獨喜圖史好爲文章日夜不倦如學士大夫從其舅邢起學爲詩既嫁無舅姑順夫慈子嚴饋祀諧屬人行其素學皆應儀矩有詩七百篇其文靜而正柔而不屈約於言而謹於禮者也昔先王之教非獨行於士大夫也蓋亦有婦教焉故女子必有師傅言動必以禮養其德必以樂歌其行勸其志與夫使之可以託微

而見意必以詩此非學不能故教成於内外而其俗
易美其治易洽也茲道廢若夫人之學出於天性而
言行不失法度是可賢也巳其夫來乞銘予與之親
且舊故爲之序而銘之蓋夫人之王父諱協爲尚書
刑部郎中父約今爲尚書虞部員外郎青州益都人
也夫人嫁關氏爲徐州豐縣令景仁之妻爲尚書職
方員外郎贈尚書都官郎中諱鲁之子婦生一男二
女年二十有六卒於治平二年之九月某甲子葬於
杭州錢塘縣履泰鄉葛松原實某年某月某甲子關
氏錢塘人也銘曰

女有圖史傳于師氏其勸以樂其康以禮能此非他繇學而已王政之興蓋自此始令孰登茲維周之媛學繇自好終之不倦言循于矩行循于典尚配古人輝光日遠

永安縣君謝氏墓誌銘

宋故衞尉寺丞王公諱用之之夫人尚書都官員外郎贈尚書工部郎中諱益之之母姓謝氏累封永安縣君其卒皇祐五年之六月十四日其葬於撫州金谿縣之某鄉某原既卒之百有五十一日也其子曰益曰某皆已卒曰某曰某曰孟楚州司理參軍亦已卒

其孫曰安仁宣州司戶參軍曰安道皆已卒曰安石殿中丞通判舒州曰沆荆南府建寧縣令曰安國曰安禮其曾孫曰某曰某曰某其墓工部故人之子曾鞏誌之曰王氏繇工部之叔父尚書主客郎中贈太常少卿諱觀之始起家爲能吏遂追榮其父諱某爲尚書職方員外郎至下工部父子遂皆進于朝爲聞人其世浸大夫人及拜其舅與夫之榮而享其子與孫之禄其壽至于九十其卒於撫州之臨川安於其寢余既與夫人之諸孫遊而嘗得拜於堂上見其色和其容謹聞其言儉而勤退而聞其爲婦順爲母慈

知其所以享其福祿者其宜也已余觀詩人之歌其后妃至于諸侯大夫之妻内修法度輔佐其夫而其効之見則兎罝之人至于江漢汝墳之婦女皆承其化而篤於禮余固歎其當是之時上下之間内外相飭何其至也如夫人之資而使出於其時則必有歌於風而被之于無窮之事若余之鄙其亦曷能知其所至也哉謝氏之祖曰某考曰某銘曰

士顯其施其行易知女處于私其有孰窺巖巖秀眉不見鈌虧曷以長之眎此銘辭

永安縣君李氏墓誌銘

夫人姓李氏其先燕人而今家許州之長葛贈太子
太傅諱譚之曾孫贈禮部尚書諱運之孫贈刑部尚
書諱昌言之女而母晉平縣君聶氏也夫人嫁駱氏
駱氏亦家許州之長葛其夫諱與京爲某官檢校某
官知某州享年七十有九封永安縣君有子男四人
長吉逢吉元吉皆三班奉職早卒嘉福今爲右班殿
直女三人亦早卒夫人以嘉祐八年十一月丙辰卒
于其家之正寢而以熙寧二年十月葬於許州長社
之舞鸞鄉白兎里附駱侯之塋夫人仁孝慈恕言動
必擇義理事父母不違其教事舅姑不違其志事夫

順而有以相其善遇子至于内外屬人一以恩而不違於禮初刑部之兄昌齡當太宗真宗時輔朝政李氏族大而貴然刑部嫁女常擇寒士而至其後多爲名臣范文正公仲淹鄭文肅公戩與駱侯是也夫人之弟光禄少卿禹卿余妻父也實葬夫人故屬余銘

銘曰

性有能否行有失得一當於理士有不克淑哉夫人秉是壼彝周旋大小無過無虧貴不稱德壽則謂遐維藏在許永裕厥家

試祕書省校書郎李君墓誌銘

君諱迂字明遠姓李氏爲人孝友慈恕讀書務大旨
生五代之際再試明經不合退居楚丘有田百餘頃
皆推與其族人獨留五頃而已曰無令子孫以財自
累也宋初祕書監彭君薦其行義詔以爲試祕書省
校書郎而君終不肯強起淳化三年壬辰九月二十
一日以疾卒于家享年八十有四維李氏遠出於皐
陶而其後李耳之孫曇爲秦司徒曇子璣璣子牧事
趙始家趙郡牧子汨汨子左車於趙號廣武君齊武
君子遐涿郡太守遐子岳諫議大夫岳子秉潁川太
守又徙家潁川秉七世子膺河南尹膺子瑾復家趙

瑾曾孫楷晉治書侍御史有子五人曰輯晃芬勁叡
以所居巷東西自别故勁稱西祖勁子隆後魏阜誠
令隆後九世栖筠唐御史大夫贊皇文獻公文獻公
子吉甫相憲宗吉甫子德修楚州刺史德裕相文宗
武宗楚州子熅宋州宋城令君曾祖也又徙家宋之
楚丘故今爲楚丘人宋城子確萊州膠水令君祖也
膠水子譚磁州邯鄲令君考也邯鄲之少子運爲太
常少卿有子曰昌齡太宗眞宗時爲尚書戸部侍郎
參知政事故膠水贈太子少保邯鄲贈太子少傅君
娶丁氏王氏王氏有子曰昌震爲建州松溪令贈尚

書駕部郎中駕部有子曰漢卿今爲諸王府侍講尚
書虞部員外郎虞部有子曰彦龍彦龍復有子四人
矣君卒後七十四年治平三年丙午四月某甲子虞
部葬君於開封府開封縣保安鄉永寧里之原以王
夫人從銘曰
不累於物全吾質兮不羈於世遂吾志兮作宅新原
維孝孫兮納銘幽窩永淑聲兮

試秘書省校書郎李君妻太原王氏墓誌銘

夫人姓王氏太原人嫁趙郡李氏爲磁州邯鄲令贈
太子少傅諱譚之冢婦試秘書省校書郎諱汙之妻

爲人明識強記博覽圖籍子孫受學皆自爲先生其行仁孝慈恕始於爲女中於爲婦終於爲母無不盡其道享年八十大中祥符三年庚戌十二月己巳卒於虢州盧氏縣其子之官舍子曰呂震建州松溪令贈尚書駕部郎中駕部子曰漢卿今爲諸王府侍講尚書虞部員外郎虞部嘗爲李氏九世譜甚博而詳多夫人之所爲言也治平三年丙午四月丁酉虞部以夫人之喪從校書君葬於開封府開封縣保安鄉永寧里之原銘曰

嗚呼夫人既有其貧又肆爾力古有遺辭罔不采獲

克踐以躬亦畀爾息維瘞有銘尚以載德

池州貴池縣主簿沈君夫人元氏墓誌銘

夫人姓元氏錢塘人祖諱德昭事吳越國王錢氏宋興贈太保考諱好文尚書比部員外郎贈某官嫁吳興沈氏其舅爲尚書屯田郎中諱某（一作玨）其夫爲池州貴池縣主簿諱播夫人在父母家內外上下親踈長幼皆宜之年十有七而嫁既嫁如在父母家時貴池君早世無兄弟大夫人春秋高諸子尚幼夫人年三十餘於羈旅單獨之中闔門事姑能盡其孝教養諸子至其後皆爲成材能世其先人方其憂戚艱阨

之時人恐其不能堪夫人旣奮厲經理以保有其家
又退能自安不亂其志是人之所難而其後世之不
可以無述者也夫人年七十以治平二年某月某日
卒卒之若干日葬眞州楊子縣甘泉鄉三城里北山
之原子男四人皆進士曰伯莊未仕曰季長越州司
法參軍曰叔通祕書省著作佐郎曰次通試將作監
主簿貴池君於先人爲同年友而諸子又與余遊故
爲銘銘曰
元出於危於東得姓有保有 郎重世之盛允淑夫人
集享家慶來嬪沈宗作德維 令處平不盈在險能正

姑曰微婦余老誰據子曰微母余幼誰怙自振單弱
卒持艱急老肆而安幼強以立實保沈宗自替而昌
有烈如此何愧烝嘗後世原美孰可無述刻辭幽宮
庶幾不没

雙君夫人邢氏墓誌銘

夫人邢氏無爲軍巢人也歸爲贈大理寺丞姓雙氏
諱華之妻封萬年縣太君子男二人曰漸爲尚書屯
田員外郎通判吉州軍州事餘未名皆早夭夫人年
八十有六嘉祐四年九月二十七日卒于宣州之官
舍六年十二月二十七日葬于無爲軍巢縣無爲鄉

惲良里之原方大理府君之在隱約屯田始就書學夫人能經理其家使無内憂以卒就其志及屯田有列於朝夫人食其禄養就其入縣實受成報天之施與善人豈非信哉夫人之在疾也屯田之配長壽縣君陳氏共養營救有過人之行州上其事天子聞而嘉之勅州使致粟帛賜其家於是人知夫人之善不獨能成其子又能化其家也銘曰

允淑夫人秉是壼彝有韡車服維寵嘉之葬有卜壤其吉在斯推求美實眎此銘辭

旌德縣大君薛氏墓誌銘

夫人姓薛氏累封旌德縣太君爲故太子右清道率
府副率致仕贈右監門衛將軍姓段氏諱某之妻今
提點江南東路刑獄公事禮賓副使名某之母某州
某縣人也大父諱某當吳越錢忠懿王時娶王女爲
王國官父諱某祥符初爲東頭供奉官供奉常將屯
宫門而監門之父右班殿直諱某者屯三陽二人者
以意氣喜相得也遂以夫人歸段氏夫人性柔淑能
和其屬人自珮服櫛珥凡資己者常出於儉而有餘
好施雖盡費不以爲侈也生男一人禮賓也女二人
長適開封黄思問次適吳郡潘孝孫皆進士夫人年

四十有三大中祥符七年五月某甲子以疾卒於京師之敦教坊某年某月某甲子祔其夫人之柩葬於某州之某縣某鄉某所之原前葬禮賓稱夫人之行與其世序封號之詳託銘於南豐曾鞏爲述而銘之曰約乎己厚乎人發其積在子孫韡韡兮翟列封君硈兮石瑑銘文

永興尉章佑妻夫人張氏墓誌銘

夫人姓張氏建安人父諱士龍舉進士嫁同郡章氏爲永興尉佑之妻所出三男四女曰造适述皆舉進士造及第爲清海軍節度掌書記女嫁俞瑾徐立之

陳震亦皆舉進士其一蚤死初永興府君起家二十年止於爲尉及死三男尚幼造既起又蚤死已而适亦死夫人維能志其貧所以使其夫能盈於小官而說維能務其生所以使其子能安於幼學而成維能順其性所以居流離顚頓之間而不爲悲哀愁憂亂其志也其爲人卑極於順其爲人尊極於慈推於其疏宗遠屬之間極於愛男之有不能葬者爲葬之女之有不能嫁者爲嫁之志其力之匱而爲之也此皆古今學士儒者所難而女子之善能如此此非可銘者歟嘉祐二年十一月三十日卒於洪州之私第即

以其年十二月十八日葬于洪州某縣之某鄉某原

銘曰

彼以吾窮我以吾仁二者皆天吾樂而困壽止七十

豈不得年維其有之愈遠彌傳

福昌縣君傅氏墓誌銘

福昌縣君姓傅氏會稽人尚書職方員外郎霖之女同郡尚書職方員外郎關公魯之妻後關公五年至和三年二月丙申卒于家年六十有四子男八人景棻景元景仁希聲杷景山景宣景良女一人景華嫁著作佐郎史叔軻福昌君在家爲父母所器異既嫁

而夫屬無退言布衣惡食身治細微故關公之禄及
其疏昆弟姊妹之孤其事關公正以從其教子慈以
肅關公起進士爲郎爲池台兩州年八十以歸曰吾
少得盡力于官而老得自休于家不以家事累吾志
者以有夫人也八子學行修立景蔡希聲杞同時皆
中進士夫人之卒景蔡爲江陰尉希聲寶應尉杞和
州判官景元亦以父恩爲廣德尉皆能其官景仁而
下皆有聞於人實受教於夫人也始關公貧而孤
其仕與婚又皆後至其終有百口爲大家福昌君維
厚勤薄養所以經理其微維可否以明行止以公善

訓能使誠恕愛人所以使其家有節法以有其成也
某月甲子從葬錢塘之某源其子來屬以銘景宣子
妹婿也宜爲銘其辭曰
闞氏爰昔始如萌芽台州奮拔垂實敷華進勤退佚
不卹其家繇嬪有人作其内治孰致其休不懈于勩
孰致其隆不簡于細高明純約坦坦其夷無怨無疵
小大化之有容有則婦子順之公爲朝老子宦以成
象衣華軼我止我行巍冠文笏我翼我承公曰微子
誰據誰依子曰微母莫濟登茲云誰無母其孰無妻
爲妻爲母如我誰亢生雖有止存也其長鴻鴻號聲

垂此銘章

沈氏夫人墓誌銘

夫人姓沈氏其先家于越之會稽曾祖仁諒令海州之朐山徙家于和州歷陽故今爲歷陽人祖平贈尚書刑部侍郎父立今爲右諫議大夫判都水監母馮氏濮陽縣君董氏仁壽郡君夫人年二十有二嫁楊州進士朱延之有子三人寅萬廣女五人尚幼夫人年四十有五卒於熈寧元年十一月之庚辰葬於其年其月之某甲子其墓在楊州天長之秦蘭里夫人爲人柔閑靜專事父母盡子道事姑長興縣太君賈

氏盡婦道事夫盡妻道爲母及與内外屬人接一皆盡其道故其處也愛於其家其嫁也夫之屬人上下遠近皆愛之而其殁也哭之者皆哀是不宜無銘而朱君余舅也屬余銘銘曰

媛維沈女經德以身柔嫕靜簡（一作閒）孚于屬人維祉在後有子詵詵琢詩告美愈遠彌新

壽安縣太君張氏墓誌銘

夫人姓張氏濟州鉅野人嫁爲同郡尚書駕部員外郎贈開府儀同三司吏部尚書晁公諱遘之夫人而爲贈太傅諱佺之子婦有子男四人曰宗曜進士曰

宗愘光禄少卿曰宗愿眞州軍事推官曰宗懿尚書
司門員外郎女一人嫁進士桑況夫人初封清河縣
君累封清河壽安縣太君年八十有七卒於熙寧二
年之十一月某甲子葬於某年之某月某甲子其墓
在開封府祥符縣旌孝鄉合儀同之兆卒時子宗曜
宗愿皆已死旣而光禄居喪以疾亦死而諸孫男女
凡三十人男多已仕女多已嫁矣夫人爲人仁厚莊
靜自爲女及旣嫁處內外親尊卑長幼親疏之際無
不當於禮而恩稱之其長者皆以爲善事我而平居
爲等夷及少者莫不願以爲歸也雖老未嘗懈而雖

疾未嘗有墮容維其初終受養收封既壽而康實備
成福可謂盛矣余之亡妻於夫人之孫女爲第三而
光禄之長女也知夫人之〻行爲尤詳故爲之銘銘曰
女婉張氏處躬以厚來嬪晁宗太傅維舅儀同維夫
卿士維子有孫詵詵亦紹厥美累封備養維康以壽
德則既成福亦多有納詩新藏尚告爾後

元豐類藁卷第四十五

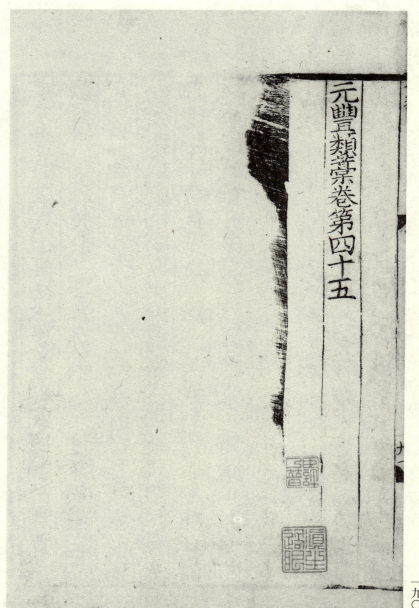

（宋）曾鞏 撰

元本元豐類稿

第六册

國家圖書館出版社

第六册目録

卷三十四　奏狀

卷三十五　奏狀

卷三十六　啓狀

卷三十七　啓狀

卷三十八　祭文

元豐類藁卷第三十一

劄子

再議經費

臣嘗言皇祐治平歲入皆一億萬以上而歲費亦略盡之景德官一萬餘員皇祐治平皆三(一作二)萬餘員景德郊費六百萬皇祐治平皆一千萬以上是二者費皆倍於景德使皇祐治平入官之門多於景德者可考而知皇祐治平郊費之端多於景德者可考而知然後議其可罷者罷之可損者損之使歲入如皇祐治平而祿吏奉郊之費同於景德則二者所省蓋

半矣則又以類推而省之以歲入一億萬計之所省者十之一則歲有餘財一萬萬所省者十之三則歲有餘財三萬萬以三十年之通計之當有餘財九億萬可以爲十五年之蓄自古國家之富未有及此也陛下謂臣所言以節用爲理財之要世之言理財者未有及此也令一作令付之中書臣待罪三班按國初承舊以供奉官左右班殿直爲三班立都知行首領之又有殿前承旨班院別立行首領之端拱以後分東西供奉又置左右侍禁及承旨借職皆領于三班三班之稱亦不改初三班吏員止於三百或不及之

至天禧之間廼總四千二百有餘至于今廼總一萬一千六百九十宗室又八百七十蓋景德負數已十倍於初而以今考之殆三倍於景德略以三年出入之籍較（一作校）之熙寧八年入籍者四百八十有七九年五百四十有四十年六百九十而死亡退免出籍者歳或過二百人或不及之則是歳歳有增未見其止也臣又略考其入官之繇條於別記以聞議其可罷者罷之可損者損之惟陛下之所擇臣之所知者三班也吏部東西審官與天下他費尚必有近於此者惟陛下試加考察以類求之蓋有約於舊而浮於

今者有約於今而浮於舊者其浮者必求其所以浮之自而杜之其約者必本其所以約之由而從之如是而力行使天下歲入億萬而所省者什三計三十年之通當有十五年之蓄夫財用天下之本也使國家富盛如此則何求而不得何爲而不成以陛下之聖質而加之勵精以變因循苟簡之敝方大修法度之政以幸天下詒萬世故臣敢因官守以講求其損益之數而終前日之説以獻惟陛下財擇

請改官制前預選官習行逐司事務

臣伏以陛下稽古正名修定官制令百工庶務類別

以明其於講求經畫皆出聖慮彌綸之體固已詳盡
然推行之始去故取新竊恐百執事之人素未諭於
其心習於其耳目一日之間或未盡知其任羣吏萬
民聽治於上者或未盡知所趨待夫問而後辨推而
後通則必有煩阻之患留滯之虞若圖之於早定之
於素則一日之間官號法制一新於上而彝倫庶政
叙行於下内外遠近雖易視改聽而持循安習無異
於常此臣所以區區之愚庶有補於萬一也今百司
庶務既已類别若以所分之職所總之務因今日之
有司擇可屬以事者使之區處自位叙名分寔憲令版

圖文移案牘訟許期會總領循行舉明鈎考有革有
因有損有益有舉諸此而施諸彼有捨諸彼而受諸
此有當警於官有當布於衆者自一事已上本末次
第使更制之前習勤已定則命出之日但在奉行而
已蓋吏部於尚書爲六官之首試即而言之其所總
者選事也流内銓三班東西審官之任皆當歸之誠
因今日之有司擇可屬以事者使之區處自令僕射
尚書侍郎郎貟外郎以其位之升降爲其任之煩簡
使省書審決其當屬郎貟外郎其當屬尚書侍郎某
當屬令僕射各以其所屬預爲科别如此則新命之

官不煩而知其任矣曹局吏員如三班諸房十有六諸吏六十有四其所別之司所隸之人不必盡易惟當合者合之當析者析之當損者損之當益者益之使諸曹所主因其舊習如此則新補之吏不諭而知其守矣憲令版圖文移案牘訟訴期會總領循行舉明鉤考其因革損益之不同與有舉諸此而施諸彼有捨諸彼而受諸此有當警於官布於衆者皆前朞之期莫不考定如此則新出之政不戒而知其敘矣夫新命之官不煩而知其任新補之吏不諭而知其守新出之政不戒而知其敘則推行之始去故取新

所以待之者備矣其於選事如此旁至於司封司勳考功當隸之者內服外服庶工萬事當歸之者皆推此以通彼則吏部之任一作仕不待政出之日間而後辨推而後通也推吏部之事以通於百工庶職如此則體雖至大而操之有要事雖一變而處之有素一日之間官號法制鼎新於上而彝倫庶政敘行於下內外遠近雖改視易聽而持循安習無異於常區區之愚庶有補於萬一者在此而臣愚淺薄不知治體貪於傾盡而不知其言之妄採擇增損實待聖斷惟

陛下之所財幸取進止

請改官制前預令諸司次比整齊架閣版籍
等事
臣伏以陛下發德音正官號法制度數皆易以新書
太平之原實在於此今論次已定宣布有期四方顒
顒跂足而望臣切恐施行之際新舊代易之初庶工
之間或吏屬因循或簿書緣絕其於督察漏略檢防
散逸彌綸之體不可不早有飭戒欲乞明諭有司架
閣有未備者備之版籍有未正者正之凡憲令圖牒
簿書案牘皆當次比整齊斂藏識別以至於官寺什
器凡物之屬公上者亦皆當鉤考詳於簿録庶於新

舊更易之間得無漏略散逸之敝非獨儆當今典領
之懈且以絶異時追究之煩取進止
　　請以近更官制如周官六典爲書
臣竊以周制六卿各率其屬皆有分職見於禮經至
唐自三省而下分命庶官亦各以其職事見於六典
今陛下講求化原更定官制蓋作憲垂法縣古以來
其於大體有不可易者雖唐虞三代未嘗易也至於
緣人情因世數斟酌損益有不可不易者故雖唐虞
之際極盛之時凡巡守四方則皆修五禮而周人治
象之法亦歲有更革況於時異事殊而可以膠於一

方之説泥於一偏之跡哉故陛下更制改作其彌綸大意則遠體周官而近因唐制此所謂於其大體有不可易者也至於從宜應變則解縱拘攣獨出聖謀不牽常筭此謂斟酌損益有不可不易者也夫能審其不可易者而因之斷其不可不易者而更之惟當而已然後可謂明制作之體惟陛下聖性之卓故能處之無疑此非羣臣之所能望也今更定官制其所先者在於使羣臣庶位皆明知其職分職分既明然後在事者得各因其名以效其實而攷察者欲覈其實則必推其名此作法之大要所謂不可易者也今

庶尹百工分位既定宜有新書如周官六典明白之
文使内外上下曉然究悉以熈庶績而康萬事臣適
典明命亦得各以百執事所分之職載於訓詞以飭
戒在列以稱陛下董正治官循名責實之意其書宜
以時頒布以幸天下如體重事鉅其不可不易者文
字論次尚有未周則百司所守小大之務亦宜先有
條具委曲章明施於列位使人人皆知其任勸於赴
功而臣亦得討論演暢見於王者之訓以副聖君勵
精求治爲世作則之心取進止

史館申請三道

臣修定國史止依司馬遷以下編年體式至於 書事隨便今略具條目進呈其餘文義曲折難預 爲定例者須候著撰之際徐更隨宜條書成日爲 逐篇述傳繫於末卷以見論次之意蓋若預爲定 例恐於文義須至拘牽就例或有所妨其書事隨 便今略具條目如左

一羣臣拜罷見於百官表

一刑法食貨五行天文災祥之類各見於 逐志已上更不於本紀載述之類

一名位雖崇而事迹無可紀者更不立傳 或善

惡有可見者則附見之

一善惡可勸戒是非後世當考者書之其細故常行更不備書

右取進止

臣修定五朝國史有合申請事具下項

一自宋興以來名臣良士或曾有名位或素在丘園(其有)嘉言善行歷官行事軍國勲勞或有貢獻封章或有著撰文字或本家有碑誌行狀紀述之文或他人爲作傳記之類令來所修國史須合收採載述恐慮舊書訪尋之初

有所未盡至今歲月已遠耳目所及者少或
至漏略欲乞京畿委開封知府及畿縣知縣
在外委逐路監司州縣長吏博加求訪有子
孫者延致詢問諭以朝廷之意欲使名臣良
士言行功實傳之不朽爲人子孫者亦宜知
父祖善狀合要顯揚使得見於國史以稱爲
人後嗣之義各令以其所有事迹或文字盡
因郡府納於史局以備論次或文字稍多其
家無力繕寫即官爲委官以官用備寫字人
書寫校正其曾任兩府兩制臺諫之家須逐

家一一詢訪無令漏略各限自指揮到日一
月内取到文字發送史局其逐路監司州府
逐縣長吏各具無漏略文狀連申
一申中書向來編集累朝文字本局不見得從
初名目及樞密院有編集機要文字并兩處
有録得累朝御札手詔副本文字欲乞令檢
送本局以備討論取進止
臣修定五朝國史據舊書及更加採摭以備紀録外
竊慮五聖臨御之日德音行事外廷有所未聞及自
來更有紀述發明文字藏在宮禁者欲乞特賜頒示

以憑論次所貴祖宗功德傳布方册得以周盡

右取進止

請訪問高麗世次

臣竊考舊史高句驪自朱蒙得紇升骨城居焉號曰高句驪因以高爲氏歷漢至唐高宗時其王高藏失國内徙聖曆中藏子德武得爲安東都督其後稍自爲國元和之末嘗獻樂工自此不復見於中國五代同光天成之際高麗王高氏復來貢而失其名長興三年乃稱權知國事王建遣使奉貢因以建爲王建子武武子昭昭子伷伷弟治治弟誦誦弟詢相繼立

蓋自朱蒙至藏可考者一姓九百年傳二十一君而
失國其後復自爲國而名及世次興廢之本末與夫
王建之所以始皆不可考王氏自建至伷四王皆傳
子自治至詢三王皆傳弟詢自天聖八年來貢至熙
寧三年今王徽來貢其不見於中國者蓋四十有三
年今陛下仁聖文武聲教之盛東漸海外徽所遣使
方集闕下蓋高句驪文字之國也其使者宜知其國
之君長興壞本末名及世次欲乞詔諭典客之臣問
自德武之東也其後何以能復其國何以復失之嘗
傳幾君其名及世次可數否王建之所以興者何緣

其興也自建始歟抑建之先已有興者歟自天聖至
熙寧四十三年之間而徽復見於中國其繼詢而立
者歟豈其中間復自有繼詢者歟徽於詢爲何屬如
其言可論次足以補舊史之闕明陛下德及萬里殊
方絶域前世有不能致者慕義來庭故能究知四夷
之事非聲敎之所被者遠不能及此取進止
貼黄欲乞諭畢仲衍因話從容訪問或來使未能
盡對即諭以候歸本國討尋記録因向後別使人
附來
高麗世次

高句驪其先出夫餘王得河伯女因閉於室感日而孕生朱蒙及長夫餘之臣謀殺之朱蒙走得免至紇升骨城居焉號高句驪因以高爲氏朱蒙死子如栗立如栗死子莫來立漢武帝元封四年滅朝鮮置元菟郡以高句驪爲縣屬之騶立史失其世次王莽時發高句驪兵伐胡不欲行遂皆出塞爲寇歸咎於騶嚴尤誘而斬之莽乃大悅更名高勾驪王爲下勾驪侯光武建武八年高句驪遣使朝貢復其王號史不著其名莫來裔孫宮立殤安之間寇遼東宮死子遂成立安帝建光元年也遂成死子伯固立北史云宮死子伯固立伯固死子伊夷模立伊夷模死子位宮立位宮死元孫乙弗利立頻寇遼東弗利死子釗立安立史失其世次而云以高麗王安爲平

州牧晉孝武太元十年也釗曾孫璉立晉太武時始遣使者詣安東奉表璉死孫
雲立後魏孝文大和五年也南史云璉死子雲立雲死子安立後魏宣武神龜中
安死子延立延死子成立成死子湯立湯死子元立
隋開皇大業中皆伐之元死弟建武立建武之立隋末也唐高祖武德中拜遼東郡王
建武死弟之子藏立建武爲蓋蘇文所殺更立建武弟之子藏爲王自爲莫離支專
國猶唐兵部尚書中書令之職正觀十八年遣李勣
伐之十九年太宗親征高宗龍朔元年遣任雅相以
三十六軍水陸分途觀高麗之釁乾封三年李勣拔
扶餘城總章元年李勣拔平壤城執藏收其地蓋朱
蒙至藏有國九百年矣藏子德武爲安東都督武后聖曆二年也後稍自爲國
至元和末遣使獻樂工同光天成閒高麗國王高氏累遣使朝
貢唐末中原多事其國遂自立君長同光後唐莊宗時天成明宗時天德元年至長興二年二百六十

四年通上九百年計一千一百六十四年高麗國王王建立明宗長興三年權知國事王建遣使朝貢明宗拜爲王建死子武立武死子昭立建隆三年四年開寶五年來貢昭死子伷立開寶元年太平興國二年三年五年六年來貢伷死弟治立太平興國七年九月遣使來貢制以治爲王九年端拱元年來貢淳化二年遣使求印經詔賜之四年又來貢五年來乞師優詔荅之治死弟誦立誦初立遣兵校徐遠來候朝廷德音遠久不至咸平三年其臣吏部侍郎趙之遴命牙將朱仁紹至登州訪之州將以聞召見仁紹回因賜誦鈿函詔六年來貢乞師優詔荅之誦死弟詢立大中祥符七年天禧元年五年天聖八年來貢

元豐類藁卷第三十一

十七

元豐類藁卷第三十二

劄子

論中書録黄畫黄舍人不書檢

臣初掌書命中書吏以録黄畫黄并檢赴臣簽書其檢中書舍人稱臣書名而侍郎押字至録黄畫黄然後侍郎舍人皆稱臣書名臣曾巡廳言檢草舍人稱臣書名而侍郎押字恐於理未安自後舍人遂不書檢惟書録黄畫黄而已然恐於理尚有未盡且録黄畫黄并檢一體相須而成當書之官未有可以一書一否也況録黄畫黄侍郎舍人皆稱臣書名者事君

之體固然也其檢舍人不書欲以爲別異執政乎則
録黃畫黃并檢一體相須而成事君之體於例當一
一書之間方其嚴上則未有可以復伸下也伏尋故
事中書舍人分押尚書六曹天下衆務無不關決其
各執所見謂之五花判事故唐太宗嘗謂侍臣曰中
書門下機要之司詔勑有不便者皆須執論比來遂
無一言駮論若准書詔勑行文書而已人誰不堪今
舍人不押六曹惟掌書命而事干書命者又不書檢
竊尋故事未有可據而然也或謂事干書命者有除
改行遣因依故舍人不當書檢然向來書檢已連除

改因依況除改因依參於典故即無舍人不得預聞之理臣詳本朝之制官司佐屬蓋有得書檢而不得書行移文字者未有得書行移文字而不得書檢者此又於理可疑臣固非欲書檢也顧緣職分不敢苟止伏乞攷詳理體斷自聖裁令臣得以遵守取進止

元豐五年七月

請給中書舍人印及合與不合通簽中書外省事

臣檢會中書外省昨准門下省連到詳定官制所狀内事件有合申明下項

一檢會官制所元豐四年十月七日上殿劄子元
擬門下省印給事中印奉聖旨門下省印尚書
省印門下給事中印中書舍人之印尚書列曹
別具攷定取旨餘兩省官并省務並用給舍印
臣今看詳通進司文字既隸給事中合使門
下給事中印
一給事中廳狀勘會請到門下外省印未委合於
何處收掌
臣今看詳上件印合係散騎常侍收掌如闕
則以次官

一給事中廳狀四月二十九日准詳定官制所發
到狀二件爲分撥人吏并院子事各係申門下
外省今來未審係是何官書判施行
臣今看詳應申門下外省文字合係本省散
騎常侍以下通簽書
一狀後門下外省批巳施行外五月六日送中書
外省施行訖即却繳送合屬去處
臣今看詳逐項事件並只是指揮門下外省
及給事中廳其中書外省雖准批送施行即
未有定制中書外省及舍人廳事務明降指

揮兼官制所狀内一項稱兩省官并省務並
用給舍印又一項稱門下外省印合係散騎
常侍收掌如闕即以次官是則中書舍人及
中書外省各合有印今來已有中書外省印
其中書舍人之印即未給到未應得官制所
狀内元定指揮及右省官除逐廳各有分職
外其外省事務見今中書舍人與起居舍人
通簽若將來常侍以下至正言員足消與未
消逐一通簽如不通簽即未審合係是何官
書判施行如合通簽亦乞明降指揮

右取進止

貼黄令後因逐司申明立法有與別司事體相同者乞令便據逐司事務立條貴免更有申請重煩聖聽兼免逐司事體相同施行不一如允臣所奏乞立此條令今後應干修條處並依此又舍人諫官舊各有印蓋緣本職文字慮有事干機密難就別官用印故事中書舍人判省雜務

議邊防給賜士卒只支頭子

臣伏見眞宗議封泰山問三司使丁謂隨駕兵士或遇泥雨支賜鞋錢動須五七萬貫如何有備謂奏隨

駕之士披帶已重若有支賜如何將行欲令殿前都指揮使曹璨先問軍士路中或有支賜置隨駕便錢一司各與頭子支便於兵士住營處或指定州軍各使骨肉請領一則便於兵士請領二則隨駕兵士骨肉在營得便到特支錢物甚安人心曹璨尋問諸軍皆曰隨駕請得何用兼難以將行若如此皆感聖恩遂定東封之計車駕往回略無闕誤臣竊以謂邊防給賜士卒可推此行之在公可省輦運在私可無負致營護之勞而士卒之家又速得錢物濟用伏乞詳酌如有可采出自聖意施行取進止

申明保甲巡警盜賊　不曾上在

臣伏以周禮以五家爲比使之相保推之至於五州爲鄉因其民以用之於田役追胥之事管仲於齊亦以五家爲軌推之至於五鄉爲軍以有三軍之制蓋生民之業資於衣食則爲農資於備禦則爲兵其所恃之理然也後世言兵者以謂九夫爲井此八陣之法所由出也五家爲軌此師旅之法所由出也以臣考之所以然者非三軍之政取法於鄉田蓋古者生民之業兵農非異務也自經界既廢而兵農始殊秦漢之際大率十里一亭亭有長十亭一鄉鄉有三老

有秩嗇夫游徼三者掌教化嗇夫職聽獄訟收賦稅游徼循禁盜賊亦比閭族黨卒伍追胥之遺事也今保甲之制自五家爲保推之至於有大小保長有都副保正職承文書督盜賊與比閭有長鄉亭有嗇夫游徼非異意也臣昨守亳州亳爲多盜重法之地臣推行保甲之法以禁盜賊幸不至繆戾誠不自揆欲於保甲巡檢縣尉之法所以防慮盜賊者有所推廣以稱朝廷立法之意具下項

一諸處自來盜賊並是外來浮浪行止不明之人或是本處素來無賴之人保甲之法使五家爲

保蓋欲察舉非違之事一保五家若有一家藏
匿外來浮浪行止不明之人或一家有素來無
賴之人即四家無由不知而法禁之中不責其
顔情蓋芘則人於鄉里誰肯告言若爲設禁防
使不告官者因事發露則有相坐之刑人情自
愛誰肯茍容此乃本立保伍察非違之意也所
察舉者藏匿惡人之家所以爲人除患固非開
告訐之路傷隣里之義也若藏匿之家自不能
撿則惡人何所容入盜賊不禁而自熄理之所
可必也欲乞指揮外來浮浪行止不明之人保

内不得舍止本處素來無頼之人保内須以姓
名申官官為籍記係籍之人凡有出入並須告
知本保若保内舍止外來浮浪行止不明之人
犯人嚴斷同保不糾科不言上之罪保内有本
處素來無頼之人同保不以姓名申官及係籍
之人出入不告本保本保不糾亦並科不言上
之罪犯人嚴斷所貴有所關防可以暗銷盜賊
况自來州縣亦往往有禁絶舍止浮浪及籍記
惡人之處可以斷得盜賊别無擾煩兼保甲條
諸保内有外來人如行止顯有不明即收領送

官則是法意蓋已及此今來所乞只是申明更
欲詳備伏乞裁酌施行
一伏見熙寧六年保甲條法保內如遇有賊盜晝
時告報大保長已下同保人戶即時前去救應
追捕如入別保即遞相擊鼓應接襲逐元豐二
年詳定上條節文諸保內賊盜晝時集本保追
捕如入別保遞相告報襲逐舊有鋪屋及鼓處依舊仍輪保丁守
宿未有處願置者聽臣竊以謂元條及詳定互有詳略若
合而用之則彌綸之意無所不備今欲乞指揮
諸保內賊盜晝時集本保追捕如入別保即遞

相擊鼓報應襲逐並置鋪屋及鼓仍輪保丁巡
宿如此則保伍之内既不得容止惡人巡宿之
法又備如有賊發則合力追捕措置無所不盡
於本置保甲之意委曲備具亦古者井田守望
相助後世置鄉亭徼循盜賊之遺法也
一伏見熙寧勑節文諸巡檢常於地分内巡警廨
宇所在州給與印曆逐季點撿臣欲乞相度指
揮重法地分巡檢縣尉常於地分内巡警每旬
具所到地分申州仍給與行程印曆每季本州
將旬申與印曆委官點磨違者取勘施行州不

督察監司按劾以聞如此則制置捕盜之官事
體均一理在必行不容苟簡之人得以廢法使
捕盜之官分巡不止保甲候望轉相承接盜賊
所向輒遇譏察竊發之謀必自衰熄或有伺間
不逞之人亦易敗獲右取進止

存恤外國人請著為令 不曾上

臣昨任明州日有高麗國界託羅國人崔舉等因風
失船飄流至泉州界得捕魚船援救全度從此隨捕
魚船同力採捕得食自給後於泉州自陳願來明州
候有便船却歸本國泉州給與沿路口券差人押來

臣尋為置酒食犒設送在僧寺安泊逐日給與食物
仍五日一次別設酒食具狀奏聞臣奏未到之間先
據泉州奏到奉聖旨令於係官屋舍安泊常切照管
則臣存恤舉等頗合朝廷之意自後更與各置衣裝
同天節日亦令冠帶得預宴設竊以海外蠻夷遭罹
禍亂漂溺流轉遠失鄉土得自託於中國中國禮義
所出宜厚加撫存令不失所泉州初但給與口券差
人徒步押來恐於朝廷矜恤之恩有所未稱檢皇祐
一路編勑亦只有給與口食指揮令來聖旨令於係
官屋舍安泊常切照管事理不同緣今來所降聖旨

未有著令欲乞今後高麗等國人船因風勢不便或有飄失到沿海諸州縣並令置酒食犒設送係官屋舍安泊逐日給與食物仍數日一次別設酒食闕衣服者官爲置造道路隨水陸給借鞍馬舟船具析奏聞其欲歸本國者取禀朝旨所貴遠人得知朝廷仁恩待遇之意取進止

請減軍士營教

臣伏見諸軍教閱之法並只合早教一次舊例有晚教者即更晚教向來教閱之法初行之時諸軍欲要訓練早得精熟是以早晚教外諸營更有營教今來

訓練日久各以精熟甚有踏硬出格之人諸軍事藝
見今分作三等欲乞相度其事藝在第三等者與免
營教一日在第二等者與免營教二日在第一等與
免營教三日所貴人情悅慕升進得事藝者多乞賜
詳酌指揮取進止

代曾侍中辭轉官劄子

臣蒙恩轉官已曾面陳及具劄子辭免懇誠雖切志
願未諧夙夜省循不皇寧處是用再干旒扆伏望必
賜允從臣以謭材當陛下即政之初勵精思治與在
廟堂首當大任所宜佐陛下循守法度重惜名器使

恩無誤施官不虛授四方觀聽知朝廷慶賞得宜則
衆情必皆勸慕欲正其本當始於臣今若首玷寵榮
不知固避使朝野竊議上虧政理則是欲清其流而
先濁其源致弊之由乃自臣始豈陛下所以屬任微
臣之意愚情所以圖報萬一之心况祖宗以來進官
之法或以歲月或以功勤今於斯二者實無其一又
於執政之内不爲以事當遷欲貪厚恩何義而可伏
望特回聖慈俯憐悃迫速賜德音遂其所乞至於國
公戶邑則臣更不敢辭謹具劄子奏陳無任赤心懇
激之至取進止

代曾侍中乞退劄子

臣近三上表及再進劄子以陰陽不調雨雪愆候乞欲免黜蒙面諭不允仍降批答令斷來章臣仰惟寵遇之厚恩旨之嚴固欲強顔趣於順命然信宿以來旱氣轉甚臣夙夜震惕職思其憂所以不避冒煩至於五六敢祈仁聖必賜矜從此臣區區之愚義不得止者也蓋宰相職調陰陽災異即當罷免行之已久故事甚明今亢陽爲沴經涉冬春隴畝之間焦枯日甚閭巷之内疾癘將興天戒丁寧咎自臣始陛下側身思變發於懇誠忘己憂人見於顔色以至詢訪周

於列位請禱徧於羣神聖心焦勞中外嗟仰豈臣之分尚得晏然雖陛下大恩欲終覆護而四方觀聽責當謂何且臣少壯之時尚慮不職今齒髮已暮理當乞身欲貪寵私何義而可伏望察臣素守體臣至誠早回聖慈許從罷黜矧今舊德之老新進之賢求於朝廷所在森列取以代臣必致休證使臣得避賢者路退守丘園豈惟上厭天心下塞人望亦所以全陛下始終之恩成老臣去就之義況應天感人惟在誠實臣既知當退豈敢矯誣所望眷明審加詳擇臣無任血誠迫切之至取進止

英宗實録院申請

奉勅修撰英宗皇帝一朝實録伏以先帝功德之美覆被天下宜載方策傳之無窮而未有日曆至於時政記起居注亦皆未備今此論次實憂踈略其於搜訪事迹以備撰述尤在廣博使無闕遺今取到修撰仁宗皇帝實録院行遣案卷看詳彼處累次陳請乞搜採取借應干合要照證文字前後條件本院亦合如此施行參詳類次作一併申請具下項

一文臣少卿監以上武臣正刺史以上或雖官品未至而事業勳績可書及丘園之士曾經朝廷

獎遇凡在先　朝薨卒者例合於實録内立傳欲
乞朝廷特降指揮下鈐轄諸道進奏院遍行指
揮仍劄付御史臺開封府及審官院三班院流
内銓入内内侍省閤門出榜曉示應係英宗朝
亡歿臣僚合立傳者並令供納行状神道碑墓
誌等仰本家親黨限日近修寫疾速附遞繳納
赴實録院

一應先朝曾歷两府两制雜學士待制臺諫官及
正任刺史閤門使已上臣僚或因賜對親聞聖
語或有司奏事特出宸斷可書簡冊者並乞付

中書遍劄送已上臣僚委令逐人速具實封供
報務要詳悉仍乞指揮進奏院遍行指揮應曾
在先朝任上件官位已經亡歿臣僚之家亦許
親族編録經所在官司繳進不得虛飾事節候
到日並降付本院以憑看詳編修所貴書成之
日免致疏略
一乞下中書樞密院自嘉祐八年四月至治平四
年正月已前應有臣僚進獻文字曾送史館或
留在中書刻劄名件及下史館盡底檢尋降付
本院并宰臣與文武百僚凡有奏請稱賀上表

所降批荅亦乞檢尋降下
一乞下兩省及司封兵部吏部甲庫學士舍人院
據實録院所闕宣勑及誥書除目告詞如移牒
暫借使畫時檢尋報應不得稽緩
一乞下禮賓院具自嘉祐八年四月至治平四年
正月八日已前凡外蕃朝貢所記本國風俗人
物道里土産詳實供報
一先朝臣僚有得罪譴謫者乞下御史臺審刑院
刑部大理寺據實録院所要案櫝畫時供借
一乞下司天監自嘉祐八年四月至治平四年逐

年具曆日一本供報當院
一乞下三司令自嘉祐八年四月至治平四年正月八日已前應蟲蝗水旱災傷及德音赦書蠲放稅賦及蠲免欠負並具實數供報當院
一乞下三司自嘉祐八年四月至治平四年正月八日已前應有制置錢穀稅賦茶鹽及搉酒等凡干臣僚章疏論議廢置事件具録供報當院
一部水監河渠水利凡有論議改更禮部但係郡國所申祥瑞貢院但干改更貢舉條制太常寺禮院但干禮樂制作事三司户部每遇户口陞

降已上官司自嘉祐八年四月至治平四年正
月八日已前令子細檢尋供報本院不得漏略
一天聖元年管勾修眞宗皇帝實録所奏修撰官
李維等公文其間有事迹不圓處合係中書樞
密院三司檢尋應副又縁事件不少竊慮差去
手分不得到裏面檢尋是致逐時不檢到照證
事件乞傳宣中書樞密院據李維等合要照證
修撰事迹名件令合行手分等盡底檢尋應副
免致有妨修撰奉御寶批依奏治平元年修仁
宗皇帝實録院亦奏合於中書樞密院檢尋合

要照證事件乞依天聖初體例施行并乞差中書應奉國史文字堂後官魏孝先樞密院修時政記主事劉孝先候見當院書庫官等將到合要檢尋事件立便收接檢尋應副又曾乞差中書樞密院編文字官及乞於三司審刑院大理寺屬官内選差一員各令應副檢尋文字令來本院合要中書樞密院檢尋文字照證編修欲乞依天聖治平初體例施行

一乞下管勾往來國信所契勘嘉祐八年四月至治平四年正月末以來所差入國接伴館伴官

等正官借官簿等册并語録權借赴當院照證
修纂仍不妨彼所使用
一乞下玉牒所取英宗皇帝玉牒一本照會
一乞下中書編機房合要嘉祐八年四月至治平
四年正月八日已前除改麻制文字照會
一本院但干修實録於諸處檢借文字並湏當職
官員封記往還疾速應副
一乞下尚書司封疾速檢借嘉祐八年四月至治
平四年正月八日已前中書除改百官官位姓
名敕黄照證修纂

元豐類藁卷第三十二

元豐類藁卷第三十三

奏狀

進奉熙寧四年明堂紬狀

祀而嚴配王國之上儀助者駿奔人臣之常奉前件物實之用篚篚以造庭阻就列以陪祠庶將心於拱極載循僭冒伏積震惶

進奉熙寧七年南郊銀絹狀

天休不宰故大報於親郊上德難名唯駿奔於助祭茲爲邦禮以合人情前件物輙用土毛敢參庭實第從臣之葫頌獨遠清光得萬國之歡心庶將薄意干

冒旒扆臣不任

進奉熙寧七年同天節銀絹狀

自天生德與世爲歸屬當載育之期敢薦無疆之祚前件物輒備土毛之末用粲篚貢之餘遠守蠻荆莫預造庭之會仰懷象魏但祈難老之祥

進奉熙寧八年同天節銀絹狀

元命在躬方啓龍興之運鴻圖集祉爰開鳦降之祥前件物敢薦服官用粲庭實緣易供之薄獻祝難老之殊祥

襄州乞宣洪二郡狀

右臣今任至今年九月成資已蒙差太常少卿孫頎替臣成資闕今臣去替秖有數月竊念臣爲有私便欲乞就移洪州或宣州一任情願守待遠闕謹具狀
奏聞伏候勑旨

奏乞回避吕升卿狀

右臣伏奉勑命就差權知洪州軍州事充江南西路兵馬都鈐轄已發來赴任次今覩吕升卿授江西轉運副使伏緣臣先任齊州得替後吕升卿爲京東路察訪於齊州多端非理求臣過失賴臣無可捃拾兼臣弟布與吕惠卿又有嫌隙二事皆中外共知今升

鄉任江西監司洪州在其統屬須至陳乞回避伏乞
指揮檢會臣先奏乞移洪州或宣州或東南一般州
郡臣爲母親見在饒州迤邐前去饒州伺候朝旨

奏乞與潘興嗣子推恩狀

右臣伏覩本州人試將作監主簿潘興嗣五歲以父
任得官二十二歲授江州德化縣尉不行熙寧二年
朝廷察其高以爲筠州軍事推官不就今年五十六
歲安於靜退三十餘年臣竊以康定中徐復以處士
收用辭不就得官其一子近王回孫侔皆以幽潛見
録命下而回已死亦得官其一子李覯以國子直講

退歸死十年亦得祿其後則國家之於激奬廉退既肆其所守又恩及其世蓋有故事今與王回同時見録之人有孫倖而後又有與嗣處幽不改其操皆已白首然未有爲上聞者故其子獨未蒙恩竊以康定至今幾四十年士之抗志於隱約而爲朝廷所知者止此數人蓋枯槁沉溺其守至難故其人至少爲國家者取而顯之使天下皆知士之特立無求於世者不爲上之所遺則自重者孰不勉浮競者孰不悔可謂施約而勸博寵祿之所以勵世其實在此臣故敢以聞伏惟陛下幸察倖及與嗣躬難進之節遭遇聖

時用王回徐復李覯爲比加恩其子使斯人不卒窮
於閭巷足以明示天下興嗣有子羣年二十六歲孫
倖今家眞州謹具狀奏聞伏候勑旨

奏乞復吳中復差遣狀

右臣伏見提點本州玉隆觀龍圖閣直學士給事中
吳中復年六十六歲精力未衰志意甚壯歷事累朝
嘗任諫官御史以直道正言能稱其職又任邦伯理
兵治民皆有可紀孔子曰如有所譽者其有所試矣
如中復之才有已試之效可謂明白方今中外任使
嘗患乏人如中復者豈可遂其閑逸欲乞召至左右

使典司獻納或委以藩鎮使剸治煩劇必能上副憂勤不負寄任況中復年未當退又無疾病處之散地衆謂非宜伏望早賜收用以稱朝廷尚賢求舊之意臣忝任州長不敢不言謹具狀奏聞伏候敕旨

辭直龍圖閣知福州狀

右臣準洪州送到敕牒一道授臣直龍圖閣就差權知福州交割本職公事與以次官員發赴本任者孫遠之臣幸蒙收擢聖恩深厚詎豈敢辭伏念臣老母年高近歲多病臣弟布已移知廣州見赴本任臣若更適閩越則兄弟並就遠官犬馬之志不勝彷徨伏

望聖慈矜憫特寢新命與臣一便地差遣所有勑牒
臣未敢祗受已牒洪州寄軍資庫收管臣已交割本
職公事與以次官員不敢於舊任處久住見迤邐前
來聽候指揮謹具狀奏聞伏候勑旨

福州舉知泉州陳樞久不磨勘特與轉官狀

右臣體訪得轄下知泉州尚書屯田員外郎陳樞不
下磨勘文字已十五年中間曾遇覃恩改官其於綿
歷歲月積累勞能則考課常法蓋未及之列於郎曹
爲日已久方當朝廷崇尚廉素誡抑浮競之時樞獨
安於冲静所守如此況樞操履純篤出自天資治行

循良見於衆論自歷州縣及任淮南提點刑獄與今
來再任泉州所至風績皆可稱紀伏乞特降指揮下
審官東院檢會樞合該磨勘月日采其父不自陳特
與優轉名曹以奬恬退臣忝備寄任不敢不言謹具
狀奏聞伏候勑旨

福州奏乞在京主判閑慢曹局或近京一便
郡狀

右臣輒露悃愊仰干旒扆臣母老多病見居京師臣
任福州臣弟布任廣州相去皆數千里臣犬馬之志
實不遑寧臣昨移福州之日曾乞哀憐改授近地尋

奉朝旨不允不敢再請臣既到任屬所部之内寇孽
遺類往往尚聚山谷居人未寧遠近疑駭而州之屬
邑又有出於旱饑之後臣於此時正當竭其駑鈍復
不敢以私計自陳自去冬及今春以來上賴朝廷威
德蟻聚餘寇悉又殄除田疇之間連獲登稔今山海
清謐千里晏然里閭相安粟米豐羨臣於所部乃無
一事可以自効況臣到任今年八月已及一年遠去
庭闈爲日已久晨昏之戀誼難苟止則臣可以乞恩
實在今日伏見朝廷至仁比來羣臣之中有欲便於
養親者並蒙聽許況臣母子各已白首兄弟二人皆

任遠地令臣於官守又無可以驅馳之事伏望聖慈
憫惻以臣老母見在京師與臣一在京主判閑慢曹
局差遣或就移近京一便郡庶便親養臣雖糜殞曷
報聖恩臣不任惶懼戰汗激切屏營之至

移明州乞至京迎侍赴任狀

右臣昨以老母在京而臣知福州臣弟布知廣州相
去各數千里幸臣所部之內盜賊殄除年穀豐稔臣
於守官既無可驅馳之事而臣到任已及一年遠去
庭闈爲日已久奏乞聖慈哀憐以臣老母見在京師
與臣一在京主判閑慢曹局差遣或移臣近京一便

郡庶便親養尋准中書劄子已降勑命差臣權判太
常寺兼禮儀事奉聖旨仰臣交割職分公事訖發來
赴闕臣遂起離前來至洪州覲進奏院報已差臣知
明州伏念臣已奔馳在路屈指計日望至親側竊計
臣老母之心聞臣之來倚門之望固已深切今母子
垂欲相見而臣忽它改差遣晨昏之戀既未得伸迫
急之誠惟知涕泗且臣母子各已白首臣母近歲多
病臣弟布又知桂州私門之内長子二人皆違左右
而臣於兄弟之内又最居長犬馬之志豈敢苟安況
令所得明州足可迎侍臣不敢別有陳乞欲望出自聖

恩特賜矜憫許臣徑馬暫至京師迎侍老母赴任不敢別有住滯伏惟天地之德哀而憐之臣欲候授勑後陳此懇誠臣見在道路恐慮勑命附遞前來或致遲延須至便具奏請所貴早得指揮不致別有留滯臣見水路前去所有朝旨乞降至真州以來付臣謹具狀奏聞伏候勑旨

明州奏乞回避朱明之狀

伏爲本路提點刑獄朱明之是臣母之親堂弟牒明州檢到勑條竊慮合該回避須至奏聞者右謹具如前乞賜檢會如合該回避欲望聖慈念臣在外十有

一年已更六任幸遇非常之主職與內朝而自陛下
即祚以來未得一親王色人臣愛君惓惓希慕之心
未能自棄爲日已久兼臣昨任福州已係遠地迎侍
不得即今老母多病見在京師人子之義晨昏之戀
固難苟止二者於臣之心實爲迫切如臣合當避親
臣不敢陳乞在京差遣只乞對移陳蔡一郡許臣暫
至京師迎侍老母赴任使臣仰得就日月之光俯得
伸犬馬之養臣至孤至遠之迹抱此微誠如不自言
誰當爲臣言者伏惟陛下天地父母哀而憐之出自
聖心特賜矜許臣不任臣子區區激切之情謹具狀

奏聞伏候勑旨

進奉元豐元年同天節功德疏狀

彌月開祥本周家之極盛千秋紀節繇唐室之寖昌矧屬熙朝寔標華旦是敢虔遵象教恭啓法筵傾率土之懽心祝後天之遐筭庶偕動植永賴生成

進奉元豐元年同天節銀狀

鳦鳥之詩本商人之所自出生民之什原周室之所繇興矧屬休辰寔開令節生成之造雖難稱於大恩愛戴之心庶可將於薄物用祝乾坤之久永爲夷夏之依

進奉元豐二年同天節銀絹狀

人神祐助是開彌月之祥夷夏歸依方祝後天之筭前件物旅於庭實出自土毛仰睎北極之尊用將微意願固南山之壽永庇羣生

移知亳州乞至京迎侍赴任狀

右臣五月三十日伏奉勑命就差知亳州既近輦轂又便庭闈仰荷天恩俯從人欲非臣淺薄所能報稱伏念臣前奏中具陳在外十有一年已更六任幸遇非常之主職與内朝而自陛下即祚以來未得一親玉色人臣愛君惓惓希慕之心未能自棄爲日已久

兼臣昨任福州已係遠地迎侍不得即今老母多病
見在京師人子之誼晨昏之戀固難苟止二者於臣
之分實爲迫切如臣合當避親臣不敢陳乞在京差
遣只乞對移陳蔡一郡許臣暫至京師迎侍老母赴
任使臣仰得就日月之光俯得伸犬馬之養今臣幸
蒙恩詔移守亳州如臣所請況亳州去京不遠欲乞
許臣暫至京師迎侍老母赴任臣見已交割訖發離
前來所有回降朝旨乞降至泗州付臣謹具狀奏聞
候勑旨

元豐類藁卷第三十三

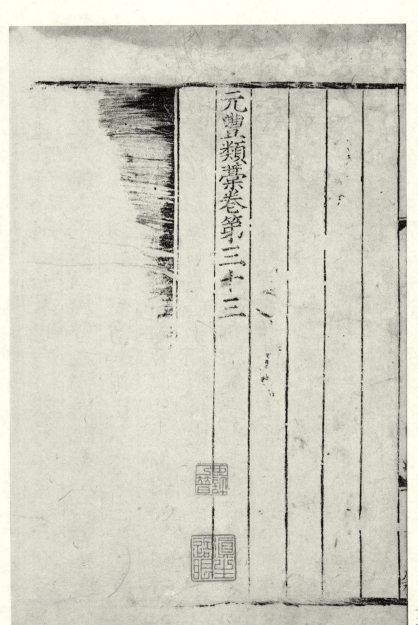

十八

元豐類藁卷第三十四

奏狀

乞賜唐六典狀

右臣伏見聖恩以新雕印唐六典頒賜近臣以及館閣竊以唐初以尚書中書門下三省參領天下之事以令僕射侍中爲宰相之任然選士用人出兵授田禮樂至於工官所主則一本於尚書尚書侍郎八官郎員外郎各有攸司又分爲二十有四所以彌綸庶務至微至密其大則以永業口分之田制民之産以租庸調制民之賦以諸府十二衛制民之

兵三代以來其政最爲近古太宗所以致治者蓋出於此其事至衆而舉之有條其體至大而統之有要可謂得建官制理之方明皇之世迺考尋舊章著之簡册以六卿所總領則象周官名其書曰六典而開元十四年張説罷中書令爲尚書右丞相不知政事自此政事歸中書而尚書但受成事而已亦其書之所記也則當是之時尚書已不得其職其所著者蓋先代之遺法也其本原設官因革之詳上及唐虞以至開元其文不煩其實甚備信可謂善於述作者也臣向在館閣嘗見此書其前有序明皇自撰意而其

篇首皆曰御撰李林甫注及近得此書不全本其前所載序同然其篇首不曰御撰其第四一篇則曰集賢院學士知院事中書令修國史上柱國始興縣開國子臣張等奉勑撰蓋開元二十二年張九齡實任此官然則此書或九齡等所爲歟不敢以疑說定也伏惟皇帝陛下神智聖性夙成自天方革敝興壞以修太平之業繼唐虞之跡而稽古不倦旁及此書適自禁中鏤版傳之以賜在位豈不以其官儀品式去今未遠而行於今者尚多將使學士大夫得而求之其於就列皆知其任其於治體開益至多非聖慮所

存規模宏遠則何以訓勵羣臣委曲至此臣備數內
閣以文學爲職宜略知典故不可以衰退駑鈍怠惰
苟止故敢昧冒以請伏望聖慈依例賜臣一部使得
伏玩思索萬一得奉清閒尚可牽強以備訪問不勝
犬馬區區之誠貪冀恩私不知僭越其於罪戾所不
敢逃干冒宸嚴臣不任

授滄州乞朝見狀

右臣伏奉勑命就差知滄州已起離前來竊念臣遠
違班列十有二年伏遇陛下神聖文武當天受命制
作法度以集太平之功羣情顒顒孰不自勵爲能以

託名於萬世而臣曾未得須臾之間進望清光竊猶不自揆顧奉德音犬馬之情固非一日之積今將去京師伏望聖慈許臣朝見臣不任

乞登對狀

右臣於十月二十六日伏蒙聖恩賜對延和殿陛下假之以玉色獎之以德音訪之以治天下之道而及於當世之事其敝安在臣昏愚不肖不足以稱聖意遽言國家之大體則懼非臣之任毛舉天下之細務則又非臣之志是以不敢率然以對夫智之不明辭之不敏此臣之罪也計臣之材與臣之位一不敢以言

高亦臣之分也退而伏念臣材質淺薄偶有好古之
勤嚮道之志遇陛下高明光大方修先王之政以集
太平之功而臣竊在外服十有二年無衒鬻之一言
無左右之素譽地窮勢絕不敢期於自通分以孤愚
老於踈遠屬陛下聰明睿智洞照羣情公聽並觀不
遺小善赫然獨斷察臣之本末超然遠御收臣於滯
涸至於撫慰之私顧問之寵雖世之抱道德堪重任
之士恐不能當豈臣之微所可輒得雖滅身碎首未
足以報非常之賜其於傾竭肝膽以自効其愚忠有
出位之責猶不敢辭況親承聖問實臣吐盡誠素之

時其不敢自默此臣愛君事國之義也竊以先王之
治天下必有典籍以爲當世之法傳之後嗣使永有
持循故在夏書稱政典曰先時者殺無赦不及時者
殺無赦則夏之治天下之書曰政典也其在商書稱
制官刑儆于有位曰惟茲三風十愆卿士有一于身
家必喪邦君有一于身國必亡則商之治天下之書
曰官刑也其在周書稱成王還歸在豐作周官蓋以
董正治官之意訓告羣臣今書周官之篇是也於是
之時事爲之制曲爲之防故經禮三百威儀三千所
謂經禮三百者周禮六卿屬皆六十蓋舉其全數則

周之治天下之書曰周禮也三代以後時君所爲務在苟簡紀綱憲度闕而不圖蓋遠莫盛於漢而孝文之世賈誼欲定官名議寢不用中莫懿於後周雖分六府之位以儀刑經禮而典籍無所傳聞近莫美於唐初以尚書六職本天下之治而不能修列其法論著於書開元之際始追次舊章以爲六典而尚書已失其職然三代之後治天下之書有此而已今陛下以法制度數宜有所自故上稽周禮以官儀注措宜叅近事故旁求六典則又質諸當世之宜裁以聖慮始自三省至于百工皆正其名夫名正然後位定位

定然後事舉名正位定事舉則設官致理之方盡矣
使萬官千品各循其分彝倫庶績皆得其任然後陛
下程其能等其實以章別幽明信其賞必其罰以推
行懲勸庶務雖衆舉其目而無不周四海雖廣正其
本而無不治况推尋采掇雖付在有司而是正準裁
寔由聖斷至夫大法既具然後條分類別以陛下之
所指授勒成一代之典明示四方使知出自聖作豈
獨以之彌綸當今之務固當藏之金匱爲萬世法臣
愚固陋竊不自揆於夫經營之體損益之方所謂位
定而事舉者欲進其妄意之滯見庶有毛髮之補然

心之委曲難以書盡伏望特垂聖慈許臣上殿敷奏使臣得披腹心以稱前日之聖問萬分之一有足以上當天心臣死生幸甚俯伏待命臣不任

乞出知潁州狀

右臣愚不自揆懷犬馬之情敢昧萬死以聞不敏之誅所不敢逭伏念臣性行迂拙立朝無所阿附有見嫉之積毀無借譽之私援在外十有二年更歷七郡雖有愛君嚮國之心託勢疎遠無路自通期於抱志沒齒而已陛下居法宮之深臨萬官之衆而臣以單外之迹一介之微陛下廓四聰之廣出獨見之卓不

繇臣之衒鬻不因人之黨助收憐拊慰勞問褒嘉語
重意殊可謂非常之遇士之有大過人之材者殆未
足以致此豈臣之鄙所當冒得日夜思念臣以庸下
之器在隱約之中而獨爲聖主所知如此螻蟻之軀
知死不足以圖報今還朝以來甫及數月未有絲忽
自効之勤而輙以私誠上陳臣之妄庸雖受誅絶之
刑不足以塞責惟陛下察而哀之臣毋年七十有一
比嬰疾疹舉動步履日更艱難陛下處臣京師臣幸
得侍庭闈以便醫藥聖澤至厚常恐不能克堪今臣
弟布得守陳州臣毋憐其久别欲與俱行顧臣之宜

惟得旁郡庶可奉親往來以共子職而抱疾之親陸
行非便今與陳比境許蔡亳州及南京皆不通水路
惟潁可以沿流臣誠不自揆不諱萬死之責敢昧冒
以請伏望聖慈差臣知潁州一任竊恐顧臨到任未
久無例爲臣移易緣若候顧臨滿闕則臣弟布陳州
却已滿任欲望特出聖恩許臣不候顧臨任滿交割
臣惷冥寒陋蒙陛下特異之知未有錙銖之稱而顧
迫母子之恩規私擇便仰煩聖聰當伏斧鑕以須罪
矣惟陛下哀憐聽訾干犯天威臣不任

再乞登對狀

右臣去冬再蒙聖恩賜對臣愚淺薄無軼倫之行絶衆之材徒於輩流粗識文字至於講求天下之務非敢謂能盡嘗有志遇陛下紹天開跡大修治具一言片善人人得以自効而臣流離漂泊藐在外服有深忌積毁之莫測無游談私黨之可因轉徙八州推移一紀無側行之一跡得參於御隸之間無嘗試之半詞得徹於巖廊之上心思消縮齒髮彫耗常恐卒填溝壑獨遺恨於無窮也陛下體生知之質起日新之政揆之以道以易漢唐五代之卑本之於身以追堯舜三代之盛臣雖欲奮駑鈍願備驅馳而劇踈賤之

中無可致之勢伏遇陛下 明無不照詧臣滯跡之不容聖無不通采臣孤學之有得出自睿斷接之便朝所以詢謀撫納勉慰稱揚之殊皆非素望所及臣雖草茅之陋顧非木石之頑蓋士窮且老身孤立於天下而獨爲聖主所知如此此燔軀沈族豈足論報其於剖心析肝以効其區區之忠固臣之所不敢不盡也是以竊不自揆冒言當世之事陛下寬其不敏之誅而收其臆出之見謂有可以當聖意者臣愚蹇鈍分豈稱此蓋繇陛下神聖文武度越千載而虛心納下無伐善之意徇己之情故兼聽廣覽小能薄技無所

不録而臣愚遭遇得以及此今臣備數轂下雖日得
造朝而身不邇法坐之凝嚴耳不接德音之溫厚涉
四時矣其畢忠願知之心惓惓之義豈須臾廢哉伏
念臣嘗言天下之經貫以謂皇祐治平廉官之負倍
於景德議今之兵以謂西北之宜在擇將帥待罪三
班獲因職事考於載籍業嘗日益衆而守塞之臣有
未稱其任者得以推其害實審其源流其於裁處之
宜亦嘗略闚其要竊欲飾其所聞敢終前日之說以
獻陛下方日孜孜大有爲於天下內則更張庶事外
則經營四方如臣之說若廿可采者庶幾制天下之用

以養財御天下之材以經武有助聖政之萬一臣於
受恩非敢謂報庶以明臣犬馬之志未嘗不嚮上之
所爲也臣又嘗言陛下方上稽周禮旁參六典以更
定官制臣於經營之體損益之數願有毛髮之補伏
聞百度已成萬務已定而臣曾不能吐一言陳一策
庶得因國大典託名不泯令條分類別宣布有期臣
誠不自揆以謂更制之日新舊革易之初彌綸之術
固不可不有所素具竊欲自効少裨聖畫之緒餘臣
於三者或萬有一得然事有本末理之詳悉宜得口
陳伏望特出聖慈許臣上殿敷奏干冒宸嚴臣不任

申中書乞不看詳會要狀

右伏以自來修撰國史皆妙選衆材共當寄任今通修五朝大典屬鞏專領已是一人而冒衆材之任顧鞏衰拙懼不克堪其今來所修會要計三百卷修纂以來經涉十有餘年編修等官已更六人限至秋季未成書即今已是八月中旬某若依限修進不惟須合考求首尾參詳得失仍更並須檢尋文字照據其間恐合更有更改損益不獨於鞏以旬月而求就十有餘年之功又復於鞏已於國史是以一人而冒衆材之任懼不克堪而更益以會要一人而兼數人之

任纔使容輦添展期限緣累朝典章本末闊大不同小小文字自顧材力實不能兼況今來進本裝寫並已了畢伏乞更賜敷奏取自朝廷詳酌別賜指揮

辭中書舍人狀閤門告報有旨更不得辭免不曾上

右臣準閤門告報蒙恩授臣中書舍人者竊以唐虞三代之君興造政事爵德官能之際所以播告天下訓齊百工必有詔號令命之文達其施為建立之意皆擇當世聰明儁乂工於言語文學之臣使之敷揚演暢被於簡冊以行之四方垂之萬世理化所出其具在此至其已乂而謀謨訪問三盤五誥誓命之書

刻之爲經後世學者得而宗之師生相傳爲載籍首唫誦尋繹以求其歸一有發明皆爲世教蓋其大體所繫如此逮至漢興雖不能比跡三代致治之隆而詔令下者典正謹嚴尚爲近古自斯已後豈獨彝倫粃斁其推而行之載於名命亦皆文字淺陋無可觀采唐之文章嘗盛矣當時之士若常袞楊炎元稹之屬號能爲訓辭今其文尚存亦未有遠過人者然則號令文采自漢而降未有及古理化之具不其闕歟伏惟陛下以天縱之聖闡明道術所以作則垂憲紀官正名皆上追三王下陋唐漢至於出口肆筆發爲

德音固巳獨造精微不可窮測則於代言之任豈易屬人臣淺薄闇昝學朽材下誤蒙陛下知之於擯排忌嫉之中收之於棄捐流落之地屬之史事巳懼瘝官至於推度聖意討論潤色以次爲誥訓彰示海内兹事至大豈臣所堪況侍從之官實備顧問而臣齒髮巳衰心志昏塞豈獨施於翰墨懼非其任至於謀猷獻納尤不逮人伏望博選於朝旁及疎遠必有殊絕特出之材能副聖神奬拔之用所有授臣恩命乞
賜寢罷

授中書舍人舉劉攽自代狀

蒙恩擢前件官準編敕節文知雜御史已上授訖許舉官自代者右謹具如前臣伏見朝奉大夫充集賢校理知亳州劉攽廣覽載籍彊記洽聞求之輩流罕有倫比臣竊以謂引拔衆材彌綸世務至於博學之士固宜用在朝廷況今聖質高明究極今古凡在左右當備顧問之臣尤須多識前載然後能稱其職如攽所長實允茲選況攽累歷州郡治行可稱至於文辭亦足觀采兼此衆美臣實不如今舉自代謹具狀

奏聞伏候敕旨

元豐類藁卷第三十四

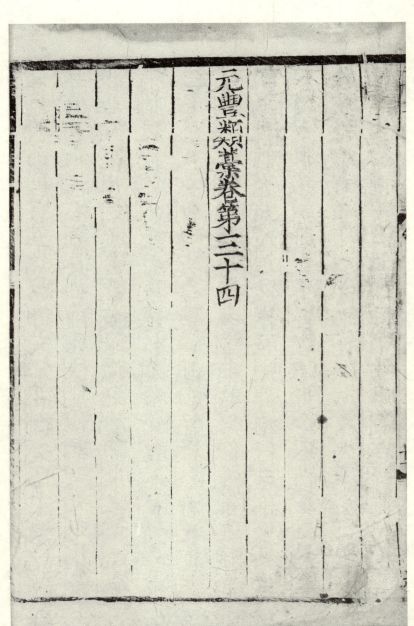

元豐類藁卷第三十五

奏狀

福州擬貢荔支狀 并荔枝録

右臣竊以禹貢揚州厥包橘柚錫貢則百果之實列於土貢所從來已久二帝三王所未嘗易也荔枝於百果爲殊絶産閩粤者比巴蜀南海又爲殊絶閩粤官舍民廬與僧道士所居自階庭場圃至于山谷無不列植歲取其實不可勝計故閩粤荔枝食天下其餘被於四夷而其尤殊絶者閩人著其名至三十餘種然生荔枝留五七日輒壞故雖歲貢皆乾而致之

然貢槩以常品相沿已久其尤殊絶者未嘗以獻蓋
東漢交阯七郡貢生荔枝十里一置五里一候晝夜
馳走有毒蟲猛獸之害而唐天寶之間亦自巴蜀驛
致實開後心當陛下之時方以恭儉寡欲爲天下先
固不可得而議及於此也至於歲貢旣乾而致之然
顧以常品其尤殊絶者則抑於下土使田夫野叟徃
徃屬厭而太官不得獻之於陛下陛下不得獻之於
宗廟兩宮使勞人費財如此可也蓋荔枝尤殊絶者
固不可多致若每種歲貢數百或至千數每州不過
用三五步卒使之日行兩驛固不爲勤且煩非有勞

人費財之患而修貢者不知及此此臣之所未諭也又荔枝成實在六七月間雖乾而致之然新者於其甘滋猶未盡失至於經歲則所存者特其滓苴而已而每歲貢入常至冬春夫蠻夷異類贄其方物皆知用其土產之良而不敢慢今邦域之內守藩之臣効其貢職而曾不知出此此臣之所不敢安也故臣常欲至荔枝成實約旁近州各擇其尤殊絕列於名品者差其多少以時上進其領於有司備燕賜之用者自如故事蓋建安貢茶自蔡襄易以小團而茶之絕特者始得獻之天子今荔枝復得貢其尤者則閩粵

之産選擇而充庭實者始備所以致臣之恭於其貢職此臣之官守也

荔枝録

陳紫出興化軍祕書省著作佐郎陳琦家於品爲第一江緑出福州類陳紫差大而香味蓋爲其次也方紅徑可二寸色味俱美荔枝之大無出此者歳生二一作一二百顆而已出興化軍尚書屯田郎中方蓁家紫種自陳紫實大過之出興化軍小陳紫實差小出興化軍宋公荔枝實如陳紫而小甘美亦如之出興化軍宋氏世傳其木已三百歳藍家紅泉州第一出尚

書都官員外郎藍丞家周家紅初於興化軍爲第一
及陳紫方紅出而周家紅爲次何家紅出漳州何氏
法石白出泉州法石院色青白其大次於藍家紅綠
核出福州荔枝核紫而此獨核綠圓丁香丁香荔枝
皆旁蔕大而下鋭此獨圓而味尤勝右十四種皆以
次第著於録虎皮色紅而有青斑類虎皮出福州牛
心以狀名之長二寸餘皮厚肉澁出福州惟一本玳
瑁紅色紅而又有黒點類玳瑁出福州城東硫黄以
色類硫黄朱柿色朱如柿出福州蒲桃荔枝穗生一
穗之實至三一作二百然其品殊下蚶殻以狀名之龍

牙長可三四寸彎曲如爪牙而無瓤核出興化軍然
不常有水荔枝漿多而淡出興化軍蜜荔枝以甘爲
名然過於甘丁香荔枝核小如丁香大丁香殼厚色
紫味微澁出福州天慶觀雙髻小荔枝每朶數十皆
並蔕雙實眞珠荔枝圓白如珠無核荔枝之最小者
十八娘荔枝色深紅而細長閩王王氏有女第十八
好食此因而得名女冢在福州城東報國院冢旁猶
有此木或云謂物之美少者爲十八娘閩人語將軍
荔枝五代時有此官者種之因以得名出福州釵頭
顆荔枝顆顆紅而小可施釵頭粉紅荔枝荔枝多深紅

而此以色淺爲異中元紅實時最晚因以得名火山
荔枝本出南越四月熟穗生味甘酸肉薄閩中近年
有之右二十種無次第荔枝三十四種或言姓氏或
言州郡或皆識其所出或不言姓氏州郡則福泉漳
州興化軍蓋皆有也一品紅言於荔枝爲極品也出
近歲在福州州宅堂前狀元紅言於荔枝爲第一出
近歲在福州報國院

明州擬辭高麗送遺狀

竊見接送高麗使副儀内一項高麗國進奉使副經
過州軍送知州通判土物并先答謝書候進奉使回

日依例估價以係官生帛就整數量加回荅檢會熙寧六年高麗國進奉有使副送明州知州通判土物共估錢二百貫以上九十九陌熙寧五年及九年有進奉使無副使送明州知州通判土物共估計價錢一百貫以上九十九陌其土物奉聖旨並依例令收估價回荅臣今有愚見合具奏聞者右謹具如前竊以高麗於蠻夷中爲通於文學頗有知識可以德懷難以力服也故以隋之全盛煬帝之世大兵三出天下騷然而不能朝其君及至唐室以太宗之英武李勣之善將至於君臣皆東嚮以身自戰而不能拔其

一城此臣之所謂難以力服也宋興自建隆以來其
王王昭以降六王繼修貢職使者相望其中間屢於
強虜自天聖以後始不能自通於中國陛下即阼聲
教四塞其國聞風不敢寧息不忌強胡之難不虞大
海之阻効其土實五歲三至如東西州唯恐在後其
所以致之者不以兵威此臣之所謂可以德懷也陛
下亦憐其萬里惓惓歸心有德收而撫之恩禮甚厚
州郡當其道途所出迎勞燕餞所以宣達陛下寵錫
待遇之意此守臣之職分也其使者所歷之州贄其
所有以爲好於邦域之臣陛下加恩皆許受之而資

以官用爲其酬幣其使一再至之間許其如此不爲
常制可也今其使數來邦域之臣受其贄遺著於科
條以爲常制則臣竊有疑焉蓋古者相聘贄有珪璋
及其卒事則皆還之以明輕財重禮之義今蠻夷使
來邦域之臣與之相接示之以輕財重禮之義使知
中國之所以爲貴此人事之所宜先則當還其贄如
古之聘禮還其珪璋此誼之所不可已也又古之以
贄見君者國君於其臣則受之非其臣則還之今蠻
夷嚮化來獻其方物以致其爲臣之義天子受之以
明天下一尊有臣而畜之之義此不易之制也邦域

之臣與其使接以非其臣之義還其贄以明守禮而
不敢踰亦不易之制也以此相厲以明天子之尊中
國之貴所重者禮義所輕者貨財其於待遇蠻夷之
道未有當先於此者也且彼贄其所有以明州一州
計之知州通判所受爲錢三一（一作二）十萬受之者既於
義未安其使自明而西以達京師歷者尚十餘州當
皆有贄以彼之力度之蠻夷小國其於貨財恐未必
有餘也使其有親附中國之心而或憂於貨財之不
足臣竊恐有傷中國之義而非陛下所以畜之幸之
之意也臣愚竊欲自今高麗使來贄其所有以爲好

於邦域之臣者許皆以詔旨還之其資於官用以爲
酬幣已有故事者許皆以詔旨與之如故惟陛下詳
擇之如可推行願更著於令蓋復其費以及於恐其
力之不足厚其與以及於祭其來之不易所謂尚之
以義綏之以仁中國之所以待蠻夷未有可以易此
者也其國粗爲有知歸相告語必皆心服誠悅慕義
於無窮此不論而可知也臣愚非敢以是爲廉誠以
拊接蠻夷示之以輕財重禮之義不可不先庶幾萬
分之一無累於陛下以德懷遠人之體是以不敢不
言惟陛下裁擇謹具狀奏聞伏候勑旨

擬辭免修五朝國史狀

右臣去年八月伏奉勑命充史館修撰又奉聖旨專與史事且將三朝國史先加考詳候兩朝史了日一處修定又於延和殿伏蒙面諭所以任屬臣之意臣是以祗服聖恩不敢辭避天下 知臣居此職出自主知以爲榮遇況臣以至孤至遠之跡出深忌積毁之餘獨蒙明主知而用之且自古以來天下之士不遇者多矣如臣遭遇者無幾則臣捐草芥之軀以報天地之德固其分也至於効其區區之愚豈足爲陛下道哉況以文字薄技得因聖宋之大典託名萬世

學士大夫莫不願備其任而獨臣之愚幸預采擇此
臣所以窮日夜憊精思不敢忘須臾志在於斯文惟
恐不稱其任以負陛下任屬之意也自到局以來仰
遵聖訓且將三朝國史先加考詳伏見祖宗以來神
功聖德巍巍之烈至於歷世將相文武士吏言行聲
實殊尤之跡至高至大已非愚臣所能究盡況兩朝
國史臣所未見竊惟五世百有餘年聖賢事業本末
閎大臣之淺薄加以齒髮衰晚誠恐不能發明論次
以稱陛下顯揚褒大之心虛食大官汗青無日以負
陛下任屬之意此臣之所大懼也況五朝舊史皆累

世公相卿士道德文學朝廷宗工所共準裁既已勒成爲國大典臣以至孤至遠之跡出深忌積毀之餘材質駑下豈宜輒議損益使臣仰恃日月之照不知自任之妄貪慕恩待趣之以就事誠恐黑白不當律吕失次方於舊史有失無得以負陛下任屬之意此又臣之所大懼也若不早具上陳自求罷退至於歲月寖久不職之罪已不可逃雖欲乞身已無可及是以不避萬死之責敢干聖聽伏望出自聖慈察臣悃愊罷臣史事別與臣一差遣臣之昏愚不肖固已盡在陛下聽察之中如蒙終賜收憐别加驅策顧臣之

鄙奉令承詔可幸無罪則碎首捐軀固臣之所以此
明臣之志在於量能知分非敢苟且避事也伏惟陛
下天地父母哀而憐之

元豐類藳卷第三十五

元豐類藳卷第三十六

啓狀

應舉啓

右鞏啓伏念鞏材質淺陋藝學荒蕪讀聖人之經未知大義明當世之務多泥舊聞雖堅樹立之心豈適變通之用矧罹禍釁屢抱憂哀是以三遇文闈一踰歲紀足跡不游於場屋姓名不署於鄉閭僕僕東南有衣食婚嫁之累拘拘蚤夜惟米鹽薪水之憂今者側聽詔書講求士類顧私恩之可念迫生理之艱周義不自皇勢當強起蓋以出而載贄無他業之可為

仕以爲貧亦古人之所慮遇高明之見照殆宿昔結之
將通伏以某官梁棟瓌材琮璜茂器發文章之素蘊
當仁聖之盛期忠言嘉謀施之有効流風善政所至
可傳喜獎士倫助成世教況親承於著令方宜[illegible]別於
羣材藐是羇孤最爲滯拙仰遵舊禮敢忘桑梓之恭
輒進曼辭庶當雞鶩之贊察其素學采以寸長盖繄
及物之仁惟俟至公之賜

謝杜相公啓

伏念蛩志雖策礪性實滯頑行不足比古之人材不
足適時之用居常齟齬動輒困窮徃以孤生而蒙收

接又遭大故而被救存非常之恩德所加空知、感激
無用之技能素定曷有報償至於、數千里之間三四
年之後去冬、之首方能屬思以爲書積日之勤庶或
因辭而見意不謂使者至門之日正值相君失子之
初遠瀆高明已難期於省覽況逢哀惻豈能以、於薦
聞因此復憂懇悃之誠無由自達視聽之側踧踖心
之遠大寧責禮於賤微然義未足以論酬而言又不
得以敘謝其爲私計豈敢自皇伏惟相、公當世表儀
本朝柱石許還私第聖意雖優於、大臣召用古安車人
心素望於、元老伏祈上爲邦國善保寢興

回傳侍講啓

肇啓伏審祗膺詔檢入奉經筵伏惟慶慰伏以其官秉德粹冲受材閎廓遵盛辰而開迹席膴仕以陞華善政流風已推行於民上高文大策久聳動於朝端果允僉言特膺迅用從容帝幄方演暢於微言密勿禁林佇裁成於明命自聆拜寵方念騰書屡覓擬於舊遊遽先流於華問欣愉感幸交集悃誠

代人謝余侍郎啓

右某啓伏念某歸而閑處一時所背馳分功名之無期嗟志意之空大言豈當世之事懼尚口而更窮勉求後人

之知因著書而自見闊踈巳甚抵棄未能輒布聽聞
方虞訶譴屬小兒之過拜辱餘論之見存指瑾掩紕
大爲之地憫窮悼屈勤出於衷省枯槁之姿力乖報
德激衰殘之氣感欲忘身瞻風采之敻遥役魂神而
飛去尚當益壯以塞誤知

與劉沆龍圖啓

右肇啓伏念肇方抱憂哀且多疾病貧不得巳則俗
事皆當自謀旅無所容則世人誰肯見恤今者伏遇
知府龍圖給事愷悌成德勸勉爲懷忘後進之至微
假温顔而與接知其孤立念其數奇謂其有詩書之

勤則曲加於獎待謂其有衣食之累則特甚於卧可憐
且使受田之獲安實由爲地之至大在甘旨有[illegible]毛髮
之助於子第乃丘山之恩況此餘麻可均撒族[illegible]雖遠
台坐常注愚心復得交遊之傳愈知意愛之厚[illegible]目非
士石豈不激昂粗知古今可勝感勵恨當迷塞[illegible]匈用
報償而方先人之葬送未成偏親之奉養多之[illegible]四弟
懷仰哺之託九妹有待年之期凡糜撒於秋毫[illegible]旨經
營於方寸顧惟私計當議遠遊世俗險艱豈譆[illegible]冒之
不熱性靈踈拙寔齟齬之可憂未卜趨承更增[illegible]慕戀

謝解啓

伏覩解文首蒙舉選伏念鞏才非卓越識匪該通素志慕乎古人故時情之所背虛名聞於當世故衆忌之所排患難艱危流離頓挫孰有至孤之迹敢萌希進之心顧生理之難周迫私衷之可念舉而干禄誠匪素懷仕以爲貧竊將自比是以聞詔之出負笈以來豈意片文首塵高選以至天倫之薄陋子黨之空疎皆自單平得蒙收齒退惟會合亦有端原此蓋伏遇某官崇奬士倫助成世教以虹蜺之光而被飾以律呂之氣而吹噓致此屯窮皆於振發敢不勉增素學益勵前修庶全必勝之名以荅至公之賜謹奉啓

陳□謝

回李清臣范百禄謝中賢良啓

右□□啓竊以設科以求特起之材發策以訪可行之論□□維高選果得異能伏以賢良某官志敏以強詞嚴□□贍迹前世之事而博極群書議當今之宜而常引□□體及親承於聖問遂絕出於時髦方喜聞風遽蒙□□記仰惟謙抑之過第積感銘之深

回人謝館職啓

伏審□試藝禁林陞華儒館伏惟慶慰伏以都官學士英材傑出玉璞混成遘時運之光華奮文章之溫雅

第榮科於秘殿蚤邁等倫陞膴仕於本朝荐騰譽望較雕龍之麗藻利架鼇之秘扃果被明綸式符輿頌方展騰書之好遽蒙削牘之私仰服謙撝退深感戢

與北京韓侍中啓一

右肇啓伏念肇顧以諸生守茲劇郡撫徼封之云始望仁境以非遥恨無羽翼之飛馳與操几杖欲以緘縢之託寓聊布腹心然而治獄訟之浩煩振紀綱之弛壞覺形勞而少暇信材短以難周致是懇誠稽於進達屬高秋之在序惟坐鎮之多餘必有祺祥來寧動履伏以留守司徒太師侍中蓍龜四海柱石三朝

有太平之功周公之所以勤王室有純一之德伊尹之所以格皇天固已書在宗彝藏之盟府而乃以退爲進處上用謙自避遠於煩機久淹回於外服宜從巖石之望趣正袞衣之歸敢冀上爲宗祊善綏寢餗

二

肇啓伏念肇習吏非長得州最劇耗神明於簿領疲精思於追胥尚恃餘庥幸無曠事然而塞荸心而已甚飾竿牘以未遑故寃爽雖鶩於門閎而候問不通於幕府仰繄明恕終賜矜容今者北土旱霜旻陰始肅伏惟順天時之常亭養浩氣之至和神民所依福

禄來萃恭以司徒太師侍中股肱三世龜鑑四方勤勞著於邦家功德施於社稷方且斂嘉謨於一面鬱羣望者五年郭令之繫安危素形公論周公之爲左右宜冠本朝華夏蠻貊之傾心昆虫草木之望賜豈伊蕞質獨注微誠伏惟上爲宗祊善調寢餗

回許安世謝館職啓

右羣伏審顯承詔檢進賤書林伏惟慶慰國家聚四部之書藏之祕近擇一時之俊任以校讎映朝序以甚清簡上心而滋厚恭以檢正學士學深而富識大以明擢平津於廷中蔚爲選首賴王祥於海上休有

治功天衢寢亨時望攸屬遂膺給札之召來貢登瀛之遊侍從邇班廟堂大任自茲而往計日可期承遠貺於珍函筆仰懷於謙德

賀韓相公啓

右肇啓伏審入膺典冊首秉鈞衡凡在生靈孰不慶幸伏以史館相公言爲蓍蔡行應準繩仔肩一德之純弼亮三朝之盛君牙之纘舊服世濟忠勞吉甫之憲萬邦身兼文武果還柄用復冠中台茂惟抜出之材素蘊非常之略方且誼形王室盡邴魏之謀謨澤潤生民本蕭曹之清靜遂常生於百姓付衆職於羣

能躋世太和與人休息使雨暘寒燠罔不從時草木蟲魚皆當蒙惠聲教可加於異俗功名必紀於無窮輩一去朝行六更歲序顧兹舊物自慚簪屨之微保是孤生方賴陶鈞之賜其爲欣抃實倍等倫

襄州與交代孫頎啓

右輩伏念講聞譽望積有歲時歷下分符已出吏師之後漢南守土又居仁政之前惟事契之稠重實愚冥之幸會比於道路始接光儀蒙特異於眷存仍曲加於燕勞論情至厚曾何謝於古人處義甚高固可敦於薄俗違離未久感戀交深諒惟得日之良甫及

下車之始頌條多豫納福甚隆伏惟知府少卿積學内充懷材間出久更當世之用自結明主之知高冠兩梁入綴班於九列輕車駟馬出按部於百城方圖閒燕之宜自請番宣之便佇膺詔召不待歲成更惟上爲廟朝善綏寢餘禱頌之至序述寧殫

洪州到任謝兩府啓

伏念肇天與朴愚衆知凡近材不堪於施設動輙乖宜學多失於變通理難應用久與遊於儒館仍有列於朝紳適當千載之期曾乏一毫之助既不能明國家遠大之體爲上建言又未知究鄉閭委曲之情與

民興利七移歲序四易外官坐尸禄廩之優寂無稱効幸屬章程之備得以持循茲蒙補郡之恩俾遂便親之請望故鄉而接壤與仲弟以連城及是忝踰出於假借此蓋伏遇某官心存博愛量極兼容簪履之微未忘於舊物陶鈞之大不間於孤生曲致公言俾諧私計惟盡承流之分庶裨造物之仁過此已還未知所措

賀東府啓

右肇啓伏覩十月二十三日麻制伏審史館相公登庸天下幸甚伏惟史館相公言爲蓍蔡行應準繩兼

文武之閫材富天人之奥學神祇幽賛遭聖賢相得
之時夷夏聳觀備君臣咸有之德果繇樞軸首秉鈞
衡竊惟不世之姿深達當今之務必且開公平之路
以序進羣能銷壅蔽之萌以廣延衆論以寛大爲拯
救瘡痍之要以安靜爲休息疲瘵之端絀聚斂之無
名偃甲兵而不用果推此道以澤吾民食味則聲之
倫舉皆受賜殊鄰絶黨之俗孰不嚮風福禄可等於
丘山功名必求於金石輩蚤游墻屏幸遇陶鎔齟齬
餘生始免擠排之患零丁滯迹漸期亨泰之來想望
門闌以欣以躍

賀蹇周輔授館職啓

右輩啓竊審奉被詔函進登史觀伏惟慶慰竊以安撫運使學士材資秀特識度淹冲富華國之懿文抱據經之宿學一人嗟異欲相如之同時多士推先服栢榮之稽古果繇時望特被朝恩流馬木牛方佐中都之費金匱石室遂窺廣內之書竊惟寵數之行兹實要塗之漸佇躋法從用協僉言輩獲在下風側聞成命分符海徼幸依德庇之餘寓直書林更託儁遊之末其爲欣慶曷可縷陳

回泉州陳都官啓

右肇啓竊審祗奉茂恩進陞寵秩伏惟慶尉愬竊以知府都官周材經務令德鎮浮席膴仕以彌優簡清秉而有素循良之政已洽於民謠恬退之風足敦於世教果膺異數進陟名曹側聆成命之行方竊同聲之喜豈期厚眷特枉長牋載規謙抑之辭但切感銘之懇

明州到任謝兩府啓

右肇啓伏奉勑命授前件差遣已於正月二十五日到任上訖伏念肇才無遠用學殆小知誤蒙假器之恩愧乏當官之効屬時泰豫遇上休明欲治之心變

追於三代非常之旦特起於千齡顧是孤生最爲遠
迹雖逢辰之難得獨揣巳之無堪故羣材衒鬻之初
未始自陳於薄技而衆論馳騁之際何嘗輒預於半
辭錙銖動謹於成規毫髮敢萌於私見以兹循分庶
獲寡尤然而一去本朝六祗外服十年荏苒未諧拱
極之誠萬里周流尚負循陔之念當至仁之平施亦
微物之可哀兹者方祗詔以在塗復析符而假守惟
四明之窮裔處百粵之東偏浮海之航鼎來於遠國
賤山之築益起於堅城猥出選掄冒膺寄屬此蓋伏
遇某官輔成世教樂育士倫陰推覆護之私每借吹

嘘之力致茲頑鈍與在甄收然而察無他惡之腸方賴兼容之度草茅之質使遂於向陽菽水之歡許伸於反哺盡待曲成之賜俯歎難止之情誓在糜捐用酬鈞播

賀趙大資致政啓

右鞏啓竊審進秩宮朝歸榮里閈伏惟慶慰恭以致政宮保大資言爲蓍蔡行應準繩肩一德以在躬歷三朝而遇主讜言大論著在朝堂善政流風被于藩服引年求謝抗疏彌堅屢降德音方倚老成之重難回壯節閔有官職之勞躐陞儲案之華退遂家居之

樂門開祖帳衆嘆大夫之賢庭列賜車自知稽古之
力惟能諧於素志實何愧於昔人肇逢荷陶鑄游
門館觀大賢出處之迹足勸士倫知儒者進退之宜
敢忘師慕其爲忻躍倍萬等儔

亳州到任謝兩府啓

右肇啓蒙恩授上件差遣已於今月十六日到任上
訖伏念肇少雖好學長乏異能燭理甚疏蓋聰明之
難強受材素薄顧齒髮之已衰誤竊寵靈叨塵器使
茲者緣避親之著令蒙易地之推恩距畿甸以非遥
就庭闈而甚便夫何蕞質迺爾冒居此蓋伏遇某官

以廣愛之心而輔成世教以并容之度而獎育士倫
致是顓愚及於推齒慰倚門之望已出於延鎔謝推
轂之言敢忘於策勵庶收薄效仰荅誤知過此以還
未知所措

到亳州與南京張宣徽啓

右輩啓蒙易近藩獲隣樂境雖未得就諸生之列請
益於詩書然足以聞長者之風仰高於道誼始敢通
牋記參候之禮庶幾將心誠飢渴之勤載省孤蒙實
爲幸會今者杪秋伊始嚴氣將升仰惟吐納之宜無
爽燕閒之喜伏惟某官言爲蓍蔡行應準繩茂勞烈

於三朝聳儀刑於四海仲山之明且哲宜保令名魯

公之壽而臧求膺全福更冀上爲邦國善保寢興禱

頌之誠敘陳罔旣

元豐類藁卷第三十六

元豐類藁卷第三十七

啓狀

回陸佃謝館職啓

右鞏啓伏審祗膺詔檢入踐書林伏惟慶慰伏惟侍講學士敏識兼人英辭華國翰林子墨之賦蚤擅賁名玉杯繁露之篇多明大義豈獨坐收於士望固能自結於主知特啓書筵密隣禁戶凡將急就之字巳賴發明廣内石室之藏更資是正茲惟異選奚測遠塗方喜託於餘光遽先承於華問煒如黼藻實駭於彌文沛若江河更欽於善下其爲感幸曷罄敷陳

與定州韓相公啓

右鞏啓伏念鞏轉走江湖推移歲月望門墻而旣遠通書問以無緣兹者蒙易近藩匪遥台席雖未得就諸生之列請益於詩書猶足以聞長者之風仰高於道誼始敢修箋記叙候之禮庶幾將心誠飢渴之勤載省孤蒙實爲幸會屬晏陰之在序當嚴氣之方升仰惟吐納之宜無爽燕閒之喜伏惟判府相公言爲蓍蔡行應準繩茂勞烈於三朝聳儀刑於四海韓侯之鞗革金厄暫殿方維周公之衮衣繡裳佇還鈞軸更冀上爲邦國善保寢興禱頌之誠叙陳罔旣

賀韓相公赴許州啓

右肇啓伏審遠持信瑞入奉清閒假泰筮以諏辰命倌人而飭駕百靈奔衛宜無陟降之勞六氣節宣當遂神明之適伏以判府相公材爲人傑行備天常出堯舜之盛時紹韋平之慶閥忠純之操簡注於三朝愷悌之風儀刑於四海比輟廟堂之任少留藩輔之雄力抗至言屢辭於榮禄眷求舊德方屬於上心用均邊閫之勤就易鄉邦之便俸華金厄已嚴入覲之裝袞衣繡裳行允公歸之望佇膺典冊首秉鈞衡輦處勢多奇誤知最久持心素淳未忘墜屨之微引脰

永懷巳動掃門之喜更冀上爲宗社善保寢興

授中書舍人謝啓

右羣伏蒙制命授前件官者竊以賛爲名命資討論潤色之工服在從官備諏度諮謀之用屬非常之興運經不世之大猷方追三代之風以建一王之法其於講求體要財正典章岀獨斷之淵深號積年之希闊所以訓齊羣下播告四方其究極於人文曷宣明於上意矧參獻納尤愼選掄如羣者識慮少通襟靈多蔽徒恐隳於先緒頗能味於經言有顓愚好古之心自知迂散無廣博爲人之學學分甘棄捐顴（一作嘆）齒

髮之已衰困風波而且久晚逢眞主獨賜誤知取於
寡與之中假以踰涯之寵俾專史法非薄質之能堪
遂掌訓詞豈謏能之可稱況策名於要近預責實於
論思揣己以慚瘝官可畏何緣致此固有繇然兹蓋
伏遇某官翼亮天功彌綸世務仁接於物每樂育於
時材誼在承君故旁招於衆俊致兹頑鈍獲備甄收
惟殫許國之誠彌堅素志庶荅知人之遇不在他門

賀提刑狀

右伏審祗奉詔恩揔持使務伏惟慶慰伏以提刑屯
田郎高明之德席熙盛之期起收科榮光映朝序發

明吾道則有文章之深淳推行當時是爲治行之尤異果膺迅用以允僉言自江之東擁節而使固將粹美於風俗豈特是正於刑書不次之陞爲端於此輩獲分郡寄得與公庥幸喜之深叙陳罔既

太平州回轉運

右肇伏念肇夙惟孤質最荷誤知屬仗節以來忠得通名而覯止辱爲殊禮尤出過恩委曲拊循丁寧顧訪軫艱難於即路則許之假寵於舟艎憫匱乏於膳裝則期以致憐於教墨惻思寒陋何用克堪聚集感慚豈勝指數去違再宿懷嚮兼年伏惟通乂禱於萬

靈享洪休於百順竊以運使郎中受材閎廓經德粹沖布盛府之詔條樹外臺之風績洽於人望簡在天心行被命書即膺遠用伏惟順導氣節安養寢興

太平州與本路轉運狀

右革啓伏念更移歲序阻越道塗音塵莫及於賓階書問不通於記室飛馳精思徯仰風威伏惟順履川流安行舟御享神明之協相具福祿之來成伏以運使郎中德紹家聲材周世用雋望傾乎天下壯猷謁於朝端建使者之節旄宣揚惠澤佐大農之計策蕃長貨財拊勞烈以甚隆席寵靈而宜厚竚膺詔召以

恊輿言伏惟上爲朝廷善綏寢餘

越州賀提刑夏倚狀

右鞏伏審祗奉詔封榮分使節伏惟慶愜伏以提刑屯田抱材精敏涵德粹温文章爲國之光華治行廼時之表則輟於朝著處以使臺士望藹然時名籍甚官用視年之豐耗巳實倉儲邦刑以世而重輕竚清獄繫使仁聲之既洽則嚚訟之可無然後入奉命書進升法從在於公議寔允輿情鞏於此備官云初託庇喜趨風之甚邇諒考復之惟和更冀副上倚毗順時調護其爲禱頌曷究敷陳

賀轉運狀

伏審祗奉詔封就更使節伏惟慶慰伏以運使司封受材閎遠植性粹冲風猷為世之表儀治行適時之軌則果用祥刑之最來分將漕之權威名已動於連城惠術行周於比户豈止調盈虛於歲計内足邦儲方且知緩急於人情下流主澤然後進陪侍從入奉詢謀在公論以猶稽實輿誠之所係肇備官於此託庇云初將承望於餘光但欣愉於懦思屬祁寒之在亭諒福履之保和敢冀上為朝廷善調興寢禱頌之至敘述奚周

賀杭州趙資政冬至狀

右肇竊以布律而候氣萌動於黃宮立表以須晷長至於南極伏惟知府資政受材閎廓含德粹純壯經國之大猷濟格天之盛業復茲令序茂集休祺典冊衮衣竚覆（一作復）三公之位旂常鼎鼎當傳萬世之功肇祇服官箴遠違門著素積依歸之望彌深禱頌之勤

賀北京留守韓侍中正旦狀

右肇伏以歲起於東茂對三陽之盛物生於震聿開萬化之端伏惟某官行應中和道含純粹屬四方之

係望簡三台之眷懷德爲民彝故稱宗廟之器功在
王室是爲社稷之臣順復昌期具膺繁祉佇奉承於
典冊復登翊於巖廊肇限守印章阻趨墻屏仰望威
重不任禱頌之至

賀鄆州邵資政改侍郎狀

右肇竊審祗被明綸進陞寵秩伏惟慶慰伏以安撫
資政侍郎材經世務文擅國華攀日月之高衢踐機
衡之要地方兼榮於祕殿用均逸於价藩屬時靖嘉
維上豫動訪昔遊於博望懷舊學於甘盤廼陞宗伯
之聯居貳卿曹之重惟隆名異數之錫已絶當時固

元勳盛德之殊豈稽圖任佇還柄用式允輿情馳慶
未繇依歸滋劇

襄州回相州州韓侍中狀

右羣僻守陋邦遠違嚴屏永言嚮慕但傾茅塞之心自便退藏莫馳竿牘之問敢期賜教出自過恩形意愛之拊循枉題評之奬引譬如寒谷幸蒙六律之吹有若秋毫遂借千鈞之重捴藏巾衍銘鏤肺肝惟偃息於便藩素充盈於浩氣百神所相萬福來綏伏以司徒侍中行應準繩言爲蓍蔡有一心之忠誼弼三后之謀謨安社稷之元功傳於竹帛被華夷之盛德

布在管絃方且辭鈞軸於廟堂擁旌幢於鄉國然而人詠方叔克壯元老之猷時思謝安出慰蒼生之望宜就賛書之拜佇諧華衮之歸

回樞密侍郎狀

右鞏啓伏念鞏久玆外補利在退藏一切不爲京師之書以此亦疎左右之問分當棄置理絶收憐豈期尚記於姓名特賜親紆於翰墨處大寒而不變乃知松栢之堅兼庶類而並容則維江漢之廣孤懷易感重誼難忘但注仰於門闌實鏤銘於肺腑今者景風扇物畏日御躔伏惟襄賛萬機順膺百福敢覬上爲

邦國善保寢興禱頌之誠指陳難旣

回亳州知府諫議狀

右肇伏念自違墻屏浸易歲時比潛伏於外邦久棄捐於人事雖嚮往之意不暫弭忘而參候之勤至於曠絶敢謂曲敦雅舊尚記庸虛賜勞問於華牋致恩勤於親筆文如黼藻加一字以爲榮操若松筠貫四時而不改以懃且感欲報奚言今者竊審固辟幾衡出臨屏翰始敢瀝茅心之至懇具竿牘之常儀少贖曠踈覬蒙開[illegible]宗蓋天時之迭運屬春之方行伏惟開閤之初優游甚樂沐有神明之助茂臻福履之宜

鎮撫名城曾蚤承流之寄旋歸字路並膺圖書之求
[illegible][illegible]上爲宗祊善調寢餗禱頌之至但以下情

回運使郎中狀

右鞏啓伏念鞏仰高所至馳恩爲深戀勢之殊屬書以進枉過恩之特厚流華問以見存文辭爛然意氣勤甚雖德心之大遺名秩以自謙而士品之微顧林資而安稱其爲佩服曷罄指陳急景云初祁寒將盛伏惟遵道途之易詢采於風謠察閭里之勤布行於德惠神靈所護福禄攸宜恭以運使郎中材甚超人志存及物出高明之慶族接熙洽之盛期通班於朝

揭節而使自簿書期會之纖悉莫不注心至山巖窟
穴之幽深舉皆受賜足以救一時之敝故能得萬事
之宜休聲所歸遠用行及伏惟遵時之順養氣以恬
庶允輿人之情不違拙者之望

到任謝職司諸官員狀

右鞏比者祇命守邦涓辰視事維是孤蒙之質幸依
庇冒之餘竊念鞏材不逮人學多泥古久備官於册
府徒竊食於累朝茲假便藩實緣私請伏遇某官體
仁爲任充美在躬素自結於主知方出宣於使指歛
時利澤播在東南籍甚休聲洽於中外顧忝屬城之

任實諧德宇之依尚阻叅承但深欣抃

福州回曾侍中狀

右肇伏念自遠門闌荐更時序顧茲艱拙利在退藏雖有心誠嚮往之勤而無書記候問之禮敢期眷與特賜誨存獲承黼藻之褒彌見松筠之操其爲感激但切銘藏屬凝沍之在辰惟燕閒之均福伏以致政太傅侍中素推人傑蚤代天工意誠心正而家齊巳儀刑於王室功成名遂而身退遂表則於士倫聊曼衍以窮年坐優游而進道矧臧孫之有後繼周公之拜前阿衡之格于天書載君臣之德司徒之善其職

詩稱父子之功方賴壯猷陰裨至治更冀上爲邦國
善保寢興禱頌之誠不勝懇悃

移亳州回人賀狀

右肇比緣懇請得假善藩既諧竊禄之私實獲事親之便慙無善政可稱厚恩豈謂某人特枉緘封曲垂奬借言爲黼藻飾陋質以爲榮操若松筠處大寒而不變其爲感愧曷盡指陳惟溽暑之方隆諒燕居之多適更祈保攝用竚遷陞

東府賀冬狀

右肇伏以氣動於微升一陽而方長物資其始萌萬

寶於將胥伏惟其官行蹈中庸業存久大爲生民之
蓍蔡任王室之股肱四岳之亮天功其凝庶績百揆
之熙帝載攸敘彝倫茂對休辰具膺繁祉輦方祗官
次阻詣門闌

西府賀冬狀

右輦伏以物資其始萌萬寶於將胥氣動於微升一
陽於方長伏惟其官業存久大行蹈中庸爲蓍蔡於
生民任股肱於王室共武之服久專摠於樞機秉國
之均佇首當於衡軸對休辰而茂協膺繁祉以具宜
輦限此守邦未緣爲壽

回人賀授史館修撰狀

右肇誤被上恩進專史事顧慙孤陋曷稱選掄伏念肇齒髮蚤衰材資素薄差池一紀久流落於風波推徙七州寖沉迷於簿領詎期皓首獲奉清光拔於多士之中寵以非常之遇惟累朝之盛典垂列聖之鴻名宜得異能使之實錄豈伊鄙鈍可盡形容懼莫副於簡求方內懷於靦愧敢意眷私之厚特迂慶問之勤矧獎飾之踰涯俾寅緣而借重甚爲感幸難既敷陳

回人賀授舍人狀

右肇啓叨奉制恩進登詞掖誤蒙任屬私積甚[illegible]慙鞏
器識少通性資多蔽非有為人之學徒堅好古之心
矧齒髮之已衰困風波而且久晚逢真主獨[illegible]物重知
取於寡與之中假以踰涯之寵甫專史筆遂掌訓辭
惟清切之近班實論思之要地方驚冒處良用慚顔
未遑削牘之勤遽辱騰書之貺其為感佩曷罄敷陳

元豐類藁卷第三十七

十九

元豐類藁卷第三十八

祭文

祭歐陽少師文

惟公學爲儒宗材不世出文章逸發醇深炳蔚體備韓馬思兼莊屈垂光簡編焯若星日絶去刀尺渾然天質辭窮卷盡含意未卒讀者心醒開蒙愈疾當代一人顧無儔匹諫垣抗議氣震回遹鼓行無前跋疐非恤世僞難勝孤堅竟窒紫微玉堂獨當大筆二典三謨生明藏室頓挫彌厲誠純志壹斟酌損益論思得失經體慮萌沃心造膝帝曰汝賢引登輔弼公在

廟堂尊明道術清靜簡易仁民㤅物斂不煩苛令無
迫猝棲置木索里安户逸櫝斂丘華天清地謐日進
昌言從容密勿開建國本情忠力悉卯未之歲龍驚
飈欻再拯大艱垂紳秉笏乾坤正位上下有秩功被
社稷等夷召畢公在廟堂總持紀律一用公直兩忘
猜昵不挾朋比不虞訕嫉獨立不回其剛佗佗愛養
人材奬成誘掖甄拔寒素振興滯屈以爲己任無有
廢咈維公平生愷悌忠實内外洞徹初終若一年始
六十懇辭冕黻連章累歲乃俞所乞放意丘樊脱遺
羈馽沉浸圖史左右琴瑟氣志浩然不陋蓬蓽意謂

百齡重休累吉還斡鼎軸贊微計密云胡傾殂憖遺則弗聞訃失聲背淚橫溢顦寘不敏早蒙振祓言繇公誨行繇公卒戴德不酬懷情獨鬱西望轜車莫持紖紼維公犖犖德義譔述爲後世法終天不沒託辭敘心曷究髣髴

祭王逵龍圖文

惟公有獨立之志不羈之材揚歷閩楚按節江淮止如山淵動若風雷衆皆異其施設曾孰測其津涯若夫拯急難於水火下雋傑於蒿萊越拘攣而不惑豈淺狹之能偕至於稱物引類興言寓懷遠參騷雅近

雜嘲諧麗兼組藻美軼瓊瑰皆[illegible]足以聲駕多士望隆九陔然而位不過郎中名不過[illegible]且閣流落白頭委蛇一鑿豈人事之當然信命存於[illegible]其漠昏愚不肖早辱公知拊循愛勉施及其私閭公[illegible]之逝惻楚歔欷戴德莫酬寓薦以辭

祭張唐公文 熙寧六年六月一日

維公作德于躬實方實厚實美實訏實堅實茂彼嗜而爭我有不惑彼嫵爲朋我肆而特我抗其辭維彼之默始熚其華儒林禮官廼碩其實侍從之班維帝時咨維士時附尚其昌言式父[illegible]仕庠告猋于朝廼長

南服里無嘆聲士女輯穆以老得謝仮其歸裝車御
末驅訃聞四方維余先人公同年友公子我姪又託
婚媾實肴于豆實酒于觴馳辭告誠維以永傷

祭孔長源文

嗚呼長源拔迹孤艱刻志勵力升德自幽廼不家食
薦其壽母歸養以色與其士友跂我淳則徵獨考古
戴辭于策亦從爾知有婉軍畫爲長以舒爲將不亟
廼使荆粤銓材著職滅熄苛嬈蘇僵博齊貪猾之治
里無猝迫初以詆去民實戴德卒還省部廷論之直
維曰將歸東符之析孰云不幸奄與生隔有親九十

世爲楚惻維其篤行匪矜匪飾其處爲文甘霈爲澤天與厥後賢能交聮有實有華光長譽白善豈無勸慶焉茲得維我與公綢繆平昔詩書討論相求以益我試于鄉自公考擇彌乂彌親情隆意篤聞公之訃泫然心盡馳奠千里寓陳悃愊

祭王平甫文　熙寧十年十月二十一日

嗚呼平甫決江河不足以爲子之高談雄辯呑雲夢不足以爲子之博聞強記至若操紙爲文落筆千字徜徉恣肆如不可窮袐怪恍惚亦莫之係皆足以高視古今桀出倫類而況好學不倦垂老愈專自信獨

立在約彌厲而志屈於不中材窮於不試人皆待子以將昌神胡速子於長逝嗚呼平甫念昔相逢我壯子稚閒託婚姻相期道義每心服於超軼亦情親於樂易何堂堂而山立忽泯泯而飈馳訃皎皎而猶疑涕汍汍而莫制聊寓薦於一觴寄斯言而見意

祭宋龍圖文

嗟乎次道公之一無之字於古今典章沿革得之於心山藏海積又於舊聞隱顯纖悉析之以口天高日白公在朝廷羣公百司解惑釋疑公爲蓍龜公在太史維僚與屬正謬辨訛公爲耳目今公亡矣廷有大議問

故事者衆失其歸國有大典考前載者人失其師況
公行不絶俗而動有常度言不忤物而辭無可疵靖
退之風愈老而彌卲方直之操自信而不回至於篤
友尚舊比義親仁追往烈而競逐豈庸態之能隣然
而蚤蹈厲於儒館晚委蛇於從臣曾未得歷禁林之
獻納任廊廟之彌綸何鸞儀而鵠峙忽飈逝而星淪
哭公之喪者客不絶於門庭弔公之家者使相望於
道路維昏鈍之少與獨綢繆而有素淚淋浪而莫收
情忉怛而奚憩嗚呼唐季五君史牘其録公寃亡而
集賓蓋旁羅而遠屬至於帝宅神州祖功宗德咸在

筆削具存方冊爭日月之光輝與天地而終極則公位雖屈而未盡名益久而逾章彼富貴而磨滅豈得公之毫芒纂余哀而以此聊寓薦於一觴

祭亡妻晁氏文 治平元年五月三十日

子有仁孝之行勤儉之德宏裕端莊聰明靜默窮達能安死生不惑可以齊古淑人為世常則歸我之昔明年始笄言無疵悔動應衡規親疎悅慕稚艾嗟咨事姑之禮左右無違服難體順惟日孜孜諧我屬人又篤以私有犯不校有勞不施人隆已約乃以為宜衣有穿弊珥無光耀曰順吾性餘復何為紛綸世務

偪仄羣疑子陳得失効若蓍龜及其旣退婉婉其儀
不矜以色不伐以辭幽閒深謐度量誰窺吾貧口衆
智不繼資脫粟藜藿具無鹽醯人不堪憂子獨怡怡
綰綜雖愛不偏以慈訓誨惟謹曰宜幼時我扶我翼
共處窮巇鋤荒補漏細大無遺嗚呼天禍我家降集
凶厲始來京師辛丑之歲子之方壯疾疢中傷孰云
此日一女先亡子雖自達病豈宜然自秋至春有益
無瘥迎醫市藥我力爲殫術寧非善不勝于天將逝
之夕逆知其期語論自若精神不衰徧召室人告以
長歸嗚呼哀哉父失賢女姑亡孝婦子喪嚴師吾虧

益友時歲雖往悲酸則新禫月之終奠此一樽教養
二子期獲于心時良返予託葬先林言如不復誰謂
我人長號叙哀寓以斯文

祭晁少卿文

肇蚤以孤蒙與託嘉好自始迄今踰二十載繾綣相
與義厚情親會合乖闊則有書問開紙披辭猶若際
遇不意今者公遽淪亡得訃歔欷涕隨聲發海濱獨
哭心與誰言仍聞歸旐旅次餘杭僑此濤江寓陳薄
奠公乎知否已矣奈何

館中祭于元珍文

嗟乎元珍别子幾時孰謂子往無復來期子之爲人
渾厚平夷不阻爲崖不巧爲機朋僚悦附族黨懷依
其動恂恂必應繩規其語諄諄不見瑕疵從事之畫
吾無妄隨長人之政彼有遺思其蓄鈞石其出銖錙
惟夫學問富有書詩濡墨操紙寫之文辭春陽滿野
萬物榮滋匪營匪飾疊異并奇既精衆作於詩復尤
清新俊逸與古爲儔讀之灑然可破百憂哀鳥之秩
天禄之遊謂淹巳久既晚方收孰云未幾斥置南州
書猶未復訃巳來投衆爲哀傷况於吾儔初疑終駭
失涙滿目莫紉子柩莫襚子服禮多不及情豈能忘

寓辭千里侑此一觴

朝中祭錢純老文

嗚呼公乎窮經及史旁兼百氏廢寢與食不虛寸晷篤好無倦華顛愈勵強記多識箱輸屋侍閣議崇論河垂海委詩賦講說射策三科金馬玉堂經帷三職寒苦自至無憑與翼銓綜再試士曰予歸尹正三歲衆曰予依公於所聞維學之力公於所知則維自得利害之際人鮮能安彼爲惴惴公獨栢栢愛惡之情人鮮自克彼有贅齮公爲衡石世所並逐公有不求彼囂我靜則莫我尤曾不三事位云未究曾不百年

歎云非壽殲國之良在列嗟咨隤民之望耄艾歔欷
天子聞喪馳使臨視勞卹煢孤賵憐乏匱凡我同朝
矧曰同志哀由感觸孰知失涕寓馬在庭薦羞在机
公乎來哉寄誠茲誄

祭李太尉文

公先種德碩大于父母宋仁祖維莊懿后公維后姪
考異姓王入長六師外垣大邦不以貴盈遜悌慈良
昭陵未遠公奄云亡輤車之東致薦一觴

祭致仕湛郎中文

維公早以郎潛安於養志晚而家食曾不待年治蹟

紀於朝廷行實推於鄉里溘亡未遠窀穸有期竊仰
高風敢陳薄奠

又祭亡妻晁氏文

肇無狀遭禍早失賢妻徘徊京師零丁孤宦迺致旅
櫬未就先塋夙夜思惟心顔愧怍今蒙恩補外道出
東南敢啓葭宮進登舟御閤關回阻將致鄉園而肇
比至淮瀕迫趨官守其於奉承靈輿經涉大江方復
假人經營護視永惟見亮尚賴有靈若夫觸冒川途
幾數千里使保清謐則惟餘休至於推擇吉辰修嚴
葬禮俟得時日敢不躬親惟其鑒之故以情告

代人祭李白文

子之文章傑立人上地闢天開雲蒸雨降播產萬物瑋麗瑰奇大巧自然人力何施又如長河浩浩奔放萬里一瀉末勢猶壯大騁厥辭至於如此意氣飄然發揚儁偉飛黃駃騠軼羣絶類擺弃羈馽脱遺轍軌捷出橫步志狹四裔側睨駑駘與無物比始來玉堂旋去江湖麒麟鳳凰世豈能拘古今儕儒鈎章摘字下里之學辞卑義鄙士有一曲拘牽泥滯亦或狡巧爭馳勢利子之可異豈獨茲文輕世肆志有激斯人姑熟之野寻來長民舉觴墓下感歎餘芬

祭王都官文

維公材敏而宏志晞萬里高𤍠大篇出仕天子主簿于閩聲駕其長清江之謀矯矯逾壯于韶于昇條教出己伺公所爲萬目齊晞奪姦于幽耋吏喪膽悍黨睢睢根柢卒斬里謳戶謌惟悍寡獨在右惟監在下惟屬在側惟僚相講戴服將起將昌俞考以難曷赴曷歸忽殞無還公於先人實歡實厚至公諸子璧辱親友於公家行表裏洞知於黨不校於尊不違出升公堂不撓毫髮退從其私婉婉曲折鍾山崢嶸下惟江水昔公此臨委蛇爲覆今子六人葬公于此銘輦

之爲辭貧事題千里寄誠以兹一盞

祭袁大監文

於乎越蜀荆吳三方萬里公馬騑騑僕印而使蠻墟海聚獄無濫辭峨岷卬麩貸走京師東南之粟風颿手簇歲塡太倉萬艘尾错遂副會府肆其心畫出屏于宣以我偃側九卿之行得謝以歸冕弁入里昔時布衣進退則然當世所嗟不貴以驕不富以奢翼翼其行坦坦其衷隤然順退長者之風白髮雖多几杖未隨笑言在耳巳哭于帷眷然撫我孰如公左先人不幸託載公舟我生方𫝀戴德莫讎羞醪則微以陳

戕悲

祭闞職方文

嗚呼闞公以文中科以材爲吏艱于厥初四十始仕終領兩州其治大肆告老于朝郎官以歸鄉士大夫觀望嗟咨孰爲公居竹水之寰孰爲公園正據湖山公出公休八子侍側仕者太半同時共籍其聲顯揚其習順慈篤石之風百世相差有後如斯世誰能及而況公年躋于八十或如公壽莫如公安履孥撫少其意栢栢拜公以晚見託以姻書猶在机訃已及門福禄之全在公奚憾念昔思來族親之慼吊廬在東

遠不及會泣叙斯文千里之外繾綣之情已於一酹

祭黄君文

嗚呼宋且百年號令萬里姦臣黜除尤者擯死巖材里秀驅駕而使盍君之生有時如此當世之官有微有盛盛者廟堂斟酌王命千隷百司進趍退聽出長四方王斧金乘邦侯衆將傳牒而令微者紛紛或陪或正千品萬名各有操柄人皆敏手捷取能併君獨於求以死終病同時之人勤營善蓄萬籯儲金萬襲藏玉遺餘野積不能匱櫝君獨一身衣食常蹙兹非其命曷以至兹君不能自達可以無悲親戚念君能不

歔欷我之老姑歸君爲婦與君歷年顛沛同有今對
其墉窀匪我傷來閟來吊屢至其堂葬君南山冬氣
已冽薄醪時羞觴豆肅設侑以兹文與君一訣

元豐類藁卷第三十八

（宋）曾鞏 撰

元本元豐類稿

第五册

國家圖書館出版社

第五册目録

卷二十四　制誥擬詞

卷二十五　制誥擬詞

卷二十六　制誥擬詞

卷二十七　表

卷二十八　表

卷二十九　疏　劄子

卷三十　劄子

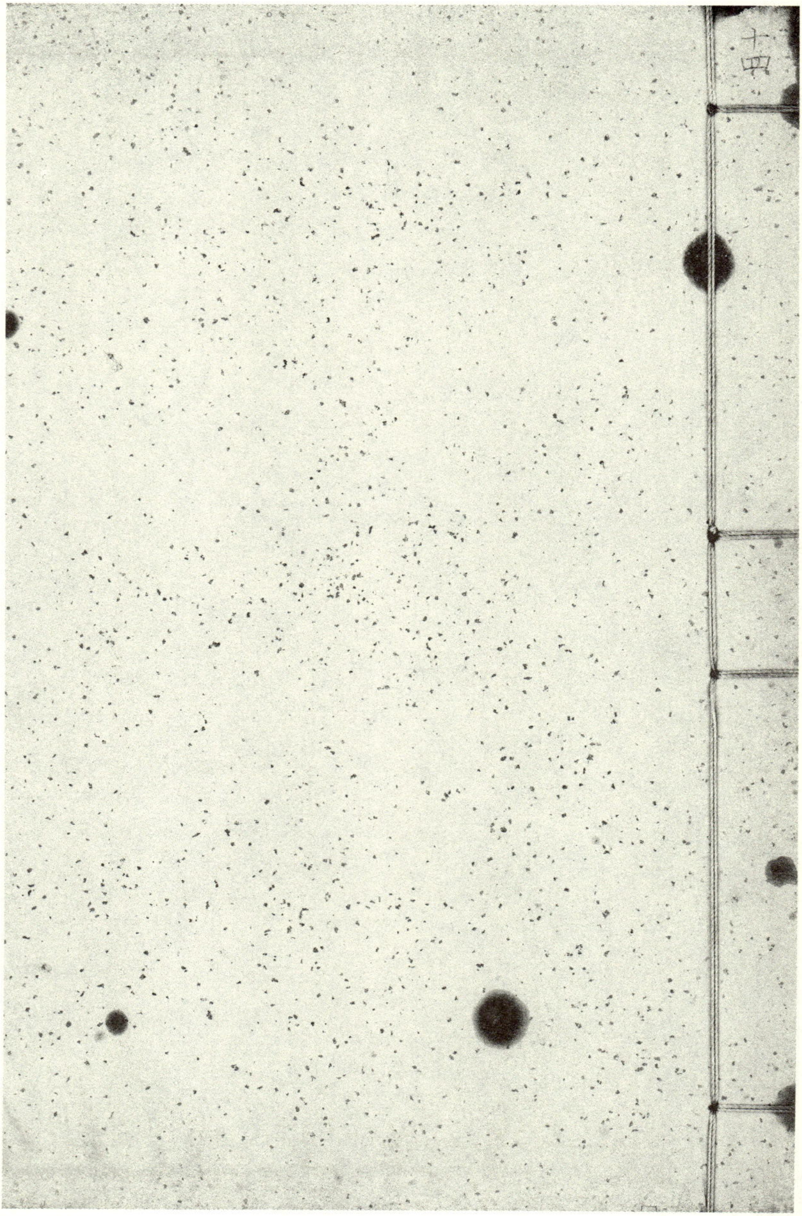
十四

元豐類藁卷第二十四

制誥擬詞

吏部尚書制

尚書政本而吏部天官所以考擇人材以成天下之務近世既失其職但受成事而已今朕既正官名且將歸其屬任立法之始推行在人其於程能議功定勳須爵當率厥屬謹循科條非得周材曷稱茲位具忠厚仁篤秉義守正列于侍從休有令名是用選而授之其務將明使朕所以作則垂憲不獨於今可行方當施之後世蓋汝有稱職之美則朕有知人之明

尚其懋哉無替厥服

吏部侍郎制

尚書本天下之務而吏部典掌選舉至於所屬之曹有行封爵議勲庸稽功課之事咸以咨焉近世以來職分於他司而位爲虛器令朕董正治官使歸其名分豈虛爲哉固將循之以求其實蓋明紀綱定制度以釐百工熈庶績此朕志也侍郎實貳其長非獨當修其官且將推明新制以行令而傳後則其選授豈不重哉某文學行義有聞於時列于從官獻納惟允是用命爾實首兹選其體予所以擇而使爾之意務

祗厥服使政舉法行稱朕之意惟爾亦永有稱於後
世可不勉歟

戶部尚書制

戶部之於中臺爲周官司徒之職掌財賦之調度金穀之出入以待邦國之用歷唐五代征歛煩興而使名雜出地官之職蓋存虛號而已今朕正名以定羣臣之位辨位以責庶務之實尚書政本典領經費之司所屬尤重博求天下之士以宜其官其誠篤強敏智慮精密董煩治劇材力有餘民曹上卿無以易汝理財之術待汝有爲今歲入甚廣而歲費所餘者無

庶幾使官用有節而餘畜可致公藏贍足而民賦可輕在爾能知其方庶幾承朕之志尚懋爾守以承厥叙

戶部侍郎制

田疇生齒之籍穀帛貨泉之計下以制民之產上以經國之用地官之貳實參總焉朕方因能以用人正名以授職俾服予事必惟其材某頃以通敏之姿久更要劇之任徃副民部孰如汝宜夫知農之艱難而有以勸助視財之豐匱而有以均節使公藏贍足而私蓄羨盈朕將觀爾之能爾其無懈于位

禮部尚書制

昔舜命伯夷典禮后夔典樂至周并爲宗伯之官今禮部尚書蓋其任也威儀度數之詳聲音律呂之別莫不屬焉精微之至所以統和天人順遂萬物其體可謂大矣矧今典領實又考擇天下之材夫能無曠其官以充吾所以寄屬之意歷選在位今得其人某明允直清知經信道制作之事舊惟討論春官古卿是用授汝朕承百王之敝方欲作則垂憲以成一代之典使五禮之節同於天地八音之和格於祖考天下智謀材諝之士得而用之待汝能稱其官庶幾輔予于治無懈于位以副朕知

禮部侍郎制

夫禮之節文樂之和聲所以成三材而育萬物典掌之任秩亞春官朕方考正百工之名而大修法度之政其於寄屬必惟其人某材出士倫學通經術宗伯之貳爾往欽哉其思先王制作之方而務知治民易俗之要其於理體非在於鍾鼓玉帛而已尚稱厥職以副予作則垂憲之心可

兵部尚書制

中臺政事所出兵部司馬之任所以典總師徒揚國威武至於按圖辨地駕乘庫兵司存之事莫不咨焉

令朕考古以正官儀將使處其名者必效其實由是以推朕之志明紀綱成法度焉八座之貴夫豈輕以屬人其明達事幾好謀能斷列于侍從忠益居多夏官古卿是用顯授朕患今之兵不與農合故因保伍之法修閱試之令庶夫使民知兵近於古義夫究宣朕意使吏能奉承而民皆嚮勸以共武之服時謂稱職可不勉歟

兵部侍郎制

夫兵天下之備誰能去之自士不出於井地而將非六事之人歷世以來皆知古之宜復而患夫勢之難

行朕獨慨然有志於是故修保伍之令明戰陣之教
先王之跡庶或可幾經營之勤心亦至矣惟是夏卿
之亞實參典領之司方正官儀尤慎推擇其材敏忠
篤明習治體圻父之貳往惟汝諧夫能奬誘務農之
民悅趨講武之政馴致有漸而彌綸不踈惟無廢爾
之勤可以輔朕之志尚思自勉以服訓詞

刑部尚書制

昔舜命皋陶曰汝作士明于五刑以弼五教蓋刑者
所以助治而非致治之本也其縱入輕重得失之際
人之舒慘繫焉此古之聖王所以未有不先慎罰也

今朕悉心以正庶官之任而中臺八座典司邦禁選用之體得人惟艱其明允通博資以術學服采于位厥聲顯聞秋官古卿是用命汝蓋前世之治斷雕爲樸破觚爲圜而憲網踈風俗美朕甚慕焉爾尚體朕之心折民以恕使辯訟自息而王政寖明可不勉歟以輔台德

刑部侍郎制

刑者所以禁人爲非而聖人（一作王）之所尤愼中臺總領之任秩貳秋官之崇朕方正名以稽羣吏之治而大修制度之文必惟其人俾服子采其慈恕忠篤明

習法令參執邦典莫如汝宜夫能使民無冤亦已善矣推之可以至於使民無訟爾尚勉哉以承予綱紀四方之志

工部尚書制

昔舜咨于衆疇若予工羣臣薦垂往祗厥序蓋繕修興造程衆藝飭五材國家之務不可以不屬之其人令中臺起曹實踐其任矧屯田虞衡平水之職莫不隷焉正名之初其選尤重其材力強敏周于計畫吏閱内外時稱汝能俾服冬官蔽自朕志夫詳明品式以訓匠建事使費省於國力寬於人至於甃地山林

溝洫之政莫不畢舉皆汝守也其尚懋哉以率厥屬

工部侍郎制

夫飭五材程匠事國家之務所不可已也故共工之貳任屬非輕朕乃若稽舊章財正官號思得智能之士以副采擇之詳其開達敏強明習典故冬官寵列俾介厥司考究制度之文紀綱修繕之政在爾能舉其職以稱吾經理萬事之心其尚懋哉往祗厥服

禮部制

朕正羣司之名而責其實歸天下之務而本之尚書故郎選甚高維春官之屬禮樂所出宜得智謀材諝

之士以修厥官其業覆望實見於世用考擇於衆莫
如汝諧其尚體子董正治官之意於夫創制之初明
紀綱興曠廢惟知其要乃能圖其詳其惟悉心以祗
厥服

主客制

朕甚重郎吏之選欲以斂羣材責功實典客之任列
於右曹維時門人宜服茲寵國家之有賞典所以待
汝有為

膳部制

牲豆酒膳辨其儀數而修其政春官之屬郎秩甚寵

詢求材實爾允僉言尚思欽承以稱推擇

駕部制

輿馬輦乘之奉郵驛園牧之治中臺要務主以郎曹敷求得人俾任吾事夫駉之頌養馬之詩也蓋其大旨曰思無邪然則爲政之方斯可知矣能識於是夫何遠哉

庫部制

甲冑弓矢之器乘輿鹵簿之式武藏之任郎選甚高得士於朝屬任惟允夫稽功實以勸賞朕方必行悉忠力於事爲爾尚無懈

都官制

係累春饑之人恤其廩給而申其詐競主以郎吏國之舊章爾惟惠慈宜蒞厥職尚思奮勵以稱柬求

比部制

內外經費之事總於句考之司郎實主之位重省闥爾惟明敏宜能厥官惟時懋哉以服予訓

司門制

門關筦鍵之事啓閉出入之節總其籍賦而審其禁令郎官之任爾允詢求尚敏勞能朕將考察

屯田制

率屯戍之兵服畎畝之事所以益邊省饋佐國裕民郎於中臺總其政令用爾之敏宜能厥官往服寵名無忘奮勵

虞部制

蒐田有時而澤梁有禁虞衡之守所以遂嘉生而參化育中臺典領咸屬汝材其思順鳥獸草木之宜以稱朕愛人及物之意

水部制

川瀆隄防宣其利而備其害四方萬里之遠郎實總領秩甚寵焉爾以周材朕用選授夫知水之不可以

障而導之使行此成法也推而見之於事待爾能稱其官

御史中丞制

御史府持吾邦法所以糾官邪繩不恪輔予于治非秉義純篤皇實敷于上下不稱其任其強毅肅括以禔其身博學精識通于世用是以考擇于衆寵以茲位夫有守正向公之志又有能辨是非之明抗論於朝使賢不肖忠邪不失其實此法之所以爲治具而能佐吾以善養人之意使汝能宜其官則朕爲得其所屬尚體余訓其惟懋哉

知制誥授中司制

典掌明命總持憲綱非博學有文強毅忠篤曷可以兼斯任哉其志行清夷材資敏達更踐內外試用惟允論思禁掖肅正朝端薇自朕知拔於不次惟明於體要可以見於訓辭惟公於是非可以施於刺督尚懋厥守方觀爾能

中司授太中大夫制

朕正名以定百官之位辨位以責庶務之實矧風憲之臣紀綱所屬曷可以不明其任哉其強敏開達一作仁篤學通古今擢典訓辭遂持邦法宜專分職以應新

書是用進爾之階品在第四俾爾納忠宣力得壹意於中司以董齊衆工肅正內外庶余之作則更制罔或不虔在爾懋哉知其所守

責御史制

中執法所以糾官邪繩不恪也其可以自爲欺且怠歟其拔於疏遠之中服在此位宜殫忠力以稱所蒙而按劾大臣旣非其實稽其分職則自徼爲朕爲之優容俾從薄責而進對之際公肆誕謾爲吏推窮獄辭明具論其情則懷詐比其治則瘝官夫身任紀綱之司而抵冒若此雖朕欲貸汝而如公議何斥守偏

州尚仍階品徃新厥志庶蓋前愆

御史遷郎官制

御史董攝綱紀肅正朝廷於政之有不當于理於臣之有不協于極皆得言之故吾甚重其選爾有列于此能勤厥職雖歲月未久而風望甚高今有司奏爾之課於法當遷吾不得留易之郎位使爾之自效能不擇官則吾於報功亦有異賞爾其勉哉無忘訓言

御史知雜制

臺無大夫中丞則御史之首當專決庶務實總邦憲朕選於衆然後屬之其人豈不重哉其敢茂直清通

于學問輟自右史往踐厥司夫振舉紀綱以闡明法度糾繩衮慝以肅正臣工朕方虚心志在於與人為善爾能苦口無患於不得其言其尚自強以允公論

監察御史制

御史持國紀綱所以糾官邪齊内外選擇而授厥惟艱哉爾好古知方強於自立剌察之任往其欽哉惟不回于爾心以無撓于余法在知所守可不勉歟

元豐類藁卷第二十四

元豐類藁卷第二十五

制誥擬詞

祕書監制

帝王之治必有圖籍之藏又擇當世聰明拔出之士聚於其間使得漸磨文學之益獎成其材以待國家之用故書省之設吾不計近功而要於廣畜儲所以厚其禮秩而艱於用人庶以明朕好古樂善之勤而勵學士大夫之行也其多識博聞操守純篤諸儒所尚令聞惟舊延處茲位蔽自朕知夫尊其所聞而行之不倦使輔於世教而其效可言非獨優游冊府而

已在爾自強以承朕志

著作郎制

麟臺著作之任郎以詞學爲之必惟其人爾以材選惟能明於理要乃見於文章其尚勉於厥修朕方觀汝之效

祕書郎制

祕藏四部之圖籍郎所守也職清秩美必也屬之其人爾以材稱俾服玆選尚惟敏於畜德朕方觀汝之能

正字制

是正文字之官實爲儒學之選宜體育材之意勉思
畜德之勤
殿中監制
分職殿内參侍左右監總六尚之官以供服御之事
位視九列禮秩甚優正名之初考擇惟慎其明習吏
治勞閥有聞選於在廷俾踐厥任往其祗飭無忘訓
詞
殿中丞制
丞於殿内參總六尚之官而察其稽失出於公選首
以材升尚務欽承方觀汝效

太常丞制

丞於奉常參總禮樂之事祠祀之儀惟學古知方乃能不失其守尚務祇飭以服官箴

衛尉卿制

典領宿衛之官地親責重位在九列禮秩其隆考擇其人屬任惟慎其忠篤謹信濟以材敏周廬屯候之士武庫弓鎧之器徃顓總治僉曰汝諧其尚懋哉以祇朕命

太僕卿制

書曰僕臣正厥后克正蓋親近左右有輔導之義矧

車府廏馬牧監之政莫不咨焉非得其人曷稱厥位其材質敏明乂更器使司馭之選汝惟克諧其祗厥官以服朕命

大理卿制

折獄詳刑之事朕所重也典領之官位在九列正名之始選用非輕其明習吏治通於法令廷尉之任僉曰汝諧往其欽哉以率厥屬少云參典之官位茲九列

國子祭酒司業制

學校之法雖使之通經術治文字然要其大致則在於明上之教以導民養人之材以成俗故師氏之位

必惟其能其質性粹沖術業通博訓誨之任宜正寵名夫行其所知以先游學之士使風化之出自京師始待爾稱職可不懋哉

太學博士制

博士以文學爲官往者列於成均其秩未正朕登之朝序所以尊庠序之教而勵士大夫也爾以經行選用往服厥官蓋尊其所聞以誘率學者汝之守也惟是懋哉

少府監制

百工伎巧之事展采備物之政典領之任位視列卿

正名之初考擇惟慎其明習吏治勞閱有聞選於僉言俾踐厥職尚其祗飭以服訓詞

軍器監制

繕治戎械訓工程作之任置監典領禮秩甚隆正名之初考擇惟慎其明習吏事勞閱有聞選於在廷俾踐厥位尚其祗飭以服訓詞

大宗正丞制

司宗之於國族門内之治也然合遠近之屬而齊之有不得專於愛者其於斟酌緩急恩義之際信難處哉故其屬有丞以參聽其事而交修其官考擇爾能

俾在兹選夫親九族以刑萬邦此有國之先務也其體朕心徃從而長服兹辭訓以欽厥司

諸丞制

丞於有司參其政事而察其稽失以材選授尚懋爾勤

知開封府制

開封府朕建國焉天下所並湊衆大而俗雜尹正之寄非仁篤公勇材任煩劇不能稱其職今朕修定官儀正其名號固將考求其實使效見於事則用人之際豈輕也哉其爽邁開達練習治體閲試惟舊功用

顯白勴以兹任莫如汝諧夫慈惠足以眗養惸弱剛嚴足以帖伏姦強然導民之方尚有可識使四方有以觀則而朕有以仰成在汝勉哉以稱朕命

開府儀同三司制

開府之於榮名重矣矧優其禮命視于三事故其品爲第一所以隆崇大臣古今之通制也朕順于舊典考正官儀惟是首於文階是用制其祿入秩莫厚焉非時宗工夫豈虛授其材資禁異識慮閎深莊重足以鎮浮精明足以成務熈帝之載有賛元經體之庸提將之符有折衝綏遠之效令百揆攸叙方內靖嘉

時乃之功助朕致此是用峻其名秩申此寵章夫褒有功顯有德朕於尊奬近輔之心可謂至矣親百姓撫四夷爾於將順朕志之義可不懋哉尚體至懷往承厥叙

開封府獄空轉官制

京師天下之聚俗雜五方之民至於智或侵愚強或淩弱巧僞滋出獄訟繁興統理之難爲日已久其明敏開達曉習吏事輟自禁近屬之尹正以公於奉上之志絕阿以附下之私摘發姦欺動而必中彈治豪右勇於敢爲使縲紲無非罪之嗟囹圄有空虛之效

求之近歲罕能及此聞于朕聽時惟汝嘉夫賞所以褒善而勸衆也進官一等疇爾之庸其尚懋哉以永來譽

樞密遷官加殿學士知州制

典國樞要之臣協相帷幄之謀彌綸疆場之事夙夜不懈風力施於省決精明用於思慮葢勤且煩如是而歷時且久豈朕優禮耆舊之意歟某忠嘉惠和德操惟邵先帝所遺以輔朕躬當國本兵庶言惟允而屢辭幾政每請彌確志不可易朕所重違是用改進文階延升祕殿乃眷東夏處以近藩衍食眞封併嘉

寵數朕於隆崇近輔時其勞逸使得自擇出入之宜可以爲有恩矣爾於迺心王室罔以內外無忘益勵始終之節其可以不勉哉

侍讀制

蓋用儒學之臣入閤侍讀所以考質疑義非專誦習而已其列於分職始自開元而朕尤意嚮之其博通今古服在從官茲選甚高屬爾惟允朕以未聞於史者究觀前世之變而至夫理亂興壞之際未嘗不反復焉其悉所知以輔朕志是爲爾守其往欽哉

殿前都指揮使制

朕擇材勇之士備宮屯之兵以宿衛京師塡拊方夏置帥殿陛屬之董齊非强毅忠勞閱試惟舊不在兹選豈非重歟其篤實沉雄明於策慮護邊制敵身有顯庸兹用命爾就列大廷典綏王旅建旄立纛爲國藩翰爰田眞食並錫寵恩夫兵有擊刺射馭之能有坐作進退之法教習可以程其技節制可以閑其侮然能使之合心一力則在知所以附之能使之取威決勝則在知所以用之審如是焉厥惟艱矣蓋熟之於易所以圖其難得之於素所以應其變非造形而後定計非合戰而後屈人故師飽於逸而朝廷尊焉

肥於休而夷狄叙惟予之武以無敵於四方則爾之良亦有聞於來世往遵辭訓以服厥官

使相制

在昔大雅所歌成周之盛吕侯申伯並爲國藩休父太師實將王旅出入踐更之雖異中外屛毗而則均時予宗臣分保近服蓋循斯義以告在廷某精慮造微翹材絶衆崇論閎議富于文辭强識博聞飽於術學繇禁林之獻納任廊廟之弼諧浸更歲時休有勞烈而屢形懇請願避煩幾雖敦譬之甚勤顧壯懷之難奪是用錫之土宇寵以節旄視宰路之等威益爰

田之恩數往釐東夏外倡庶邦予有式羣辟之典彝
爾其底迪予有覃四方之德澤爾其布宣以夾輔於
本朝以阜康於生齒配于前哲屬在老成其代天工
矧乂聞於大政迺心王室尚思告於嘉猷

節度使制

有地千里治兵與民內衛京師外拊疆場非文武器
幹望臨一時朕所寵嘉不在茲選某溫良能斷沉靖
善謀直道著於當官周材見於經務承流宣化著政
有聞綏遠折衝壯猷彌顯是用錫之土宇授以節旄
生齒寔繁屬爾以安輯師屯甚衆諉爾以訓齊以作

朕股肱之良以爲國藩宣（一作輔）之重無忘忠力庶訖外庸惟亮天功待汝守四方之效無輕民事副予安百姓之心尚體眷懷豈煩多訓

節度加宣徽制

維昔牧伯長帥之官有土與民共于外服所以爲國藩輔令方鎮之任連數十城之地籍兵與衆而授之建旄立纛殿于大邦以作衞王室亦惟用稽于古非文武之特才擅一時孰能稱兹選哉厥有顯庸宜加寵命迺揚孚號以告庶位其莊毅足以任重肅括足以禔身有能斷大事之明有克勤小物之慎考于僉

議付以成師宣化承流實裨治體折衝綏遠克暢武
經故能紓朕之憂副人之望夫德茂者其賞異功隆
者其報殊是疇其底績之勤錫以宣猷之號揆于常
典非朕爾私蓋位重者其憂深祿富者其責厚名數
禮秩朕既無忘爾之勞功實事爲爾尚協朕之志矧
夫塡臨塞路總領兵防班籍聯于輔臣謀畫參于國
論其思勉勵以副眷懷

軍帥制

爪牙之臣典領周衛非特強主威以鎮內外也蓋禮
彌盛者備彌飾上下之節然也則任吾事者豈可以

非其人哉某沉勇忠實勞閲有聞敵自朕心俾共厥服仍遷位等其尚欽承

將軍制

朕有連營列校之衆以宿衛京師鎮撫諸夏能使士齊而奮其惟統督之臣求之在廷其選甚重某忠勇仁厚將以智謀使治吾軍必能副朕所屬今閲士之藝朕皆親臨拔其異能而汰其疲軟其於撫循訓勵之方可謂至矣爾於典領惟公賞罰可以服其心惟篤恩信可以致其力使處則有以養朕之威出則有以揚朕之武待爾任職稱朕意焉

都虞候制

士之以材武宿衛左右者其選甚精而虞侯視於軍中者其任甚寵某忠勇有勞（一作勞閥 一作勞實）、宜在此位進遷使號其往欽承

都知制

門闌旁闥之間朝夕給事非謹信忠篤烏可以處斯任哉某服勞左右閱歲已深淑慎厥躬朕所考察俾率厥屬往惟汝宜其思永于厥修尚終綏于榮祿

內臣制

給事長秋服勤惟舊今其老矣思就便安錄爾之勞

宜進位等尚恩祗服以稱朕恩

責帥制

朕拊士於閑暇之時蓋將責其效也至於臨敵逋亡朕雖假之以恩而將帥之臣則當濟之以肅使紀律章明然後威可厲而士可用也爾握兵之要宜知其職而潰卒之入煦煦受之勞問餉給如勞歸師使夫三軍之衆將何視焉有苟簡姑息之心無守正奉公之誼閫外之事朕孰賴哉議罪正刑有國之典奪其近職處以偏州尚自省循茲爲薄責

監司制

分部而使連數十城事之與奪吏之絀陟係焉古方伯之任也其選甚重固無假人爾修潔純明治行強敏刺督之寄往共厥服夫能使政舉刑清和樂交於上下人足家給富饒洽於公私皆汝守也可不念哉

廣西轉運制

自既開百粵而地盡南海提封萬里莫不內屬本朝之制始分桂林以爲西部非獨鎮撫吾民亦以綏馭山居谷聚並海之蠻夷故將命而使其選常重爾嘗試而可是用任屬夫柔遠則能邇其務宣布上恩輯寧異土無失朕指往欽厥司

蜀轉運判官制

西南之地延袤數千里外臨殊俗内雜谿谷諸蠻列州成縣以保安吾民境大人衆故蜀部爲四而利居其一最遠且險參於使事其選甚高求 於在廷是用屬爾夫保民以仁而懷遠以德兹朕所嚮其往欽哉

轉運使制

國家歲漕東南之粟以實京師故命使 部之臣推擇能吏使庀材具舟以濟其役爾應其選 歲課甚優是用遷秩京司以爲爾寵朕於臣下之勤 勞雖微且遠無所遺矣則爾之自效可不勉哉

陝西轉運使制

分部而使兼地數千里治兵與民與夫征賦之出入自陝以右（一作西）則又與與疆場之事其於寄屬必惟其人察于在廷無以易爾夫使督課明而政事舉經畫當而財用足吏與士皆悅而勸兵與民皆贍而靖爾之任也其尚起哉

提舉常平制一

朕閔農之不易故擇材諝之臣分部四出以平其政令而佐其衣食之業爾以能聞當是任屬其務知朕之意在於惠民往慎厥司慰彼黎庶

提舉常平制二

朕憫夫農之艱且勤故詳爲勸助之政又擇能吏分部四出使推而行之爾以材聞預在兹選其思宣布朕恩使敦本業之民安其田里而足於衣食則爾爲能稱其職可不勉歟

元豐類藁卷第二十五

元豐類藁卷第二十六

制誥擬詞

知州制

昔先王之法導民以德齊之以禮而有恥且格後世不及然破觚以爲圜斲雕以爲樸禁罔疏闊而吏治蒸蒸不至於姦猶爲近古朕甚慕之令能與吾共成此理者其惟循良之吏乎以爾爲能與在茲選使刑罰清而風俗美爾能善於其職則明考察而公賞勸朕豈貳於必行其尚自彊方觀爾效

知河陽制

盟津冀豫之域背河向洛成皐之閒天下之重地也山川之固爲國屏翰分土而治非文武之特曷可以當選授哉某以材進拔閲試已孚俾仍近班往祗厥服有生齒之衆屬爾撫和有連營之師待爾綏輯尚茂循良之效庶寬西顧之憂

知軍制

開建城壁本以輯治軍旅今四方既平而假守之臣實任民事列於有土之官矧朔北並邊寄屬尤慎爾以選擇往祗朕命夫能宣布恩威以拊循吾人而懷附異俗則爲善於其職尚思爾守（一作效）無替訓辭

通判制

州有治中以佽助其長綱紀衆務舊矣今列城之守皆有貳焉蓋亦其任也爾以考擇往祗厥叙尚思稱職以報朕恩

罷館職加官制

夫爲官擇人處其名者必任其事而儒館之設有位號而無分職使學士大夫將何以效其實歟是用命爾進階一等而罷其虛稱其有異能朕將明試以功庶爾之材得施於用以成朕招俊乂康庶位之意焉其尚懋哉

賞功制一

王師西討爾能奮力行陣斬獻首馘稽諸賞典宜進官榮爾尚勉哉益圖來效

賞功制二

擐甲執兵人之重任賞信而速所以勸功爾爰整我師徂征西土大殲醜類來獻厥俘圖爾之勞進階一等尚思奮勵以佇異恩

團練使駙馬都尉制

大長公主吾姑也位號禮服褒崇光大國有彝章蓋其下嫁必得勳閥之門良能之士然後可以成先帝

愛育之仁而稱朕隆崇之誼其貴舊家子內外行完
是用選見于廷命之進尚團兵重任倅馬美名兼而
授之蓋稽故事夫恭儉靖慎可以保令問而綏寵禄
茲惟朕訓汝尚勉哉

磨勘轉官制一

吏之在其位者積歲月之勤應有司之格必有甄進
以明勸奬此國家之典也令序爾之勞遷位一等往
思祗服以稱朕恩

磨勘轉官制二

朕謹名分正官守以董齊百工至其有試用之勞無

踐履之玷則皆稽其歲月法有甄進所以使吾勤事

之吏知所勸也令有司比爾之課應於遷格宜升階

品以允新書其服朕恩往思來效

軍功制一

惟羌獫惡世盜西疆理將殄除內自生變致天之伐

非朕敢私爾躬提偏師摧陷醜類震動河外宣

一作

函

明國威破竹之功成在旦夕賞不逾月朕尚遲之用

遷爾官以勵衆士能殲大憝當有異恩

軍功制二

河外之地我之舊服羌能靖縱則以畀之今其將亡

自相戕害爰命討伐蓋將天威冥沉勇有謀提兵以
出獻俘斬馘屢奏厥功擢進使名以昭信賞能殲首
惡尚有異恩

軍功制三

朕惟羌之猖狂内相賊殺致天之伐爰命六師止除
罪人復吾故地而巳爾握兵而出屢以捷聞蓋夫軍
賞之行速則衆勸是用進爾之秩以激士心尚有不
次之恩以待凱還之喜

新及第授官制

朕立學以養天下之材設科以進其造秀之士其於

教導推擇欲成美俗於四方得羣能於庶位者可謂盡其意矣爾以經行文學選自朕躬命以一官將觀汝效往祗厥叙思稱朕恩

責將制

汝始以微功進朕不次用汝而屬之守邊乃冒吾法出蠻夷之中發人採金無出入之籍有侵盜之形朕惟不欲數使遠人煩於追逮繫獄也寧失汝罪不究窮之

堂後官轉官制

吾調兵于外而號令節制之繇中出者汝以宰屬與

於治文書赴期會能辦吾事進秩一等以獎爾勞尚思恪勤無墜厥守

詔

勸學詔

朕惟先王興庠序以風四方所以使學士大夫明其心也夫心無蔽故施之於已則身治而家齊推之於人則官修而政舉其流及遠則化民成俗常必繇之古之所以長人材厚人倫者本是而已朕甚慕之故設學校重學官之選而厚其禄凡欲以誘誨學者庶幾于古也而在位者無任職之心承業者無慕善之

志至於師生相冒挾賂爲姦嚚訟囂然駭于衆聽而况欲倡率訓導洽于禮義磨礱陶冶積於人心使方聞修潔之士充於朝廷孝悌忠篤之風行於鄉邑其可得乎朕甚憫焉故更制博士二而講求所以訓厲之方定著於令以爲學制子樂育天下之才而庶幾先王之治者可謂至矣自今有敦行誼謹名節肅政教出入無悖明于經術者有司其以次升之使聞于朕將考擇而用之以勸于爾衆士有偷懦怠惰不循于教學不通明者博士吾所屬也其申之以誘導使其能有易於志而卒歸於善固吾之所受也子旣明立

學之教具爲科條其於學者有獎進退黜之格以昭勸戒至於學官其能明於教率而詳於考察有得人之稱則待以信賞若訓授無方而取舍失實亦將論其罰焉明以告爾朕言不欺尚其懋哉無詒爾悔

勸農詔

夫農衣食之所由出也生民之業莫重焉一夫之力所耕百畝養生送死與夫出賦稅給公上者皆取具焉不幸水旱螟螣之菑往往而有可謂勞且艱矣從政者知其如此故不違其時不奪其力以使之明時之因析以授之差地之腴瘠以勴之春省耕秋省斂

以助之詩曰饁彼南畝田畯至喜言上所以勞之也
又曰駿發爾私終三十里言上所以勸之也其奬厲
成就之者如此朕自承天序內重司農之官外遣劭
農之使爲之弛力役均地征修水利或一雨愆期則
憂見於色或一穀不成則爲加惻怛有復除之科有
賑恤之令夙夜孜孜焦心勞思者凡以爲農也今耕
者衆矣而尚有未勉墾田廣矣而尚有未闢豈拊循
勸率有所未備歟抑吏怠而忽不能宣究歟有司其
於農桑之務益思所以除害興利詔令已具者無或
壅閼所未盡者勿憚以聞要使緣南畝之民舉欣欣

然樂職安業洽於富足稱朕意焉

正長各舉屬官誥

蓋聞堯之治曰百姓昭明舜之治曰四門穆穆然則當是之時在位皆君子其是非不惑可知也故堯欲釐百工舜欲熙帝載求可任者皆訪諸四岳因四岳以命禹又因禹以命稷契皋陶因羣臣之僉曰以命垂益伯夷因伯夷以命夔龍其審官用賢不自任其聰明而稽之于衆如此然存於書二帝所命者羲和九官十二牧皆官之正長也至於屬官則未有二帝嘗命之者其遺法之可考則周穆王命伯景爲太僕

正戒之曰愼簡乃僚無以巧言令色便辟側媚其惟
吉士則自擇其官之屬者官之正長之事此先王之
成法也漢魏以來公府郡國亦皆自辟其屬而唐陸
贄請使臺省長官自擇僚屬蓋上下之體相承如此
以周天下之務此古今之通理也今朕董正治官始
自三省至于百工皆正其名夫使在位皆君子而是
非不惑此朕素所以厲士大夫也故凡官之長貳朕
既考擇而任之尚書政本也自郎巳下用吏甚衆其
令僕射左右丞尚書侍郎各於其所部負有未備皆
舉二人以聞朕將擇而用之其未用者亦識其名以

待用朕稽于古以正百官稽于衆以求天下之士其勤可謂至矣惟官之長貳之臣皆朕所屬以共成天下之治其尚體朕意所舉惟公以應朕之求所陳惟實以嚴朕之詔其得材失士有司其各以等差具爲賞罰之格朕將舉而行之賞吾不恪罰亦無捨非獨搜揚幽滯庶幾爲官得人亦將以觀吾大臣之能使朕得與衆士大夫合志同心以進天下之材作則垂法行之于今以詒後世追于先王之成憲無令唐虞有周專美于古不其美歟咨爾庶位其諭朕意（一作懷）

賜高麗詔

蓋聞昔在夏后分天下為五服地有遠近故治有詳略而聲教之盛東漸于海朕甚慕之顧德不明何以逺此而爾東國之君欵誠内附數遣使者乘不測之川獻其方貢惟爾之義朕實寵嘉宜有異恩以稱勤恪而爾比縁養痾以醫為請眷然東顧朕預憂之是用擇遣方技之官具舟以往爾惠彼一方神明相祚藥劑所補以時康寧逹于予聞欣慶方屬而遽馳僚從來致謝章覽以慰懷奬歎良厚爾乃自祖以來保乂彼土其尚頤精神強飲食格于眉壽以均福于有衆使爾有世濟其美之功而朕預聲教及遠之休其

始自今永孚于好

策

擬代廷試進士策問三首

策問一

朕有志於卑漢唐之治而欲比跡於唐虞三代之盛故於書無所不學而通其意於天下之事無所不講而極其本末於人之材長養成就之者甚厚求而用之者甚至於民之務憂勤思念者甚詳撫而綏之者甚力患風俗之敝也正已以先百姓而明於教示患政理之陋也稽古以定制度而謹於持循欲斥大疆

土也勞於經武欲懷附夷狄也廣於推恩人之所欲
者不敢違人之所惡者不敢強賞不敢以喜而濫刑
不敢以怒而滛羣臣之進對者夕請而朝見之四方
之奏事者旦入而暮報之未嘗有聲色之娛未嘗有
畋遊之好不營宮室不崇苑囿衣服飲食取具而已
兢兢業業不敢暇逸日慎一日十有六年于茲矣惟
先聖王之烈雖自視欿然察其用心如朕者亦可以
無憾矣然古之大有爲之君必有大效於天下至於
小能小善亦各有小補焉奚獨至於朕也意彌篤而
功未見於人行彌勵而德未見於世豈所謂是者非

歟所謂能者否歟抑所行者爲可止歟所舍者爲可用歟將在位者奉承法令苟爲空文而不務究宣朕意歟意者今去古遠先王之政不可以復歟凡朕之所爲繇前者其失安在宜於今者先後施設其要如何唐虞三代之所以成功德者孰近於今可推而行之漢唐之卑者孰存於今可革而去之其悉心以對朕將自擇

策問二

夫有二南之化則有羔羊之大夫兎罝之士漢廣之女其成人之材則見於思齊其成物之性則見於行

葦蓋王者之治繇近及遠其效如此何其風俗美而流澤深也今朕躬禮義以先天下恐其未諭也崇庠序以導之縻一作靡爵賞以勸之患其未從也以政率之以威董之可謂盡心矣然朝廷之臣未能有素絲之節正直之行中林之士未能有慎獨之心女子之誼未能有翹翹之絕況於有德有造成人之材牛羊勿踐遂物之性可望其髣髴乎朕於士民僃精刻一作克意以待其善而天下靡靡便文苟偷而已何其習之難變也夫先王之敎其本豈易於身先之其具豈易於崇庠序縻爵賞修政刑以將之與今之所務者

同也然以今方古違從之效異何也豈今之所知者不明所尚者不審歟抑人散久矣不可以復化歟子大夫待問于廷其以經對

策問三

朕獲承祖考懼德不明故小大之事躬親省決以夜繼日不敢自暇而政未加善側身踐行兢兢業業不敢自逸爲天下先而俗未加厚崇庠序之化信賞罰之法以開導而士未加勸憫農惠商補其乏闕除其疾苦以勸助而民未加富礪器械教士卒所以經營之者甚具而武事未立也定制度正官號所以彌綸

之者至備而文治未洽也至於百工未昭彝倫未敘四民未盡得其職萬物未盡遂其性中國之勢或詘於夷狄九州之地未一於舊服是一皆戾古豈朕之不敏所知者非其要所繇者失其統歟抑羣臣之在事者不稱其任不能輔朕歟將乖繆之習乆更革損益之始其功難見歟朕之待物者未嘗不以誠而下之應上者皆文具而已是何故也意朕之所爲與古之所以致治者無異而其效之不同何也二帝三王秦漢以來迄于唐及五代雖功德有間然其所以治且昌與夫所以衰亂失之者其跡可考其原必有在

方其治且昌也所繇之路本末先後其一致歟抑有殊也其衰亂失之也浸漸積累所以致之一揆而已邪抑不然也知古今明治亂子大夫之職也其具著于篇朕將親覽

元豐類藁卷第二十六

十五

元豐類藁卷第二十七

表上

謝中書舍人表

伏承制命授臣試中書舍人者甫上程篇遽塵寵任載惟遭遇倍集兢懃 中謝 蓋聖君難諭之情將欲施於號令得當世能言之士然後達於文辭昭令綱理四方彌綸庶政肇惟新之王度備久簡之官儀計謀常越於拘攣注錯舉爲於希闊豈伊凡庶可測高深方當覺悟邇遐使徧知於上意訓齊內外用丕變於羣心尤資演暢之材曲盡丁寧之旨布爲邦典茲謂

人文顔在臣愚豈堪此選伏況皇帝陛下超逾千載
特起一時躬堯帝之聰明而不忘講學集成湯之勇
智而無勸咨詢惟左右前後之臣有耳目腹心之寄
尤非淺識所可叨居如臣性實滯蒙器非廣博知自
強於名節恥陰附於貴權無因緣毫髮之扳援有積
累丘山之忌嫉晚逢睿聖獨賜收憐褒嘉特異於常
倫進用每從於中出猥以五朝之大典屬於一介之
孤生已愧鈇然將安稱此敢期誤寵仍寘近班敷導
訓辭懼空疎之難強追參諷議憂蹇淺之易窮於風
波流落之餘以蒲柳衰殘之質自循涯分爲副恩榮

雖日月之光何加於潤色而天地之德無待於論思
然臣素堅好古之誠粗識愛君之義旣抗顔而就列
敢怨已以懷私謹當尋繹舊聞用闡揚於名命激昂
懦志庶補助於謀猷仰荅主知誓殫臣節臣無任

齊州謝到任表

伏奉勑命就差知齊州軍州事已於今月十六日到
任上訖顧以諸生備玆煩使據非其所懼不克堪中
謝伏念臣素乏他長偶知好學議先王之制作嘗究
本原論夫子之文章頗探閫奥歷事聖君於三世與
游儒館者十年不知苟曲以取容但信朴愚而自守

比緣私計請貳外藩嗟疾病之餘生困米鹽之細務
方指期於蒲歲將垂翼於故棲遽此外遷處之劇郡
維般陽之列壤實季崱之遺區習詐而夸著流風於
在昔多盜與訟號難治於當今比試用於此邦必咨
求於強吏蓋因能而任官者不違其分則量力而受
位者得竭其材豈伊儒懦之資可副浩煩之用恐殫
精思無補毫分然而繇積累以冒恩實養成之有自
此蓋伏遇皇帝陛下智周萬物明照四方在疎遠汙
賤之中而察其所守無左右遊談之助而知其所長
故令覆露之仁及此滯蒙之質敢不無忘夙夜勉盡

疲駑行歸于周义自安於直道老當益壯誓無易於初心仰望闕庭臣無任

襄州到任表

伏奉勑命就差權知襄州已於今月二十七日到任上訖緣同氣之私恩陳便親之微志就更善郡得侍安輿中謝伏念臣素堅嚮學之心幸遇好文之主備名儒館十有三年然而三易外邦五回星歲比亦再過於雙闕未嘗一對於清光常存傾藿之誠雖知向日居有戴盆之勢何以望天而臣昨治濟南最爲煩劇野有羣行之盜里多武斷之豪馴致肅清始熄凶

殘之害自強柔懦頗殫竭蹷之勞今者獲就安閒少休疲鈍出觀美俗尤多漢廣之高入奉慈顏不憫汝墳之瘁茲為竊冒厥有端原此蓋伏遇皇帝陛下獎引士倫推崇世教小藝片言之善偏長一曲之材皆欲養成未嘗棄廢故令優佚俯及孤蒙敢不拊慰此民宣明上德永念沉碑之舊自顧何功未忘投博之勤庶幾小補臣無任

洪州謝到任表

伏承勑命就差臣權知洪州軍州事充江南西路兵馬都鈐轄已於今月二十四日到任上訖撫臨便郡

獲奉於親闈總制屬城寔兼於故里中謝伏念臣志雖擇善村不過人玩思詩書無出倫之異見遊心翰墨多涉俗之塵言竊食累朝備官儒館智非早悟曾不習於人情學匪兼通固難堪於世用兹緣私請得假善藩惟八換於歲朞已四臨於外服幸遇非常之主未奉燕閒實當難得之時獨無稱效儻獲伸於肝膈冀少益於毫分伏惟皇帝陛下恭儉愛人聰明好古卑漢唐之近事慕堯舜之遠圖臣敢不上體聖心勤修民政奉行寬大方盡瘁於兹時補助高深庶納忠於來日仰望旒扆臣無任

福州謝到任表

伏奉勑命授臣守本官直龍圖閣就差權知福州已於今月初九日到任上訖列職内朝分符督府荷收憐之俯及省孤陋以何堪中謝伏念臣蹇薄多艱蘊愚少與遇繼承於興運未進望於清光至於九換歲朞常從外徙四臨州部曾未代還茲者備延閣之美名假東甌之劇郡顧惟同氣亦預政藩但虞人品之輕莫稱主恩之厚然臣最爲寒族實奉偏親臣弟旣適於遐陬臣愚固難於遠役理當懇請輒用冒聞雖未賜於矜從亦終寬於譴黷顧識事君之義敢忘奔

命之恭惟皓首之慈闈抱累年之宿疹搴衣辭訣泣涕分馳訃音信之往來殆將萬里阻晨昏之定省各在一涯足感動於人情況親逢於孝治草茅弱質素依及物之仁犬馬微誠終冀因心之恕再念臣撫臨城邑勞問士民皆狎處於太學但遵行於明詔則臣實慚尸於稟食曷補報於寵靈皆出誤知致斯冒處伏惟皇帝陛下多能天縱盛德日新躬神聖之姿而兼容小善覆富貴之極而深達下情在於隱恤之心豈間么微之跡敢不誓殫勤瘁匪懈夙宵慰海徼之幽荒布德音之寬大承流寵寄方自効於驅馳反哺

愚情冀尚蒙於憫惻仰望撫哀臣不任

明州謝到任表

臣於去年十二月於江寧府准福州公文送到勑牒一道就差臣權知明州當月十八日於眞州據進奏官狀准中書孔目房帖子臣乞迎侍老母赴任不行已於今年正月二十五日到任上訖預於分土愧在假人竊自省循懼無報稱中謝伏惟皇帝陛下有聰明睿智固天縱之高姿有恭儉慈仁不世出之琦行上嘉堯舜之際下悼漢唐之間以超曠之迹爲可追以苟簡之治爲無取甚盛德之事敏於絶倫大有爲

之君審於在已所以更張庶政憂憫百姓之心至於
推廣大恩鎮撫四夷之略無忘夙夜匪懈斯須其志
之所存則有孔之卓其行之以力則有禹之勤若夫
甄序羣材蒐揚衆論偏（一作寸）長一曲之善半辭片説
之工遠自巖穴之幽深旁暨草萊之疎賤莫不從容
賜對以盡其情委曲因能以收其用可謂三代以後
特起之盛時千載以來幾希之嘉會而臣濫中臺之
優秩玷内閣之美名然而荏苒十年周流六郡當陛
下闢四門以延天下之士而臣未得一望於清光遇
陛下開數路以來天下之言而臣未得少陪於末議

蓋兹遠迹最謂多奇故雖抱於愚忠每自安於靜晦竊恃皇明之必照終期素蓄之獲伸昨者爰自江吳就更閩粵喈有畏塗之阻藐無將母之因賴上玄靈致寇攘之熄滅屬時休慶獲稼穡之豐登覩此蒙成且將滿歲輒露由衷之請果紆及遠之仁召自天涯還之闕下巳慰循陔之念更諧拱極之誠方攬轡以在行復分符而補外維鄞江之列壤寔浙右之名邦素號寬閑可容尸素尋敷陳於奏牘冀迎奉於輕輿紆是微情未回洪造巳宵行而祗命甫夕惕以當官眷是遐陬邇此昭旦來廷之國實爲出入之途表海

之城方始經營之緒仰荷選掄之寄敢忘策勵之勤矧皆禀於成規庶可圖於薄効再念臣比更遠守久去偏親出自推恩幸茲易地環走已臨於新部相望猶邇於舊封仰晞天日之光未親户牖俯計晨昏之戀尚隔庭闈眇是羇單了無黨助每益堅於己志獨有待於主知自効驅馳敢廢資忠之義庶依長育未遑致養之私傾葵藿之一心極蓬茅之丹懇論禱者在之死無渝仰望冕旒臣不任

亳州謝到任表

伏奉勅命就差權知亳州軍州事已於今月十六日

到任上訖比從閩粤中易句章益起堅城以強表海之勢閎開列舘以待來廷之賓皆承規畫之餘方始經營之緒程工省費俾無靡敝之材計力與庸俾無發召之役以至屬材能而董事分什伍以庀徒巳略具於科條可粗施於士吏身方督作匪懈於服勞法有避親遽蒙於易地竊陪京之寵寄申將母之微情輙冒恩榮何堪報稱中謝臣竊觀前籍所載千載以來大道鬱而未彰莫承千古王者蹟而不作無甚茲時在理可推久衰必復去五代八姓寖微之弊肇自宋興承一祖四宗丕顯之謨實在陛下蓋繇體粹精

之眷質執剛健之純誠運獨斷之明則天清水止昭
不殺之武則雷厲風行故能並起百工越凞庶績追
二帝三代之甚盛行兩漢有唐之所難使天地人神
莫不順叙雨暘寒燠罔或違時厥戴德者田耕井飲
之倫蓋游泳於遐邇之內其蒙澤者蟄潛嫗伏之類
無殰殈於胎卵之中寶鼎靈芝聲流於樂府來犇嘉
穀實牣於太倉至於武庫斂藏之兵羽林閱習之伎
匠盡其巧而工妙擅於一時士盡其材而精銳軼於
近代威靈所覆夷貊允懷是以扶桑戴斗之區度索
尋橦之國來於四海之外曾無一歲之虛蓋令不待

期而萬里奔走治非有跡而九域阜安可謂不世之
宏休難名之盛烈夫應之福者既極其厚則報其既
者必盡其隆方當秩盛禮大樂之文薦諸清廟采增
封廣禪之義類于名山於以較著日新拔出之顯庸
闡布天錫永昌之大業臣性姿固塞人品眇微獨於
輩流素嗜文學如得鏤諸金玉述陛下赫赫之功播
在筦絃紀陛下巍巍之德措之六藝而無愧告諸百
世而無疑庶幾不後古人可以昭示來者存於肺腑
積有歲時然臣籍雖預於內朝身屢更於外服已彫
零於齒髮久轉走於東南曾未得廁望塵於清蹕之

間參第頌於從官之後惟堅悃愊欲効毫分今者獲
便養於親闈預分憂於輔郡上體焦勞之意敢忘夙
夜之勤宣化承流方盡駑駘之力望雲就日但傾葵
藿之心注仰冕旒臣無任

賀熈寧四年明堂禮畢大赦表

今月十三日樞密院遞到赦書一道以宗祀明堂禮
畢大赦天下臣已即時集軍州官吏將校等宣布訖
伏以奉承聖考升配上天秩盛禮於法宮推大恩於
率土中賀 伏惟皇帝陛下有聰明好古之質有恭儉
愛人之誠兢畏萬機仔肩一德燔柴展報既昭告於

元功嚴父致隆又推明於極孝越成蠢事均布鴻休
草木昆虫皆令受賜華夏蠻貊莫不歸仁臣心係北
辰身縻東土永懷故事難求汶上之圖獨遠清塵方
嘆周南之滯想望旒扆臣無任

賀熈寧十年南郊禮畢大赦表

今月初七日遞到赦書一道以十一月二十七日南
郊禮畢大赦天下者臣已集軍府官吏將校軍民等
宣讀訖伏以人之所歸者莫如德天之所享者在於
誠其惟聖王克有全美中賀伏惟皇帝陛下聰明稽
古承繼祖宗慈惠愛人撫臨邦國有徧覆并容之大

度有防微慎獨之小心不從遊畋不近聲色無紛華盛麗之好無便僻側媚之私歲時吉蠲以承七廟左右順適以奉兩宮其功施於人効見於事則宅仁由義搢紳之徒成材於學校超距蹋鞠熊羆之旅養勇於營屯甌窶汙邪之收充於倉廩關通和鈞之利阜於市廛家有豫樂之聲人無愁怨之色協氣所召休應自殊鈎陳太微星緯咸若昆侖渤澥波濤不驚近則金石之聲（一作音）鳥獸忻蹈遠則干羽之舞蠻夷駿奔象〻幽旅於關廷龍媒納於閑廄是謂六府三事皆可以歌四海九州罔不率俾蓋巍巍而特起非瑣瑣

之能闕前世議泰山之封謀梁甫之禪者度崇比大
疇克登茲陛下抑而不圖謙以自牧以謂先后（一作王）
創業垂統其功莫得而名上帝隤祉發祥其德無可
以稱思所以報一本於心故寅畏嚴恭積之有素而
齋明薰祓進而益虔在於物者不取其煩盡諸巳者
必求其實是以蕭光之烈奏於宗祊柴燎之蒸焜於
郊兆幽隱昭荅神靈顧懷無疆惟休方寖昌於萬世
不敢專享故敷錫於羣元稽參典彝定著赦令弛張
從理同異稱情蠲罪眚而棄瑕疵録勞能而縱逋負
顯晦咸暨洪纖不遺萬國之懽旣交於沖漠一人之

慶遂及於蚑蟜乎于上下之間極乎帝王之盛臣被
學最舊蒙恩寖深莫侍甘泉之祠獨嘆周南之滯第
從臣之嘉頌未効薄材望屬車之清塵但馳遠思想
仰宸衮臣無任

賀元豐三年明堂禮畢大赦表

今月二十日樞密院遞到赦書一道以明堂禮畢大
赦天下者已即時集軍州官吏軍民宣讀訖竊以昊
天無聲之載人莫能名先帝罔極之恩物何以稱維
總章之正位秩宗祀之鴻儀可薦至誠用伸昭報中
賀伏惟皇帝陛下躬夙成之聖質而博古多聞經特

起之大猷而虛心廣覽振千齡之墜緒紹三代之遐蹤霈澤之所涵濡太和之所煦嫗華夏蠻貊無一夫不獲其宜草木蟲魚無一物不遂其性爰求祭典用告王功蓋諸儒之説爲不經則折衷於孔子而近世之事爲非古則取法於周公罷黜異端推明極孝以尊莫大於祖故郊於吉土以配天以本莫重於親故亶於合宫以配帝恩義兩得其當情文皆盡其詳徹俎云初均釐甚廣君哉皇矣實難偶之昌期巍乎煥焉信非常之盛禮臣幸逢熙洽未忝燕閒一違前蹕之音四遇親祠之慶青雲多士皆預橋門之聽觀黃

髮孤生獨歎周南之留滯仰望旒宸臣不任

賀克伏交阯表

伏覩進奏院報安南招討司已克伏交阯其首領李乾德具表乞降者螻蟻之微自投必死乾坤之大終許更生惟德及於幽遐實均慶於中外中賀伏惟皇帝陛下順稽古憲叙正民彝暨聲教於四方壹書文於萬國唶海隅之昧俗肆井底之狂謀聖恩所懷凶氣自失雕題交阯心服於威靈大賂南金歲遵於貢職允出止戈之武是稱無敵之仁臣遠守藩維獲聞捷奏永懷竊抃實倍常情臣伏恨職守所拘不獲稱

慶闕庭臣不任
慰慈聖光獻皇太后上仙表
今月二十日太皇太后遺誥奄棄宮闈者承問震驚
失容號慟臣某誠悲誠感頓首頓首伏以太皇太后
表儀三世德首於人倫保佑兩朝功存於王室遽違
孝養未究遐齡無間近踈實均欷慕伏惟皇帝陛下
痛貫宸極聖情難居臣伏恨方守印章不獲躬詣闕
庭臣無任
謝賜唐六典表
伏蒙聖慈賜臣唐六典一部者冒貢微誠敢徼寵賚

獲盈私望特出異恩中謝竊以繼正觀之造邦維開
元之稱治財成唐典本庶務於尚書則象周官綴舊
聞於經禮行之當世垂及方來伏遇皇帝陛下接五
聖之休期振千齡之絕業號令風采卑秦漢而不言
綱紀文章體唐虞而特起爰因廣覽俯逮遺編俾加
鏤板之傳賜及在廷之士顧最踈之庸下忘輙請之
妄逾猥荷并容預均蕃錫敢不自強衰退悉意闕尋
竊典故之緒餘少裨寡陋審官儀之委曲益勵疲駑
臣不任

元豐類藁卷第二十七

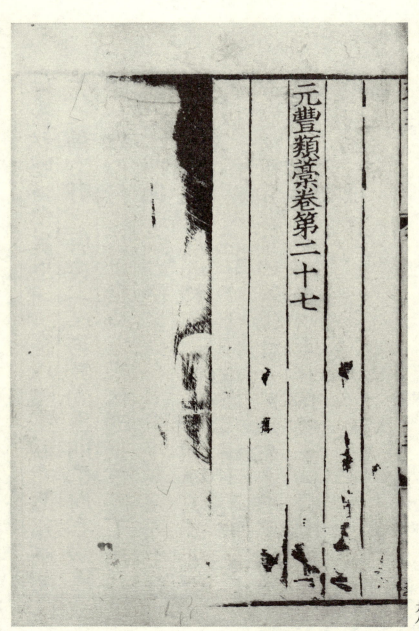

元豐類藳卷第二十八

表

謝熙寧五年曆日表

進奏院遞到宣頭一道伏蒙聖恩賜臣熙寧五年曆日一卷者竊以振舉舊章推明新曆欲謹天時之正俾諧人事之宜藐是孤生與均寵錫中謝伏惟皇帝陛下力行大道惇叙彝倫贊天地而平四時理陰陽而成萬物爰兹頒朔咸暨有邦臣敢不深究土風詳求氣序躬勸耕桑之業輔成坯治之仁仰望闕庭臣無任

謝熙寧六年曆日表

進奏院遞到宣頭一道熙寧六年曆日一卷賜臣收管者一與外符之寄再蒙班曆之恩久矣去朝幸茲拜賜 中謝 竊以天地陰陽之動不得違時蟲魚草木之生必皆有政故茲告朔宜布有邦伏惟皇帝陛下兢慎萬幾協諧五紀式謹王正之授俾知民事之常臣敢不動靜詳觀夙宵祗奉庶召和平之氣用裨化育之仁臣不任

謝熙寧七年曆日表

進奏院遞到宣頭一道賜臣熙寧七年曆日一本者

顧慚孤拙與被寵靈中謝竊以陶唐之定四時稽于曆象虞氏之齊七政審以璣衡蓋求於天道者能盡其宜則施於人事者不違其序伏惟皇帝陛下聰明好古仁厚愛民深原制作之方務協生成之理在於垂憲尤重頒正臣久去闕庭遠臨藩服惟竭遵承之力庶符欽順之心臣不任

謝熙寧八年曆日表

進奏院遞到宣一道賜臣熙寧八年曆日一本者竊以治曆于中所以察天時之運動班正于外所以一王度之推行舉是彝章施于有土中謝伏惟皇帝陛

下至仁不世盛德無名協五紀以遂羣生合二儀而
成萬化廼明告朔咸俾守藩臣敢不悉意究詳勵精
遵奉庶盡承流之効俾無作事之違仰望闕庭臣無
任

謝熈寧十年曆日表

進奏院遞到宣一道熈寧十年曆日一卷賜臣者竊
以推行歲時天道所以化育考正曆度人事所以財
成故頒朔之舊章爲守邦之先務伏惟皇帝陛下德
兼載燾仁及昆蟲體履中和叙九疇而開物欽明象
數齊七政以導民臣獲奉王正親承聖詔念闕廷之

方遠藐然江上之身感星晷之屢新尚嘆周南之滯

仰望旒扆臣不任

謝元豐元年曆日表

進奏院遞到宣一道賜臣元豐元年曆日一卷者一遠闕庭十移星曆顧彫零於齒髮無報補於毫分 中謝

伏惟皇帝陛下叙大禹之九疇齊有虞之七政陰陽寒暑罔不若時草木昆蟲舉皆遂性循用須正之典寵詒分土之官臣幸備守藩預聞告朔去親方遠已驚歲月之新許國雖堅更嘆功名之晚惟體在民之意廉裨及物之仁仰望冕旒臣不任

謝元豐三年曆日表

進奏院遞到宣一道賜臣元豐三年曆日一本者竊以修人事者必也正時明天道者在於治曆爰從頒布俾一奉承中謝 伏惟皇帝陛下則大居尊體元凝命成六府三事之叙合志於虞遂八政五紀之宜同方於禹是遵人統用謹王正獲以守邦預於受朔勸甸土耕桑之業方務承流采堯民作息之歌庶知戴德仰望旒扆臣不任

進奉熙寧八年同天節功德䟽表

伏遇皇帝同天節臣預於本州天慶觀鷲嶺興化禪

院大殿上建置道場一月日及設齋功德疏各一軸
金鍍銀軸頭紅羅複封全上祝皇帝聖壽者竊以績
禹撫期蓋自天而開迹生商肇祚實與世以爲歸故
預託於坏鎔皆永思於戴燾中賀伏惟皇帝陛下性
由仁義德備聖神維候紀於長嬴屬祥開於震夙是
敢致嚴道妙嚮意佛乘庶將不轉之心用獻無疆之
壽臣無任

英宗實録院謝賜御筵表

伏蒙聖慈以臣等編修英宗皇帝實録今月十四日
開局賜臣等御筵者方次舊聞已叨優禮省循非稱

慚負失容 中謝 伏以先帝功德之殊將傳後世儒者
文章之用正在此時猥以空疎誤當屬任甫磨鉛而
就職遽置醴以均恩寵異羣司幸踰素望此蓋伏遇
皇帝陛下永懷先烈務廣孝思故因始於信書俾特
豐於燕豆所懼不能名乾坤之至德摹日月之大明
上以副陛下顯親之心下以盡愚臣歸美之志惟粗
明於書法庶少補於素餐臣等無任

代皇子免延安郡王第一表

伏奉制命蒙恩特授臣檢校太尉開府儀同三司充
彰武軍節度使進封延安郡王者寵踰於德愧甚於

榮輒露危誠仰干睿聽臣某誠惶誠恐頓首頓首竊以衮衣備物禮均上宰之崇土宇分封位列眞王之貴非智能足以謀國勞烈足以及人屬在休明詎容玷冒若臣者侗然固陋眇爾稺蒙雖甫逮勝衣習爲容於趨拜而未思就傅賴國學之漸磨庶幾識古今之通方知國家之大體施於爲巳可以持循必也當官覬無違曠巳叨分於將鉞復誤假於公圭虛冒鴻私未伸薄効敢圖獎渥荐及謙徽視儀數於三台超爵名於五等既加眞食仍益爰田固非録善而量能又異校勞而數最將安稱此自顧缺然而況皇帝陛

下處父子之間常先義訓在君臣之際每徇公言伏
望察臣精懇之由衷不顧小嫌之反汗許還新命俯
遂微情使臣得奉定省於晨昏稍安幼志報生成於
天地更待壯年臣無任

代皇子免延安郡王第二表

伏蒙聖慈以臣所上表陳乞蒙恩授臣檢校太尉開
府儀同三司充彰武軍節度使進封延安郡王特賜
批荅不允者輒布愚衷未回宸聽仰關誨諭彌集兢
慚臣其誠惶誠恐頓首頓首竊以明德懿親在天功
而有助隆名重器爲國論之所歸然後材位不浮望

實相稱若臣者夙依煦育生處深嚴雖無好弄之心
甫逮垂髫之齒方圖講學知臣子之大方庶得周旋
奉君親之素教敢意靡緣績用荐被寵靈遂兼將相
之榮仍極王公之貴雖參諸邦典或故事之可循而
質以人情實煩言之可畏顧茲沖昧尤積震惶伏況
皇帝陛下新一代之彝章革千年之流弊方循名而
責課以官方而任人其於明信賞之科必先於近然
則推至公之誼宜始於臣惟特寢於誤恩可曲全於
揣分使乾坤之施不累於私親則塵露之微庶幾於
報上臣不任

代皇子延安郡王謝表

伏奉制命除授臣檢校太尉開府儀同三司充彰武軍節度使進封延安郡王再奉表陳乞蒙賜批荅不允仍斷來章者祗膺詔版彌積靦顔蓋崇大於宗藩以盛強於帝室豈伊獎渥可假幼沖中謝伏念臣器匪夙成材無特異徒歸依於鞠育每親炙於高明欲善在身忘髫髦之至弱知書可學慕佔畢之相從庶繇受教於童蒙覬獲成能於壯大敢意攬攸司之密啓循歷世之彝章寵以官儀體均於丞弼殊其爵列秩右於公侯揣稱何堪踰涯已甚知隆名之難冒迫

大號之既行控避莫從震惶滋集此蓋伏遇皇帝陛
下心潛高厚智極精微推廣愛之仁以隆於父子盡
大公之義以篤於君臣故舊典之當行雖至親而莫
間致茲異數猥及謭能臣敢不仰體聖懷勤遵慈訓
省躬擇術庶不蹈於匪彝臨事知方或可收於近用
臣無任

代皇子延安郡王謝皇太后表

伏奉制命除授臣檢校太尉開府儀同三司充彰武
軍節度使進封延安郡王再奉表陳免蒙賜批荅不
允仍斷來章者竊以盛威儀於寧路以重朝廷強形

勢於宗藩用臨方夏宜兼獎渥屬在親賢誤及幼沖倍深兢惧 中謝 伏念臣蒙休宸極託蔭慈闈未闕六甲之書甫在兩髦之歲揆材至薄曾無特異之資知善可遷竊有自強之志已塵高位愧乏微勞詎意仁恩更崇命秩抗等威於元宰躋爵列於眞王自顧空疎將安報稱此蓋伏遇皇太后殿下輔成世教陰厚人倫均至愛於諸孫假餘光於穉齒致茲異數猥被謭能敢不自勵童蒙嚮慕日新之益庶幾壯大仰酬坤育之私臣不任

代皇子延安郡王謝皇后牋

伏奉制命除授臣檢校太尉開府儀同三司充彰武
軍節度使進封延安郡王冊奉表陳免蒙賜批荅不
允仍斷來章者異其恩數兼將相之殊榮尊以爵名
極王公之寵列雖優隆於天屬必攷察於人材假是
幼沖懼非宜稱臣某以感以懼叩頭伏念臣性非蚤
悟學未少成徒依均養之私甫及垂髫之始已蒙休
於帝所獲備位於宗藩豈意慈憐更加襃進夫位崇
者德厚祿重者功高而臣無可錄之勞能冒非常之
禮秩此蓋伏遇皇后殿下彌綸內治則象坤元博鞠
育之至仁推獎成之素志致茲渥澤誤及童蒙敢不

盡子職之微勤無忘砥礪荅母儀之大賜庶補毫分
謹奉牋稱謝以聞臣以感以懼叩頭謹牋
代宋敏求知絳州謝到任表
伏奉勑命差知絳州軍州事已於某月某日到任上
訖備官無効竊寵過優尚聯清近之班仍獲安閒之
幸中謝伏念臣器非閎遠性不敏明徒嗜好於文章
寖推移於歲月濫名儒館接武朝紳與蠶𧇊牧之藩
參莅神州之劇進聞邦計出假使符會仁祖之外遐
圖信書之示後起於衰病寄以討論旋躋右史之華
遂冒西垣之選惟兹典禮屬在奉常猥用滯蒙首當

總領悉心謀慮雖務竭於愚忠妄意變通遂自乖於素論寔干昭憲奚逭嚴科荷屈法以申恩止奪官而補外罪浮于罰慙溢於顔何僥冒之使然寔矜全之有自此蓋伏遇皇帝陛下乾剛獨斷坤厚兼容躬親庶政而炤之以明付用羣材而養之以恕故俾隸榮於近侍尚容竊食於外邦仰戴生成將安補報敢不服勤夙夜期練達於政經延見吏民一作祇一作順簡書以誓布宣於上德庶收來效少荅鴻私仰望闕庭臣無任

代翰林侍讀學士錢藻遺表

犬馬之質難駐於頽齡日月之光尚攀於愛景臣藻

誠悲誠哽頓首頓首伏念臣出於悴族進以謏材文辭講説制策之科衆稱華選儒舘掖垣經帷之職世謂清塗獨徧竊於美名蓋親逢於亨運至於總銓衡之要劇領京邑之浩煩蔑有勞能可論報稱冒寵靈而過厚致災疢以交攻迫霜露之所侵且將澌盡幸髮膚之無毀得以全歸方去闕庭長投泉壤輙陳遺志猶及能言伏願皇帝陛下御六氣之和愼調興止享萬年之祚永庇華夷再念臣偷殘息之僅存覬餘恩之可丐敢祈仁眷終賜矜憐臣有男進士嶧孫男某親堂弟茂共出寒鄉稍親薄技葑菲不棄儻微祿

之獲霑魚一作水菽可供庶游魂之未餒伏望聖慈並
於文資內安排妥茲干澤愧在忘廉保存歿之孤蹤
託始終之大賜生而無益曾莫及於嚙環死或有知
猶庶幾於結草仰望旒扆臣不任

代太平州知州謝到任表

伏奉勑命差知太平州軍州事已於某月某日到任
上訖惟此方彫瘵之舊屬比歲凶饑之餘任在拊循
懼無稱效中謝竊念臣受材不敏託勢甚微竊郎位
之寵名濫憲臺之優選因蒙中詔獲備外邦方喜便
於庭闈遽已罹於家禍苟全生理復齒班榮用乂次

而得州以親嫌而易地低回積日黽勉至官忽被新
恩復還舊印江湖孤蹇之跡道路奔馳之勞甫茲即
安敢忘盡瘁自惟蕞爾何以及茲蓋伏遇尊號皇
帝陛下日月之光旁照萬物天地之德平施四方猥
致安庸誤蒙器使當力行於寬恵上副至仁惟少假
於寵靈庶成薄効臣不任 二

代太平州知州謝賜欽恤刑獄勑書表

進奏院遞到勑一道賜臣欽恤刑獄者屬在煩暑聖
躬無倦於焦勞言念繫囚恩旨遂加於惻憫 中謝 伏
惟尊號皇帝陛下繼祖宗之功德體天地之生成發

政施仁恐遺於一物勝殘去殺思厝於五刑謙不自
專動遵故事眷幅員之至廣軫囹圄之未空申明詔
以丁寧飭守臣之撫視豈止奉行於時令固足感召
於人和臣與被德音當宣上意惟盡哀矜之理庶符
欽恤之心臣無任

元豐類藁卷第二十八

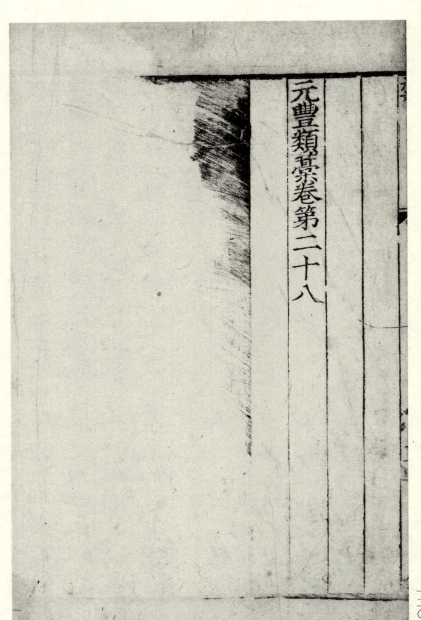

元豐類藁卷第二十九

疏

熙寧轉對疏

准御史臺告報臣寮朝辭日具轉對臣愚淺薄恐言不足采然臣竊觀唐太宗即位之初延羣臣與圖天下之事而能絀封倫用魏鄭公之説所以成正觀之治周世宗初即位亦延羣臣使陳當世之務而能知王朴之可用故顯德之政亦獨能變五代之因循夫當衆説之馳騁而以獨見之言陳未形之得失此聽者之所難也然二君能辨之於羣衆之中而用之以

收一時之效此後世之士所以常感知言之少而須二君之明也今陛下始承天序亦詔羣臣使以次對然且將歲餘未聞取一人得一言豈當世固乏人不足以當陛下之意與抑所以延問者特用累世之故事而不必求其實歟臣愚竊計殆進言者未有以當陛下之意也陛下明智大略固將比迹於唐虞三代之盛如太宗世宗之所至恐不足以望陛下故臣之所言亦不敢効二臣之卑近伏惟陛下超然獨觀於世俗之表詳思臣言而擇其中則二君之明豈足道於後世而士之懷抱忠義者豈復感知言之少乎臣

所言如左臣伏以陛下恭儉慈仁有能承祖宗（一作宗廟）之德聰明睿知有能任天下之材即位以來早朝晏罷廣問兼聽有更制變俗比迹唐虞之志此非羣臣之所能及也然而所遇之時在天則有日食星變之異在地則震動陷裂水泉湧溢之災在人則有饑饉流亡訛言相驚之患三者皆非常之變也及（一作又）從而察今之天下則風俗日以薄惡紀綱日以弛壞百司庶務一切文具而已內外之任則不足於人材公私之計則不足於食貨近則不能不以盜賊爲慮遠則不能不以夷狄爲憂海內智謀之士常恐天下之

勢不得以久安也以陛下之明而所遇之時如此陛下有更制變俗比迹唐虞之志則亦在正其本而已矣易曰正其本萬事理臣以謂正其本者在陛下得之於心而已臣觀洪範所以和同天人之際使之無間而要其所以爲始一作本者思也大學所以誠意正心修身治其國家天下而要其所以爲始者致其知也故臣以謂正其本者在得之於心而已得之於心者其術非他學焉而已矣此致其知所以爲大學之道也古之聖人舜禹成湯文武未有不由學而成而傅説周公之輔其君未嘗不勉之以學故孟子以謂

學焉而後有爲則湯以王齊桓公以霸皆不勞而能
也蓋學所以成人主之功德如此誠能磨礱長養至
於有以自得則天下之事在於理者未有不能盡也
能盡天下之理則天下之事物接於我者無以累其
內天下之以言語接於我者無以蔽其外夫然則循
理而已矣邪情之所不能入也從善而已矣邪說之
所不能亂也如是而用之以持久資之以不息則積
其小者必至於大積其微者必至於顯古之人自可
欲之善而充之至於不可知之神自十五之學而積
之至於從心之不踰矩豈他道哉由是而已矣故曰

念終始典于學又曰學然後知不足孔子亦曰吾學不厭蓋如此者孔子之所不能已也夫能使事物之接於我者不能累其內所以治內也言語之接於我者不能蔽其外所以應外也有以治內此所以成德化也有以應外此所以成法度也德化法度既成所以發育萬物而和同天人之際也自周衰以來道術不明爲人君者莫知學先王之道以明其心爲人臣者莫知引其君以及先王之道也一切苟簡溺於流俗末世之卑淺以先王之道爲迂遠而難遵人主雖有聰明敏達之質而無磨礱長養之具至於不能有

以自得則天下之事在於理者有所不能盡也不能
盡天下之理則天下之以事物接於我者足以累其
內天下之以言語接於我者足以蔽其外矣然故欲
循理而邪情足以害之欲從善而邪說足以亂之如
是而用之以持久則愈甚無補行之以不息則不能
見效其弊則至於邪情勝而正理滅邪說長而正論
消天下之所以不治而有至於亂者以是而已矣比
周衰以來人主之所以可傳於後世者少也可傳於
後世者若漢之文帝宣帝唐之太宗皆可謂有美質
矣由其學不能遠而所知者陋故足以賢於近世之

庸主矣若夫議唐虞三代之盛德則彼烏足以云乎
由其如此故自周衰以來千有餘年天下之言理者
亦皆卑近淺陋以趨世主之所便而言先王之道者
皆紬而不省故以孔子之聖孟子之賢而猶不遇也
今去孔孟之時又遠矣臣之所言乃周衰以來千有
餘年所謂迂遠而難遵者也然臣敢獻之於陛下者
臣觀先王之所已試其言最近而非遠其用最要而
非迂故不敢不以告者此臣所以事陛下區區之志
也伏惟陛下有自然之聖質而漸漬於道義之日又
不爲不久然臣以一作所謂陛下有更制變俗比迹唐

虞之志則在得之於心得之於心則在學焉而已者臣愚以謂陛下宜觀洪範大學之所陳知治道之所本不在於他[illegible]觀傳說周公之所戒（一作勉）知學者非明主之所宜已也陛下有更制變俗比迹唐虞之志則當懇誠惻怛以講明舊學而推廣之務當於道德之體要不取乎口耳之小知不急乎朝夕之近効復之熟之使聖心之所存從容於自得之地則萬事之在於理者未有不能盡也能盡萬事之理則內不累於天下之物外不累（一作蔽）於天下之言然後明先王之道而行之邪情之所不能入也合天下之正論而用

之邪說之所不能亂也如是而用之以持久資之以
不息則雖細必鉅雖微必顯以陛下之聰明而充之
以至於不可知之神以陛下之睿智而積之以至於
從一作縱心之不踰矩夫豈遠哉顧勉強如何耳夫然
故內成德化外成法度以發育萬物而和同天人之
際甚易也若夫移風俗之薄惡振綱紀之弛壞變百
司庶務之文具厲天下之士使稱其位理天下之財
使贍其用近者使之親附遠者使之服從海內之勢
使之常安則惟陛下之所欲何求而不得何爲而不
成乎未有若是而福應不臻而變異不消者也如聖

心之所存未及於此内未能無秋毫之累外未能無纖芥之蔽則臣恐欲法先王之政而智慮有所未審欲用天下之智謀材謂之士而議論有所未一於國家天下愈甚無補而風俗綱紀愈以衰壞也非獨如此自古所以安危治亂之幾未嘗不出於此臣幸蒙降問言天下之細務而無益於得失之數者非臣所以事陛下區區之志也輙不自知其固陋而敢言國家之大體惟陛下審察而擇其宜天下幸甚

劄子

自福州召判太常寺上殿 吹明州不果上

伏以陛下聰明睿知天性自然可謂有不世出之姿
自在藩邸入承顔色出奉朝請怡怡翼翼不自暇豫
至恭極孝聞於天下及踐大位内事兩宫外嚴七廟
仁被公族德形閨門嬪御備官不淫於色音樂備數
不溺於聲食菲衣綈躬遵節儉臺卑囿小無所增飾
近習無便嬖左右無私謁未嘗出遊幸未嘗從畋漁
其於憂憫元元勤勞庶政則念慮先於兆朕祗慎盡
於纖介晝而訪問至於日昃夕而省覽至於夜分每
羣臣進見接之禮篤而情通凡四方奏事莫不朝入
而暮報雖大禹之勤于邦文王之不暇食無以加此

其淵謀遠略必中事幾善訓嘉謨可爲世則者傳聞
下土雖僅得其一二已足以度越衆慮非可闚測可
謂有君人之大德其高深閎遠則憫自晚周秦漢以
來世主不能獨見於衆人之表其政治所出大氐踵
襲卑陋因於世俗而已於是慨然以上追唐虞三代
荒絶之迹修列先王法度之政爲其任在已可謂有
出於數千載之大志變革因循號令必信使海内觀
聽莫不震動羣下遵職惟恐在後可謂有能行之効
蓋刻意尚行不差毫髮縉紳之士有所不能及憂勞
惕勵無懈須臾又非羣臣之所能望可謂特起於三

代之後非常之主也愚臣孤陋熙寧二年出通判越州因轉對幸得論事敢據經之説以誠意正心修身治國家天下之道必本於學爲獻逮今十有一年始得望穆穆之清光敢别白前説而終之臣以謂陛下有不世出之姿有君人之大德與出於數千載之大志又有能行之効特起於三代之後然顧以治國家天下之道必本於學爲獻於陛下何也蓋古之聖人雖出乎其類拔乎其萃然至其成德莫不由學故堯舜性之也而見於傳記則皆有師其史官識其行事則皆曰若稽古至於湯武身之也則湯學於伊尹武

王學於太公見於詩禮孟子在商高宗得傅說作相
其命說之辭曰予小子舊學于甘盤而傅說告之則
曰學于古訓乃有獲又曰惟學遜志務時敏厥修乃
來又曰惟斆學半念終始典于學葢高宗旣已學于
甘盤矣及傅說相之乃更丁寧反復勉之以學其要
歸則以謂當終始常念于學明學葢不可一日而廢
也至於孔子之自叙則自十有五而志于學至于七
十而從心所欲不踰矩夫以孔子之聖必志于學其
學之漸每十年而一進至于七十矣其從心也葢不
踰矩則傅說所稱當終始常念于學者雖孔子之聖

不能易也故揚子曰學之爲王者事久矣堯舜禹湯文武汲汲仲尼皇皇其已久矣聖賢之篤於學至於如此者蓋樂而不亂復而不厭者道也測之而益深窮之而益遠者聖人之言也知不足與困者學也方其始也求之貴博畜之貴多及其得之則於言也在知其要於德也在知其奥能至於是矣則求之博畜之多者乃筌蹄而已所謂多聞則守之以約多見則守之以卓也如求之不博畜之不多則未有於言也能知其要未有於德也能知其奥所謂寡聞則無約寡見則無卓也子貢稱孔子之學識其遠者大者則

於言也能知其要於德也能知其奥然後能當於孔子之所謂學也審能是則存於心者有以爲主於内天下之事雖其變無窮而吾所以待之者其應無方古之大有爲於天下者未有不出於此也堯舜湯武所以爲盛德之至孔子所以從心而不踰矩或得其行者未得其所以行得其言者未得其所以言孟子之所謂聖而不可知之謂神在是而已矣陛下萬幾之餘日引天下之士推原道德而講明其意陳六藝載籍之文而紬繹其說博考深思無有解倦其折衷是非獨見之明老師宿儒所不能到此臣之所聞也

有不世出之姿與君人之大德又有出於數千載之大志特起於三代之後此臣之所知也則陛下之學已可謂至矣然臣區區敢誦經之陳言以進於左右者誠將順陛下之聖志采傳記說始終典學之言觀孔子少長進學之漸以陛下之明智知言之要知德之奧皆陛下之所素蓄誠以陛下之樂道而繼之以不倦以陛下之稽古而加之以不已使天性之睿智所造者益深所積者益厚日日新又日新其於自得之者非徒足以待萬事無窮之變而應之以無方天下之人必將得陛下之行者不得其所以行得陛下之

言者不得其所以言堯舜湯武所以爲盛德之至孔子所以從心而不踰矩孟子所謂聖而不可知之謂神不在於陛下而孰在哉繇是斂五福之慶以大賚庶民享萬年之休以永綏方夏德厚於天地名昭於日月惟聖意之所在而已臣愚不敏蒙恩賜對不敢毛舉褻細之常務而於國家之體冒言其遠且大者此臣所以愛君區區之分也伏惟留神省察

元豐類藁卷第二十九

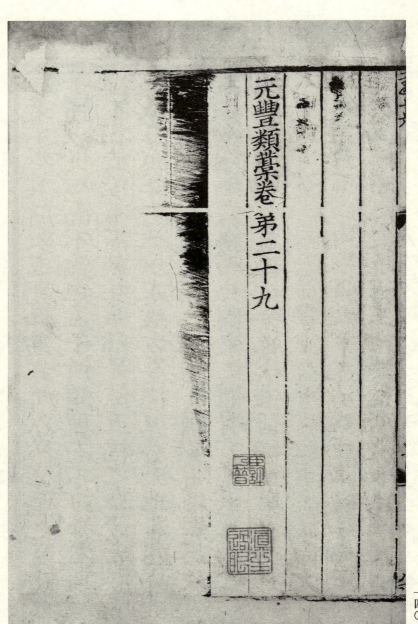

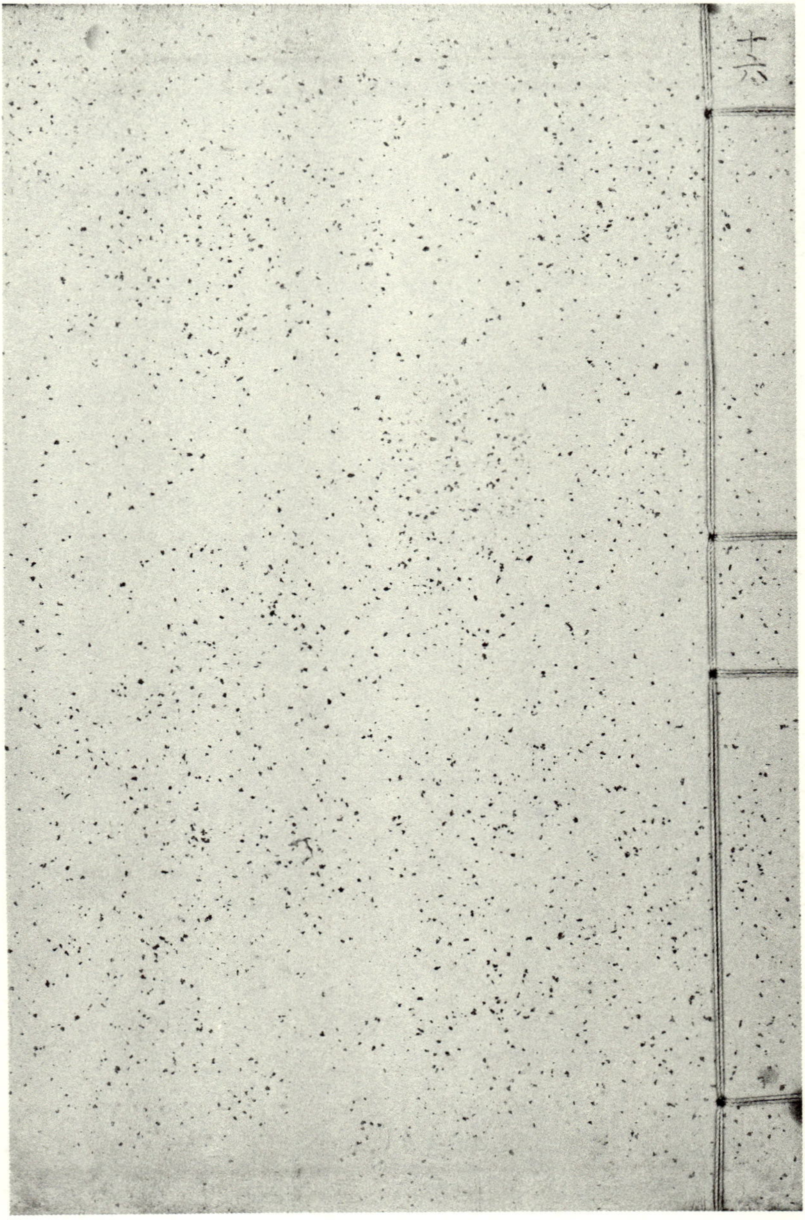
十六

元豐類藁卷第三十

劄子

移滄州過闕上殿

臣聞基厚者勢崇力大者任重故功德之殊垂光錫祚舄奕繁衍久而彌昌者蓋天人之理必至之符然生民以來能濟登兹者未有如大宋之隆也夫禹之績大矣而其孫太康乃墜厥緒湯之烈盛矣而其孫太甲既立不明周自后稷十有五世至于文王而大統未集武王成王始收太平之功而康王之子昭王難於南狩昭王之子穆王殆於荒服暨于幽厲陵夷

盡矣及秦以累世之智并天下然二世而亡漢定其亂而諸呂七國之禍相尋以起建武中興然沖質以後世故多矣魏之患天下爲三晉宋之患天下爲南北隋文始一海內然傳子而失唐之治在於正觀開元之際而女禍世出天寶以還綱紀微矣至于五代蓋五十有六年而更八姓十有四君其廢興之故甚矣宋興太祖皇帝爲民去大殘致更生兵不再試而粵蜀吳楚五國之君生致闕下九州來同復禹之跡內輯師旅而齊以節制外卑藩服而納以繩墨所以安百姓禦四夷綱理萬事之具雖創始經營而彌綸

已悉莫貴於爲天子莫富於有天下而舍子傳弟爲
萬世策造邦受命之勤爲帝太祖功未有高焉者也
太宗皇帝遹求厥寧既定晉疆錢俶自歸作則垂憲
克紹克類保世靖民丕丕之烈爲帝太宗德未有高
焉者也真宗皇帝繼統遵業以涵煦生養蕃息齊民
以并容徧覆擾服異類蓋自天寶之末宇內板蕩及
真人出天下平而西北之虜猶間入關邊至于景德
二百五十餘年契丹始講和好德明亦受約束而天
下銷鋒灌燧無雞鳴犬吠之驚（一作警）以迄于今故於
是時遂封泰山禪社首薦告功德以明示萬世不祧

之廟所以爲帝者宗仁宗皇帝寬仁慈恕虚心納諫慎注措謹規矩早朝晏退無一日之懈在位日久明於羣臣之賢不肖忠邪選用政事之臣委任責成然公聽並觀以周知其情僞其用舍之際一稽於衆故任事者亦皆警懼否輒罷免世以謂得馭臣之體春秋未高援立有德傳付惟允故傳天下之日不陳一兵不宿一士以戒非常而上下晏然殆古所未有其豈弟之行足以附衆者非家施而人悦之也積之以誠心民皆有父之尊有母之親故棄羣臣之日天下聞之路祭巷哭人人感動歔欷其得人之深未有知

其所繇然者故皇祖之廟爲宋仁宗英宗皇帝聰明叡智言動以禮上帝眷相大命所集而稱疾遜避至于累月自踐東朝淵默恭愼無所言議施爲而天下傳頌稱説德號彰聞及正南面勤勞庶政每延見三事省決萬機必咨詢舊章考求古義聞者惕然皆知其志在有爲雖早遺天下成功盛烈未及宣究而明識大略足以克配前人之休故皇考之廟爲宋英宗陛下神聖文武可謂有不世出之姿仁孝恭儉可謂有君人之大德憫自晚周秦漢以來世主不能獨見於衆人之表其政治所出大氐踵襲卑近因於世俗

而已於是慨然以上追唐虞三代荒絶之跡修列先
王法度之政爲其任在已可謂有出於數千載之大
志變易因循號令必信使海内觀聽莫不奮起羣下
遵職以後爲羞可謂有能行之效今斟酌損益革敝
興壞制作法度之事日以大備非因陋就寡拘牽常
見之世所能及也繼一祖四宗之緒推而大之可謂
至矣蓋前世或不能附其民者刑與賦役之政暴也
宋興以來所用者鞭扑之刑然猶詳審反復至於緩
固縱之誅重誤入之辟蓋未甞用一暴刑也田或二
十而稅一然歲時省察數議寬減之宜下蠲除之令

蓋未嘗加一暴賦也民或老死不知力政然猶憂憐惻怛常謹復除之科急擅興之禁蓋未嘗與一暴役也所以附民者如此前世或失其操柄者天下之勢或在於外戚或在於近習或在於大臣宋興以來戚里宦臣曰將曰相未嘗得以擅事也所以謹其操柄者如此而况輯師旅於內天下不得私尺兵一卒之用卑藩服於外天下不得專尺土一民之力其自處之勢如此至於畏天事神仁民愛物之際未嘗有須臾懈也其憂勞者又如此蓋不能附其民而至於失其操柄又怠且忽此前世之所以危且亂也民附於

下操柄謹於上處勢甚便而加之以憂勞此今之所以治且安也故人主之尊意諭色授而六服震動言傳號渙而萬里奔走山巖窟穴之氓不待期會而時輸歲送以供其職者惟恐在後航浮索引之國非有發召而籯齎槖負以致其摯者惟恐不及西北之戎投弓縱馬相與袪服而戲豫東南之夷正冠束衽相與挾冊而吟誦至於六府順敘百嘉鬯遂凡在天地之內含氣之屬皆裕如也蓋遠莫懿於三代近莫盛於漢唐然或四三年或一二世而天下之變不可勝道也豈有若今五世六聖百有二十餘年自通邑大

都至于荒陬海聚無變容動色之慮萌於其心無援枹擊柝之戒接於其耳目臣故曰生民以來未有如大宋之隆也竊觀於詩其在風雅陳太王王季文王致王迹之所由與武王之所以繼伐而成王之興則美有假樂鳧鷖戒有公劉泂酌其所言者蓋農夫女工築室治田師旅祭祀飲尸受福委曲之常務至於兔罝之武夫行修於隱牛羊之牧人愛及微物無不稱紀所以論功德者由小以及大其詳如此後嗣所以昭先人之功當世之臣子所以歸美其上非徒薦告鬼神覺寤黎庶而已也書稱勸之以九歌俾勿壞

蓋歌其善者所以起其嚮慕興起之意防其怠廢難
久之情養之於聽而成之於心其於勸帝者之功美
昭法戒於將來聖人之所以列之於經垂爲世教也
今大宋祖宗興造功業猶太王王季文王陛下承之
以德猶武王成王而羣臣之於考次論撰列之簡册
被之金石以通神明昭法式者闕而不圖此學士大
夫之過也蓋周之德盛於文武而雅頌之作皆在成
王之世今以時考之則祖宗神靈固有待於陛下臣
誠不自揆輙冐言其大體至於尋類取稱本隱以之
顯使莫不究悉則今文學之臣充於列位惟陛下之

所使至若周之積仁累善至成王周公爲最盛之時
而洞酌言皇天親有德饗有道所以爲成王之戒蓋
履極盛之勢而動之以戒懼者明之至智之盡也如
此者非周獨然唐虞至治之極也其君臣相飭曰兢
兢業業一日二日萬機則處至治之極而保之以祗
愼唐虞之所同也今陛下履祖宗之基廣太平之祚
而丗丗治安三代所不及則宋興以來全盛之時實
在今日陛下仰探皇天所以親有德饗有道之意而
奉之以寅畏俯念一日二日萬機之不可以不察而
處之以兢兢使休光美實日新歲益閎遠崇後循之

無窮至于萬世永有法則此陛下之素所蓄積臣愚區區愛君之心誠不自揆欲以庶幾詩人之義也惟陛下之所擇

請令長貳自舉屬官

臣伏以陛下本原周禮參之以有唐六典之書考諸當世之宜裁以聖慮更定官制以幸天下臣誠不自揆欲少助萬一令無足取者亦足以致區區愛君之心竊觀於書其在堯典稱堯之德曰平章百姓百姓昭明則平其賢不肖功罪之分而章之以爵賞使百官莫不昭明者此人主之事也其在說命曰惟說式

克欽承旁招俊乂列于庶位則承人主之志廣引人材進諸朝廷者此宰相之事也其在冏命穆王命伯冏爲周太僕正其戒之曰愼簡乃僚無以巧言令色便辟側媚其惟吉士則使得自簡屬僚以共成其任者此諸司長官之事也其上下之體相承如此所以周天下之務蓋先王之成法也故陸贄相唐陳致理之具以謂百司之長至於副貳之官與夫兩省供奉之職請委宰臣叙擬以聞其餘臺省屬僚請委長官選擇指陳材實終身保任其以舉授之繇各載除書之内得賢則有進考增秩褒升之賞失實則有奪俸

贖金黜免之罰非特搜揚下位而已亦以閲試大官
其所取之士既責行能亦計資望此贄之大指也贄
於經畫之材近世未見其比其在相位所陳先務如
此質之於古實應先王之法施之後世可以推行誠
古今之通議也陛下隆至道開大明配天地立人極
循名定位以董正治官千載以來盛德之事也創制
之始新命之官任之以彌綸衆職所繫尤重其所更
革著於甲令或差若毫髮四方受其敝或誤於須臾
累歲不能救則於選用之體尤不可假非其人且臺
省長官僕射尚書左右丞侍郎御史中丞皆國之重

任陛下所選擇而授今尚書旣領天下之事郎貟外
郎凡二十四司用吏幾百貟其餘屬佐尚不在數中
若使本司長貳之官自郎以下貟有未備皆舉二人
以聞以陛下之明其於羣臣材分無不周知取其所
舉擇用其一其餘書之於籍以爲内外之官選用之
備庶幾爲官得人足以上副陛下作則垂憲非常之
大志且本朝著例御史中丞知雜至於省府之長固
得自舉其屬而舘閣監司牧守之官亦嘗屢詔近位
皆得薦用所知名臣偉人往往由此而出則推而廣
之求於故事實有已試之効其所薦之士采用其一

其餘書之於籍以備選擇猶舊闕御史一員聽舉二人其一不中選者亦以次甄進則稽諸累朝亦故事也伏惟陛下本周命太僕慎簡乃僚之意采陸贄臺省長官舉吏懇懇之論推本朝已試之法使先王之迹自陛下追而踐之如此則任衆之道隆進賢之路廣疏遠之士懷材者皆得彙征要近之臣獎善者皆得自達以陛下之臨照誰敢不應之以公以陛下之考覈誰敢不赴之以實既得其人援之以位然後陛下以公聽並觀分別淑慝以執中主要信行其賞罰如此則允釐百工庶績咸熙可無爲而致堯之平章

百姓百姓昭明如是而已如臣之說爲可采者其推行之法陸贄所陳惟陛下察其疎密詳加損益取進止元豐三年十一月二十一日垂拱殿進呈

請令州縣特舉士

臣聞三代之道鄉里有學士之秀者自鄉升諸司徒自司徒升諸學大樂正論其秀者升諸司馬司馬論其賢者以告于王論定然後官之任官然後爵之位定然後祿之論定然後官之者鄭康成云謂使試守任官然後爵之者蓋試守而能任其官然後命之以位也其取士詳如此然此特於王畿之內論其鄉之

秀士耳故在周禮則稱鄉老獻賢能之書于王也至於諸侯貢士則有一適再適三適之賞黜爵削地之罰而其法之詳莫得而考此三代之事也漢興采董生之議始令郡國舉孝廉一人其後又以口爲率口百二十萬至不滿十萬自一歲至三歲自六人至一人察舉各有差至用丞相公孫洪太常孔臧議則又置太常博士弟子員郡國縣官有好文學孝悌謹順出入無悖者所聞令相長丞上屬所二千石二千石謹察可者令詣太常受業如弟子一歲皆課試通一藝以上補文學掌固缺其高第其可爲郎中者太常

籍奏即有秀才異等輒以名聞又請以治禮掌固比
二百石及百石吏選擇爲左右内史大行下郡太守
卒史皆各二人邊郡一人不足擇掌固以補中二千
石屬文學掌固補郡屬備員其郡國貢士太常試選
之法詳矣此漢之事也今陛下隆至德昭大道參天
地本人倫興學崇化以風天下唐虞用心何以加此
然患今之學校非先王教養之法今之科舉非先王
選士之制聖意卓然自三代以後當塗之君未有能
及此者也臣以謂三代學校勸教之具漢氏郡國太
常察舉之目揆今之宜理可參用今州郡京師有學

同於三代而教養選舉非先王之法者豈不以其遺
素厲之實行課無用之空文非陛下隆世教育人材
之本意歟誠令州縣有好文學厲名節孝悌謹順出
入無悖者所聞令佐升諸州學州謹察其可者上太
學以州大小爲歲及人數之差太學一歲謹察其可
者上禮部禮部謹察其可者籍奏自州學至禮部皆
取課試通一藝以上御試與否取自聖裁今既正三
省諸寺之任其都事主事掌固之屬舊品不卑宜清
其選更用士人以應古義遂取禮部所選之士中第
或高第者以次使試守滿再歲或三歲選擇以爲州

屬及縣令丞即有秀才異等皆以名聞不拘此制如此者謂之特舉其課試不用糊名謄録之法使之通一藝以上者非獨采用漢制而已周禮大司徒以鄉三物教萬民而賓興之亦以禮樂射御書數也如臣之議爲可取者其教養選用之意願降明詔以諭之得人失士之效當信賞罰以厲之以陛下之所嚮孰敢不虔於奉承以陛下之至明孰敢不公於考擇行之以漸循之以久如是而俗化不美人材不盛官守不修政事不舉者未之聞也其舊制科舉以習者既久難一日廢之請且如故事惟貢舉踈數一以特舉

爲準而入官試守選用之叙皆出特舉之下至夫教化已洽風俗既成之後則一切罷之如聖意以謂可行其立法彌綸之詳顧詔有司而定議焉取進止元豐三年十一月二十一日垂拱殿進呈

請西北擇將東南益兵

臣聞古者兵出於農故三時耕稼一時閱武其於四時蒐田則又率之從事然則農之用力於兵以少言之歲當兩月計其大槩則今之專力之兵一當古之兼農之兵六先王之制天子六軍大國三軍次國二軍小國一軍軍萬二千五百人其餘夫以爲羨卒周

有天下諸侯之國千有八百以中數率之通有兵二萬五千爲兵四千五百萬而羨卒未在其數以今之兵一當其六今有兵百萬爲八十倍少於古以跡言之其專力兼農之勢固異以多少言之其用人之力費人之財今可謂省矣古者兵出於農故干戈車乘馬牛亦皆取具而國無預焉今兵出於國故干戈車乘馬牛亦皆取具而民無預焉此今之兵又於民爲便者也秦既開阡陌而亦兵出於民其干戈屢動則至於發閭左之戍漢魏而下亦皆以民爲兵其轉徙殺戮之禍嘗甚矣至于後周隋唐修列府衛而兵復

近古天寶以後彍騎立而募兵之法行自是之後綱紀大失序天子之勢屈於方鎮之兵方鎮之勢屈於所部之兵至其甚也將之廢置出於兵至于五代而國之廢置出於兵兵之禍天下未有甚於此也宋興撥亂世反之正太祖外削藩服而歸之軌道内操師旅而束以法制天下之惡子非鰌之以刑而自列於行伍非敺之以暴而自就於繩墨以鎮城邑以戍疆埸非獨爲朝廷之用其於天下之良民得以樂職而安業者實賴其力况又其費少於古其便多於民近世以來制兵之善未有及此者也陛下出衆慮之表

起百職之廢其於常武尤屬聖心今連營之士訓練
精銳武庫之兵繕治工巧殆古所未有臣誠不自揆
計今之事竊以謂西北之宜當擇將率東南之備當
益戍兵庶幾上副陛下威夷狄守四方不世出之大
志何以言之昔太祖之世其捍北狄則用李漢超於
關南馬仁瑀於瀛州韓令坤於常山賀惟忠於易州
何繼筠於棣州其禦太原則用郭進於西山李謙溥
於隰州李繼勳於昭義其備西戎則用姚内斌於慶
州董遵誨於環州王彥昇於原州馮繼業於靈州大
抵如内斌遵誨之兵率不過五六千人皆責之以自

守其地今士之精鋭兵之工巧無以復加矣在乎得
人屬之統督之寄而已故臣以謂西北之宜當擇將
率付之一州一路任之以戰守之責陛下明考覈信
賞罰以馭之而已以此制勝則何求而不得也臣又
竊以古者百里之地爲千乘之國有兵三萬七千五
百人今州小者非特百里而已士徒之衆雖不必盡
如古制然今東南之隅地方萬里有山海江湖險絶
之勢溪洞林麓深僻之虞而此諸路之兵各不過數
千人而已其於防邏常患不足萬一有追胥討捕之
事理必乏人向者邕州之不守蓋患於救援之不繼

至於廖恩之鼠竊而能稽誅於時月者蓋由追討之兵不足恩已自歸而所遣北兵猶在道路則東南之寡弱蓋可知也以陛下之明綱理天下無所不備其於東南之兵計今之宜雖不必如古者千乘之法然稍增兵屯使緩急足用以銷姦萌除患於未然亦治體之所宜及臣故以謂東南之備當益戍兵區區憂國之心惟陛下之所裁擇取進止元豐三年十一月二十一日垂拱殿進呈

議經費

臣聞古者以三十年之通制國用使有九年之蓄而

制國用者必於歲杪蓋量入而爲出國之所不可儉
者祭祀也然不過用數之仂則先王養財之意可知
矣蓋用之有節則天下雖貧其富易致也漢唐之始
天下之用嘗屈矣文帝太宗能用財有節故公私有
餘所謂天下雖貧其富易致也用之無節則天下雖
富其貧亦易致也漢唐之盛時天下之用常裕矣武
帝明皇不能節以制度故公私耗竭所謂天下雖富
其貧亦易致也宋興承五代之敝六聖相繼與民休
息故生齒既庶而財用有餘且以景德皇祐治平校
之景德戶七百三十萬墾田一百七十萬頃皇祐戶

一千九十萬墾田二百二十五萬頃治平戸一千二百九十萬墾田四百三十萬頃天下歲入皇祐治平皆一億萬以上歲費亦一億萬以上景德官一萬餘員皇祐二萬餘員治平并幕職州縣官三千三百餘員總二萬四千員景德郊費六百萬皇祐一千二百萬治平一千三百萬以二者校之官之衆一倍於景德郊之費亦一倍於景德官之數不同如此則皇祐治平入官之門多於景德也則皇祐治平用財之端多於景德也誠詔有司按尋載籍而講求其故使官之數入者之多門可考而知郊之費用財之多端可

考而知然後各議其可罷者罷之可損者損之使天下之入如皇祐治平之盛而天下之用官之數郊之費皆同於景德二者所省者蓋半矣則又以類而推之天下之費有約於舊而浮於今者有約於今而浮於舊者其浮者必求其所以浮之自而杜之其約者必本其所以約之由而從之如是而力行以歲入一億萬以上計之所省者十之一則歲有餘財一萬萬馴致不已至於所省者十之三則歲有餘財三萬萬以三十年之通計之當有餘財九億萬可以爲十五年之蓄自古國家之富未有及此也古者言九年之

藉者計每歲之人存十之三耳蓋約而言之也今臣之所陳亦約而言之令其數不能盡同然要其大致必不遠也前世於彫瘵之時猶能易貧而爲富今吾以全盛之勢用財有節其所省者一則吾之一也其所省者二則吾之二也前世之所難吾之所易可不論而知也伏惟陛下沖靜質約天性自然乘輿器服尚方所造未嘗用一奇巧嬪嬙左右掖廷之間位號多闕躬履節儉爲天下先所以憂憫元元更張庶事之意誠至惻怛格于上下其於明法度以養天下之財又非陛下之所難也臣誠不自揆敢獻其區區之

愚惟陛下裁擇取進止元豐三年十一月二十一日垂拱殿進呈

請減五路城堡

臣嘗議今之兵以謂西北之宜在擇將帥東南之備在益戍兵臣之妄意蓋謂西北之兵已多東南之兵不足也待罪三班修定陜西河東城堡之賞法因得考於載籍蓋秦鳳鄜延涇原環慶并代五路嘉祐之間城堡一百一十有二熙寧二百一十有二元豐二百七十有四熙寧較於嘉祐爲一倍元豐較於嘉祐爲再倍而熙河城堡又三十有一雖故有之城始籍在於三班者或在此數然以再倍言之新立之城固

多矣夫將之於兵猶奕之於棊善奕者置棊雖踈取數必多得其要而已故敵雖萬變塗雖百出而形勢足以相援攻守足以相赴所保者必其地也非特如此所應者又合其變故用力少而得筭多也不善奕者置棊雖密取數必寡不得其要而已故敵有他變塗有他出而形勢不能相援攻守不能相赴所保者非必其地也非特如此所應者又不能合其變故用力多而得筭少也守邊之臣知其要者所保者必其地故立城不多則兵不分兵不分則用士少所應者又能合其變故用力少而得筭多猶之善奕也不得

其要者所保非必其地故立城必多立城多則兵分兵分則用士衆所應者又不能合其變故用力多而得筭少猶之不善奕也昔張仁愿度河築三受降城相去各四百餘里首尾相應繇是朔方以安減鎮兵數萬此則能得其要立城雖踈所保者必其地也仁愿之建三城皆不爲守備曰寇至當併力出戰回顧望城猶須斬之何用守備自是突厥遂不敢度山可謂所應者合其變也今五路新立之城十數歲中至於再倍則兵安得不分士安得不衆殆疆場之吏謀利害者不得其要也以奕棊况之則立城不必多臣

言不爲無據也以他路況之則北邊之備胡以遵誓約之故數十年間不增一城一堡而不患戍守之不足則立城不必多又已事之明驗也臣以此竊意城多則兵分故謂西北之兵已多而殆恐守邊之臣未有稱其任者也今守邊之臣遇陛下之明常受成筭以從事又不敢不奉法令幸可備驅策然出萬全之畫常諉於上人臣之於職苟簡而已固非體理之所當然況繇其所保者未得其要所應者未合其變顧使西北之兵獨多而東南不足在陛下之時方欲事無不當其理官無不稱其任則因其舊而不變必非

聖意之所取也夫公選天下之材而屬之以三軍之任以陛下之明聖慮之緒餘足以周此臣歷觀世主知人善任使未有如宋興太祖之用將英偉特出者也故能撥唐季五代數百年之亂使天下大定四夷軌道可謂千歲已來不世出之盛美非常材之君拘牽常見者之所能及也以陛下之聰明叡聖有非常之大略同符太祖則能任天下之材以定亂莫如太祖能繼太祖之志以經武莫如陛下臣誠不自揆得太祖任將之一二竊常見於斯文敢繕寫以獻萬分之一或有以上當天心使西北守邊之臣用衆少而

得筭多不益兵而東南之備足有助聖慮之纖芥以終臣前日之議惟陛下之所裁擇任將篇見本朝政要策

貼黃五路城堡據逐次降下三班院窠名數目如此竊恐係舊來城堡自來屬樞密院差遣後來逐度方降到窠名係三班院差人所以逐度數目加多若雖是舊來城堡即五路二百七十餘城亦是立城太多

元豐類藁卷第三十

二

(宋)曾鞏 撰

元本元豐類稿

第四册

國家圖書館出版社

第四册目録

卷十七　記

卷十八　記

卷十九　記

卷二十　制誥

卷二十一　制誥

卷二十二　制誥

卷二十三　制誥擬詞

十一

元豐類藁卷第十七

記

分寧縣雲峯院記

分寧人勤生而嗇施薄義而喜爭其土俗然也自府來抵其縣五百里在山谷窮處其人修農桑之務率數口之家留一人守舍行饁其外盡在田田高下磽腴隨所宜雜殖五穀無廢壤女婦蠶杼無懈人茶鹽蜜紙竹箭材葦之貨葦一作草無有纖鉅治咸盡其身力其勤如此富者兼田千畝廩實藏錢至累歲不發然視捐一錢可以易死寧死無所捐其於施何如也其

間利害不能以稊米父子兄弟夫婦相去若奕碁然於其親固然於義厚薄可知也長少族坐里閭相講語以法律意嚮小戾則相告訐結黨詐張事關節以動視聽甚者晝刻金木爲章印摹文書以給吏立縣庭下變僞一日百千出故雖笞扑徙死交迹（一本無一字）不以屬心其喜爭訟豈比他州縣哉民雖勤而習如是漸涵入骨髓故賢令長佐吏比肩常病其未易治教使移也雲峯院在縣極西界無籍圖（一作固）不知自何時立景德三年邑僧道常治其院而脩之門閭靚深殿寢言言樓客之廬齋庖庫庾序列兩旁浮圖

所用鐃鼓魚螺鍾磬之編百器備完吾聞道常氣質偉然雖索其學其歸未能當於義然治生事不廢其勤亦稱其土俗至有餘輙斥散之不爲黍累計惜樂淡泊無累則又若能獨勝其嗇施喜爭之心可言也或曰使其人不汩溺其所學其歸一當於義則傑然眎邑人者必道常乎此予未敢必也慶曆三年九月與其徒謀曰吾排蓬藋治是院不自意成就如此今老矣恐泯泯無聲畀來人相與圖文字買石刻之使永永與是院俱傳可不可也咸曰然推其徒子思來請記遂來予不讓爲申其可言者寵嘉之使刻示邑

人其有激也二十八日南豐曾鞏記

仙都觀三門記 以石本校

門之作取備豫而已然天子諸侯大夫各有制度加于度則譏之見于易禮記春秋其旁三門門三塗惟王城爲然老子之教行天下其宫視天子或過焉其門亦三之其備豫之意蓋本於易其加于度則知禮者所不能損知春秋者所太息而已甚矣其法之蕃昌也建昌軍南城縣麻姑山仙都觀世傳麻姑於此仙去故立祠在焉距城六七里繇絶嶺而上至其處其墬反平寬衍沃可宫可田其穫之多與他壤倍水

旱所不能災予嘗視而歎曰豈天遺此以安且食其徒使丗之衎衎施施趨之者不已歟不然何（一作安）有是邪則其法之蕃昌人力固如之何哉其田入既饒則其宮從而修也宜慶曆六年觀主道士淩齊暈相其室無不修而門獨庳曰是不足以稱吾法與吾力遂大之既成託予記予與齊暈里人也不能辭噫爲里人而與之記人之情也以禮春秋之義而告之天下之公也不以人之情易天下之公齊暈之取予文豈不得所欲也夫豈以予言爲厲已也夫八月日記

禿禿記

禿禿高密孫齊兒也齊明法得嘉州司法先娶杜氏
留高密更紿娶周氏與抵蜀罷歸周氏恚齊紿告縣
齊貲謝得釋授歙州休寧縣尉與杜氏俱迎之官再
朞得告歸周氏復恚求絕齊急曰爲若出杜氏祝髮
以誓周氏可之齊獨之休寧得倡陳氏又納之代受
撫州司法歸閒周氏不復見使人竊取其所產子合
杜氏陳氏載之撫州明道二年正月至是月周氏亦
與其弟來欲入據其署吏遮以告齊齊在寶應佛寺
受租米趨歸捽挽置廡下出僞券曰若傭也何敢爾
辨于州不直周氏訴于江西轉運使不聽久之以布

衣書里姓聯訴事行道上乞食蕭貫守饒州馳告貫饒州江東也不當受訴貫受不拒轉運使始遣吏祝應言爲覆周氏引産子爲據齊懼子見事得即送匿旁方政舍又懼則收以歸搤其咽不死陳氏從旁引兒足倒持之抑其首甕水中乃死禿禿也召役者鄧旺穿寢後垣下爲坎深四尺瘞其中生五歲云獄上更赦猶停齊官徙濠州八月也慶曆三年十月二十二日司法張彥博改作寢廬治地得坎中死兒驗問知狀者小吏熊簡對如此又召鄧旺詰之合獄辭留州者皆是惟殺禿禿狀蓋不見與予言而悲之遂以

棺服斂之設酒脯奠焉以錢與浮圖人昇倫買塼爲壙城南五里張氏林下瘞之治地後十日也嗚呼人固擇於禽獸夷狄也禽獸夷狄於其配合孕養知不相禍也相禍則其類絶也久矣如齊何議焉買石刻其事納之壙中以慰焭焭且有警也事始末惟杜氏一無忌言二十九日

鵝湖院佛殿記

慶曆某年某月日信州鉛山縣鵝湖院佛殿成僧紹元來請記遂爲之記曰自西方用兵天子宰相與士大夫勞於謀議材武之士勞於力農工商之民勞於

賦斂而天子嘗減乘輿掖庭諸費大臣亦往往辭賜錢士大夫或暴露其身材武之士或秉義而死農工商之民或失其業惟學佛之人不勞於謀議不用其力不出賦斂食與寢自如也資其宮之侈非國則民力焉而天下皆以爲當然乎不知其何以然也今是殿之費十萬不已必百萬也百萬不已必千萬也或累累而千萬之不可知也其費如是廣欲勿記其日時其得邪而請于文者又紹元也故云耳

醒心亭記

滁州之西南泉水之涯歐陽公作州之二年構亭曰

豐樂自爲記以見其名之意既又直豐樂之東幾百步得山之高構亭曰醒心使鞏記之凡公與州之賓客者遊焉則必即豐樂以飲或醉且勞矣則必即醒心而望以見夫羣山之相環雲煙之相滋曠野之無窮草樹衆而泉石嘉使目新乎其所覩耳新乎其所聞則其心灑然而醒更欲久而忘歸也故即其事之所以然而爲名取韓子退之北湖之詩云噫其可謂善取樂於山泉之間矣雖然公之樂吾能言之吾君優游而無爲於上吾民給足而無憾於下天下之學者皆爲材且良夷狄鳥獸草木之生者皆得其宜公

樂也一山之隅一泉之旁豈公樂哉乃公所以寄意於此也若公之賢韓子沒數百年而始有之今同遊之賓客尚未知公之難遇也後百千年有慕公之爲人而覽公之迹思欲見之有不可及之嘆然後知公之難遇也則凡同遊於此者其可不喜且幸歟而鞏也又得以文詞託名於公文之次其又不喜且幸歟

慶曆七年八月十五日記

繁昌縣興造記

太宗二年取宣之三縣爲太平州而繁昌在籍中繁昌者故南陵地唐昭宗始以爲縣縣百四十餘年無

城垣而濱大江常編竹爲障以自固歲輙更之用材
與力一取於民出入無門關賓至無舍館令治所雖
有屋而庳逼破露至聽訟於廡下案牘簿書棲列無
所往往散亂不可省而獄訟賦役失其平歷七代爲
令者不知幾人恬不知改革日入於壞故世指縣邑
爲陋縣而仕者不肯來行旅者不肯遊政事愈以疵
市區愈以索寞爲鄉老吏民者羞且憾之事之窮必
變故今有能令出因民之所欲爲悉破去竹障而垣
其故基爲門以通道往來而屋以取固即門之東北
構亭瞰江以納四方之賓客既又自大其治所爲重

門步廊門之上爲樓歛勑書置其中廊之兩旁爲羣
吏之舍眎事之廳便坐之齋寢廬庖湢各以序爲廳
之東西隅凡案牘簿書室而藏之於是乎在自門至
于寢廬揔爲屋凡若干區自計材至于用工揔爲日
凡二十三又九十六日而落成焉夏希道太初此令
之姓名字也慶曆七年十月二十三日此成之年月
日也始繁昌爲縣止三千戶九十年間四聖之德澤
覆露生養今幾至萬家田利之入倍他壤有餘魚蝦
竹葦柿栗之貨足以自資而無貧民其江山又天下
之勝處可樂也今復得能令爲樹立如此使得無歲

費而有巨防賓至不惟得以休而耳目尚有以爲之
觀令居不惟得以安而民吏之出入仰望者益知尊
且畏之獄訟賦役之書悉完則是非倚而定可一本作可定
也予知縣之去陋名而仕者爭欲來行旅者爭欲
遊昔之疵者日以滅去而索寞者日以富蕃稱其縣
之名其必自此始夏令用薦者爲是縣至二十七日
而計材以至于落成不惟其興利除潎可法也而其
變因循就功効獨何其果且速歟昔孟子譏子產惠
而不知爲政於戲如夏令者庶幾所謂知政者歟於
是過子產矣凡縣之得能令爲難幸而得能令而興

事尤難幸而事興而得後人不廢壞之又難也今繁昌民既幸得其所難得而令又幸無不便已者得卒興其所尤難皆可喜無憾也惟其欲後人不廢壞之未可必得（一本無得字）也故屬予記其不特以著其成其亦以有警也某月日記

墨池記

臨川之城東有地隱然而高以臨于溪曰新城新城之上有池窪然而方以長曰王羲之之墨池者荀伯子臨川記云也羲之嘗慕張芝臨池學書池水盡黑此爲其故跡豈信然邪方羲之之不可强以仕而嘗

極東方出滄海以娛其意於山水之間豈其徜徉肆
恣而又嘗自休於此邪羲之之書晚乃善則其所能
蓋亦以精力自致者非天成也然後世未有能及者
豈其學不如彼邪則學固豈可以少哉況欲深造道
德者邪墨池之上今爲州學舍教授王君盛恐其
不章也書晉王右軍墨池之六字於楹間以揭之又
告於鞏曰願有記推王君之心豈愛人之善雖一能
不以廢而因以及乎其跡邪其亦欲推其事以勉學
者邪夫人之有一能而使後人尚之如此況仁人莊
士之遺風餘思被於後世者如何哉慶曆八年九月

十二日

菜園院佛殿記

慶曆八年四月撫州菜園僧可栖得州之人高慶王明饒傑相與率民錢爲殿於其院成以佛之像置其中而來乞予文以爲記初菜園有籍於尚書有地於城南五里而草木生之牛羊踐之求屋室居人焉無有也可栖至則喜曰是天下之廢地也人不爭吾得之以老斯足矣遂以醫取貲於人而即其處立寢廬講堂重門齋庖之房栖客之舍而合其徒入而居之獨殿之役最大自度其力不能爲乃使慶明傑持簿

乞民間有得輙記之微細無不受浸漸積累朞月而用以足役以旣自可栖之來居至於此蓋十年矣吾觀佛之徒凡有所興作其人皆用力也勤刻意也專不肯苟成不求速効故善以小致大以難致易而其所爲無一不如其志者豈獨其說足以動人哉其中亦有智然也若可栖之披攘經營攟摭纖悉忘十年之久以及其志之成其所以自致者豈不近是哉噫佛之法固方重於天下而其學者又善殖之如此至於世儒習聖人之道旣自以爲至矣及其任天下之事則未嘗有勤行之意堅持之操少長相與語曰苟

一時之利耳安能必世百年爲教化之漸而待遲久之功哉相薰以此故歷千餘載雖有賢者作未可以得志於其間也由是觀之反不及佛之學者遠矣則彼之所以盛不由此之所自守者衰歟與之記不獨以著其能亦以媿吾道之不行也已

宜黄縣縣學記

古之人自家至于天子之國皆有學自幼至于長未嘗去於學之中學有詩書六藝弦歌洗爵俯仰之容升降之節以習其心體耳目手足之舉措又有祭祀鄉射養老之禮以習其恭讓進材論獄（一作德）出兵授

撻之法以習其從事師友以解其惑勸懲（一作戒）以勉其進戒其不率其所以爲具如此而其大要則務使人人學其性不獨防其邪僻放肆也雖有剛柔緩急之異皆可以進之於中而無過不及使其識之明氣之充於其心則用之於進退語默之際而無不得其宜臨之以禍福死生之故而無足動其意者爲天下之士爲所以養其身之備如此則又使知天地事物之變古今治亂之理至于損益廢置先後終始之要無所不知其在堂戶之上而四海九州之業萬世之策皆得及出而履天下之任列百官之中則隨所施

爲無不可者何則其素所學問然也蓋凡人之起居
飲食動作之小事至於脩身爲國家天下之大體皆
自學出而無斯須去於教也其動於視聽四支者必
使其洽於內其謹於初者必使其要於終馴之以自
然而待之以積久噫何其至也故其俗之成則刑罰
措其材之成則三公百官得其士其爲法之永則中
材可以守其入人之深則雖更衰世而不亂爲教之
極至此鼓舞天下而人不知其從之豈用力也哉及
三代衰聖人之制作盡壞千餘年之間學有存者亦
非古法人之體性之舉動唯其所自肆而臨政治人

之方固不素講士有聰明朴茂之質而無教養之漸則其材之不成天一本作夫字然蓋以不學未成之材而爲天下之吏又承衰弊之後而治不教之民嗚呼仁政之所以不行盜賊刑罰之所以積其不以此也歟宋興幾百年矣慶曆三年天子圖當世之務而以學爲先於是天下之學乃得立而方此之時撫州之宜黄猶不能有學士之學者皆相率而寓於州以羣聚講習其明年天下之學復廢士亦皆散去而春秋釋奠之事以著於令則常以廟祀孔氏廟不復理皇祐元年會令李君詳至始議立學而縣之士某某與其

徒皆自以謂得發憤於此莫不相勵而趨爲之故其材不賦而羨匠不發而多其成也積屋之區若干而門序正位講藝之堂棲士之舍皆足積器之數若干而祀飲寢食之用皆具其像孔氏而下從祭之士皆備其書經史百氏翰林子墨之文章無外求者其相基會作之本末揔爲日若干而已何其周且速也當四方學廢之初有司之議固以謂學者人情之所不樂及觀此學之作在其廢學數年之後唯其令之一唱而四境之内嚮應而圖之如恐不及則夫言人之情不樂於學者其果然也歟宜黄之學者固多良士

而李君之爲令威行愛立訟清事舉其政又良也夫及良令之時而順其慕學發憤之俗作爲宮室教肄之所以至圖書器用之須莫不皆有以養其良材之士雖古之去今遠矣然聖人之典籍皆在其言可考其法可求使其相與學而明之禮樂節文之詳固有所不得爲者若夫正心修身爲國家天下之大務則在其進之而已使一人之行修移之於一家一家之行修移之於鄉鄰族黨則一縣之風俗成人材出矣教化之行道德之歸非遠人也可不勉歟縣之士來請曰願有記其記之十二月某日也

學舍記

予幼則從先生受書然是時方樂與家人童子嬉戲上下未知好也十六七時闚六經之言與古今文章有過人者知好之則於是銳意欲與之並而是時家事亦滋出自斯以來西北則行陳蔡譙苦與睢汴淮泗出于京師東方則絕江舟漕河之渠踰五湖並封禺會稽之山出于東海上南方則載大江臨夏口而望洞庭轉彭蠡上庾嶺繇真陽之瀧至南海上此予之所涉世而奔走也蛟魚洶湧湍石之川巔崖莽林貙虺之聚與夫雨暘寒燠風波霧毒不測之危此予

之所單遊遠寓而冒犯以勤也衣食藥物廬舍器用箕莒碎細之間此予之所經營以養也天傾地壞殊州獨哭數千里之遠抱喪而南積時之勞乃畢大事此予之所遘禍而憂艱也（一本有太夫人所志與夫七字）弟昏妹嫁四時之祠與夫屬人外親之問王事之輸此予之所皇皇而不足也予於是力疲意耗而又多疾言之所序蓋其一二之觕也得其間時挾書以學於夫為身治人世用之損益考觀講解有不能至者故不得專力盡思琢彫文章以載私心難見之情而追古今之作者為並以足予之所好慕此予之所自視而嗟也

今天子至和之初予之侵擾多事故益甚予之力無以爲乃休於家而即其旁之草舍以學或疾其卑或議其隘者予顧而笑曰是予之宜也予之勞心困形以役於事者有以爲之矣予之卑巷窮廬冗衣聾飯芑莧之羹隱約而安者固予之所以遂其志而有待也予之疾則有之可以進於道者學之有亦不至一本冊有至字於文章平生之所好慕爲之有不暇也若夫土堅木好高大之觀固世之聰明豪儁挾長而有力者所得爲若予之拙豈能易而志彼哉遂歷道其少長出處與夫好慕之心以爲學舍記

南軒記

得鄰之茀地蕃之樹竹木灌蔬(一本作疏)於其間結茅以自休囂然而樂世固有處廊廟之貴抗萬乘之富吾不願易也人之性不同於是知伏閒隱隩吾性所最宜驅之就煩非其器所長況使之爭於勢利愛惡毀譽之間邪然吾親之養無以修吾之昆弟飯菽藿羹之無以繼吾之役於物或田於食或野於宿不得常此處也其能無歉然於心邪少而思凡吾之拂性苦形而役於物者有以為之矣士固有所勤有所肆識其皆受之於天而順之則吾亦無處而非其樂獨何

必休於是邪顧吾之所好者遠無與處於是也然而六藝百家史氏之籍箋疏之書與夫論美刺非感微託遠山鑱冢刻浮誇詭異之文章下至兵權曆法星官樂工山農野圃方言地記佛老所傳吾悉得於此皆伏羲巳來下更秦漢至今聖人賢者魁傑之材殫歲月憊精思日夜各推所長分辨萬事之說其於天地萬物大小之際脩身理人國家天下治亂安危存亡之致罔不畢載處與吾俱可當所謂益者之友非邪吾窺聖人指意所出以去疑解蔽賢人智者所稱事引類始終之槩以自廣養吾心以忠約守而恕行

之其過也改趨之以勇而至之以不止此吾之所以求於内者得其時則行守深山長谷而不出者非也不得其時則止僕僕然求行其道者亦非也吾之不足於義或愛而譽之者過也吾之足於義或惡而毁之者亦過也彼何與於我哉此吾之所任乎天與人者然則吾之所學者雖博而所守者可謂簡所言雖近而易知而所任者可謂重也書之南軒壁間蚤夜覽觀焉以自進也

金山寺水陸堂記

慶曆八年閏之金山寺火明年寺之僧瑞新來治寺

事其月擇山之陽元奭之地勸州之人其氏爲水陸
堂積錢之數百三十萬積日之數若干而成夫金山
之以觀游之美取勝於天下非獨據江瞰海並楚之
衝而濱吳之要也蓋其浮江之檻負崖之屋椽摩棟
揭環山而四出亦有以夸天下者則天下之東馳而
莫不顧慕者豈特一山之好哉而其作之完蓋非一
人一日之力及火余固嗟夫未嘗得與時之君子者
游而縱夫余心之所樂焉至于今未久也則聞夫山
之穹堂奧殿瓌傑之觀滋起矣此非徒佛之法足以
動天下蓋新者余嘗與之從容彼其材且辨有以動

人者故成此不難也夫廢於一時而後人不能更興者天下之事多如此至於更千百年委弃鬱塞而不得振行於天下者吾之道是也豈獨牽於勢哉蓋學者之難得而天下之材不足也使如此寺之壞而有新之材一日之作軼於百年累世之迹則事之廢者豈足憂而世之治可勝道哉新方以書告某氏之世善而其子某又業爲士因以求予記堂之始故爲之歷道其興壞之端而并予之所感者寓焉

元豐類藁卷第十七

元豐類藁卷第十八

記

思政堂記

尚書祠部員外郎集賢校理太原王君爲池州之明年治其後堂北嚮而命之曰思政之堂謂其出政於南嚮之堂而思之于此也其冬予客過池而屬予記之初君之治此堂得公之餘錢以易其舊腐壞斷既完以固不窘寒暑闢而即之則舊圃之勝涼臺清池遊息之亭微步之徑皆在其前平畦淺檻佳花美木竹林香草之植皆在其左右君於是退處其并心一

意用其日夜之思者不敢忘其政則君之治民之意勤矣乎夫接於人無窮而使人善惡者事也推移無常而不可以拘者時也其應無方而不可易者理也知時之變而因之見必然之理而循之則事者雖無窮而易應也雖善惡而易治也故所與由之必人之所安也所與違之必人之所厭也如此者未有不始於思然後得於已得於已故謂之德正已而治人故謂之政政者豈止於治文書督賦斂斷獄訟而已乎然及其已得矣則無思也已化矣則亦豈止於政哉古君子之治未嘗有易此者也今君之學於書無所

不讀而尤深於春秋其挺然獨見破去前惑人有所
不及世來爲是邦施用素學以修其政既得以休其
暇日乃自以爲不足而思之于此雖今之吏不得以
盡行其志然迹君之勤如此則池之人其不有蒙其
澤者乎故予爲之書嘉祐三年冬至日南豐曾鞏記

兜率院記

古者爲治有常道生民有常業若夫祝除髮毛禁弃
冠環帶裘不撫耞耒機盎至他器械水土之物其時
節經營皆不自踐君臣父子兄弟夫婦皆不爲其所
當然而曰其法能爲人禍福者質之於聖人無有也

其始自漢魏傳挾其言者浸淫四出抵今爲尤盛百里之縣爲其徒者少幾千人多至萬以上宫廬累百十大氐穹墉奧屋文衣精食輿馬之華封君不如也古百里之國封君一人然而力殆不輕得足也今地方百里過封君者累百十飛奇鉤貸以病民民往往嚬呻而爲塗中瘠者以此治教信讓奚而得行也而天下若是者蓋幾宫幾人乎有司常錮百貨之利細若蓬（一作莛）芒一無所漏失僕僕然其勞也而至於浮圖人雖費如此皆置不問反傾府空藏而棄與之豈不識其非古之制邪抑識不可然且固存之耶愚不

能釋也分寧縣郭內外名爲宫者百八十餘所兜率院在治之西八十里其徒尤相率悉力以脩之者也其構興端原有邑人黄庠所爲記其後院主僧基又治其故而大之殿舍中嚴齋宫宿廬庖湢之旁布列兩序廄圉囷倉以固以容資所以奉養之物無一而外求蹟其事而來請記者其徒省懷也噫子之法四方人奔走附集者衎衎施施未有止也予無力以拒之者獨介然於心而掇其尤切者爲是說以與之其使子之徒知巳之享利也多而人蒙病巳甚且以告有司而諗其終何如焉

飲歸亭記

金溪尉汪君名遘爲尉之三月斥其西一作四垣爲射亭既成教士於其間而名之曰飲歸之亭以書走臨川請記於予請數反不止予之言何可取汪君徒深望予也既不得辭乃記之曰射之用事已遠其先之以禮樂以辨德記之所謂賓燕鄉飲大射之射是也其貴力而尚技以立武記之所謂四時教士貫革之射是也古者海内洽和則先禮射而弓矢以立武亦不廢於有司及三代衰王政缺禮樂之事相屬而盡壞揖讓之射滋亦熄至其後天下嘗集國家嘗閒暇

矣先王之禮其節文皆在其行之不難然自秦漢以來千有餘歲衰微絀塞空見於六藝之文而莫有從事者由世之茍簡者勝也爭奪興而戰禽攻取之黨奮則彊弓疾矢巧技之出不得而廢其不以勢哉今尉之教射不比乎禮樂而貴乎技力其衆雖小然而旗旄鐲鼓五兵之器便習之利與夫行止步趨遲速之節皆宜有法則其所教亦非獨射也其幸而在乎無事之時則得以自休守境而塡衞百姓其不幸殺越剽攻駭驚閭巷而並逐於大山長谷之間則將犯晨夜蒙霧露蹈阨馳危不避矢石之患湯火之難出

入千里而與之有事則士其可以不素教哉今亭之
作所以教士汪君又謂古者師還必飲至於廟以紀
軍實今廟廢不設亦欲士勝而歸則飲之於此遂以
名其亭汪君之志與其職可謂協矣或謂汪君儒生
尉文吏以禮義禁盜宜可止顧乃習鬬而喜勝其是
歟夫治固不可以不兼文武而施澤於堂廡之上服
冕搢笏使士民化姦宄息者固亦在彼而不在此也
然而天下之事能大者固可以兼小未有小不治而
能大也故汪君之汲汲於斯不忽乎任小其非所謂
有志者邪

擬峴臺記

尚書司門員外郎晉國裴君治撫之二年因城東隅作臺以遊而命之曰擬峴臺謂其山谿之形擬乎峴山也數與其屬與州之寄客者遊而閒獨求記於予初州之東其城因大丘其隍因大谿其隅因客土以出谿上其外連山高陵野林荒墟遠近高下壯大闊廓怪奇可喜之觀環撫之東南者可坐而見也然而雨隮潦毁蓋藏弃委於榛藂茀草之間未有即而愛之者也君得之而喜增甓與土易其破缺去榛與草發其亢爽（一本有繚以橫檻覆以高甍八字）因而爲臺以脫埃氛絕

煩囂出雲氣而臨風雨然後谿之平沙漫流微風遠
響與夫浪波洶湧破山拔木之奔放至於高桅勁艣
沙禽水獸下上而浮沉者皆出乎履舄之下山之蒼
顏秀壁巔崖拔出挾光景而薄星辰至於平岡長陸
虎豹踞而龍蛇走與夫荒蹊聚落樹陰晻曖遊人行
旅隱見而斷續者皆出乎衽席之內若夫煙雲開斂
日光出沒四時朝暮雨暘明晦變化之不同則雖覽
之不厭而雖有智者亦不能窮其狀也或飲者淋漓
歌者激烈或靚觀微步旁皇徙倚則得於耳目與得
之於心者雖所寓之樂有殊而亦各適其適也撫非

通道故貴人蓄賈之遊不至多良田故水旱螟螣之菑少其民樂於耕桑以自足故牛馬之牧於山谷者不收五穀之積於郊野者不垣而晏然不知抱鼓之警發召之役也君旣因其土俗而治以簡靜故得以休其暇日而寓其樂於此州人士女樂其安且治而又得遊觀之美亦將得同其樂也故予爲之記其成之年月日嘉祐二年之九月九日也

撫州顔魯公祠堂記

贈司徒魯郡顔公諱眞卿事唐爲太子大師與其從父兄杲卿皆有大節以死至今雖小夫婦人皆知公

之爲烈也初公以忤楊國忠斥爲平原太守策安禄
山必反爲之備禄山既舉兵公與常山太守杲卿伐
其後賊之不能直闚潼關以公與杲卿撓其勢也在
肅宗時數正言宰相不悦斥去之又爲御史唐旻所
構連輙斥李輔國遷太上皇居西宫公首率百官請
問起居又輙斥代宗時與元載爭論是非載欲有所
壅蔽公極論之又輙斥楊炎盧杞既相德宗益惡公
所爲連斥之猶不滿意李希烈陷汝州杞即以公使
希烈希烈初慙其言後卒縊公以死是時公年七十
有七矣天寶之際久不見兵禄山既反天下莫不震

動公獨以區區平原遂折其鋒四方聞之爭奮而起唐卒以振者公爲之唱也當公之開土門同日歸公者十七郡得兵二十餘萬繇此觀之苟順且誠天下從之矣自此至公歿垂三十年小人繼續任政天下日入於弊大盜繼起天子輙出避之唐之在朝臣多畏怯觀望能居其間一忤於世失所而不自悔者寡矣至於再三忤於世失所而不自悔者蓋未有也若至於起且仆以至於七八遂死而不自悔者則天下一人而已若公是也公之學問文章往往雜於神仙浮圖之說不皆合於理及其奮然自立能至於此者

蓋天性然也故公之能處其死不足以觀公之大何
則及至於勢窮義有不得不死雖中人可勉焉况公
之自信也歟惟歷忤大姦顛跌撼頓至於七八而始
終不以死生禍福爲秋毫顧慮非篤於道者不能如
此此足以觀公之大也夫世之治亂不同而士之去
就亦異若伯夷之清伊尹之任孔子之時彼各有義
夫既自比於古之任者矣乃欲睠顧回隱以市於世
其可乎故孔子惡鄙夫不可以事君而多殺身以成
仁者若公非孔子所謂仁者歟今 天子至和三年尚
書都官郎中知撫州聶君厚載尚書屯田員外郎通

判撫州林君慥相與慕公之烈以公之嘗爲此邦也遂爲堂而祠之既成二君過予之家而告之曰願有述夫公之赫赫不可蓋者固不繫於祠之有無蓋人之嚮往之不足者非祠則無以致其至也聞其烈足以感人况拜其祠爲親炙之者歟今州縣之政非法令所及者世不復議二君獨能追公之節尊而事之以風示當世爲法令之所不及是可謂有志者矣

洪州新建縣廳壁記

爲後世之吏得行其志者少矣此仕之所以難也而縣爲最甚何哉凡縣之政無小大令主簿皆獨任而

民事委曲當有所操縱緩急不能一斷以法舉法而繩之則其罪固易求也凡有所爲閒可不可於州執一而違之則其勢固易撓也其罪易求其勢易撓故爲之者有以得於州然後其濟可幾也不幸其一錙銖與之咈則大者求其罪小者撓其勢將不遺其力矣吏之不能自安豈足道哉縣有不與其擾者乎方是時也而天下之能忘其勢而好惡不妄者鮮矣能忘人之勢而強立不茍者亦鮮矣州負其強以取威縣憂其弱以求免其習已久其俗已成之後而守正循理以求其得於州其亦不可以必也則仕於此者

欲行其志豈非難也哉君子者雖無所處而不安然其於自處也未嘗不擇仕而得擇其自處則縣之事有不敢任者豈可謂過也哉洪州新建自太平興國六年分南昌爲縣至嘉祐三年凡若干年爲令者凡三十有九人而祕書省著作佐郎黃巽公權來爲其令抑豪縱惠下窮守正循理而得濟其志者也公權亦喜其職之行因考次凡爲令者名氏將伐石以書而列置于壁間故予爲之載其行治而因著其爲縣之難使來者得覽焉

清心亭記

嘉祐六年尚書虞部員外郎梅君爲徐之蕭縣改作
其治所之東亭以爲燕息之所而名之曰清心之亭
是歲秋冬來請記於京師屬余有亡妹殤女之悲不
果爲明年春又來請屬余有悼亡之悲又不果爲而
其請猶不止至冬乃爲之記曰夫人之所以神明其
德與天地同其變化者夫豈遠哉生於心而已矣若
夫極天下之知以窮天下之理於夫性之在我者能
盡之命之在彼者能安之則萬物之自外至者安能
累我哉此君子之所以虛其心也萬物不能累我矣
而應乎萬物與民同其吉凶者亦未嘗廢也於是有

法誠之設邪僻之防此君子之所以齋其心也虛其心者極乎精微所以入神也齋其心者由乎中庸所以致用也然則君子之欲脩其身治其國家天下者可知矣今梅君之爲是亭曰不敢以爲遊觀之美蓋所以推本爲治之意而且將清心於此其所存者亦可謂知其要矣乃爲之記而道余之所聞者焉十一月五日記

閬州張侯廟記

事常蔽於其智之不周而辨常過於所惑智足以周於事而辨至於不惑則理之微妙皆足以盡之今夫

推策灼龜審於夢寐其爲事至淺世常尊而用之未
之有改也坊庸道路馬蠶猫虎之靈其爲類至細世
常嚴而事之未之有廢也水旱之菑日月之變與夫
兵師疾癘昆虫鼠豕之害凡一慝之作世常有祈有
報未之有止也金縢之書雲漢之詩其意可謂至而
其辭可謂盡矣夫精神之極其叩之無端其測之甚
難而尊而信之如此其備者皆聖人之法何也彼有
接於物者存乎自然世既不得而無則聖人固不得
而廢之亦理之自然也聖人者豈用其聰明哉善因
於理之自然而已其智足以周於事而其辨足以不

惑則理之微妙皆足以盡之也故古之有爲於天下
者盡己之智而聽於人盡人之智而聽於神未有能
廢其一也書曰朕志先定詢謀僉同鬼神其依龜筮
協從所謂盡己之智而聽於人盡人之智而聽於神
也繇是觀之則荀卿之言以謂雩筮救日小人以爲
神者以疾夫世之不盡乎在己者而聽於人不盡乎
在人者而聽於神其可也謂神之爲理者信然則過
矣蔽生於其智之不周而過生於其所惑也閬州於
蜀爲巴西郡蜀車騎將軍領司隸校尉西鄉張侯名
飛字益德嘗守是州州之東有張侯之冢至今千有

餘年而廟祀不廢每歲大旱禱雨輒應嘉祐中比數歲連熟閬人以謂（一作為）張侯之賜也乃相與率錢治其廟舍大而新之始侯以智勇爲將號萬人敵當蜀之初與魏將張郃相距於此能破郃軍以安此土可謂功施於人矣其歿也又能澤而賜之則其食於閬人不得而廢也豈非宜哉知州事尚書職方員外郎李君獻卿字材叔以書來曰其爲我書之材叔好古君子也乃爲之書而以余之所聞於古者告之

歸老橋記

武陵柳侯圖其青陵之居屬余而敘以書曰武陵之

西北有湖屬于梁山者白馬湖也梁山之西南有田屬于湖上者吾之先人青陵之田也吾築廬於是而將老焉青陵之西二百步有泉出于兩崖之間而東注于湖者曰采菱之澗吾爲橋於其上而爲屋以覆之武陵之往來有事於吾廬者與吾異日得老而歸皆出於此也故題之曰歸老之橋維吾先人之遺吾此土者宅有桑麻田有秔稌而渚有蒲蓮弋于高而追鳧鴈之下上緡于深而逐鱣鮪之潛泳此吾所以衣食其力而無愧於心也息有喬木之繁陰藉有豐草之幽香登山而凌雲覽天地之奇變弄泉而乘月

遺氛埃之溷濁此吾所以處其怠倦而樂於自遂也
吾少而安焉及壯而從事於四方累乎萬物之自外
至者未嘗不思休于此也今又獲位於朝而榮於寵
禄以爲觀游於此而吾亦將老矣得無志於歸哉又
曰世之老於官者或不樂於歸幸而有樂之者或無
以爲歸今吾有是以成吾樂也其爲我記之使吾後
之人有考以承吾志也余以謂先王之養老者備矣
士大夫之致其位者曰不敢煩以政蓋尊之也而士
亦皆明於進退之節無留禄之人可謂兩得之也後
世養老之具既不備士大夫之老於位者或擯而去

之也然士猶有冒而不知止者可謂兩失之也今柳侯年六十齒髮未衰方爲天子致其材力以惠澤元元之時雖欲遺章綬之榮從湖山之樂余知未能遂其好也然其志於退也如此聞其風者亦可以興起矣乃爲之記

尹公亭記

君子之於己自得而已矣非有待於外也然而曰疾没世而名不稱焉者所以與人同其行也人之於君子潛心而已矣非有待於外也然而有表其閭名其鄉欲其風聲氣烈暴於世之耳目而無窮者所以與

人同其好也内有以得諸己外有以與人同其好此所以爲先王之道而異乎百家之説也隨爲州去京師遠其地僻絶慶曆之間起居舍人直龍圖閣河南尹公洙以不爲在勢者所容謫是州居於城東五里開元佛寺之金燈院尹公有行義文學長於辯論一時與之遊者皆世之聞人而人人自以爲不能及於是時尹公之名震天下而其所學蓋不以貧富貴賤死生動其心故其居於隨日以考圖書通古今爲事而不知其官之爲謫也嘗於其居之北阜竹栢之間結茅爲亭以茇而嬉歲餘乃去既去而人不忍廢壞

輒理之因名之曰尹公之亭州從事謝景平刻石記其事至治平四年司農少卿贊皇李公禹卿爲是州始因其故基增庳益狹斬材以易之陶瓦以覆之旣成而寬深亢爽環隨之山皆在几席又以其舊亭峙之於北於是隨人皆喜慰其思而又獲游觀之美其冬李公以圖走京師屬予記之蓋尹公之行見於事言見於書者固已赫然動人而李公於是又脩而大之者豈獨慰隨人之思於一時而與之共其樂哉亦將使夫荒遐僻絶之境至於後人見聞之所不及而傳其名覽其迹者莫不低徊俯仰想尹公之風聲氣

烈至於愈遠而彌新是可謂與人同其好矣則李公之傳於世亦豈有已乎故予爲之書時熙寧元年正月日也

筠州學記

周衰先王之迹熄至漢六藝出於秦火之餘士學於百家之後言道德者矜高遠而遺世用語政理者務卑近而非師古刑名兵家之術則狃於暴詐惟知經者爲善矣又爭爲章句訓詁之學以其私見妄穿鑿爲說故先王之道不明而學者靡然溺於所習當是時能明先王之道者揚雄而已而雄之書世未知好

也然士之出於其時者皆勇於自立無苟簡之心其取予進退去就必度於禮義及其已衰而搢紳之徒抗志於強暴之間至於廢錮殺戮而其操愈厲者相望於先後故雖有不軌之臣猶低徊没世不敢遂其篡奪自此至於魏晉以來其風俗之弊人材之乏久矣以迄于今士乃有特起於千載之外明先王之道以寤後之學者世雖不能皆知其意而往往好之故習其說者論道德之旨而知應務之非近議從政之體而知法古之非迂不亂於百家不蔽於傳疏其所知者若此此漢之士所不能及然能尊而守之者則

未必衆也故樂易惇朴之俗微而詭欺薄惡之習勝其於貧富貴賤之地則養廉遠耻之意少而偷合苟得之行多此習俗(一作俗化)之美所以未及於漢也夫所聞或淺而其義甚高與所知有餘而其守不足者其故何哉繇漢之士察舉於鄉閭故不得不篤於自修至於漸摩之久則果於義者非强而能也今之士選用於文章故不得不篤於所學至於循習之深則得於心者亦不自知其至也由是觀之則上所好下必有甚(一有者字)焉豈非信歟今漢與今有教化開導之方有庠序養成之法則士於學行豈有彼此之偏先後

之過乎夫大學之道將欲誠意正心修身以治其國家天下而必本於先致其知則知者固善之端而人之所難至也以今之士於人所難至者旣幾矣則上之施化莫易於斯時顧所以導之如何爾筠爲州在大江之西其地僻絶當慶曆之初詔天下立學而筠獨不能應詔州之士以爲病至治平三年蓋二十有三年矣始告于知州事尚書都官郎中董君儀董君乃與通判州事國子博士鄭君蒨相州之東南得亢爽之地築宮於其上齋祭之室講誦之堂休宿之廬至於庖湢庫廄各以序爲經始於其春而落成於八

月之皇既而來學者常數十百人二君乃以書走京師請記於予予謂二君之於政可謂知所務矣使鈞之士相與升降乎其中講先王之遺文以致其知其賢者超然自信而獨立其中材勉焉以待上之教化則是宮之作非獨使夫來者玩思於空言以干世取祿而已故爲之著予之所聞者以爲記而使歸刻焉

瀛州興造記

熙寧元年七月甲申河北地大震壞城郭屋室瀛州爲甚是日再震民訛言大水且至驚欲出走諫議大夫李公肅之爲高陽關路都總管安撫使知瀛州事

使人分出慰曉訛言乃止是日大雨公私暴露倉儲庫積無所覆冒公開示便宜使有攸處遂行倉庫經營蓋障雨止粟以石數之至一百三十萬兵器他物稱是無壞者初變作公命授兵警備訖于既息人無爭偷里巷安輯維北邊自通使契丹城壁樓櫓禦守之具寖弛不治習以爲故公因留變之後以興壞起廢爲己任知民之不可重困也迺請于朝力取於旁路之羨卒費取於備河之餘材又以錢千萬市木于眞定既集迺築新城方十五里高廣堅壯率加於舊其上爲敵樓戰屋凡四千六百間先時州之正門弊

在狹陋及是始斥而大之其餘凡圮壞之屋莫不繕
理復其故常周而覽之聽斷有所燕休有次食有高
廩貨有深藏賓屬士吏各有寧宇又以其餘力爲南
北甬道若干里人去汙淖即于夷塗自七月庚子始
事至十月己未落成其用人之力積若干萬若干千
若干百工其竹葦木瓦之用積若干萬若干千若干
百蓋遭變之初財匱民流此邦之人以謂役鉅用艱
不累數稔城壘室屋未可以復也至於作始踰時功
以告具蓋公經理勸督内盡其心外盡其力故能易
壞爲成如是之敏事聞有詔嘉獎昔鄭火子產救菑

補敗得宜當理史實書之衛有狄人之難文公治其城市宮室合於時制詩人歌之今瀛地震之所摧敗與鄭之火甾衛之寇難無異公禦備構築不失其方亦猶古也故瀛之士大夫皆欲刻石著公之功而予之從父兄適與軍政在公幕府迺以書來屬予記之予不得辭故為之記尚俾來世知公之嘗勤於是邦也

廣德軍重修鼓角樓記

熙寧元年冬廣德軍作新門鼓角樓成太守合文武賓屬以落之既而以書走京師屬鞏曰為我記之鞏

辭不能書反復至五六辭不獲迺爲其文曰蓋廣德居吴之西疆故障之墟境大壤沃食貨富穰人力有餘而獄訟赴訴財貢輸入以縣附宣道路回阻衆不便利歷世乆之太宗皇帝在位四年乃按地圖因縣立軍使得奏事專决體如大邦自是以來田里辨爭歲時税調始不勤遠人用宜之而門閎隘庳樓觀弗飾於以納天子之命出令行化朝夕吏民交通四方覽示賓客弊在簡陋不中度程治平四年尚書兵部員外郎知制誥錢公公輔守是邦始因豐年聚材積土將改而新之會尚書駕部郎中朱公壽昌來繼其

任明年政成封内無事乃擇能吏揆時庀徒以畚以築以繩以削門阿是經觀闕是營不督不期役者自勸自冬十月甲子始事至十二月甲子卒功崇墉崛興複宇相瞰壯不及借麗不及奢憲度政理於是出納士吏賓客於是馳走尊施一邦不失宜稱至於伐鼓鳴角以警昏昕下漏數刻以節晝夜則又新是器列而棲之邦人士女易其觀聽莫不悅喜推美誦勤夫禮有必隆不得而殺政有必舉不得而廢二公於是兼而得之宜刻金石以書美實使是邦之人百世之下於二公之德尚有考也

元豐類稾卷第十八

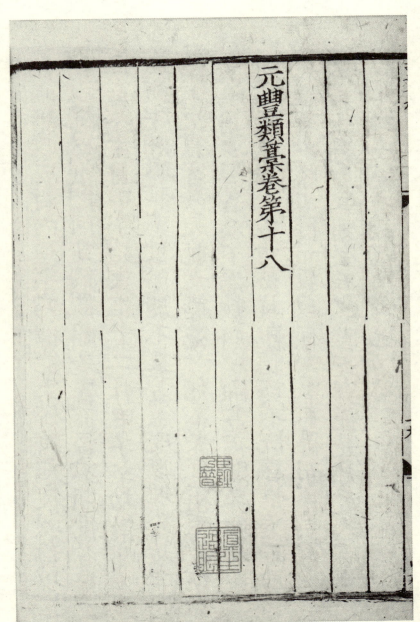

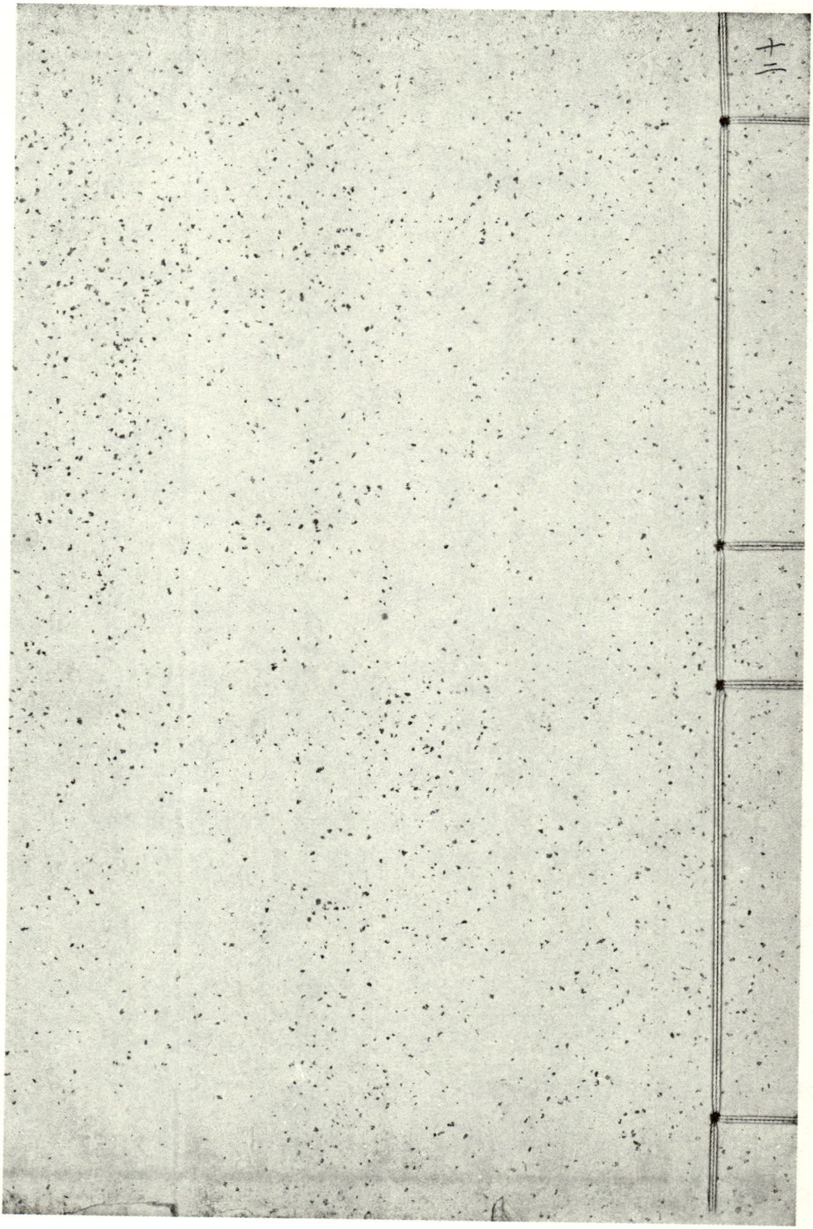
十二

元豐類藁卷第十九

記

廣德湖記

鄞縣張侯圖其縣之廣德湖而以書并古刻石之文遺余曰願有紀蓋湖之大五十里而在鄞之西十二里其源出於四明山而引其北爲漕渠泄其東北入江凡鄞之鄉十有四其東七鄉之田錢湖溉之其西七鄉之田水注之者則此湖也舟之通越者皆繇此湖而湖之產有鳧鴈魚鼈茭蒲葭菼葵蓴蓮芡之饒其舊名曰鸎脰湖而今名大曆八年令儲仙舟之所

更也貞元元年刺史任侗又治而大之大中元年民或上書請廢湖爲田任事者左右之爲出御史李後素驗視後素不爲撓民以得罪而湖卒不廢刺史李敬方與後素皆賦詩刻石以見其事其説以謂當是時湖成三百年矣則湖之興其在梁齊之際歟宋興淳化二年民始與州縣疆吏盗湖爲田久不能正至道二年知州事丘崇元躬按治之而湖始復轉運使言其事詔禁民敢田者至其後遂著之於一州敕咸平中賜官吏職田取湖之西山足之地百頃爲之既而務益取湖以自廣天禧二年知州事李夷庚始正

湖界起隄十有八里以限之湖之濱有地曰林村砂末曰高橋臘臺而其中有山曰白鶴曰皇春自太平興國以來民冒取之夷庚又命禁絕而湖始復天聖景祐之間民復相率請湖爲田州從事張大有按行止之而知州事李照又言其事報如至道詔書照以刻之石自此言請湖爲田者始息而康定某年縣主簿曾公望又益治湖至張侯之爲鄞則湖久不治西七鄉之農以旱告張侯爲出營度民田湖旁者皆喜願致其力張侯計工賦材擇民之爲人信服有知計者使督役而自主之一不以屬吏人以不擾而成勸

趨於是築環湖之隄凡九千一百三十四丈其廣一丈八尺而其高八尺廣倍於舊而高倍於舊三之二鄞人累石堙水闕其間而扃以木視水之小大而閉縱之謂之碶於是又爲之益舊揔爲碶九爲埭二十隄之上植榆柳益舊揔爲三萬一百丈（一作又）因其餘材爲二亭於隄上以休而與望春白鶴之山相直因以其山名山之上爲廟一以祠神之主此湖者一以祠吏之有功於此興者以熙寧元年十一月始役而以明年二月卒事其用民之力八萬二千七百九十有二工而其材出於工之餘既成而田不病旱舟不

病涸魚鴈茭葦果蔬水産之良皆復其舊而其餘及
於比縣旁州張侯於是可謂有勞矣是年予通判越
州事越之南湖久廢不治蓋出於吏之因循而至於
不知所以爲力予方患之觀廣德之興以數百年危
於廢者數矣繇屢有人故益以治蓋大曆之間溉田
四百頃大中八百頃而今二千頃矣則人之存亡政
之廢舉爲民之幸不幸其豈細也歟故爲之書尚俾
來者知毋廢前人之功以永爲此邦之利而又將與
越之人圖其廢也張侯名峋字子堅以材聞去而爲
提舉兩浙路常平廣惠倉兼管句農田差役水利事

方且用於時云

齊州二堂記

齊濱濼水而初無使客之館使客至則常發民調林木爲舍以寓去則徹之既費且陋乃爲之徙官之廢屋爲二堂於濼水之上以舍客因考其山川而名之蓋史記五帝紀謂舜耕歷山漁雷澤陶河濱作什器於壽丘就時於負夏鄭康成釋歷山在河東雷澤在濟陰負夏衛地皇甫謐釋壽丘在魯東門之北河濱濟陰定陶西南陶丘亭是也以余考之耕稼陶漁皆舜之初宜同時則其地不宜相遠二家所釋雷澤河

濵壽丘負夏皆在魯衛之閒地相望則歷山不宜獨在河東也孟子又謂舜東夷之人則陶漁在濟陰作什器在魯東門就時在衛耕歷山在齊皆東方之地合於孟子按圖記皆謂禹貢所稱雷首山在河東嬀水出焉而此山有九號歷山其一號也余觀虞書及五帝紀蓋舜娶堯之二女廼居嬀汭則耕歷山蓋不同時而地亦當異世之好事者廼因嬀水出於雷首遷就附益謂歷山爲雷首之別號不考其實矣由是言之則圖記皆謂齊之南山爲歷山舜所耕處故其城名歷城爲信然也今濼上之北堂其南則歷山也

故名之曰歷山之堂按圖泰山之北與齊之東南諸谷之水西北匯于黑水之灣又西北匯于栢崖之灣而至于渴馬之崖蓋水之來也衆其北折而西也悍疾尤甚及至于崖下則泊然而止而自崖以北至于歷城之西蓋五（一作三）十里而有泉涌出高或至數尺其旁之人名之曰趵突之泉齊人皆謂嘗有弃糠於黑水之灣者而見之於此蓋泉自渴馬之崖潛流地中而至此復出也趵突之泉冬溫泉旁之蔬甲經冬常榮故又謂之溫泉其注而北則謂之濼水達于清河以入于海舟之通于齊者皆於是乎出也齊多甘

泉冠於天下其顯名者以十數而色味皆同以余驗之蓋皆濼水之旁出者也濼水嘗見於春秋魯桓公之十有八年公及齊侯會于濼杜預釋在歷城西北入濟水然濟水自王莽時不能被河南而濼水之所入者清河也預蓋失之今濼上之南堂其西南則濼水之所出也故名之曰濼源之堂夫理使客之館而辨其山川者皆太守之事也故爲之識使此邦之人尚有考也熙寧六年二月己丑記

齊州北水門記

濟南多甘泉名聞者以十數其釃而爲渠布道路民

廬官寺無所不至潏潏分流如深山長谷之間其匯
而爲渠一作湖環城之西北故北城之下疏爲門以洩
之若歲水溢城之外流潦暴集則常取荊葦爲蔽納
土於門以防外水之入旣弗堅完又勞且費至是始
以庫錢買石僦民爲工因其故門絫石爲兩涯其深
八十尺廣三十尺中置石楗析爲二門扃皆用木視
水之高下而閉縱之於是外內之水禁障宣通皆得
其節人無後虞勞費以熄其用工始於二月庚午而
成於三月丙戌董役者供備庫副使駐泊都監張如
綸右侍禁兵馬監押仲懷德二人者欲後之人知作

之自吾始也來請書故爲之書是時熙寧五年壬子也記

襄州宜城縣長渠記

荆及康狼楚之西山也水出二山之間東南而流春秋之世曰鄢水左丘明傳魯桓公十有三年楚屈瑕伐羅及鄢亂次以濟是也其後曰夷水水經所謂漢水又南過宜城縣東夷水注之是也又其後曰蠻水酈道元所謂夷水避桓温父名改曰蠻水是也秦昭王二（一作三）十八年使白起將攻楚去鄢百里立堨壅是水爲渠以灌鄢鄢楚都也遂拔之秦既得鄢以爲

縣漢惠帝三年改曰宜城宋孝武帝永初元年築宜城之大隄爲城今縣治是也而更謂鄢曰故城鄢入秦而白起所爲渠因不廢引鄢水以灌田田皆爲沃壤今長渠是也長渠至宋至和二年久隳不治而田數苦旱川飲者無所取令孫永曼叔率民田渠下者理渠之壞一作壤塞而去其淺隘遂完故堨使水還渠中自二月丙午始作至三月癸未而畢田之受渠水者皆復其舊曼叔又與民爲約束時其蓄泄而止其侵爭民皆以爲宜也蓋鄢水之出西山初棄於無用及白起資以禍楚而後世顧賴其利酈道元以謂潨

田三千餘頃至今千有餘年而曼叔又舉衆力而復
之使並渠之民足食而甘飲其餘粟散於四方蓋水
出於西山諸谷者其源廣而流於東南者其勢下至
今千有餘年而山川高下之形勢無改故曼叔得因
其故迹興於既廢使之源流與地之高下一有易於
古則曼叔雖力亦莫能復也夫水莫大於四瀆而河
蓋數徙失禹之故道至於濟水又王莽時而絶況於
衆流之細其通塞豈得而常而後世欲行水溉田者
往往務躡古人之遺迹不考夫山川形勢古今之同
異故用力多而收功少是亦其不思也歟初曼叔之

復此渠白其事於知襄州事張瓌唐公唐公聽之不疑沮止者不用故曼叔能以有成則渠之復自夫二人者也方二人者之有爲蓋將任其職非有求於世也及其後言渠堨者蠭出然其心蓋或有求故多詭而少實獨長渠之利較然而二人者之志愈明也熙寧六年余爲襄州過京師曼叔時爲開封訪余於東門爲余道長渠之事而誘余以考其約束之廢舉余至而問焉民皆以謂賢君之約束相與守之傳數十年如其初也余爲之定著令上司農八年曼叔去開封爲汝陰始以書告之而是秋大旱獨長渠之田無

害也夫宜知其山川與民之利害者皆爲州者之任故余不得不書以告後之人而又使之知夫作之所以始也曼叔今爲尚書兵部郎中龍圖閣直學士八月丁丑記

徐孺子祠堂記

漢自元興以後政出宦者小人挾其威福相煽爲惡中材顧望不知所爲漢既失其操柄紀綱大壞然在位公卿大夫多豪傑特起之士相與發憤同心直道正言分别是非白黑不少屈其意至於不容而織羅鉤黨之獄起其執彌堅而其行彌厲志雖不就而忠

有餘故及其旣歿而漢亦以亡當是之時天下聞其風慕其義者人人感慨奮激至於解印綬棄家族骨肉相勉趨死而不避百餘年間擅彊大覬非望者相屬皆逡巡而不敢發漢能以亡爲存蓋其力也孺子於時豫章太守陳蕃太尉黃瓊辟皆不就舉有道拜太原太守安車備禮召皆不至蓋忘已以爲人與獨善於隱約其操雖殊其志於仁一也在位士大夫抗其節於亂世不以死生動其心異於懷禄之臣遠矣然而不屑去者義在於濟物故也孺子嘗謂郭林宗曰大木將顛非一繩所維何爲栖栖不皇寧處此其

意亦非自足於丘壑遺世而不顧者也孔子稱顏回用之則行舍之則藏惟我與爾有是夫孟子亦稱孔子可以進則進可以止則止乃所願則學孔子而易於君子小人消長進退擇所宜處未嘗不惟其時則見其不可而止此孺子之所以未能以此而易彼也孺子姓徐名穉孺子其字也豫章南昌人按圖記章水北徑南昌城西歷白社其西有孺子墓又北歷南塘其東爲東湖湖南小洲上有孺子宅號孺子臺吳嘉禾中太守徐熙於孺子墓隧種松太守謝景於墓側立碑晉永安中太守夏侯嵩於碑旁立思賢亭世

世修治至拓跋魏時謂之聘君亭今亭尚存而湖南小洲世世不知其嘗爲孺子宅又嘗爲臺也余爲太守之明年始即其處結茅爲堂圖孺子象祠以中牢率州之賓屬拜焉漢至今且千歲富貴堙滅者不可稱數孺子不出閭巷獨稱思至今則世之欲以智力取勝者非惑歟孺子墓失其地而臺幸可考而知祠之所以視邦人以尚德故并采其出處之意爲記焉

江州景德寺新戒壇記

江州景德寺戒壇作於熙寧九年某月某甲子成於十年某月某甲子其費出於太子賓客陳公諱巽其

主而成之出於寺之僧智暹壇成是歲同天節度僧若干人初景德寺屋壞幾廢智暹慨然以經營爲己任不舍其晝夜之勤凡二十年爲佛殿三門两廊鍾樓與戒壇揔爲屋若干區揔費錢二十餘萬智暹食淡衣麄所居屋壞不自治所得於人惟資治其寺以其故人皆信服凡所欲爲無不如志今年六十有七矣其經營寺事不懈如初而其彊力蓋有餘也余嘉其意故爲之記云熙寧十年五月乙亥記

洪州東門記

南昌於禹貢爲揚州之野於地志爲吳分其部所領

八州其境屬于荆閩南粤方數千里其田宜秔稌其
賦粟輸于京師爲天下最在江湖之間東南一都會
也其城之西爲大江江之外爲西山州治所因城之
面勢爲門東西出其西門既新而東門獨故弊熙寧
九年余爲是州將易而新之明年會移福州又明年
自福州被召還京師過南昌視其東門則令守元侯
既徹而易之元侯以余爲有舊於是州來請曰願有
識余辭謝不能而其請不懈蓋天子諸侯之門制見
於經者不明學禮者以謂諸侯之制有皐應路門天
子之門加庫雉然見於春秋者魯有庫門有雉門見

於孔子家語者衛有庫門或以謂襃周公康叔非諸
侯常制其果然歟蓋莫得而考也在雅之綿古公亶
父徙宅于岐作爲宮室門墉得宜應禮後世原大推
功述而歌之其辭曰廼立皋門皋門有伉釋者曰伉
言其高也又曰廼立應門應門將將釋者曰將將言
其嚴正也則諸侯之門維高且嚴固詩人之所善聖
人定詩取而列之所以爲後世法也今元侯於其東
門華陋興壞不違於禮是可書也將子之識會余未
至京師易守明州元侯則使人於途於明州速余文
不已按南昌之東門作於淳化五年識於其棟間者

曰皇第六子鎮南節度洪州管内觀察處置等使徐國公元僖尚書戶部郎中知洪州軍州事陳象輿以籍考之徐國公後封密王太宗第六子受命保兹南土實留京師則作門者蓋象輿也至門之改作凡八十有九年元侯之於是役其木取於地之不在民者其工取於役卒之羨者其瓦甓金石髹彤黝堊之費取於庫錢之常入者自七月戊子始事至十月壬子而畢既成而南北之廣十尋東西之深半之而高如其廣於以出政令謹禁限時啓閉通往來稱其於東南爲一都會者而役蓋不及民也元侯名積中云又

明年實元豐二年記

道山亭記

閩故隸周者七至秦開其地列於中國始并爲閩中郡自粵之大末與吳之豫章爲其通路其路在閩者陸出則阨於兩山之間山相屬無間斷累數驛廼一得平地小爲縣大爲州然其四顧亦山也其途或逆坂如緣絙或垂崖如一髮或側徑鉤出於不測之谿上皆石芒峭發擇然後可投步負戴者雖其土人猶側足然後能進非其土人罕不躓也其谿行則水皆自高瀉下石錯出其間如林立如士騎滿野千里下

上不見首尾水行其隙間或衡縮蟉糅或逆走旁射
其狀若蚓結若蟲鏤其旋若輪其激若矢舟泝沿者
投便利失毫分輒破溺雖其土長川居之人非生而
習水事者不敢以舟楫自任也其水陸之險如此漢
嘗處其衆江淮之間而虛其地蓋以其陿多阻豈虛
也哉福州治侯官於閩爲土中所謂閩中也其地於
閩爲最平以廣四出之山皆遠而長江在其南大海
在其東其城之內外皆涂旁有溝溝通潮汐舟載者
晝夜屬于門庭麓多桀木而匠多良能人以屋室鉅
麗相矜雖下貧必豐其居而佛老子之徒其宮又特

盛城之中三山西曰閩山東曰九僊山北曰粤王山三山者鼎趾立其附山蓋佛老子之宫以數十百其瓌詭殊絶之狀蓋已盡人力光禄卿直昭文館程公爲是州得閩山嶔崟之際爲亭於其處於其山川之勝城邑之大宫室之榮不下簟席而盡於四矚程公以謂在江海之上爲登覽之觀可比於道家所謂蓬萊方丈瀛洲之山故名之曰道山之亭閩以險且遠故仕者常憚往程公能因其地之善以寓其耳目之樂非獨忘其遠且險又將抗其思於埃壒之外其志壯哉程公於是州以治行聞既新其城又新其學而

其餘功又及於此蓋其歲滿就吏廣州拜諫議大夫又拜給事中集賢殿修撰今爲越州字公闢名師孟云

越州趙公救菑記

熙寧八年夏吳越大旱九月資政殿大學士右諫議大夫知越州趙公前民之未饑爲書問屬縣菑所被者幾鄉民能自食者有幾當廩於官者幾人溝防構築可僦民使治之者幾所庫錢倉粟可發者幾何富人可募出粟者幾家僧道士食之羨粟書於籍者其幾具存使各書以對而謹其備州縣吏録民之孤老

疾弱不能自食者二萬一千九百餘人以告故事歲
廪窮人當給粟三千石而止公斂富人所輸及僧道
士食之羨者得粟四萬八千餘石佐其費使自十月
朔人受粟日一升幼小半之憂其衆相蹂也使受粟
者男女異日而人受二日之食憂其且流亡也於城
市郊野爲給粟之所凡五十有七使各以便受之而
告以去其家者勿給計官爲不足用也取吏之不在
職而寓於境者給其食而任以事不能自食者有是
具也能自食者爲之告富人無得閉糴又爲之出官
粟得五萬二千餘石平其價予民爲糶粟之所凡十

有八使糴者自便如受粟又僦民完城四千一百丈爲工三萬八千計其傭與錢又與粟再倍之民取息錢者告富人縱予之而待熟官爲責其償棄男女使人得收養之明年春大疫爲病坊處疾病之無歸者募僧二人屬以視醫藥飲食令無失所時凡死者使在處隨收瘞之法廩窮人盡三月當止是歲盡五月而止事有非便文者公一以自任不以累其屬有上請者或便宜多輒行公於此時蚤夜憊心力不少懈事細鉅必躬親給病者藥食多出私錢民不幸罹旱疫得免於轉死雖死得無失斂埋皆公力也是時旱

疫被吳越民饑饉疾癘死者殆半甾未有鉅於此也天子東向憂勞州縣推布上恩人人盡其力公所拊循民尤以爲得其依歸所以經營綏輯先後終始之際委曲纖悉無不備者其施雖在越其仁足以示天下其事雖行於一時其法足以傳後蓋甾沴之行治世不能使之無而能爲之備民病而後圖之與夫先事而爲計者則有閒矣不習而有爲與夫素得之者則有閒矣余故采於越得公所推行樂爲之識其詳豈獨以慰越人之思將使吏之有志於民者不幸而遇歲之甾推公之所已試其科條可不待頃（一作須）而

具則公之澤豈小且近乎公元豐二年以大學士加
太子少保致仕家于衢其直道正行在於朝廷豈弟
之實在於身者此不著著其荒政可師者以爲越州
趙公救菑記云

元豐類藁卷第十九

元豐類稾卷第二十

制誥

試中書舍人制詔三道

特進觀文殿大學士除節度使開府儀同三司制

門下錫之列壤顓師寵於藩維申以榮名視官儀於宰路所以褒隆舊哲優異宗工維今古之通規實邦家之盛典宜兼禮秩屬在耆英播告治朝用揚孚號具官某莊毅足以任重肅括足以提身有能斷大事之明有克勤小物之慎以察微之智練達人情以經

遠之謀彌綸國體中外宣力左右納忠今方内靖嘉百揆攸叙助朕致此時迺之庸位特次於上公職仍通於祕殿閣時巳乂加命宜殊是用處以名城分建旄之寄屬均于台衮極備物之恩榮於戲顯有功尊有德朕於崇奬近輔之心可謂至矣親百姓撫四夷爾於將順朕志之義可不懋哉尚體眷懷往祗厥服

中書舍人除翰林學士制

左右侍從之官皆朕所訪問以獻納爲職者也惟禁林任親地密於夫經營庶務進退大臣未嘗不預咨詢非獨治翰墨典訓辭而已故待遇之寵不與他學

士比其重如此非智能材諝拔出一時豈稱公選某
純明修潔秉誼不回學有本原可以圖治體文有師
法可以代予言是用擢於右垣使就兹位令寓内嘉
靖朝廷燕閒朕方明紀綱考制度以行之當世傳之
將來夫能恊爾秉以輔朕志論思政理以著之謀猷
潤色斯文以見於號令待爾有當官之効以副予顧
倚之心其往懋哉以承厥叙

敕監司考覈州縣治迹詔

朕惟天之所以視聽者在民故朕之所以承天者以
夫民事爲尤重夫能使吾民足於衣食安於作息無

愁怨歎苦之聲有廉耻自重之誼者在夫州縣之吏
而已朕既擇人付以玆任而尚憂夫方域之廣生齒
之衆吏或不明不良不能究宣恩德使達于下開導
羣情使通于上是以置使分部屬之刺督而考覈幽
明甄別淑慝罕能務稱其職朕方憲于先王以正百
官之任使處其名者必効其實夫比羣吏之治而謹
其勸劉固朕之所孜孜而不敢怠也廉按之臣其體
朕意於夫治人之官審加察焉使純明修潔慈祥仁
篤之吏無壅於上聞而昏庸汚慢苛薄媮僞之人不
能自匿庶夫事舉刑清和樂交於內外風移俗易忠

厚格於神明方虔朕心以觀汝効賞罰有典誼無敢私其尚欽承朕言不食

曾肇轉官除吏部郎中制 左選

勑具官某尚書政本失其分職之日久矣朕紀官以實而歸其常守故郎選甚高銓綜之司典領尤重爾以學行材諝列職史筵宜進文階往祗厥叙朕方審覈幽明而公於黜陟尚思勉勵以敏事功可

劉奉世吏部員外郎制 右選

勑具官某尚書政本失其分職之日久矣朕紀官以實而歸其常守郎於選部任屬尤重以爾閱試惟舊

爲吏有方考擇於朝俾叅厥序朕方審覈幽明而公
於黜陟尚思勉勵以敏事功可

黄好謙戶部員外郎劉珵戶部郎中制 左曹

勑具官某田疇生齒之籍賦租課入之法郎於省闥
典領尤重邦之儁茂俾服厥官爾能敏於事功朕豈
稽於信賞可

王陟臣馬琉戶部員外郎制 右曹

勑具官某耕斂補助之法溝防通塞之政郎於省闥
典領尤重邦之儁茂俾服厥官爾能敏於事功朕豈
稽於信賞可

劉摯禮部郎中制

勑具官某周書曰不惟其官惟其人則古今之正治官得人固爲急也儀曹之於郎位考擇甚精爾以學行器能策名儒館宜升階等往祗厥服朕方明於賞勸以待羣吏之成爾尚懋于厥修庶能康朕之事可

王子韶禮部員外郎制

勑具官某周書曰不惟其官惟其人則古今之正治官得人固爲急也儀曹之於郎位副貳所屬考擇甚精爾以博學多聞册名儒館宜升階等往祗厥服朕方明於賞勸以待羣吏之成爾尚懋于厥修庶能康

朕之事可

潘良器兵部員外郎制

勑具官某朕高郎吏之選以進天下之材七兵之曹名秩甚寵稽于有衆屬爾之能其尚懋于厥功朕方明於賞勸可

胡援杜紘刑部郎中制

勑具官某爲郎居中時之妙選邦憲輕重典領惟艱朝之儁良俾任吾事式刑期于無刑此朕志也尚思明慎以稱厥官可

范子奇工部郎中高遵惠員外郎制

敕具官某宫室城隍程匠度材之事郎於起部其選甚高詢求在廷爾材惟允朕方董百工而康庶務爾尚勤夙夜而能厥官可（高遵惠改云副貳之選甚高）

王祖道司封員外郎制

敕具官某封爵之恩施於内外所以親親尊賢國之典也總領之任郎選甚高明揚爾能俾踐厥位朕方正名以稽羣吏之治而議其勸懲爾尚起哉以敏來効可

穆珣司封郎中制（封一作勳）

敕具官某論勞烈定勳級所以寵士大夫而勵其志

也主以郎吏禮秩甚殊僉曰汝能宜正厥序夫正名
者固將考其實也尚有信賞待汝計功可

蔡京范峋考功員外郎制

敕具官某計羣吏之課而議其誅賞郎於 天臺任屬
尤重維時髦士宜服寵名使殿最允而功用興待汝
能稱其職可不勉哉可

陳向度支員外郎制

敕具官某財用多寡之數物產豐約之宜司度之曹
典貳爲重爾惟幹敏宜服厥官夫能下寬齊民而上
足經費朕方勵精庶政之日爾尚悉其猷 爲可

晁端彥金部員外郎制

勑具官某財用金寶有出納之政權衡度量有制作之法司珍之任實典治焉僉曰爾材宜在茲位國有陟明之典待爾善於其官可

韓正彥倉部郎中制

勑具官某倉庾賦入之政祿廩賙助之法臺郎典領列於右曹爲官擇人爾往惟允夫能善於其職固將圖爾之勞可

趙令鑠祠部郎中制

勑具官某禮莫大於祭蓋事神者人道之極也祠曹

所領體莫重焉爾惟精明宜服厥位其思任職以稱
予奉天地宗廟兢兢之意焉可

徐禧御史中丞制

勑朕正名以定羣臣之位辨位以責庶務之實矧風
憲之官紀綱所屬曷可以不明其任哉具官某強敏
仁篤學通古今擢典訓辭遂持邦法宜專分職以應
新書是用輟自右垣仍其階品俾爾納忠宣力得壹
意於中司以董齊百工而肅正內外庶余之作則更
制罔或不虔在爾懋哉知其所守可

何洵直文及甫太常博士制

勑具官某奉常禮樂所出博士議論之官爾以藝文列於冊府宜升階品往祗厥叙夫能據經之說適今之宜不爲曲學之阿爾尚篤於所守可

趙君錫宗正丞制

勑具官某公室遠近之屬譜録攷序之政主以列卿不用他族蓋自漢始迄今循行丞於厥官參贊爲重爾辭學之敏列職書林宜進文階往祗厥服夫睦九族以刑萬邦此朕志也爾尚懋于厥守庶以承朕之仁可

黃寔太常博士制

勑具官某奉常禮樂所出博士議論之官爾以能聞
朕用分命夫能據經之說適今之宜不爲曲學之阿
爾尚篤於所守可

劉蒙御史臺主簿王子琦太常寺主簿制

勑具官某吏之有屬所以相成勾稽簿領之書交修
官守之事往從憲府尚懋爾勞可（王子琦制改憲府作卿寺）

徐鐸張崇翟思邵剛太學博士制

勑具官某博士列於成均以講教爲任爾以經明選
用往服厥官蓋尊其所聞以誘率學者汝之守也其
尚起哉可

林希著作佐郎制

勑具官某麟臺著作之貳郎以詞學爲之爾敏茂精明久游書觀宜遷階品往服（一作祗）厥叙屬爾以文章之選其體于獎遇之恩可

邢恕校書郎制

勑具官某典校祕藏之書旁求儒學之士尚思獎進之意無忘砥礪之勤可

李常太常少卿制

勑具官某禮樂精微之致所以格上下而諧人神奉常貳卿典領甚重爾聰明敏達久列書林宜進文階

往就兹位其務稱于厥職使節人心而和人聲者庶有得焉非獨在於俯仰鏗鏘而已兹爲一作惟朕志爾尚欽承可

錢暄光禄卿制

勑具官某酒醴膳羞之具以供宗廟朝廷之用典領之任位在列卿宜得其人俾服予采爾明習吏事勞閲有聞選於僉言俾踐厥職尚其祗飭無曠爾司可

楊汲大理卿王衮韓晉卿少卿制

勑具官某祭理折獄之事主以列卿其選甚重爾練習吏治閲試惟舊廷尉之選少卿改云廷尉之貳是用屬汝尚

思明慎以稱朕恩可

陳睦鴻臚卿制

敕具官其傳聲贊導之官所以賓接四方之使客位在九列禮秩甚隆正名之初考擇惟慎爾以辭學材諝列職史蹇宜進文階往承厥序尚其祗飭以服朕恩可

廉正臣董詵司農少卿制

敕具官其田畝稼穡之政倉庾委積之事典領之任秩亞列卿官儀之新考擇惟慎爾明習吏治勞閥有聞往貳大農是惟高選尚其祗飭無曠厥司可

賈青太府少卿制

勑具官某九賦須受之政百貨貿遷之法典領之任位次列卿肇正官儀考擇惟慎爾明習吏事閱試惟舊往共厥服汝惟克諧其體朕恩尚思祗飭可

李立之范子淵都水使者制

勑具官某川澤河渠之政津梁舟檝之事置使典領禮秩甚隆正名之初考擇惟慎爾明習吏治勞閱有聞選於在廷俾踐厥職尚其祗飭無忘訓辭可

黃華職方員外郎制

勑具官某四海九州之疆域山川風土之氣習載於

圖籍典以郎曹擢爾之材俾副厥位夫能使方國遠
近貫利同而財用便在爾能知其守可不懋哉可

杜綰大理正制

勑具官某折獄詳刑之事朕所慎也正於理官參贊
爲重選於在列爾以材升聽察以情尚勤厥職可

李義內殿崇班制

勑具官某虞度營屯之事積累歲月之勤序朝位於
殿廷尚益思於奮勵可

元豐類藁卷第二十

元豐類藁卷第二十一

制誥

左僕射門下侍郎王珪追封三代并妻制

曾祖永贈開府儀同三司

勑禮取其稱故位益尊則事其先者世益遠令寺良弼褒命其親得上至于三世求之於禮豈非取其稱哉具官某曾祖某仁篤慈祥畜德甚盛蓋其爲積也厚則其流澤也廣故能開相厥裔爲時宗臣百辟是師王室是輔推功原大肇基自爾顯揚崇寵兹惟舊章是用進爾之階秩在第一尚其不昧服此茂恩可

曾祖母尹氏追封燕國太夫人

勑優禮大臣厚其寵數所以勸在位之功德而共成天下之治也宰相之任重矣尊榮光大上施于其三世豈不即乎人情而稱其位亭哉具官某曾祖母某氏幽閒靜專躬蹈純德嬪于盛族壺彝是稱啓佑後人任國幾政流澤所自宜極褒崇追命定封列于大國光靈不泯尚服朕恩可

祖贄追封魏國公

勑天下之忠乎上教有所自故上之仁乎下恩有所延其體相成治道所出唯吾股肱之佐共任天下之

聖慈書寵秩施其祖廟所以慰其顯親之心稱其事君之義具官某明允純篤德業惟茂義訓不倦彌遠益章維時聞孫實輔予治念功原始宜極褒嘉肅建爾于上公俾受國于全魏歿而尚有知也其服朕之厚恩

祖母丘氏追封魏國太夫人

勅夫其先之畜德也厚則其裔之蒙澤也長故寵祿在其子孫則褒榮施其祖禰獎功錄善必揆所繇所以勸天下之成其家也具官某祖母某氏身蹈純行嬪于令人教行閨門自隱而顯惟予哲輔實爾慈孫

質厥所元宜有加（一作嘉）命全魏大國從夫之尊服此

寵章尚綏爾後可

父準追封漢國公

勑朕數求哲人以共大政隆名寵禄既俾集于厥躬襃大推崇則又施其禰廟所以遂吾大臣欲顯其親之志而關宗在位予一人尊獎近輔之心具官某父某材通世用行蹈天常德畜不施澤流及遠惟時有子爲國宗臣參聽萬機人望惟允慶所自出朕惟汝嘉屛蔽四方漢爲最大受茲封土永裕爾家可

母薛氏追封漢國太夫人

勑位有貴賤升降之等故禮有隆殺損益之差令輔
予聽斷萬機之臣在師長百官之任蓋列於廊廟名
秩既殊故追榮其親命數亦異兹惟故事其可易哉
具官某母某氏婦道以順母儀以慈言爲壼彝動應
圖法能教其子爲時宗工股肱朕躬王室是賴褒崇
之典既啓名城漢維大邦改進封號尚宜寵渥永祚
厥家可

妻鄭氏追封楚國夫人

勑詩人之義君之夫人有委蛇之行河山之德然後
在尊位備盛服從其夫榮可以爲稱施於世教所以

始人倫而出治道也具官某妻某氏淑茂柔明生于
令族動靜以禮協于經言相予宗臣慎其內行曾不
偕老永綏厥家湯沐之田旣受方國有加追寵宜易
新封尚其光靈服我休命可

中大夫尚書左丞蒲宗孟追封三代并進封妻

制

曾祖頴士贈太子少保

勑朕稽于古以正百官惟尚書政本而左轄綱紀之
司延登哲人俾祗厥敘懋有加寵逮其重祖所以隆
崇大臣國之典也具官某曾祖某潛德西南在約彌

勵流光錫祚集其後昆惣典中臺實輔于治東朝二
品是用命爾尚維幽漠服此茂恩可

曾祖母鮮于氏追封太寧郡太夫人

勑宗廟之數諸侯以五蓋任彌重者禮彌盛貴賤之
節然也今吾大臣追命及其三世與夫廟制豈異意
哉具官某曾祖母某氏作德於内以宜厥家啓相後
人預蔽國論按圖考地俾定爾封其尚有知服茲寵
號可

祖伸贈太子少傅

勑人本乎祖故吾加恩近輔褒榮其先至于累世豈

不緣人之情而制爲命數哉具官某祖某內含純明
外蹈規矩流澤也遠有孫而賢進于中臺揔國綱轄
善有所自朕惟汝嘉東朝之孤傳位爲寵用賁幽宅
尚其欽承可

祖母陳氏追封蜀郡太夫人

勑世德之積者久則發於其後者長故朕隆崇近輔
而褒榮其先非一二世而止所以勸天下之善豈非
博哉具官某祖母某氏淑愼恭儉化行閨門啓其元
孫持國綱要蜀惟爾土以定新封尚其如存膺此茂
渥可

繼祖母朱氏封閬中郡太夫人

勑夫位以德外禮以位叙不失其稱兹爲義榮今吾崇進大臣而圖其先烈内外命秩亦惟其宜所以使上下之間公論惟允具官某繼祖母某氏婉嫕冲靜行乎于家祚爾之孫興以輔朕西南上郡愍有褒封垂聲賛書尚其不殁

父師道贈太子少師

勑吾之大臣緜聰明材諝以有爵禄之榮尋有命書懋贈賁其考廟所以稱其顯親之心慰其霜露之感位不次授厥惟故常具官某父某忠篤純明德履惟

茂壯謀循政聲烈在人積厚慶隆及子而繼時予左轄司國紀綱惟流有原開跡自爾宮師之貳名寵秩尊以告幽扃尚其祗服可

母陳氏追封潁川郡太夫人

勅人子之於其父母莫不有顯揚褒大之心惟任重秩尊得盡其志此隆名寵禄所以勸天下也具官其母某氏經德履善宜其家室錫羡流祉在爾後人時予宗工任國綱轄陪京皇郡俾定新封服我命書尚其不泯可

妻陳氏封河東郡夫人

勑朕按用天下之材以爲共政之臣就位之初恩數
禮秩所以尊榮光大之者上施其祖禰而旁及於閨
門蓋任屬之者重則襃隆之者其可以不異哉具官
某妻某氏言容功德柔閑懿恭嬪于令人休有華問
惟時哲輔進秉國成相助之勤爾効彌顯以擇嘉郡
登崇號名尚宜厯家永綏寵禄可

陸佃兼侍講蔡卞兼崇政殿說書制

勑朕於書無所不學於天下之事無所不攷而不敢
自以爲足故設置講解之官使以先王之六藝日陳
于前朕於求多聞以建事之心可謂勤矣具官其好

古知經冝在此位夫尊其所聞以懋于厥職茲爲爾守其尚起哉可蔡卞改講解作誦說

徐禧給事中制

勑有事殿内之臣職在於平奏述詳命令糾其違者而正之覆其是者而行之至於決獄官人條陳法式之事莫不當致察焉其任可謂重矣具官某以材進拔典執邦憲茲用推擇俾踐厥位惟精敏不懈可以周閱讀惟忠實不撓可以司論駁朕方觀爾之效爾尚慎於厥修可

鍾浚將作少監制

勑具官某繕修興造程工督作之任不可不屬之其
人位視九卿禮秩甚寵正名之始考擇惟慎爾以材
選往貳厥官尚其祗承以允收拔可

蔡爗河東運判制

勑具官某分部而使雖以將漕爲名然實在於揔庶
務之予奪察郡吏之能否參千任屬選授其艱以爾
爲能俾承厥序夫均通貨食使物有羨贏審覈幽明
使人知勸畏茲爲爾守其往懋哉可

供備庫副使董琰等十一人轉官制

勑具官某等西南之蠻恃阻且遠跳踉溪谷負誼干

誅王師鼓行舉其巢穴斬獲摧陷爾預奏功第賞有
差尚惟祗服可
待制王堯臣知單州制
勑提將之符顓制一道使紀律明於士衆忠實紀於
朝廷然後爲國藩垣能稱其位具官某統治晉陽宜
知其任而西伐之卒比有逋亡繼形奏陳皆以疾告
無直繩肅下之誼有浮言罔上之迹雖付之刺督考
驗甚明而既更詔恩法當貸爾俾仍近職往守偏州
尚自省循玆爲薄責可
鄧忠臣母周氏封縣太君制

勑具官某母某氏爾子忠臣有勞應賞覬更寵典以
啓爾封俾錫命書茲爲異數尚惟祗服以稱茂恩可

杜常兵部郎中制

勑具官某朕爲保伍之法寓戰陣之教欲使兵與農
合庶幾先王之迹夏官之屬實叅典領以材擢爾往
祗厥序夫能奬誘服田之人悦趨講武之政馴致有
漸而彌綸不疏惟無廢爾之勤可以承朕之志可

李士京韓宗文大理寺主簿制

勑具官李士京等察治犴獄之官勾稽簿領之事往
祗選用無懈厥修可

許懋兩浙運副制

勑具官某朕擇遣使者分部而治雖以將漕爲稱然實揔民政之舉措察吏屬之能否蓋連數十城之地舉而屬之其選豈不重哉爾詳練敏明宜服予采蓋爾之職非止於督賦歛斷獄訟而已惟除苛熄擾可以使民遂其宜惟務實去華可以使吏馴其行宣恩德而美風俗待爾能善其官可不勉歟以祇朕命可

內殿承制段綽等知州制

勑具官某州有兵民之寄而地在疆埸之間則常擇用材武之臣屬之守禦之任爾以能選往祇厥服尚

恩綏靖以稱簡求可

宗室承操新婦王氏進封國夫人制

勑親愛之而欲其貴富朕於公族皆推是心寵數徽章施於閨壼玆惟故事朕敢忘哉具官某新婦某氏作合宗藩躬有馴德啓玆全國用進爾封以致朕尊奬近屬之恩尚懋爾服承休顯之稱可

宗室克懼復官制

勑具官某屬在近親享有榮禄以愆坐法亦既再朞稽于故常宜復位等勉思祗飭稱此茂恩可

李德明遥郡團練使制

勅具官某擐甲執兵人之重任賞信而速所以勸功爾忠力武材稱于種落徃殲醜類屢以捷聞圖爾之勞進位二等益思奮勵以待異恩可

陳景等尚書省主事令史制

勅某中臺政本主曹事治文書亦不可不屬之其人爾徃懋哉皆仍舊秩可

折克行彭保轉官制

勅具官某朕惟羌之猖狂内相賊虐致天之罰爰命六師開通道塗收復城聚摧堅獲醜爾功居多蓋夫軍賞之行速則衆勸是用進爾之秩以激士心尚有

不次之恩以待非常之効可

程嗣恭祖無頗程博文開封府推官制

勑具官某開封天下之聚俗雜五方之民蓋巧僞繁興獄訟滋出贊治之任攷擇維艱以爾爲能俾祇厥服夫慈惠足以昫養惸弱剛嚴足以帖伏姦彊然導民之方尚有可識使風俗有以粹美而四方有以觀則徃助爾長其尚懋哉可

李憲武勝軍節度觀察留後制（李憲昨熙河路出界討賊收復境土皆有功捷）

勑王師西出士大夫皆奮力行陣有尺寸之功者朕

無不録況議勞數實有大於此者其於信賞朕敢一作豈
忘哉具官某比自臨洮率衆躬將摧殪醜虜恢復
故疆鼓行羗中屢以捷告攷按閥閱朕用寵嘉祕殿
榮名便藩留務兼是茂渥以獎爾庸其往懋哉益思
來効可

李清臣王存趙彥若曾肇轉官制修仁宗英宗兩朝正史書成

勑惟朕祖考成功盛德覆被天下固非文字可得
而名然史記冊書國家之典上以紀先帝言動之迹
下以及羣臣善惡之實傳之萬世宜有論次具官某

以文學選用與成信書朕維汝嘉是用褎進尚其祗服以稱朕恩

李舜舉等轉官制

勑具官某朕惟先帝功德之殊宜見之方冊故詔擇儒臣屬之論譔而爾於其官次與有祗事之勤亦旣成書例當褎録進外位等其尚欽承可

皇伯滕王第十六女封縣主制

勑具官某第十六女父親在近屬生而懿柔宜開縣甸之封以榮湯沐之號余惟惇序爾尚欽承可

元豐類藁卷第二十一

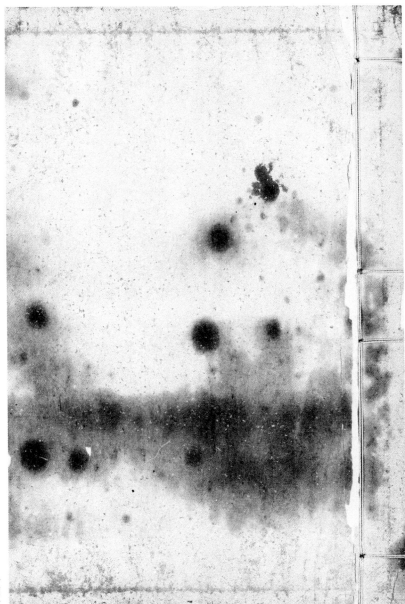

元豐類藁卷第二十二

制誥

吳居厚京東轉運副使呂孝廉轉運判官制

勑具官某朕進拔能吏以督視一路蓋州縣政令之舉措公私貨食之斂散莫不任焉得人之難致擇惟慎以爾幹敏閱試惟舊用是分茲東部屬以使事夫施於民者厚而刑罰清求於民者約而財用贍使德澤流通而風化輯穆以稱朕憂憫元元而勵精庶務之意爾其勉矣往服訓辭可呂孝廉制改屬以使事作俾參使事

西頭供奉官武遂等轉官制

勑具官某王師西出以討不庭爾能殲擊凶殘恢復
州聚録功增位不以次遷勉服朕恩益思奮勵可

曲珍四廂都指揮使絳州防禦使制

勑具官某羌之獸心内相危害王師薄伐蓋將天威
爾能躬將士徒摧堅殪敵斬捕甚衆鼓行無前周衛
典軍之官名城禦侮之寄兼是寵數以疇爾庸尚有
異恩待爾來効可

文思使張俊等遷官制

勑具官某朕爰命六師奉辭西伐爾能効其忠勇深
入羌中獲醜摧堅以捷來上躐陞位等以懋爾勞其

能繼於前功朕豈稽於信賞可

文及甫吏部員外郎制

勑具官某朕正百工之名而將責其實効其官一作郎吏考擇允慎天官之屬僉曰汝能其往欽哉無忘勉勵可

許安世都官員外郎制

勑具官某徒隸備役之人典其廢置而時其遷序士以郎吏其選甚高爾蚤以敏明升華儒館宜增階等往涖厥職尚思勉懋以稱柬求可

皇伯宗諤贈太尉韓王制

勅王者之於天屬覆之以光榮而恤其死喪之戚所以本人倫敎天下也具官某以德則循理小心始終無悔以功則受命仁祖趣定儲極以位則渠門赤舄任兼相將以爵則躋於五等列爲眞王以親則先帝之從父兄而余曰伯父顯名美實福祿之全可謂盛矣奄遘厲疾至於不起余聞震悼臨奠致哀再不御朝以伸情禮是用追加書賛進秩上公啓此大邦隆崇號稱余於親親之恩可謂備矣尚惟不昧服此寵章可

齊宗壽三班借職制

勑其有司言爾蒲歳當遷而奬進爾勞又當躐等是用加兹寵渥列於命秩往惟祗服以稱甄收可

交州進奉使副梁用律洛苑副使阮陪太常博士制

勑具官某葉名蕃服納貢王庭將事之勤朕用甄録進其一作陛位等兹惟舊章往稱茂恩毋忘祗恪可

皇伯宗惠新婦郭氏進封郡夫人制

勑具官某新婦某氏司宗於屬爲近於位爲重王於爵爲貴蓋禮秩之見於外者既寵則施於内者宜殊爾德性淑均稱其家室爰加象服之盛以大鵲巢之

榮其尚欽承兹爲異數可

賈昌衡知鄧州制

勑記舊俗者稱南陽之民夸奢上氣力難制御令其
餘習殆尚有存者故有邦之任朕不輕以屬人具官
某中外踐更令聞惟舊兹用玆擇往分彼土蓋穰淯
之間雖俗雜難治然教民敦本興於好善召信臣杜
詩之遺迹在焉使農桑勸而風俗厚爾尚思繼于前
人其往懋哉無替朕命可

李良輔知廬州張竑陝州崔度蔡州王説徐
州制

勑具官某朕董正治官自朝廷始至於六服羣吏莫不考循其名以督課其實夫宣恩德以逮下厚風俗以承上其選爲重者非長民之任乎爾惟其人屬以兹位蓋奉職遵禮（一作理）以有循良之稱苟能自勉則寵勞録最以明國家之典朕敢（一作豈）忘哉往欽厥司方稽爾効可

知泉州陳偁梓州吴幾復湖州唐淑問並再任制

勑具官某吏之奉職循理能附其民使之久於其官則上下相安而治化易洽今爾之材宜於既試俾仍

舊服以懋厥庸尚體朕恩益思遠效可

吴安特太僕少卿制

勑具官某車府廐馬牧監之政典以鄉士某選甚高僉非得人曷賛其治爾材質明茂嘗更器使以憂去位既終喪紀宜更階等往貳厥官某勤夙宵以敏功實可

菊曩二右班殿直制

勑具官某夷獠背恩賊殺命吏爾能擊剌醜類獻其首級宜陞位序以奬爾勞尚勵壯圖益思來効可

馮正符借職制

勑某西南夷背德獸心敢闚邊隙爾能宣通兩誼協助軍謀宜進官榮膺之守護勉思奮勵無替前功可

奉議郎景思誼授東上閤門使鄜延第一副將制

勑具官某西討之兵有戰之功者朕無不録爾能致其材武奮擊黠羌克敵摧鋒屢以捷報疇庸較實宜有異恩介上閤之使名貳連營之將領茲爲奬拔蓋匪常科尚勵壯謀益思來効可

皇太后親姪高公繪通州刺史高公紀達州刺史制

勑具官某等朕有顯親之心欲形於天下故加恩母黨所以本人情隆世教也爾等皆於外家實在近屬持身恭慎朕所識察刺臨州郡典視祠宮秩寵地優並膺拔用尚勵爾欽承之志以稱余廣愛之仁可

梅福封壽春眞人制

勑某在漢之際數以孤遠極言天下之事其志壯哉晚而家居讀書養性卒於遺俗高蹈世傳爲仙今大江之西實存廟象禱祠輒應能澤吾民有司上聞是用錫茲顯號光靈不泯其服朕恩可

卓順之直翰林醫官局等制 内降劄子治七公主疾有勞

勑某稽其醫事而制其食先王之典也爾以愛主之誠疾爾能調治有瘳是用寵以官榮進其服品往遵厥職無替恪恭可

成卓閤門祗候制 令再任

勑具官某長川廣谷之間與蠻夷壤接爾處徼巡之任能練達人情輯寧疆候守邊之臣稱爾之材謂難代易是用進爾職於上閤而俾恭其舊服朕於念勞奬善之心可謂至矣其思綏靜以稱朕恩可

一 溪氈可本族副都軍主等制

勑某守邊之臣屬爾奉其方物來獻闕廷朕惟爾嘉

是用命爾還其種落典治一軍往勵忠勤益思來效
可
景青宜党令支團練使阿星刺史制
敕其爾有摧鋒克敵之功而入奉其方貢來見闕廷
實勇且忠法當甄進兵團之任寵爾勞往勵壯圖
益思來效可（阿星改兵團之任作刺臨州部）
論氈巴可本族軍主結廝雞可本族副軍主
制
敕其爾父有嚮慕中國之心殁而不遂其志屬爾子
朕願備一官朕甚憐之是用加命爾往其祗服益

勵忠勤可

阿憐官擬厮雞並本族副軍主制

勑某爾父效貢來庭因得進見以爾爲請願備一官朕嘉其尊嚮中國之勤是用錫爾命秩往思忠恪以稱朕恩可內一改作爾父因其種人入修貢職以爾爲請

温暠知欽州制

勑某州有兵民之寄而地在疆埸之間則常擇用材武之臣屬之守禦之任爾以能進往祗厥服尚思綏靖以稱簡求可

劉安等中書省主事令史制

勅具官某等右省詔命之所出也吏治文書非習法令熟成事不能稱其任爾等皆以命秩往祗乃服無忘恭恪以慎厥司可

知潁昌府韓維再任制

勅朕待天下之士未嘗不篤於恩況於故舊之臣朕所加厚則於順遂其意夫何愛哉具官某昔在宫朝事朕左右今列職祕殿位寵且親而便其故鄉屬以州任雖歲既再藹然重奪其志是用仍其舊服俾祗厥官以致朕求舊之仁尚勵爾在公之義可

米黻等轉官制

勑具官某爾以衆西出討擊羌虜斬獲首級有司以聞是用甄録爾功躐陞位等往其勉矣益勵壯圖可

雍王顥乳母宋氏贈郡君制

勑某氏惟雍王顥於國屬之親且愛而爾有乳養之勤故其生也錫之爵邑其歿也飾以恩榮是用追命爾封進於列郡以光幽穸尚服寵章可

豐稷吏部員外郎制

勑具官某尚書政本而吏部天官所以綜叙羣材以成天下之治郎於典領其選甚高是用擢爾之能俾悉厥服方勵精政理而務在得人爾惟懋於其官庶

幾承朕之志可

吕和卿考功員外郎制

勑具官某計羣吏之治而明黜陟之法臺郎典領列於左曹核用爾能俾叅厥位夫能善於其職固將圖爾之勞可

韓晉卿莫君陳刑部郎中制

勑具官某刑者所以助治而聖人之所尤慎中臺叅綜郎選甚高爾曉達吏方宜在兹任夫惟篤於明恕可以副朕欽恤之心其往懋哉以祗厥叙可

范諤知密州范子諒濮州劉士彦泗州制

勑具官某守土之官民事所屬朕方勵精庶政之日尤務在於得人攷擇於朝爾往惟允夫能宣布恩德以拊循吾氓而綱理風俗則爲能稱其任爾其可不勉歟

陳端翰林醫官制

勑某爾父易簡以醫入侍處劑湯液有勞可旌進遷爾官用申獎寵往惟祗恪以稱朕恩可

沈士安西綾錦副使制

勑具官某明習禁方以醫入侍處劑湯液有勞可旌進貳使名以申獎寵往承厥叙無替爾勤可

王瑛楊宗立三班借職制

勑某爾等備吏屬治文書勤亦久矣是用從爾之請錫之命秩往惟祗飭以稱朕恩可

王從伾知嵩嵐軍制

勑具官某崇築壘培本以輯治軍旅及四方既平而假守之臣實任民事列於有土之官矧嵐谷並邊寄屬尤慎爾以選擇往祗朕命夫能開示恩威以惠養吾人而懷附異俗則爲善於其職尚思爾守無替訓辭可

吕升卿館閣校勘通判鄆州制

勑具官某鄭有提封之廣生齒之衆於東爲極一作劇
郡贊貳政理選授惟艱爾蚤以藝文列於辭館宜更
階品往承厥叙無忘祗慎以服朕恩可

陳康民管勾永興等路常平張太寧提舉秦
鳳等路常平制

勑具官某等朕爲保伍之法寓耕戰之政與農之官
屬以兼領蓋分路而治偷制或難固當從宜使之易
地是用命爾換部而使夫能利力田之民修講武之
令各奮爾庸不失其職則爲能體朕意其尚懋哉往
遵廼服

滿中行知無爲軍制

御史有言責之臣朕之所取信也言而欲遂其忿鬩之私乃至於失是非之當豈獨朕於取信失其所屬蓋汝之以言爲職誼豈當然俾去憲臺兼榮職秩往臨軍壁宜體朕恩

駙馬都尉王師約轉觀察使制

朕於姻戚之臣未嘗不篤於恩意然其積勤累善不懼罪悔而七歲一遷其官則必循用舊章蓋爵賞者天下之至公朕不敢以私撓法也具官某出于景族選尚貴主有淑慎之行無怠肆之失第其閥閱宜得

叙陛廉按一州以爲爾寵蓋爾自初仕迄此再增厥位皆以歲滿應於遷格則朕之謹于信賞爾之安其常守上下之際豈不兩義俱得哉無忘勉勵以永保於榮名可

崔象先等帶御器械制

勑具官其乘輿所在供御之物無一不備具者故鎧甲弓矢屬之以從者亦不去於側非左右親信惡（一作曷）足以任此哉爾給事惟舊宜就茲列益思祗恪以稱歷官

蔡京起居郎制

勑具官某王者言動必書豈獨思爲後嗣法哉施之於己固欲擇語默慎行止也執簡肆筆必也屬之其人爾之第卞既已列於右史今復不次用汝使記予事位於左省士之在此選者希矣而爾之叔季並直同升其於榮遇世罕及者朕恩若此則汝之自効宜如何哉其懋厥修以報所受可

王中正种諤降官制

朕大興士衆屬爾等以伐羌固將舉其巢穴非徒郤虜收並塞之地而已兵西出則近而爾等東繇綏德回遠之路以疲士馬費芻粟致功用不集中正議既

不審又約有分地當攻其左而不能奮擊以殲除醜
類夫軍賞善必信而罰亦安得已哉是用按爾之罪
降秩有差其體寬恩尚思報稱可

封曹諭母制

曹氏國之外屬而諭實爾之出諭旣有列於朝亦有
追榮及爾是以封之列郡秩以寵名兹爲異恩以光
幽窆

張頡知均州

嶺之西南桂爲劇部外有溪居海聚之民壤錯内屬
拊巡塡守詎可屬非其人爾比選于朝往備兹任而

内不能統齊士吏外不能綏靖華夷致茲繹騷自干
邾憲奪其美職處以偏州茲惟朕恩無忘思省可

元豐類藁卷第二十二

元豐類藳卷第二十三

制誥擬詞

冊

惟宋祖宗集大命開蹟垂統傳繼在予賴天之靈海内和洽獲薦珪幣以爲祭主惟先哲王享國君民必有儲兩以相承翼所以奉天地嚴宗廟與民爲依長慮萬世也厥惟故典予敢不率咨爾某生材之卓絶倫拔類覃訏岐嶷成於自然緝熙光明不繇外奬潛德日茂敷聞下土將旄王組藩衛京師神示所毗戎夏係屬宜執匕鬯位以時定今遣某某立爾爲某夫

天下之本在太子太子之所務求諸己而已爾能明其心人不詔其孚爾能善其身人不戒其隨治亦多術矣要不易乎此也嗚呼匪得之難充之爲難爾能服于訓辭以承我先后之流澤俾爾躬無疆惟休惟予及萬邦亦無疆惟慶豈不韙歟

王制一

昔大漢之興鑒孤秦之敝分土而開者九國當高祖之初同日而立者三王在孝武之世或支庶之疎屬或宗嫡之近親所以蕃輔京師承衛天子今朕按圖規地諏日定封推天性之厚恩本人倫之通誼以隆

公室蓋率舊章其鍾氣至靈生材特異聰明先物不自於鑴磨孝愛絶人兆縣於奬勵比服公圭之寵仍分將鉞之崇休有顯聞洽於時論是用疇其爵邑列以真王建爾國家保兹東夏視祲威於宰席增衍食於爰田用強盤石之基實重維城之勢嗚呼冊之宗廟申戒因其土風式是大邦親臨定其名號爾尚無作匪德以追配前人之休無從匪彝以荅揚皇祖之訓俾人預懷榮之慶而身兼燕譽之祥王其勉之朕命惟允

王制二

昔周建親戚蓋五十三國以蕃輔京師漢封骨肉或連數十城以承衛天子所以強形勢固根本計慮深矣朕甚慕焉矧先帝之子朕之仲弟宜膺顯冊進啓大邦茲惟典常夫豈敢廢其淵靜沖約孝友忠篤不挾其貴以從匪彝不恃朕恩以作匪德奉法遵職夙夜小心王于雍邦滋乂彌邵惟管丘之野臨淄之中太師呂尚之所建國兼岱及海天下重地是用立爾保茲東土二公之儀上將之節爰田眞食備物寵章大告于廷咸以屬爾於戲書稱帝堯之德曰以親九族詩美文王之聖曰刑于兄弟蓋教自上行愛繇親

始先王之道不易之理也今予命爾不違茲誼尚悉爾心其勵相朕使黎民百姓於變時雍鄰家及國罔不作孚以屛予一人塡祔方夏實誘在王時其勉之

王制三

天子支子若其母弟姬姓於周未有不侯劉氏於漢未有不王蓋親之欲寵其位愛之欲厚其財先王之法人事之理也某先帝少子朕之季弟聰明齊敏孝弟忠實富而能約不從以敗禮貴而能戒不恫以好逸畜學樂善厥德日新王曹積年遵職無懈惟斗牛之野太伯所開三江五湖其陽大海鹽魚金穀天地

之藏茲用命爾式是南郊（一作邦）儀視三公任兼上將
眞封衍食備致寵章於戲昔魯公於周大啓爾宇以
輔王室康叔於衛實爲孟侯以保乂民今朕順稽于
古以疆爾某爾尚念茲以祗厥服（一作辟）使常棣之澤
配前聞人維城之休承我高后在爾勉矣往其欽哉

皇子制

朕受天命撫萬邦實承祖宗之盛德丕烈永惟先王
之典人君在位必蚤建太子所以重宗廟爲天下萬
世計也某粤初在母祥應先見誕始能言則岐則嶷
王封將位蕃輔京邑孝愛日裕溫恭自然神靈所開

人望攸屬玆剌六藝主器以長生民之道不易之理也其立爲某於戲非朕私于子某惟宋高后之傳序垂統朕不敢忽惟四方上下之所注心朕不敢距嘉與海內同孚于休播告遐邇其諭朕意

贈第八皇子制

朕惟父子之親人道之極蓋父有天下而隆名重位逮於其子此恩義之所始而先王之制不易之理也至於禮命未及奄遘淪亡申以哀榮朕何敢廢皇第八子某秀拔慧悟天質異甚不好戲豫安於靖恭謂及大成必爲國器蕃輔王室朕有望焉而屬疾乆之

賢禱備至不幸夭閼痛何可堪其於陳迹尚存音容如接永言傷悼莫揔朕懷今有司上聞揆于公議謂宜秩以三事令于中臺爵之真王謚以佳號厥惟舊典朕豈能抑是用追錫備玆異數嗚呼生而有特出之姿不得遂其美歿而有非常之寵所以厚其終服我命書尚其不昧

王子制

朕隆於親親非特私恩而已所以教天下厚人倫也爾家慶所鍾王室之出列於使領玆惟異寵往思報稱待爾成人

韓琦制

躬閎廓之材體純一之德翊亮三后格于皇天惟初登庸合志皇祖仁民愛物日陳上前進賢退姦陰利天下側陋幽隱靖譖庸回削滅無類及受末命戡濟艱難以己徇時坐定大議天望人事脗無間然市朝不驚按堵如素海内萬里外薄四夷率職駿奔無敢先後昔三代遭變繼世之初干戈警備陳及門廷書之史官以爲後法以至兩漢嗣位則又閉城屯兵以爲故事未有兵藏於庫士散於家而傳序繼統中外晏然如今日之盛也是繇列聖功德無窮之休亦惟

廊廟之上遠略大度身任社稷克濟登茲者也

相制一

天有寶命集于朕躬惟用乂民罔以自逸敷求良弼作爲憑依若圖就規若正識墨令朕得士諗于在廷其廣博靜淵密於世用推其計畫見於可行攷其事功効於已試爾爲爾守宜立輔朕茲用詔爾位于東臺嗚呼自周衰以來千有餘歲先王之道蔽而不明振壞扶微朕竊有志尚懋朕佐圖惟設施參諸經訓而不違質諸時宜而不謬無崇小慧以易大猷無伐己能以拒衆善惟賞刑在上不可以僭惟聰明在下

不可以咈俾厥后克濟其任則爾身永孚于休其往起哉以承我祖宗之丕烈

相制二

有爲之君舉賢以自助有志之士遇主而後伸兩常相須而相濟者少兩常相求而相值者寡朕觀前代君臣之際聖賢相與之盛慨然欣慕願比迹焉今得其人詔于爾衆其行無緇磷學有本原材諝智謀淑問惟舊納忠左右匪懈夙宵蔽自朕心命爾子翼列于右相進貳西臺嗚呼自道術不明而世敝滋久法度多缺紀綱浸微圖治者以古爲迂錯事者以苟爲

得兵安於坐食而不合於農士習於空言而不知爲吏禮義廉耻闒而不思朋黨比周靡然成俗任之以學數而敗官以墨者方興起之以赴功而便文自營者滋出伊朕一作欲黜漢唐之淺陋追堯舜之高明尚懋相予忱不貳使千載之墜振於一朝上下之間配于前烈以揚我先后之光訓亦纘爾舊服之顯庸

相制三

朕飭正三省綱理萬事號令所出本諸西臺閱審駁論屬之黃闥推而達之則在會府以其官之長貳皆爲任政之臣鼎足居中各遵其職分守則異合謀惟

一時子俊乂宜就茲列其身篤學行自幽而顯宣力
中外績用彌卲惟文昌政本揆叙百度介于左省考
慎朕命圖濟厥服爾其往哉朕訓迪治官順稽于古
使其體至大而統之有要其事至衆而舉之有條不
惟其文惟其實不惟其位惟其人爾允念茲以勤予
翼蓋先代之法存於籍者旣殘缺而難循當今之宜
殊於昔者又舛違而易遠酌是彝憲成之甚艱尚迪
賡工奉若惟新之則亦永來世預有無窮之聞

節相制

古者出軍之法始於一井之間遣將之常甫在六官

之內師田共務文武同方蓋丁發召之期則士就戎
行而卿行於外已征誅之事則衆遵農畔而帥旅於
朝歷世雖殊茲致惟一逮後王之更造開阡陌以居
民隸伍符者身不受於一廛仗齋鉞者位不聯於九
棘其於荷戈執隊爲王之爪牙立纛設旄爲國之屏
翰上下之任古今則同于得異能詔于在列其性資
強毅識慮精通束髮修身有恕已及人之志歷官行
事有承流宣化之勤踐揚要極之司更閱歲時之久
嘉謀讜論簡在朕心廣譽善聲洽於輿論有國之典
以爵詔功宜疇厥庸爰啓爾宇建大將之旗鼓尸我

一方賜諸侯之土田保玆東夏以董齊於軍旅以撫
和於士民參帝傳之寵名益戶封之眞食兼隆異數
獎勵茂勲於戲昔吉甫典兵萬邦為憲申伯作邑四
國于蕃宜悉意於壯猷庶俾忠於前烈答揚祖宗之
訓予冀為衆得人夾輔邦家之基爾尚為時宣力

侍中制

舜用皐陶若股肱之承元首商咨傳說如舟楫之濟
巨川蓋一體之相成或兩求而莫值肆朕纘極寤寐
儁良果得異能屬之大任用揚孚號明諭在廷其行
蹈中和學通今古從容應物有適用之材慷慨立朝

多據經之論比回翔於禁闥遂更踐於樞庭閱歲已
深服勞惟舊朕惟紀官之濫久廢於正名分職之殊
固難於覈實爲司存之定制俾位號之無虛乃眷宗
工宜加異數柬臺管轄之任爰處於熙諧南宮喉舌
之司仍躋於端右體加隆之注意當益懋於壯猷於
戲秉國之鈞天下之所取正熙帝之載朕心之所仰
成使萬物各遂其生而一夫無失其所以輔予治往
惟汝諧

門下侍郎制

朕於天下之事以稟承處決屬之中書審閱駁正歸

之門下而使尚書推而行之此三省所以異任而相成故長令僕射皆宰相之任而左右省侍郎所以貳之蓋謹其名者固將循之以稽其實也必使位無虛加人無虛受以修國家之務然後稱朕意焉某明允修潔學通今古以風力之敏見於績用以志行之篤重於朝廷擢自從臣預國機政多引大體沃于朕心維董正治官之初介東臺管轄之寄歷選在列汝往惟允夫堅一心以在王室康萬事以亮天功汝之任也其尚勉哉

門下侍郎尚書左右丞制

尚書萬事所出丞所以莞其要門下三省之首侍郎所以貳其長朕稽于古義以正官號故合是寵秩以命吾共政之臣非天下之材足以協朕之謀繫人之望者夫豈虛授其莊毅忠篤通于古今列於廟堂以義陪朕是用考擇以爲選首使文昌左轄之任舉瑣闈參議之効明六官紀綱上之所以齊下者無所撓四方奏列下之所以通上者無所壅以弼予一人而亮成庶績尚懋厥志無忘訓詞

給事中制

有事殿內之臣職在於平奏述詳命令駮其違者而

正之覆其善者而行之至於決獄官人發驛遣使申冤滯察苛嬈莫不揔焉其任可謂煩且重矣朕董正治官之始思得其人以稱厥位以爾具官某忠篤強毅明於理體勞閎甚茂朕惟汝嘉列之東臺公議所屬惟精敏不懈可以統治要劇惟剛方不苟可以辨白是非爾尚慎于厥修朕方觀汝之效

左右常侍郎制

左右之臣以騎從乘輿職在獻納可謂親且重矣非器識操行屬乎朕心夫豈輕授具老于文學練達治體舊惟共政勤烈在時其直諒多聞篤於自守先帝

遺朕調護有勞皆以著明列于祕殿是用考擇於衆寵以茲任朕惟爾之試用已効必能秉誼不渝惟爾之博通古今必能補朕之闕往祗厥服豈煩訓詞

左右諫議大夫制

諫大夫掌議論舊矣今列于從官實有言責事無大小皆得開陳當其可從則爲之更命令易取舍固朕之所虛心而聽也朕方於天下之忠讜惟恐不聞則居是任者直己以事上夫何間哉其器識強敏明于今古俾職獻替僉曰汝宜夫能通上下之情而使朕立於無蔽之地治道之所繇出在汝能稱其任可不

勉勵

二　起居制

孔子稱言動以禮天下歸仁焉矧託于王公之上言而爲令動而爲法故必有左右史從而記之所以昭得失明勸戒能稱茲任蓋難其人其文學優深操行修潔執簡贊筆有列於朝今朕順于古義以考定官儀是用正爾之名俾仍舊服其尚謹于書法以無曠于厥司

左右正言制

左右之臣以言爲職事有得失關於理體利害繫於

人情或方兆於幾微或已施於命令論皆可及誼無不從選用特殊寄屬惟重正官之始得士尤艱其綽有時材通於世用獻替之位官服寵名夫上之求乎下者患乎難知下之求乎上者患乎難達使耳目之任無蔽藥石之規必聞尚惟汝能以助予治

諫官制

其純明廣博信古知經用爾之長俾有言責夫言人之所難言爾無不盡而聞之如恐不及朕豈敢忘其尚懋哉無或容而已矣

中書令制

虞氏之咨四岳惟亮天功周家之建六官以為民極
朕參于古義質以今宜以右省典正於鈞衡以中臺
總持於綱紀兼是重任時惟宗臣播告在廷其聽新
命某敏于學術優有時材以經遠之謀彌綸治具以
察微之智練達事幾繇展寀於禁林遂陞華於宰路
恊宣勞力積有歲時朕惟授職以量能宜循名而責
實稽先王之作則以正百官起多士之赴功庶康萬
務眷言舊德申以異恩維化原實繫於內樞俾首弼
諧之任維政本一歸於會府仍躋端揆之崇寵秩所
加委成彌重豈獨儀刑於列位固將叙正於彝倫於

戲咸一德以格皇天輔予于治釐百工而熙庶績待汝有爲其務迪於壯猷尚思齊於前哲體茲注意惟往懋哉

門下中書侍郎尚書左右丞制

尚書中書門下三省本天下之務而侍中令僕射爲宰相之任舊矣自唐政不綱而失其守今朕董正治官使三省之長皆復其任而於尚書左右丞左右省侍郎秩有升降使貳吾任政之臣夫綱轄之地與御史更相察舉所以警官邪明憲度而侍郎於左右省無不統理則其所繫於體尤重非傑出之材不在茲

選其官端方篤實學有本源預于政機人望惟允其強毅忠厚通于古今謀謨廟堂休有令聞是用命爾以爲選首其尚體余所以處爾之重勿苟勿隨使百工庶尹皆知爾之不私于法罔敢不正而政令之自上出者罔不得宜以稱朕所以作則垂法始令行後之意爾可勉矣予有望焉

中書舍人制

朕稽于古以正百官使循其名以効其實惟舍人中書之屬以典掌命令爲任而況列於侍從則又職在論思方朕明紀綱定憲度以爲民極之初非能見於

文章何以究宣朕意非能通於世用何以彌綸庶務進在兹位不其重歟其官其忠正仁篤達于古今其文足以代王言其智足以謀治體斷自朕意以爲選首其尚尊爾之學以善于訓詞奮爾之庸以裨于政理使爾能稱厥職而朕預於知人其惟勉哉以祗厥服一作敘

知制誥制一

典掌書令之任爲朕左右之臣非獨在於潤色斯文而已固當論思治體以輔朕之不逮朕博考天下之材然後有所拔用則於付授豈不愼哉其強識敏學

通于理要砥節勵行忠篤不回朕惟汝嘉使在茲選朕有兢兢業業一日二日萬幾之慮汝則思輔以謀猷忠於獻納朕有作則垂憲施命以告四方之志汝則思達以文辭見於號令使汝爲稱任則朕爲得士豈不休哉尚其勉矣以服厥官

知制誥制二

贊爲名命之臣法當得（一作侍）從非獨在於討論翰墨發揮詔號而已必將講明治具思獻其可以弼予違故非其人夫豈虛授其敏有時材優於學術擢於不次俾典訓詞維能守其所聞可以輔予不逮維能明

於體要可以見於文章其尚懋哉方觀汝效

尚書左右丞制

本天下之政者尚書也本尚書之紀綱者左右丞也蓋衆職之治亂萬事之廢舉糾而正之實其任焉今朕董正治官使尚書纘其舊服以僕射爲任政之臣而六卿各遵其職至於綱轄之地所以警官邪繩謬戾御史有不舉者得并而治之則其繫於體尤重是以進其位叙使得貳吾任政之臣非望臨一時朕豈虛授某明允忠篤通于古今列于廟堂以義陪朕是用考擇以爲選首其尚體予所以勴爾之重勿苟勿

隨俾百工庶尹知爾之不私于法罔敢不正稱朕所以作則垂憲俾知今行後之意爾可勉矣朕有望焉

左右司郎中制

尚書天下政本今左右司紀綱之地故郎選異於諸曹非器幹望實有聞於時莫稱其任某明敏強濟通於世用宜在此位故以命汝劇制之初舉墜興壞所以彌綸庶務者待汝有爲其尚懋哉以承厥叙

元豐類藁卷第二十三

（宋）曾鞏　撰

元本元豐類稿

第三册

國家圖書館出版社

第三册目録

卷十四　序

卷十五　書

卷十六　書

元豐類藁卷第十一

序

新序目録序

劉向所集次新序三十篇録一篇隋唐之世尚爲全書今可見者十篇而已臣既考正其文字因爲其序論曰古之治天下者一道德同風俗盡九州之廣萬民之衆千歲之遠其教已明其習已成之後所守者一道所傳者一說而已故詩書之文歷世數十作者非一而其言未嘗不相爲終始化之如此其至也當是之時異行者有誅異言者有禁防之又如此其備

也故二帝三王之際及其中間嘗更衰亂而餘澤未熄之時百家衆説未有能出於其間者也及周之末世先王之教化法度既廢餘澤既熄世之治方術者各得其一偏故人奮其私智家尚其私學者蠭起於中國皆明其所長而昧其短矜其所得而諱其失天下之士各自爲方而不能相通世之人不復知夫學之有統道之有歸也先王之遺文雖在皆絀而不講况至於秦爲世之所大禁哉漢興六藝皆得於斷絶殘脱之餘世復無明先王之道以一之者諸儒苟見傳記百家之言皆悦而嚮之故先王之道爲衆説之

所蔽闇而不明鬱而不發而惟奇可喜之論各師異
見皆自名家者誕漫於中國一切不異於周之末世
其弊至於今尚在也自斯以來天下學者知折衷於
聖人而能純於道德之美者楊雄氏而止耳如向之
徒皆不免乎爲衆說之所蔽而不知有所折衷者也
孟子曰待文王而興者凡民也豪傑之士雖無文王
猶興漢之士豈特無明先王之道以一之者哉亦其
出於是時者豪傑之士少故不能特起於流俗之中
絶學之後也蓋向之序此書於今爲最近古雖不能
無失然遠至舜禹而次及於周秦以來古人之嘉言

善行亦往往而在也要在慎取之而已故臣既惜其
不可見者而校其可見者特詳焉亦足以知臣之攻
其失者豈好辯哉臣之所不得已也

梁書目録序

梁書六本紀五十列傳合五十六篇唐正觀三年詔
右散騎常侍姚思廉撰思廉者梁史官察之子推其
父意又頗采諸儒謝炅等所記以成此書臣等既校
正其文字又集次爲目録一篇而叙之曰自先王之
道不明百家並起佛最晚出爲中國之患而在梁爲
尤甚故不得而不論也蓋佛之徒自以謂吾之所得

者內而出之論佛者皆外也故不可詘雖然彼惡睹聖人之內哉書曰思曰睿睿作聖蓋思者所以致其知也能致其知者察三材之道辯萬物之理小大精粗無不盡也此之謂窮理知之至也知至矣則在我者之足貴在彼者之不足玩未有不能明之者也有知之之明而不能好之未可也故加之誠心以好之有好之之心而不能樂之未可也故加之至意以樂之能樂之則能安之矣如是則萬物之自外至者安能累我哉萬物之所不能累故吾之所以盡其性也能盡其性則誠矣誠者成也不惑也既誠矣必充之

使可大焉既大矣必推之使可化焉能化矣則含智之民肖翹之物有待於我者莫不由之以全其性遂其宜而吾之用與天地參矣德如此其至也而應乎外者未嘗不與人同此吾之道所以爲天下之通道也故與之爲衣冠飲食冠婚喪祭之具而由之以教其爲君臣父子兄弟夫婦者莫不一出乎人情與之同其吉凶而防其憂患者莫不一出乎人理故與之處而安且治之所集也危且亂之所去也與之處者其具如此使之化者其德如彼可不謂聖矣乎既聖矣則無思也其至者循理而已無爲也其動者應物

而已是以覆露乎萬物鼓舞乎羣衆而未有能測之者也可不謂神矣乎神也者至妙而不息者也此聖人之内也聖人者道之極也佛之説其有以易此乎求其有以易此者故其所以爲失也夫得於内者未有不可行於外也有不可行於外者斯不得於内矣易曰智周乎萬物而道濟乎天下故不過此聖人所以兩得之也知足以知一偏而不足以盡萬事之理道足以爲一方而不足以適天下之用此百家之所以兩失之也佛之失其不以此乎則佛之徒自以謂得諸内者亦可謂妄矣夫學史者將以明一代之得

失也臣等故因梁之事而爲著聖人之所以得及佛之所以失以傳之者使知君子之所以距佛者非外而有志於内者庶（一作知）不以此而易彼也

列女傳目録序

劉向所叙列女傳凡八篇事具漢書向列傳而隋書及崇文總目皆稱向列女傳十五篇曹大家注以頌義考之蓋大家所注離其七篇爲十四與頌義凡十五篇而益以陳嬰母及東漢以來凡十六事非向書本然也蓋向舊書之亡久矣嘉祐中集賢校理蘇頌始以頌義爲篇次復定其書爲八篇與十五篇者並

藏於館閣而隋書以頌義爲劉歆作與向列傳不合
今驗頌義之文蓋向之自叙又藝文志有向列女傳
頌圖明非歆作也自唐之亂古書之在者少矣而唐
志録列女傳凡十六家至大家注十五篇者亦無録
然其書今在則古書之或有録而亡或無録而在者
亦衆矣非可惜哉今校讎其八篇及十五篇者已定
可繕寫初漢承秦之敝風俗已大壞矣而成帝後宫
趙衛之屬尤自放向以謂王政必自内始故列古女
善惡所以致興亡者以戒天子此向述作之大意也
其言大任之娠文王也目不視惡色耳不聽淫聲口

不出敖言又以謂古之人胎教者皆如此夫能正其視聽言動者此大人之事而有道者之所畏也顧令天下之女子能之何其盛也以臣所聞蓋爲之師傅保姆之助詩書圖史之戒珩璜琚瑀之節威儀動作之度其教之者雖有此具然古之君子未嘗不以身化也故家人之義歸於反身二南之業本於文王夫豈自外至哉世皆知文王之所以興能得内助而不知其所以然者蓋本於文王之躬化故内則后妃有關雎之行外則羣臣有二南之美與之相成其推而及遠則商辛之昏俗江漢之小國兎罝之野人莫不

好善而不自知此所謂身修故國家天下治者也後世自學問之士多徇於外物而不安其守其室家既不見可法故競於邪侈豈獨無相成之道哉士之苟於自恕顧利冒恥而不知反己者往往以家自累故也故曰身不行道不行於妻子信哉如此人者非素勵顯也然去二南之風亦已遠矣況於南鄉天下之主哉向之所述勸戒之意可謂篤矣然向號博極羣書而此傳稱詩芣苢柏舟大車之類與今序詩者之說尤乖異蓋不可考至於式微之一篇又以謂二人之作豈其所取者博故不能無失歟其言象計謀殺

舜及舜所以自脱者頗合於孟子然此傳或有之而孟子所不道者蓋亦不足道也凡後世諸儒之言經傳者固多如此覽者采其有補而擇其是非可也故爲之敘論以發其端云

禮閣新儀目録序

禮閣新儀三十篇韋公肅撰記開元以後至元和之變禮史館祕閣及臣書皆三十篇集賢院書二十篇以參相校讎史館祕閣及臣書多複重其篇少者八集賢院書獨具然臣書有目録一篇以考其次序蓋此書本三十篇則集賢院書雖具然其篇次亦亂既

正其脫謬因定著從目録而禮閣新儀三十篇復完
夫禮者其本在於養人之性而其用在於言動視聽
之間使人之言動視聽一於禮則安有放其邪心而
窮於外物哉不放其邪心不窮於外物則禍亂可息
而財用可充其立意微其爲法遠矣故設其器制其
物爲其數立其文以待其有事者皆人之起居出入
吉凶哀樂之具所謂其用在乎言動視聽之間者也
然而古今之變不同而俗之便習亦異則法制數度
其久而不能無敝者勢固然也故爲禮者其始莫不
宜於當世而其後多失而難遵亦其理然也失則必

改制以求其當故羲農以來至於三代禮未嘗同也
後世去三代蓋千有餘歲其所遭之變所習之便不
同固已遠矣而議者不原聖人制作之方乃謂設其
器制其物爲其數立其文以待其有事而爲其起居
出入吉凶哀樂之具者當一二以追先王之迹然後
禮可得而興也至其說之不可求其制之不可考或
不宜於人不合於用則寧至於漠然而不敢爲使人
之言動視聽之間蕩然莫之爲節至患夫爲罪者之
不止則繁於爲法以禦之故法至於不勝其繁而犯
者亦至於不勝其衆豈不惑哉蓋上世聖人有爲未

耜者或不爲宮室爲舟車者或不爲棺槨豈其智不足爲哉以謂人之所未病者不必改也至於後聖有爲宮室者不以土處爲不可變也爲棺槨者不以葛溝爲不可易也豈好爲相反哉以謂人之所既病者不可因也又至於後聖則有設兩觀而更采椽之質攻文梓而易瓦棺之素豈不能從儉哉以謂人情之所好者能爲之節而不能變也由是觀之古今之變不同而俗之便習亦異則亦屢變其法以宜之何必一二以追先王之迹哉其要在於養民之性防民之欲者本末先後能合乎 先王之意而已此制作之方

也故元尊之尚而薄酒之用大羹之先而庶羞之飽
一以爲貴本一以爲親一作貴用則知有聖人作而爲
後世之禮者必貴俎豆而今之器用不廢也先弁冕
而今之衣服不禁也其推之皆然然後其所改易更
革不至乎拂天下之勢駭天下之情而固已合乎先
王之意矣是以羲農以來至於三代禮未嘗同而制
作之如此者亦未嘗異也後世不推其如此而或至
於不敢爲或爲之者特出於其勢之不得已故苟簡
而不能備希闊而不常行又不過用之於上而未有
加之於民者也故其禮本在於養人之性而其用在

於言動視聽之閒者歷千餘歲民未嘗得接於其耳目況於服習而安之者乎至其陷於罪矣則繫於爲法以禦之其亦不仁也哉此書所紀雖其事已淺然凡世之記禮者亦皆有所本而一時之得失具焉昔孔子於告朔愛其禮之存況於一代之典籍哉故其書不得不貴因爲之定著以俟夫論禮者考而擇焉

戰國策目録序

劉向所定戰國策三十三篇崇文總目稱十一篇者闕臣訪之士大夫家始盡得其書正其誤謬而疑其不可考者然後戰國策三十三篇復完叙曰向叙此

書言周之先明教化修法度所以大治及其後謀詐用而仁義之路塞所以大亂其說既美矣卒以謂此書戰國之謀士度時君之所能行不得不然則可謂惑於流俗而不篤於自信者也夫孔孟之時去周之初已數百歲其舊法已亡舊俗已熄久矣二子乃獨明先王之道以謂不可改者豈將強天下之主以後世之所不可為哉亦將因其所遇之時所遭之變而為當世之法使不失乎先王之意而已二帝三王之治其變固殊其法固異而其為國家天下之意本末先後未嘗不同也二子之道如是而已蓋法者所以

適變也不必盡同道者所以立本也不可不一此理之不易者也故二子者守此豈好爲異論哉能勿苟而已矣可謂不惑乎流俗而篤於自信者也戰國之游士則不然不知道之可信而樂於說之易合其設心注意偷爲一切之計而已故論詐之便而諱其敗言戰之善而蔽其患其相率而爲之者莫不有利焉而不勝其害也有得焉而不勝其失也卒至蘇秦商鞅孫臏吳起李斯之徒以亡其身而諸侯及秦用之者亦滅其國其爲世之大禍明矣而俗猶莫之寤也惟先王之道因時適變爲法不同而考之無疵用之

無敝故古之聖賢未有以此而易彼也或曰邪說之害正也宜放而絕之則此書之不泯泯其可乎對曰君子之禁邪說也固將明其說於天下使當世之人皆知其說之不可從然後以禁則齊使後世之人皆知其說之不可為然後以戒則明豈必滅其籍哉放而絕之莫善於是是以孟子之書有為神農之言者有為墨子之言者皆著而非之至於此書之作則上繼春秋下至楚漢之起二百四五十年之間載其行事固不得而廢也此書有高誘注者二十一篇或曰三十二篇崇文總目存者八篇今存者十篇云

陳書目録序

陳書六本紀三十列傳凡三十六篇唐散騎常侍姚思廉譔始思廉父察梁陳之史官也録二代之事未就而陳亡隋文帝見察甚重之每就察訪梁陳故事察因以所論載每一篇成輙奏之而文帝亦遣虞世基就察求其書又未就而察死察之將死屬思廉以繼其業唐興武德五年高祖以自魏以來二百餘歲世統數更史事放逸乃詔論次而思廉遂受詔爲陳書久之猶不就貞觀三年遂詔論譔於祕書省十年正月壬子始上之觀察等之爲此書歷三世傳父子

更數十歲而後乃成蓋其難如此然及其旣成與宋魏齊梁等書世亦傳之者少故學者於其行事之迹亦罕得而詳也而其書亦以罕傳則自祕府所藏往往脫誤嘉祐六年八月始詔校讎使可鏤板行之天下而臣等言梁陳等書缺獨館閣所藏恐不足以定著願詔京師及州縣藏書之家使悉上之先皇帝爲下其事至七年冬稍稍始集臣等以相校至八年七月陳書三十六篇者始校定可傳之學者亦不敢損益特各疏于篇末其書舊無目列傳名氏多闕謬因別爲目錄一篇使覽者得詳焉夫陳之爲陳蓋偷爲

一切之計非有先王經紀禮義風俗（一作化）之美制治之法可章示後世然而兼權尚計明於任使恭儉愛人則其始之所以興感於邪臣溺於嬖妾忘患縱欲則其終之所以亡興亡之端莫非自己致者至於有所因造以爲號令威刑職官州郡之制雖其事已淺然亦各施於一時皆學者之所不可不考也而當時之士爭奪詐僞苟得偷合之徒尚不得不列以爲世戒而況於壞亂之中倉皇之際士之安貧樂義取舍去就不爲患禍勢利動其心者亦不絕於其間若此人者可謂篤於善矣蓋古人之所思見而不可得風

雨之詩所爲作者也安可使之泯泯不少概見於天下哉則陳之史其可廢乎蓋此書成之既難其後又久不顯及宋興已百年古文遺事靡不畢講而始得盛行於天下列於學者其傳之之難又如此豈非遭遇固自有時也哉

南齊書目録序

南齊書八紀十一志四十列傳合五十九篇梁蕭子顯撰始江淹已爲十志沈約又爲齊紀而子顯自表武帝别爲此書臣等因校正其訛謬而叙其篇目曰將以是非得失興壞理亂之故而爲法戒則必得其

所託而後能傳於久此史之所以作也然而所託不
得其人則或失其意或亂其實或析理之不通或設
辭之不善故雖有殊功懿德非常之迹將闇而不章
鬱而不發而檮杌嵬瑣姦回凶慝之形可幸而掩也
嘗試論之古之所謂良史者其明必足以周萬事之
理其道必足以適天下之用其智必足以通難知之
意其文必足以發難顯之情然後其任可得而稱也
何以知其然邪昔者唐虞有神明之性有微妙之德
使由之者不能知知之者不能名以爲治天下之
本號令之所布法度之所設其言至約其體至備以

爲治天下之具而爲二典者推而明之所記者豈獨其迹邪并與其深微之意而傳之小大精粗無不盡也本末先後無不白也使誦其說者如出乎其時求其指者如即乎其人是可不謂明足以周萬事之理道足以適天下之用智足以通難知之意文足以發難顯之情者乎則方是之時豈特任政者皆天下之士哉蓋執簡操筆而隨者亦皆聖人之徒也兩漢以來爲史者去之遠矣司馬遷從五帝三王既歿數千載之後秦火之餘因散絶殘脱之經以及傳記百家之說區區掇拾以集著其善惡之迹興廢之端又創

已意以爲本紀世家八書列傳之文斯亦可謂奇矣然而蔽害天下之聖法是非顛倒而採摭謬亂者亦豈少哉是豈可不謂明不足以周萬事之理道不足以適天下之用智不足以通難知之意文不足以發難顯之情者乎夫自三代以後爲史者如遷之文亦不可不謂雋偉拔出之材非常之士也然顧以謂明不足以周萬事之理道不足以適天下之用智不足以通難知之意文不足以發難顯之情者何哉蓋聖賢之高致遷固有不能純達其情而見之於後者矣一無此字故不得而與之也遷之得失如此况其他邪至

於宋齊梁陳後魏後周之書蓋無以議爲也子顯之於斯文喜自馳騁其更改破析刻雕藻績之變尤多而其文益下豈夫材固不可以强而有邪數世之史旣然故其辭迹曖昧雖有隨世以就功名之君相與合謀之臣未有赫然得傾動天下之耳目播天下之口者也而一時偷奪傾危悖理反義之人亦幸而不暴著於世豈非所託不得其人故邪可不惜哉蓋史者所以明夫治天下之道也故爲之者亦必天下之材然後其任可得而稱也豈可忽哉豈可忽哉

唐令目録序

唐令三十篇以常員定職官之任以府衛設師徒之備以口分永業爲授田之法以租庸調爲斂財役民之制雖未及三代之政然亦庶幾乎先王之意矣後世從事者多率其私見故聖賢之道廢而苟簡之術用太宗能超然遠覽絀封倫而納鄭公之議其爲國家天下之意故能及此而當是之時遂成太平之功使能推其類盡其道則唐之治豈難至於三代之盛哉讀其書嘉其制度有庶幾于古者而惜其不復行也故掇其大要可紀者論之于此焉

徐幹中論目録序

臣始見館閣及世所有徐幹中論二十篇以謂盡於
此及觀正觀政要怪太宗稱嘗見幹中論復三年喪
篇而今書此篇闕因考之魏志見文帝稱幹著中論
二十餘篇於是知館閣及世所有幹中論二十篇者
非全書也幹字偉長北海人生於漢魏之間魏文帝
稱幹懷文抱質恬淡寡欲有箕山之志而先賢行狀
亦稱幹篤行體道不耽世榮魏太祖特旌命之辭疾
不就後以爲上艾長又以疾不行蓋漢承周衰及秦
滅學之餘百氏雜家與聖人之道並傳學者罕能獨
觀於道德之要而不牽於俗儒之說至於治心養性

去就語默之際能不悖於理者固希矣況至於魏之濁世哉幹獨能考六藝推仲尼孟軻之旨述而論之求其辭時若有小失者要其歸不合於道者少矣其所得於内者又能信而充之逡巡濁世有去就顯晦之大節臣始讀其書察其意而賢之因其書以求其爲人又知其行之可賢也惜其有補於世而識之者少蓋迹其言行之所至而以世俗之好惡觀之彼惡足以知其意哉顧臣之力豈足以重其書使學者尊而信之因校其脫謬而存其大略蓋所以致臣之意焉

說苑目錄序

劉向所序說苑二十篇崇文總目云今存者五篇餘皆亡臣從士大夫間得之者十有三篇與舊爲十有八篇正其脫謬疑者闕之而叙其篇目曰向采傳記百家所載行事之迹以爲此書奏之欲以爲法戒然其所取往往不當於理故不得而不論也夫學者之於道非知其大略之難也知其精微之際固難矣孔子之徒三千其顯者七十二人皆高世之材也然獨稱顏氏之子其殆庶幾乎及回死又以謂無好學者而回亦稱夫子曰仰之彌高鑽之彌堅子貢又以謂

夫子之言性與天道不可得而聞也則其精微之際固難知久矣是以取舍不能無失於其間也故曰學然後知不足豈虛言哉向之學博矣其著書及建言尤欲有爲於世忘其狂已而爲之者有矣何其徇物者多而自爲者少也蓋古之聖賢非不欲有爲也然而曰求之有道得之有命故孔子所至之邦必聞其政而子貢以謂非夫子之求之也豈不求之有道哉子曰道之將行也歟命也道之將廢也歟命也豈不得之有命哉令向之出此安於行止以彼其志能擇其所學以盡乎精微則其所至未可量也是以孔子

稱古之學者爲己孟子稱君子欲其自得之自得之則取諸左右逢其原豈汲汲於外哉向之得失如此亦學者之戒也故見之叙論令讀其書者知考而擇之也然向數困於讒而不改其操與夫患失之者異矣可謂有志者也

鮑溶詩集目錄序

鮑溶詩集六卷史館書舊題云鮑防集五卷崇文總目叙別集亦然知制誥宋敏求爲臣言此集詩見文粹唐詩類選者皆稱鮑溶作又防之雜感詩最顯而此集無之知此詩非防作也臣以文粹類選及防雜

感詩考之敏求言皆是又得叅知政事歐陽脩所藏鮑溶集與此宋同然後知爲溶集决也史館書五卷總二百篇歐陽氏書無卷第纔百餘篇然其三十三篇史館書所無今別爲一卷附於後而總題曰鮑溶詩集六卷蓋自先王之澤熄而詩亡晚周以來作者嗜文辭抒情思而已然亦往往有可采者溶詩尤清約謹嚴而違理者少亦近世之能言者也故旣正其誤謬又著其大旨以傳焉臣鞏謹叙

元豐類藁卷第十二

元豐類藁卷第十二

序

李白詩集後序

李白詩集二十卷舊七百七十六篇今千有一篇雜著六十篇者知制誥常山宋敏求字次道之所廣也次道旣以類廣白詩自爲序而未考次其作之先後余得其書乃考其先後而次第之蓋白蜀郡人初隱岷山出居襄漢之間南游江淮至楚觀雲夢雲夢許氏者高宗時宰相圉師之家也以女妻白因留雲夢者三年去之齊魯居徂來山竹溪入吴至長安明皇

聞其名召見以爲翰林供奉頃之不合去北抵趙魏燕晉西涉岐邠歷商於至洛陽游梁最久復之齊魯南浮淮泗再入吳轉徙金陵上秋浦潯陽天寶十四載安禄山反明年明皇在蜀永王璘節度東南白時卧廬山璘迫致之璘軍敗丹陽白奔亡至宿松坐繫潯陽獄宣撫大使崔渙與御史中丞宋若思驗治白以爲罪薄宜貰而若思軍赴河南遂釋白囚使謀其軍事上書肅宗薦白才可用不報是時白年五十有七矣乾元元年終以汙璘事長流夜郎遂泛洞庭上峽江至巫山以赦得釋憇岳陽江夏久之復如潯陽

過金陵徘徊於歷陽宣城二郡其族人陽冰爲當塗令白過之以病卒年六十有四是時寶應元年也其始終所更涉如此此白之詩書所自叙可考者也范傳正爲白墓誌稱白偶乘扁舟一日千里或遇勝景終年不移則見於白之自叙者蓋亦其略也舊史稱白山東人爲翰林待詔又稱永王璘節度揚州白在宣城謁見遂辟爲從事而新書又稱白流夜郎還潯陽坐事下獄宋若思釋之者皆不合於白之自叙蓋史誤也白之詩連類引義雖中於法度者寡然其辭閎肆儁偉殆騷人所不及近世所未有也舊史稱白

有逸才志氣宏放飄然有超世之心余以爲實録而新書不著其語故録之使覽者得詳焉

先大夫集後序

公所爲書號仙凫羽翼者三十卷西陲要紀者十卷清邊前要五十卷廣中台志八十卷爲臣要紀三卷四聲韻五卷惣一百七十八卷皆别行於世今類次詩賦書奏一百二十三篇又自爲十卷藏於家方五代之際儒學既擯焉後生小子治術業於閭巷文多淺近是時公雖少所學已皆知治亂得失興壞之理其爲文閎深儁美而長於諷諭今類次樂府巳下是

也宋既平天下公始出仕當此之時太祖太宗已綱紀大法矣公於是勇言當世之得失其在朝廷疾當事者不忠故凡言天下之要必本天子憂憐百姓勞心萬事之意而推大臣從官執事之人觀望懷姦不稱天子屬任之心故治乆未洽至其難言則人有所不敢言者雖屢不合而出而所言益切不以利害禍福動其意也始公尤見奇於太宗自光祿寺丞越州監酒稅召見以爲直史館遂爲兩浙轉運使未乆而眞宗即位益以材見知初試以知制誥及西兵起又以爲自陝以西經略判官而公常日方切論大臣當

時皆不悦故不果用然眞宗終感其言故爲泉州未
盡一歲拜蘇州五月一作日又爲揚州將復召之也而
公於是時又上書語斥大臣尤切故卒以齟齬終公
之言其大者以自唐之衰民窮久矣海内旣集天子
方修法度而用事者尚多煩碎治財利之臣又益急
公獨以謂宜遵簡易罷筦榷以與民休息塞天下望
祥符初四方爭言符應天子因之遂用事泰山祠汾
陰而道家之説亦滋甚自京師至四方皆大治宮觀
公益諍以謂天命不可專任宜絀姦臣修人事反復
至數百千言嗚呼公之盡忠天子之受盡言何必古

人此非傳之所謂主聖臣直者乎何其盛也何其盛
也公在两浙奏罷苛税二百三十餘條在京西又與
三司爭論免民租釋逋負之在民者蓋公之所試如
此所試者大其庶幾矣公所嘗言甚衆其在上前及
書亡者蓋不得而集其或從或否而後常可思者與
歷官行事廬陵歐陽公已銘公之碑特詳焉此故不
論論其不盡載者公卒以齟齬終其功行或不得在
史氏記籍令記之當時好公者少史其果可信歟後
有君子欲推而考之讀公之碑與其書及余小子之
序其意者具見其表裏其於虛實之論可覈矣公卒

乃贈諫議大夫姓曾氏諱其南豐人序其書者公之孫鞏也至和元年十二月日謹序

王深父文集序

深父吾友也姓王氏諱回當先王之迹熄六藝殘缺道術衰微天下學者無所折衷深甫於是時奮然獨起因先王之遺文以求其意得之於心行之於己其動止語默必考於法度而窮達得喪不易其志也文集二十卷其辭反復辨達有所開闡其卒蓋將歸於簡也其破去百家傳注推散缺不全之經以明聖人之道於千載之後所以振斯文於將墜回學者於既

溺可謂道德之要言非世之别集而已也後之潛心於聖人者將必由是而有得則其於世教豈小補之而已哉嗚呼深父其志方强其德方進而不幸死矣故其澤不加於天下而其言止於此然觀其所可考者豈非孟子所謂名世者歟其文有片言半簡非大義所存皆附而不去者所以明深父之於其細行皆可傳於世也深父福州候官縣人今家於潁嘗舉進士中其科爲亳州衛真縣主簿未一歲棄去遂不復仕卒於治平二年之七月二十八日年四十有三天子嘗以其（一作忠武）軍節度推官知陳州南頓縣事就其

家命之而深父既卒矣

王子直文集序

至治之極教化既成道德同而風俗一言理者雖異人殊世未嘗不同其指何則理當故無二也是以詩書之文自唐虞以來至秦魯之際其相去千餘歲其作者非一人至於其間嘗更衰亂然學者尚蒙餘澤雖其文數萬而其所發明更相表裏如一人之說不知時世之遠作者之衆也嗚呼上下之間漸磨陶冶至於如此豈非盛哉自三代教養之法廢先王之澤熄學者人人異見而諸子各自爲家豈其固相反哉

不當於理故不能一也由漢以來益遠於治故學者
雖有魁奇拔出之材而其文能馳騁上下偉麗可喜
者甚衆然是非取舍不當於聖人之意者亦已多矣
故其説未嘗一而聖人之道未嘗明也士之生於是
時其言能當於理者亦可謂難矣由是觀之則文章
之得失其不繫於治亂哉長樂王向字子直自少已
著文數萬言與其兄弟俱名聞天下可謂魁奇拔出
之材而其文能馳騁上下偉麗可喜者也讀其書知
其與漢以來名能文者俱列於作者之林未知其孰
先孰後考其意不當於理者亦少矣然子直晚自以

爲不足而悔其少作更欲窮探力取極聖人之指要
盛行則欲發而見之事業窮居則欲推而託之於文
章將與詩書之作者並而又未知其孰先孰後也然
不幸蚤世故雖有難得之材獨立之志而不得及其
成就此吾徒與子直之兄回字深父所以深恨於斯
人也子直官世行治深父巳爲之銘而書其數萬言
者屬予爲序予觀子直之所自見者巳足暴於世矣
故特爲之序其志云

王容季文集序

叙事莫如書其在堯典述命羲和宅土測日晷星候

氣撥民緩急兼蠻夷鳥獸其財成輔相備三才萬物之理以治百官授萬民興衆功可謂博矣然其言不過數十其於舜典則曰在璿璣玉衡以齊七政蓋堯之時觀天以曆象至舜又察之以璣衡聖人之法至後世益備也曰七者則日月五星曰政者則羲和之所治無不任一作在焉其體至大蓋一言而盡可謂微矣其言微故學者所不得不盡心能盡心然後能自得之此所以爲經而歷千餘年蓋能得之者少也易詩禮春秋論語皆然其曰測之而益深窮之而益遠信也世既衰能言者益少承孔子者孟子而已承孟

子者揚子而已揚子之稱孟子曰知言之要知德之奧若揚子則亦足以幾乎此矣其次能敘事使可行於遠者若子夏左丘明司馬遷韓愈亦可謂拔出之材其言庶乎有益者也吾友王氏兄弟曰回深父曰向子直曰冏容季皆善屬文長於敘事深父爲尤深而子直容季蓋能稱其兄者也皆可謂拔出之材令其克壽得就其志則將紹六藝之遺言其可禦哉余嘗敘深父子直之文銘容季之墓而容季之兄固子堅又集容季之遺藁屬余序之余憫俗之媮朋友故舊道缺不匀知其不能強次是說以爲容季文集序

熙寧九年冬

南昌郡齋

范貫之奏議集序

尚書户部郎中直龍圖閣范公貫之之議奏凡若干篇其子世京集爲十卷而屬余序之蓋自至和以後十餘年間公常以言事任職自天子大臣至于羣下自掖庭至于四方幽隱一有得失善惡關于政理公無不極意反復爲上力言或矯拂情一作嗜欲或切劘計慮或辨別忠佞而處其進退章有一再或至於十餘上事有陰爭獨陳或悉引諫官御史合議肆言仁宗常虚心采納爲之變命令更廢舉近或立從遠或

越月踰時或至於其後卒皆聽用蓋當是時仁宗在位歲久熟於人事之情僞與羣臣之能否方以仁厚清靜休養元元至於是非與奪則一歸之公議而不自用也其所引拔以言爲職者如公皆一時之選而公與同時之士亦皆樂得其言不曲從苟止故天下之情因得畢聞於上而事之害理者常不果行至於奇衺恣睢有爲之者亦輙敗悔故當此之時常委事七八大臣而朝政無大闕失羣臣奉法遵職海内乂安夫因人而不自用者天也仁宗之所以其仁如天至於享國四十餘年能承太平之業者繇是而已後

世得公之遺文而論其世見其上下之際相成如此必將低回感慕有不可及之嘆然後知其時之難得則公言之不沒豈獨見其志所以明先帝之盛德於無窮也公爲人温良慈恕其從政寬易愛人及在朝廷危言正色人有所不能及也凡同時與公有言責者後多至大官而公獨早卒公諱師道其世次州里歷官行事有今資政殿學士趙公抃爲公之墓銘云

王平甫文集序

王平甫既殁其家集其遺文爲百卷屬余序平甫自少已傑然以材高見於世爲文思若决河語出驚人

一時爭傳誦之其學問尤敏而資之以不倦至晚愈
篤愽覽強記於書無所不通其明於是非得失之理
爲尤詳其文閎富典重其詩愽而深矣自周衰先王
之遺文既喪漢興文學猶爲近古及其衰而陵夷盡
矣至唐乆之而能言之士始幾於漢及其衰而遂泯
泯矣宋受命百有餘年天下文意復侔於漢唐之盛
蓋自周衰至今千有餘歲斯文濵於泯滅能自拔起
以追於古者此三世而已各於其盛時士之能以特
見於世者率常不過三數人其世之不數其人之難
得如此平甫之文能特見於世者也世皆謂平甫之

詩宜為樂歌薦之郊廟其文宜為典冊施諸朝廷而
不得用於世然推其實千歲之日不為不多焦心思
於翰墨之間者不為不衆在富貴之位者未嘗一日
而無其人彼皆湮滅而無傳或播其醜於後平甫乃
躬難得之姿負特見之能自立於不朽雖不得其志
然其文之可貴人亦莫得而揜也則平甫之求於内
亦奚憾乎古今作者或能文不必工於詩或長於詩
不必有文平甫獨兼得之其於詩尤自喜其憂喜哀
樂感激怨懟之情一於詩見之故詩尤多也平甫居
家孝友為人質直簡易遇人豁然推腹心不為毫髮

疑礙與人交於悉意尤篤也其死之日天下識與不識皆聞而哀之其州里世次歷官行事將有待於識平甫之葬者故不著於此云元豐元年

強幾聖文集序

幾聖諱至姓強氏錢塘人幾聖字也爲三司戶部判官尚書祠部郎中既歿其子浚明集其遺文爲二十卷屬余序幾聖少貧能自謀學爲進士材拔出其輩類出輒收其科其文詞大傳於時及爲吏未嘗不以其閒益讀書爲文尤工於詩句出驚人世皆推其能然最爲相國韓魏公所知魏公既罷政事鎮京兆及

徙鎮相魏常引幾聖自助魏公喜爲詩每合屬士大夫賓客與游多賦詩以自見其屬而和之者幾聖獨思致逸發若不可追躡魏公未嘗不歎得之晚也其在幕府魏公每上奏天子以歲時慶賀候問及爲書記以通四方之好幾聖爲屬槀草必聲比字屬曲當繩墨然氣質渾渾不見刻畫遠近多稱誦之及爲他文若誌銘序記策問學士大夫則簡古而則不少貶以就俗其所長兼人以此魏公數薦之朝廷以謂宜在館閣然未及用魏公既薨之明年幾聖亦以疾卒幾聖之遺文在魏公幕府者爲最多故序亦特反復

見之覽者可推而考之也其行治官世已著於誌幾
聖之葬者故此不著

思軒詩序 兹石本校

今天子至和之初尚書屯田員外郎林君慥通判撫州恊于上下以修其職於是時蝗起京東轉入江淮之閒秋又皆旱撫獨無害災故君得以其閒益䟽其寢北之池厚池之北涯立屋其上入而燕焉名其軒曰思軒士之能詩者皆為君賦之觀君之早夜於其治既有餘日乃自以為不足而深思於此得士大夫之作讀而推之以察君之志將無小大言動萬事之

作止一擇其宜則思之盡豈獨一時寄此軒之内哉
君之大父水部君當太宗時實通判是州今六十餘
年而君來世其官衆於是考於州人以求水部之餘
思遺德又榮君之能業其家而謂君之勢且益顯以
大其宗門將豈止於此後有君子低回此軒而迹君
之思見於事者不違於理不墜其先人則詩之信天
下其可蔽也哉九月十五日序

元豐類稾卷第十二

八

元豐類藁卷第十三

序

序越州鑑湖圖

鑑湖一曰南湖南並山北屬州城漕渠東西距江漢順帝永和五年會稽太守馬臻之所爲也至今九百七十有五年矣其周三百五十有八里凡水之出於東南者皆委之州之東自城至于東江其北隄石捷（或作捷碶陡）二陰溝十有九通民田田之南屬漕渠北東西屬江者皆溉之州之東六十里自東城至于東江其南隄陰溝十有四通民田田之北抵漕渠南並山

西並隄東屬江者皆漑之州之西三十里曰柯山斗門通民田田之東並城南並隄北濱漕渠西屬江者皆漑之揔之漑山陰會稽兩縣十四鄉之田九千頃非湖能漑田九千頃而已蓋田之至江者盡於九千頃也其東曰曹娥斗門曰蒿口斗門水之循南隄而東者由之以入于東江其西曰廣陵斗門曰新逕斗門水之循北隄而西者由之以入于西江其北曰朱儲斗門去湖最遠蓋因三江之上兩山之間疏爲二門而以時視田中之水小溢則縱其一大溢則盡縱之使入于三江之口所謂湖高於田丈餘田又高海

丈餘水少則泄湖溉田水多則泄田中水入海故無荒廢之田水旱之歲者也繇漢以來幾千載其利未嘗廢也宋興民始有盜湖爲田者祥符之間二十七戶慶曆之間二戶爲田四頃當是時三司轉運司猶下書切責州縣使復田爲湖然自此吏益慢法而姦民寖起至于治平之間盜湖爲田者凡八千餘戶爲田七百餘頃而湖廢幾盡矣其僅存者東爲漕渠自州至于東城六十里南通若邪溪自樵風涇至于桐塢十里皆水廣不能十餘丈每歲少雨田未病而湖蓋已先涸矣自此以來人爭爲計說蔣堂則謂宜有

罰以禁侵耕有賞以開告者杜杞則謂盜湖爲田者利在縱湖水一兩則放聲以動州縣而斗門輙發故爲之立石則水一在五雲橋水深八尺有五寸會稽主之一在跨湖橋水深四尺有五寸山陰主之而斗門之鑰使皆納于州水溢則遣官視則而謹其閉縱又以謂宜益理隄防斗門（斗門一作計）其敢田者拔其苗責其力以復湖而重其罰猶以爲未也又以謂宜加兩縣之長以提舉之名課其督察而爲之殿賞吳奎則謂每歲農隙當僦人濬湖積其泥塗以爲丘阜使縣主役而州與轉運使提點刑獄督攝賞罰之張次

山則謂湖廢僅有存者難卒復宜益廣漕路及他便利處使可漕及注民田里置石柱以識之柱之內禁敢田者刁約則謂宜斥湖三之一與民爲田而益隄使高一丈則湖可不開而其利自復范師道施元長則謂重侵耕之禁猶不能使民無犯而斥湖與民則侵者孰禦又以湖水較之高於城中之水或三尺有六寸或二尺有六寸而益隄壅水使高則水之敗城郭廬舍可必也張伯玉則謂日役五千人濬湖使至五尺當十五歲畢至三尺當九歲畢然恐工起之日浮議外揺役夫內潰則雖有智者猶不能必其成若

日役五千人益隄使高八尺當一歲畢其竹木之費凡九十二萬有三千計越之戶二十萬有六千賦之而復其租其勢易足如此則利可坐收而人不煩弊陳宗言趙誠復以水勢高下難之又以謂宜修吳奎之議以歲月復湖當是時都水善其言又以謂宜增賞罰之令其爲說如此可謂愽矣朝廷未嘗不聽用而著之於法故罰有自錢三百至于千又至于五萬刑有自杖百至于徒二年其文可謂密矣然而田者不止而日愈多湖不加濬而日愈廢其故何哉法令不行而苟且之俗勝也昔謝靈運從宋文帝求會稽

回踵湖為田太守孟顗不聽又求休崲湖為田顗又不聽靈運至以語詆之則利於請湖為田越之風俗舊矣然南湖繇漢歷吳晉以來接于唐又接于錢鏐父子之有此州其利未嘗廢者彼或以區區之地當天下或以數州為鎮或以一國自王內有供養祿廩之須外有貢輸問遺之奉非得晏然而已也故強水土之政以力本利農亦皆有數而錢鏐之遺法最詳至今尚多傳於人者則其利之不廢有以也近世則不然天下為一而安於承平之故在位者重舉事而樂因循而請湖為田者其語言氣力往往足以動人

至於脩水土之利則又費財動衆從古所難故鄭國之役以謂足以疲秦而西門豹之治鄴渠人亦以爲煩苦其故如此則吾之吏孰肯任難當之怨來易至之責以待未然之功乎故說雖博而未嘗行法雖密而未嘗舉田者之所以日多湖之所以日廢繇是而巳故以謂法令不行而苟且之俗勝者豈非然哉夫千歲之湖廢興利害較然易見然自慶曆以來三十餘年遭吏治之因循至於旣廢而世猶莫籍其所以然況於事之隱微難得而考者繇苟簡之故而弛壞於冥冥之中又可知其所以然乎今謂湖不必復者

曰湖田之入既饒矣此游談之士為利於侵耕者言之也夫湖未盡廢則湖下之田旱此方今之害而衆人之所覩也使湖盡廢則湖之為田者亦旱矣此將來之害而衆人之所未覩也故曰此游談之士為利於侵耕者言之而非實知利害者也謂湖不必濬者曰益隄壅水而已此好辯之士為樂聞苟簡者言之也夫以地勢較之壅水使高必敗城郭此議者之所已言也以地勢較之濬湖使下然後不失其舊不失其舊然後不失其宜此議者之所未言也又山陰之石則為四尺有五寸會稽之石則幾倍之壅水使高

則會稽得尺山陰得半地之窪隆不並則益隄未爲有補也故曰此好辯之士爲樂聞苟簡者言之而又非實知利害者也二者既不可用而欲禁侵耕開告者則有賞罰之法矣欲謹水之畜泄則有閉縱之法矣欲痛絶敢田者則拔其苗責其力以復湖而重其罰又有法矣或欲任其責於州縣與轉運使提點刑獄或欲以每歲農隙濬湖或欲禁田石柱之内者又皆有法矣欲知濬湖之淺深用工若干爲日幾何欲知增隄竹木之費幾何使之安出欲知濬湖之泥塗積之何所又已計之矣欲知工起之日或浮議外揺

役夫內潰則不可以必其成又已論之矣誠能收衆説而考其可否用其可者而以在我者潤澤之令言必行法必舉則何功之不可成何利之不可復哉肇初蒙恩通判此州問湖之廢興於人未有能言利害之實者及到官然後問圖於兩縣問書於州與河渠司至於參覈之而圖成熟究之而書具然後利害之實明故爲之論次庶夫計議者有考焉熙寧二年冬臥龍齋

類要序

晏元獻公出東南起童子入祕閣讀書遂賚名命入翰林爲學士眞宗特寵待之每進見勞問及所以任

屬之者羣臣莫能及皇太子就書學公以選入侍太子即皇帝位是爲仁宗公遂莞國樞要任政事位宰相其在朝廷五十餘年常以文學謀議爲任所爲賦頌銘碑制詔冊命書奏議論之文傳天下尤長於詩天下皆吟誦之當眞宗之世天下無事方輯福應推功德修封禪及后土山川老子諸祠以報禮上下左右前後之臣非工儒學妙於語言能討論古今潤色太平之業者不能稱其位公於是時爲學者宗天下慕其聲名人見公應於外者之不窮而不知公之得於內者何也及得公所爲類要上中下秩總七十四

篇凡若干門皆公所手抄廼知公於六藝太史百家之言騷人墨客之文章至於地志族譜佛老方伎之衆說旁及九州之外蠻夷荒忽詭變奇跡之序録皆披尋紬繹而於三才萬物變化情僞是非興壞之理顯隱細鉅之委曲莫不究盡公之得於内者在此也公之所以光顯於世者有以哉觀公之所自致者如此則知士不素學而處從官大臣之列備文儒道德之任其能不餒且病乎此公之書所以爲可傳也公之子知止能守其家者也以書屬余序余與公仕不並時然皆臨川人故爲之論次以爲公書首

相國寺維摩院聽琴序

古者學士之於六藝射能弧矢之事矣又當善其揖讓之節御能車馬之事矣又當善其驅馳之節書非能肆筆而已又當辨其體而皆通其意數非能布筭而已又當知其用而各盡其法而五禮之威儀至於三千六樂之節文可謂微且多矣噫何其煩且勞如是然古之學者必能此亦可謂難矣然習其射御於禮習其干戈於樂則少於學長於朝其於武備固修矣其於家有塾於黨有庠於鄉有序於國有學於教有師於視聽言動有其容於衣冠飲食有其度几杖

有銘盤杅有戒在輿有和鸞之聲行步有佩玉之音燕處有雅頌之樂而非其故琴瑟未嘗去於前也蓋其出入進退俯仰左右接於耳目動於四體達於其心者所以養之至如此其詳且密也雖然此尚爲有待於外者爾若夫三材萬物之理性命之際力學以求之深思以索之使知其要識其微而齋戒以守之以盡其材成其德至合於天地而后已者又當得之於心夫豈非難哉噫古之學者其役之於內外以持其心養其性者至於如此此君子所以愛日而自強不息以求至乎極也然其習之有素閑之有具如此

則求其放心伐其邪氣而成文武之材就道德之實者可謂易矣孔子曰興於詩立於禮成於樂蓋樂者所以感人之心而使之化故曰成於樂昔舜命夔典樂教胄子曰直而温寬而栗剛而無虐簡而無傲則樂者非獨去邪又所以救其性之偏而納之中也故和鸞佩玉雅頌琴瑟之音非其故不去於前豈虛也哉今學士大夫之於持其身養其性凡有待於外者皆不能具得之於内者又皆略其事可謂簡且易矣然所以求其放心伐其邪氣而成文武之材就道德之實者豈不難哉此予所以懼不至於君子而入於

小人也夫有待於外者余既力不足而於琴竊有志焉久矣然患其莫余授也治平三年夏得洪君於京師始合同舍之士聽其琴於相國寺之維摩院洪君之於琴非特能其音又能其意者也予將就學焉故道予之所慕於古者庶乎其有以自發也同舍之士丁寶臣元珍鄭穆閎中孫覺莘老林希子中而予曾鞏子固也洪君名規字方叔以文學吏事稱於世云

張文叔文集序

文叔姓張氏諱彥博蔡州汝陽人慶曆三年爲撫州司法參軍余爲之銘其父碑文叔又治其寢得嬰兒

禿禿之遺骸葬之余爲之誌其事是時文叔年未三十喜從余問道理學爲文章因與之游至其爲司法代去其後又三遇焉至今二十有六年矣文叔爲袁州判官以死其子仲偉集其遺文爲四十卷自蘄春走京師屬余序之余讀其書知文叔雖久窮而講道益明屬文益工其辭精深雅贍有過人者而比三遇之蓋未嘗爲余出也又知文叔自進爲甚强自待爲甚重皆可喜也雖其遇於命者不至於富貴然比於富貴而功德不足以堪之始爲說以自恕者則文叔雖久窮亦何恨哉仲偉居撫時八九歲未卝始讀書

就筆硯令儀觀甚偉文辭甚工有子復能讀書就筆
硯矣則余其能不老乎既爲之評其文而序之又辱
道其父子事反復如此者所以致余情於故舊而又
以見余之老也熙寧元年十二月十七日序

館閣送錢純老知婺州詩序

熙寧三年三月尚書司封員外郎祕閣校理錢君純
老出爲婺州三館祕閣同舍之士相與飲餞于城東
佛舍之觀音院會者凡二十人純老亦重僚友之好
而欲慰處者之思也乃爲詩二十言以示坐者於是
在席人各取其一言爲韻賦詩以送之純老至州將

刻之石而以書來曰爲我序之蓋朝廷常引天下儒
學之士聚之館閣所以長養其材而待上之用有出
使于外者則其僚必相告語擇都城之中廣宇豐堂
遊觀之勝約日皆會飲酒賦詩以序去處之情而致
綢繆之意歷世寖久以爲故常其從容道義之樂蓋
他司所無而其賦詩之所稱引况諭莫不道去者之
美况其歸仕於王朝而欲其無久於外所以見士君
子之風流習尚篤於相先非世俗之所能及又將待
上之考信於此而以其彙進非空文而已也純老以
明經進士制策入等歷教國子生入館閣爲編校書

籍校理檢討其文章學問有過人者宜在天子左右與訪問任獻納而顧請一州欲自試於川窮山阻僻絶之地其志節之高又非凡材所及此賦詩者所以推其賢惜其去殷勤反復而不能已余故爲之序其大旨以發明士大夫之公論而與同舍視之使知純老之非久於外也十月日序

齊州雜詩序

齊故爲文學之國然亦以朋比夸詐見於習俗今其地富饒而介於河岱之間故又多獄訟而豪猾羣黨亦往往喜相攻剽賊殺於時號難治余之疲駑來爲

是州除其姦強而振其弛壞去其疾苦而撫其善良未朞囹圄多空而枹鼓幾熄歲又連熟州以無事故得與其士大夫及四方之賓客以其暇日時遊後園或長軒嶢榭登覽之觀屬思千里或芙蕖芰荷湖波渺然縱舟上下雖病不飲酒而間爲小詩以娛情寫物亦拙者之適也通儒大人或與余有舊欲取而視之亦不能隱而青鄆二學士又從而和之士之喜文辭者亦繼爲此作總之凡若干篇豈得以余文之陋而使夫宗工秀人雄放瑰絕可喜之辭不大傳于此邦也故刻之石而并序之使覽者得詳焉熙寧六年

二月己丑序

順濟王勑書祝文刻石序

臣肇言世稱麟鳳龜龍王者之嘉瑞則蓋不常出而德有不能致者又稱麟鳳龜龍四靈以為畜則至治之世蓋可狎而擾也故官有豢龍而劉累以善其職事至夏之衰廼不能馴而或漦于庭至周卒為女禍蓋龍之為祥異通于治亂如此伏惟陛下仁聖之德達于淵泉故龍實來慕若可擾也其自今以往盛德日躋則必有遊于宮沼或負圖出河而且將領在有司羣於羞物故臣敢刻勑書祝辭于石以俟臣肇謹

序

叙盜

盜三十人凡十五發縣孫仙而下盜吳慶船者殺人皆應斬盜朱縞船者贓重皆應絞凡應死者十有八人縣湯慶而下或贓輕或竊盜或常自言凡應徒者十有二人此有司之法也今圖之所見者其名氏税等械器與其發之日月所盜之家所取之財至於人各别其凡若干發皆旁行以見之人各别其凡若干發者又别之以朱欲覽者之易曉也吳慶之船贓分爲三與吳慶吳道之屬有親疏居有異同至於孫仙

湯慶之族屬以及十二人之所以得不死者皆別見於圖之上下而獄之輕重詳矣其創作兵仗合衆以轉刼數百里之間至於賊殺良民此情狀之尤可嫉者也方五六月之時水之害甚矣田疇既以蕩溺矣屋廬既以漂流矣城郭之內糴官粟以賑民而猶有不得食者窮鄉僻壤大川長谷之間自中家以上日具持錢無告糴之所况於羸短素困之人乎方且結草葦以自託於壞隄毀埠之上有飢餓之迫無樂生之情其憂發而爲盜亦情狀之有可哀者也康誥曰殺越人于貨暋不畏死凡民罔弗憝孟子以謂此不

待教而誅者也是則殺人之盜不待教而誅此百王之所同而未有知其所始者也然而孔子曰天下有道盜其先變乎此謂養之既足導之既明則爲盜者知耻而自新則非殺人之盜有待教而誅者此亦百王之所同而未有知其所始者也不待教而誅者天下之所不得容也待教而誅者俟之之道既盡矣然後可以責之備也苟爲養之既有不足導之既有不明俟之之道既有不盡矣故凶年人食不足而有起爲盜賊者天子嘗密下寬大之令許降其罪而此非有司之法也至殺人與贓重者亦不降有司之法存

焉亦康誥之意也余嘗閱是獄故具列其本末情狀以覽觀焉以明余之於是盡心矣

贈黎安二生序

趙郡蘇軾余之同年友也自蜀以書至京師遺余稱蜀之士曰黎生安生者既而黎生攜其文數十萬言安生攜其文亦數千言辱以顧余讀其文誠閎壯雋偉善反復馳騁窮盡事理而其材力之放縱若不可極者也二生固可謂魁奇特起之士而蘇君固可謂善知人者也頃之黎生補江陵府司法參軍將行請余言以爲贈余曰余之知生既得之於心矣迺將以

言相求於外邪黎生曰子與安生之學於斯文里之
人皆笑以爲迂闊今求子之言蓋將解惑於里人余
聞之自顧而笑夫世之迂闊孰有甚於予乎知信乎
古而不知合乎世知志乎道而不知同乎俗此余所
以困於今而不自知也世之迂闊孰有甚於余乎今
生之迂特以文不近俗迂之小者耳患爲笑於里之
人若子之迂大矣使生持吾言而歸且重得罪庸詎
止於笑乎然則若余之於生將何言哉謂予之迂爲
善則其患若此謂爲不善則有以合乎世必違乎古
有以同乎俗必離乎道矣生其無急於解里人之惑

則於是焉必能擇而取之遂書以贈二生并示蘇君以爲如何也

元豐類稾卷第十三

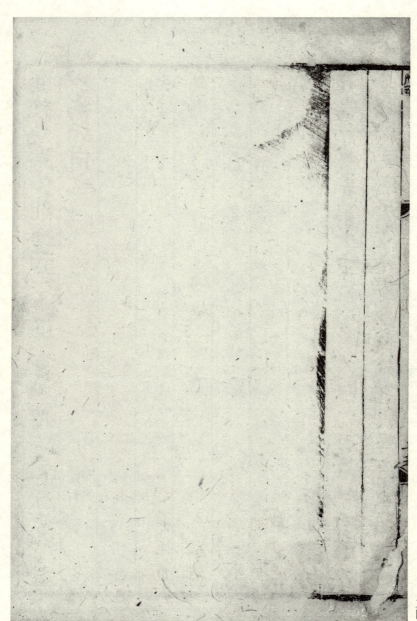

元豐類藁卷第十四

序

送傅向老令瑞安序

向老傅氏山陰人與其兄元老讀書知道理其所爲文辭可喜太夫人春秋高而其家故貧然向老昆弟尤自守不苟取而妄交太夫人亦忘其貧予得之山陰愛其自處之重而見其進而未止也特心與之向老用舉者令溫之瑞安將奉其太夫人以往予謂向老學古其爲令當知所先後然古之道蓋無所用於令則向老之所守亦難合矣故爲之言庶夫有知予

爲不妄者能以此而易彼也

送周屯田序

士大夫登朝廷年七十上書去其位天子官其一子而聽之亦可謂榮矣然而有若不釋然者余爲之言曰古之士大夫倦而歸者安車几杖膳羞被服百物之珍好自若天子養以燕饗飲食鄉射之禮自比子弟袒韝鞠𦞦以薦其物諮其辭說不於庠序於朝廷時節之賜與縉紳之禮於其家者不以朝則以夕上之聽其休爲不敢勤以事下之自老爲一本無此字無爲以尊榮也今一日辭事還其廬徒御散矣賓客去矣

百物之順其欲者不足人之羣嬉屬好之交不與約居而獨游散棄乎山墟林莽陋巷窮閻之間如此其於長者薄也亦曷能使其不欲然於心邪雖然不及乎尊事可以委蛇其身而益閒不享乎珍好可以窒煩除薄而益安不去乎深山長谷豈不足以易其庠序之位不居其榮豈有患乎其辱哉然則古之所以殷勤奉老者皆世之任事者所自爲於士之倦而歸者顧爲煩且勞也今之置古事者顧有司爲少耳士之老於其家者獨得其自肆也然則何爲動其意邪余爲之言者尚書屯田員外郎周君中復周君與先

人俱天聖二年進士與余舊且好也既爲之辨其不釋然者又欲其有以處而樂也讀余言者可無異周君而病今之失矣南豐曾鞏序

送江任序

均之爲吏或中州之人用於荒邊側境山區海聚之閩蠻夷異域之處或燕荆越蜀海外萬里之人用於中州以至四遐之鄉相易而往其山行水涉沙莽之馳往往則風霜冰雪瘴霧之毒之所侵加蛟龍虺蜴虎豹之羣之所抵觸衝波急洑隤崖落石之所覆壓其進也莫不籯糧舉藥選舟易馬力兵曹伍而後動

戒朝弁夜變更寒暑而後至至則宮廬器械被服飲
食之具土風氣候之宜與夫人民謡俗語言習尚之
務其變難遵而其情難得也則多愁居惕處歎息而
思歸及其久也所習已安所蔽已解則歲月有期可
引而去矣故不得專一精思修治具以宣布天子及
下之仁而爲後世可守之法也或九州之人各用於
其土不在西封在東境士不必勤舟車輿馬不必力
而已傳其邑都坐其堂奥道途所次升降之倦淩冒
之虞無有接於其形動於其慮至則耳目口鼻百體
之所養如不出乎其家父兄六親故舊之人朝夕相

見如不出乎其里山川之形土田市井風謡習俗辭説之變利害得失善惡之條貫非其童子之所聞則其少長之所遊覽非其自得則其鄉之先生老者之所告也所居已安所有事之宜皆已習熟如此能專慮致勞營職事以宣上恩而修百姓之急其施爲先後不待旁諮久察而與奪損益之幾已斷於胷中矣豈累夫孤客遠寓之憂而以苟且決事哉臨川江君任爲洪之豐城此兩縣者牛羊之牧相交樹木果蔬五穀之壟相入也所謂九州之人各用於其土者孰近於此既已得其所處之樂而猒聞飫聽其人民之

事而江君又有聰明敏急之材潔廉之行以行其政吾知其不去圖書議論之適賓客之好而所爲有餘矣蓋縣之治則民自得於大山深谷之中而州以無爲於上吾將見江西之幕府無南嚮而慮者矣於其行遂書以送之南豐曾鞏序

送劉希聲序

東明劉希聲來臨川見之其貌勉於禮其言勉於義其行亦然其久益堅其讀書爲辭章日盛從予游三年予愛之今年慶曆五年還其鄉過予別與之言曰東明汴邑也子之行閭道之所嚮者以告子子也一

趨焉而不息至乎爾也苟爲一從焉一違焉雖不息決不至也子也好問聖人之道亦如是而已矣五月四日序

送李材叔知柳州序

談者謂南越偏且遠其風氣與中州異故官者皆不欲久居往往車船未行輒已屈指計歸日又咸小其官以爲不足事其逆自爲慮如此故其至皆傾搖解弛無憂且懃之心其習俗一作殆從古而爾不者何自越與中國通已千餘年而名能撫循其民者不過數人邪故越與閩蜀始俱爲夷閩蜀皆已變而越獨尚

陋豈其俗不可更歟蓋吏者莫致其治教之意也噫亦其民之不幸也已彼不知縣京師而之越水陸之道皆安行非若閩溪峽江蜀棧之不測則均之吏於遠此非獨優歟其風氣吾所諳之與中州亦不甚異起居不違其節未嘗有疾苟違節雖中州寧能不生疾邪其物產之美果有荔子龍眼蕉柑橄欖花有素馨山丹含笑之屬食有海之百物累歲之酒醋皆絕於天下人少鬬訟喜嬉樂吏者惟其無久居之心故謂之不可如其有久居之心奚不可邪古之人為一鄉一縣其德義惠愛尚足以薰蒸漸澤今大者專一

州豈當小其官而不事邪今其得吾說而思之人咸
有久居之心又不小其官爲越人滌其陋俗而毆於
治居閩蜀上無不幸之歎其事出千餘年之表則其
美之巨細可知也然非其材之穎然邁於衆人者不
能也官於南者多矣予知其材之穎然邁於衆人能
行吾說者李材叔而已材叔又與其兄公翊仕同年
同用薦者爲縣入祕書省爲著作佐郎今材叔爲柳
州公翊爲象州皆同時材又相若也則二州交相致
其政其施之速勢之便可勝道也夫其越之人幸也
夫其可賀也夫

送趙宏序

荆民與蠻合爲寇潭旁數州被其害天子宰相以潭重鎮守臣不勝任爲改用人又不勝復改之守至上書乞益兵詔與撫兵三百殿直天水趙君希道實護以往希道雅與予接閒過予道潭之事予曰潭山川甲兵如何食幾何賊衆寡強弱如何予不能知能知書書之載若潭事多矣或合數道之兵以數萬絶山谷而進其勢非不衆且健也然而卒殲焉者多矣或單車獨行然而以克者相踵焉顧其義信如何耳致吾義信雖單車獨行寇可以爲無事襲遂張綱祝良

之類是也義信不足以致之雖合數道之兵以數萬卒殲焉適重寇耳況致平耶楊旻裴行立之類是也則兵不能致平致平者在太守身耳明也前之守者果能此天子宰相烏用易之必易之爲前之守者不能此也今往者復曰乞益兵何其與書之云者異邪子憂潭民之重困也寇之益張也往時潭吏與旁近郡蘄力勝賊者暴骸者戮降者有之今之往者將特不爲是而已耶抑猶不免乎爲是也天子宰相任之之意其然邪潭守近侍臣使撫覘潭者郎吏御史博士相望爲我諗其賢者曰今之言古書往往曰适然

書之事乃已試者也師已試而施諸治與時人之自
用孰爲得失耶愚言儻可以乎潭之患今雖細然大
中咸通之間南方之憂常劇矣夫豈階於大哉爲近
臣郎吏御史博士者獨得而不思也希道固喜事者
因其行遂次第其語以送之慶曆六年五月日曾鞏
序

送王希序 字潛之

鞏慶曆三年遇潛之於江西始其色接吾目已其言
接吾耳乆其行接吾心不見其非吾愛也從之游四
年閒鞏於江西三至焉與之上滕王閣泛東湖酌馬

跑泉最數游而久乃去者大梵寺秋屏閣閣之下百步爲龍沙沙之涯爲漳水水之西涯横出爲西山皆江西之勝處也江西之州中凡遊觀之可望者多西山之見見西山最正且盡者唯此閣而已使覽登之美窮于此樂乎莫與爲樂也況龍沙漳水水涯之陸陵人家園林之屬于山者莫不見可見者不特西山而已其爲樂可勝道邪故吾與潛之游其間雖數且久不猒也其計於心曰奚獨吾游之不猒也將奉吾親託吾家於是州而游於是以歡吾親之心而自慰焉未能自致也獨其情旦而作（一作游）夜而息無頃焉

忘也病不游者朞月矣而潛之又遽去其能不憮然

邪潛之之將去以書來曰子能不言於吾行耶使吾

道潛之之美邪豈潛之相望意也使以言相鐫切邪

眎吾言不足進也眎可進者莫若道素與游之樂而

惜其去亦情之所不克已也故云爾嗟乎潛之之去

而之京師人知其將光顯也光顯者之心於山水或

薄其異日肯尚從吾游於此乎其豈使吾獨也乎六

年八月日序

王無咎字序

名字者人之所假借以自稱道亦使人假借以稱道

已之辭也非若行然不可以假借云也何也問其名曰志(一作忠)與義其字亦然則人無有求其信然者責其不然者知其假借云也問其行曰志(一作忠)與義則人皆求其信然者責其不然者其可以假借云乎然而人無貴賤愚良一欲善其名字夫欲善其名字者非他亦曰愛其身而已(一本無而已字一本而已下有有道以名字)愛其身而不善充之猶曰姑以聖賢之道假借其身而已不誠乎身莫大焉豈愛其身也不若於名字乎勿求勝焉於行乎汲汲爾以愛其身是以聖賢之道歸諸其身也以爲愛其身非至夫然而人人一皆善其名字

未嘗一皆善其行有愛其身之心而於其身亟爾其薄也可嗟也已南城王無咎來請字予思夫字雖必求勝也然古之人重冠於冠重字字則亦未可忽也今冠禮廢字亦非其時古禮之不行也甚矣無咎之請也雖非時之當然庶幾存其禮予欲拒安得而拒也取易所謂無咎者善補過者也爲之字曰補之夫勉焉而補其所不至顏子之所以爲學者也補之明經術爲古文辭其材卓然可畏也以顏子之所以爲學者期乎己余之所望於補之也假借乎己而已矣豈予之所望於補之哉

送蔡元振序

古之州從事皆自辟士士亦擇所從故賓主相得也如不得其志去之可也今之州從事皆命於朝非惟守不得擇士士亦不得擇所從賓主豈盡相得哉如不得其志未可以輒去也故守之治從事無爲可也守之不治從事舉其政亦勢然也議者不原其勢以爲州之政當一出於守從事舉其政則爲立異爲侵官噫從事可否其州事職也不惟其守之同則舍己之是而求與之同可乎不可也州爲不治矣守不自任其責己亦莫之任也可乎不可也則舉其政其孰

爲吏是其邪其孰爲侵官耶議者未之思也雖然迹其所以然豈士之所喜然哉故曰亦勢然也今四方之從事惟其守之同者多矣幸而材從事睎其政之缺不過宣至於嘆途於議而已脱然莫以爲己事反是焉則激激亦奚以爲也求能自任其責者少矣爲從事乃爾爾爲公卿大夫士於朝不爾者其幾邪臨川蔡君從事於汀始試其爲政也汀誠爲治州邪蔡君可拱而坐也誠未治邪人皆觀君也無激也無同也惟其誼而已矣蔡君之任也其異日官於朝一於是而已矣亦蔡君之任也可不懋歟其行也來求吾文故序

以送之

送丁琰序

守令之於民近且重易知矣予嘗論今之守令有道而聞四方者不過數人一本有此數人三字者非重一作特任守令也過此數人者有千里者相接而無一賢守有百里者相環而無一賢令至天子大臣嘗患其然則任奉法之吏嚴刺察之科以繩治之諸郡守縣令以罪不任職或黜或罷者相繼於外於是下詔書擇廷臣使各舉所知以任守令是天子大臣愛國與民而重守令之意可謂無不至矣而詔雖下舉者卒不聞惟

今或以舊制舉不皆循歲月而授每舉者有姓名得而視之推考其材行能堪其舉者卒亦未見焉舉者旣然矣則以予之所見聞陰計其人之孰可舉者卒亦未見焉猶恐予之愚且賤聞與見焉者少不足以知天下之材也則求夫賢而有名位聞與見之博者而從之問其人之孰可舉者卒亦未見焉豈天下之人固可誣而天固不生才於今哉使天子大臣患天下之弊則數更法以禦之法日以愈密而弊日以愈多豈今之去古也遠治天下卒無術哉蓋古人之有庠有序有師友之游有有司之論而賞罰之始於鄉

屬於天下爲教之詳至此也士也有聖人之道則皆得行其教有可教之質則皆可爲材且良故古之賢也多賢之多則自公卿大夫至于牛羊倉廩賤官之選咸宜焉獨千里百里之長哉其爲道豈不約且明其爲致天下之材豈不多哉其豈有勞於求而不得人密於法而不勝其弊若今之患哉今也庠序師友賞罰之法非古也士也有聖人之道欲推而教於鄉於天下則無路焉人愚也則愚矣可教而賢者卒誰教之哉故今之賢也少賢之少則自公卿大夫至于牛羊倉廩賤官之選常不足其人焉獨守令哉是以

其求之無不至其法日以愈密而不足以爲治者其
原皆此之出也已噫奚重而不更也姑蘇人丁君琰
佐南城南城之政平予知其令令曰丁君之佐我也
又知其邑人邑人無不樂道之者予既患今之士而
常慕古之人每觀良吏一傳則反復愛之如丁君之
信於其邑予於旁近邑之所未見故愛之特深今爲
令於淮陰上之人知其材而舉用之也於今也得人
矣使丁君一推是心以往信于此有不信于彼哉求
予文者多矣拒而莫之與也獨丁君之行也不求予
文而予樂道其所嘗論者以送之以示重丁君且勉

之且勉天下之凡爲吏者也

謝司理字序

君子之於德澤誼行大有爲者也於爲之也有明而易知者有不示其用者若乃數度號令因造損益淳雜出入則所謂明而易知者使人靡靡然化之不絶於動作趣舍之際耳無深關複鍵窔壙奧屋爲之擀覆也泊然莫能質其所以發而至者則所謂不示其用者也易曰知微知章章顯之微不顯之謂也又曰幾事不密則害成退藏於密者皆不顯之謂也陳郡謝君名縝縝密也而取字乃本諸此而字之曰通微

以謝君之材其嚮道也苟爲無盡無不至者也可以有爲者也能見其事業者也能不表其迹者也亦在楙之而已

元豐類藁卷第十四

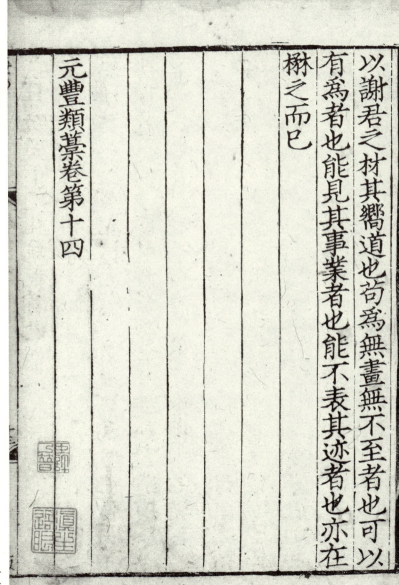

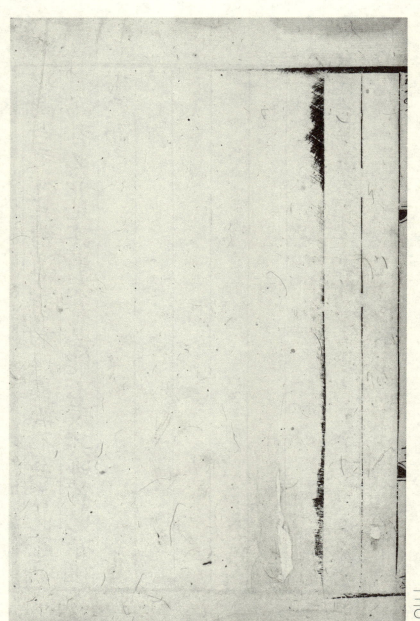

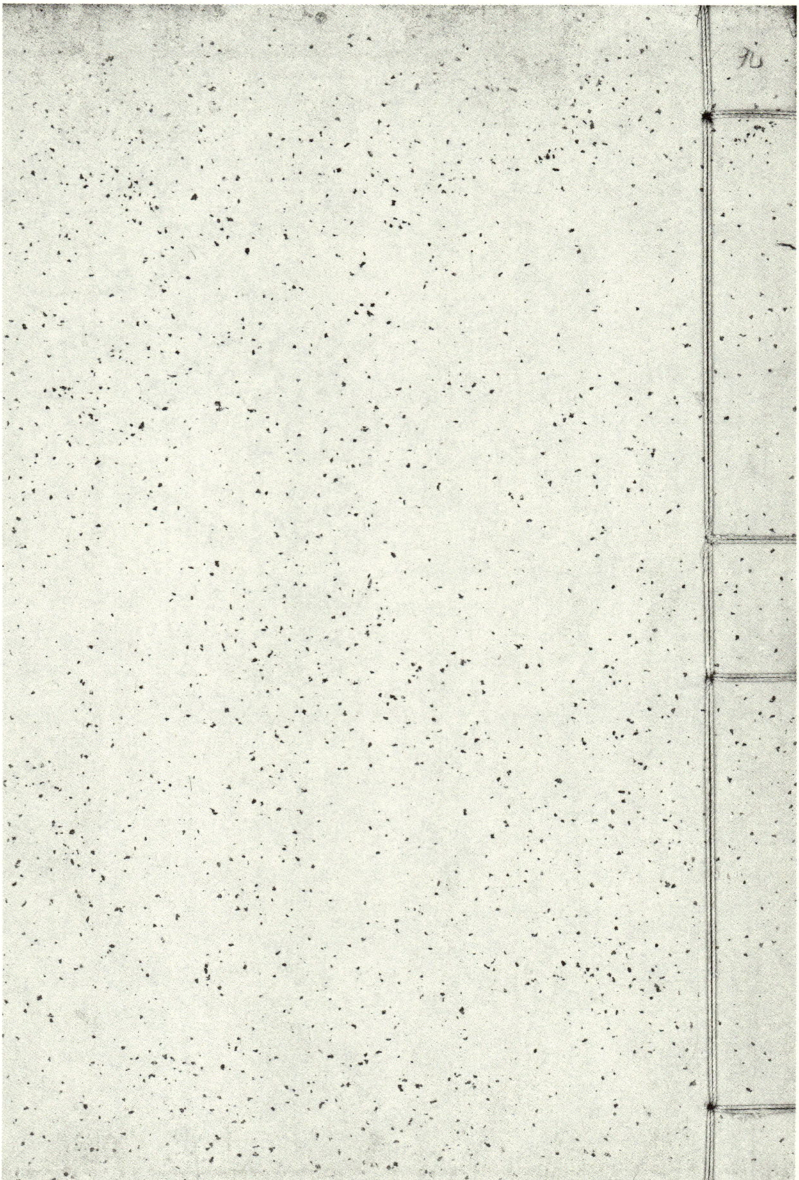
九

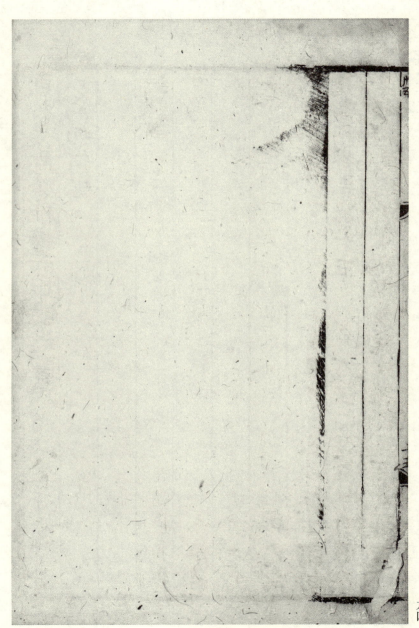

爲立異邪其孰爲侵官耶議者未之思也雖然迹其所以然豈士之所喜然哉故曰亦勢然也今四方之從事惟惟其守之同者多矣幸而材從事眂其政之缺不過[illegible]至於嘆途於議而已脫然莫以爲已事友是焉則激[illegible]激亦矣以爲也求能自任其責者少矣爲從事乃爾爲爲公卿大夫士於朝不爾者其幾邪臨川蔡君從事[illegible]於汀始試其爲政也汀誠爲治州邪蔡君可拱而坐[illegible]也誠未治邪人皆觀君也無激也無同也惟其誼而已矣蔡君之任也其異日官於朝一於是而已矣亦[illegible]蔡君之任也可不懋歟其行也來求吾文故序

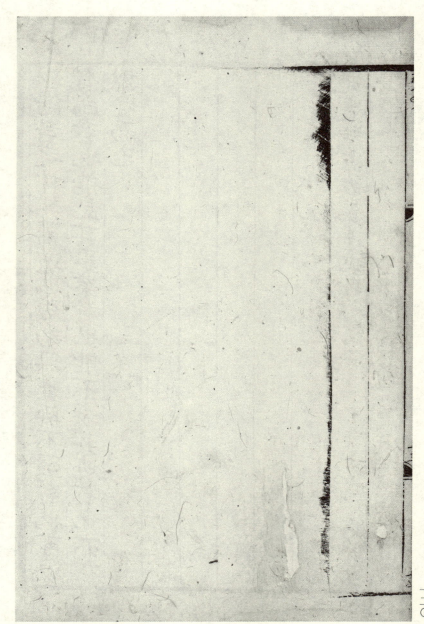

元豐類藁卷第十五

書

上歐陽學士第一書

學士執事夫世之所謂大賢者何哉以其明聖人之心于百世之上明聖人之心于百世之下其口講之身行之以其餘者又書存之三者必相表裏其仁與義磊磊然横天地冠古今不窮也其聞與實卓卓然軒士林猶雷霆震而風飈馳不浮也則其謂之大賢與穹壤等高大與詩書所稱無間宜矣夫道之難全也周公之政不可見而仲尼生於干戈之間無時無

位存帝王之法於天下俾學者有所依歸仲尼既没
析辨詭詞驪駕塞路觀聖人之道者宜莫如於孟荀
揚韓四君子之書也舍是醨矣退之既没驟登其域
廣開其辭使聖人之道復明于世亦難矣哉近世學
士飾藻繢以誇詡增刑法以趨嚮析財利以拘曲者
則有聞矣仁義禮樂之道則爲民之師表者尚不識
其所爲而况百姓之蚩蚩乎聖人之道泯泯没没其
不絶若一髮之係千鈞也耗矣哀哉非命世大賢以
仁義爲已任者疇能救而振之乎肇自成童聞執事
之名及長得執事之文章口誦而心記之觀其根極

理要撥正邪僻掎摯當世張皇大中其深純温厚與孟子韓吏部之書爲相唱和無半言片辭踳駮於其間眞六經之羽翼道義之師祖也既有志於學於時事萬亦識其一焉則又聞執事之行事不顧流俗之態卓然以豐道扶教爲已務往者推吐赤心專建大論不與高明獨援摧縮俾蹈正者有所禀法懷疑者有所問執義益堅而德亦高出乎外者合乎内推於人者誠於已信所謂能言之能行之既有德而且有言也韓退之没觀聖人之道者固在執事之門矣天下學士有志於聖人者莫不攘袂引領願受指教聽

誨諭宜矣竊計將明聖人之心于百世之下者亦不以語言退託而拒學者也鞏性朴陋無所能似家世爲儒故不業他自幼迨長努力文字閒其心之所得庶不凡近嘗自謂於聖人之道有絲髮之見焉周遊當世嘗斐然有扶衰救缺之心非徒嗜皮膚隨波流搴枝葉而已也惟其寡與俗人合也於公卿之門未嘗有姓名亦無達者之車回顧其踈賤抱道而無所與論心嘗憤憤悱悱恨不得發也今者乃敢因簡墨布腹心於執事苟得望執事之門而入則聖人之堂奧室家鞏自知亦可以少分萬一於其間也執事將

推仁義之道横天地冠古今則宜取奇偉閎通之士使趨理不避榮辱利害以共爭先王之教於衰滅之中謂執事無意焉則鞏不信也若鞏者亦粗可以爲多士先矣執事其亦受之而不拒乎伏惟不以已長退人察愚言而矜憐之知鞏非苟慕執事者慕觀聖人之道於執事者也是其存心亦不凡近矣若其以庸衆待之尋常拒之則鞏之望於世者愈狹而執事之循誘亦未廣矣竊料有心於聖人者固不如是也覬少垂意而圖之謹獻雜文時務策兩編其傳繕不謹其簡帙大小不均齊鞏貧故也觀其內而略其外

可也干浼清重悚仄悚仄不宣

上歐陽學士第二書

學士先生執事伏以執事好賢樂善孜孜於道德以輔時及物爲事方今海内未有倫比其文章智謀材力之雄偉挺特信韓文公以來一人而巳某之獲幸於左右非有一日之素賓客之談率然自進於門下而執事不以衆人待之坐而與之言未嘗不以前古聖人之至德要道可行於當今之世者使鞏薰蒸漸漬忽不自知其益而及於中庸之門户受賜甚大且感且喜重念鞏無似見棄於有司環視其中所有頗

識涯分故報罷之初釋然不自動豈好大哉誠其材
資召取之如此故也道中來見行有操瓢囊負任輓
車挈攜老弱而東者曰某土之民避旱蝗飢饉與征
賦徭役之事將徙占他郡覬得水漿藜糗竊活旦莫
行且戚戚懼不克如願晝則奔走在道夜則無所容
寄焉若是者所見殆不減百千人因竊自感幸生長
四方無事時與此民均被朝廷德澤涵養而獨不識
襏襫耡耒辛苦之事旦暮有衣食之給及一日有文
移發召之警則又承藉世德不蒙矢石備戰守馭車
僕馬數千里饋餉自少至于長業乃以詩書文史其

蚤暮思念皆道德之事前世當今之得失誠不能盡
解亦庶幾識其一二遠者大者焉今雖羣進於有司
與衆人偕下名字不列於薦書不得比數於下士以
望主上之休光而尚獲收齒於大賢之門道中來又
有鞍馬僕使代其勞以執事於道路至則可力求簞
食瓢飲以支旦暮之饑餓比此民綽綽有餘裕是亦
足以自慰矣此事屑屑不足爲長者言然辱愛幸之
深不敢自外於門下故復陳說覬執事知鞏居之何
如所深念者執事每曰過吾門者百千人獨於得生
爲喜及行之日又貺序引不以規而以賞識其愚又

嘆嗟其去此輩得之於衆人尚宜感知巳之深懇惻不忘況大賢長者海内所師表其言一出四方以卜其人之輕重其乃得是是宜感戴欣幸倍萬於尋常可知也然此實皆聖賢之志業非自知其材能與力能當之者不宜受此此輩既夤緣幸知少之所學有分寸合於聖賢之道既而又敢不自力於進修哉日夜克苦不敢有媿於古人之道是亦爲報之心也然恨資性短鈌學出巳意無有師法覬南方之行李時枉筆墨垂賜教誨不惟增踈賤之光明抑實得以刻心思銘肌骨而佩服矜式焉想惟循誘之力無所不

至曲借恩力使終成人材無所愛惜窮陋之迹故不敢望於衆人而獨注心於大賢也徒恨身奉甘旨不得旦夕於几杖之側稟教誨竢講畫不勝馳戀悽悽之至不宣

上歐陽舍人書

舍人先生當世之急有三一曰急聽賢之爲事二曰急裕民之爲事三曰急力行之爲事一曰急聽賢之爲事夫主之於賢知之未可以已也進之未可以已也聽其言行其道於天下然後可以已也能聽其言行其道於天下在其心之通且果也不得其通且果

未可以有爲也苟有爲猶膏肓之不治譬痿痺之老
也以古今治亂成敗之理入告之不解則極論之其
心既通也以事之利害是非請試擇之能擇之試請
行之其心既果也然後可以有爲也其爲計雖遲其
成大效於天下必速欲其如此莫若朝夕出入在左
右而不使邪人庸人近之也朝夕出入在左右侍臣
之任也議復之其可也一不聽則再進而議之再猶
未也則曰進而議之待其聽而後已可也置此雖有
他事未可以議也昔漢殺蕭望之是亦有罪焉宣帝
使之傅太子其不以聖人之道導之邪則何賢乎望

之也其導之未信而止也則望之不得無罪焉爲太
子責備於師傅不任其責也則責備於侍臣而已矣
雖艱而勤其可以已也歟今世賢士上已知而進之
矣然未免與庸人雜然而處也於事之益損張
弛有宜焉不辯之則道不明肆力而與之辯未必全
也不全則人之望已矣是未易可忽也就其所能而
爲之則如勿爲而已矣如是者非主心通且果則言
未可望聽道未可望行於天下也尋其本不如黙人
之云爾不可以有成也二曰急裕民之爲事夫古以
來可貧也未有民富且安而亂者也其亂者率常民

貧而且不安也天下爲一殆八九十年矣靡靡然食
民之食者兵佛老也或曰削之則怨且突是以執事
望風憚言所以救之之策今募民之集而爲兵者擇
曠土而使之耕暇而肄武迹入而爲衛因弛舊兵佛
老也止令之爲者舊徒之盡也不日矣是不召怨與
突而易行者也則又量上之用而去其浮是大費可
從而減也推而行之則末利可弛本務可興富且安
可幾而待也不然恐今之民一二歲而爲盜者莫之
能禦也可不爲大憂乎他議紛紛非救民之務也求
救民之務莫大於此也不謀此能致富且安乎否也

三曰急力行之爲事夫臣民父子兄弟夫婦朋友皆
不爲其所宜亂之道今之士悖理甚矣故官之不治
不易而使能則國家雖有善制不行也欲易而使能
則一之士以士之如此而况民之没没歟一有驗而
動之者欲其効死而不爲非不得也今者更貢舉法
數十百年弊可謂盛美書下之日戾夫懼怠夫自勵
近世未有也然此尚不過強之於耳目而已未能心
化也不心化賞罰一不振焉必解矣欲洽之於其心
則顧上與大臣之所力行如何爾不求之本斯已矣
求之本斯不可不急也或曰適時而已耳是不然今

時謂之耻且格焉不急其本可也不如是未見適於時也凡此三務是其最急又有號令之不一任責之不明當亦速變者也至於學者策之經義當矣然九經言數十萬餘注義累倍之旁又貫聯他書學而記之乎雖明者不能盡也今欲通策之責人之所必不能也苟然則學者必不精而得人必濫欲反之則莫若使之人占一經也夫經於天地人事無不備者也患不能通豈患通之而少邪況詩賦論兼出於他經世務待子史而後明是學者亦無所不習也此數者近皆爲蔡學士道之蔡君深信望先生共成之孟子

稱鄉隣鬬被髮纓冠而往救之則惑然觀孟子周行
天下欲以其道及人至其不從而去猶曰王庶幾改
之則必召予此其心汲汲何如也何獨孟子然孔子
亦然也而云云者蓋以謂顏子旣不得位不可以不
任天下之事責之爾故曰禹稷顏子易地則皆然是
也不得位則止乎不止也其止者蓋至於極也非謂
士者固若狙猿然無意於物也況鞏於先生師仰已
久不宜有間是以忘其賤而言也願賜之采擇以其
意而少施焉鞏閒居江南所爲文無媿於四年時所
欲施於事者亦有待矣然親在憂患中祖母曰愈老

細弟妹多無以資衣食恐不能就其學況欲行其他
耶今者欲奉親數千里而歸先生會須就州學欲入
太學則日已迫遂弃而不顧則望以充父母養者無
所勉從此豈得已哉韓吏部云誠使屈原孟軻楊雄
司馬遷相如進於是選僕知其懷慚乃不自進而已
爾此言可念也失賢師長之鐫切而與衆人處其不
陷於小人也其幾矣早而興夜而息欲須臾愜然於
心不能也先生方用於主上日入謀議天下日夜待
爲相其無意於輩乎謹附所作通論雜文一編先祖
述文一卷以獻先祖困以歿其行事非先生傳之不

顯願假辭刻之神道碑敢自撫州傭僕夫往伺於門下伏惟不罪其愚而許之以永賚其子孫則幸甚幸甚鞏之友王安石文甚古行甚稱文雖已得科名居今知安石者尚少也彼誠自重不願知於人嘗與鞏言非先生無足知我也如此人古今不常有如今時所急雖無常人千萬不害也顧如安石不可失也先生儻言焉進之於朝廷其有補於天下亦書其所為文一編進左右幸觀之庶知鞏之非妄也鄙心惓惓其大氐雖於此其詳可得而具邪不宣

上蔡學士書

朝廷自更兩府諫官來言事者皆爲天下賀得人而已賀之誠當也顧不賀則不可乎輩常靜思天下之事矣以天下而行聖賢之道不古聖賢然者否也然而古今難之者豈無異焉邪人以不己利也則怨庸人以己不及也則忌怨且忌則造飾以行其間人主不寤其然則賢者必疏而殆矣故聖賢之道往往而不行也東漢之末是已今主上至聖雖有庸人邪人將不入其間然今日兩府諫官之所陳上已盡白而信邪抑未然邪其已盡白而信也尚懼其造之未深臨事而差也其未盡白而信也則當屢進而陳之待

其盡白而信造之深臨事而不差而後已也成此美者其不在於諫官乎古之制善矣夫天子所尊而聽者宰相也然接之有時不得數且久矣惟諫官隨宰相入奏事奏已宰相退歸中書蓋常然矣至於諫官出入言動相綴接蚤暮相親未聞其當退也如此則事之失得蚤思之不待暮而以言可也暮思之不待越宿而以言可也不諭則極辨之可也屢進而陳之宜莫若此之詳且實也雖有邪人庸人不得而間焉故曰成此美者其不在於諫官乎今諫官之見也有間矣其不能朝夕上下議亦明矣禁中之與居女婦

而已爾捨是則寺人而已爾庸者邪者而已爾其於
冥冥之間議論之際豈不易行其間哉如此則輩見
今日兩府諫官之危而未見國家天下之安也度執
事亦已念之矣苟念之則在使諫官侍臣復其職而
已安有不得其職而在其位者歟噫自漢降矣後世
士之盛未有若唐也自唐太宗降矣後世士之盛亦
未有若今也唐太宗有士之盛而能成功治今有士
之盛能行其道則前數百年之弊毋不除也否則後
數百年之患將又興也一作甚可不爲深念乎輩生於
遠陋於無衣食以事親今又將集於鄉學當聖賢之

時不得抵京師而一言故敢布於執事并書所作通論雜文一編以獻伏惟執事莊上也不拒人之言者也願賜觀覽以其意少施焉鞏之友王安石者文甚古行稱其文雖已得科名然居今知安石者尚少也彼誠自重不願知於人然如此人古今不常有如今時所急雖無常人千萬不害也顧如安石此不可失也執事儻進之於朝廷其有補於天下亦書其所爲文一編進左右庶知鞏之非妄也

上杜相公書

鞏聞夫宰相者以己之材爲天下用則用天下而不

足以天下之材爲天下用則用天下而有餘古之稱良宰相者無異焉知此而已矣舜嘗爲宰相矣稱其功則曰舉八元八凱稱其德則曰無爲者其舜也歟卒之爲宰相者無與舜爲比也則宰相之體其亦可知也已或曰舜大聖人也或曰舜遠矣不可尚也請言近之（一作近）可言者莫若漢與唐之相曰陳平對文帝曰陛下即問決獄責廷尉問錢穀責治粟內史對周勃曰且陛下問長安盜賊數又可強對邪問平之所以爲宰相者則曰使卿大夫各得任其職也觀平之所自任者如此而漢之治莫盛於平爲相時則

其所守者可謂當矣降而至於唐室之相曰房杜當房杜之時所與共事則長孫無忌岑文本主諫諍則魏鄭公王珪振綱維則戴胄劉洎持憲法則張元素孫伏伽用兵征伐則李勣李靖長民守土則李大亮其餘爲卿大夫各任其事則馬周溫彥博杜正倫張行成李綱虞世南褚遂良之徒不可勝數夫諫諍其君與正綱維持憲法用兵征伐長民守土皆天下之大務也而盡付之人又與人共宰相之任又有他卿大夫各任其事則房杜者何爲者邪考於其傳不過曰聞人有善若己有之不以求備取人不以己長格

物隨能收敘不隔卑賤而已卒之稱良宰相者必先此二人然則著於近者宰相之體其亦可知也已唐以降天下未嘗無宰相也稱良相者不過有一二大節可道語而已能以天下之材爲天下用眞知宰相體者其誰哉數歲之前閤下爲宰相當是時方人主急於致天下治而當世之士豪傑魁壘者相繼而進雜遝於朝雖然邪者惡之庸者忌之亦甚矣獨閤下奮然自信樂海內之善人用於世爭出其力以唱而助之惟恐失其所自立使豪傑者皆若素繇門下以出於是與之佐人主立州縣學爲累日之格以勵學

者課農桑以損益之數爲吏陞黜之法重名教以矯衰弊之俗變苟且以起百官衆職之墜革任子之濫明賞罰之信一切欲整齊法度以立天下之本而庶幾三代之事雖然紛而疑且排其議者亦衆矣閤下復毅然堅金石之斷周旋上下扶持樹植欲使其有成也及不合矣則引身而退與之俱否嗚呼能以天下之材爲天下用眞知宰相體者非閤下其誰哉使克其所樹立功德可勝道哉雖其不克其志豈愧於二帝三代漢唐之爲宰相者哉若鞏者誠鄙且賤然嘗從事於書而得聞古聖賢之道每觀今賢傑之士

角立並出與三代漢唐相侔則未嘗不歎其盛也觀
閤下與之反復議論而更張庶事之意知後有聖人作
救萬事之弊不易此矣則未嘗不愛其明也觀其不
合而散遂消藏則未嘗不恨其道之難行也以歎其
盛愛其明恨其道之難行之心豈須臾忘其人哉地
之相去也千里世之相後也千載尚慕而欲見之況
同其時過其門牆之下也歟今也過閤下之門又嘗
閤下釋衮冕而歸非干名蹈利者所趨走之日故敢
道其所以然而并書雜文一編以爲進拜之資蒙賜
之一見焉則其願得矣噫賢閤下之心非繫於見否

也而復汲汲如是者蓋其欣慕之志而已耳伏惟幸察不宣

上范資政書

資政給事夫學者之於道非處其大要之難也至其晦明消長弛張用捨之際而事之有委曲幾微欲其取之於心而無疑發之於行而無擇推而通之則萬變而不窮合而言之則一致而已是難也難如是故古之人有斷其志雖各合於義極其分以謂備聖人之道則未可者自伊尹伯夷展禽之徒所不免如此而孔子之稱其門人曰德行文學政事言語亦各殊

科彼其材於天下之選可謂盛矣然獨至於顏氏之子乃曰用之則行捨之則藏唯我與爾有是夫是所謂難者久矣故聖人之所教人者至其晦明消長弛張用捨之際極大之爲無窮極小之爲至隱雖他經靡不同其意然尤委曲其變於易而重復顯著其義於卦爻彖象繫辭之文欲人之可得諸心而惟所用之也然有易以來自孔子之時以至于今得此者顏氏而已爾孟氏而已爾二氏而下孰爲得之者歟甚矣其難也若輩之鄙有志於學常懼乎其明之不遠其力之不強而事之有不得者既自求之又欲交天

下之賢以輔弼而進繇其磨礱灌漑以持其志養其氣者有矣其臨[illegible]事而忘其自返而餒者豈得已哉則又懼乎陷溺其心以至於老而無所庶幾也嘗聞而論天下之士豪傑不世出之材數百年之間未有盛於斯時也而造於道尤可謂宏且深更天下之事尤可謂詳且博者未有過閤下也故閤下常履天下之任矣事之有天下非之君子非之而閤下獨曰是者矣下是之君子是之而閤下獨曰非者及其既也君子皆自以爲不及天下亦曰范公之守是也則閤下之於道如何哉當其至於事之幾微而講之以易之變

化其豈有未盡者邪夫賢乎天下者天下之所慕也況若鞏者哉故願聞議論之詳而觀所以應於萬事者之無窮庶幾自寤以得其所難得者此鞏之心也然閤下之位可謂貴矣士之願附者可謂衆矣使鞏也不自別於其間豈獨非鞏之志哉亦閤下之所賤也故鞏不敢爲之不意閤下欲收之而教焉而辱召之鞏雖自守豈敢固於一邪故進於門下而因自敘其所願與所志以獻左右伏惟賜省察焉

上齊工部書

鞏嘗謂縣比州而聽於州州比而聽於部使者以大較

言之縣之民以萬家州數倍於縣部使者之所治十倍於州則部使者數十萬家之命也豈輕也哉部使者之門授天子之令者之焉凡民之平曲直者之焉辨利害者之焉爲吏者相與就而質其爲吏之事也爲士者相與就而質其爲士之事也三省隣部之政相問書相移者又未嘗閒焉其亦煩矣執事爲部使者於江西鞏也幸齒於執事之所部其飾容而進謁也敢質其爲士之事也鞏世家南豐及大人謫官以還無屋廬田園於南豐也祖母年九十餘諸姑之歸人者多在臨川故祖母樂居臨川也居臨川者久矣

遇學之制凡入學者不三百日則不得舉於有司而鞏也與諸弟循僑居之文欲學於臨川雖已疏於州而見許矣然不得執事一言轉牒而明之有司或有所疑學者或有所緣以揖嫉私心未敢安也來此者數日矣欲請於門下未敢進也有同進章适來言曰進也執事禮以族士明以伸法令之疑适也寓籍於此既往而受賜矣尚自思曰鞏材鄙而性野其敢進也歟又自解曰執事之所以然伸法令之疑也伸法令之疑者不爲一人行不爲一人廢爲天下公也雖愚且野可進也是以敢具書而布其心焉伏惟不罪

其以爲煩而察之賜之一言而進之則幸甚幸甚

與撫州知州書

士有與一時之士相參錯而居其衣服食飲語默止作之節無異也及其心有所獨得者放之天地而有餘斂之秋毫之端而不遺望之不見其前躡之不見其後巋乎其高浩乎其深燁乎其光明非四時而信非風雨雷霆霜雪而吹噓澤潤聲鳴嚴威列之乎公卿徹官而不爲泰無匹夫之勢而不爲不足天下吾賴萬世吾師而不爲大天下吾違萬世吾異而不爲貶也其然也豈翦翦然而爲潔婞婞然而爲諒哉豈

沾沾者所能動其意哉其與一時之士相參錯而居豈惟衣服食飲語默止作之節無異也凡與人相追接相恩愛之道一而已矣若夫食於人之境而出入於其里進焉而見其邦之大人亦人之所同也安得而不同哉不然則立異矣翦翦然而已矣婞婞然而已矣豈其所汲汲爲哉鞏方慎此以自得也於執事之至而始也自疑於其進焉既而釋然故具道其本末而爲進見之資伏惟少賜省察不宣

與孫司封書

運使司封閣下竊聞儂智高未反時已奪邕邑地而

有之爲吏者不能禦因不以告皇祐三年邕有白氣起廷中江水横溢州司戶孔宗旦以爲兵象策智高必反以書告其將陳拱拱不聽宗旦言不已拱怒詆之曰司戶狂邪四年智高出横山略其寨人因其倉庫而大賑之宗旦又告曰事急矣不可以不戒拱又不從凡宗旦之於拱以書告者七以口告者多至不可數度拱終不可得意即載其家走桂州曰吾有官守不得去吾親毋爲與死此既行之二日智高果反城中皆應之宗旦猶力守南門爲書召隣兵欲拒之城亡智高得宗旦喜欲用之宗旦怒曰賊汝今立死

吾豈可汙邪罵不絶口智高度終不可下乃殺之當其初使宗旦言不廢則邕之禍必不發而吾有以待之則必無事使獨有此一善固不可不旌況其死節堂堂如是而其事未白於天下比見朝廷所寵贈南兵以來伏節死難之臣宗旦乃獨不與此非所謂曲突徙薪無恩澤焦頭爛額爲上客耶使宗旦初無一言但賊至而能死不去固不可以無賞蓋先事以爲備全城而保民者宜責之陳拱非宗旦事也今猥令與陳拱同戮既遺其言又負其節爲天下者賞善而罰惡爲君子者樂道人之善樂成人之美豈當如

是耶凡南方之事卒至於破十餘州覆軍殺將喪元元之命竭山海之財者非其變發於隱伏而起於倉卒也内外上下有職事者初莫不知或隱而不言或忽而不備苟且偷託以至於不可禦耳有一人先能言者又爲世所侵蔽令與衆人同罰則天下之事其誰復言耶閩宗旦非獨以書告陳拱當時爲使者於廣東西者宗旦皆歷告之今彼既不能用懼重爲己累必不肯復言宗旦嘗告我也爲天下者使萬事已理天下已安猶須力開言者之路以防未至之患況天下之事其可憂者甚衆而當世之患莫大於人不

能言與不肯言而甚者或不敢言也則宗旦之事豈可不汲汲載之天下視聽顯揚褒大其人以警動當世耶宗旦喜學易所爲注有可采者家不能有書而人或質問以易則貫穿馳騁至數十家皆能言其意事祖母盡心貧幾不能自存好議論喜功名鞏嘗與之接故頗知之則其所立亦非一時偶然發也世多非其在京東時不能自重至爲世所指目此同一肯今其所立亦可贖矣鞏初聞其死之事未敢決然信也前後得言者甚衆又得其弟自言而聞祖袁州在廣東亦爲之言然後知其事使雖有小差要其大槩

不誣也況陳拱以下皆覆其家而宗旦獨先以其親適則其有先知之効可知也以其性之喜事則其有先言之効亦可知也以閤下好古力學志樂天下之善又方使南方以賞罰善惡爲職故敢以告其亦何惜須臾之聽尺紙之議博問而極陳之使其事白固有補於天下不獨一時爲宗旦發也伏惟少留意焉如有未合願賜還荅不宣

再與歐陽舍人書

鞏頃嘗以王安石之文進左右而以書論之其略曰鞏之友有王安石者文甚古行稱其文雖已得科名

然居今知安石者尚少也彼誠自重不願知於人然
如此人古今不常有如今時所急雖無常人千萬不
害也顧如安石此不可失也書既達而先生使河北
不復得報然心未嘗忘也近復有王回者王向者父
平爲御史居京師安石於京師得而友之曰有道君
子也以書來言者三四猶恨鞏之不即見之也則寓
其文以來鞏與安石友相信甚至自謂無愧負於古
之人覽二子之文而思安石之所稱於是知二子者
必魁閎絕特之人不待見而信之巳至懷不能隱輒
復聞於執事二子者卓卓如此樹立自有法度其心

非苟求聞於人也而輩汲汲言者非爲三子者計也蓋喜得天下之材而任聖人之道與世之務復思若輩之淺狹滯拙而先生遇之甚厚懼已之不稱則欲得天下之材盡出於先生之門以爲報之一端耳伏惟垂意而察之還以一言使之是非有定焉回向文三篇如别録不宣

元豐類藁卷第十五

十

元豐類藁卷第十六

書

上杜相公書

鞏啓鞏多難而貧且賤學與衆違而言行少合於世公卿大臣之門無可藉以進而亦不敢輙有意於求聞閤下致位於天子而歸始獨得望舄履於門下閤下以舊相之重元老之尊而猥自抑損加禮於草茅之中孤煢之際然去門下以來九歲於此初不敢爲書以進比至近歲歲不過得以一書之問薦於左右以伺侍御者之作止又輙拜教之辱是以滋不敢有

意以干省察以煩貺施而自以得不韙之誅顧未嘗一日而忘拜賜也伏以閣下朴厚清明讜直之行樂善好義遠大之心施於朝廷而博見於天下銳於強力而不懈於耄期當今內自京師外至巖野宿師碩士傑立相望必將憊精疲思寫之冊書磊磊明明宣布萬世固非淺陋小生所能道說而有益毫髮也輩年齒益長血氣益衰疾病人事不得以休然用心於載籍之文以求古人之緒言餘旨以自樂於環堵之內而不亂於貧賤之中雖不足希盛德之萬一亦庶幾不負其意非自以謂能也懷區區之心於數千里

因又書之好而惟所以報大君子之誼不知所以裁
而恐欲知其趣故輒及之也春暄不審尊用如何伏
惟以時善保尊重不勝鄙劣之望不宣

荅范資政書

鞏啓王寺丞至蒙賜手書及絹等伏以閤下賢德之
盛而所施爲在於天下鞏雖不熟於門然於閤下之
事或可以知若鞏之鄙竊伏草茅閤下於羇旅之中
一見而已今鞏有所自得者尚未可以致閤下之知
況鞏學不足以明先聖之意識古今之變材不足以
任中人之事行不足以無愧悔於心而流落寄寓無

田疇犂廬匹夫之業有奉養嫁送百事之役非可以責思慮之精詔道德之進也是皆無以致閤下之知者而拜别朞年之間相去數千里之遠不意閤下猶記其人而不爲年輩爵德之間有以存之此蓋閤下樂得天下之英材異於世俗之常見而如鞏者亦不欲棄之故以及此幸甚幸甚夫古之人以王公之勢而下貧賤之士者蓋惟其常而今之布衣之交及其窮達毫髮之殊然相棄者有之則士之愚且賤無積素之義而爲當世有大賢德大名位君子先之以禮是豈不於衰薄之中爲有激於天下哉則其感服固

宜如何仰望門下不任區區之至

謝杜相公書

伏念昔者方鞏之得禍罰於河濱去其家四千里之遠南鄉而望迅河大淮埭堰湖江天下之險爲其阻阨而以孤獨之身抱不測之疾煢煢路隅無攀緣之親一見之舊以爲之託又無至行上之可以感人利勢下之可以動俗惟先人之醫藥與凡喪之所急不知所以爲賴而旅櫬之重大懼無以歸者明公獨於此時閔閔勤勤營救護眎親涖車騎臨於河上使其方先人之病得一意於左右而醫藥之有與謀至其

旣孤無外事之奪其哀而毫髮之私無有不如其欲莫大之喪得以卒致而南其爲存全之恩過越之義如此竊惟明公相天下之道吟頌推説者窮萬世非如曲士汲汲一節之善而位之極年之高天子不敢煩以政豈鄉閭新學危苦之情蕞細之事宜以徹於眎聽而蒙省察然明公存先人之故而所以盡於輩之德如此蓋明公雖不可起而寄天下之政而愛育天下之人材不忍一夫失其所之道於自然推而行之不以進退而鞏獨幸遭明公於此時也在喪之日不敢以世俗淺意越禮進謝喪除又惟大恩之不可

名空言之不足陳徘徊汔今一書之未進顧其慚生於心無須臾廢也伏惟明公終賜亮察夫明公存天下之義而無有所私則鞏之所以報於明公者亦惟天下之義而已誓心則然未敢謂能也

寄歐陽舍人書

鞏頓首再拜舍人先生去秋人還蒙賜書及所譔先大父墓碑銘反復觀誦感與慚并夫銘誌之著于世義近於史而亦有與史異者蓋史之於善惡無所不書而銘者蓋古之人有功德材行志義之美者懼後世之不知則必銘而見之或納于廟或存于墓一也

苟其人之惡則於銘乎何有此其所以與史異也其辭之作所以使死者無有所憾生者得致其嚴而善人喜於見傳則勇於自立惡人無有所紀則以愧而懼至于通材達識義烈節士嘉言善狀皆見于篇則足爲後法警勸之道非近乎史其將安近及世之衰爲人之子孫者一欲襃揚其親而不本乎理故雖惡人皆務勒銘以誇後世立言者既莫之拒而不爲又以其子孫之所請也書其惡焉則人情之所不得於是乎銘始不實後之作銘者常觀其人苟託之非人則書之非公與是則不足以行世而傳後故千百年

來公卿大夫至于里巷之士莫不有銘而傳者蓋少其故非他託之非人書之非公與是故也然則孰爲其人而能盡公與是歟非畜道德而能文章者無以爲也蓋有道德者之於惡人則不受而銘之於衆人則能辨焉而人之行有情善而迹非有意姦而外淑有善惡相懸而不可以實指有實大於名有名侈於實猶之用人非畜道德者惡能辨之不惑議之不徇不惑不徇則公且是矣而其辭之不工則世猶不傳於是又在其文章兼勝焉故曰非畜道德而能文章者無以爲也豈非然哉然畜道德而能文章者雖或

並世而有亦或數十年或一二百年而有之其傳之難如此其遇之難又如此若先生之道德文章固所謂數百年而有者也先祖之言行卓卓幸遇而得銘其公與是其傳世行後無疑也而世之學者每觀記傳所書古人之事至其所可感則往往衋然不知涕之流落也況其子孫也哉況鞏也哉其追睎祖德而思所以傳之之繇則知先生推一賜於鞏而及其三世其感與報宜若何而圖之抑又思若鞏之淺薄滯拙而先生進之先祖之屯蹶否塞以死而先生顯之則世之魁閎豪傑不世出之士其誰不願進於門潛

遁幽抑之士其誰不有望於世善誰不爲而惡誰不愧以懼爲人之父祖者孰不欲教其子孫爲人之子孫者孰不欲寵榮其父祖此數美者一歸於先生既拜賜之辱且敢進其所以然所諭世族之次敢不承教而加詳焉幸甚不宣

與王介甫第一書

鞏啓近託彦弼黄九各奉書當致矣鞏至金陵後自宣化渡江來滁上見歐陽先生住且二十日今從泗上出及舟船侍從以西歐公悉見足下之文愛嘆誦寫不勝其勤間以王回王向文示之亦以書來言此

人文字可驚世所無有蓋古學者有或氣力不足動
人使如此文字不光耀於時吾徒可耻也其重之如
此又嘗編文林者悉時人之文佳者此文與足下文
多編入矣至此論人事甚衆恨不與足下共講評之
其恨無量雖歐公亦然也歐公甚欲一見足下能作
一來計否胷中事萬萬非面不可道輦此行至春方
應得至京師也時乞寓書尉區區疾病尚如黃九見
時未知竟何如也心中有與足下論者想雖未相見
足下之心潛有同者矣歐公更欲足下少開廓其文
勿用造語及摸擬前人請相度示及歐云孟韓文雖

尚不必似之也取其自然耳餘俟到京作書去不宣

鞏再拜

與王介甫第二書

鞏頓首介父足下比辱書以謂時時小有案舉而謗議已紛然矣足下無怪其如此也夫我之得行其志而有爲於世則必先之以教化而待之以久然後乃可以爲治此不易之道也蓋先之以教化則人不知其所以然而至於遷善而遠罪雖有不肖不能違也待之以久則人之功罪善惡之實自見雖有幽隱不能掩也故有漸磨陶治之易而無按致操切之難有

愷悌忠篤之純而無偏聽摘抉之苛已之用力也簡
而人之從化也博雖有不從而後之以刑者固少矣
古之人有行此者人皆悅而恐不得歸之其政已熄
而人皆思而恨不得見之而豈至於謗且怨哉今爲
吏於此欲遵古人之治守不易之道先之以教化而
待之以久誠有所不得爲也以吾之無所於歸而不
得不有負冒於此則姑汲汲乎於其厚者徐徐乎於
其薄者其亦庶幾乎其可也顧反不然不先之以教
化而遽欲責善於人不待之以久而遽欲人之功罪
善惡之必見故按致操切之法用而怨忿違倍之情

生偏聽摘抉之勢行而譖訴告訐之害集己之用力也愈煩而人之違己也愈甚況今之士非有素厲之行而爲吏者又非素擇之材也一日卒然除去一本無除夫字遂欲齊之以法豈非左右者之誤而不爲無害也哉則謗怒之來誠有以召之故曰足下無怪其如此也雖然致此者豈有他哉思之不審而已矣顧吾之職而急於奉法則志在於去惡務於達人言而廣視聽以謂爲治者當如此故事至於己察曾不思夫志於去惡者俟之之道已盡矣則爲惡者不得不去也務於達人言而廣貺聽者己之治亂得失則吾將於

此而觀之人之短長之私則吾無所任意於此也故曰思之不審而已矣足下於今最能取於人以爲善而比聞有相曉者足下皆不受之必其理未有以奪足下之見也鞏比懶作書旣離南康相見尚遠故因書及此足下以爲如何不宣

與王介甫第三書

鞏啓八月中承太夫人大祥於郵中寓書奉慰十月梅厚秀才行又寓書不審皆到否昨日忽被來問良慰積日之思深父殂背痛毒同之前書已具道矣示及誌銘反復不能去手所云令深父而有合乎彼則

不能同乎此矣是道也過千歲以來至於吾徒其智始能及之欲相與守之然今天下同志者不過三數人尔則於深父之歿尤爲可痛而介父於此獨能發明其志讀之藹足人心可謂能言人之所不能言者矣顧猶見使商搉所未安觀介父此作大抵哀斯人之不壽不得成其材使可以澤今或可以覺後是介父之意也而其首則云深父書足以致其言是乃稱深父以未成之材而著書與夫本意違矣願更詳之孟子之書韓愈以謂非軻自作理恐當然則所云幸能著書者亦惟更詳之也如何幸復見諭所云讀禮

因欲有所論著頃嘗爲介父言亦有此意顧不能自強又無所考質故莫能就今介父既意及於此願遂成之就令未可爲書亦可因得商搉矣相別數年鞏在此全純愚以靜俟庶無大悔顧苟祿以弃時日爲可悵惜未知何日得相從講學以覈其所未及盡其所可樂於衰暮之歲乎此日夜所惓惓徃來於心也示諭溲血比良已否即日不審寢食如何上奏當稱前某官十數日前見劉琮言已報去承見問故更此及之爾今介父果以何時此來乎不惜見諭子進弟奄喪已易三時矣悲苦何可以堪二姪年可教者近

已隨親老到此二尢小者六舍弟尚且留在懷仁視此痛割何可以言承介父有女弟之悲亦已屢更時序竊計哀慼何以自勝餘惟強食自愛不惜時以一二字見及不宣

答李沿書

鞏頓首李君足下辱示書及所為文意嚮甚大且曰足下以文章名天下師其職也顧鞏也何以任此足下無乃盈其禮而不情乎不然不宜若是云也足下自稱有憫時病俗之心信如是是足下之有志乎道而予之所愛且畏者也末曰其發憤而為詞章則自

謂淺俗而不明不若其始思之銳也乃欲以是質於予夫足下之書始所云者欲至乎道也而所質者則辭也無乃務其淺忘其深當急者反徐之歟夫道之大歸非他欲其得諸心充諸身擴而被之國家天下而已非汲汲乎辭也其所以不已乎辭者非得已也孟子曰予豈好辯哉予不得已也此其所以爲孟子也今足下其自謂已得諸心充諸身歟擴而被之國家天下而有不得已歟不然何遽急於辭也孔子曰古之學者爲己今之學者爲人足下其得無已病乎雖然足下之有志乎道而予之所愛且畏者不疑也

姑思其本而勉充之則予將後足下其奚師之敢不
宣

謝章岷學士書

鞏啓鞏不佞以身得祭於下執事明公過恩召而見之所以矜嗟奬寵開慰拊循之者甚備雖至親篤友之愛不過（一作隆）於此已又收其弟兄之不肖不謀賓客任而舉之明公之所以畜幸鞏者可謂厚矣鞏竊自惟求所以堪明公之意者未知所出也鞏愚無知不適於世用不能收身於世俗之外力耕於大山長谷之中以共饘粥之養魚菽之祭以其餘日考先王

之遺文竊六藝之微旨以求其志意之所存而足其
自樂於已者顧反去士君子之林而夷於皁隸之間
捨自肆之安而踐乎迫制之地欲比於古之爲貧而
仕者可謂妄矣固有志者之所嘆笑天下之所賤而
至親篤友之所棄而違之也復安敢自通於大人之
門望知於侍御者之側乎明公懷使者之印爲福於
東南以地計其廣狹則數十百城之人待明公之畜
養以材計其多寡則文武之士以百千數待明公之
推察而收拊之任而舉之者乃獨在於鞏與鞏之少
弟此鞏之所以自惟求堪明公之意者而未知所出

也抑輩聞之廣聽博觀不遺汙賤戹辱之士者此所以無棄士也兼收並采不遺偏材一曲之人者此所以無棄材也故明公之意儻在於此而古之士出汚賤戹辱之中能成功名以報知者亦不可勝數彼皆豪傑之人故有以自致也若輩之鄙則安敢望此乎故憂不能堪明公之意誤左右之知者此輩之所大懼也竭固陋之分庶幾不媿於偏材一曲之人者此輩之所可至也敢獻其情而以爲進謝之資惟明公垂察焉

答孫都官書

提刑都官閤下伏承賜書及示盛製六編凡三千首盛矣哉文之多工之深且專以久也其於君臣父子兄弟夫婦朋友天地三辰鬼神山川地理四夷中國風俗萬物治亂善惡通塞離合憂歡怨懟無不畢載而其語則博而精麗而不浮其歸要不離於道睎昔以文名於天下者夫豈易至於是邪鞏之愚且懶且爲事物疾病所侵以不專而且未久於學也使之觀若於海不見其涯涘於深山長谷不見其形勢之所極而敢議其大小高下邪而閤下不以其所深且專以久者勵鞏博而精麗而不浮其歸本於道者教鞏

乃告之曰其詳擇而去其非是者焉鞏誠惟閤下自
處之過而爲以賜鞏者乃所以怠且蔽之也凡鞏之
學蓋將學乎爲身以至於可以爲人也方愚且懶且
不專以久之病也惟一作推閤下之仁豈欲怠且蔽之
也其欲使知閤下之貴而長其業之富而成而猶不
止如是能下於後輩如是是所以教之也孟子曰吾
不屑其教誨是亦教誨之而已矣敢不拜賜也盛編
尚且借觀而先以此謝皇恐皇恐不宣

答袁陟書

鞏頓首世弼足下辱書說介甫事或有以爲矯者而

嘆自信獨立之難因以教輩以謂不仕未爲非得計者非足下愛我之深處我之重不至於此雖親戚之於我未有過此者然介甫者彼其心固有所自得世以爲矯不矯彼必不顧之不足論也至於仕進之說則以輩所考於書常謂古之仕者皆道德明備已有餘力而可以治人非苟以治人而不足於已故子使漆彫開仕對曰吾斯之未能信子說然世不講此久矣故當孔子之時獨顏子者未嘗仕而孔子稱之曰好學其餘弟子見於書者獨開之言如此若輩之愚固已不足者方自勉於學豈可以言仕不仕耶就使

異日有可仕之道而仕不仕固自有時古之君子法度備於身而有仕有不仕者是也豈爲啜啜者邪然鞏不敢便自許不應舉者鞏貧不得已也亦不敢與古之所謂爲貧者比何則彼固所謂道德明備而不遇於世者非若鞏之鄙遽捨其學而欲謀食也此其心愧於古人然鞏之家苟能自足便可以處而一意於學鞏非好進而不知止者此其心固無愧於古人辱足下愛之深處之重不敢不報答所示詩序及答楊生書甚善甚善不宣

謝曹秀才書

鞏頓首曹君茂才足下嗟乎世之好惡不同也始足下試於有司鞏爲封彌官得足下與方造孟起之辭而讀之以謂宜在高選及來取號而三人者皆無姓名於是憮然自悔許與之妄既而推之特世之好惡不同耳鞏之許與豈果爲妄哉今得足下一書不以解名失得置於心而汲汲以相從講學爲事其博觀於書而見於文字者又過於鞏向時之所與甚盛足下家居無事可以優游以進其業自力而不已則其進孰能禦哉世之好惡之不同足下固已能不置於心顧鞏適自被召不得與足下久相從學此情之所

惓惓也用此爲謝不宣

謝吳秀才書

輩啓承足下不以大熱之酷爲可畏長塗之阻爲可憚徒步之勞爲可病候問之勤爲可諱三及吾門見投以書及所業五編發而觀之足下之學多矣見於文辭者亦多矣其說往往有非鄉閭新學所能至者使能充其言其得豈少哉況其進之未已耶顧不自足忘前之患而有求於鄙闇推足下之此志其進豈可量哉僕之所可告於足下者無易於自勉也薄遽不宣

與王深甫書

鞏再拜與深父別四年矣嚮往之心固不可以書道而比得深父書輒反復累紙示諭相存之勤相語之深無不盡者讀之累日不能釋手故亦欲委曲自叙巳意以報而怠惰因循經涉歲月遂使其意欲周而反略其好欲密而反踈以迄于今顧深父所相與者誠不在於書之踈數然嚮往之心非書則無以自解而乖謬若此不能不欿然也不審幸見察否比得介甫書知數到京師比巳還亳即日不審動止如何計太夫人在潁子直代歸與諸令弟應書皆在京師各

萬福肇此侍親幸無恙宣和日得舉四弟應舉今亦在京師去年第二妹嫁王補之者不幸疾不起以二女甥之失其所依而補之欲繼舊好遂以第七妹歸之此月初亦已成婣肇質薄去朋友遠且久其過失日積而思慮日昏其不免於小人之歸者將若之何在官折節於奔走悉力於米鹽之末務此固仕小者之常無不自安之意顧初至時遇在勢者橫逆又議法數不合常恐不免於搆陷方其險阻艱難之時常欲求脫去而卒無由今在勢者已更幸自免於悔吝而肇至此亦已二年矣比承諭及介父所作王令誌

文以爲揚子不過恐不然也夫學者其心篤於仁其視聽言動由於禮則無常產而有常心乃所履之一事耳何則使其心篤於仁其視聽言動由於禮然而無常產也則其於親也生事之以禮故啜菽飲水之養與養以天下一也死葬之以禮故斂首足形旋葬之葬與葬以天下一也而況於身乎況於妻子乎然其心篤於仁其視聽言動由於禮者非盡於此也故曰乃所履之一事耳而孟子亦以謂無常產而有常心者唯士爲然則爲聖賢者不止於然也介父又謂士誠有常心以操羣聖人之說而力行之此孔孟以

下所以有功於世也夫學者苟不能其心篤於仁其
視聽言動由於禮則必不能不失其常心此後之學
者之患也苟能其心篤於仁其視聽言動由於禮則
必不失其常心且既已皆中於禮矣而復操何說而
力行之哉此學者治心修身本末先後自然之理也
所以始乎爲士而終乎爲聖人也顏子三月不違仁
蓋謂此也人不堪其憂而不改其樂蓋樂此也凡介
父之所言似不與孔子之所言者合故曰以爲揚子
不過恐不然也此吾徒所學之要義以相去遠故略
及之不審以爲如何其他未及子細劇寒自重書至

幸報答不宣

答王深甫論揚雄書（一作答王子堅書　一作答王固別紙）

蒙疏示鞏謂揚雄處王莽之際合於箕子之明夷常夷甫以謂紂爲繼世箕子乃同姓之臣事與雄不同又謂美新之文恐箕子不爲也又謂雄非有求於莽特於義命有所未盡鞏思之恐皆不然方紂之亂微子箕子比干三子者蓋皆諫而不從則相與謀以謂去之可也任其難可也各以其所守自獻于先王不必同也此見於書三子之志也三子之志或去或任其難乃人臣不易之大義非同姓獨然者也於是微

子去之比干諫而死箕子諫而不從至辱於囚奴夫
任其難者箕子之志也其諫而不從至辱於囚奴蓋
盡其志矣不如比干之死所謂各以其所守自獻于
先王不必同也當其辱於囚奴而就之乃所謂明夷
也然而不去非懷祿也不死非畏死也辱於囚奴而
就之非無恥也在我者固彼之所不能易也故曰內
難而能正其志又曰箕子之正明不可息也此箕子
之事見於書易論語其說不同而其終始可考者如
此也雄遭王莽之際有所不得去又不必死辱於仕
莽而就之固所謂明夷也然雄之言著於書行著於

史者可得而考不去非懷祿也不死非畏死也辱於仕莽而就之非無耻也在我者亦彼之所不能易也故吾以謂與箕子合吾之所謂與箕子合者如此非謂合其事紂之初也至於美新之文則非可已而不已者也若可已而不已則鄉里自好者不爲也况若雄者乎且較其輕重辱於仕莽爲重矣雄不得而已則於其輕者其得已哉箕子者至辱於囚奴而就之則於美新安知其不爲而爲之亦豈有累哉不曰堅乎磨而不磷不曰白乎涅而不緇顧在我者如何耳若此者孔子所不能免故於南子非所欲見也於陽

虎非所欲敬也見所不見敬所不敬此法言所謂詘身所以伸道者也然則非雄所以自見者歟孟子有言曰天下有道小德役大德小賢役大賢天下無道小役大弱役強二者皆天也順天者存逆天者亡而孔子之見南子亦曰予所否者天厭之天厭之則雄於義命豈有不盡哉又云介甫以謂雄之仕合於孔子無不可之義夷甫以謂無不可者聖人微妙之處神而不可知者也雄德不逮聖人強學力行而於義命有所未盡故於仕莽之際不能無差又謂以美新考之則投閣之事不可謂之無也夫孔子所謂無不

可者則孟子所謂聖之時也而孟子歷叙伯夷以降
終曰乃所願則學孔子雄亦爲太玄賦稱夷齊之徒
而曰我異於是執太玄兮蕩然肆志不拘攣兮以二
子之智足以自知而任巳者如此則無不可者非二
子之所不可學也在我者不及二子則宜有可有不
可以學孔子之無可無不可然後爲善學孔子此言
有以寤學者然不得施於雄也前世之傳者以謂伊
尹以割烹要湯孔子主癰疽瘠環孟子皆斷以爲非
伊尹孔子之事蓋以理考之知其不然也觀雄之所
既立故介甫以謂世傳其投閣者妄豈不亦猶孟子

之意哉鞏自度學每有所進則於雄書每有所得介甫亦以爲然則雄之言不幾於測之而愈深窮之而愈遠者乎故於雄之事有所不通必且求其意況若雄處莽之際考之於經而不謬質之於聖人而無疑固不待議論而後明者也爲告介甫或以爲未盡願更疏示

與王嚮書

鞏啓比得呂南公愛其文南公數稱吾子然恨未相見及至南豐又得黃曦復愛其文而吾子亦來以文見貺實可嘆愛吾子與呂南公黃曦皆秀出吾鄉一

時之俊私心喜慰何可勝言惟強於自立使可愛者非特文詞而已此鄙劣所望於三君子也道中忽忽奉啓不宣

回傅權書

鞏啓辱惠書及古律詩雜文指意所出義甚高文辭甚美以鞏有鄉人之好又於聞道有一日之先使獲承重貺幸甚足下論古今學者自守者少苟合者多則固然矣因以謂如鄙劣者能知所守則豈敢當抑足下欲勉之至此則豈敢怠足下之材可謂特出自強不已則道德之歸其孰可禦恨未相從不能一一

具道能沿牒至此一相見否荒隅之中孤拙寡偶欽企欽企春暄餘保愛保愛不宣

福州上執政書

鞏頓首再拜上書某官竊以先王之迹去今遠矣其可槩見者尚存於詩詩陳（一作存）先王養士之法所以撫循待遇之者恩意可謂備矣故其長育天下之材使之成就則如蘿蒿之在大陵無有不遂其賓而接之出於懇誠則如鹿鳴之相呼召其聲音非自外至也其燕之則有飲食之具樂之則有琴瑟之音將其厚意則有幣帛箱篚之贈要其大旨則未嘗不在於

得其懽心其人材既衆列于庶位則如棫樸之盛得
而薪之其以爲使臣則寵其往也必以禮樂使其光
華皇皇於遠近勞其來也則既知其功又本其情而
叙其勤其以爲將率則於其行也既送遣之又識薇
蕨之始生而恐其歸時之晚及其還也既休息之又
追念其悄悄之憂而及於僕夫之瘁當此之時后妃
之於内助又知臣下之勤勞其憂思之深至於山脊
石砠僕馬之閒而志意之一至於雖采卷耳而心不
在焉蓋先王之世待天下士其勤且詳如此故稱周
之士也貴又稱周之士也肆而天保亦稱君能下下

以戍其政臣能歸美以報其上其君臣上下相與之際如此可謂至矣所謂必本其情而叙其勤者在四牡之三章曰王事靡盬不遑將父四章曰王事靡盬不遑將母而其卒章則曰豈不懷歸是用作歌將母來諗釋者以謂諗告也君勞使臣叙述其情曰女豈不誠思歸乎故作此詩之歌以養父母之志來告於君也既休息之而又追叙其情如此繇是觀之上之所以接下未嘗不恐失其養父母之心下之所以事上有養父母之心未嘗不以告也其勞使臣之辭則然而推至於戍役之人亦勞之以王事靡盬憂我父

母則先王之政即人之心莫大於此也及其後世或
任使不均或苦於征役而不得養其父母則有北山
之感鴇羽之嗟或行役不已而父母兄弟離散則有
陟岵之思詩人皆推其意見於國風所謂發乎情止
乎禮義者也伏惟吾君有出於數千載之大志方興
先王之治以上繼三代吾相於時皆同德合謀則所
以待天下之士者豈異於古士之出於是時者豈有
不得盡其志邪鞏獨何人幸遇茲日鞏少之時尚不
敢飾其固陋之質以干當世之用今齒髮日衰聰明
日耗令其至愚固不敢有徼進之心況其少有知邪

轉走五郡蓋十年矣未嘗敢有半言片辭求去邦域之任而冀陪朝廷之儀此鞏之所以自處切計已在聽察之日久矣今輒以其區區之腹心敢布於下執事者誠以鞏年六十老母年八十有八老母寓食京師而鞏守閩越仲弟守南越二越者天下之遠處也於著令有一人仕此二邦者同居之親當遠仕者皆得不行鞏固不敢爲不肖之身求自比於是也顧以道里之阻既不可御老母而南則非獨省晨昏承顏色不得効其犬馬之愚至於書問往還蓋以萬里非累月踰時不通此白首之母子所以義不可以茍安

恩不可以苟止也方去歲之春有此邦之命鞏敢以情告於朝而詔報不許屬閩有盜賊之事因不敢繼請及去秋到職閩之餘盜或數十百爲曹伍者往往蟻聚於山谷桀黠能動衆爲魁首者又以十數相望於州縣閭之室廬莫能寧而遠近聞者亦莫不疑且駭也州之屬邑又有岀於饑旱之後鞏於此時又不敢以私計自陳其於寇孽屬前日之屢敗士氣既奪而吏亦無可屬者其於經營既不敢以輕動迫之又不敢以少縱玩之一則諭以招納一則戒以剪除既而其悔悟者自相執拘以歸其不變者亦爲士吏之

所係獲其魁首則或縻而致之或殲而去之自冬至春遠近皆定亭無枹鼓之警里有室家之樂士氣始奮而人和始洽至於風雨時若田出自倍今野行海涉不待朋儔市粟四來價减什七此皆吾君吾相至仁元澤覆冒所及故寇旱之餘曾未朞歲旣安且富至於如此輦與斯民與蒙其幸方地數千里旣無一事繫官於此又已彌年則可以將毋之心告於吾君吾相未有易於此時也伏惟推古之所以待士之詳思勞歸之詩本士大夫之情而及於其親逮之以即乎人心之政或還之闕下或處以閒曹或引之近畿

屬以一郡使得諧其就養之心慰其高年之毋則仁治之行豈獨昏愚得蒙賜於今日其流風餘泆傳之永久後世之士且將賴此其無北山之怨鴇羽之譏陟岵之嘆蓋行之甚易而爲德於士類者甚廣惟留意而圖之不宣

元豐類藁卷第十六

（宋）曾鞏　撰

元本元豐類稿

第二册

國家圖書館出版社

第二册目録

卷五　古詩

卷七　律詩

卷八　律詩

卷九　論議

卷十　傳序

元豐類藁卷第五

古詩

送程公闢使江西

程侯昔使西山下金印出懷光滿把坐馳雷電破姦伏力送春陽煦鰥寡袴襦優足徧里巷禾黍豐穰馨郊野訟庭終日自虛曠德宇平生本蕭灑龍淵決水漲清沼鳥背誅林開廣厦蒼顔擁檻四山出翠色橫欄大江瀉掌平百里露州郭髮密千甍銜屋尾雲裘數曲秀蘭蕙鳳蓋相摩擢梧檟客來尚喜幷投轄主禮寧論燭飛灺三吳月出照金戟百越風來吹玉斝

羽釵絶艶舞回雪寶劒諸儒談炙輠一尊放意受天籟萬累回頭眞土苴我思飛步綴登躡又欲生綃乞圖寫身藻東觀願雖阻目注漳門心豈捨過臨有幸破氛霧一作霿奮厲方欣入陶冶齋航又自日邊去信節初從天上假舊邦往靖寄揮麈新穀來輸付流馬遥知素譽在民口已有懽聲傳里社却尋泉石引幽士想憶沙塵笑勞者何當一解豫章榻强賦土風令中雅

遊金山寺作

候潮動鳴艣出浦縱方舟舉箔見茲山巋然峙中流

朱堂出煙霧縹緲若瀛洲十年入夢想一日恣尋遊
緱履上層閣披襟當九秋地勢已蕭灑風颾更颼飀
遠挹蜀浪來旁臨滄海浮壷觴對京口笑語落揚州
久聞神龍伏況覩鼇馬投行緣石徑盡却倚巖房幽
頗諧雲林思頓豁塵土憂昏鍾滿江路歸榜尚夷猶
自楊子渡以兩小舟夾引所乘舟故云方舟

答葛藴

我初未識子已知子能文春風吹我衣莫召入九閽
衆中得子辭默許非他人方將引飛黃使出萬馬羣
差之在須臾氣沮不復論大明臨萬物我亦傍車塵

相逢扶桑側一揖意自親屈子果由我相示以無言
同行千步廊攬轡金馬門歸來客舍中未及還往頻
東舟載子去千里不逡巡今者坐甌越相望若參辰
忽有海上使問我及墻藩得子百篇作讀之為忻忻
大章已逸發小章亦清新遠夫筆墨畦徒識斧鑿痕
想當經營初落紙如有神勉哉不自止直可闖靈均
我老未厭此持誇希代珍朝吟忘日昃莫吟忘日曛
發聲欲薦子自咲不足云

南湖行二首

二月南湖春雨多春風蕩漾吹湖波着紅少年里中

出百金市上裁輕羅插花步步行看影手中掉旗唱
吴歌放船縱櫂鼓聲促蛟龍擘水爭馳逐倏親忽遠
誰可追朝在西城莫南溪奪標得儁唯恐遲雷轟電
激使人迷紅簾彩舫觀者多美人坐上揚雙蛾斷瓶
取酒飲如水盤中白筍兼青螺生長江湖樂早濕不
信中州天氣和

東南溪水來何長若耶清明宜靚粧南湖一吸三百
里古人已疑行鏡裏春風來吹不生波秀壁如奩四
邊起蒲茅荇蔓自相依躑躅夭桃開滿枝求羣白鳥
映沙去接翼黃鸝穿樹飛我坐荒城苦早濕春至花

開曾未知蕩槳如從武陵入千花百草使人迷山回水轉不知遠手中紅螺豈須勸輕舟短楫此溪人相要水上亦湔裙家住横塘散時晚分明笑語隔溪聞

種牡丹

經冬種牡丹明年待看花春條始秀出蠹已病其芽柯枯葉亦落重尋但空槎朱欄猶照耀所待已泥沙本不固其根今朝謾咨嗟

西湖二月二十日

平生拙人事出走臨東藩紛此獄訟地欣乘刀筆閑漾舟明湖上清鏡照衰顏春風隨我來掃盡冰雪頑

花開滿北渚水渌到南山魚鳥自翔泳白雲時往還
吾亦樂吾樂放懷天地間顧視彼夸者錙銖何足言

北湖

常時泛西湖已覺煙水永北隄復誰開長涵一川靜
乂幽緜地偏跬步人跡屛我初得之喜指顧闢榛梗
種花延妙香插柳待清影飛梁通兩涯結宇臨四境
包羅盡高卑開拓極壬丙灑然塵滓消悦爾心目醒
與物振滯淹如人出奇穎日携二三子杖屨屢觀省
念時方有爲衆智各馳騁獨此得逍遥固知拙者幸

百花堤

如玉水中沙誰爲北湖路乂翳荒草根未承青霞步我爲發其柱脩營極幽趣髮直而砥平𨍼騮可馳鶩周以百花林繁香泫清露間以綠楊陰芳風轉朝莫飛梁憑太虛嶢榭躡煙霧直通高城顛海岱歸指顧爲州之長材幸歲足秔稌與衆飽而嬉陶然無外慕

芙蓉臺

芙蓉花開秋水冷水面無風見花影飄香上下兩嬋娟雲在巫江月在天清瀾素礫爲庭戶羽蓋霓裳不知數臺上遊人下流水柱脚亭亭插花裏闌邊飲酒櫂女歌臺北臺南花正多莫笑來時常著屐綠柳連

墻使君宅

秋懷二首

流水寒更淡虛窗深自明褰帷遠鍾斷擁褐晨香清
油然素心適緬彼外物輕因時固有應在理復何營
隱几公事退卷書坐南榮以茲遠塵垢何異山中情
爲州詎非忝即事亮何成幸茲桑麻熟復爾倉箱盈
閭里凶黨戢揩除囂訟清日攜二三子飽食中園行
念非形勢迫免有彈弋驚幽閒固可樂勿慕高遠名

送李撰赴舉

湖水碧槐花黃山川搖落窗戶涼宿雲星稀日東出

青冥風高鴈南翔華堂昨夜讀書客匹馬今朝遊大梁鋒鋩拂塵見飛影把握驚人持夜光康衢四闢通萬里天駟得地方騰驤我留東山意頹卓犖棄外慮無毫芒子能相從味沖漠挺筆勿暫遲歸裝

送韓王汝 春日城東送韓王汝赴兩浙轉運以池塘生春草園柳變鳴禽爲韻得生字

野岸漲流水名園紛雜英旭景冠蓋集清談尊酒傾重此臺省秀篤言江海行已喜懷抱粹況推材實精衆許極高遠時方藉經營詎止富中廩固將澤東氓還當本朝用不待芳歲更功名自茲始勿嘆華髮生

招隱寺

一逕入松下兩峯橫馬前攀緣緑蘿磴飛步着崖巔
昔人此嘉遯手弄朱絲絃想當林間月獨寫山中泉
此樂非外得肯受世網牽我亦本蕭散至此更怡然
偏憐最幽處流水鳴濺濺

延慶寺會景純正仲希道介夫明叟納涼同
觀建鄴宮中畫象翰林墨跡延慶寺者劉裕
故宅中有壽丘山

禪方壽丘山平昔宋公宅好風吹雨來皁溽氣一蕩滌
我與二三友歡言同几席神清軼埃壒趣合盡肝鬲

嶺竹翠尚新水花紅可摘以此侑樽酒顏然岸巾幘建鄴舊冊青金鑾餘翰墨綽約桃李顏超遥龍虎跡紖（一作炳）矣霸王業信哉文章伯感古已躊躇慕奇復嘆息泊無勢利心自覺衿慮適起坐相哦牽遲留日將夕

送豐稷

桃華染破南山青漢江此時春水生客舟相語人夜起勁艣亂江羣鴈聲之君飄泊動歸思告我舉裝千里行閔村壯思風雨發綠鬢少年冰雪清讀書一見若經誦下筆千言能立成精微自得有天質操行秀

出存鄉評嗟從薄祿困流滯能誘鄙俗銷紛爭弦歌
躬勸士強學田里堵安人力耕嗟予據桉但畫諾遇
事縮手方蒙成雖知璞玉難強獻欲挂塵榻空含情
歲寒不變廼知確物理先否終當亨維舟且盡今夕
語明日帆隨白鳥輕

不飲酒

不飲酒不善諳少年醒眼看花開況從多病久衰耗
自顧白髮垂毿毿縱遇花時少情思經春不曾啣酒
盃布穀但憂天雨少提壺謾勸山鳥催且坐蒲團紙
帳暖兩衙退後睡敦敦

初發襄陽携家夜登峴山置酒

維舟沔南岸置酒峴山堂入坐松雨濕吹衣水風凉煙嶺火明滅秋湍聲激揚乍釋塵垢累況餘燈燭光羊公昔宴客爲樂未遽央而我獨今夕携家對壺觴頗識麋鹿性頓驚清興長歸去任酩酊詎期誇阿強

高陽池

山公昔在郡日醉高陽池歸時誇酩酊更問并州兒我亦愛池上眼明見清漪二年始再往一杯未嘗持念豈公事衆又非筋力衰局束避世網低回紲縻羈獨慚曠達意竊禄誠已卑

遊鹿門不果

方舟下秋瀨已遠漢南城念昔在郡日苦爲塵網嬰伭心就薄祿實負山水情鹿門最秀發十里行松檉宿幌白雲影入窗流水聲龐公昔抱道遯世此躬耕風雨塞天地伺晨獨先鳴故巖但聞說已覺醒朝酲及茲道途出謂諧猿鶴迎顧值深濘阻獨憐幽思并不踏蘇嶺石虛作襄陽行

漢廣亭

悠悠漢水長剡剡楚山密若與心目期爭從窗戶出太守朴鄙人迂無適時術治民務不煩得以偷暇日

比城最頻登局促詣曠逸雲根辨毫芒鳥背臨嵂崒
亦以樂賓遊豈惟慰衰疾欲寄別後情嗟無少文筆

聞喜亭

聞喜名自昔廣亭臨漢津飛甍出萬屋地絕無纖塵
盤道城堞古遠林墟曲新靜覺耕釣勝幽宜鷗鷺馴
賴此荒僻郡幸容朴愚人閤鈴晝常寂齋釀寒更醇
一罇且勤設勿有頭上巾

劉景升祠

景升得二蒯坐論勝凶殘正當喪亂時能使憔悴寬
繽紛多士至肅雍萬里安能收衆材助圖大信不難

諸公龍鳳姿有待入盤桓得一固足興致之豈無端
廼獨采樗櫟不知取椅檀蓋云器有極在理良足歎

隆中

志士固有待顯默非苟然孔明方微時息駕隆中田
出身感三顧魚水相後先開迹在庸蜀欲正九鼎遷
垂成中興業復漢臨秦川平生許與際獨比管樂賢
人材品目異自得豈虛傳

蔡洲

蔡洲昔人居遺堵不可尋青石久埋沒荒煙起空林
昔人依劉表意氣傳至今廣路競朱轂深藏閟黃金

構難琦琮間咎責積已深終貽覆宗累苟得非所欽爲惡理當爾足懲夸者心

谷隱寺

峴南衆峯外窅然空谷深丹樓倚碧殿夐出道安林習池抱鄰曲虛窻漱清音竹靜幽鳥語果熟孤猿吟故多物外趣足慰倦客心但恨紲塵羈無緣數追尋

萬山

萬山臨漢皐峯嶺頗秀發王粲舊居處荒草久埋没解佩蓋已迷沉碑終自伐最宜北城望正值氛靄歇縹緲出煙雲清明動毛髮留連至歸時長見西林月

題張伯常漢上茅堂

遠出清漢上隱然一隈長槐栁若雲布連陰入虛堂架險注鳴溜分畦殖羣芳豈惟富桑柘蓋亦餘囷倉主人事幽屏不願尚書郎即此徇高志風騷恣徜徉強起迫義重還歸直明光清風凛然在素壁盈文章故栖勿回盻黄鵠本高翔

移守江西先寄潘延之節推

憶昔江西别子時我初折腰五斗粟南北相望十八年俯仰飛光如轉燭子遺萬事遂恬曠我繫一官常局促早衰膽氣自然薄多病顛毛那更緑人情畦畛

阻肝膈世路風波悸心目每嗟太守兩朱輪寧及田家一黃犢幸逢懷紱入斗牛喜得披山收寶玉薄材頑鈍待磨琢舊學搶攘期反復雲鴻可近眼先明野鹿尚麋顏自忸長鬚幸未阻誨存下榻應容拜臨辱

漢陽泊舟

暫泊漢陽岸不登黃鶴樓江含峨岷氣萬里正東流驚風孤鴈（一作鴻）起蔽日寒雲浮祇役雖遠道放懷成薄游興隨滄洲發事等漁樵幽煙波一樽酒盡室載扁舟

郎口（昔與宜興君同過此）

我行去此二十年鄭水不改流潺湲風光滿眼宛如昨故人乘鸞獨騰騫令人隨我不知昔我記昔遊何處言淚向幽襟落如瀉況聞江漢斷腸猿

促促爲物役

促促爲物役區區追世情但嗟束縛急未覺章綬榮奈此兩鬢白顴無一廛耕所求亦云幾脫粟與藜羹

鴻鴈

江南岸邊江水平水荇青青渚蒲綠鴻鴈此時儔侶多亂下沙汀恣棲宿羣依青荇唼且鳴暖浴蒲根戲相逐長無矰繳意自閑不飽稻粱心亦足性殊凡鳥

自知時飛不亂行聊慚陸豈同白鷺空潔白俛啄腥
汙期滿腹

喜晴

天晴萬里無纖風江平水面磨青銅光華逸發萬物
上精氣負與扶桑通我行江漢道苦惡十步九折遺
西東況遭積雨駕高浪沙翻石走相撞舂撡舟衆工
立噤瘁濕櫓鑽火磨星紅蒸蹊成瀦尺寸礙永日四
望無人蹤〻一時得意數蛙黽鳴躍振踣泥塗中陰消
陽勝有先兆宇宙冊翠含沖融今晨霾曀一掃蕩羲
和徐行驅六龍眼明意豁萬事快預喜來年麰麥豐

詶王正仲太常學士登嶽麓寺閣見寄

聞君東南使攬轡雲松間皇華照楚甸吉玉投衡山幽尋得臨觀意豁窮躋攀顧我客牛斗三年跡往還低心念弱志引領望衰顏未共尊酒樂良違人事艱叱馭犯冰雪迴鑣馳九關何以慰離思德音鏘佩環

訪石仙巖杜法師

杜君袖衡冊砂書一顧訶斥百怪除聲如飛瀑河落天衢四方爭迎走高車方瞳秀貌垂白鬚買舶東南尋舊居石巖天開立精廬四山波瀾勢爭趨日右琴一張酒一壺笑談衮衮樂有餘我今歸來尚踟躕羨君決

發眞丈夫

曉出

曉出城南羅卒乘皂纛朱旗密相映貔貅距躍良家子鵝鸛彌縫司馬令奪標一一飛步疾盤槊兩兩飜身勁灞上今朝且兒戲衛青異日須天幸

和貢甫送元考元考不至

逢山有行客欲上北城舟學問本閎博言談非謬悠嘗陳帝王略得試紫雲樓一時驚豪捷況復富春秋朋遊所欣附爭欲致綢繆承明動鄉思歲久道苦脩忽懷淄川組夙昔願始酬出餞集儔侶清懽期少留

酒闌竟不至睠睠久臨流徹我獨有咎此詩聊可求

京師觀音院新堂一

九衢言語亂人耳三市塵沙眯人目猿狙未慣褁章綬魚鳥寧忘慕谿谷恨無棲宿在清曠欲弄潺湲愈煩燠道人誰氏斥佳境決漢披霄敞華屋駢羅嶷三秀石巉迸娟娟兩脩竹雲蒸雨泄被巖壑海倒河垂動林麓頓驚俯仰遠囂濁豈直形骸擺羈束解衣堅坐瞑忘返飲水清談心亦足丈夫壯志須坦蕩曲士陰機謾翻覆青鞋赤舄偶然爾安用區區巧追逐

元豐類藁卷第五

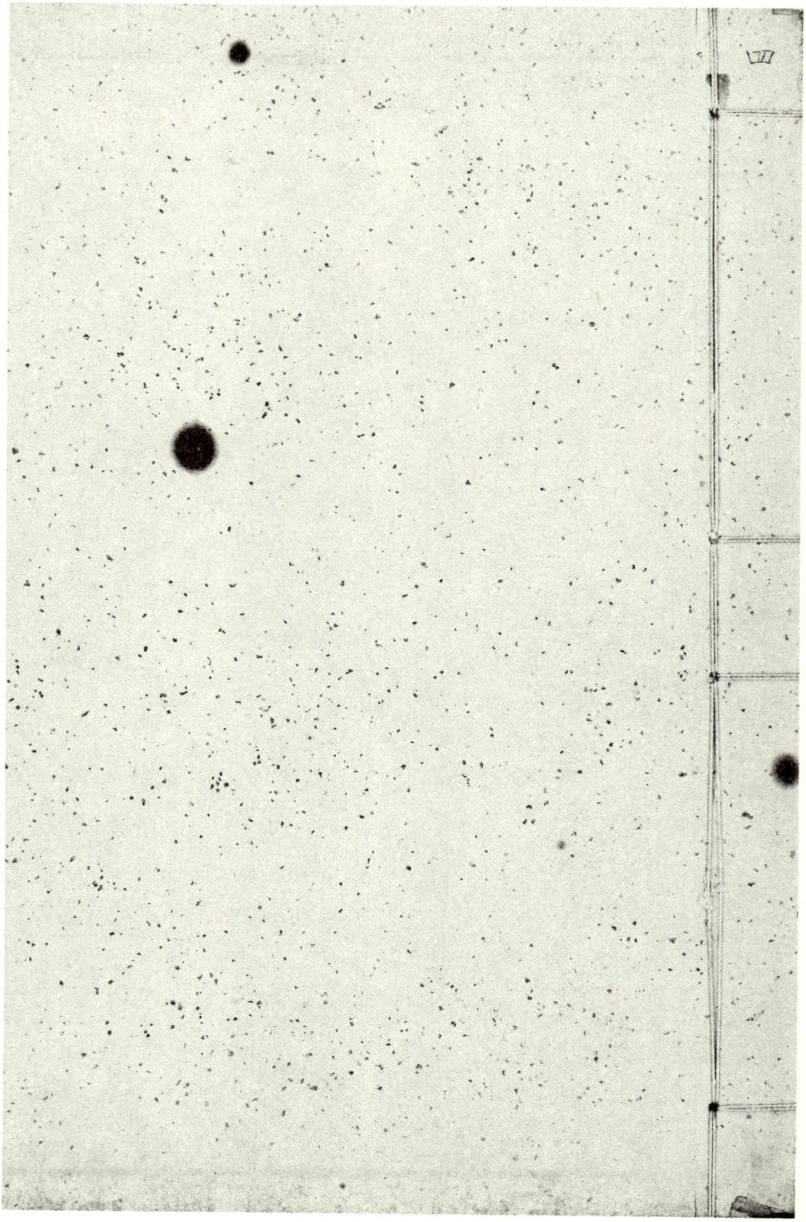

元豐類藁卷第六

律詩

郊祀慶成詩進狀

伏以皇帝陛下嗣位之初郊見上帝聖意重慎齋絜謹嚴始就帷宮則獨先羣臣宵興待事及至壇場則陟降陛級徹去裀藉至於薦獻之際則又端立以須不肯即安退就便次所以至誠兢兢如此故得天地祖宗眷顧臨饗華夷蠻貊觀聽忻喜惟初積陰久而未解及輅車既駕則天宇湛然日光明潤可謂能得使之主祭而百神享之福合於天且不違之聖宜有

歌頌被於聲律臣與在館閣以文字爲職不敢以菲薄自止謹作五言郊祀慶成詩一首

詩

即祚謳歌後欽柴禮數新盛容超曠代樂貢盡殊隣

宿戒臨行殿宵興絶衆臣立須空便次步進却柔裀

外物雖多品天心在一純高靈終享德羣望亦依仁

暗譪如無間遲延若可親欲知精意荅預覩大和臻

積曀沉遥甸浮鳴上綺闈靄雲生斐亹愛景駐逡巡

厚慶歸清廟餘釐及兆人還宮動前蹕喜氣入韶鈞

仁宗皇帝挽詞三首

納諫終無牾知人久更明恩波通四海壽域載羣生
異俗衣裳會諸儒雅頌聲威靈空想像盛德詎能名
日轉歸人外天移入畫中冕旒餘澤在警蹕舊儀空
卜宅三川繞方喪萬里通初寒石門路松檜颭悲風
滄海難回日青雲始送春服喪三月徧遏樂四夷均
感格英靈在褒揚大號新依然社稷計王業付眞人

英宗皇帝挽詞二首

已應南陽氣猶遲代邸來範鎔歸獨化綱理付羣材
禹會方無外虞巡遂不回空驚栢城仗簫鼓送餘哀
繼文猶旦莫歸啓已謳吟畫手傳英氣書篇見德音

鑄銅餘故鼎啄草付春禽試望橋山路蕭蕭羣栢深

慈聖光獻皇太后挽詞二首

伏以大行皇太后在位四十有七年身處宫闈聰明慈恕恭儉之德見於天下洽於衆論在仁宗時有輔佐相成之道在先帝及陛下之日非特始終孝愛兩義俱隆實有援立鎮撫之大功在先帝之世從權當國既而還政以時明識獨見出處應理自二帝三代秦漢以來母后功德未有巍巍如此奄盡大期羣情痛怛陛下執喪哀慕外雖易月内盡至性報復大恩誠禮備極蓋從古所未聞今山陵有日臣愚淺薄無

以自効謹撰成大行皇太后挽詞二首

詩

祖烈膺揚終食其家聲泉湧舊興譙人倫風化歸三世王室功勞屬兩朝長信深嚴餘羽衛閟宫崇大列宗祧衣冠籍籍談遺事不盡鴻名對永昭

山河德履孚潛顯江漢仁風被邇遐已輔乾坤成化育終符日月繼光華和熹未寤還威柄明德猶疎抑外家欲次徽音難髣髴空餘流恨入哀笳

送英州蘇祕丞

遠民歌舞戴升平碧閣朱樓照眼明鄉饌雨餘收白

醺客樽秋後對紅英瀧鳴直水遥通海路入南山不隔城村術如君有餘暇出遊應數擁雙旌

送陳郎中還京兼過九江新宅

鷁舟金碧照溪沙帆上風吹五兩斜羅郡紫泥催向闕過江紅旆引還家因將舊社人携酒應喜新林樹見花莫作山齋久留意中臺虚位有清華

遣興 安州十首

青燈鬬鼠窺寒硯落月啼烏送迴船江漢豈身貧依客溪山合眼夢還家百憂忽忽舟心破萬事悠悠兩鬢華誰與健帆先度鳥更無留滯向天涯

楚澤

楚澤荒凉白露根盈虛無處問乾坤蟲蟲旱氣連年有寂寂遺人幾戶存盜賊恐多從此始經綸空健與誰論諸公日議雲臺上忍使憂民獨至尊

西亭

團扇頻揮到此亭他鄉愁坐思冥冥空羞避俗無高節轉覺逢人惡獨醒歲月淹留隨日老乾坤狼狽幾時寧欲知事事今何似萬里波濤一點萍

盆池

環環清泚旱猶深柄柄芙蓉近可尋蒼蒼壁巧藏天影

入翠奩微帶蘚痕侵能供水石三秋興不負江湖萬里心照影獨憐身老去日添華髮已盈簪

羈遊

麤飯寒虀且自如欲將吾道付樵漁羈遊事事情懷惡貧病年年故舊踈自古幸容元亮醉凡今誰喜子雲書何由得洗塵埃盡恣買滄洲結草廬

南軒竹

密節娟娟數十莖早天蕭灑有高情風吹已送煩心醒雨洗還供遠眼清新筍巧穿苔石去碎陰微破粉墻生應須萬物冰霜後來看琅玕色轉明

浮雲樓和趙瑕

萬里聊供遠眼開簷前不盡水聲哀朝吞吳尚拂陽臺去羽獵曾圍夢澤來解帶欲留長日坐傾壺難飲故人盃邅迴窮萬里飄萍內到此登臨更幾回

照影亭

河流縈檻色輝輝無數幽禽入鏡飛已映渚花紅四出更涵沙柳翠相圍不欺毫髮公雖有太盡姸媸道恐非自笑病容隨步見未衰華髮滿緇衣

晚望

蠻荊人事幾推移舊國興亡欲問誰鄭袖風流今已

盡屈原詞賦世空悲深山大澤成千古暮雨朝雲又一時落日西樓憑檻久閑愁唯有此心知

書閣 一作閤

自憐野性生來拙誰許交情晚最親世路因仍憂檻穽他鄉衰暮傍風塵惟將菽藿還求志未有絲毫可爲人一畝蕭然須暫得欲偷閑日長精神

贈彈琴者

至音淡薄誰曾賞古意飄零自可憐不似秦箏能合意滿堂傾耳十三絃

寄孫正之

貌癯心苦氣飄飄長餓空林不可招能舉丘山惟筆力可磨雲日是風標詩篇綴緝應千首學術窺尋豈一朝耳冷高談經歲遠江南春動雪還消

秋日感事示介甫

秋氣日已盛陰蟲朝暮聲煙雲斷溪樹風雨入山城砂磧有遺虜旌旗多遠行生民苦未息吾黨耻論兵

簡翁都官

倦遊公府曳長裾笑上扁舟指舊廬自有文章眞杞梓不須雕琢是璠璵浮蛆滿甕嘗春酒垂露臨窻理素書況得君賓同壯節一鄉清閒更誰如

陳祈秀才園亭

眼無塵土境殊清一繞芳蹊病體輕煙樹疑從古畫見水軒眞在碧天行君能極巧安山勢我欲忘歸聽竹聲只恐主人難住此弟兄佳行滿鄉評

上杜相公

水爲舟楫旱爲霖社稷生民注意深豈謂便辭黃閣（一作閣）議翻然求就紫芝吟始終好古儒林士進退憂時國老心只有聲名隨日遠不令功被管絃音

胡太傅挽歌辭二首

讜言留簡冊恭德載閨門福履三朝盛官儀一品尊

九原無復起萬事付誰論不必諸儒記清名久自存

遠略參基命雄文入典章輶車俄就路瑞節始還鄉

象物陳虛寢哀歌寄奠觴惟應九原上松檜日蒼蒼

詶村叔江西道中作

柸渚荒源百里閒草根輕燒舊痕乾入陂野水冬來

淺對樹諸峯雪後寒塢笛最宜風外聽嶺梅初得醉

中看行尋故友心無事不覺西遊道路難

送雙漸之漢陽

楚國封疆最上流夾江分命兩諸侯何年南狩東墻

出六月西來雪浪浮夏口樓臺供夕望秦川風物待

春遊可能頻度漁陽曲不負當時鸚䳇洲

孔明

稱吴稱魏已紛紛渭水西邊獨漢臣平日將軍不三顧桑常田里帶經人

閑行

草軟沙勻野路晴竹枝烏帽稱閑行鳥啼緑樹穿花影風出青山送水聲轉覺所憂非己事儘從多難見人情閑中我樂人應笑忙處人爭我不爭

贈安禅懃上人

詎知蕭灑吾廬舊却有高明此寺隣水竹遊生剛節

老秋山過抱翠嵐新惟憐季子歸來困自笑原思久更貧深識幽人風義厚掃軒開榻最相親

贈護仁監院

人貧舉世今爲甚僧事新年始更多食糲衣穿雖擾擾構虛基險自我我誅茅攺築君初有繫馬長吟我暫過但覺滿山金碧潤不知誰到爲煙蘿

送覺祖院明上人

冠石新墻日月回豐堂瓌殿起崔嵬鍾礩(一作聚)秋勢金聲壯佛隱寒雲玉座開流水遠奔雙澗去平林高擁四山來麒麟細草南東路一皐松門意自哀

謁李白墓

世間遺草三千首，林下荒墳二百年。信矣煇光爭日月，依然精爽動山川。曾無近屬持門戶，空有鄉人拂几筵。顧我自慚才力薄，欲將何物吊前賢。

送撫州錢郎中

名郎一作賢侯一元是一作白足風流，得郡東南地更優。翠幕管絃三市晚，畫堂煙雨五峯秋。黃柑巧綴星垂檻，香稻勻翻雪滿甌。應一作只與謝公資健筆，邦人才薄詎能一作堪訓。

送韓玉汝使兩浙

使傳東馳下九天此邦曾屈試鳴絃仁聲又向新年
入惠澤猶爲故老傳翠巘煙雲生席上滄溟風雨到
樽前經營智略多餘暇賞燕誰酬白雪篇

丁元珍挽歌詞二首

翰墨金聲遠神清玉氣溫節廉貧愈見風義老彌惇
舊學資詳正新儀屬討論誰怜一麾出終不反脩門
從軍王粲筆記禮后蒼篇謾有殘書在能令好事傳
鵩來悲四月鶴去遂千年試想長橋路昏昏隴隧煙

簡景山侍御

長年心事最相親一笑相踈忽數旬栢府地嚴方許

國芸臺官冷但容身飢腸漫竊公厨膳病髮難堪客舍塵還有鹿門棲宿興想君他日肯爲鄰

送李莘太博

鄴道鳴絃去容臺拖葩初塵沙開祖帳冰雪缺征車久待連城價誰騰一鶚書君王覽豪俊應復召嚴徐

遊天章寺

籃轝朝出路輕塵拂面毿毿柳色新曲水豈能留往事南湖空解照行人最宜靈運登山屐不負淵明漉酒巾老去飄零心未折暫須同醉海邊春

送關彥遠

莫辭爲我百分飲從此送君千里行物情飜覆尚須
念人道交親那可輕渚梅江柳弄佳色林鳥野蜂吟
好聲對之但醉餘可置明日此盃誰共傾

送闞彥遠赴江西

食蘗飲冰廉士操敝衣穿屨古人風溪堂興足登臨
後滕閣今歸嘯傲中一榻高懸賓閣峻二龍俱化懸
池空因過勝境須行樂驛召方當急詔東

西園席上

省闥名郎國羽儀瀛洲仙客衆蓍龜山蹊向日花開
早海聚經寒酒熟遲下榻笑談紅旆偃引觴醒醉玉

釵隨唯慗別乘跡頑甚蒲面塵埃更有詩

寄孫頡賢 在秦州

穰穰秦州鐵馬羣青衫吾子仕猶屯高談消長才驚
世藐視公侯行出人古氣欲遒奔日月畏塗曾觸滯
荆榛明夷夬決應斟酌自向窮通有屈伸

送鄭州邵資政

江夏無雙譽甾川第一村笑談成黼藻咳唾落瓊瑰
紫氣鋒鋩露青冥羽翼開儁遊追幙府高步集蓬萊
探討篇章洽研磨術業該九霄新漢邸萬目注梁臺
選擇眞儒用招延急詔催衣冠驚角綺賓友重鄒枚

每右橫經席寧虛置醴杯八荒披日月萬里散雲雷
始去東山榜俄參北斗魁廟堂奇計得羌虜讋心摧
帝念人求舊朝須汝作梅避榮言屢切請外志難回
際海歸封略連旻入剸裁夕冰承命出晝錦過鄉來
許國風猷壯容民宇量恢節旄恩換鎮京室地稱陪
賜覲親中衮通班接上台壺觴空度洧公位在三槐

看花

春來日日探花開紫陌看花始此回欲賦妍華無健
筆擬酬芳景怕深盃但知抖擻紅塵去莫問鬅鬙白
髮催更老風情轉應少且邀佳客試徘徊

會稽絶句三首

花開日日去看花遲日猶嫌影易斜莫問會稽山外事但將歌管醉流霞

花開日日插花歸酒䆮歌喉處處隨不是心閒無此樂莫教門外俗人知

年年穀雨愁春晚況是江湖兩鬢華欲載一樽乘興去不知何處有殘花

送任逵度支監嵩山崇福宫

漢陽門下士車騎幕中賓志節初皆壯風流乆更新樞庭承遠派郎位襲清塵雅淡琴聲古温純玉性真

詩書來射策慈惠超臨人淮海褰帷乂褒斜叱馭頻
政平無横吏刑省幽寃民汴路楊旌出吳門擁節巡
持權心似水待物氣如春戀德垂承詔遺榮遽乞身
行高寧繫俗道勝不憂貧地絕分琳館西歸近紫宸
鴻飛開羽翼驥逸露精神却理煙霞宅重尋水石隣
青蒿銷鶴怨碧落見鷗馴故友欣聯璧諸儒慕墊巾
學兼鴻寶異興與赤松親激勸留方冊驚傳動搢紳
浮雲雖抗意仄席正逢辰秖恐尊廉退丁寧致軟輪

送趙資政

好問逢眞主能言邁古風犯顏天意沃造膝衆情通

彈治心忘勢澄清誼匪躬朝廷推指佞都邑避乘驄
白簡威方厲青規遇更隆析符霄漢上開幕斗牛中
里聚追胥息階庭訟銷空紀綱官特峻帷幄地彌崇
吏治連城肅倉儲絕塞充錦官清鎮俗玉壘靜臨戎
亹澤涵荒阻春陽煦滯窮鈞衡求儁望龜筮協淵衷
間出千齡合平居一德同股肱康事力舟楫濟川功
遠大經綸略精微獻替忠夕冰分外闡晝錦過江東
比戶仁聲入提封喜氣融信深銷眾偽明盛破羣蒙
正洽謳歌美俄更節制雄保民追呂尚分土繼逢公
淄水移幢碧牛山駐旆紅魚鹽方舸集綺繡萬箱叢

少憩驅千騎行歸冠百工衮衣天下詠豈獨是崆峒

過高士坊

一畝蕭然絶世喧抗懷那肯就龍樊功名晚更爲餘事蕃異初嘗出至言郡閭已空徐孺榻里人猶識鄭公門斯文未喪如縣我後代當知李仲元

餘杭久旱趙悦道入境之夕四郊雨足二首

連章天上乞身閑笑入吳船擁節還一夜風雷驅旱魃始知霖雨出人間

旌旗東下路塵開六月風雲席上回正恐一方人賜死直將霖雨過江來

錢塘上元祥符寺陪咨臣郎中丈燕席

月明如晝露華濃錦帳名郎笑語同金地夜寒消美酒玉人春困倚東風紅雲燈火浮滄海碧水樓臺浸遠空白髮蹉跎歡意少強顏猶入少年叢

送沈諫議

東南經濟得時英方底除書下漢庭將幕鼓旗驚白晝諫垣冠劍動青冥指撝甌越歸談笑鎮壓江吳出醉醒金鼎鹽梅須大用九霄應已夢儀刑

詶王微之汴中見贈

黃流渾渾來沙際佳氣葱葱近日邊河漢槎雖通遠

客逢萊風未縱歸舩山城劇飲銷紅燭水驛高吟襞彩牋老去相逢情自密不關清賞合留連

寄鄆州邵資政

蒙鄆州知府安撫資政書言入秋以來甚有遊觀之興而少行樂之地因問澰邑山水之景見索新詩其荒廢文字乆矣惟重意之厚不能自已謹吟二百字上寄

鉛筆雖旹客朱轓守土臣素餐方側席黄髮已侵巾喜有山園郭仍憐水繡津清華閒（一作閑）耳目蕭灑長精神秀色秋來重寒聲雨後新宿雲當戸牖流月過

松筠北圃分殊境西湖斷俗塵渚花紅四出沙鳥翠相親茭老含珠實魚驚躍錦鱗飛梁凌窅渺虛榭壓漪淪嶺對橫脩竹洲分抱白蘋靜宜人事拙閒覺道腴眞器小難周物官微幸庇身簿書偷暇日杖屨想幽人泝險飛遊艇探奇漾釣緡形槃甘鶴怨心泰得鷗馴督府恩容又芳牋訊問頻門庭嚴衞戟尊俎從華紳却起煙霞興還思水石嶙自嗤田父樂那可薦鴻鈞

和邵資政

拂衣又欲求三徑竊食聊須把一麾世路賤貧從所

好老年曾牘固無奇樊籠偶得滄洲趣蕪纇難酬白雪辭督府縣來恩禮厚每容商也與言詩

和孔教授

治頌方喜衆材同坐嘯南陽郡閤中几案有塵書檄簡里閭無事稻粱豐衣冠濟濟歸儒學俎豆詵詵得古風幸屈異能來助我敢將顔色在蜚鴻

喜雪二首

欲休還舞任風吹斷續繁雲作陣隨已塞茅蹊人起晚更迷沙渚鳥飛遲混同天地歸無跡潤色山川入有爲太守不辭留客醉豐年佳兆可前知

雜雨零初急因風灑更狂英華傾月窟光氣瀉天潢宛轉花飛密紆餘舞態長化材隨大小成器任圜方秀已滋山國清尤（一作宜）助水鄉色嚴齊上下明盛析毫芒潤屋情夸誕埋輪興激昂收功歸澤物全德在包荒預喜倉箱富潛知海嶽康藹晨迎賀客歌吹趣傳觴

雪後同徐秘丞皇甫節推孔教授北園晚步

沙草正黃瀨海意江梅還白故園情循除遠水春前急繞郭空山雪後明林影易斜寒日短角聲吹去暮雲平最憇佳客志形契肯伴衰翁著屐行

郡齋即事二首

晝戟森門寵誤蒙從來田舍一衰翁閑倉穰穰逢康歲閭里恂恂有古風晡氏宿姦投海外伏生新學始山東（時大姦[illegible]周高投海島而學校[illegible]講說尚書）依然自昔興王地長在南陽佳氣中

[illegible]軒山色長浮黛繞舍泉聲不受塵四境帶牛無事日兩衙封印日懸身白羊酒熟初看雪黃杏花開欲探春摠是濟南（一作踈須）為郡樂更將詩興屬何人

憶越中梅

浣沙亭北小山梅蘭渚移來手自栽今日舊林冰雪

地冷香幽艷，向一作為誰開

再賦喜雪

六花飛舞勢蹁躚，點綴寒林態更妍。山險龍蛇盤鳥

道，野平江海變畬田。人狂奔月非關夜，馬健乘雲別

有天。況值白羊新酒熟，可能相就慶豐年。

寄致政觀文歐陽少師因辭寵祿歸就休閑進退之宜四方所仰

四海文章傑一作伯，三朝社稷臣。功名垂竹帛，風義動

簪紳。此道推先覺，諸儒出後塵。志機心皎皎，樂善意

循循。大略才超古，昌言勇絕人。抗懷輕紱冕，瀝懇謝

陶鈞。耕稼歸華野，畋漁返渭濱。五年清興屬，一日壯

圖伸北闕恩 知舊東宮命數新鸞凰開羽翼驥騄放
精神曠達林中趣高閑物外身揮金延故老置驛候
嘉賓主當西湖月勾留潁水春露寒消鶴怨沙靜見
鷗馴酒熟誇浮蟻書成感獲麟激昂踈受晚沖淡亦
松親龍臥傾時望鴻冥聳士倫少休均逸豫獨往異
沉淪榮畫咨詢急儀刑矚想頻應須協龜筮更起為
生民

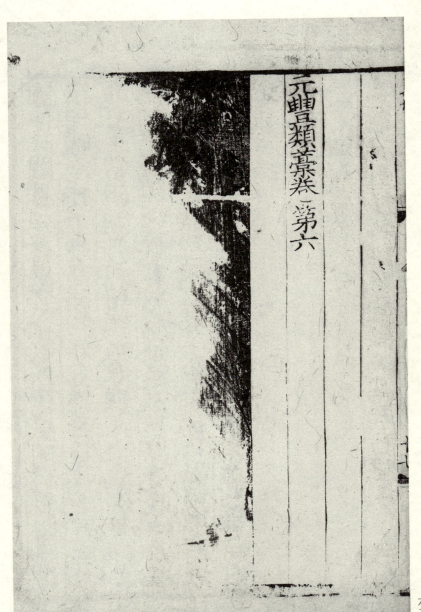

元豐類藁卷第七

律詩

冬夜即事

印奩封罷閣鈴閑，喜有秋毫免素餐。市粟易求倉廩實，邑徭無警里閭安。香清一榻氍毹暖，月淡千門霜淞寒。聞説豐年從此始，更回籠燭捲簾看。齊地寒甚，夜氣如霧，凝於木上，旦起視之如雪，日出飄滿堦庭，尤爲可愛。齊人謂之霧淞。諺曰：霧淞重霧淞，窮漢置飯甕。以爲豐年之祥也。霧音夢，淞音送。

詶介甫還自舅家書所感

旱氣滿原野，子行歸舊廬。顏天高未動，望歲了何如。

荒土欲生火涸溪容過車民期得霖雨吾豈灌園蔬

西湖二首

左符千里走東方喜有西湖六月涼塞上馬歸終反覆泰山鷃飽正飛揚懶宜魚鳥心常靜老覺詩書味更長行到平橋初見日滿川風露紫荷香

湖面平隨葦岸長碧天垂影入清光一川風露荷花曉六月蓬瀛燕坐涼滄海桴浮成曠蕩明河槎上更微芒（一作茫）何須辛苦求人外自有仙鄉在水鄉

早起赴行香

枕前聽盡小梅花起見中庭月未斜微破宿雲猶度

鴈欲深煙柳巳藏鷄井轆聲急推寒王龍燭光繁一作楊秉絳紗行到市橋人語密馬頭依約對朝霞

席上一本下有舞六么三字

市井蕭條煙火微兩衙散後雪深時若無一曲傳金盞爭奈衰翁兩鬢絲

和陳郎中

材薄安時甘寂寞身閒乘興喜登臨每尋香草牽狂思曾向幽蘭費苦吟明月幾人非按劍高山從古少知音數篇清絕賡歌意默見馮唐異俗心

雪後

雪景鮮妍猶弄色柳條愁積已抽萌風光苒苒流雙轂人事悠悠寄一枰射弈未應今獨有嘲雄何必史能評且將盡諸供談笑更選名園載酒行

舜泉 一本此詩斷句更應如此無休歇流澤長令後世傳

山麓舊耕迷故壟井幹餘汲見飛泉清涵廣陌能成雨冷浸平湖別有天南狩一時成往事重華千古似當年更應此水無休歇餘澤人間世世傳

閱武堂

五朝坏治歸皇極萬里車書共太平胡馬不闚光禄塞漢家常肄羽林兵柳間自詫投壺樂桑下方安佩

犢行高枕四封無一事腐儒何幸偶專城

環波亭

水心還有拂雲堆日日應須把酒杯楊柳巧含煙景合芙蓉爭帶露華開城頭山色相圍出簷底波聲四面來誰信瀛洲未歸去兩州俱得小蓬萊

鵲山亭

大亭孤起壓城顛屋角峨峨插紫煙濼水飛綃來野岸鵲山浮黛入晴天少陵騷雅今誰和東海風流世謾傳太守自吟還自笑歸時一作來乘月尚留連

芍藥廳

小碧闌干四月天露紅煙紫不勝妍肯爲雲住陽臺女恐逐風飛餙室仙洧外送歸情放蕩省中沓直勢拘攣何如蕭灑山城守淺酌清吟濟水邊

水香亭

臨池飛構鬱岧嶤櫺檻無風影自搖羣玉過林柚翠竹雙虹垂岸跨平橋頎依美藻魚爭餌清見寒沙水蒲橈莫問荷花開幾曲但知行處異香飄

靜化堂

脩簷轍轍背城陰行盡松篁一徑深好鳥自飛還自下白雲無事亦無心客來但飲平陽酒衙退嘗一作長

携靖節琴世路人情方擾擾一遊須一作已抵萬黃金

仁風廳

凛凛風生寄此堂塵埃消盡興何長朱絲鼓舞逢千載白羽吹揚慰一方已散浮雲滄海上更飛霖雨泰山傍誰知萬物心焦日獨對松筠四座涼

閱武堂下新渠

方渠新鑿北林開流水遥經畫閣來洗耳厭聞夸勢利濯纓羞去旁塵埃不憂待月供一作乾詩筆已欲看華泛酒柸却憶虎谿橋上過夜良臨砌尚徘徊

凝香齋

毎覺西齋景最幽不知官是古諸侯一尊風月身無事千里耕桑歲有秋雲水醒心鳴好鳥玉沙清耳漱寒流沉煙細細臨黃卷疑在香爐最上頭一作兩衙放罷閒詮索

北渚亭

四楹虛敞地無鄰斷送孤高與使君午夜坐臨滄海日半天吟看泰山雲青徐氣接川原秀常碣風連草木薰莫笑一樽留戀久下階塵土便紛紛

芙蓉橋

鴈翅橫連杜若洲碧闌干影在中流蓬萊日日遊人

到譙道仙風解引舟

百花臺

煙波與客同尊酒，風月全家上吳舟。莫問臺前花遠近，試看何似武陵遊。

次道子中書問歸期

竊食東州（一作踈懶爲州）歲未期，蓬萊人問幾時歸。凭闌到處臨清泚，閑閣終朝對翠微。兩印每閑軍市靜，雙旌多偃送迎稀。一枝數粒身安穩，不羨雲鵬九萬飛。

霿淞

園林初日靜無風，霿淞開花處處同。記得集英深殿

褭舞人齊插玉籠鬆

正月六日雪霽

雪消山水見精神滿眼東風送早春明日杏園應爛
漫便須期約看花人

寄顧子敦

清曠亭邊鴈欲回南湖分浪入城來空山過臘猶藏
雪野岸先春已放梅三徑未歸聊自適一尊尋勝每
同開如今試想長松下玉麈高談豈易陪

二月八日北城閑步

土膏初動麥苗青飽食城頭信意行每入起高亭臨北

渚欲乘長日勸春耕

詠柳

亂條猶未變初黄倚得東風勢便狂解把飛花蒙日
月不知天地有清霜

北園會客不飲

畫橋南北水西東高下花枝緑間紅滯得春風人盡
醉獨醒誰似白頭翁

西湖納凉

問吾何處避炎蒸十頃西湖照眼明魚戲一篙新浪
滿鳥啼千步緑陰成虹腰隱隱松橋出鷁首峩峩畫

舫行最喜晚涼風月好紫荷香裏聽泉聲

喜雨

偶徇一官偷祿計便懷千里長人憂桑間舉箔蠶初老隴上揮鐮麥已秋更喜風雷生北極頓驅雲雨出靈湫從今菽粟非虛禱會見甌窶果滿篝

雨後環波亭次韻四首

次李秀才得魚字韻

候月已知星好雨卜年方喜夢維魚從今撥置庭中事解帶西軒睡枕書

次綰得風字韻

荷芰東西魚映葉樵舟朝暮客乘風清泉雨後分毛髮何必南湖是鏡中

次維得禽字韻

黄蜀葵開收宿雨紫桑椹熟囀新禽看花弄水非無事猶勝紛紛别用心

次綜得花字韻

丹杏一番收美實緑荷無數放新花西湖雨後清心目坐到城頭泊暝鴉

去年久旱六月十三日入境得雨今年復旱得雨亦六月十三日也

去年六月焦原雨入得東州第一朝今日看雲舊時節又來農畔聽蕭蕭

到郡一年

薄材何幸擁朱軒竊食東州已一年壠上雨餘看麥秀桑間日永悶蠶眠官名雖冗身無累心事長閒地自偏秪恐再朞官滿去每來湖岸合留連

孔教授張法曹以曾論薦特示長牋

緑髮朱顏兩少年出倫清譽每相先壁中字為時人考地上書從老父傳泮水笑談邀法飲高齋閒燕屬佳篇衰翁厚幸懷雙璧更起狂心慕薦賢

訓強幾聖

俯仰林泉繞舍清經年閑卧濟南城山田雨足心無事水榭華開眼更明新霽煙雲飛觀出晚涼歌吹畫橋横寄聲裴令樽前客秪欠高談一坐傾

人情

人情當面蔽山丘誰可論心向白頭天禄閣非真學士玉麟符是假諸侯詩書落落成孤論耕釣依依憶舊遊早晚抽簪江海去笑將風月上扁舟

寄王樂道

荆州南走困塵埃應喜文章意自開明世正逢多事

日要塗須用出倫材不回霜雪天應惜未得風雲衆
忽摧若向沙頭弔杜甫近詩懸望自書來

戲書

集賢自笑文章少爲郡誰言樂事多報答書題親筆
硯逢迎使客聽笙歌一心了了無人語兩鬢蕭蕭奈
老何退有不隨流俗處秋毫無累損天和

水西亭書事

一番雨熟林間杏四面風開水上花岸盡龍鱗蟠翠
篠谿深鼇背露晴沙隴頭刈麥催行饁桑下繰絲急
轉車擲是白頭官長事莫嫌麤俗向人誇

贈張濟

憶初蘭渚訪沉淪一畝蕭然里舍貧節行久窮彌好古文章垂老更驚人詩書就我論新意冠劒投誰拂舊塵山驛荒涼煩枉道一觴相屬莫嫌頻

北渚亭雨中

振衣已出塵土外卷箔更當風雨閒泉聲漸落石溝澗雲氣迫壓金輿山寒沙漠漠鳥飛去野路悠悠人自還耕桑千里正無事況有尊酒聊開顏

送趙資政

鎮撫西南衆望傾玉書天上輟持衡春風不覺岷山

遠和氣還從錦水生學舍却尋餘教在棠郊膺喜舊
陰成歸來促召調鑪冶莫爲兒童竹馬迎

趵突泉

一派遥從玉水分暗來都灑歷山塵滋榮今茹溫常
旱潤澤春茶味更眞已覺路傍行似鑑最倒沙際湧
如輪曾成齊魯封疆會況托娥英詫世人

金線泉

垂髮常浮灝氣鮮金絲不定路南泉雲依美藻爭成
纔明照靈漪巧上弦已繞渚花紅灼灼更寒沙竹翠
娟娟無風到底塵埃盡界破冰綃一片天

北池小會

笑語從容酒慢巡，笙歌隨賞北池春。波閒鏁檻花迷眼，沙際朱橋柳拂人。金縷暗移泉溜急，銀鬐相合(一作答)鳥聲新。幸時無事須行樂，外物乾坤一點塵。

送韓廷評(一作延年)

謝庭冠蓋舊追尋，僻郡相從喜更深。進道由來輕拱璧，傳經知不羡籯金。騏騮要試風沙遠，竹柏須忘霰雪侵。別後壯懷應努力，白頭傾耳聽徽音。

寄孫莘老湖州墨妙亭

隆名盛位知難久，壯字豐碑亦易亡。秦末已非眞篆

刻色絲空喜好文章峴山漢水成虛擲大厦深簷且
秘藏好事今推雪溪守故開新館集琳琅

鵲山

一峯孤起勢崔嵬秀色挼藍入酒盃靈藥已從清露
得平湖長泛宿雲回翰林明月舟中過司馬虛亭竹
外開我亦退公思蠟屐會看歸路送人來

華不注山 水經華不注山虎牙桀立孤峯特起青峯翠嶺望如點黛輿地志又云亦名金輿山

虎牙千仞立巉巉峻拔遥臨濟水南翠嶺嫩嵐晴可
掇金輿陳迹又誰探高標特起青雲近壯士三周戰

氣酣丑父遺忠無慮閒空餘一掬野泉甘

靈巖寺兼簡重元長老二劉居士

法定禪房臨峭谷辟支靈塔冠層巒軒窻勢聳雲林合鐘磬聲高鳥道盤白鶴已飛泉自涌青龍無迹洞常寒更聞雷遠相從樂世路囂塵豈可干

和孔平仲

園池方喜共追尋止是槐榆夾路陰雙罍縱談尊酒淥一枰銷日紙窻深波濤萬字驚人筆壓士千鍾異俗心佳句從來知寡和愧將沙礫報黃兼一作金

郡樓

滿眼青山更上樓偶携閒客此閒遊飛花不盡隨風起野水無邊帶雨流懷舊有情惟社燕忘機相得更沙鷗黃金駟馬皆塵土莫許當權酒一百甌

鮑山

雲中一點鮑山青東望能令兩眼明若道人心是矛戟山前那得叔牙城

鄆州新堂

百尺豐堂汶水濱魯侯清燕此逡巡谿寒素礫偏宜月璧瑩黃金不受塵引客登歌行處是賞心花木四時新未應久作林泉主　天子今思舊學臣

垓下

三傑同歸漢道興拔山餘力爾徒矜泫然垓下眞男女不悟當從一范增

離齊州後五首

雲帆十幅順風行臥聽隨船白浪聲好在西湖波上月酒醒還到紙窗明

畫船終日扒沙行已去齊州一月程千里相隨是明月水西亭上一船明

文犀剡剡穿林筍翠靨田田出水荷正是西亭銷暑日却將離恨寄煙波

將家須向習池遊難放西湖十頃秋從此七橋風與月夢魂長到木蘭舟

荷氣夜涼生枕席水聲秋醉入簾幃一帆千里空回首寂寞船窗紙自知

寄齊州同官

西湖一曲舞霓裳勸客花前白玉觴誰對七橋今夜月有情千里不相忘

庭檜呈蔣穎叔（蔣堂所植其姪蔣之奇復為轉運乞此詩）

樛枝高下秀森森曾寄名卿（一作郎）異俗心草舍一時成往事松身千里（一作天）見新陰聲清不受塵埃雜氣

勁能遺霰雪侵漢節從來縱眞賞謝庭蘭玉載芳音

甘露寺多景樓

欲收嘉景此樓中徙倚闌干四望通雲亂水光浮紫
翠天含山氣入青紅一川鍾唄淮南月萬里帆檣海
外風老去衣衿塵土在秖將心目羨冥鴻

孫少述示近詩兼仰高致

大句閎篇久擅場一函初得勝琳琅少陵雅健材孤
出彭澤清閑興最長世外麒麟誰可係雲中鴻鴈本
高翔白頭多病襄陽守展卷臨風欲自強

金山寺

塵外岩崖鷲嶺宫架虛排險出青紅林光巧轉滄波
上海邑遥涵白日東夜靜神龍聽呪食秋深蒼鶻起
搏風連荆控蜀長江水盡在回廊顧眄中

元豐類藁卷第七

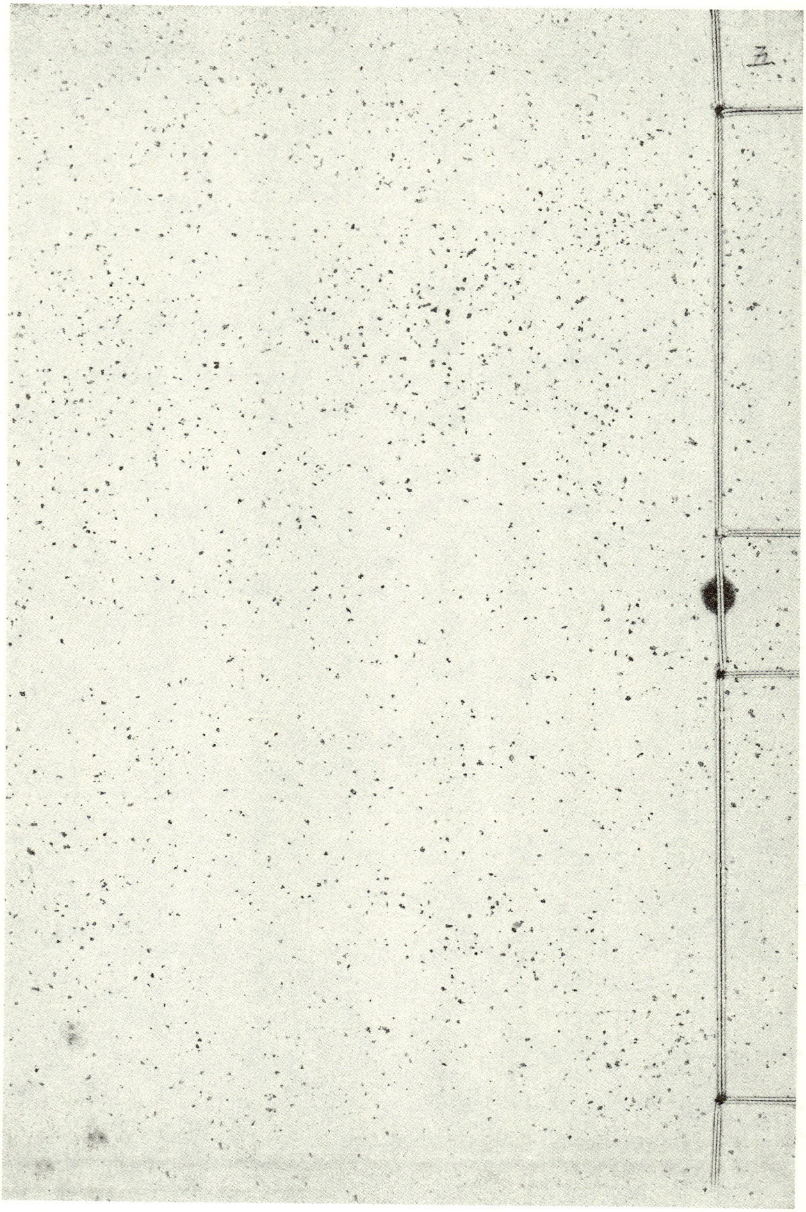
五

元豐類藁卷第八

律詩

高郵逢人約襄陽之遊

一川風月高郵夜玉麈清談畫鷁舟未把迂蹤笑山簡更須同上習池遊

彭城道中

百步洪聲潦退初白沙新岸湊舟車一時屠釣英雄盡千載河山戰伐餘楚漢舊歌流俚耳韓彭遺壁冠荒墟可憐馬上從横略只在邳橋一卷書呂梁洪上有雲夢梁王二城其旁之人以謂雲夢即韓信城梁王即彭越城是也

送程殿丞還朝

如雲青髮擁朝簪佳譽喧喧動士林自重肯悲三獻玉不欺常慎四知金芝蘭秀出清門盛鴻鷺飜飛紫殿深别後齋中挂塵榻更將梁父向誰吟

送高祕丞

簿書壅處精神健風俗澆時質性淳公退種花常滿縣政成馴雉不驚人指麾細柳通河外歌詠甘棠付漢濱惆悵不能留自助謾將尊酒駐車輪

康定軍使高祕丞自襄陽司農寺勾業寺丞

自光化相繼遷拜簽判程殿丞受代還朝預

有惜别之意輒書長句奉呈

千里分符漢上城爲僚方喜得時英已無楚澤行吟意便有南陽坐嘯名驥力用來精爽緊鷁行歸去羽翰輕須知别後狂山簡夢寐清談鄙吝生

雨中王駕部席上

鳩鳴連日始成陰薄雨聊寬望歲心浴鴈野塘新浪細藏鴉宫柳嫩條深春寒巧放花遲發人老嗟辭酒滿斟英儁並遊知最幸名園偷暇更追尋

贈張伯常之郢見過因話荆楚故事仍貺佳什

一見心親十載前相望南北久茫然喜傾白髮論文
酒重訪清江下瀨船志大肯同悲抱璞識高寧許築
求田已闕品藻傳荆楚更味陽春白雪篇

伯常少留別業寄詩索酒因以奉報

未擁雙騶謁漢庭暫留車馬憇林坰多情置驛邀佳
客好事磨鉛勘舊經芳草連門三徑遠朝雲臨幌數
峯青春醪有禁無緣寄誰為江潭訪獨醒

贈黃降自宜城赴官許昌

所學從誰得最完豫章新出已難攀不摇聲利心能
定欲正哇淫手自删潁水珠璣來席上鄢城桃李在

人間高齋挂榻驪歌後坐守塵編少往還

招澤甫竹亭閑話

偶歸塞馬應何定粒食鷦鷯頗自安雲壓楚山春後雪風吹襄水坐來寒詩豪已分材難強酒聖還諳量未寬賴有嘉賓堪下榻且將清話對檀欒

和鄭微之

故人容下榻清讌得傳杯地秀偏宜竹天寒未見梅雲林千嶂出煙艇一帆開且醉休言別歸期信召催

送陳世脩

沙渚鴻飛入楚雲遠林樵爨宿煙昏娟娟野菊經秋

淡漠漠滄江帶雨渾歸路賞心應駐節客亭離思暫
開樽莫嗟閒俗淹翔久從此頻繁不次恩

和張伯常自郢中將及敝境先寄長句

拔薤威名高列服握蘭風力冠中臺好音忽有雙魚
至喜氣遥知五馬來梨顆玉腴含雨重菊房金粉傍
寒開池邊且欲留同醉思拙難酬白雪才

和張伯常峴山亭晚起元韻

揮手紅塵意浩然夙興招客與扳聯煙雲秀發春前
地草木清含雪後天巳卜耕桑臨冨水暫抛魚鳥去
伊川更追羊杜經行樂況有風騷是謫仙

峴山亭置酒

石磴縈回入杳冥筠松高下簇虛亭春歸野路梅爭白雪盡沙田麥正青馬簇飛雲臨畫棟鳳林斜日照疎櫺長年酒量殊山簡却上籃輿恨獨醒

韓魏公挽歌詞二首

堂堂風骨氣如春袞服貂冠社稷臣天上立談迎白日握中隨物轉洪鈞忽騎箕尾精靈遠長誓山河寵數新萬里耕桑無一事三朝功德在生民

錙銖赤舄無驕志咳唾黃金有古風覆冒荒遐知大度委蛇艱急見孤忠謀謨丙魏丹青力擁立昭宣柱

石功御筆新豐一作碑在新隴哀榮誰得似初終

誚吳仲庶龍圖歲暮感懷

瑣闈延閣腹心臣籍甚聲華動縉紳藥石言行天下兩袴襦恩達國中春召南去後餘思在綸民歸來壯志新莫為流年嗟白髮濟時須仗老成人

陳君式恭軒

不要牆頭俗眼看故開蒼蘚種檀欒虛心得處從天性勁節知來在歲寒叢葉養風煙誇酒美枝留冰雪送歌殘名郎感慕同桑梓手植依然一畝寬

僧正倚大師庵居

蘭襯方袍振錫回結茅蕭寺遠塵埃五峯日破朝雲
出三谷花浮澗水來風散異香禪榻靜烏闚清唄法
筵開因過舊國枌榆地松壁高談喜暫陪

以白山茶寄吳仲庶見貺佳篇依韻和詶

山茶純白是天真筠籠封題摘一作色尚新秀一作素色
未饒三谷雪清香先得一作占五峯春瓊花散漫情終
蕩玉蘂蕭條跡更塵一作陳遠寄一枝隨驛使欲分芳
種恨無因初惟此花與揚州后土廟瓊花天下一株近年瓊花可接遂散漫而此花爲獨出也

詶江西運使蔣頴叔

收科同日曳華裾書劃鸞闈刃有餘驄馬已騰雙闕

路木牛還寶太倉儲多岐易惑千名別置袖空榮一紙書欲佩左符甌越去更從南斗望單車

刁景純挽歌詞二首

史觀郎闈得謝歸栢栢筋力未全衰園林笑傲笙歌擁山水追尋几杖隨尺牘百封虛有意文章十袠更傳誰餘花自出藏春塢一點青燈照繐帷陳遵善書與人尺牘莫不藏以為榮又云遵日作書數百封親疏各有意義白樂天無子其詩云文章十秩官三品身後傳誰與廕誰景純善作書亦無子故云藏春塢景純自名其所居也

八十登高步更輕慇懃愛客是平生能臨緩急敦風誼不向炎涼逐世情北嶽雲煙思抗志東門車蓋羨

遺榮可憐昨日壺觴地嗚咽唯聞薤露聲

寄留交代元子發

青雲實構雖同直白髮魚符各未歸倚玉詎應公論許續貂還恐邑人非莫辭海畔留連久須惜天涯故舊稀預想明年雙節召九霄鵷翼看横飛

遊東山示客

盧寄庵餘蘚徑通蕭山臺殿出青紅難逢堆案文書少偶得凭欄笑語同梅粉巧含溪上雪柳黄微破日邊風從今準擬頻行樂且伴罇前白髮翁

大乘寺

行春門外是東山籃轝寧辭數往還溪上鹿隨人去遠洞中花照水長閑樓臺勢出塵埃外鍾磬聲來縹緲間自笑麄官偷暇日暫携妻子一開顔

聖泉寺

笑問并兒一舉鞭亦逢佳景暫留連清冥日抱山腰閣碧野雲含石眼泉蹋䟦路通林北寺落帆門繫海東船閩王舊事今何在惟有村村供佛田

昇山靈巖寺

脩竹長松十里陰任敎燒藥洞門深獨闚金版驚人語能到青霞出世心鷄犬亦隨雲外去蓬瀛何必海

中尋丹樓碧閣唐朝寺鐘唄香花滿舊林

鳳池寺

經年聞說鳳池山蠟屐方偷半日閑笑語客隨朱閣一作閤上醉醒身在白雲間溪橋野水清猶急海岸輕寒去却還爲郡天涯亦蕭灑莫嗟流落鬢毛斑

上元

金鞍馳騁屬兒曹夜半喧闐意氣豪明月滿街流水遠華燈入望衆星高風吹玉漏穿花急人近朱闌送目勞自笑低心逐年少秖尋前事撚霜毛

元沙院

昇山南下一峯高上盡層軒未厭勞際海煙雲嘗慘淡大寒松竹更蕭騷經臺日永銷香篆談席風生落麈毛我亦有心從自得瑠璃瓶水照秋毫

酬柳國博

行止恂恂衆所褒東南佳譽映時髦洞無畦畛心常坦凛若氷霜節最高朱紱少留居客左一作右白頭難敵是詩豪須知別後山城守悵望歸艎送目勞

閏正月十一日呂殿丞寄新茶新茶最早若生處此向陽也

偏得朝陽借力催千金一䕺過溪來曾坑貢後春猶

早海上先嘗第一盃

旬休日過仁王寺

雜花飛盡綠陰成處處黃鸝百囀聲隨分笙歌與尊酒且偷閒日試閒行

亂山

亂山深處轉山多此地棲身奈遠何莫問吾親在何處舉頭東岸是新羅福州際海東岸即新羅諸國圖經亦云長溪與外國接界

親舊書報京師盛聞治聲

自知孤宦無材術誰道京師有政聲嘿坐海邊何計是白頭親在鳳凰城

寄獻新茶

種處地靈偏得日摘時春早未聞雷京師萬里爭先
到應得慈親手自開

方推官寄新茶

採摘東溪最上春壑源諸葉品尤新龍團貢罷爭先
得肯寄天涯主諾人

嘗新茶 晉公北苑新茶詩序云茶芽採時如麰麥之大者

麥粒收來品絕倫葵花製出樣爭新一杯永日醒雙
眼草木英華信有神

厚卿子中使高麗

並候時推出衆材異方迎拜六城開宣風直到東西
部仗節遥臨大小梅滄海路從三島去玉山人待二
星回黄金白疊饒君用銅器應餘寄我來

出郊

蔦葉催耕二月時斜橋曲岸馬行遲家家賣酒清明
近紅白花開一兩枝

蹇磻翁寄新茶二首

龍焙嘗茶第一人最憐溪岸兩旗新肯分方胯醒衰
思應恐慵眠過一春
貢時天上雙龍去鬬處人間一水爭分得餘甘慰憔

悴碾嘗終夜骨毛清

城南二首

雨過橫塘水滿堤亂山高下路東西一番桃李花開
盡唯有青青草色齊

水滿橫塘雨過時一番紅影雜花飛送春無限情惆
悵身在天涯未得歸

寒食

一麾飄泊在天涯寒食園林不見花唯有市亭酤酒
客俚歌聲到日西斜

夜出過利涉門

紅紗籠燭照斜橋複磴疊飛入斗杓人在畫船猶未
睡滿堤明月一溪潮

夜出城南禱雨

海天重疊四山雲半出星辰亦半昏上得籃轝是中
夜兩街燈照九重門

西樓

海浪如雲去却回北風吹起數聲雷朱樓四面鈎疎
箔卧看千山急雨來

茘支四首

剖見隋珠醉眼開丹砂緣手落塵埃誰能有力如黃

犢摘盡繁星始下來

玉潤冰清不受塵仙衣裁剪絳紗新千門萬户誰曾得只有昭陽第一人

絳縠囊收白露團未曾封植向長安昭陽殿裏才聞得已道佳人不奈寒

金釵雙捧玉纖纖星宿光芒動寶奩解笑詩人誇博物祇知紅顆味酸甜白樂天詠荔支詩云津液甘酸如醴酪杜工部詩云紅顆酸甜祇自知此皆知巴蜀荔支而已不知閩越荔支不酸也

王虞部惠佳篇叙述昔與湘潭亡弟遊從仍以亡弟舊詩見示

薄宦紅塵常拂面早衰黃髮已盈顛隸華零落曾誰
語鴻羽蕭條秖自憐已矣空聞懷舊賦泫然猶獲濟
江篇慤懃慰我如君少更悟之佗友最賢

北歸三首 時召判太常

終日思歸今日歸着鞭鞭馬尚嫌遲曲臺殿裏官雖
冷須勝天涯海角時

拜捧恩書喜滿顏馬頭遥望斗杓還從今步步行平
地出得千山與萬山

江海多年似轉蓬白頭歸拜未央宫堵墻學士驚相
問何處塵埃瘦老翁

和酬孫少述

自信簞瓢樂寧羞猿鶴驚論高知峻節交淡見純誠自昔心無間相逢眼更明何當薦有道坐想軟輪迎

和孫少述侯職方同燕席

兩翁頭白喜追陪好事銓齋燕席開臘在未消盈尺雪春歸先放一枝梅況無庭下書投轄更盡筵中酒滿盃周召二南皆絕唱抑揚賡和媿非材

寄趙宮保

銅廣得謝從今日王鉉辭榮已十年素節讜言留簡冊高情清興入林泉海邊愛日疲人戀劍外仁風故

老傳門下最憊蕭灑客喜公平地作神仙

和詶趙宮保致政言懷二首

讜論危言望素隆獨於聲利性偏慵龍樓調護官雖寵鳩杖躋攀與已濃不變松篁心轉勁無邊江海量兼容磻溪縱老寧閑得會為蒼生起更重

愛國憂民有古風米鹽親省尚嫌慵袞衣天上歸何晚霖雨人間望正濃三少官儀雖赫赫五湖心事肯容容角巾藜杖經行處知在雲山第幾重

和趙宮保別杭州

紞鼓留公豈是催（公詩云湖過魚船疊鼓催）湖山得意且徘徊更

應準擬須乘興范蠡扁舟去却來

過靈壁張氏園三首

梨棗纍纍正熟時栗田鷄兎亦爭肥園亭盡日追尋
遍只欠厭厭醉始歸

汴水溶溶帶雨流黃花艷艷亦迎秋看花引水園林
主應笑行人易白頭

秫地成來多釀酒杏林熟後亦留錢不須置驛迎賓
客直到門前繫畫船

雪 亳州

欲下蒼涼日全低黯靄天飄颻投夜急瑣碎得風偎

纖穰彌縫徧枯荄點綴妍繁英飛面旋艷舞起翩蹮已壓穿林竹還冰落澗泉抵巇輕自肆乘隙巧爭先壅隔書郵斷侵凌客履穿恐傾貧巷屋覺重泝溪船噆有顏空姣洵無質可鐫包藏兼海岳蒙蔽匝坤乾杖叟招何晚袁安卧正堅會須逢見晛萬里豁晴川

送元厚之資政致仕歸蘇

笑指家園是五湖畫船東下載圖書收功玉鉉一作刻丹青後得老銅樓羽翼初醒醉放懷從野服登臨乘興屬安車一作輿公既謝事即曰野服安輿優游從適都門飲餞光華盛不獨當年有二疏

壽聖院昌山主靜軒

一峯蕭灑背城陰碧瓦新堂地布金花落禪衣松砌泠日臨經帙紙窻深幽棲鳥得林中樂燕坐人存世外心應似白蓮香火社不妨籃轝客追尋

鶴林寺 李涉所謂因過竹院逢僧話又得浮生半日閒即此寺也

昔人春盡強登山只肯逢僧半日閒何似一樽乘興去醉中騎馬月中還

送關彥遠赴河北

子明高誼衆人知苗裔清材世所推詩作士林誇刻燭賦成天路喜同時豈當白首淹風力自合青雲縱

羽儀北部經營應不久王階朝夕是歸期

正月十一日迎駕呈諸同舍

錦袍周衛一番新警蹕朝嚴下紫宸俗眼皇來猶眩日天顔回處自生春行齊鵷鷺常隨仗步穩驊騮不起塵歸路青雲喧鼓吹樂遊從此屬都人是時上服慈聖光獻皇后二年喪畢始聽樂及許燃燈

和御製上元觀燈

翠幰霓旌夾露臺夜涼宮扇月中開龍銜燭抱金門出鰲負山趨玉座來碭極戲添夷客喜漢饗四夷之客作海中之戲栢梁篇較從臣材共知天意同民樂願奏君王萬

壽杯

和史館相公上元觀燈

九衢仙仗豫游歸寶燭星繁換夕暉傳醆未斜清禁月散花還拂侍臣衣天香暗度金虬煖宮扇雙開彩鳳飛法曲世人聽未足却迎朱輦下端闈

集英殿春燕呈諸同舍

御鑪風細麝煙浮法樂聲和酒味柔冠劒九重霄漢路鸎花三月帝王州重（一作垂）廊四合盤龍幕當殿雙高彩鳳樓歸去人人誇雨露熱含歡意躍驊騮

上巳日瑞聖園錫燕呈諸同舍

北上郊原一據鞍華林清集綴儒冠方塘渰渰春先淥窓竹娟娟午更寒流渚酒浮金鑿落照庭花並玉闌干君恩倍覺丘山重長日從容笑語歡

池上即席送梁況之赴宣城

池上紅深綠淺時春風蕩漾水逶迤南州鼓舞歸慈惠東觀壺觴惜別離遠岫煙雲供醉眼雙谿魚鳥付新詩陵陽豈是遲留地趣駕追鋒自有期

寄題饒君茂才葆光菴

適意蘜羹與布衣結廬人境地還幽清談汝水孫猿夜爽氣麻源一葉秋應有風騷歸健筆可無尊酒付

扁舟因君更起家園興夢寐思從几杖遊

朝退即事呈大丑正仲龍圖

六街塵斷早涼生細葛含風體更清官府吏閑時樂易市廛人喜政和平揮金蔌蔌宮槐蘂鳴玉淙淙御水聲觀闕漸迎初日上馬頭還傍緑陰行

元豐類藁卷第八

元豐類稾卷第九

論

唐論

成康歿而民生不見先王之治日入於亂以至於秦盡除前聖數千載之法天下旣攻秦而亡之以歸於漢漢之爲漢更二十四君東西再有天下垂四百年然大抵多用秦法其改更秦事亦多附己意非放先王之法而有天下之志也有天下之志者文帝而已然而天下之材不足故仁聞雖美矣而當世之法度亦不能放於三代漢之士而強者遂分天下之地晉

與隋雖能合天下於一然而合之未久而已亡其爲
不足議也代隋者唐更十八君垂三百年其治莫盛
於太宗之爲君也詘已從諫仁心愛人可謂有天下
之志以租庸任民以府衛任兵以職事任官以材能
任職以興義任俗以尊本任衆賦役有定制兵農有
定業官無虛名職無廢事人習於善行離於末作使
之操於上者要而不煩取於下者寡而易供民有農
之實而兵之備存有兵之名而農之利在事之分有
歸而禄之出不浮材之品不遺而治之體相承其廉
耻日以篤其田野日以闢以其法修則安且治廢則

危且亂可謂有天下之材行之數歲粟米之賤斗至
數錢居者有餘蓄行者有餘資人人自厚幾於刑措
可謂有治天下之効有天下之志有天下之材而又
有治天下之効然而不得與先王並者法度之行擬
之先王未備也禮樂之具田疇之制庠序之教擬之
先王未備也躬親行陣之間戰必勝攻必克天下莫
不以爲武而非先王之所尚也四夷萬里古所未及
以政者莫不服從天下莫不以爲盛而非先王之所
務也太宗之爲政於天下者得失如此由唐虞之治
五百餘年而有湯之治由湯之治五百餘年而有文

武之治由文武之治千有餘年而始有太宗之爲君有天下之志有天下之材而又有治天下之効然而又以其未備也不得與先王並而稱極治之時是則人生於文武之前者率五百餘年而一遇治世生於文武之後者千有餘年而未遇極治之世也非獨民之生於是時者之不幸也士之生於文武之前者如舜禹之於唐八元八凱之於舜伊尹之於湯太公之於文武率五百餘年而一遇生於文武之後者千有餘年雖孔子之聖孟子之賢而不遇雖太宗之爲君而未可以必得志於其時也是亦士民之生於是時

者之不幸也故述其是非得失之迹非獨爲人君者可以考焉士之有志於道而欲仕於上者可以鑒矣

爲人後議

禮大宗無子則族人以支子爲之後爲之後者爲所後服斬衰三年而降其父母朞禮之所以如此者何也以謂人之所知者近則知親愛其父母而已所知者遠則知有嚴父之義知有嚴父之義則知尊祖知尊祖則知大宗者上以繼祖下以收族不可以絶故有以支子爲之後者爲之後者以受重於斯人故不得不以尊服服之以尊服服之而不爲之降己親之

服則猶恐未足以明所後者之重也以尊服服之又爲之降己親之服然後以謂可以明所後者之重而繼祖之道盡此聖人制禮之意也夫所謂收族者記稱與族人合食序以昭穆别以禮義之類是特諸侯别子之大宗而嚴之如此况如禮所稱天子及其始祖之所自出者此天子之大宗是爲天地宗廟百神祭祀之主族人萬世之所依歸而可以不明其至尊至重哉故前世人主有以支子繼立而崇其本親加以號位立廟奉祀者皆見非於古今誠由所知者近不能割棄私愛節之以禮故失所以奉承正統尊無

二上之意也若於所後者以尊服服之又爲之降己親之服而退於己親號位不敢以非禮有加也廟祀不敢以非禮有奉也則爲至恩大義固已備矣而或謂又當易其父母之名從所後者爲屬是未知考於禮也禮爲人後者爲所後者之祖父母父母妻之父母昆弟昆弟之子若子者此其服爲所後者而非爲己也爲其父母朞爲其昆弟大功爲其姊妹適人者小功皆降本服一等者此其服爲己而非爲所後者也使於其父母服則爲己名則爲所後者則是名與實相違服與恩相戾矣聖人制禮不如是之舛也且

自古爲人後者不必皆親昆弟之子族人之同宗者皆可爲之則有以大功小功昆弟之子而爲之者矣有以緦麻袒免無服昆弟之子而爲之者矣若當從所後者爲屬則亦當從所後者爲服從所後者爲服則於其父母有宜爲大功爲小功爲緦麻爲袒免爲無服者矣而聖人制禮皆爲其父母朞使足以明所後者重而已非遂以謂當變其親也親非變則名固不得而易矣戴德王肅喪記曰爲人後者爲其父母降一等服齊衰朞其服之節居倚廬言語飲食與父在爲母同其異者不祥不禫雖除服心喪三年故至

于今著于服令未之有改也豈有制服之重如此而其名遂可以絶乎又崔凱喪服駮曰本親有自然之恩降一等則足以明所後者爲重無緣廼絶之矣夫未嘗以謂可以絶其親而輒謂可以絶其名是亦惑矣且支子所以後大宗者爲推其嚴父之心以尊祖也顧以尊祖之故而不父其父豈本其恩之所由生而先王教天下之意哉又禮適子不可爲人後者以其傳重也支子可以爲人後者以非傳重也使傳重者後己宗非傳重者後大宗其意可謂即乎人心而使之兩義俱安也今若使爲人後者以降其父母之

服一等而遂變革其名不以爲父母則非使之兩義
俱安而不即乎人心莫大乎如是也夫人道之於大
宗至尊至重不可以絶尊尊也人子之於父母亦至
尊至重不可以絶親親也尊尊親親其義一也未有
可廢其一者故爲人後者爲之降其父母之服禮則
有之矣爲之絶其父母之名則禮未之有也或以謂
欲絶其名者蓋惡其爲二而欲使之爲一所以使爲
人後者之道盡也夫迹其實則有謂之所後有謂之
所生制其服則有爲已而非爲所後者有爲所後而
非爲已者皆知不可以惡其爲二而強使之爲一也

至於名者蓋生於實也迺不知其不可以惡其爲二而欲强使之爲一是亦過矣藉使其名可以强使之爲一而迹其實之非一制其服之非一者終不可以易則惡在乎欲絶其名也故古之聖人知不可以惡其爲二而强使之爲一而能使其屬之踈者相與爲重親之厚者相與爲輕則以禮義而已矣何則使爲人後者於其所後非己親也而爲之服斬衰三年爲其祭主是以義引之也於其所生實己親也而降服齊衰朞不得與其祭是以禮厭之也以義引之則屬之疏者相與爲重以禮厭之則親之厚者相與爲輕

而爲人後之道盡矣然則欲爲人後之道盡者在以禮義明其內而不在於惡其爲二而強易其名於外也故禮喪服齊衰不杖朞章曰爲人後者爲其父母報一作服此見於經爲人後者於其本親稱父母之明文也漢蔡義以謂宣帝親謚宜曰悼魏相以謂宜稱尊號曰皇考立廟後世議者皆以其稱皇立廟爲非至於稱親稱考則未嘗有以爲非者也其後魏明帝尤惡爲人後者厚其本親故非漢宣加悼考以皇號又謂後嗣有由諸侯入繼正統者皆不得謂考爲皇稱妣爲后蓋亦但禁其猥加非正之號而未嘗廢其

考妣之稱此見於前世議論爲人後者於其本親稱考妣之明文也又晉王坦之喪服議曰罔極之重非制教之所裁昔日之名非一朝之所去此出後之身所以有服本親也又曰情不可奪名不可廢崇本叙恩所以爲降則知爲人後者未有去其所出父母之名此古人之常理故坦之引以爲制服之證此又見於前世議論爲人後者於其本親稱父母之明文也是則爲人後者之親見於經見於前世議論謂之父母謂之考妣者其大義如此明文如此至見於他書及史官之記亦謂之父母謂之考妣謂之私考妣謂

之本親謂之親者則不可一二數而以爲世父叔父
者則不特禮未之有載籍已來固未之有也今欲使
從所後者爲屬而變革其父母之名此非常異義也
不從經文與前世數千載之議論亦非常異義也而
無所考據以持其說將何以示天下乎且中國之所
以爲貴者以有父子之道又有六經與前世數千載
之議論以治之故也今忽欲弃之而伸其無所考據
之說豈非誤哉或謂爲人後者於其本親稱父母則
爲兩統二父其可乎夫兩統二父者謂加考以皇號
立廟奉祀是不一於正統懷貳於所後所以著其非

而非謂不變革其父母之名也然則加考以皇號與
禮及世之稱皇考者有異乎曰皇考一名而爲說有
三禮曰考廟曰王考廟曰皇考廟曰顯考廟曰祖
考廟是則以皇考爲曾祖之廟號也魏相謂漢宣帝
父宜稱尊號曰皇考既非禮之曾祖之稱又有尊號
之文故魏明帝非其加悼考以皇號至於光武亦於
南頓君稱皇考廟義出於此是以加皇號爲事考之
尊稱也屈原稱朕皇考曰伯庸又晉司馬機爲燕王
告禰廟文稱敢昭告于皇考清惠亭侯是又達於羣
下以皇考爲父歿之通稱也以爲曾祖之廟號者於

古用之以爲事考之尊稱者於漢用之以爲父歿之
通稱者至今用之然則稱之亦有可有不可者乎曰
以加皇號爲事考之尊稱者施於爲人後之義是干
正統此求之於禮而不可者也達於羣下以皇考爲
父歿之通稱者施於爲人後之義非干正統此求之
於禮而可者也然則以爲父歿之通稱者其不可如
何曰若漢哀帝之親稱尊號曰恭皇安帝之親稱尊
號曰孝德皇是又求之於禮而不可者也且禮父爲
士子爲天子祭以天子其尸服以士服子無爵父之
義尊父母也前世失禮之君崇本親以位號者豈獨

失爲人後奉祀一作承正統尊無二上之意哉是以子爵父以卑命尊亦非所以尊厚其親也前世崇飾非正之號者其失如此而後世又謂宜如眷親故事增官廣國者亦可謂皆不合於禮矣夫考者父歿之稱然施於禮者有朝廷典冊之文有宗廟祀一作祝祭之辭而已若不加位號則無典冊之文不立廟奉祀則無祝祭之辭則雖正其名豈有施於事者顧言之不可不順而已此前世未嘗以爲可疑者以禮甚明也今世議者紛紛至於曠日累時不知所決者蓋由不考於禮而率其私見也故采於經列其旨意庶得以

商推焉

公族議

天子之適子繼世以爲天子其别子皆爲諸侯諸侯之適子繼世以爲諸侯其别子各爲其國之卿大夫皆有采地别子之適子繼世以食其采地其族人百世宗之此之謂大宗其别子亦各仕於其國爲卿大夫其適子兄弟宗之五世而止此之謂小宗蓋天子之適子繼世以爲天子其别子世爲諸侯諸侯之適子繼世以爲諸侯其别子各爲其國之卿大夫世食采地皆傳於無窮夫豈有服盡而絶其禄位衣食嫁

娶使之自謀者乎非特如此也昔周公兼制天下立七十一國姬姓居五十三人蓋兄弟之國者十有五人姬姓之國者四十人其可見者則管蔡郕霍魯衛毛聃郜雍曹滕畢原酆郇邘晉應韓凡蔣邢茅胙祭之屬是也其稱兄弟之國者十有五人則周之近屬其稱姬姓之國者四十人則周之同姓而已其爵命之使傳國至於無窮夫豈以服爲斷乎至於宗廟之數天子七諸侯五而祭法虞夏商周禘郊祖宗遠或至於數十世之上亦皆未嘗以服爲斷也其推而上之報本於祖宗至不可爲數推而下之廣骨肉之恩

至於無窮蓋其積厚者其流澤遠有天下之功者受天下之報其理勢次叙固然也是豈可以拘於常見議於錙銖之内乎故服盡而戚單者所以節人之常情而爲大宗小宗之數安可以論帝者之功德而爲廣親親之法乎昔武王克商未及下車而封黄帝唐虞之後下車而封夏商之後其在異代尚特顯之其急如此況受重於祖宗推原功德之所自出其可以天下之大而儉於骨肉之恩以不𭣣足海内之望乎孟子曰仁人之於兄弟也親愛之而已矣親之欲其貴也愛之欲其富也先王推是心以及於同姓之間

故有土分之有民分之有寶玉分之人有寶器分之成王康王之言曰吾無專享文武之功以是皆無所不盡其厚未有從夫略者也蓋詩裳裳者華刺時棄賢者之類絕功臣之世而傳欒郤胥原狐續慶伯陪臣之族尔其降在皁隸叔向亦以爲晉國之憂况於帝者之功德與天地等而可使七八卅之子孫夷於閭巷之凡民乎後世公族無封國采地之制而有列於朝有賜於府是亦親而貴之愛而富之之意也其名書於宗籍者繁衍盛大實國家之慶也有司雖費非多於天下之國七十有一而姬姓獨居五十三人也其

亦求中以節之而已矣顧令袒免以外毋與官衣食嫁娶使之自謀是亦不考於古矣何其野於禮也以世莫能辯故作公族議使好學者得詳焉

講官議

孔子之語教人曰不憤悱啓發舉一隅不以三隅反則不告也孟子之語教人曰有答問者荀子之語教人曰不問而告謂之傲問一而告二謂之囋傲非也囋非也君子如嚮故禮無往教而有待問則師之道有問而告之者爾世之挾書而講者終日言而非有問之者也廼不自知其強聒而欲以師自任何其妄

也古之教世子之法太傅審父子君臣之道以示之少傅奉世子以觀太傅之德行而審喻之則示之以道者以審喻之爲淺故不爲也況於師者何爲也哉正已而使觀之者化尒故得其行者或不得其所以行得其言者或不得其所以言也仰之而彌高鑽之而彌堅德如是然後師之道盡故天子不得而召也諸侯不得而友也又況得而臣之乎此伊尹太公子思孟子之徒所以忘人之勢而虞夏三代大有爲之君所以自忘其勢也世之挾書而講於禁中者官以侍爲名則其任故可知矣廼自以謂吾師道也宜坐

而講以爲請於上其爲說曰必如是然後合於古之所謂坐而論道者也夫坐而論道謂之王公作而行之謂之卿大夫語其任之無爲與有爲非以是爲尊師之道也且禮於朝王及羣臣皆立無獨坐者於燕皆坐無獨立者故坐未嘗以爲尊師之禮也昔晉平公之於亥唐坐云則坐曾子之侍仲尼子曰參復坐則坐云者蓋師之所以命學者未有果師道也顧僕僕然以坐自請者也則世之爲此者非妄歟故爲此議以解其惑

救災議

河北地震水災隳城郭壞廬舍百姓暴露乏食主上憂閔下緩刑之令遣拊循之使恩甚厚也然百姓患於暴露非錢不可以立屋廬患於乏食非粟不可以飽二者不易之理也非得此二者雖主上憂勞於上使者旁午於下無以救其患塞其求也有司建言請發倉廩與之粟壯者人日二升幼者人日一升主上不旋日而許之賜之可謂大矣然有司之所言特常行之法非審計終始見於衆人之所未見也今河北地震水災所毀敗者甚衆可謂非常之變也遭非常之變者亦必有非常之恩然後可以振之今百姓暴

露之食已廢其業矣使之相率日待二升之禀於上則其勢必不暇乎他爲是農不復得修其畎畝商不復得治其貨賄工不復得利其器用閒民不復得轉移執事一切弃百事而專意於待升合之食以偷爲性命之計是直以餓殍之養養之而已非深思遠慮爲百姓長計也以中戸計之戸爲十人壯者六人月當受粟三石六斗幼者四人月當受粟一石二斗率一戸月當受粟五石難可以久行也不久行則百姓何以贍其後久行之則被水之地既無秋成之望非至來歲麥熟賑之未可以罷自今至於來歲麥熟凡

十月一戶當受粟五十石今被災者十餘州州以二萬戶計之中戶以上及非災害所被不仰食縣官者去其半則仰食縣官者爲十萬戶食之不徧則爲施不均而民猶有無告者也食之徧則當用粟五百萬石而足何以辦此又非深思遠慮爲公家長計也至於給受之際有淹速有均否有眞僞有會集之擾有辨察之煩厝置一差皆足致弊又羣而處之氣久蒸薄必生疾癘此皆必至之害也且此不過能使之得日暮之食耳其於屋廬構築之費將安取哉屋廬構築之費既無所取而就食於州縣必相率而去其故

居雖有頹牆壞屋之尚可完者故材舊瓦之尚可因
者什器衆物之尚可賴者必棄之而不暇顧甚則殺
牛馬而去者有之伐桑棗而去者有之其害又可謂
甚也今秋氣已半霜露方始而民露處不知所蔽蓋
流亡者亦已衆矣如不可止則將空近塞之地空近
塞之地失戰鬬之民此衆士大夫之所慮而不可謂
無患者也空近塞之地失耕桑之民此衆士大夫所
未慮而患之尤甚者也何則失戰鬬之民異時有警
邊戍不可以不增爾失耕桑之民異時無事邊糴不
可以不貴矣二者皆可不深念歟萬一或出於無俚

之計有窺倉庫盜一囊之粟一束之帛者彼知已負有司之禁則必鳥駭鼠竄竊弄鋤梃於草茅之中以扞游徼之吏強者旣囂而動則弱者必隨而聚矣不幸或連一二城之地有桴鼓之警國家胡能晏然而已乎況夫外有夷狄之可慮内有郊祀之將行安得不防之於未然銷之於未萌也然則爲今之策下方紙之詔賜之以錢五十萬貫貸之以粟一百萬石而事足矣何則令被災之州爲十萬戶如一戶得粟十石得錢五千下下戶常産之貲平日未有及此者也彼得錢以完其居得粟以給其食則農得修其畎畝商

得治其貨賄工得利其器用閒民得轉移執事一切
得復其業而不失其常生之計與專意以待二升之
廩於上而勢不暇乎他為豈不遠哉此可謂深思遠
慮為百姓長計者也由有司之說則用十月之費為
粟五百萬石由今之說則用兩月之費為粟一百萬
石況貸之於今而收之於後足以賑其艱乏而終無
損於儲偫之實所實費者錢五鉅萬貫而已此可謂
深思遠慮為公家長計者也又無給授之弊疾癘之
憂民不必去其故居苟有頹牆壞屋之尚可完者故
材舊瓦之尚可因者什器衆物之尚可賴者皆得而

不失況於全牛馬保桑棗其利又可謂甚也雖寒氣方始而無暴露之患民安足食則有樂生自重之心各復其業則勢不暇乎他爲雖驅之不去誘之不爲盜矣夫飢歲聚餓殍之民而與之升合之食無益於救災補敗之數此常行之弊法也今破去常行之弊法以錢與粟一舉而賑之足以救其患復其業河北之民聞詔令之出必皆喜上之足賴而自安於畎畝之中負錢與粟而歸與其父母妻子脫於流轉死亡之禍則戴上之施而懷欲報之心豈有已哉天下之民聞國家厝置如此恩澤之厚其孰不震動感激悅

主上之義於無窮乎如是而人和不可致天意不可悅者未之有也人和洽於下天意悅於上然後王路徐動就陽而郊荒夷殊陬奉幣來享疆內安輯里無囂聲豈不適變於可爲之時消患於無形之內乎此所謂審計終始見於衆人之所未見也不早出此或至於一有枹鼓之警則雖欲爲之將不及矣或謂方今錢粟恐不足以辦此夫王者之富藏之於民有餘則取不足則與此理之不易者也故曰百姓足君孰與不足百姓不足君孰與足蓋百姓富實而國獨貧與百姓饑殍而上獨能保其富者自古及今未之有

也故又曰不患貧而患不安此古今之至戒也是故
古者二十七年耕有九年之畜足以備水旱之災然
後謂之王政之成唐水湯旱而民無捐瘠者以是故
也今國家倉庫之積固不獨爲公家之費而已凡以
爲民也雖倉無餘粟庫無餘財至於救災補敗尚不
可以已况今倉庫之積尚可以用獨安可以過憂將
來之不足而立視天民之死乎古人有言曰剪爪宜
及膚割髮宜及體先王之於救災髮膚尚無所愛况
外物乎且今河北州軍凡三十七災害所被十餘州
軍而已他州之田秋稼足望令有司於糴粟常價斗

增一二十錢非獨足以利農其於增糴一百萬石易矣斗增一二十錢吾權一時之事有以爲之耳以實錢給其常價以茶荈香藥之類佐其虛估不過捐茶荈香藥之類爲錢數鉅萬貫而其費已足茶荈香藥之類與百姓之命孰爲可惜不待議而可知者也夫費錢五鉅萬貫又捐茶荈香藥之類爲錢數鉅萬貫而足以救一時之患爲天下之計利害輕重又非難明者也顧吾之有司能越拘攣之見破常行之法與否而已此時事之急也故述斯議焉

元豐類藁卷第九

六

元豐類藁卷第十

傳

洪範傳

惟十有三祀王訪于箕子王乃言曰嗚呼箕子惟天陰騭下民相協厥居我不知其彝倫攸敘箕子乃言曰我聞在昔鯀陻洪水汨陳其五行帝乃震怒不畀洪範九疇彝倫攸斁鯀則殛死禹乃嗣興天乃錫禹洪範九疇彝倫攸敘何也武王歎而謂箕子天不言而默定下民相助協順其所居居謂所以安者也而我不知其常理所次敘箕子乃言我聞在昔鯀之治

水也至於五行皆亂其陳列故上帝震怒不與之以洪範九疇而常理所以敗鯀則殛死及禹繼而起天乃與之以洪範九疇而常理所以敘蓋水之性潤下而其爲利害也尤甚故鯀之治水也陻之則失其性而至於五行皆亂其陳列及禹之治水也導之則得其性而至於常倫所以敘常倫之敘者則舜稱禹地平天成六府三事允治萬世永賴時乃功也其曰天乃錫禹洪範九疇蓋易亦曰洛出書然而世或以爲不然原其說之所以如此者以非其耳目之所習見也天地之大萬物之衆不待非常之智而知其變之

不可盡也人之耳目之所及亦不待非常之智而知
其不能遠也彼以非其所習見則果於以爲不然是
以天地萬物之變爲可盡於耳目之所及亦可謂過
矣爲是說者不獨蔽於洪範之錫禹至鳳凰麒麟玄
鳥生民之見於經者亦且以爲不然執小而量大用
一而齊萬信臆決而疑經不知其不可亦可謂惑矣
五行五者行乎三材萬物之閒也故初一曰五行其
在人爲五事故次二曰敬用五事五事敬則身修矣
身修然後可以出政故次三曰農用八政政必協天
時故次四曰協用五紀修身出政協天時不可以不

有常也常者大中而已矣故次五曰建用皇極立中
以爲常而未能適變則猶之執一也故次六曰乂用
三德三德所以適變而人治極矣極人治而不敢絶
天下之疑故次七曰明用稽疑稽疑者盡之於人神
也人治而通於神明者盡然猶未敢以自信也必考
已之得失於天故次八曰念用庶證證有休咎則得
失之應於天者可知矣猶以爲未盡也故次九曰嚮
用五福威用六極福極之在民者皆吾所以致之故
又以此考已之得失於民也敬本諸心而見諸外故
五事曰敬用用其厚者固治人之道也故八政曰農

用農厚也天時協則人事得故五紀曰協用謹其常則中不可不立也故皇極曰建用建立也乂者所以救其過持其常也故三德曰乂用明則疑釋故稽疑曰明用庶證之見于天不可以不念故庶證曰念用福之在于民則宜嚮之故五福曰嚮用極之在于民則宜畏之故六極曰威用威畏也凡此者皆人君之道其言不可雜而其序不可亂也推其爲類則有九要其始終則猶之一言而已也學者知此則可以知洪範矣一五行曰水曰火曰木曰金曰土水曰潤下火曰炎上木曰曲直金曰從革土爰稼穡潤下作鹹

炎上作苦曲直作酸從革作辛稼穡作甘何也蓋爰者於也潤下炎上者言其所性之成於天者也曲直從革者言其所化之因於人者也於之稼穡而不及其他者於之稼穡亦言其所化之因於人者也不及其他者莫大乎於之稼穡也夫潤下炎上言其所性之成於天者然水導之則行瀦之則聚火燃之則熾宿之則壯則其所化亦未嘗不因之於人也或曲直之或革之或稼穡之言其所化之因於人者然可以曲直可以革可以稼穡則其所性亦未嘗不成之於天也所謂天不人不因人不天不成者也其文所以

不同者非固相反所以互相明而欲學者之自得之也潤下者水也故水曰潤下炎上者火也故火曰炎上木金亦然惟稼穡則非土也故言其於之稼穡而已者辭不得不然也又言潤下所以起鹹炎上所以起苦曲直所以起酸從革所以起辛稼穡所以起甘者凡爲味五或言其性或言其化或言其味者皆養人之所最大也非養人之所最大者則不言此所以爲要言也虞書禹告舜曰政在養民而陳養民之事則曰水火金木土穀惟修與此意同也二五事曰貌曰言曰視曰聽曰思貌曰恭言曰從視曰明聽曰聰

思曰睿恭作肅從作乂明作哲聰作謀睿作聖何也蓋自外而言之則貌外於言自內而言之則聽內於視自貌言視聽而言之則思所以爲主於內故曰貌曰言曰視曰聽曰思彌遠者彌外彌近者彌內此其所以爲次叙也五者思所以爲主於內而用四事於外者也至於四者則皆自爲用而不相因故貌不恭者不害於言從視不明者不害於聽聰非貌恭言從然後能哲能哲然後能謀能謀然後能思而至於聖也曰思曰睿睿作聖者蓋思者所以充人之材以至於其極聖者人之極也孟子曰人之性或相倍蓰而

無棄者不能盡其材不能盡其材者弗思耳矣蓋思之於人也如此然而或曰不思而得何也蓋人有自誠明者不思而得堯舜性之是也所謂誠者天之道也有自明誠者思之弗得弗措也湯武身之是也所謂思誠者人之道也然而堯舜湯武之德及其至皆足以動容周旋中禮則身之者終亦不思而得也堯舜性之矣然堯之德曰聰明文思蓋堯之所以與人同者法也則性之者亦未嘗不思也故曰誠則明矣明則誠矣而性之身之者及其成孟子皆以謂盛德之至也箕子言思所以作聖孟子言弗思故相倍蓰

而無筭其所言者皆法也曰視曰明明作晳聽曰聰聰作謀者視之明無所不照所以作晳聽之聰無所不聞所以作謀也人之於視聽有能察於閭巷之間米鹽之細而不知蔽於堂陛之上治亂之幾者用其聰明於小且近故不能無蔽於大且遠也古之人知其如此故前旒蔽明黈纊塞聰又以作聰明爲戒夫如是者非塗其耳目也亦不用之於小且近而已矣所以養其聰明也養其聰明者故將用之於大且遠夫天下至廣不可以家至戶察而能用其聰明於大且遠者蓋得其要也昔舜治天下以諸侯百官而揔

之以四岳舜於視聽欲無蔽於諸侯百官則詢于四岳欲無蔽於四岳則闢四門欲無蔽於四門則明四目達四聰夫然故舜在士民之上非家至戶察而能立於無蔽之地得其要而已矣其曰明四目達四聰者舜不自任其視聽而因人之視聽以爲聰明也不自任其聰明而因之於人者固君道也非君道獨然也不自任其聰明而因之於人者固天道也故曰天聰明自我民聰明又曰惟天聰明惟聖時憲舜於聰明下盡人上參天斯其所以爲舜也舜之時至治之極也人豈有欺舜者哉舜於待人亦豈疑其欺已也

然而訪問反復相參以考察又推之於四面若惟恐不能無所蔽者蓋君天下之體固不得不立於無蔽之地也立於無蔽之地者其於視聽如此亦不用之於小且近矣夫然故蔽明塞聰而天下之情可坐而盡也言曰從從作乂者易曰出其言善則千里之外應之出其言不善則千里之外違之則言之要爲可從而已也言爲可從也則其施於用治道之所由出也古之君人者知其如此故其戒曰愼乃出令令出惟行弗惟反又曰其惟不言言乃雍而舜以命龍亦曰夙夜出納朕命惟允言之不可以違如此也貌曰

恭恭作肅者孟子曰今夫蹶者趨者是氣也而反動
其心故曰持其志無暴其氣蓋威儀動作見於外者
無不恭則生於心者無不肅也傳曰人受天地之中
以生所謂命也禮義威儀之則所以定命也故顔淵
問仁孔子告之以視聽言動以禮而衛之君子所以
稱仁者亦曰威儀棣棣不可選也貌之不可以慢如
此也存其思養其聰明而不失之於言貌故堯之德
曰聰明文思言貌者蓋堯之所謂文則雖堯之聖未
有不先於謹五事也三八政曰食曰貨曰祀曰司空
曰司徒曰司寇曰賓曰師曰食曰貨曰祀曰賓曰師

稱其事者達乎下也曰司空曰司徒曰司寇稱其官者任乎上也人道莫急於養生莫大於事死莫重於安土故曰食曰貨曰祀曰司空孟子以使民養生送死無憾爲王道之始此四者所以不得不先也使民足於養生送死之具然後教之教之不率然後刑之故曰司徒曰司寇此彝倫之叙也其教之也固又有叙可得而考者古之欲明明德於天下者必始於知至意誠心正然後身修身修然後國家天下治以是爲大學之道百王莫不同然而見於經者莫詳於堯蓋聰明、文思堯之得於其心者也克明俊德有諸心

故能求諸身也以親九族九族既睦有諸身故能求
諸家也平章百姓百姓昭明有諸家故能求諸國也
協和萬邦黎民於變時雍有諸國故能求諸天下也
積於其心以至於身修此堯之所以先覺非求之於
外也積於其家以至於天下治此堯之所以覺斯民
非強之於耳目也夫然故堯之治何為也哉民之從
之也豈識其所以從之者哉此先王之化也然以是
爲無法立司徒之官以教之者法也教之者導之以
効上之所爲而已也養之於學所以使之講明文之
以禮樂所以使之服習皆教之之具也使之講明者

所以達上之所爲使之服習者所以順上之所爲所謂效之也上之所有故下得而效之未有上之所無下得而效之也當堯之時萬邦黎民之所效者堯之百官百官之所效者堯之九族九族之所效者堯之身而導之以效上之所爲者舜爲司徒也舜於其官則又愼徽五典身先之也然後至於五典克從民效之也及舜之時舜之導民者固有素矣然水害之後其命契爲司徒則猶曰百姓不親五品不遜敬敷五教在寬蓋憂民之不親而念其不順上之化命之以謹布其教而終戒之以在寬豈迫蹴之也哉其上下

之際導民者如此此先王之教也爲之命令爲之典章爲之官守以致於民此先王之政也蓋化者所以覺之也教者所以導之也政者所以率之也覺之無可言未有可以導之者也導之無可言未有可以率之者也而况於率之無可言而欲一斷之以刑乎孟子曰徒善不足以爲政徒法不能以自行其所謂善覺之者也其所謂法導之者也其所謂政率之者也其相須以成未有去其一而可以言王道之備者也先王之養民而迪之以教化如此其詳且盡也而民猶有不率者故不得不加之以刑加之以刑者非可

已而不已也然先王之刑固又有叙矣民之有罪也必察焉眚也過也非終也雖厥罪大未加之以刑也民之有罪也必察焉非眚也非過也終也其養之有所不足其教之有所不至則必責已而恕人故湯誥曰惟爾萬方有罪在予一人予一人有罪無以爾萬方如是故以民之罪爲自我致之未加之以刑也民之有罪必察焉其養之無所不足教之無所不至不于我政人有罪矣民之罪自作也然猶有漸於惡者久而蒙化之日淺者則又曰勿庸殺之姑惟教之未加之以刑也民之有罪非眚也非過也終也自作也

教之而猶不典式我也則是其終無悛心衆之所弃
而天之所討也然後加之以刑多方之所謂至于再
至于三者也故有雖厥罪小乃不可以不殺用刑如
此其詳且愼故先王之刑刑也其養民之具教民之
方不如先王之詳且盡未有可以先王之刑刑民者
也殆曰其以非先王之刑刑民也昔唐虞之際相繼
百年天下之人四罪而已及至於周成康之世刑之
不用亦四十餘年則先王之民加之以刑者殆亦無
矣先王之治使百姓足於衣食遷善而遠罪矣人之
所以相交接者不可以廢故曰賓賓者非獨施於來

諸侯通四夷也人之所以相保聚者不可以廢故曰
師師者非獨施於征不庭伐不懐也八政之所先後
如此所謂彝倫之叙也不然則彝倫之斁而已矣四
五紀曰歲曰月曰日曰星辰曰曆數蓋協之以歲協
之以月協之以日者所以正時而協之以星辰者所
以考其驗於顯也協之以曆數者所以考其驗於微
也正時然後萬事得其叙所謂曆象日月星辰朞三
百六旬有六日以閏月定四時成歲也五皇極皇建
其有極斂時五福用敷錫厥庶民惟時厥庶民于汝
極錫汝保極凡厥庶民無有淫朋人無有比德惟皇

作極何也言大建其有中故能聚是五福以布與衆民而惟時厥衆民皆于汝中與汝保中蓋中者民所受以生而保中者不失其性也凡厥衆民無有以淫爲朋人無有以比爲德蓋淫者有所過也比者有所附也無所過無所附故能惟大作中也人謂學士大夫別於民者也凡厥庶民有猷有爲有守汝則念之不協于極不罹于咎皇則受之而康而色曰予攸好德汝則錫之福時人斯其惟皇之極無虐煢獨而畏高明人之有能有爲使羞其行而邦其昌何也言厥衆民有猷有爲有守者汝則念其中不中其不協于

中不罹于咎若狂也肆矜也廉愚也直之類大則受之言大者非小者之所能受也而安汝顏色而謂之曰予攸好德所以教之使協于中也有猷有爲有守而不罹于咎者民之有志而無惡者也不協于極者不能無所過而已教之則其從可知也如是而汝則與之以福富之以祿貴之以位所以示天下之人而使之勸也如此則是人斯其惟大之中矣夫剛不中者至於虐煢獨柔不中者則至於畏高明今也惟大之中故剛無虐煢獨柔無畏高明所謂剛而無虐柔而立也蓋剛至於虐煢獨則六極惡之事也柔至於

畏高明則六極弱之事也惟皇之極則五福攸好德
之事也所以言之者不同至其可以推而明之也則
猶一言而已也洪範於皇極於三德於五福六極言
人之性或剛柔之中或剛柔有過與不及故或得或
失而其要未嘗不欲去其偏與夔之教胄子皐陶之
陳九德著無以異蓋人性之得失不易乎此而所以
教與所以察之者亦不易乎此也教之福之而民之
協于中者如此又使有能有為者進其行而不已則
久而後能積積而後能大大而後能著人材之盛如
此而國其有不興者乎故曰人之有能有為使羞其

行而邦其昌也凡厥正人既富方穀汝弗能使有好于而家時人斯其辜于其無好德汝雖錫之福其作汝用咎何也言凡正人之道既富之然後可以責善責善者必始於汝家使無所好于汝家則是人斯其辜矣既言不能正家以率之則陷人于罪又言不好德之人而汝與之福其起汝爲咎而已故曰于其無好德汝雖錫之福其作汝用咎也自皇建其有極至使羞其行皆所以教也而於此乃曰凡厥正人既富方穀又曰使無好于而家時人斯其辜者明教之必本於富行之必始於家其先後次序然也無偏無陂

遵王之義無有作好遵王之道無有作惡遵王之路無偏無黨王道蕩蕩無黨無偏王道平平無反無側王道正直會其有極歸其有極何也無偏無陂遵王之義者無過與不及無偏也無不平無陂也所循者惟其宜而無適莫遵王之義也無有作好遵王之道無有作惡遵王之路者作好作惡偏於巳之所好惡者也好惡以理不偏於巳之所好惡無作好作惡也所循者通道大路而不由徑遵王之道路也道路云者異辭也無偏無黨王道蕩蕩者存於巳者無偏則施於人者無黨無偏無黨也其爲道也廣大而不狹

客王道蕩蕩也無黨無偏王道平平者施於人者無
黨則存於已者無偏無黨無偏也其爲道也夷易而
無阻艱王道平平也無反無側王道正直者無所背
無反也非在左而不得乎右在右而不得乎左無側
也其爲道也所止者不邪所由者不曲王道正直也
如是所以爲王之義爲王之道爲王之路明王天下
者未有不如是而可也會于有極者來而赴乎中也
歸于有極者往而反乎中也由無偏以至於無側所
知者非一曲所守者非一方推天下之理達天下之
故能大而不遺小能遠而不遺近能顯而不遺微所

謂天下之通道也來者之所赴歸一作往者之所反中
者居其要而宗之者如此所應者彌廣而所操者彌
約所謂天下之大本也君人者未有不由此而國家
天下可爲者也其可考於經則易之智周乎萬物道
濟乎天下故不過其可考於行事則舜之執其兩端
而用中於民湯之執中立賢無方能推其無偏陂無
作好惡無偏黨無反側之理而用其無適莫無由徑
無狹吝無阻艱無所背無在左而不得乎右在右而
不得乎左者以通天下之故而不泥執其所會所歸
之中以爲本故能定也夫然故易之道爲聖人之要

道非窮技曲學之謂也舜之治民爲皇建其有極用
敷錫厥庶民非偏政逸德之謂也湯之用賢爲翕受
敷施九德咸事非私好獨惡之謂也洪範之爲類雖
九然充人之材以至於其極者則在於思通天下之
故而能定者則在於中其要未有易此也曰皇極之
敷言是彝是訓于帝其訓凡厥庶民極之敷言是訓
是行以近天子之光曰天子作民父母爲天下王何
也曰者其辭也其辭以謂人君之於大中旣成之以
德又布之以言是以爲常是以爲順于帝其順而已
人君之於言順天而致之於民故凡其衆民亦於極

之布言是順是行以親附天子之輝光而曰天子作民父母爲天下王曰父母者親之辭也曰王者往之辭也上之人於遵王之義至王道正直能繇前之說則下之人於順上之所行所言而相與附之其愛之曰父母而戴之曰天下王必繇後之說經所以始其義於彼而終其效於此者以明上之所以王者如是則下之所以王之者如是非虛致也六三德一曰正直二曰剛克三曰柔克平康正直彊弗友剛克燮友柔克何也正直者常德也剛克者剛勝也柔克者柔勝也平康正直彊弗友剛克燮友柔克者所遇之變

殊故所乂之德異也凡此者所以治人也高明柔克
沈潛剛克何也人之爲德高抗明爽著本於剛而柔
有不足也故濟之以柔克所以救其偏沈深潛晦著
本於柔而剛有不足也故濟之以剛克所以救其偏
正直則無所偏故無所救凡此者所以治己與人也
惟辟作福作威玉食臣無有作福作威玉食臣之有
作福作威玉食其害于而家凶于而國人用側頗僻
民用僭忒何也作福者柔克之所有也作威者剛克
之所有也惟辟作福作威玉食臣無有作福作威玉
食者正直之所有也以其卒曰臣之有作福作威玉

食則人用側頗僻民用僭忒是以知惟辟作福作威
玉食臣無有作福作威玉食者正直之所有也明矣
箕子之言者皆九疇之所有九疇之所無者箕子蓋
不得而言也知（一作如）此則知九疇之爲九矣人君於
五事思無所不通聰明無所不達言之出納無所不
允於皇極所遵者正直所不可入者偏陂反側作好
作惡滛朋比德之事人臣雖有小人之桀者未有能
蔽其上而作福作威玉食者也人臣能作福作威玉
食者必窺其閒緣其有可蔽之端故雖小人之庸者
猶得以無忌憚而放其邪心也洪範以作福彔克之

所有作威剛克之所有惟辟作福作威玉食正直之
所有臣而作福則僭君之柔克臣而作威則僭君之
剛克臣而作福作威玉食則爲側頗僻無所不僭矣
故於三德詳言之至若杜其間使無可蔽之端雖有
邪臣不得萌其僭者則在於五事脩皇極建而已也
七稽疑擇建立卜筮人乃命卜筮曰雨曰霽曰蒙曰
驛曰克曰貞曰悔凡七卜五占用二衍忒立時人作
卜筮三人占則從二人之言何也言選擇知卜筮之
人而建立之乃命之以其職曰雨霽蒙驛克之五兆
所以卜所謂卜五者也曰貞曰悔之二卦所以筮所

謂凡七者也已命之以其職矣乃立是人使作卜筮之事三人占則從二人之言卜不同則從多也汝則有大疑謀及乃心謀及卿士謀及庶人謀及卜筮何也謀及乃心揆諸已也謀及卿士謀及庶人質諸人也謀及龜筮參諸鬼神也舜典曰朕志先定詢謀僉同鬼神其依龜筮協從謂此也汝則從龜從筮從卿士從庶民從是之謂大同身其康彊子孫其逢吉何也從於心而人神之所共與也故謂之大同則身其康彊子孫其逢吉也汝則從龜從筮從卿士逆庶民逆吉卿士從龜從筮從汝則逆庶民逆吉庶民從龜

從筮從汝則逆卿士逆吉何也所從者多則吉可知
也汝則從龜從筮逆卿士逆庶民逆作內吉作外凶
龜筮共違于人用靜吉用作凶何也心與龜之所從
則作內吉而已龜筮之所共違則不可以有作矣凡
謀先人者盡人事也從逆先卜筮者欲鬼神也吉有
三有卿士逆庶民逆者矣有汝則逆庶民逆者矣有
汝則逆卿士逆者矣若龜從筮從則皆不害其爲吉
又至於龜從筮逆則可以作內而已龜筮共違則皆
不可以有作者蓋疑故卜筮卜筮者吾以謂通諸神
明神明之所從則吾必其吉神明之所違則吾必其

凶誠之至謹之盡也八庶徵曰雨曰暘曰燠曰寒曰風曰時五者來備各以其叙庶草蕃廡一極備凶一極無凶曰休徵曰肅時雨若曰乂時暘若曰晳時燠若曰謀時寒若曰聖時風若曰咎徵曰狂恒雨若曰僭恒暘若曰豫恒燠若曰急恒寒若曰蒙恒風若何也曰雨曰暘曰燠曰寒曰風所謂五者也曰時則五者之時也五者無不至則所謂五者來備也無不時則所謂各以其叙也五者無不至無不時則至於庶草莫不蕃廡言陰陽和則萬物莫不茂盛也五者有所甚則爲沴所謂一極備凶也有所不至亦爲沴所

謂一極無凶也於五事貌足以作肅則時雨順之其
咎狂則常雨順之言足以作乂則時暘順之其咎僭
則常暘順之視足以作哲則時燠順之其咎豫則常
燠順之聽足以作謀則時寒順之其咎急則常寒順
之思足以作聖則時風順之其咎蒙則常風順之凡
言時者皆休之證凡言常者皆咎之證也五事之當
否在於此而五證之休咎應於彼爲人君者所以不
敢不念而考已之得失於天也曰王省惟歲卿士惟
月師尹惟日歲月日時無易百穀用成乂用明俊民
用章家用平康日月歲時既易百穀用不成乂用昏

不明俊民用微家用不寧何也此章之所言者皆念用庶證也休咎之證各象其事任其事者王也與王共其任者卿士師尹也則庶證之來王與卿士師尹之所當省其所以致之者所謂念用庶證也王計一歲之證而省之卿士計一月之證而省之師尹計一日之證而省之所省多者其任責重所省少者其任責輕其所處之分然也王與卿士師尹之所省歲日月三者之時無易言各順其任則百穀用成乂用明俊民用章家用平康王與卿士師尹之所省日月歲三者之時既易言各違其任則百穀用不成乂用昏

不明俊民用微家用不寧也庶民惟星星有好風星
有好雨日月之行則有冬有夏月之從星則以風雨
何也言星之所好不同而日月之行則有常度有常
度者不妄從則星不得作其好如民之好不同而王
與卿士師尹之動則有常理有常理者不妄從則民
不能作其好故月行失其道而從星之所好則以風
雨猶王政失其常而從民之所好則以非僻言此者
以庶證之來王與卿士師尹則能自省而民則不能
自省者也民不能自省則王與卿士師尹當省民之
得失而知己所以致之者也已之所致者民得其性

則休證之所集也己之所致者民失其性則咎證之所集也故省民者乃所以自省也其反復如此者所以畏天變盡人事也知王與卿士師尹之所省者如此則知此章之所言非念用庶證則不言也不知王與卿士師尹之所省者如此則於念用庶證無所當而於言爲贅矣是不知九疇之爲九也九五福一曰壽二曰富三曰康寧四曰攸好德五曰考終命六極一曰凶短折二曰疾三曰憂四曰貧五曰惡六曰弱何也民能保極則不爲外物戕其生理故壽食貨足故富無疾憂故康寧于汝極故攸好德無不得其死

者故考終命人君之道失則有不得其死者有戕其
生理者故凶短折不康故疾不寧故憂食貧不足故
貧不能使之于汝極則剛者至於暴故惡柔者不能
立故弱此人君所以考己之得失於民者也或曰福
極之言如此而不及貴賤何也曰九疇者皆人君之
道也福極者人君所以考己之得失於民福之在于
民則人君之所當嚮極之在于民則人君之所當畏
福言攸好德則致民於善可知也極言惡弱則致民
於不善可知也視此以嚮畏者人君之事也未有攸
好德而非可貴者也未有惡弱而非可賤者也故攸

好德則錫之福謂貴之所以勸天下之人使協于中
固已見之皇極矣於皇極言之者固所以勉人於福
極不言之者攸好德與惡弱之在乎民則考吾之得
失者盡矣貴賤非考吾之得失者也人君之於五行
始之以五事修其性於已次之以八政推其用於人
次之以五紀協其時於事次之以皇極謹其常以應
天下之故而率天下之民次之以三德治其中不中
以適天下之變次之以稽疑以審其吉凶於人神次
之以庶證以考其得失於天終之以福極以考其得
失於民其始終先後與夫粗精小大之際可謂盡矣

自五事至于六極皆言用而五行不言用者自五事
至于六極皆以順五行則五行之用可知也虞書於
六府言修則箕子於五行言其所化之因於人者是
也虞書於六府次之以三事則箕子於五行次之以
五事而下是也虞書於九功言戒之用休董之用威
則箕子於九疇言庶證之與福極是也則知二帝三
王之治天下其道未嘗不同其道未嘗不同者萬世
之所不能易此九疇之所以爲大法也

進太祖皇帝總序狀

右臣誤被聖恩付以史事今月三日延和殿伏蒙面

諭所以任屬臣者臣愚不肖不知所處是以蚤夜一
心極慮惟祖宗積累功德非可形容矧臣之鄙豈能
擬議髣髴將無以使列聖巍巍之肆蹟焜燿昭徹布
在方冊此臣之所惴惴也竊惟前世原大推功必始
於受命之君以明王迹之所自故商頌所紀繇湯上
至於契周詩生民清廟本於后稷文王宋興太祖開
建鴻業更立三材爲帝者首陛下所以命臣顯揚褒
大之意固以謂太祖雄材大略千載以來特起之主
國家所繇興無前之烈宜明白槩見以覺寤萬世傳
之無窮臣竊考舊聞伏念旬月次輯太祖行事撰其

指意所出終始之際論著于篇敢繕寫上塵臣内自省大懼智不足以究測高遠文不足以推闡精微使先帝成功盛德晦昧不章不能滿足陛下仁孝繼述之心仰負恩待無以自贖伏惟陛下聰明睿智不世之姿非羣臣所能望始賜裁定使臣獲受成法更去紕繆存其可采繫於太祖本紀篇末以爲國史書首以稱明詔萬分之一臣不勝大願惟陛下留意財幸臣未敢請對謹具狀以所論著隨狀上進以聞伏候

勑旨

太祖皇帝總叙

蓋唐之敝自天寶以後紀綱寖壞不能自振以至於失天下五代興起五十餘年之閒更八姓十有四君危亡之變數矣其尤甚也契丹遂入中國擅立名號當是時天地五行人事之理反易繆亂不同夷狄者亡幾耳太祖爲天下所戴踐尊位以生民爲任故勸農桑薄賦斂緩刑罰除舊政之不便民者詔令勉覈相屬推其心無一日不在百姓也知方鎭之病民也故設通判之員使斂以繩墨憂吏之不良也故數使在位舉其所知患吏或受賕或不奉法也故罪至死徙一無所貸原其意蓋以謂遭世大衰不如是吏不

知禁不能救民於焚溺之中也征伐既下諸國必先
巳逋欠滌煩苛賙乏絶雪寃滯惠農民拔人材申命
郡邑反復不倦或遇水旱輒蔬食請禱欲移災於巳
其於羣臣有恩舊有勞能待之各盡其分以位貴之
以財富之有男使尚主有女使嫁宗室其予人之周
也如此即材可用雖讎不廢不可用雖光顯矣不處
以勢其有罪多縱貸之或賜之使自媿及至堅明約
束以整齊天下者亦使之不能踰也強僭之國皆接
以恩禮商賈往來不禁有出境犯其令者迺爲之置
市邊邑使兩利有所乏少常賑助之征伐所加必其

罪暴者師出未嘗不以義也其君長已降及就俘執道路勞問迎致使者相望既至罪不數辱之優假秩祿及其宗親吏屬賜以田宅使子孫世守擁護保全皆得以壽考終自晉既覆滅契丹寖大中國惴畏不敢當太祖拔用材武護西北邊寵以非常之恩任屬專聽信明常遣戍卒戒之曰我猶赦汝郭進殺汝矣有訟進者謂曰進軍政嚴此必犯進法送進使殺之關市租賦諸將得恣用不問出入以其故士附鬭者盡力諜者盡情邊臣可誘者皆十餘年不易其任然位不過巡檢使衆不過三五千人蓋任專則勢便位

不極則士勵兵少則用約御將亦多術矣總其所長
能兼用之故能省費息民振新集之衆强憑陵之虜
也蓋太祖篤於孝友有天下之行聰明智勇有天下
之材仁心愛人有天下之志包含徧覆有天下之量
守之以勤儉恭愼虛心納諫鑒於粤蜀以奢爲戒思
天下之重不復遊畋封拜諸子務自約損不盡循故
典收納學士大夫用之不求其備或守難進之節亦
不奪也晚喜讀書勸諸將以學曰欲使之知治道也
兼覆夷夏從容以德江南平覽捷書而泣曰師征不
義而顧令吾民死兵彼何負哉秦州已入尚波于之

地却而不受錢俶來朝復歸之越契丹願聽盟約遂
巡退抑不自矜伐天下大勢連數十城之鎮剗其故
地以小其力易動難畜之兵斂置懷服以消其難至
於舉賢良崇孝悌緝禮樂明考課雖宇内初輯然庶
政大體彌綸備具遺文故事施於後世皆可為法民
於是時從死更生室家相保士農工賈各還其職鳥
獸草木亦莫不遂前世舊臣備將相處腹心爪牙之
任者一旦回心奉令比鄉如素委質天下廬都通邑
兼地千里德懷二三之臣負衆自用令之不從召之
不至者尚數十皆束衽來庭代易奔走如水湊下粤

蜀吳楚甌閩之君分天下爲八九曰帝曰王傳子若孫更數十歲者編名囚虜並聚闕下四海之內混齊爲一海東之國高麗極南交阯西戎吐蕃回紇北狄契丹皆請吏奉貢天地所養通途之屬莫不內附當是時更立天下與民爲始天地五行人事之理亂而復正蓋太祖之於受命非如前世之君圖與發以智圖柄以力其處心積慮非一夕一日在於取天下也其在天者曆數在人者羣臣萬民三軍之士不歸周歸大祖未有知其所以然者所謂天也及其得天下也舍子屬弟是則太祖之受天下與舜受之堯禹受之

舜其揆一也其傳天下與堯傳之舜舜傳之禹其揆一也受天下及傳天下視天與人而已非其心未嘗有天下豈能如是哉世以謂太祖不世出之主與漢高祖同蓋太祖爲人有大度意豁如也知人善任使與漢高祖同固然也太祖承自天寶以後更五代二百餘年極敝之天下漢祖承全盛之秦二世之末天下始亂所因之勢既殊太祖開建帝業作則垂憲後常可行漢祖粗定海内而已不及一太祖立折杖法脫民榜笞死禍定著常刑一本寬大漢祖雖約法三章然肉刑三族之誅至孝文始去不及二太祖功臣

皆故等夷及位定上下相安始終一意漢祖疑間諸
將夷滅其家不及三太祖削大巽（一作弱）彊藩臣遵職
漢相封國過制反者更起累世乃定不及四太祖征
伐必克漢祖數戰輒北不及五太祖文武自出羣臣
莫及漢祖非得三傑之助不能無失不及六開寶之
初南海先下趙佗分越而帝漢祖不能禁不及七太
祖不用兵革契丹自附漢祖折厄白登身僅免禍不
及八太祖後宮二百間願歸者復去四之一漢祖溺
於衽席女禍及宗不及九太祖明於大計以屬天下
漢祖擇嗣不審幾墜厥世不及十也漢祖所不能及

其大者如此是自三代已來撥亂之主未有及太祖也三代盛矣然禹之孫太康失國湯之孫太甲放廢文武之後世三四傳昭王不返於楚懿漢以下變故之密蓋不可勝道也太祖經始大基流風餘澤（一作烈）所被者遠五聖遵業至今百有二十餘年上下和樂無變容動色之慮接於耳目治安之長自三代以來所未有也維太祖創始傳後比迹堯舜綱理天下軼於漢祖太平之業施於無窮三代所不及成功盛德其至矣哉蓋唐天寶十四年天下户八百九十一萬太祖元年户九十六萬末年天下既定户三百九萬

今上元豐三年户一千三百九十一萬六聖之德澤覆露生養斯其所以盛也本原事實其所繇致此有自也哉

元豐類藁卷第十

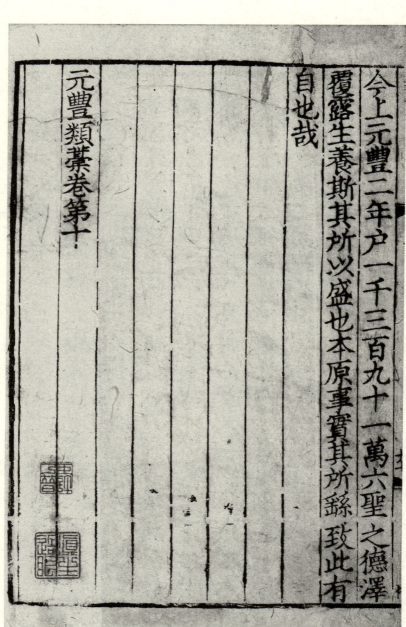

中華古籍保護計劃

ZHONG HUA GU JI BAO HU JI HUA CHENG GUO

·成 果·

（宋）曾鞏　撰

元本元豐類稿

第一册

國家圖書館出版社

圖書在版編目(CIP)數據

元本元豐類稿:全八册/(宋)曾鞏撰.-- 北京:國家圖書館出版社,2018.7

(國學基本典籍叢刊)

ISBN 978-7-5013-6375-9

Ⅰ.①元… Ⅱ.①曾… Ⅲ.①中國文學—古典文學—作品綜合集—北宋 Ⅳ.①I214.412

中國版本圖書館 CIP 數據核字(2018)第050367號

書　　名	元本元豐類稿(全八册)
著　　者	(宋)曾鞏　撰
責任編輯	黄　静
封面設計	徐新狀
出　　版	國家圖書館出版社(100034　北京市西城區文津街7號) (原書目文獻出版社　北京圖書館出版社)
發　　行	010-66114536　66126153　66151313　66175620 66121706(傳真)　66126156(門市部)
E-mail	nlcpress@nlc.cn(郵購)
Website	www.nlcpress.com→投稿中心
經　　銷	新華書店
印　　裝	北京市通州興龍印刷廠
版　　次	2018年7月第1版　2018年7月第1次印刷
開　　本	880×1230(毫米)　1/32
印　　張	52
書　　號	ISBN 978-7-5013-6375-9
定　　價	160.00圓

《國學基本典籍叢刊》編委會

學術顧問：杜澤遜

主　　編：韓永進

副 主 編：張志清

委　　員：賈貴榮　陳紅彦　王雁行　張　潔　黃顯功　劉乃英

《國學基本典籍叢刊》前言

國家圖書館出版社（原書目文獻出版社 北京圖書館出版社）成立三十多年來，出版了大量的中國傳統文化典籍。由於這些典籍的出版往往採用叢書的方式或綫裝形式，供公共圖書館和大學圖書館典藏使用，普通讀者因價格較高、部頭較大，不易購買使用。爲弘揚優秀傳統文化，滿足廣大普通讀者的需求，現將經、史、子、集各部的常用典籍，選擇善本，分輯陸續出版單行本。每書之前均加簡要説明，必要者加編目録和索引，總名《國學基本典籍叢刊》。歡迎讀者提出寶貴意見和建議，以使這項工作逐步完善。

編委會

二〇一六年四月

出版説明

曾鞏（一〇一九—一〇八三），字子固，宋建昌南豐（今屬江西）人，世稱『南豐先生』。北宋仁宗嘉祐二年（一〇五七）進士。纍官通判越州，歷知齊、襄、洪、福、明、亳諸州，所至多有政績。神宗元豐三年（一〇八〇）判三班院，次年加史館修撰，典修五朝國史，管勾編修院，旋擢中書舍人。卒謚文定。鞏少年即『試作六論，援筆而成，辭甚偉』（《宋史》本傳）。爲『唐宋八大家』之一。散文成就尤高，《宋史》本傳稱其文『紆徐而不煩，簡奥而不晦，卓然自成一家，可謂難矣』。

《元豐類稿》爲曾鞏詩文集，因編於宋神宗元豐年間而得名。全書共五十卷，收録古詩、律詩、論、議、傳、序、書、記、制誥、策問、表、疏、劄子、奏狀、啓、祭文、哀詞、誌銘、碑傳、行狀、本朝政要策、金石録跋尾，計文四十二卷，詩八卷，另有續附一卷。內容宏富，包羅廣博，涉及當時之政治、經濟、軍事、文化等多方面。詩作中大多爲對現實生活的描述，如《追租》中，先言『今歲九夏旱，赤日萬里灼』，并發出『暴吏體宜除，浮費義可削』之感慨。不少詩作着眼生活中細微處，如《苦雨》《橙子》《菊花》《高松》《北風》等，充滿生活氣息。

對此本之卷次，《郡齋讀書志》著録曾子固《元豐類稿》五十卷。然此本卷後曾鞏幼弟曾肇所作之《行狀》載：『公未嘗著書，其所論述，皆因事而發。既殁，集其稿爲《元豐類稿》五十卷、《續元豐類稿》四十卷、《外集》十卷。』林希所撰之《墓誌》及韓維所撰之《神道碑》，所載《類稿》情况與《行狀》同。可知曾集最初有初、續、外三集共百卷。陳振孫《直齋書録解題》卷十七著録《元豐類稿》五十卷、《續》四十卷、《年譜》一卷，并謂『及朱公爲《譜》時，《類稿》之外，但有《别集》六卷』，并謂重編者『以爲散逸者五十卷，而《别集》所存其什一也，開禧乙丑建昌守趙汝礪、丞陳東得於其族孫濰者，校而刊之，因碑傳之舊，定著爲四十卷。然所謂《外集》者，又不知何當，則四十卷亦未必合其舊也』。據此，陳振孫所著録之《續元豐類稿》四十卷，已非《行狀》《墓誌》《神道碑》所載《續元豐類稿》之舊，乃趙汝礪、陳東據曾氏族孫曾濰所存，參照《神道碑》所載之四十卷重加厘定，以符原數而已。故一般認爲，到南宋初期，原《續元豐類稿》及《外集》已散佚，祇存《元豐類稿》五十卷。《續元豐類稿》及《外集》之部分作品，收入宋刻《曾南豐先生文粹》、金刻《南豐曾子固先生集》。

五十卷之《類稿》，有宋刻本，已殘損不全。《元豐類稿》五十卷完帙，以元大德八年（一三〇四）丁思敬刻本爲最古，即此本，今藏國家圖書館。此本卷前有清朱錫庚（少河山人）寫於道光三年（一八二三）之手跋，定爲宋刻。此本先曾藏聊城楊氏海源閣，楊氏《楹書隅録》亦據朱錫庚跋文，定爲宋刻。然丁氏於後序（此本已脱）署『大德甲辰良月東平丁思敬拜手書於卷尾』，知此當爲元本。丁氏刻本皮紙印造，行寬字朗，刻字嚴整，加之書中『偵』『構』『慎』『惇』等字皆缺末筆，故朱錫庚跋稱『是本紙質薄而細潤，格式疏而字體樸茂，洵南宋槧本之佳者』。

此本鈐有『東郡楊氏宋存書室珍藏』『朱錫庚』『孫雲翼印』『徐健菴』『乾學』『經訓堂王氏之印』『琴德一字蘭泉』『青浦王昶』『玉蘭堂』『曲水山房』『朱庭翰印』『楊以增字益之又字至堂晚號寒樵行弌』等印，可知此本早自明代至晚清，迭經名家收藏，頗具文物價值。《中華再造善本》曾將此底本納入『金元編·集部』。此次《國學基本典籍叢刊》將之影印出版，定價低廉，以廣流傳。

國家圖書館出版社

二〇一八年五月

總目録

第一册

第二册

第三册

第四册

第五册

第六册

第七册

第八册

第一册目録

卷一　古詩

卷二　古詩

卷三　古詩

卷四　古詩

據國家圖書館藏元大德八年（一三〇四）丁思敬刻本影印原書版框高二十四厘米寬十七點六厘米

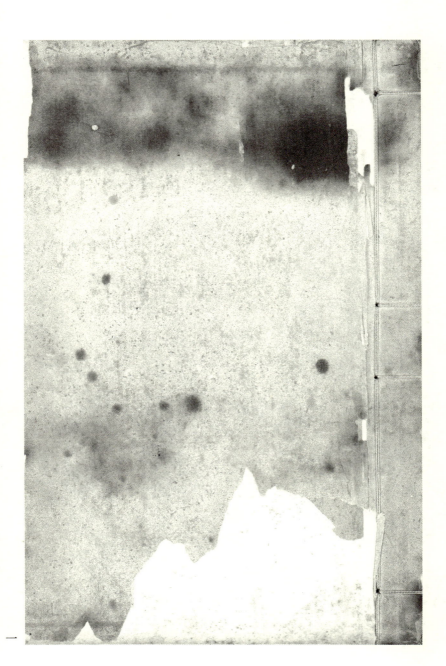

右宋槧本元豐類藁五十卷直齋書録解題云元豐類藁五十卷續四十卷年譜一卷中書舍人南豐曾鞏子固撰王震為之序年譜朱文公所輯也韓持國為鞏神道碑稱類藁五十卷續四十卷外集十卷本傳同之及朱文公為譜時類藁之外但有别集六卷以為散佚者五十卷而别集所存者十之一也開禧乙丑建昌守趙汝礪丞陳東得其族孫濰者校而刊之因碑傳之舊定著為四十卷據此則朱文公為年譜時續藁並外集已散佚不全而趙汝礪陳東所定著但就碑傳所著之數定為四十卷以符原數而已固非當時之舊矣義門讀書記引何栟郎之言曰明初惟類藁藏於秘閣士大夫鮮得見之永樂初李文毅公為庶吉士讀書秘閣日記數篇休沐日輒録之今書坊所刻南豐文粹十卷是也正統中趙司業琬始得類藁全書以畀宜興令鄒旦刻之然字多譌舛讀者病焉成化中南豐令楊參又取宜興本重刻於其縣踵譌承謬無能是正太學生趙璽訪得舊本悉力讐校而未能盡善余取文粹文鑑諸書參校乃稍可讀據此則不惟續藁散佚已久即類藁五十卷在前明藏於内府外間亦未能窺至趙琬所得類藁全書亦未言其得自何本想亦轉相鈔録焉馬三寫是以難免譌舛耳　四庫書目云今世所行凡有二本一為明成化六年南豐知縣楊參所刊前有元豐八年王震序後有大德甲辰東平丁思敬序又有年譜序二篇無撰人姓名而年譜已佚蓋已非宋本之舊一為康熙中長洲顧崧齡所刊以宋本參校補入第七卷中水西亭書事詩一首第四十七卷中太子賓客陳公神道碑銘中闕四百六十八字今校是本第七卷第四十卷宛然俱存豈即顧氏所據之本耶是本紙質薄而細闌格

式跡兩字體樸茂洵南宋槧本之佳者卷尾載行狀墓誌神道碑三篇而卷首無序殆日久剝落歟中有四明孫氏禹見珍玩印一孫雲翼印一徐健菴乾學印各一季振宜號滄葦印一滄葦乃錢遵王曾售書於彼者是書當亦在所售之列又經訓堂王氏之印琴德一字蘭泉青浦王昶印三故刑部侍郎王蘭泉先生與　先大夫為乾隆甲戌同榜進士相知最篤是蓋先生從軍金川時所貽者藏於余家六十年矣爰識於是用告後來　道光三年癸未春二月既望少河山人識

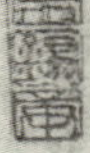

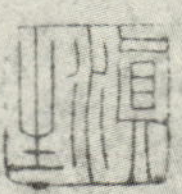

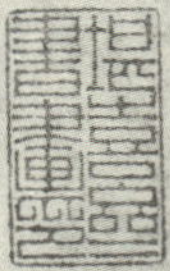

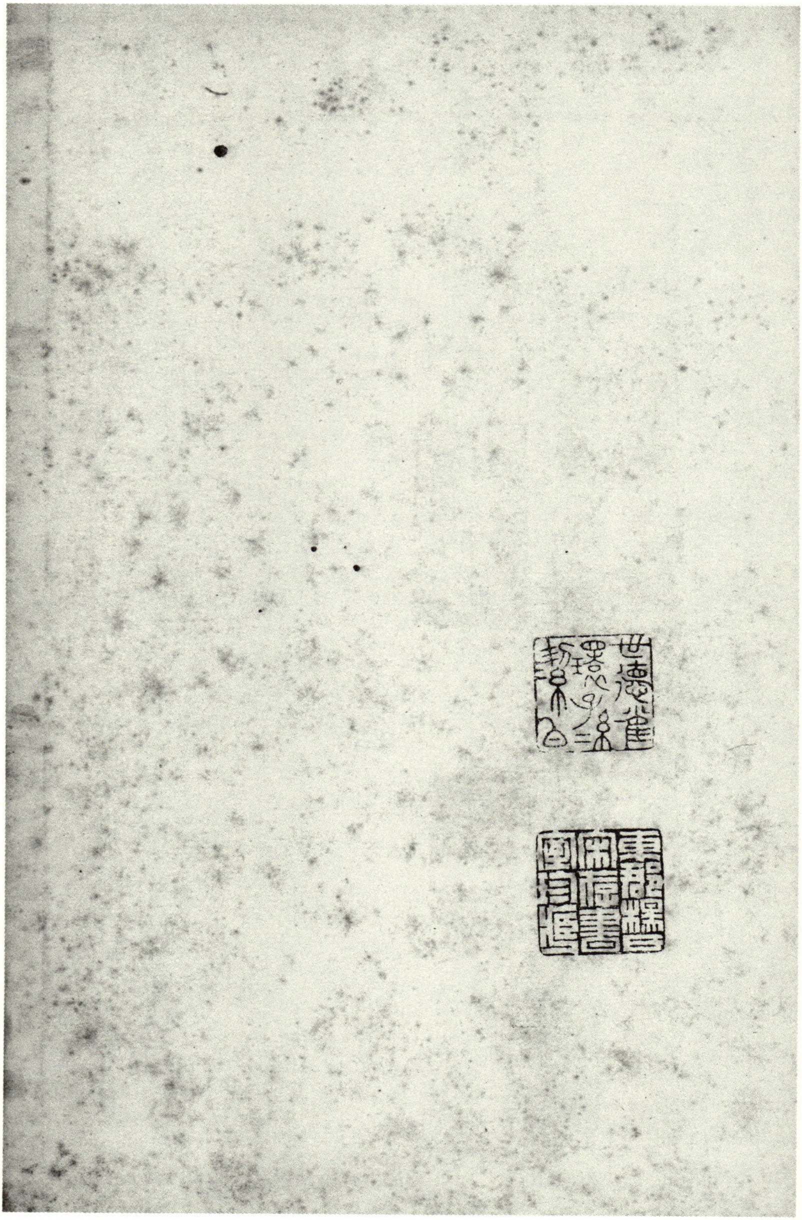

南豐先生文集目録

元豐類藳卷第一

古詩

元豐類藁卷第二

古詩

幽谷晚飲

元豐類藁卷第三

古詩

遊麻姑山九首

桃花源　丹霞洞

半山亭　顏碑

碧蓮池　流杯池

七星杉　瀑布泉

秋懷

送歐陽員外歸覲滁州舍人

元豐類藁卷第四

古詩

元豐類藁卷第五

古詩

促促爲物役　鴻鴈

喜晴

詶王正仲太常學士登嶽麓寺閣見寄

訪石仙巖杜法師

曉出　和貢甫送元考元考不至

京師觀音院新堂

元豐類藁卷第六

律詩

郊祀慶成詩 并進狀

仁宗皇帝挽詞三首

送沈諫議　訓王微之汴中見贈
寄鄆州邵資政　和邵資政
和孔教授　喜雪二首
雪後同徐祕丞皇甫節推孔教授北園晚步
郡齋即事二首　憶越中梅
再賦喜雪　寄致政觀文歐陽少師

元豐類藁卷第七

律詩

冬夜即事　酬介甫還自舅家書所感
西湖二首　早起赴行香

庭檜呈蔣潁叔　甘露寺多景樓

孫少述示近詩　金山寺

元豐類藁卷第八

律詩

贈黃降自宜城赴官許昌

招澤甫竹亭閑話

和鄭微之　送陳世脩

和張伯常自郢中將及瀫境先寄長句

和張伯常峴山亭晚起元韻

峴山亭置酒　韓魏公挽歌詞二首

詶吳仲庶龍圖歲暮感懷

陳君式恭軒　僧正倚大師庵居

以白山茶寄吳仲庶見貺佳篇依韻和詶

詶江西運使蔣頴叔見寄

刁景純挽歌詞二首

寄留交代元子發

遊東山示客　大乘寺

聖泉寺　昇山靈巖寺

鳳池寺　上元

元沙院　酬柳國博

閏正月十一日呂殿丞寄新茶

旬休日過仁王寺

亂山　親舊書報京師盛聞治聲

寄獻新茶　方推官寄新茶

元豐類藁卷第九

論

議

元豐類藁卷第十

傳

洪範傳

序

太祖皇帝總序并進狀

元豐類藁卷第十一

序

新序目録序　梁書目録序

列女傳目録序　禮閣新儀目録序

戰國策目録序　陳書目録序

元豐類藁卷第十二

序

元豐類藳卷第十三

序

元豐類藳卷第十四

序

元豐類藁卷第十五

書

元豐類藁卷第十六

書

元豐類藁卷第十七
記

元豐類藳卷第十八

記

元豐類藁卷第十九

記

元豐類藁卷第二十

制誥

試中書舍人制詔三道

奉議郎充集賢校理曾肇可承議郎守尚書

吏部郎中制

承議郎劉奉世吏部員外郎制

黃好謙戶部員外郎劉程戶部郎中制

王陟臣戶部員外右曹馬琉員外左曹制

劉摯尚書禮部郎中制

王子韶尚書禮部員外郎制

潘良器兵部員外郎制

胡援刑部郎中杜紘刑部郎中制

范子奇工部郎中制

高遵惠工部員外郎制附見上范子奇制

王祖道司封員外郎制

朝奉大夫穆珣司封郎中制

蔡京范峋考功員外郎制

陳向度支員外郎制

晁端彥金部員外郎制

韓正彥倉部郎中制

趙令鑠祠部郎中制

徐禧試御史中丞制

何洵直文及甫太常博士制

趙君錫宗正丞制

黄寔太常博士制

劉蒙御史臺主簿制

王子琦太常寺主簿制附見上劉蒙制

徐鐸張崇翟思邵剛太學博士制

林希祕書省著作佐郎制

邢恕祕書省校書郎制

李常試太常少卿制

錢暄光禄卿制

楊汲大理卿制

王袞韓晉卿大理少卿制 附見上楊汲制

陳睦試鴻臚卿制

廉正臣董詵司農少卿制

賈青太府少卿制

李立之范子淵都水使者制

黄華職方員外郎制

杜紘大理正制

郗虞候李義內殿崇班制

元豐類藁卷第二十一

制誥

左僕射王珪封三代并妻制

尚書左丞蒲宗孟封三代并妻制

陸佃侍講蔡卞崇政殿説書制

徐禧給事中制

鍾浚將作少監制

蔡爗河東運判制

供備庫副使董琰等十一人轉官制

天章閣待制王堯臣知單州制

周氏封縣太君制　杜常兵部郎中制
李士京韓宗文大理寺簿制
許懋兩浙轉運使制
段綽劉惟清謝季成王梁知州制
宗室承操新婦王氏進封夫人制
宗室克懼復官制
李德明遥郡團練使制
陳景尚書省主事制
折克行皇城使彭保供備庫副使制
程嗣恭祖無頗程博文並開封推官制

李憲武勝軍節度觀察留後制
李清臣王存趙彦若曾鞏各轉一官制
李舜舉吳靖王綬李輔堯轉一官制
皇伯滕王第十六女封縣主制

元豐類藁卷第二十二

制誥

吳居厚京東轉運使呂孝廉轉運判官制
武遂等四人轉官制
曲珍四廂都指揮使制
文思使張僾等遷官制

文及甫吏部員外郎制

許安世都官員外郎制

皇伯宗諤贈太尉韓王制

推司齊宗壽三班借職制

梁用律洛苑使阮陪太常博士制

皇伯江夏郡王新婦郭氏封都夫人制

賈昌衡知鄧州制

李良輔張竚崔度王誽差知州制

陳偁吳幾復唐淑問並再任制

吳安持太僕少卿制

菊曩二右班殿直制

馮正符借職制　景思誼東上閤門副使制

髙公繪髙公紀可刺史制

梅福封壽春眞人制

太醫丞卓順之等第敘轉制

成卓閤門祗候制　溪氈副都軍主制

景青宜党令團練使阿星刺史制

論氈巴本族軍主結廝雞本族副軍主制

阿憐官揆廝雞並本族副軍主制

温暠就差欽州制

劉安權中書主事尹正王惟欽權令史制

知潁昌府韓維再任制

米斌文思使蓋諤内殿崇班制

雍王顥乳母宋氏贈郡君制

豐稷吏部員外郎制

吕和卿考功員外郎制

韓晉卿莫君陳並刑部郎中制

范諤范子諒劉士彦知州制

陳端翰林醫官制

沈士安綾錦副使制

王瑛揚宗立並三班借職制

王從伾權知岢嵐軍制

吕升卿通判鄆州制

陳康民張太寧權提舉常平事制

蒲中行知無爲軍制

王師約轉觀察使制

崔象先等帶御器械制

蔡京起居郎制　王中正种諤降官制

封曹諭母制　張頡知均州制

元豐類藳卷第二十三

制誥擬詞

元豐類藳卷第二十四

制誥擬詞

刑部尚書制　刑部侍郎制
工部尚書制　工部侍郎制
禮部制　主客制
膳部制　駕部制
庫部制　都官制
比部制　司門制
屯田制　虞部制
水部制　御史中丞制
知制誥授中司制
中司授太中大夫制

責御史制　　御史遷郎官制

御史知雜制　　監察御史制

元豐類藁卷第二十五

制誥擬詞

祕書監制　　著作郎制

祕書郎制　　正字制

殿中監制　　殿中丞制

太常丞制　　衛尉卿制

太僕卿制　　大理卿制

國子祭酒司業制

元豐類藁卷第二十六

詔擬詞

策問

元豐類藁卷第二十七

表

謝中書舍人表　齊州謝到任表

襄州謝到任表　洪州謝到任表

福州謝到任表　明州謝到任表

亳州謝到任表

賀熙寧四年明堂禮畢大赦表

賀熙寧十年南郊禮畢大赦表

賀元豐三年明堂禮畢大赦表

賀克伏交阯表

慰慈聖光獻皇太后上仙表

謝賜唐六典表

元豐類藁卷第二十八

表

謝曆日表七

進奉熙寧八年同天節功德疏表

英宗實録院謝賜御筵表

代皇子免延安郡王第一表

代皇子免延安郡王第二表

代皇子延安郡王謝表

代皇子延安郡王謝皇太后表
代皇子延安郡王謝皇后牋
代宋敏求知絳州謝到任表
代翰林侍讀學士錢藻遺表
代太平州知州謝賜欽恤刑劄書表

元豐類藁卷第二十九

䟽

熙寧轉對䟽

劄子

自福州召判太常寺擬上殿

請攺官制前預選官習行逐司事務

請攺官制前預令諸司次比整齊架閣版籍等事

請以近更官制如周官六典爲書

史館申請三道　請訪問高麗世次

高麗世次 附

元豐類藳卷第三十二

劄子

論中書錄黃畫黃舍人不書檢

請給中書舍人印及合與不合通簽外中書

省事

議邊防給賜士卒只支頭子

申明保甲巡警盜賊

存恤外國人請著爲令

請減軍士營教　代曾侍中辭轉官

代曾侍中乞退　英宗實録院申請

元豐類藁卷第三十三

奏狀

進奉銀絹狀四　襄州奏乞宣洪一郡狀

乞回避吕升卿狀

乞與潛興嗣子推恩狀
乞復吳中復差遣狀
辭直龍圖閣知福州狀
陳樞久不磨勘特與轉官狀
福州奏乞在京主判閒慢曹局或近京便郡
狀
移明州乞至京迎侍赴任狀
明州奏乞回避朱明之狀
進奉元豐元年同天節功德疏狀
進奉元豐元年同天節銀狀

進奉元豐二年同天節銀絹狀

移知亳州乞至京迎侍赴任狀

元豐類藁卷第三十四

奏狀

元豐類藁卷第三十五

奏狀

元豐類藁卷第三十六

啓

元豐類藁卷第三十七

啓狀

回人賀授舍人狀

元豐類藁卷第三十八

祭文

元豐類藁卷第三十九

祭文

元豐類藁卷第四十

祭文

元豐類藁卷第四十一

祭文

哀詞

元豐類藳卷第四十二
誌銘

故翰林侍讀學士錢公墓誌銘
刑部郎中致仕王公墓誌銘
司封郎中孔君墓誌銘
都官員外郎曾公墓誌銘
王容季墓誌銘

元豐類藁卷第四十三

誌銘

都官員外郎胥君墓誌銘
劉伯聲墓誌銘
尚書比部員外郎李君墓誌銘

司封員外郎蔡公墓誌銘

贈職方員外郎蘇君墓誌銘

庫部員外郎知臨江軍范君墓誌銘

張久中墓誌銘

祕書丞知成都府雙流縣事周君墓誌銘

元豐類藁卷第四十四

誌銘

殿中丞致仕王君墓誌銘

大理寺丞致仕杜君墓誌銘

胡君墓誌銘

元豐類藁卷第四十五

試秘書省校書郎李君妻太原王氏墓誌銘
池州貴池縣主簿沈君夫人元氏墓誌銘
隻君夫人邢氏墓誌銘
旌德縣太君薛氏墓誌銘
永興尉章佑妻夫人張氏墓誌銘
福昌縣君傅氏墓誌銘
沈氏夫人墓誌銘
壽安縣太君張氏墓誌銘

元豐類藁卷第四十六

誌銘

元豐類藁卷第四十七

碑

邊防　平糴

義倉　茶

元豐類藁卷第五十

金石録跋尾

茅君碑　常樂寺浮圖碑

九成宮醴泉銘　魏侍中王粲石井闌記

襄州徧學寺禪院記

襄州興國寺碑　韓公井記

晉陸禕碑　尚書省郎官石記序

桂陽周府君碑并碑陰

唐安鄉開元寺卧禪師淨土堂碑銘

江西石幢記　序并銘

漢武都太守漢陽阿陽李翕西狹頌

南豐先生文集目録終

二

元豐類藁卷第一

古詩

冬望

霜餘荊吳倚天山鐵色萬仞光鋩開麻姑最秀挿東極一峰挺立高嵬嵬我生智出豪俊下遠迹久此安蒿萊譬如驊騮踏天路六轡豈議收駑駘巔崖初冬未冰雪蘚花入屐思莫栽長松夾樹蓋十里蒼顏毅氣不可迴浮雲柳絮誰汝礙欲往自尼誠愚哉南窓聖賢有遺文滿簡字字傾琪瑰旁搜遠探得戸牖入見奥作（一作阼）何雄魁日令我意失枯槁水之灌養源

源來千年大詭沒荒冗義路寸土誰能培嗟予計眞
不自料欲挽白日之西頹嘗聞古者禹稱智過門不
暇慈其孩況今庭人冒壯任力蹶豈更餘纖埃龍潭
瀑布入胷臆嘆息但謝宗與雷著書豈即遽有補天
下自古無能才

一鷄

北風萬里開蓬蒿山木洶洶鳴波濤嘗聞一鷄今始
見眼駿骨緊精神豪天昏雪密飛轉疾暮略東海朝
臨洮社中神狐倏閃內腦尾分磔無弓櫜巧兔獰雞
失草木勇鷙一下崩其毛竄穴吻吻哭九子帳前活

送雙青猱啁啾燕雀誰爾數駭散亦自亡其曹勢疑空幽竭九澤殺氣巳應太白高歸來礧嵬載俎豆快飲百甕行春醪酒酣始聞壯士嘆丈夫試用何時遭

宿尊勝院

朝寒陟山阻宵雨集僧堂蔽一作敝衣蓋苦短客臥夢不長鳴風木間起枯槁簸欲偃向來雪雲端葉下百仞隍一本作向來雲端葉下飛百仞隍起攀蒼崖望正受萬慮戕歲運忽當爾我顏安得芳傳聞羨門仙飛身甦蒼蒼誰能乞其靈相與超八方一作荒

苦雨

霧圍南山鬱宜宜狹谷荒風驅水聲秪疑日失黃道去又見雨含滄海生如催病骨夜寒入似送客心衰恩驚揚州青銅不在照應有白鬚添數莖

里社

郊天社地君所重剪秸封匏微得供秦皇漢帝陋古初禁時殊壇傾力奉年年屬車九重出羽衛千人萬人從黃金日搜盡崖巖飛牆走輦華夷動馬蹄一作鳥啼路南村有社里老邀神迎且送荒林破屋風雨入野鼠山狐狼籍共何言茅箐古瓦甌稻飯豚蹄人得用

南源莊

床上不廢看青山門前便踏南澗路繞墻頓失車馬喧岸幘日得滄洲趣常嗟秋蓬轉未有茅屋據對此耳目新始覺精爽聚滄溟未可泛舟入鴈蕩誰能胝足去醫閭在奕蠻羅浮苦煙霧子眞自愛谷口家孔丘老亦洙泗住吾能放意遊八極此輿乆與前賢附悄然惟我思慮深已欲摧倒閑捺樹眼前了了破青坂屐椽小棟隨時具野柔川深春事來筍鞵暄裹青雲步秋田試犢耕早風茗圃分籃摘宵露竹林掃月散絺葛雪艇搜溪出魴鱮帽塵侵可臨水濯里閭何妨閉門拒介推母猒俗乆思巔崖住不顧梁鴻妻亦

高能快穿衣與葬茹成家儻已嫁諸妹有立不憂吾弟孺攘攘天地間萬類殊好惡懽合無一非睽窮有百悟吾獨安能逐毛髮飲泉食力從所慕

論交

德操龐公林下時入門豈復知客主夷吾鮑叔貧賤間分財亦不辭多取相傾頓使形迹空素定已各肝膽許世間未信亦論交得失秋毫有乖忤

南軒

木端青崖軒慘澹寒日莫鳴鳩已安巢飛鵲尚求樹物情限與奪玆理奚以據訴知巧者勞豈得違所賦

父無會中憂頗識書上趣聖賢雖山丘相望心或庶

兵間

大義缺絶父未圖小人輕險何不至丗上固自有百爲兵間乃獨求一試趙括敢將亦已危李平請守那復議吁嗟忍易萬人生冀幸將徼一身利

種園

於陵爲人灌園蔬我今園地不自種惰慵苟恃鄉井助緩急孰與朋友共支離有疾上雖恕陳平不事家焉用著書儻得一言利長者或許讎内訟歎嗟

夜歎不爲絺綌單晝嗟不爲薇蕨少天弓不肯射胡星欃槍久巳躔朱鳥徐揚復憂羽蟲孽襄漢正病昭回杳力能懷畏未足憂憂在北極羣陰繞

寄孫之翰

孫侯腹載天下書崔嵬豈啻重百車伏羲以來可悉數孰若自作何有餘更能議論恣傾倒萬里一瀉崑崙渠誰爲胷中斡太極元氣浩浩隨卷舒昔來諫官對天子何纎不欲親芟鋤不容乃獨見磊落出走並海飄長裾孫侯風節何所似雪洗八荒看太虛親如國忠眼不顧舊若張禹手所除歸來巳絕褒貶筆進

用秪調敖倉儲合持詩書白虎論更護日月金華居萬世根深固社稷百年舊叟休田廬素識孤生愛茅屋乂將老毋求山砠秋歸願事九江穫夜出未倦安豐漁孔明苟欲性命遂孟子豈病王公蹤塵埃未得見此樂太息一付西江魚

豪傑

老哺薇蕨西山翁樂傾瓢水陋巷士不顧無復問周公可歸乃獨知孔子自期動即董丘山所去何曾輕糠粃取合悠悠富貴兒豈知豪傑心之耻

侠荆

侯嬴夷門白髮翁荊軻易水奇節士偶邀禮數車上足暫飽羶腥館中俊師廻拔劔不顧生酒酣拂衣亦送死磊落高賢勿笑令豢養傾人久如此

黃金

陳侯坐收百戰楚呂氏行取萬乘秦田生立顧開兩國陸公微辭交二臣道旁白日忽再出槖中黃金如有神何須首陽二夫子不是九鼎輸西一作諸鄰

揚顔

揚雄纂言準仲尼顔氏爲身慕虞舜千里常憂及門止爲山更欲一簣進小人君子在所蹈烈士貪夫不

同徇安得蠢蠢尚自怨百年過眼猶一瞬

橙子

家林香橙有兩樹根纏鐵鈕陵坡陀鮮明百數見秋實錯綴衆葉傾霜柯翠羽流蘇出天仗黃金戲毬相蕩摩入包豈數橘抽賤茎鼎始足鹽梅和江湖苦遭俗眼慢禁籞尚覺凡木多誰能出口獻天子一致大樹凌滄波

山檻小飲

變秋長雲豪灑兩北風壯餘熇尚爭威積晦頹異狀山回攢楓顛屋立懸犺上飲檻衆石爲歌蹉注溪當

懽言久喧譁罷與一怊悵旅人正飄颻豈得諧放蕩

胡使

南粟鱗鱗多送北北兵林林長備胡胡使一來大梁下塞頭彎弓士如無折衝素恃將與相大策合副鄴難須還來里閭索窮下斗食尺衣皆比輸中原相觀歎失色胡騎日肥妖氣麤九州四海盡帝有何不用胡蕃北隅

上翁嶺

放車秋崖望所得過舊聞初疑古軸畫山水秋毫分時見崖下雨多從衣上雲濯足行尚側心憂踏天文

八荒正搖落獨餘草木薰但覺耳目勝未知筋力勤
顛毛已種種世患方紛紛何當嘯吟此日與樵蘇羣

雜詩四首

張陳貧時交干戈忽相逐范蔡憎嫌人卒自歸鼎軸
害奪怨爲欣利毆愛成戮世間不可料人事常反覆
日磾斷内討坐享七世榮霍光徇所愛兩亡家與名
卓閼俱抗志纎微獨紆情得失萬世視長令壯夫驚
皇皇謁荆人伈伈遵陽虎及覺一禮亡翩然遂違魯
全身有遜接直道無苟處故稱聖如龍蟄伸茲可覩
揮袂謝幽側騰身集崔嵬心胎太極氣手揚斗間魁

荒荆忽成桂蟄鱗冬冬有雷君看九州寶自入朱門來

欲求天下友

欲求天下友試爲滄海行風來冥冥內擺觸恠浪生突兀萬里怒勢疑九州傾鯨鵬不自保況此一舟輕我徒幸來即可留石根耕口將書上客共須天地清

冬莫感懷

荒山未有雪野水不見冰一臘令已半浮陽壯猶矜奈此一歲除未有嚴氣升坐思空峒間負雪山千層雖受凜冽僵愈此穢濁蒸感激崑崙祇一氣吹丘陵炎埃滅無遺古色萬里興我病一洗濯懷抱失所憎

因思大羽獵，鑾車上崚嶒。六軍騎皆駿，爭先雪中登。天時傾人意，踴躍士氣增。大義雖不殺，四方懾兵稜。令此效安在，東南塞猶乘。將帥色凋槁，蚍蜉勢趫騰。慘錯天運內，止戈信誰能。

寄舍弟

新霽洗窮臘，東南始知寒。驚我千里意，覺汝征途難。空江挂風席，扁舟與誰安。羈旅費亦久，橐衣豈無單。念汝西北去，壯心始桓桓。竟逢有司惑，斥走懷琅玕。士固有大意，秋毫豈能干。所憂道里困，久無一鐏懽。我意生惻惻，爲之却朝餐。人生飄零內，何處懷抱寬。

巳期采芝樂握手青霞端無令及門喜淹留雪霜殘

至荷湖二首

鐵色對我馬林林路（一作露）南山草根巳變緑冰雪尚滿顔解鑣蒼煙脚我栖就柴關乖時遭飄蹟豈免生事囏夙意待周孔此士豈可還濁醪且斟酌收心一瓶間

悲風我眼澁酸犹我耳愁我顛水没馬　我起雪滿裘
百里不逢人豈有煙火投卻倚青壁望　白霧滿九州
蒼蒼運乃爾何地覓我憂夜卧夢成魘　猶疑披山湫（披一作沃）

送徐竑（一作紘）著作知康州

溪蠻昔負命殺氣陵南州城郭漲煙火堂皇嘯蜉蝣
被髮盡冠巾吾人反縲囚行剽至杪忽歸載越山丘
驅攘事雖定收合信瘡痍不有異澤霑何令餘患瘳
寒風在林鳴君馬不能留初佩太守章慨然任人憂
問俗灰燼餘咄唶令心謀士材爲世用因難乃知尤
煩苛一蕩滌幽遠徧懷柔四封鳴雞犬五穀被原疇
里閭多娛宴歌鼓震湞陬明義每所希古人不難侔
日月有常運志士無安輈山川自茲始努力千里遊

詠雪

北風蕭蕭鳴且歇短日悠悠生復滅朝昏滄海滿天
雲暮斷行人千里雪初通壑谷氣先冷漸蔽郊原路
疑絶并包華夷德豈薄改造乾坤事尤譎驅除已與
塵滓隔濯漑終令枯槁悅相持始信竹栢勁易敗可
嗟萑葦折垂條巧綴如自愛胥井隨形呀且鈌飛檐
巘巘篤長浪巨壁林林倚精鐵弊衣或有骭猶凍荒
宴誰能耳偏熱壯夫撫劒生銳氣志士扃門養高節
已開襟胷絶煩憒更足溝塍慰空竭雖無酒醴發嘲
笑亦有詩謡恣搜抉新陽髣髴送饞鑿舊徑參差分
曲折留當發齒印崖石徙倚長松看寒沆

寫懷二首

羣生各有趣營慮自纏結名網智已羅利械愚所紲古今遞主客貴賤兩興滅洗然大人意杳與能者別不必條蔓榮中自老根節曾非故饒培獨得較霜雪蛟龍無安舟虎兕有危轍將能此人追得匪合明哲

荒城絕所之歲莫浩多思病眼對山湖孤吟寄天地用心長者間已與兒女異況排千年非獨抱六經意終非常情度豈補當世治幽懷但自信盛事皆空議氣昏繁霜多節老寒日駛易促去友朋咄唶牽夢寐將論道精粗豈必在文字

茅亭閒坐

荆門常晝掩不必雲山深豈敢尚孤絶自能收寸心
草萌被遠徑鳥語變喬林散帙味新趣鳴絃動餘音
脫粟幸可飽一瓢方獨斟顏徒縕雖卓非比誰爲尋
盛服纏紫艾重印鑄黃金信使憂惴息詎無勤苦侵
挨塵緇冠蓋霜露浹衣衿脅肩已自昔俛首微獨今
豈惟智所拙曾是力難任爲樂聊在此焉知玉山岑

靖安縣幽谷亭

橫江捨輕楫對面見青山行盡車馬塵豁見水石寰
地氣芳以潔崖聲落潺潺誰爲千家縣正在清華間

風煙凜人心世慮自可刪況無訟許囂得有觴詠閒
常疑此中吏白首豈思還人情貴公卿燁燁就玉班
光華雖一時憂悴或蒲顔雞鳴巳爭馳驊騮振鑣鐶
豈如此中吏日高未開關一不謹所守名聲别妖姧
豈如此中吏一官老無瘝愔愔謀謨消汩汩氣象孱
豈如此中吏明心懾強頑況云此中居一亭衆峯環
崖聲蔓猶聞谷秀坐可攀倚天巉巖姿青蒼露斒斕
對之精神恬（一作怙）可謝世網艱人生慕虛榮斂收意
常慳誠思此憂愉自應喜榛菅

青雲亭閒望

一登此亭高曼脫藩廡擁開顏廣軒闢吹面驚飈動
城回石崖抱山亂寒潮湧谷草晚更芳沙泉細猶洶
崢嶸四封壯縹渺佳氣捧連天廣衢走拂日長簷聳
區區射聲利浩浩奔蹄踵趨營衆所便冒涉吾乂恐
緬想山水宅環觀松檜拱屬耳天籟樂脫身人事冗
幽閒味雖薄放蕩愚所勇窮凶勢猶競殺伐聲更詾
揚揚歛臣貴煒煒兵官寵諒知草茅微無補社稷重
牧放手幽鞭耕鋤躬瘦隴尚或此心諧豈云吾道壅

元豐類藁卷第一

元豐類藳卷第二

古詩

寄子進弟一本作牟弟牟子進名也

憶子去家日南風始吹衣今來日未幾蠅蚊已羣飛思子兼晝夜何啻如渴饑喜聞遠客至手自排荆扉客送書一紙翰墨子所揮上言山居惡夢寐接庭闈次言服畎畒禾黍膴以肥其餘業文字頗測幽與微幽一作深題詩在紙尾語老意不非我喜何所似大似客得歸我與子事親未飽藿與薇常苦去左右辛勤治鞍韉子行何時反我眼日已晞應須畢秋刈相見慰

依依

喜寒

純一作沌陽四時行無復氣節勁日火相吐吞乾离力還併玄冥失所安恇怯擅操柄我行東南野憒憒若酣醟于命切酗也兇酒曰酗醟喜逢青林長葉蔓可韜映正嗟天之高玉色萬里淨忽驚西山雲毫末生一鏡須臾油然合點滴飛雨迸颼颼漸相扶霮霼一何盛積陰類潛師形勢久已偵乘時出幽墟奮發精爽競亘天逐炎官顯面修火令威加乾坤從冽冽〻氣貌正人無焦煩憂冰釋天下病豈須雪包林已壓朱鳥橫南方天

精兵瘴濕留可屛爭難奪刀殳發巧搜壍穽收功當
在今殺伐順天政況云麰麥祥已覺閭里慶髙歌叩
吾轅上頌天子聖

詠史二首

京室天下歸飛甍無餘地國士憂社稷塗人養聲利
貴賤競一時峩冠各鱗次子龍獨幽遠聘召漠無意
子雲無由歸俛首天禄閣君平獨西南抗顔觀寥廓
無猜到沉冥有故驚寂寞用心豈必殊拘肆事終各

江湖

江湖俗畏遠幽好自相宜淪迹異驚衆辭囂如避時

優游可以學薇蕨易為私胡然弃回權霜雪有驅馳

将之浙江延祖子山師柔會別飲散獨宿空

亭遂書懷别

蜀客向何處欲觀浙江潮擬舟吳門栅況會故人招
置酒吳亭上無人吹紫簫浩觀萬物變颯爾生涼飈
遂恐時節晚芳蘭從此凋功名竟安在富貴空寥寥
鴻鵠舉千里鸞鳳翔九霄胡為蓬蒿下日夜悲鷦鷯
車馬夕已還行人亦飄颻浩然滄海志寂寞守空宵

詠雪

嚴嚴層冰塞川澤洶洶北風鳴木石黃雲半夜滿千

里大雪平明深一尺兩儀混合去纖閒萬類韜藏絶
塵迹蛟龍岌起抱巒岡江海橫奔控阡陌野林縹緲
苦難狀庭樹鮮妍疑可摘開門更覺山市靜散帙偏
宜紙窻白精光蕩射徧巖谷氣象崢嶸見松栢少年
登望就臺觀壯士銜淩向沙磧飢鼯嗥卧伏牙爪獵
隼飛拏矜刷翩茅簷客聚滿幽缶叅徑人行没雙屐
高堂暖熱厭羅綺環堵蕭條尚絺綌何當仰見白日
照坐看先從沙際釋漸涵溝畎兆豐富洗濯閭閻消
瘴疫便乘東北生氣起自駕疲牛理境堉

答裴煜二首

拙者羞強合因成杜門居豈知公相尊一室若有餘
愛子富文行顧爲已不如所以子之黨頻見我僕車
歡誠激孤緒合若水縱魚新詩八十言筆端產璠璵
屑屑委地蓬清風爲吹噓相期在規誨庶以輔頑疎
寥寥今非古感激事真妄曾誰省孤心衹以餌羣謗
參差勢已甚決起意猶強親朋爲憂危議語數鐫蕩
久之等聾眊兀矣坐閭巷長嗟貧累心更苦病摧壯
微誠豈天與今晨子來貺顧懟小人愚未出衆夫上
狂言屈子合浩歌仍子唱相懽歷覶濟所得實心尚
時節雖已晏梅柳幸欲放過從勿厭倦相遲非戀盎

寄王介甫

憶昨走京塵衡門始相識踈簾挂秋日客庖留共食紛紛說古今洞不置藩域有司甄棟榦度量弃櫄櫟振轡行尚早分首學壖北初冬憩海昏夜坐探書笈始得讀君文大匠謝刀尺周孔日以遠遺經竄墻壁倡佯百恠起冠裾稔回慝君材信魁崛議論恣排闢如川流渾渾東海爲委積如躋極高望萬物着春色寥寥孟韓後斯文大難得嗟子見之晚反復不能釋胡然蘊環堵不救謀者惑明朝渡江還念念非可抑如醞一作醒冒炎暑每進意愈寂一作塞維時南風薰木

葉晃繁碧頹雲走石瀨逆坂上文艙欣閶被撒來窮閣駐鑣軾促榻叩其言咸池播純繹行身抗淵損及物窺龍稷綢繆指疵病攻砭甚鍼石淺沚有渟沙亦可洗珠璧論憂或共嚬遇愜每同欸正值祝融橫金隅未提職高樓谿可望命載屢攀陟一不羅俗嬉怡然治紈墨露泫一作注尚忘疲更待蟾蜍具雅愛張與余挽之置茵席羣兒困不酬吽嚬聚譏摘仁義殊齟齬昧者尊惡烏砳一作跖霧草變衰黄吟蟲鬧朝夕君子畏簡書薄言返行役商歌孺子别失淚染衣襟自從促櫂去會此隆冬逼何神鼓陰鞴萬竅動謞激城

顛覎江浪蛟㹂助掀射仁賢保無恙所想挂驚惕燁
燁多隸從良巳匱藜鹽迨茲尺書至疑念始冰析蘭
滫省慈祥蒟梧肆諧適繽紛衆胥士署壘各嬉息其
餘書櫝背粟密縷機織卷書勞來幹寸懷良自懌野
泊轉平緑梅梢弄繁白金綃引柳蕙芳氣蒲原澤出
門無所抵歸卧四楹寂術學頗思講人事多可惻含
意不得發百憤注微臆搖搖詠顔色企足關途隔自
懟兒女情宛轉抱悽慼吾念非吾私何當托雲翼奇
倜轉如輪終期援焦溺

上人

金節橫光馬珂鬧瑞鶴宫袍腰玉繞煙沙轣轆高軒過路上千人瞻羽纛瑤旺精彩浮蒼龍江城四面生春風城中壞屋書籤碧有客苦唫連旦夕麻衣塵暗抱書泣歲莫黄粱不供食白日瞳曨望龍坂坐上一言寒口暖西入天關灑霖雨湏惜窮鱗在泥土

初夏有感

我從得病卧閭巷三見夏物爭滋榮紅英紫蕚逐風盡高幹密葉還陰成山亭水館處處好朱碧萬實相駢摯林烏梁燕各生子(一作字)翅羽已足爭飛騰雉雞五色繡新翮鷺鷥慕疋相隨鳴宂蜂露蝶亦有類欲

往復聚何翾輕箔蠶滿室事方盛繭綴下上如遶星麥芒秧穎錯雜出高隴大澤塡黃青物從草木及蟲鳥無一不自盈其情嗟我獨病不如彼胷氣臥立常怦怦筋酸骨楚頭目眩強食豈得肌膚盈我身今雖落衆後我志素欲希軻卿十年萬事常坎壈奔走未足供藜羹愁勤一作窮愁未老鬢先白多學只自爲身兵自然感疾憊形體後日雖復應伶俜非同世俗顧顏色所慕少壯成功名但令命在尚可勉胥細詎足傷吾平

送人移知賀州

溪石膠船秋瀨微南山嶢崒一勢義巍風露氣嚴花草
腓天色滲漻初鴈飛君子往守東南圻旟旝綠錯如
翔翬象茜照地榮芴衣先後隸從何頎頎初君治縣
參德威吾人涵濡樂以肥念令奪去失所依出者遮
行居者希我思羣公坐天圄四心與星斗爭光輝薦賢
絀否言無違迅若發石乘瓦間機何此茂器時所稀噤
無一語爲發揮敢作此什慷何王畿旦莫璽書來勅歸

南豐道上寄介甫

應逮冒煩暑驅馳山水間泥泉沃渴肺沙風吹汗顏
疲驂喘沫白殆僕負肩敎仰嗟旱雲高俯愛芳陂潯

空郵降塵榻淨館排霞闕城隍壯形勢岡谷來回環紅芰姹相照翠樹鬱可攀野苗雜青黃雨露施尚一作何慳巫覡謁羣望簫鼓鳴空山憂農非吾職望歲竊所歎憩當午日烈行瞻月初彎星斗弄光彩羅絡龜火斑跋履雖云倦桑梓得暫還林僧授館舍田客扳鞍鐶吾心本皎皎彼詬徒嚬嚬方投定鑑照即使征馬班相期木蘭楫蕩漾窮川灣

謝章伯益惠硯

人生對門東西陌口耳一間心誰傳況乃天地相去遠一在南海一在燕古今萬世復萬世彼亦居下此

在前是非得失錯且繁以情相話何由緣造化豈不大且淵到此縮縮智且慳聖人智出造化先始獨俯仰摸坤乾一人詰曲意百千以文寫意意乃宣簡書軸載道相聯馳夷走貊通百蠻羲皇向今谷憂遷言語應接旦莫間聖人不死術以此又與其類殊蚊蟜外之君臣內父子仁義禮樂定筆端硯與筆墨乃舟舡論功次第誰能攀伯益於文敏且顓字向紙上生戈鋋與硯出入宜不揜胡乃贊我璧弃泉作詩知硯功小大報不充賜心焦然

送劉醫博

小人久病如愁慼每嘆地僻無良醫窮居索寞俗事少坐對荏苒風光移深冬山城萬木落陰氣蕩射生寒飈東方吐日光入戶素壁閃閃含清輝臨汀劉君落落者六伎絕偉如天資潛心密與造化會布指叟有精靈隨馬蹄所至病魔屈我於此時忻得之一來握手與我話委曲衰王肺與脾囊中珍丸撮星斗俾我嚼咀心顏怡灑然沉痾一日解始免未老為枯骸一作職越人湔腸術巳緩仲景納餅術可畢劉君與我德至大拱璧巨鼎非酬裨我嗟劉君乃士類進退婉婉無瑕疵況又新承太守薦羈鞅日背東門馳禁林

侍從務周慎君挾所有直相宜貴人四難眞可患去
去足以爲時規

送陳商學士

柳黃半出年將破溪溜浸苔強萬箇溪頭蒲葦各萌
芽山梅最繁花巳墮物色撩人思易狂況躋別館情
何那城東日晚公將去纛影未離愁四座公於萬事
不彫鐫心意恢恢無坎坷來從奎璧光芒下笑倚樽
蹉成郡課嗟子齟齬才性下弃置合守丘樊餓公持
姓名動人主被飾寧嫌筆端挫從今清夜思江路夢
送公船先北過

送錢生

天下學校廢師生、無所依子　來蒲藁書粲粲璧與璣一字未得讀叩門忽言歸憐子甚有志事時與子違吾無一畝宮留子爲發揮去矣善自立毋使嗣音稀

雪詠

雪花好潔白不待詠説知區區取相似今古同一辭薛能比衆作小去筆墨畦誰能出千載爲雪立傳碑四座且勿歌聽我白雪詩天地於降雪其功大艱難去年煖風日冬在春已還山屏盡深碧危溜聲亦潺草萌各已動梅花開最繁鑪火殆可謝衣絮誰復言

摧排騰巳過一變天更寒飄風動木石激射難出關深房擁高燎領肘曾不温仰視雲壓疊垂欲藉屋山元氣不復呵飛鳥折羽翰誰排河漢流欲墮莽蒼間道爲黒風遮凝凍無住着紛紛成片縷六出非刻削初時漏餘滴雜雨猶可惡迤邐縱飛灑態狀不可名或稀若有待或密似相縈或弱久宛轉或狂自軒騰羣來信汗漫孤飄亦零丁屋角初漸斑瓦溝忽皆平坳窪一巳滿茅茨壓將傾樹木遍封褁岡山助崢嶸堦除斷纖纖池臺有餘清流塵寂巳掩物象窅皆明廚煙或中鑱里表仍孤擎長街隱鈌甃荒城混觚稜

沙水渺相合扁舟在圖屏啄草鳥雀蹤篆字遺縱橫
頃驚宇宙內倏麗皆天成引望誰倚樓秀色亂目睛
永懷衡門士辛苦守六經山藜不充腹筆硯久已冰
柔茵坐中堂誰問公與卿世事泊無意燭換猶飛觥
文犀壓朱箔陽春謝篆箏所處殊處所苦樂固異情
誰致此不齊上天意何營蒼蒼不可問奕奕灑未停
明晨起相處寒日已滿窗井甃破圓素砌苔還故蒼
萬物去覆冒顏色皆復常融為大田水其流日滂滂
方塘接深甽澄徹碧玉光豈惟疫癘消庶驗百穀祥
顧微守經士幸可繼糗糧憂民既非職空致新詩章

送僧曉容

飛光無停芳歲闌羣陽不行寒氣動踈篁有韻窓含雪重幞無温筆棲凍蕭條山草葉始枯綽約江梅蘂先弄無人爲我取酒斟有客來前乞詩送多情爲客不能巳巻紙連書筆鋒縱七言百字拙且早俗眼方憎汝休重

送叔延判官

北風吹空雪花冷平鋪雲濤冒峯頂江長水闊飛鳥絶沙樹參差動波影君子從戎碧油下緑髮青瞳芴袍整大馬高車府中罷一船沿流背丁丙鮲魚勝銀

尊酒美物色當前若圖屏危帆健櫓醉中去千里奔
過猶一頃明年隨春到京國紅紫燒空拆桃杏獻書
又謁蓬萊宮新斸豪曹試鋒穎況遇朝廷方急材躐
騄騤騤足當騁

山茶花

山茶花開春未歸春歸正值花盛時蒼然老樹昔誰
種照耀萬朶紅相圍蜂藏鳥伏不得見東風用力先
噓吹追思前者葉蓋地萬木慘慘攢空枝寒梅數縱
少顏色霰雪滿眼常相迷豈如此花開此日絳豔獨
出淩朝曦爲憐勁意似松栢欲寒更惜長依依山榴

淺薄豈足比五月霧雨空芳菲

丁亥三月十五日

茫茫月色如溪沙萬里不有纖雲遮今年寒氣逐（一作爭）春來雪大如掌隨驚雷臨川城中三月雨城東大丘汨爲渚天地慘慘無開時常恐墊死和與羲此時謂月水中沒溺入蛙膓那復出豈知今夜月光圓照徹萬物無遺偏人間有人司重輕安得知汝有時明

舍弟南源刈稻

買田南山下禾黍忽已秋糟床待此注豈止衣食謀窮陰迫霜霰不可遲揫收吾黨二三子晨行已寒裹

久苦城市囂至山諒優游况已除險穢新堂置巖幽
窻軒衆峯出階墀水淙流良材未成種草樹亦已稠
寒花開照耀谷鳥樂啾啁心與珍境接佳興固已遒
而况饋朝夕甘美日可搜黃雞肥落俎清酤湛盈甌
時鮮鱠冰鯽餘滋折丹榴此味何以侑文辭頗賡酬
晝務誠遺滯夜工督春揄因觀稼穡勞始覺奉養優
此樂詎非幸人生復何求送子因自起往意不可留

和滁州九詠九首并序

先生貶守滁滁小州先生爲之殆無事環州多佳
山水最有名瑯琊山近得之曰幽谷先生數游於

其間又賦詩以樂之輩得而賡之者凡九章

瑯瑯泉石篆

陽冰絕藝天下稱瑯瑯石篆新有名初留泉涯俗誰顧一日貴重谿先生古今書法不可數猶有字本存於經我於八體未曾學雖得此字寧能評高文老筆又所愛欲叙髣髴辭非精筆端應驅鬼神聚筆妙曼與陰陽爭刻雕萬象出冥昧不見刀斧曾經營奇形挺若聳崖巘險勢直恐生風霆雨來莽蒼龍蛟起秋入寥沆星斗明先生七言載其側爲地自與丘山平先生抱材置荒郡有若此字存巖高當還先生坐廊

廟悉引萬事歸繩衡遂收此字入　祕府不使日灼蕁
苔縈高材重寶不失一唐舜湯禹寧非朋

遊瑯琊山

飛光洗積雪南山露崔嵬長淮水　未緑深塢花已開
遠聞山中泉隱若冰谷摧初誰愛　蒼翠排空結樓臺
巘巘架梁棟輝輝刻瓊瑰先生鸞　鳳姿未免燕雀猜
飛鳴失其所徘徊此山隈萬事於　人身九州一浮埃
所要挾道德不愧丘與回先生逐　二子誰能計垠崖
所懷雖未寫所適在歡咍爲語慎　下士殷勤羞甕醅

一作勤羞甕中醅

歸雲洞

洞遠人言接滄海洞幽晴始見蓊薈天下顒顒望霖雨豈知雲入此中來

瑯琊溪

野草山花夾亂流橋邊旌旆影悠悠即應要地無人見可忍開時不出遊

班春亭

山亭嘗自絕浮埃山路輝光五馬來春藹人間不知主誰言鑪冶此中開

庶子泉

瑯瑯石泉清照人裏無泥沙表無塵風翻日炙夏潦
盡古練一疋常漪淪

石屏路

石屏不見刀斧痕石下初誰得行徑千騎來時停管
絃月明更覺山中靜

慧覺方丈

七言老意蒼松蟠百金古字青霞鐫儒林孟子先生
是墨若美之後代傳

幽谷晚飲

先生卓難攀材眞帝王佐皎皎衆所病蜿蜿龍方卧

卷彼天下惠赴此一郡課幙府既多暇山水乃屢過
旌旗拂蒙密車馬經坎坷愛此谷中泉聲響遠已播
槎橫勢逾急雨點緑新破旁生竹相圍竦竦碧千箇
遙源窅難窺盤石坦如磋遊鱗戢可數飛鳥嚶相和
援琴薰風後結宇寒巖左觥筵已得月金紈尚圍坐
心如合逍遙語不綴招些一時貸傳觀千載激柔懦
甘棠詩之懷峴首淚嘗墮況此盛德下襦袴人所荷
不假碑刻垂棟牖敢隳挫當今甲兵後天地合一作含
轗軻先生席上珍豈忍溝中餓毋徐黒轓召當馳四
方賀

元豐類藁卷第二

元豐類稾卷第三

古詩

遊麻姑山九首

軍南古原行數里忽見峻嶺橫千尋誰開一徑破蒼翠對植松栢何森森危根自迸古崖出老色不畏莓苔侵脩竹整整儼朝士下蔭石齒明如金遂登半嶺望城郭但見積靄縈江潯岡陵稍轉露樓閣沙莽忽盡橫園林秋光已逼花草歇寒氣況乘巖谷深我馳輕輿豈知倦倏忽遂覺窮嶔崟龍門誰來此中鑿玉簡不記何年沉泉聲可聽真泉籟泉意欲寫無瑶琴

斗廻地勢平如削穲稏百頃黃差參橫開三門兩出
路却立兩殿當崖陰深廊千步抵巖腹栞木萬本摩
天心碑文磊嵬氣不俗壁畫縹緲工非今世傳仙人
家此地天風泠泠吹我襟令人豈解不老術可怪綠
髮常盈簪根源分明我能說一室傾里輸琅琳相高
既不擁耒耜方壯又不持戈鐔我丁轗軻豈暇議直
喜虛曠開煩襟清謠出口若先構白酒到手無停斟
山人執袂與我語留我饋我山中禽玲瓏當窗急雨
灑窈窕隔溪孤笛吟未昏已移就明燭病骨夜宿添
重衾神醒氣王目無睡到曉獨愛流泉音起來身去

接塵事片心未省忘登臨

桃花源

來時秋不見桃花空樹寒泉瀉石涯爭得時人見鸞鳳不教身去憶煙霞

丹霞洞

麻姑石壇起雲霧常意已極高峰巔豈知造化有神功别聳翠嶺參青天長松桀栢枝嵬砢中畫一道如流泉林風颼飀滿丘壑山鳥啁哳凌飛煙山腰古亭豁可望下見秋色清無邊忽驚陰崖勢回合中抱幽谷何平圜初誰鑿險構樓觀更使遶舍開芝田令人

到此毛骨醒欲構老筆冊青傳羌夷干戈合未解天
地瘡痍誰能痊大厦棟梁置沙莽肯復顧眄桷與椽
吾徒於時直何用欲住未得心茫然

半山亭

樹杪蒼崖路屈盤半崖亭榭午猶寒平時舉眼看山
處到此憑闌直下看

顏碑

碑文老勢信可愛碑意小缺誰能鐫已推心膽破姦
究安用筆墨傳神僊

碧蓮池

神僊恍惚不可明空有蓮池變紅碧清香冷落秋風
前似被麻姑妬顏色

流杯池

行盡壇前石崖路忽見一曲清冷泉酒行到我不辭
醉安用了了分愚賢

七星杉

古杉蒼蒼横斗文其榦十圍陰蔽野應到夜深山月
來林色天光迷上下

瀑布泉

飛泉一支天上來寒影沉沉瀉龍穴山神欲以恠動

入山路先冬積霜雪

秋懷

天地四時誰主張縱使羣陰入風日日光在天已蒼凉風氣吹人更慘慄樹木慘慘顔色衰燕雀啾啾羣侣失我有愁輪行我腸顛倒回環不能律我本孜孜學詩書詩書與今豈同術智慮過人秪自讎聞見於時未裨一片心皎皎事乖背衆醉冥冥勢陵突出門榛棘不可行終歲蒿藜尚誰卹遠夢頻迷憶故人客被初寒卧沉疾將相公侯雖不爲消長窮通豈須詰聖賢穰穰力可攀安能俯心爲苟屈

送歐陽貟外歸覲滁州舍人

病卧不出門非關避塵土深秋景雖清孤懷共誰語辱子問吾廬燀如就賓廡足音固可喜况夂捉松麈子生何其祥家庭坐輒愈顧我齒諸生漸磨苦頑魯有如仰天潢勢豈識津渚又若馬牛然安能望熊虎空摇在門心常若風中羽羡子筋骨輕歸飛得其所從今夢無南隋子渡江艣

一晝千萬思

一晝千萬思一夜千萬愁晝思復夜愁晝夜千萬秋故人遠爲縣海邊句踐州故人道何如不聞孔與周

我如道邊塵安能望萬丘又若澗與溪敢比滄海流
景山與學海汲汲强自謀愁思雖爾勤故人得知否

送鄭秀才

鄭生雙瞳光欲溢我意海月藏其中齒清髮紺心獨
老秋崖直聳千年松來趨學宮業文字進退佩玉何
玲瓏一朝東書别我去馬蹄脫若風中蓬當今文人
密如櫛子勿浪漫西與東處身不可不擇處一跌萬
里無還蹤

荅所勸灸

灸灼君所勸感君書上辭勿難火艾痛要使功名垂

我道世所背君知餘有誰筋骸儻且健學行肯教隳

菊花

菊花秋開只一種意遠不隨桃與梅遊人有幾看（一作愛）孤淡零落野水空巖隈層層露蔓間枝葉金靨萬箇團薝苔直從陶令酷愛尚始有我見心眼開爲憐清香與正色欲搴更惜常徘徊當攜王軫就花醉一飲不辭三百杯

荅石秀才月下

今宵月色明千里秋水與天無表裏樹木矯矯蛟龍蟠屋瓦鱗鱗雪霜洗林下病人毛骨醒目愛清光不

知巳秋風自作竿籟聲更送城笳夜深起客衾初寒、睡未能忽得子詩哦以喜子求我和何勤劬我知拙踈少知巳子真愛我常存心安用蕪辭煩筆紙

冬曉書懷

羣雞啁哳天始明東方吐日霜尚冰長簾高褰掃落葉短机背立一作倚吹殘燈昔時氣鋭過奔浪今日病減真無蠅南箕翻翻世所効白璧皎皎誰非憎屠龍破産習巳妄畫蛇着足棄未能不容當時孔何病更譽衆列顏非朋坐知天下書最樂心縱塵土酒可憑莫過二事賢且聖胡不學外常騰騰

代書寄趙宏

憶承昨歲致書召遂入江城同一笑羸奴小馬君所借出犯朝寒鞅頻掉從來萬事固已拙況乃病敦顏不少去隨衆後已自枉更苦世情非可料一心耿耿浪誠直百口幡幡競訶誚獨君踴躍於我顧謦於眞玉火空燒別來未幾歲云換楊柳得春還窈窕東溪最好水已渌桃李萬株紅白照當時病卧不能出日倚東風想同調逡巡紅白委地休新葉可書陰可釣君持使傳入南師忽領貔貅過蓬藋僧堂取酒就君飲不覺乘歡盞頻釂屋西明月過簾白簾角有時飛

熠耀明闇鉦鼓催軍發兵上高樓看旗旐日高行忽
又別君從此閉門誰可嘯秋風已盡始得書喜聽車
輪返窮徼身欲追隨病未能目斷珊瑚遮海嶠是時
肺氣壯更惡日以沉冥憂不療豈其艱苦天所憫晚
節幸值巫彭妙放心已保性命在握手猶驚骨骸峭
今年霜霰雖未重室冷尚無薪可燎一畝酸寒豈易
言局促不殊魚在罟勞君書札數問訊深媿薄材無
象肖君心卓犖衆未識安得辯口闡廓廟

東津歸催吳秀才寄酒

荒城懶出門常掩春氣欲歸寒不斂東鄰咫尺猶不

到況乃傍溪潭石險風光得暖才幾日不覺溪山碧
[illegible]溱忻然與客到溪岸衣幘不避塵泥點谷花洲草
谷萌芽高下迸生如刻剡梅花開早今已滿若洗新
粧竟妖臉柳條前日尚憔悴時節與催還荏苒沙禽
翅羽亦已好爭趂午暄浮翠瀲從今物物已可愛有
酒便醉情何慊君閭山古舊所識速致百壺須灩灩
心知萬事難刻畫惟有醉眠知不忝頹愁酩酊苦太
熱已令灑屋鋪風簟

送吳秀才

一年過臘已十日餘日到春能有幾春來遠近不可

閒冷碧先歸在流水梅花向今獨巳繁王艷都占春風閒草萌出土亦過寸衆芳次第掛清寒虚堂盡日對風影我獨此守青琅玕故人遠來未一醉車鞅欲去令誰攀憐君薾腹富文采倦尾赤色無波瀾連年禮部試多士白羽捨置攦榛菅君今忽忽貧壯節我亦春色羞衰顔況逢離别可奈何憶人日老情日多

和章友直城東春日

東流（一作溪）抱孤城雨洗見春色風吹百草根道路千里碧莫盡溪漫漫（去）波瀾散無跡遥林鈌見山冉冉蒼藹積沙禽有遺蹤文字不可識青松對桃李桃紅

李花白紅白勢方競青青守巖側君意無不諧研談欲俱得賦詩多所陳炳若觀龜坼城東不待到衆物巳歷歷

簡如晦伯益

一年孟春月巳晦思去去騰如須臾春事競在二月間急景豈與正月殊令看桃李花未一作爭出不知花開能幾日日尋桃李不暫停恐未十四花巳失筋骸縱病心尚壯酒醴雖無隣可乞城東欲與君試行莫嫌冷落逐書生

高松

高松高千雲衆木安可到湯湯鳴寒溪偃偃倚翠纛
側聽心神醒仰視目睛眊風雨天地動一葉不欹倒
豈同澗中萍上下逐流潦豈同墻根槐卷卷秋可掃
鳳凰引衆禽此木陰可壽君求百常柱星日此可造
般匠世有無方鍾野人好

青青閤青青

青青閤青青盡望密如罅風柔聲自和草縟陰可藉
遊蜂不暫去啼鳥時獨下繚墻隔深園高枝出虛榭
貴人無餘事歡言持玉斝茅簷亦自好吾廬四如畫
故人儻可遲倒屣不辭迓

洪州

洪州城中荒且遠每到弱馬常驅馳交朋顧我亦已厚謝詞有禮寧當違人生有累乃汲汲萬事敦迫如銜羈山中無塵水清白安得去吟梁甫辭

詠史二首

仲尼一旅人吴楚據南面不知千載下究竟誰貴賤賜也相國尊子思終不慕乃知古今士輕重復內顧

浒河

客舟浒河西北行日夜似與河流爭不知洶洶竟何爲怒意彼此何時平但疑天地送秋至惡雨疾風相

觸聲我病入寒饒睡思歸夢正美還遭驚東南水鄉我所住楊花散時春水生湖江渺邈不見岸汩汩自流無可憎石泉百丈落山背此縱有聲清可聽莫如此水極凶驚土木暫觸還轟轟吁嗟造化何厚薄惡物受禀無由更

尹師魯 一上有哭字

衆人生死如塵泥一賢廢死千載悲漢初董生不大用厥政自此勲隆姬至今董生没雖久語者爲漢常嗟歎尹公素志任天下衆亦共望齊臯伊文章氣節蓋當世尚在功德如毛釐安知蔓草藏原野雪霰先

折青松枝百身可贖世豈惜訃告四至人猶疑悲公尚至千載後況復悲者同其時非公生平舊相識跽向北極陳斯詩

發松門寄介甫

南風夜發吹孤舟舟起視北極星辰稠曉開征帆破長浪挾以兩艣當中流松門東面見盧阜其上少日煙氣浮舟人指我極四望黑處無底蛟龍湫㶁溪左蠡信浩蕩兩涘溪一作若粒分岡丘落星團團孰可狀清漢夜獨垂牽牛故人曾期此同載捨櫂直抵雲山游念今五載貧斯語心獨動蕩風中旃況聞肥遯須山

在早時事力胡能謀所嗟親老食未足安得一畝操鋤耰此言此笑吾此取非子世孰吾相投今諧與子脫然去亦有文字歌唐周

北風

北風動地江翻天我坐極浦維空船浮雲冥冥下無日老樹自擺相樛纏薰琴空聞不可見應已久絕朱絲絃遂令陰飈自回斡安得歲物無疵愆江頭酒賤且就醉勿復著口問陶甄

過彭澤

淵明昔抱道爲貧仕茲邑幡然復謝去肯（一作不）受一

官縶子覲長者憂慷慨在遺集豈同孤蒙人剪剪慕
原隰遭時乃肥遯茲理固可執（一作固執一作可）獨有田廬歸
嗟哉未能及

江上懷介甫

江上信清華月風亦瀟灑故人在千里樽酒難獨把
由來懶拙甚豈免交游寡朱絃任塵埃誰是知音者

讀五代史

唐衰匪一日遠自開元中尚傳十四帝（一作葉）始告曆
數窮由來根本強暴戾豈易攻嗟哉梁周閒卒莫相
始終興無累世德滅若燭向風當時積薪上曾寧廢

歌鍾

庭木

庭中有佳樹清影四面垂往往風雨夜蛟龍此投依
留之待鸞鳳未許燕雀窺誰謂烏鳥惡安巢最高枝
不顧白日照直傍陰虹飛自恃棲托穩豈憂彈射危
三春獨翱翔百鳥斂羽儀鳳凰不能爭況乃梟鴟微
既務志意得都為世可欺白晝攫鼠肉從容擇牲犧
近人不肯避一怒終夜啼遭其瞰墻屋禍患豈可移
聽之欲占赦婦女固已癡忿害乃其所何肯報福釐
行路指之嘆童稚爭罵譏鸚鵡獻主尊言語因可奇

翡翠輸太府器服所取資雉雞美文章贄贈理亦宜
鷹鸇逐惡鳥天威得施爲關雎於周室耿絜配后妃
莫如此鳥頑飽食無所裨一善不能有醜聲日交馳
但知擇嘉處巍然治其栖衆怒未易忽徼幸亦有斯
安知無刀斧崩分弃毛皮且勿引蠹使樹心本披
亦有愛搏擊鉤連梟與鴟亦勿樂順巳窟穴藏狐狸
凡能致大患勦不自毫釐未知引避去此語足自規
惜哉種樹意長與事乖違古來亦如此壯士徒嗟悲

發彭澤

卧聞艫聲和雨來起見江流與天合山田風吹霧不

盡帆健船衝浪相沓歸雲難乘望江斷落日乍掩涼
可納去家今夜一千里誰見愁來坐方榻

菊花

東籬菊花今已開萬物各自相驅催却尋挑杏那復
有舊樹慘慘空墻隈年光日日已非昔人世可能無
盛衰朱顏白髮相去幾勢利聲名相抑排三公未能
逃餓死九鼎竟亦爲塵埃乃知萬事皆自枉有便只
宜持酒盃

落葉

秋雨與風相噴薄樹木可能無葉落琅玕散漫不可

收野步蒲船誰掃掠垂楊千樹舊所惜顏色易衰由
力弱空條尚舞不自休物意豈能知索寞菊花雖開
能幾許新酒縱酸猶可酌朱顏久已拚銷減豈有功
名堪寫貌衣冠塵土欲更洗其奈蒲隄河水濁花開
葉落須強醉壯士豈憂常落魄

舞鶴

蓬瀛歸未得偃翼清溪陰忽聞瑤琴奏遂舞玉山岑
舞罷復嘹唳誰知天外心

元豐類藁卷第三

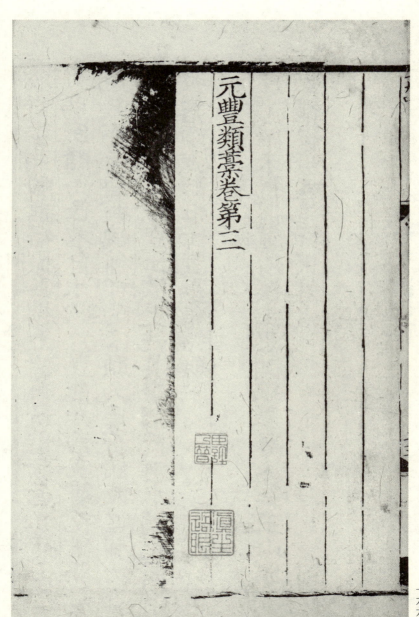

三

元豐類藁卷第四

古詩

降龍

降龍左右施襟裾兩廊夾廟深渠渠禮下天子一等爾衣服居處何其殊文幡列戟照私第青紫若若官其孥先後熒煌首珠翠侍者百十顏溫瑜凝寒墮指熱侵骨一宴百盞傾金壺窮民殍首望雨露太上欲倚攀姚虞君胡為乎自時病橐鍼樸文恬以愉生前赫赫浪自重身後沒沒寧非愚

湘冦

衡湘有冦未誅翦殺氣凛凛圍江潯北兵居南匪便習若以大舶乘高岑傖人操兵決如鶻千百其旅巢深林超突溪厓出又伏勢變不易施戈鋋能者張弓入城郭連邑累鎮遭驅侵羣黨爭誇殺吏士白骨弃野誰棺衾貔貅數萬直何用月費空巳逾千金楚爲貧鄉乃其素應此調發寧能禁捷如馬援不得志強曳兩足登嶔崟鳥蟻睢盱倚巖險此虜難勝端非令較然大體著方冊唯用守長懷其心祝良張喬乃眞選李瑑道古徒爲擒嗚呼廟堂不愼擇彼士齪齪何能任大中咸通乃商鑒養以歲月其憂深願書此語

致太史獻之以補冊袞箴

地動

吾聞元氣判爲二升降相輔非相傷今者無端越疆畔陰氣熖熖侵於陽陽收剛明避其勢陰負捷勝尤倡佯地乘是氣亢於下震盪裂坼乖其常齊秦晉代及荆楚千百其堵崩連墻隆丘犇屋不自定翩若猛吹揺旌幢生民洶洶避無所如寄厥命於湖江有聲四出嘻可怕誰擊萬鼓何雷硠陰爲氣靜乃如此天意昧密寧能詳或云蠻夷尚侵軼已事豈必垂災祥意者邪臣有專恣氣象翕翕難爲當據經若此非臆

決皎若秋日浮清霜祖宗威靈陛下聖安得直語聞明堂朝廷肅穆法度治豈用懍懍憂胡羌

邊將

太祖太宗能得人長壘橫邊遮虜塵丁太傅李漢超侍中何繼筠二子追接吳與孫鎮齊撫棣功業均卓哉祖宗信英特明如秋泉斷如石一朝出節合二子口付心隨斷纖惑靡弃之旁郡城下酒利商租若山積二子開庫啗戰士以屋量金乘載帛洪濤入坐行酒盃牛臠羊蒸炙若灰歲費巨萬不計籍戰士懽酣氣皆百二子按轡行邊隅牙纛宛轉翻以舒汎掃沙磧

無纖埃塞門千里常夜開壯耕老餔安且愉桑麻蔽
野華芬敷濟南遠清書樂石百井夜出摧穹廬神哉
祖宗知大體趙任李牧眞如是漢文齷齪豈足稱郎
吏致激面汗騂當令羌夷父猖蹶兵如疽癰理湏決
堂堂諸公把旄鉞碩策神韜困羈紲祖宗憲度存諸
書燿若白日明天衢國容軍政不可亂薦此以爲陛
下娛

多雨

嗟江之濵地多雨冬雷不收開蟄戶陰氣濁晦化爲
霧或雲於山水於礎雜花萬株紅與紫臘風吹開不

可數入春十日寒始至春氣欲歸寒格住羣山巉空雪相亘摧折草木何可禦霖傾潦洶那復止穹林大丘滅無渚及今孟夏理宜熱重裘無温坐當午四時云然了安謂吁吾有愁誰可語

秋日

陰氣先羸縱秋熱時節有幾相與奪情知赫日不可久須聽西風生木末浮雲蔽天明復暗天意自然如慘怛園林秀色巳漸失次第豈能無葉脫南山獨佳不可挫氣象更清運日月燕飛度海向何處今去昔來真可劣繡簾錦幕不筭重從此朱門戒霜雪誰憐

卟角歌者哀歲歲苦貧思短褐

山水屏

吳縑落寒機舒卷光亂目秋刀翦新屏尺寸隨折曲搜羅得珍匠徙倚思先屬經營頃刻內千里在一幅定眎乃漸通紀一作悉數難迫促山亂若無窮負抱頗重複高棱最當中桀大勢尤獨回環衆峯接趨向若奔伏矜雄跨九州爭險挂星宿深疑雪霜積暗覺煙霧觸泉源出青冥漲潦兩崖束歷遠始紆徐派別輸衆谷輕舟漾其間沿泝無緩速微尋得脩逕側起破蒼麓遠到無限極窮升犯雲族遊子定何之顧眄停

馬足盤石長自閒空源偶誰築塵氛見荒林物色存古俗鑿鑿弄幽花蒼蒼蔭嘉木遺牛上巖巔驚麞出槎腹鮮明極萬狀指似寸一粟雖從人力爲頗類陰陁續深堂得欹眠高枕生遠矚餘光耀衾幬清意凝幔褥愚訶世幸略偃一作懦卧嗜尤酷因能助佳夢昔顧躋杲旭將相有時村溪巖負我欲儒林耻未慱俗穽思自贖婚嫁累苟輕耕釣吾日一作已卜圖屏持自慰寤寐心思逐

八月二十九日小飲

陰陽在天地鼓吹猶槖籥煩蒸翕已盡灝氣乃浮薄

羣山翠相抱塵靄如洗濯川源亦虛徹派別歸衆壑
囂音滅蛙蚓勁意動鵰鶚蠅蚊自不容雖有類鉗縛
驅之舊苦衆忽去寧匪樂俯仰自醒然意適忘體瘼
天運雖已晏生物固未剝薑芋圃可掘禾黍田始穫
脫苞紫栗迸透葉紅梨渥幽花媚清景鮮蕊耀新萼
西風動孤格露曉愈修擢能終犯寒泛詎可忽纖弱
況當九日近家釀成已昨溫顏几杖適弱齒衣冠恪
閨門自可會非必千里約簞匏出人指邐迤舊宮角
初嚴小人獻終拜長者酢清言喜自洽細故憂可略
幸無職事顧況荷租賦薄讀書有休暇得醉且吟噱

食梨

今歲天旱甚百穀病已久山梨最大樹屬此亦乾朽當春花盛時雪滿山前後常期摘秋實穰穰落吾手忽驚冰玉敗不與膏澤偶清朝起周覽映葉才八九閑居問時物此說得溪叟貧齋分寂絕塵抱徒噎嘔寧知蕭條內把握忽先有食新恐非稱分少覺已厚開苞日星動落刃冰雪剖煙潯擇新汲遠賓盈素缶英華兩相發光彩生戶牖初嘗蜜經齒久嚼泉垂口蠲煩慰諸親愈渴忻衆友肯視故畦瓜寧論濁泥藕歲晚迫風霜人飢乏藜糗真味雖暫御未許置樽酒

追租

耕耨筋力苦收刈田野樂鄉鄰約來往樽酒追酬酢生涯給俯仰公歛忘厚薄胡爲此歲莫老少顔色惡國用有緩急時議廢量度内外奔氣勢上下窮剖剥今歲九夏旱赤日萬里灼陂湖變埃壒禾黍死磽确一作埆衆期必見省理在非可略謂須倒廪賑詎止追租闇吾人已迫切此望豈迂邈奈何呻吟許卒受鞭捶却寧論救憔悴反與爭合龠閔胡應驅迫久已罹匱涸計須責強壯勢不存尫弱去歲已如此愁呼徧郊郭飢羸乞分寸斯須死咎縛法令尚修明此理可

驚愕公卿飽天祿耳目知民瘼忍令瘡痍內每肆誅求虐但憂值空虛寧無梃犁钁暴吏體宜除浮費義可削吾可避囂喧茲言偶斟酌試起望遺村靈風振墟落

桐樹

棄地在礫間茲桐偶誰樹憶見擁西墻俄成劃煙霧得時花葉鮮照影清泉助當軒蔽赤日對卧醒百慮惜哉禀受弱妄使鸞鳳顧商聲動猶微秀色觸已沮恆擺亂繁條逼迫畏清露暄晴幸未闋飄落儻可拒噫號衝飈回激射陰靄聚此勢復何言瞪眄空薄暮

九月九日

淒淒風露滋靡靡塵囂屛已忻廬舍清未苦裘褐冷眠食味尤嘉起坐日尚永虛天照積水精鑑出幽礦石瑩見山稜林疎覺㮣囧黃花宿蘂破絶艷晨粧靚頻尋遠逕香每愛蒼池影爲誰佳色鮮慰我貧齋靜寒醅出家法異果得他境甘腴饌新兎醜牲薦修蠯蒲猛反一幽閒重時節老大珍物景獻酬興未薄比諷思猶騁況同親戚懽詎匪田野幸但醉任栖鵶燭炬尚可秉

路中對月

山川困遊人而不斷歸夢其餘惟日月朝夕南北共日光驅人身擾擾逐羣動鄉思須暫忘世事那止重豈如月可喜露坐息倥偬清明入襟懷萬里絶纖翳愛之不能飡但以目睛送想知在吾廬皎皎上簷棟慈親坐高堂切切兒女衆憐其到吾前不使降帷幪豈不應（一作映）時節荏苒更季仲而我去方急其能計歸鞚我非木土爲耳目異聾瞢念之曷由安腸胃百憂中何言月可喜喜意亦有用爲其同此時水木光可弄猶勝夢中事記之聊一誦

聽鵲寄家人

鵲聲喳喳寧有知家人聽鵲占歸期物情固不等人
事爾葸自驚思别離秋花粲粲正可愛黄菊芙蓉開
滿枝春楓千樹變顔色遠水静照紅霞衣梧桐楊柳
豈知數沙步露冷銀床歆新黄暗緑各自媚爛熳未
減春風時誰言秋物不可賞人意自移隨盛衰山田
正冷酒味美禾黍半收雞鴈肥霜梨野栗處處有雪
窖薦口清香隨鄉園物物可想見我意秪隨魂夢飛
家人未用占鵲語應到歸時春亦歸

讀書 亦云辛卯歲讀書

吾性雖嗜學年少不自強所至未及門安能望其堂

荏苒歲云幾家事已獨當經營食衆口四方走遑遑
一身如飛雲遇風任飄揚山川浩無涯險恠靡不嘗
落日號虎豹吾未停車箱波濤動蛟龍吾方進舟航
所勤半天下所濟一毫芒最自憶往歲病軀久羸尩
呻吟千里外蒼黃值親喪母弟各在遠訃歸恐驚惶
凶禍甘獨任危形載孤艎崎嶇護旅櫬緬邈投故鄉
至今驚未定生還乃非常憂慮心膽耗馳驅筋力傷
况已近衰境而常犯風霜驅之久如此負病固宜長
朝晡暫一飽百回步空廊未免廢坐卧其能眎縑緗
新知固云少舊學亦已忘百家異旨趣六經富文章

其言既卓闊其義固荒茫古人至白首搜窮敗肝腸
僅名通一藝著書欲煌煌瑕疵自掩覆後世更昭彰
丗久無孔子指畫隨其方後生以中才曾臆妄度量
彼專猶未逞吾慵復何望端憂類童稚習書倒偏傍
況令議文物規摹詎能詳輪輳孰撓直冠蓋孰纁黃
珪璋國之器孰殺孰鋒鋩問十九未諭其一猶面墻
幾微言性命萌兆審興亡兹尤覺浩浩吾詎免倀倀
因思幸尚壯曷不自激昂前謀信已拙來効庶云臧
漸有田數畝春秋可耕桑休問就醫藥疾病可消禳
性本反澄澈情田去榛荒長編倚脩架大軸解深囊

收功畏奔景窺星起幽房虛窓達深暝明膏續飛光
搜窮力雖憊磨礪志須償譬如勤種藝無憂匱囷倉
又如導涓涓寧難致湯湯昔廢漸開闢新輸日收藏
經營但亹亹疊積累自穰穰既多又須擇儲精棄其糠
一正以孔孟其揮乃韓莊賓朋顧空館議論據方床
試爲出其有始如宮應商紛紜遇叩擊律呂乃交相
須臾極萬變開闔爭陰陽南山對塵按相摩露青蒼
百鳥聽徘徊忽如來鳳凰乃知千載後坐可見虞唐
施行雖未果貯蓄豈非良何殊廐中馬縱齕草滿場
形骸苟充實氣力易騰驤此求苦未晚此志在堅剛

雜詩五首

三季巳千載古道久荒榛紛紛東漢士飛鳴不當辰
經營救氛沴此志卒埃塵士生有進退何必棄其身
其道雖褊迫其行絶緇磷公心不吾誑復求無此人
貧仕任固小會計未可失方今備千品内外有卑秩
孰當責在巳設施能自必拘文巳難騁避世固多歧
細云且可略於大復何實所就正如斯與古豈同術
雖非萬鍾富苟冒歸一律焉能示朋友學仕空自咄
韓於綴文辭筆力乃天授並驅六經中獨立千載後
謂爲學可及不覺驚縮手如天有日月厥耀無與偶

當之萬象瑩所照百怪走此其自然光萬物安得有
其人雖已歿其氣著星斗窮天破大惑更覺功業久
其餘施諸小未負風義厚當身止自善所遇時則不
致官九列齊此理嗟亦苟去就惟用捨士固無常守
孔孟非其稱斗禄應未取惜哉天下才甘受外物誘
相去幾年今與古睢陽幾人朱與紫嗟哉二子獨有
名義烈乃能長不死當時美人歡未足一日蒼皇行
萬里豈無公卿尊且寵急反與胡爲眼耳丈夫感激
世莫測二子引身萬下起忠驅義激鬼神動漠漠胡
沙來此止

少年百事銳豈謂身力孱心笑古時士樹立勢苦難
差池歲月邁自照失朱顔初心不復道齟齬常未安
紛紛憂與勞幾不傷肺肝人生省已分靜默固其端
詩書可自喜施設諒漫漫

與舍弟別舟岸間相望感嘆成詠

涕淚昨辭親酸心今別子舟陸空相望摻袂即千里

戲呈休文屯田

陳侯儁拔人所羨歲晚江湖初識面已聞清論至更
僕更讀新詩欲焚硯天子無由熟姓名諸公固合思
論薦烏韡況已踏臺省墨綬未得辭州縣落落逢人

愈難合欣欣顧我能忘倦跬步麤官別經歲角巾廣坐今相見遶郭青山疊寒玉縈堤遠水鋪文練明紅靚白花千樹隔葉跳枝鶯百囀佳時苦雨已蕭索落蘂隨風還面旋縱無供帳出郊野尚有清樽就閒燕脫遺拘檢任眞率放恣嘲諧較豪健東廊解榻不共語明日離亭空眷眷

送宣州杜都官

夜闌陵陽峯上雨曉見宛溪春水平畫船不待雙櫓挾歸客喜成千里行牧之文采宜未泯夫子風流今有聲篇什高吟鳳凰下翰墨醉灑煙雲生擬置簿書

有餘力放意樽罍無俗情志義非徒勸風俗愷悌固
可交神明餘休比戶得涵泳囂訟累歲皆澄清薦章
交論付丞相士行如此宜名卿江湖一見十年舊談
笑相逢肝膽傾鶺鴒一枝亦自得去矣黃鵠高飛鳴

麻姑山送南城尉羅君

麻姑之路摩青天蒼苔白石松風寒峭壁直上無攀
援懸磴十步九屈盤上有錦繡百頃之平田山中遺
人耕紫煙又有白玉萬仞之飛泉噴崖直瀉蛟龍淵
豐堂廣殿何言言階（一作陛）脚插入斗牛間樛枝古木
不記年空槎枒然卧道邊幽花自嬋娟林深爲誰妍

但見塵消境靜翔白鶴吟清猿雛麑乳鹿往往嗥荒巔却視來徑如緣絙千重萬疊窮巖巒下有荆吴粟粒之羣山又有甌閩一髮之平川奕棊縱衡遠近布城郭魚鱗參差高下分岡原千奇萬異可意得墨筆盡禿誰能傳丈夫舒卷要宏達世路俯仰多拘牽偶來到此醒心目便欲洗耳辭囂喧羅夫子一日遠補東南官愛此層崖峻壑之秀發開軒把酒可縱觀喜此披霄捫漢之奮起出門舉足得往還羅夫子一尉龍蛇方盤蟠此邦人人衣食足闔境年年枹鼓閒几桉剸裁得休暇山水登躋遺紛煩我行送之思故園

引領南望心長懸

東軒小飲呈坐中

二年忝質繫官次一日偷眼看青山念隨薄祿困垂首似見故人羞滿顏及門幸得二三友把酒能共頃刻閑海魚腥鹹聊復進野果酸澁誰能刪談劇清風生麈柄氣酣落日解帶鐶瑰材壯志皆可喜自笑我拙何由攀高情坐使鄙悋去病體頓覺神明還簡書皇皇奔走地筦庫碌碌塵埃間功名難合若捕影日月遽易如循環不如飲酒不知厭欲罷更起相牽扳

明妃曲二首

明妃未出漢宮時秀色傾人人不知何況一身辭漢
地驅令萬里嫁胡兒喧喧雜虜方滿眼皎皎丹心欲
語誰延壽爾能私好惡令人不自保姸蚩丹青有迹
尚如此何況無形論是非窮通豈不各有命南北由
來非爾爲黃雲塞路鄉國遠鴻鴈在天音信稀度成
新曲無人聽彈向春風空淚垂若道人情無感慨何
故衞女苦思歸
蛾眉絶世不可尋能使花羞在上林自信無由汙白
玉向人不肯用黃金一辭椒屋風塵遠去託氊廬沙
磧深漢姬尚自有妬色胡女豈能無忌心直欲論情

通漢地獨能將恨寄胡琴但取當時能託意不論何
代有知音長安美人誇富貴未央深殿競光陰豈知
泯泯沈煙霧獨有明妃傳至今
喜二弟侍親將至京師書多言六弟爲縣之美
嗟予懷抱徒蠢蠢二弟胷中何落落政如魯衛各馳
騁文似機雲飽磨琢坐曹風義動江淮爲縣聲名到
京洛鴻鴈峨峨並羽儀常棣韡韡聮跗鄂我於兩處
抱飢渴恨寄一官如束縛周南留滯勿復論平陸可
來無厭數慈親況不倦行役官長幸復寬期約似聞
笑語已髣髴想見追隨先踴躍共眠布被取温暖同

畢菜羹甘淡薄山花得折隨好醜村酒可醉無清濁屈伸有命更勿疑細故偶然皆可略春風爲子送帆檣速放船頭來此泊

七月一日休假作

初秋尚苦暑歸沐乃君恩地閑少來客日晏猶閉門家乏念藜藿開顏無一樽況復辭貌拙敢隨車馬奔盥濯何所事讀書坐前軒豈堪當世用空味古人言頗喜市朝内獨無塵土喧終年但如此真竊太官餐

秋夜

秋露隨節至宵零在幽篁灝氣入我牖蕭然衾簟涼

念往不能寐枕書嗟漏長平生肺腑友一訣餘空床
況有鵲巢德顧方共糟糠偕老遂不可輔賢真淼茫
家事成濩落嬌兒亦徬徨晤言豈可接虛貌在中堂
清淚昏我眼沉憂回我腸誠知百無益恩義故難忘

七月十四日韓持國直廬同觀山海經

高閣在清禁長軒憑廣一作席虛御幄閟圖象依然臨
幸餘翠蕤布天路黃簾分直廬一雨清景早稍涼秋
興初解帶就君坐臨床閱素書山海所錯出飛潛類
紛如此語果虛實遺編空卷舒自笑正豕亥更微注
蟲魚君材合遠用就此固已踈如我乃私幸地閑容

誤居竹影散良席花香浮廣裾俯仰自足適歸時更
當徐

李氏素風堂

丞相事唐室獨馳三絕名家世在圖史詩書傳後生
郎位逮流澤出令儕輩驚歲莫營燕坐高居遺世情
翠竹帶書幌青山臨酒觥已使襟韻適況聞吟誦聲
自可化鄉里豈唯門戶榮果有過庭子頴然材思精
抱璞已三獻驚人當一鳴風義故常在茲堂非偶成

秋聲

喬柯與長谷秀色故未凋秋風來吹之聲如振江海

怒號無晨夕唱和若有待翏翏徧坳窪豈獨緣嵬嵬
百川亦相投取鬧不知悔竹籬更謫然呂律焉足采
蜩螗豈知微切切如怨愬惟人亦吟哦沸若烹鼎鼐
八荒同一鳴靜理安得在獨有虛室翁恬然故無改

戲書

家貧故不用籌算官冷又能無外憂交遊斷絶正當
爾眠飯安穩餘何求君不見黃金滿籯要心計大印
如斗爲身纍妻孥意氣賓客附往往主人先白頭

李節推亭子

盱江郭東門江水湛虛碧東南望羣峯連延倚天壁

長林相蔽虧，蒼翠浮日夕。青冥窻戶寒，居者非咫尺。子初得從誰，有此煙霧宅。燕坐遠世喧，及門無塵客。築亭更求深，綏帶聊自適。時花笑婀娜，山鳥吟格磔。家釀熟清樽，歡言命良席。故已輕華簪，寧論珍拱璧。我亦有菑田，相望在阡陌。安得巾柴車，過從伫三益。

秋夜露坐偶作

白雲飛尚低，清露泫猶早。風來亦依微，溽暑焉得掃。客堂虛四楹，灑水恨枯槁。喜茲宵漏初，露坐散襟抱。河明帶飛觀，月白通馳道。顧盼塵慮銷，瓶泉謝頹倒。恨無同聲人，詩義與探討。踟躕拂方床，歸卧夢亦好。

韓玉汝使歸

顧命逮殊隣輶軒遵此道公府戒行期禁庭須重寶
積雪正東流度河盛前導士勇踐胡塵馬驕嘶塞草
王節所鎮臨氈廬先汛掃赫爾示威靈坦然布懷抱
國倚材實優虜得聲名早慷慨服天驕從容問遺老
光華反原隰流碭看西顥迎勞動都門旌旗風亦好

苦熱

憶初中伏時怫鬱炎氣升赫日已照灼赤雲助軒騰
積水殆將沸清風豈能興草木恐焚燎窻牖似炊蒸
冰雪氣已奪蚊蠅勢相矜發狂憂不免暑飲詎復勝

過介甫

日莫驅馬去停鑣叩君門頗諳肺肝盡不間可否言淡爾非外樂恬然忘世喧況值秋節應清風蕩歊煩徘徊至星漢更復坐前軒

過介甫歸偶成 熙寧初

結交謂無嫌忠告期有補直道詎非難盡言竟多迕知者尚復然悠悠誰可語

合醬作

孺人捨我亡稚子未堪役家居拙經營生理見侵迫海鹽從私求廚麪自官得揀豆連數晨汲泉候將夕

調澆遵古書煎熬需日力庚以具藜羹故將供贍食
豈有寄徑憂提瓶無所適但慙著書非覆瓿固其職

送章發州

方擁使君節駕言自東還又聞白衣相懷紱出九關
遂縱大船去欲追詎能攀巳喜所寄徑幽尋足谿山
仍誇越西部逈在雲林間屋瓦徧高下青蒼更回環
穿路竹裊裊鳴沙水潺潺會有尊酒適每需庭訟閒
況席鼓琴舊政行故非艱歲莫當趣（一作趨）召馳歸復
玉班

瞿祕校新授官還南豐

柳色映馳道水聲通御溝雖喜芳物盛未同故人遊
叩門忽去我躍馬振輕裘佩印自茲始過家當少留
中園何時到薇蕨亦已柔山翠入幽筱渚香浮迥舟
阡陌有還往壺觴時獻酬應笑天祿閣寂寥誰見求

元豐類藁卷第四